Über dieses Buch ›Später Ruf‹ ist die Geschichte einer älteren Dame, die sich nach einem arbeitsreichen Berufsleben als Geschäftsführerin zweitklassiger Strandhotels in Ruhestand begibt – nicht ganz freiwillig, denn ihr Mann Arthur, ein liebenswürdiger, etwas kauziger Faulpelz, hat wieder einmal einen weiblichen Gast belästigt.
Man zieht zu Sohn Harold, der als Oberlehrer und spießiger Wortführer des lokalen Fortschritts in einer englischen Kleinstadt wirkt: sogar Mutter Sylvia findet ihn mit einemmal ziemlich enttäuschend. In seinem funktionalen Eigenheim fühlen sich die beiden Alten prompt kreuzunglücklich und überflüssig, besonders Sylvia, die von Sohn Harold zu aller möglicher nutzloser Mitarbeit bei quasisozialen Kleininitiativen gedrängt wird.
Viele tapfere Versuche der alten Dame, sich mit dieser heillos unbefriedigenden Situation einzurichten, mißlingen, bis ihr das Schicksal eines Tages auf einem ihrer ziellosen Spaziergänge ein kleines Mädchen in die Hände spielt. Die sich entwickelnde Freundschaft zu diesem Kind und seinen Eltern eröffnet Sylvia einen neuen Lebens- und Wirkungskreis, und sie entschließt sich zu einem Neuanfang auf eigenen Füßen. Sie wird sich eine eigene kleine Wohnung suchen und mit den Menschen umgehen, die ihr näher stehen als ihr Sohn und die Leute um ihn herum. Diese Aussicht erfüllt sie mit großer Heiterkeit.

Der Autor Angus Wilson, der 1913 in Bexhill/Sussex geboren wurde, verbrachte einen Teil seiner Kindheit in Südafrika. Nach dem Studium der Geschichte in Oxford arbeitete er von 1937 bis 1955 als Bibliothekar am British Museum; während des Krieges war er einige Zeit im Außenministerium tätig. 1956 quittierte er seinen Dienst, um sich ganz der Schriftstellerei zu widmen. Wilson lebt heute in St. Remy in Frankreich. Angus Wilson, der einige Bände mit Short Stories und mehrere Romane veröffentlicht hat, darunter den Roman ›Anglo-Saxon Attitudes‹ (1956), gilt als einer der bedeutendsten Autoren der englischen Nachkriegsliteratur.

Angus Wilson

Später Ruf

Roman

Aus dem Englischen von
Ursula von Zedlitz

Fischer Taschenbuch Verlag

Ungekürzte Ausgabe
Veröffentlicht im Fischer Taschenbuch Verlag GmbH,
Frankfurt am Main, Juni 1988

Lizenzausgabe mit freundlicher Genehmigung
der Curtis Brown Ltd., London
Die englische Originalausgabe erschien 1964
unter dem Titel ›Late Call‹
im Verlag Secker & Warburg, London.

Die Benutzung der deutschen Übersetzung
erfolgt mit freundlicher Genehmigung
der Droemerschen Verlagsanstalt Th. Knaur Nachf. GmbH & Co., München
Umschlaggestaltung: Rambow, Lienemeyer, van de Sand
Umschlagabbildung: Dirk Görtler
Gesamtherstellung: Clausen & Bosse, Leck
Printed in Germany
ISBN 3-596-28276-4

Für Jean und Martin Corke

Prolog
Der heiße Sommer
1911

Der ausgedörrte Lehmboden war überall hart wie Stein, sogar im Hof und in den Schweineställen, wo sonst der leiseste Regenschauer den stehenden Morast in ein Meer von Schlamm verwandelte. Auf dem Blumenbeet vor der Haustür des Bauernhofes – ein Oval von Stiefmütterchen und kleinen rosa Begonien – zeigten sich breite Risse. Selbst die kurze geschotterte Ausfahrt, die zu dem Landweg führte, der seinerseits in die breite Fahrstraße mündete, war mit Sprüngen durchzogen, als hätten die vielen Geschöpfe unter der Erdoberfläche alle auf einmal beschlossen, sich einen Weg ins Freie zu bahnen. Alles war von Staub durchsetzt: Die graugelben und gesprenkelten Hühner scharrten ihn auf; er stieg in Wolken empor, wenn die Säue sich auf dem Rükken wälzten; er erhob sich in bräunlichen, sandigen Schwaden, wenn die unglückseligen weißen Enten in dem fast ausgetrockneten Pfuhl ihre Hälse verrenkten, um nach tief verborgenen Würmern zu graben; die ganze Luft war davon erfüllt, als Derek Longmore ein um das andere Mal auf seinem neuen Fahrrad um das Blumenbeet segelte und linkisch Kunststücke vollführte. Mrs. Longmore, die sich für ihren gemeinsamen ländlichen Ferienaufenthalt gern ausgesprochen schlicht und zweckmäßig kleidete, hatte immerhin einen weißen Tüllschleier umgebunden, um ihr Gesicht vor der staubigen Luft zu schützen. Sie trug einen radförmigen weißen Strohhut und ein weißes Leinenkleid, das nur ein Tuff blasser Rosen schmückte (dieser Sommer hatte endlich das Ende der Wespentaille gebracht, jenes von Mrs. Longmores Vernunft schon so lange herbeigesehnte Ende der gefährlichen Korsettstangen-Tyrannei über die Frau), dazu einen grüngefütterten, naturleinenen Sonnenschirm mit grünem Horngriff in Form eines Papageienkopfes. Auch die Röcke waren dieses Jahr endlich vernünftiger, nur noch knöchellang, so daß sie – Gott sei Dank – den staubigen Boden nicht berührten;

ihre ebenso vernünftigen Schuhe jedoch, mit dem viereckigen Blatt und der viereckigen Hornschnalle, schwankten und drehten sich, trotz der niedrigen Absätze, in der riskantesten Weise auf den hohen, steinharten Furchenrändern des ausgefahrenen Landwegs. Es kam ihr vor wie eine Miniatur-Bergsteigerei, sie fand es außerordentlich unangenehm und hoffte, sie sehe nicht so erhitzt aus, wie sie sich fühlte. Sie hielt nämlich sehr viel von der Macht des Geistes über die Materie. Wenn andere dächten, sie sähe kühl aus, dann würde sie sich selbst auch bald kühler fühlen.
Aber, welche anderen gab es schon, die irgend etwas denken könnten? Derek war in sein neues Fahrrad vertieft, wie sich das für einen Knaben gehörte. Mr. Tuffield, der nur an seine Kühe und seinen Weizen dachte (und wenn ihn andere Gedanken bewegten, ignorierte man sie besser), war mit dem Knecht bei dem Weizen, dessen unsaisongemäße Dürre ihn so heftig erregte. Und Mrs. Tuffield dachte nur an ihren Haushalt und ihre Torten – was für einen zahlenden Gast ja beruhigend war (obwohl eine weitere Stachelbeertorte in dieser Hitze nicht auszuhalten wäre), aber einen anteilnehmenden Beobachter stellte sie nicht dar. Eben jetzt sah Mrs. Tuffield auf sie herab und durch sie hindurch, während sie sich aus einem Fenster des Oberstocks hinausbeugte und in recht müßigem Wettkampf mit der Natur Staubwölkchen aus ihren Bettvorlegern klopfte, die sie über das Fensterbrett gehängt hatte. Obwohl es Mrs. Longmore befriedigte, sich geistig sogar in den Ferien, trotz Hitze und Staub (vorige Woche waren es vierzig Grad gewesen) durchaus auf der Höhe zu wissen, empfand sie doch das Bedürfnis nach einem Publikum. Ihr eigenes Töchterchen Myra war mit ihren sieben Jahren noch recht jung (oder vielleicht nur unaufmerksam? Denn im Grunde kann sich ein Mädchen, natürlich mit Maßen, gar nicht früh genug für Kleider interessieren). Und die Tuffield-Kinder, diese Schar von streunenden, greinenden anonymen Geschöpfen, die man, wie die Unzahl der Katzen und Kätzchen, im Haus auf der Treppe traf oder in einem unvorhergesehenen Winkel des Hofs oder des Obstgartens, wie die zahllosen Hühner und Enten, die mit fast erschreckender Plötzlichkeit vor einem davonstoben, wenn man daherkam, wenn *die* eine Meinung zu äußern gehabt hätten, so wäre ihr Dialekt ebenso unverständlich gewesen wie das Schnattern und Quaken des Geflügels. Aber sie

hatten bestimmt keine und taten ohnehin kaum den Mund auf, unterdrückt wie sie waren.
Mrs. Longmore hoffte sehr, daß sie nicht etwa durch Furcht regiert würden (ihre eigene Kindheit war aus ebendiesem Grund ein Alptraum gewesen). Aber so hübsch auch die Vorstellung war, Landkinder seien rotwangig, fröhlich und unschuldigen Spielen hingegeben, so waren diese Tuffield-Kinder in Wirklichkeit zwar rotwangig, aber traurig, apathisch und vernachlässigt. Ihre Mutter ging zu sehr in Haushalt und Kirche auf, ihr Vater zu sehr in der Farm und in Gott weiß was noch, denn seine Augen hatten manchmal einen ganz gräßlichen Ausdruck, eigentlich dumpf und ungebildet. Mrs. Longmore mochte gar nicht daran denken, in welch grauenhafter Weise etwa diese Kinder mit Bibeltexten und Rohrstock in Zucht gehalten wurden. Sie hoffte nur, es sei für Myra nicht schädlich, wenn sie den ganzen Tag mit ihnen spielte –, aber das war eben der Preis für ländliche Ferien, der durch frische Luft, frische Eier und viele Liter gesunder Milch, beinah dampfend von der Kuh, reichlich aufgewogen wurde. Und das älteste Tuffield-Kind war ja auch noch da. Bei ihm war Myra gewiß gut aufgehoben; das arme kleine Ding mußte früh zupacken, alle Last lag auf seinen Schultern. Die Kleine hatte die ganze Schar zu bemuttern und war, kaum zwölf Jahre alt, schon verantwortlich für Gott weiß wieviel anonymer Geschöpfe. Sie machte das wirklich sehr gut. Sie war auch erstaunlich aufgeweckt und intelligent; sie hatte Sinn für Schönheit und die Fähigkeit zu staunen, ja, das war's, die Fähigkeit zu staunen; wie aufregend sie es fand, wenn man einen neuen Schal oder Hut trug oder gar ausnahmsweise abends ein Tea-gown anzog aus roter Moiré-Seide mit einer Jacke aus Schweizer Stickerei, um sich ein bißchen festlich zu fühlen. Ja, sie war ein Kind, das Dinge wahrnahm. Sie freute sich anscheinend immer sehr, wenn man nett zu ihr war. Es fehlte ihr sichtlich an Liebe, was Mrs. Longmore feststellen konnte, als sie sie ein paarmal geherzt und geküßt und »ein drolliges Möpschen« genannt hatte. Mrs. Longmore machte sich auf den Weg, um sie zu suchen.
Doch, wo immer sie suchte – und in dieser Hitze tat sie das auch nicht sehr gründlich –, das kleine Tuffield-Mädchen war nirgends zu finden. Ebensowenig ihre eigene Myra. Wohl wimmelte der Hof von den kleineren Tuffields; sie kauten Blätter der

Pflaumenbäume, lutschten Steine, die von der baufälligen Scheune abgebröckelt waren, lagen mit dem Bauch auf der Erde, mit schmutzigen Höschen nach oben gekehrt, quälten Kätzchen oder beugten sich über ausgetrocknete Wasserfässer und ließen Schnecken, indem sie sie mit Grashalmen stubsten, in schreckliche Abgründe stürzen. Dem einen Kind liefen Tränen über die Wangen, einem anderen Nasenschleim bis auf die Lippen. Von keinem konnte Mrs. Longmore in Erfahrung bringen, wo sich die älteste Schwester oder ihr eigenes Töchterchen befand. Die einen waren noch zu klein, um sich der Sprache bedienen zu können, und die, die alt genug waren, sprachen eine ihr unverständliche Sprache. Erschöpft und etwas gereizt, wollte sie schon fast ihren Sohn Derek zu Hilfe rufen, aber dreizehnjährige Jungen muß man in den Ferien sich selbst überlassen; statt dessen ging sie in das kleine Wohnzimmer, das ihnen zu privater Benutzung vermietet worden war, nahm Maeterlincks ›Leben der Bienen‹ von der Anrichte, wo es gegen die Essigkaraffe lehnte, und ließ sich schließlich in einem Schaukelstuhl nieder, den Mr. Tuffield für sie unter einen alten Apfelbaum in den Garten gestellt hatte. Dort las sie ein paar Seiten in dem anregenden Buch und schlief dann ein.

Myra Longmore hatte lange gebraucht, um die kleine Tuffield zu überreden, die Geschwister, die ihrer Obhut anvertraut waren, zu verlassen und hinauszuwandern, nicht nur vom Hof und Obstgarten fort, sondern aus dem Gehöft hinaus auf eine von Knapps Wiesen – an einen Ort, wo die Kleine allerdings noch nie gewesen war, denn er befand sich gerade auf der anderen Seite des Gehöfts, sowohl vom Dorf aus wie von der Kirche her, und weder Vater noch Mutter standen sich gut mit den Knapps. Aber Myra war gewohnt, sich durchzusetzen; mit Mami wie mit Derek war es immer nur eine Frage genügender Beharrlichkeit, und diese Methode hatte sich auch bei dem Tuffield-Mädchen bewährt. Myra hatte immerfort wiederholt: »Gehen wir weg von den anderen. Spielen wir für uns«, und schließlich hatte die kleine Tuffield nachgegeben. Wenn Mami sie auch klein nannte, so schien sie in Wirklichkeit mehr wie eine Erwachsene, wie ein Kindermädchen, nur etwas klein geblieben.

Myra ahnte freilich nicht, daß es nicht nur ihre Beharrlichkeit war, die über das Pflichtgefühl der kleinen Tuffield, über ihr langes Training im Gehorsam und die Angst vor den Folgen gesiegt hatte. Es hing in weit stärkerem Maße mit den Longmores zusammen, vor allem mit Mrs. Longmore und der Wirkung, die von ihr ausging. Sie wohnten erst seit zehn Tagen auf dem Hof, aber das kleine Mädchen hatte von Anfang an ihren Einfluß gespürt. Mrs. Longmore hatte es irgendwie auserlesen und ihm dadurch zum erstenmal in den zehneinhalb Jahren ihres Lebens einen schwachen, aber klaren Schimmer seiner eigenen Persönlichkeit vermittelt. Die bloße Tatsache, daß die große und schöne Dame die Geschwister Bertie und Ted oder Rosie und Violet nicht auseinanderhalten konnte, das älteste Kind aber herausgriff und mit ihm sprach, war eine Auszeichnung. Gewiß war vieles, was sie ihm sagte, dasselbe, was auch andere Gäste sagten, man streichelte ihm freundlich den Kopf, so daß die bereits rosigen Wangen des Kindes vor Verlegenheit bis in den Hals hinunter erröteten – »Ein richtiges Mütterchen«, oder: »So ein weises Haupt auf so jungen Schultern«. So etwas sagte auch Mr. Bentall, der Pfarrer, oder die Gouvernante, die die Oster-Feriengäste begleitete, oder Mrs. Clark, die Pfarrersgattin aus London, die bisher jedes Jahr mit ihrer Familie gekommen war und die statt dessen dieses Jahr Mrs. Longmore herempfohlen hatte. Aber Mrs. Longmore hatte dem Kind viel mehr gesagt als solche Dinge, die es nur in Verlegenheit brachten; sie hatte ihm Bücher gezeigt und es gebeten, ihr das Kleid zuzuhaken; sie hatte ihm ein kirschrotes Haarband geschenkt; sie hatte es nach dem Namen von einigen Vögeln in dem Apfelbaum gefragt; und als es ihn nicht wußte, hatten sie gemeinsam in einem Bilderbuch nachgeschlagen und festgestellt, daß es Drosseln waren. Sie hatte seine Aussprache von gewissen Wörtern korrigiert und hatte es auch angehalten, nicht immer von allem ›lieb‹ zu sagen. Vor allem aber hatte sie es dazu aufgefordert, mit Derek und Myra im Wohnzimmer Quartett oder mit dem Meccano-Baukasten zu spielen; und obwohl Mutter es nicht gern sah, weil um sechs Uhr Violet und Ted und um halb sieben Bertie und Rosie ins Bett mußten, mußte sie ihm wenigstens am Mittwoch und Samstag freigeben, denn Mrs. Longmore erklärte, daß ein gutes Kindermädchen abends frei habe. Aber weit wichtiger waren die Dinge, die Mrs. Longmore der Kleinen während des Spielens im Wohnzimmer sagte: »Laß es, wenn du keine Lust hast«, »Zieh die Schuhe aus und mach's dir bequem«, »Macht nichts, wenn er einen Fleck hat. Einen neuen Tisch können wir immer kaufen, aber zehn Jahre alt, in einem kühlen Zimmer im heißesten Sommer, den es seit einem halben Jahrhundert in England gegeben hat, wirst du nie wieder sein«, und besonders: »Natürlich sollst du es haben, es steht dir. Es macht dich richtig schön.« Und Mrs. Longmore hatte außerdem gesagt: »Man muß auch mal was ganz anderes tun. Natürlich nicht immer, denn dann wäre es ja nichts wirklich anderes. Aber hin und wieder, wenn man es am wenigsten erwartet.«

Die Eltern der Kleinen dürften kaum erwartet haben, daß sie ausgerechnet an *diesem* Morgen die anderen im Stich lassen und sich mit Myra von der Farm wegbegeben würde; so etwas würden sie überhaupt nie erwarten. Daß sie aber nicht nur ihre Geschwister, sondern auch den Haufen Wäsche auf dem Fußboden der Molkerei sich selbst überließ, statt ihn auf die Leine zu hängen, dürfte eine zweifache Pflichtvergessenheit gewesen sein, die ihrer Mutter in den wildesten Träumen nicht eingefallen wäre. Die Kleine hatte das alles bedacht; und dennoch, von dem Augenblick an, als sie mit Myra das staubige Ufer des Grabens hinuntergerutscht war, der den Besitz ihrer Eltern von Knapps Wiese trennte, sich beide an die Wurzeln einer alten Eiche klammerten und am anderen Ufer hinaufzogen, dachte sie überhaupt nicht mehr an ihre Schlechtigkeit und deren Folgen. Nun tat sie alles, wonach sie sich seit Jahren gesehnt hatte – Dinge, für die niemals Zeit war, weil der Tag so viel Pflichten enthielt, oder Dinge, die sie nie zu ihrem eigenen Vergnügen tun durfte, weil sie immer ihre Geschwister beschäftigen und beruhigen mußte. Und sie tat sie sofort, als hätten diese Dinge seit Jahren nur darauf gewartet, ausgeführt zu werden – Dinge, von denen viele ihr seltsamerweise erst jetzt in den Sinn zu kommen schienen.

Auf der Wiese brauchte sie nicht Butterblumen und Gänseblümchen zu pflücken, nur um mit dem Fingernagel ihre Stiele zu durchbohren und ein Halsband für Violet daraus zu flechten; sie brauchte Bertie nicht die goldenen Blütenkelche unter das Kinn zu halten, um festzustellen, ob er Butter möge; sie brauchte nicht auf Rosie aufzupassen, aus Angst, daß diese vielleicht die winzigen Fliegenpilze, die hier und da im Grase sprießten, essen würde; sie brauchte Ted nicht zu verbieten, aus den großen vertrockneten Kuhfladen Kuchen zu backen. Sie lag flach auf dem

Rücken und starrte in den wolkenlosen, grellblauen Himmel hinauf; und als die Sonne sie allzusehr blendete, drehte sie sich um und legte sich auf den Bauch und drückte ihr Gesicht in die Gänseblumen, so daß ihre Augen fast auf gleicher Ebene eine rötliche Ameise verfolgen konnten, die durch das Gras eilte und aussah wie das Pony von Doktor Osbornes Kinderkutsche. Myra pflückte emsig Gänseblümchen.
»Ich pflücke nur die mit viel Rot auf den Blütenblättern«, verkündete sie. So sprach sie immer. Wenn sie im Wohnzimmer Halma oder Quartett spielten, sagte sie: »Ich nehme die gelben Steine«, und »Was mit B anfängt, sammle ich nicht, die könnt ihr haben.« Manchmal beklagte sich Derek: »Myra wird wirklich zu vorlaut. Sie muß mal ordentlich eins draufkriegen«, und Mrs. Longmore erwiderte dann: »Myra ist großartig! Sie weiß, was sie will.«
Jetzt sagte Myra: *Du* kannst alle weißen Gänseblümchen pflükken. Und auch die Butterblumen. Gelb würde zu den rötlichen Gänseblümchen, die ich pflücke, überhaupt nicht passen.«
Im Wohnzimmer war die kleine Tuffield von Myras Tönen, in denen Mrs. Longmore sie noch bestärkte, immer tief beeindruckt, aber jetzt empfand sie Myras Gegenwart nur als lästig. Aber nicht ernstlich lästig, denn Myra gehörte schließlich nicht zu ihrem Pflichtenkreis. Sie erhob sich sehr langsam vom Erdboden und begann dann entschlossen statt Gänseblümchen oder Butterblumen zu pflücken, winzige Stückchen von Schneckengehäusen zu sammeln, die auf der harten Erde unter den Grasbüscheln verstreut lagen. Sie trennte sorgfältig die grauen von den bräunlichen Stückchen und steckte sie gesondert in die beiden Taschen ihrer Schürze. Während sie das tat, wußte sie, daß sie vielleicht erstaunt sein würde, wenn sie am Abend in die Taschen greifen und sie dort finden würde; ganz sicher würde sie sie fortwerfen und auf dem Hof verstreuen. Das schien jedoch keine Rolle zu spielen; im Augenblick sammelte sie etwas, das sie bisher nie bemerkt hatte, das wahrscheinlich niemand bemerkt hätte, etwas, das zur Wiese gehörte, auf der sie sich so gelöst fühlte. So gelöst, daß sie plötzlich zu tanzen begann, obwohl sie keine rechte Vorstellung davon hatte, was tanzen sei, da sie es nur aus Büchern kannte und einmal gehört hatte, wie ihre Tante Beatie, die in Stellung gewesen war, einen Ball beschrieb. Sie hob den Rock ihres verwaschenen blauen Baumwollkleids seitlich in die Höhe,

so daß man ihre schwarzen Baumwollstrümpfe bis über die Knie sah. Ihr Tanz war eine Art Gleiten, das von einem Sprung gefolgt wurde. Myra hielt in ihrem Blumenpflücken inne.
»Ach, so macht man's doch nicht!« rief sie. »Paß auf. Erste Position, Ferse vor die Spitze.« Und sie demonstrierte ihre Ballettübung. »Und du mußt dabei lächeln«, ergänzte sie und zeigte ihre regelmäßigen weißen Zähne. (Mrs. Longmore war der Ansicht, daß man bei Kindern vor allem auf Zähne, Verdauung, frische Luft und persönlichen Ausdruck achten müsse.) Das Gesicht der kleinen Tuffield, ein flächiges, volles Gesicht, blieb unbewegt. Sobald Myra sprach, hörte sie auf zu tanzen; sie schritt über die Wiese auf den Graben und die Buchenhecke zu, die sie von der angrenzenden Wiese trennte, und sah von dort aus, daß sich Kühe um einen von der andauernden Sommersonne fast gänzlich ausgetrockneten Tümpel geschart hatten.
Im allgemeinen war ihr der Anblick von Kühen zuwider, dieser schwerfälligen, tonnenförmigen, übelriechenden Ursachen der schlimmsten Wutausbrüche ihres Vaters, mit ihrer unregelmäßigen Milchproduktion – der Gegenstand ihrer eigenen, frostkalten winterlichen Morgenpflichten. Mit ihren trüben, feuchten Augen und hennaroten, mistverklebten Flanken sahen die Kühe vor ihr, wie sie mit ihren großen Köpfen hin und her schlugen, um die quälenden Fliegen abzuwehren, haargenau wie die Kühe ihres Vaters aus. Aber es waren eben nicht ihres Vaters Kühe, sie gehörten zu einem ganz neuen Abenteuer; und sofort wollte sie die sumpfige Wiese, und sogar was dahinterlag, erforschen. Sie hörte, wie Myra atemlos und jetzt ärgerlich über ihre unerwünschte Tanzvorführung hinter ihr her schrie:
»Halt! Halt! Warum schaust du mir nicht zu? Willst du denn nicht lernen?«
Das kleine Mädchen wußte, daß es bereits ohne Myras Hilfe lernte. Wieder arbeitete es sich unversehrt durch einen weiteren staubigen Graben und die dichte Buchenhecke hindurch; es war, wenn auch ein adrettes, so doch kompaktes kleines Mädchen und im allgemeinen weder geschmeidig noch beweglich, aber die Stimmung schien seinen kleinen, schweren Körper zu beflügeln. Auf der Wiese angekommen, ließ es sich in einer flachen, lehmverkalkten Mulde nieder, die bis zu diesem Sommer vielleicht niemals ein Tümpel ohne Wasser gewesen war. Das Gras war

struppig und zum Teil von spitzigem Binsencharakter, aber dem kleinen Mädchen, das sich dort auf dem Rücken ausstreckte, erschien seine Härte nicht weniger köstlich als die weiche Hahnenkleewiese – eben nur eine neue und köstliche Köstlichkeit.
Aber für die arme Myra erwies sich die Forschungsreise keineswegs als köstlich. Da sie auf ihre Rufe keine Antwort erhielt, hatte sie ihre zierlichen Pirouetten aufgegeben und war ihrer Gefährtin genau gefolgt. Allzu genau, denn der Abhang, auf dem das kleine Tuffield-Mädchen quer durch den Graben hinuntergerutscht war, war jetzt nicht mehr so staubig, und eine blanke Baumwurzel war zum Vorschein gekommen. Myra fiel mit aller Wucht auf ihr Hinterteil, wobei sie ein großes Stück von dem Spitzensaum ihres Kleides abriß und eine Laufmasche in ihren weißen Baumwollstrumpf bekam. Sie war den Tränen nahe, als sie ihre Freundin einholte. Sekundenlang fühlte diese sich aus ihrem neuen Glück herausgerissen; aber dann dachte sie daran, was Mrs. Longmore dazu gesagt haben würde. Der Tag war wichtiger als ein Kleid.
»Am besten, du ziehst das Kleid aus«, sagte sie, und um Myra zu ermutigen, nahm sie die eigene baumwollene Sonnenhaube ab und zog sich das blaue Baumwollkleid mitsamt der Schürze über den Kopf. Sie faltete es und nahm es unter den Arm. Etwas von der Autorität, die sie im allgemeinen über die Geschwister ausübte, teilte sich vermutlich Myra mit, denn nach einem Augenblick des Zögerns entledigte sich auch diese ihres schönen, blaubebänderten Strohhuts und ihres spitzenbesetzten Kleides.
Myra hatte insgeheim Angst vor Kühen, aber das wollte sie niemandem auf der Farm zugeben (und erst recht nicht ihrer Mutter, denn Mrs. Longmore, die Angst im Leben eines Kindes als etwas Furchtbares empfand, wollte nicht, daß ihre eigenen Kinder dieses Gefühl überhaupt erwähnten). Um jetzt ihre Angst zu verdrängen, renommierte Myra mit ihrem Unterrock, erklärte, daß er aus Leinenbatist sei und daß die handgearbeitete Brüsseler Spitze der Einsätze und des Oberteils von ihrer Großmutter Cartier stammte. Das kleine Bauernmädchen hörte ihr zu und betastete das Material sogar mit einem interessierten Ausdruck, den Mrs. Longmore jedoch nicht als ›Staunen‹ bezeichnet haben würde. Oder jedenfalls nicht als Staunen darüber, daß Myra einen so hübschen Unterrock besaß, denn seine Aufmerksam-

keit war plötzlich völlig von der Tatsache in Anspruch genommen, daß die Brüsseler Spitze genauso aussah wie die ihm altvertrauten Blumen, welche, wie Mrs. Longmore es belehrt hatte, Queen-Anne-Spitze hießen. Auf dem Weg von der Buchenhecke zur Wiese war die Kleine durch große Stauden dieser Blumen hindurchgeschlüpft. Jetzt lief sie zurück und befühlte die schneeigen Blüten.

»Schau, sie zerstäuben«, rief sie. Nicht ohne Mühe brach sie einen der zähen Stiele ab und hielt Myra die Blume entgegen; dabei flogen Wolken von Blütenstaub auf.

»Sternenstaub«, rief Myra und begann dann, weil sie die kleine Tuffield so gern wieder in ihren Interessenbereich zurückholen wollte, von neuem Pirouetten zu drehen. »Ich bin die Sternstaubprinzessin«, sang sie. Sie drehte sich im Kreise und wirbelte auf das Bauernmädchen zu – sie wollte sich nicht von ihm trennen, in einem Feld, in dem Kühe standen, sich aber auch nicht den Anschein geben, als gehorche sie ihm. »Streu Sternenstaub für die Sternstaubprinzessin«, rief sie.

Die kleine Tuffield warf die Blume in die Hecke. Am liebsten hätte sie Myra gesagt, sie solle nicht albern sein, aber es schien besser, gar nichts zu sagen.

So oder so kam die Sternstaubprinzessin bald zu Fall. In ihre Pirouetten vertieft und nicht so fest auf den Beinen wie das Bauernmädchen, geriet sie in eine der wenigen Schlammpfützen des Feldes, wo unter dem struppigen Gras eine unterirdische Quelle der monatelang anhaltenden Sonne trotzte. Gelblichbrauner Lehm bespritzte beide weißen Strümpfe bis über die Knöchel, klatschte an den schneeweißen Unterrock; der Schlamm trat glucksend aus den Schuhen. Vor Schreck und Unbehagen begann sie zu weinen. Die kleine Tuffield war stets auf Tränen gefaßt, sie gehörten schließlich zu ihren täglichen Pflichten. Wenn es ›Tränen der Wut‹ waren, dann bemühte sie sich, ihnen nach dem Vorbild der Mutter mit Grobheit und leichten Schlägen zu begegnen; schienen sie ihr jedoch, wie bei Myra, ›echt‹, so konnte sie ihre eigene Natur walten lassen, die sowohl praktisch wie liebevoll war. Sie putzte Myras Gesicht mit ihrem Taschentuch; sie rieb den Schlamm mit langen Grasbüscheln von den Strümpfen ab, und als diese dadurch nur um so mehr verschmiert wurden, versuchte sie den Schmutz mit einem Schürzenzipfel

und Spucke zu entfernen. Die Sonne, der Hauch eines leichten Südwestwinds, die Freiheit, das Glücksgefühl, das nicht verlorengehen durfte, beflügelten ihre Phantasie. Sie sagte: »Am besten, du ziehst Schuh und Strümpfe aus.«
Ehe sie sich's versah, saß Myra auf einem Maulwurfshaufen, den die Sonne längst in einen kompakten Erdhügel verwandelt hatte, und vor ihr kniete die kleine Tuffield und zog ihr die schmutzigen weißen Schuhe aus, hob den Unterrock, um ihr die Strumpfbänder aufzumachen, und schälte die langen weißen Strümpfe von den Beinen. Das Gefühl, bedient zu werden, beruhigte Myra; sie fühlte sich von neuem als Prinzessin, obwohl sie keine königlichen Befehle mehr erteilte. Das Bauernmädchen hob ihren eigenen, verwaschenen, geflickten weißen Baumwollunterrock in die Höhe, und mit einem Griff, nachdem sie die Strumpfhalter gelöst hatte, zog sie sich die schwarzen Baumwollstrümpfe mitsamt den Schuhen aus. Barfuß, vorsichtig auftretend, schritten die beiden Mädchen über die Wiese.
Myra, sich der Gesten ihrer Mutter erinnernd, legte der Gefährtin den Arm um die Taille, hob die Lippen an die Wange des Mädchens und küßte sie. Die kleine Tuffield schien überrascht, zögerte und erwiderte den Kuß. Sie faßte Myra an der Hand und lief über die Wiese. An den Kühen vorbei (von allem übrigen abgesehen, fürchtete sich Myra Longmore zeit ihres Lebens dann nie mehr vor Kühen, so beruhigend war die Hand, die sie führte) und dort hinunter, wo die Spitzen der gelben Schwertlilien in der Sonne leuchtete.
»Da ist ein Wasser. Da ist ein Wasser«, sang die kleine Tuffield zu einer Melodie, die ihr plötzlich in den Sinn kam. Myra stimmte mit ein, und tanzend und singend gelangten sie an einen kleinen Bach. Zwar führte die kleine Tuffield sie hinein, aber bald paddelten und planschten beide Mädchen in dem kiesigen klaren Wasser. Für Myra war die Kälte köstlich nach Tagen schweißfeuchter Hitze, an denen sie (im Gegensatz zu ihrem Haus in Chelsea) nur Waschbecken und Sitzbadewannen zur Verfügung gehabt hatten, um die Klebrigkeit loszuwerden; für die kleine Tuffield war es wie die Entdeckung des Nordpols. Aber nach etwa fünf Minuten wurde ihnen die Kälte des Wassers gegenüber der Sonnenhitze zuviel; die Kieselsteine auf dem Bachgrund taten ihren Füßen weh. Sie sprangen aus dem Wasser und began-

nen, die großen gelbköpfigen Schwertlilien zu pflücken. Dann fiel Myras Strohhut, als sie sich zu weit vorneigte, um einen der scharfkantigen Stengel zu brechen, ins Wasser. Anfangs war sie ebenso entzückt wie ihre Gefährtin darüber, wie rasch der Bach ihn davontrug. Dann erschrak sie, als er wie ein alter ausgedienter Einkaufskorb davonschaukelte und seine Bänder durchweicht und unansehnlich wurden. Die kleine Tuffield klatschte vor Freude in die Hände, bis Myra sie weinend auf die Hand schlug und in die Wirklichkeit zurückrief.

»Ich habe meinen Hut verloren. Mami sagt, die blauen Bänder sind bezaubernd. Jetzt ist er verdorben.«

Teils um Myra durch Erstaunen zum Schweigen zu bringen, oder vielleicht, um sie durch einen gemeinsamen Verlust zu trösten, teils aus Entzücken über diese Niederlage aller Schicklichkeit, nahm das Bauernmädchen ihre Sonnenhaube ab und warf sie in den Bach. Da sie aus Baumwolle bestand, sank sie sofort, aber natürlich war Myras Hut nicht verlorengegangen. Er war an einer flachen Stelle des Baches, in einer Staude wilden Moschus, hängengeblieben. Anfangs waren sie von dem neuparfümierten Hut begeistert, aber dann, als Myra ihn aufsetzte, rieselte von der breiten Krempe Wasser über Gesicht und Hals herab. Die kleine Tuffield lief zurück, um das Unheil von neuem zu teilen. Der Erfolg war ungleichmäßig, denn die Baumwollhaube ließ sich fast trocken wringen und war, wenn auch unansehnlich, zumindest tragbar; aber der durchweichte Hut ließ sich nicht reparieren, und die Farbe der bezaubernden blauen Bänder lief inzwischen an dem spitzenbesetzten Oberteil von Myras Unterrock herunter.

Es war ursprünglich die Idee des Bauernmädchens gewesen, daß man die Kopfbedeckungen ihrem Schicksal überlassen sollte, aber Myra war entzückt von dem Einfall: Denn als Hut war der Hut beträchtlich im Nachteil, aber als Schiff war ihr Hut ein stolzer Kreuzer und die Sonnenhaube nur ein müdes Wrack. Sie fing an, eine lange Geschichte von den künftigen Abenteuern des Strohhuts zu erzählen, in der die blauen Bänder zu bezaubernden Prinzessinnen wurden. »Und sie segelten immer weiter und weiter, bis sie an einen herrlichen See kamen, wo alles ruhig und schön war...« Eine Weile hörte sich die kleine Tuffield die Geschichte an, weil Myras Stimme beim Erzählen so merkwürdig Mrs. Longmores Stimme ähnelte; aber bald wurde sie des Geplappers überdrüssig – »die Prinzessinnen waren überglücklich«, und »dort auf dem Teich schwamm ein wunderschöner weißer Schwan« –, da man ja Eigenes, Besseres erfinden und womöglich selbst einen Schwan entdecken könnte. Also entfernte sie sich und ging zu dem sumpfigsten Teil der Wiese, wo der Schatten ausladender Ulmen das Licht nur in Zebrastreifen hindurchließ.

Hinter diesen Ulmen erstreckte sich Wald, so weit das Auge blickte. Hier und da, wo die Erde mit Holunderstauden bedeckt war, konnte sie sogar weit in unregelmäßige, sonnengefleckte Alleen von noch dunklerem Grün hineinschauen. Doch fast nach allen Seiten war die Aussicht durch Haselnußbüsche und Gestrüpp von wilden Rosen und Dornen versperrt. Sie glaubte, es müsse der Paddock-Wald sein, ein riesiger Wald, vor dem ihre Mutter sie oft gewarnt hatte, weil in einer seiner Lichtungen manchmal Zigeuner lagerten. Zigeuner wurden von ihrer Mutter als das schlimmste Beispiel für Faulheit und Schlechtigkeit angeführt; sie dienten nicht nur als schwarzer Mann für die Kinder, sondern boten Mrs. Tuffield, in ihrem Kampf gegen die Inkarnationen des Teufels, auch Gelegenheit, sie von ihrem Grund und Boden zu verweisen oder beim Landpolizisten anzuzeigen. Aber irgendwie verlieh die Erkenntnis, daß sie dem berühmten zeitweiligen Aufenthaltsort des Gottseibeiuns so nahe war, dem düsteren Wald weder eine besondere Anziehungskraft, noch versetzte er die kleine Tuffield in Schrecken. Sie drehte ihm lediglich den Rücken und setzte sich unter eine der Ulmen, deren knorriger, ausgehöhlter Stamm ihr als Rückenlehne diente. Über sich erblickte sie die glatte flache Unterseite eines riesigen gelben Pilzes, der aus dem Stamm herausragte. Sie starrte ihn eine Weile an und wandte dann ihre Aufmerksamkeit einigen Borkenkäfern zu, die sie durch ihr gedankenloses Abkratzen der Rinde in Aufruhr versetzt hatte. Aber sie war weder in die reglose Wucherung des Pilzes vertieft noch in das Gewimmel der schuppigen Borkenkäfer, das schienen lediglich Dinge, durch die alles Denken verdrängt wurde. Es genügte ihr, sich der Wärme des blättergefilterten Sonnenlichts hinzugeben; sie hatte nie etwas Derartiges erlebt, sie hatte immer nur Dinge getan oder an Dinge denken müssen, die getan werden mußten.

Myra hingegen tat allerhand. Ohne Zuhörer klang ihr die Ge-

schichte von den Prinzessinnen und den Schwänen bald schal, sogar als sie sich selbst durch die Erfindung einer Seehexe zu erschrecken versuchte, die über unbegrenzte Zauberkraft verfügte. Aber es fiel ihr nichts Schlimmes für die Hexe ein, was ihr nicht schon früher eingefallen war. Also beschloß sie, eine Prinzessinnenkrone aus Feldblumen zu flechten; sie konnte sie sich selbst aufs Haupt setzen, um sich für den Mangel an Publikum zu entschädigen, und vielleicht würde es auch ihre Mutter für den Verlust des Strohhuts entschädigen (denn allmählich begann sie sich danach zu sehnen, heimzukehren und zugleich, sich davor zu fürchten). Mama freute sich immer, wenn sie etwas Schönes fabrizierte und Phantasie bewies. Sie war übrigens sehr fingerfertig und hatte bald einen Kranz aus Hahnenfuß, Gänseblümchen, Wicken und Knabenkraut geflochten, der die meisten Mädchen ihres Alters befriedigt hätte. Aber ihre besondere Geschicklichkeit und das Lob, das sie von ihrer Mutter bekommen wollte, machten sie ehrgeizig. Sie wollte nicht nur einen Kranz winden, sondern eine richtige Krone, etwa fünf bis sechs Zentimeter breit, aus Blumen flechten. Sie lief kreuz und quer durch die Wiese, beugte sich minutenlang tief zur Erde, um einen Haufen zähstieliger Margeriten zu pflücken, schoß dann bis ans Ende der Wiese, wo das Gras in ein Weizenfeld überging, in welchem eine Fülle von Mohn und vereinzelte Kornblumen standen. Sie setzte sich auf eine kahle, trockene Stelle in der Mitte der Wiese und betonte durch diese ostentative Isolation ihre Unabhängigkeit von dem Bauernmädchen, das ihr so gar keine Aufmerksamkeit schenkte. Eine halbe Stunde verging, in welcher sie ganz vertieft ohne Hut und mit nackten Armen und Beinen in der prallen Sonne saß, bevor sie Hitze, dann Sonnenbrand und schließlich Übelkeit verspürte.
Beim Aufstehen wurde ihr schwindelig. Sie fing an zu schreien, als sie auf das andere Mädchen zulief. »Ich will zu meiner Mami. Ich will nach Hause.« In ihrem Kummer ließ sie Kleider, Schuhe und die Blumenkrone fallen. Die kleine Tuffield hob sie auf und legte die Kleidungsstücke zu ihrem eigenen Bündel, aber die Blumenkrone war entzweigegangen. Sie hätte sie liegenlassen, um aber Myra von ihren Ängsten abzulenken, sammelte sie die Teile ein und gab sie ihr in die Hand.
»War eine so liebe Krone«, sagte sie, dachte aber dann an Mrs.

Longmores Ermahnungen und verbesserte sich: »Die ist echt schön, Myra. Am besten gehen wir in den Wald. Da ist es kühl, da kannst du sie reparieren.«
Myra fürchtete sich vor dem Wald; nach der blendenden Helle war ihr, als träte sie in schwarze Nacht ein. Sie blinzelte und stolperte. Das ältere Mädchen nahm sie beim Arm, um sie vor dem Dornengestrüpp zu bewahren; aber der feste Griff war für Myras Sonnenbrand zu schmerzhaft. »Du tust mir weh. Du tust mir weh.« Im Geiste sah die kleine Tuffield die schönen Augen von Mrs. Longmore über den Sonnenbrand ihrer vergötterten Myra bekümmert dreinblicken, sah dahinter die harten, strafenden Züge des wächsernden Antlitzes ihrer eigenen Mutter und, schlimmer noch, die funkelnde Wut in den Augen ihres Vaters und war sekundenlang tödlich erschrocken; aber noch durchströmte sie ein solches Wohlbehagen, daß alle anderen Überlegungen dadurch verdrängt wurden.
Myra war inzwischen nahezu hysterisch; von Wut, Angst und Unbehagen getrieben lief sie quer durch das Rosen- und Brombeergestrüpp, teils in der Hoffnung auf eine Katastrophe, teils verrückt vor Angst über ihre eigene Panik. Knöchel und Füße waren zerkratzt und die kostbare Spitze ihres Unterrocksaums zerfetzt. Anfangs rief die kleine Tuffield sie beim Namen, aber als sie keine Antwort bekam, wechselte sie zu besänftigenden, glucksenden Lauten über, wie sie sie beim Hühnerfüttern gebrauchte. Violet war manchmal nicht zu bändigen und ließ sich dann nur durch solche Laute beruhigen. Das half jetzt auch bei Myra, denn sie kehrte hinkend zu dem Pfad zurück, den das ältere Mädchen zwischen den Holunderstauden getrampelt hatte, und lag dort zusammengerollt, jammernd und wimmernd, so daß man kaum verstand, was sie sagte. Sie klagte noch immer über den Sonnenbrand und die Hitze, obgleich die Kühle des Unterholzes sie etwas zu beruhigen schien. Die meisten ihrer Verletzungen waren nur Kratzer, aber über dem rechten Knöchel hatte ein Dornenzweig scharf in das Bein geschnitten. Mrs. Tuffield ignorierte grundsätzlich »als Anstellerei« jede Verletzung, die nicht blutete; wenn sie aber blutete, wurde sie sofort bandagiert, nicht etwa aus therapeutischen Gründen, denn sie wusch nie eine Wunde aus, sondern eher, um jeden lästigen Beweis dafür zu verbergen, daß ihre Kinder tatsächlich Schmerzen hatten.

Ihre älteste Tochter hatte sich diese Methode genau angeeignet. Ihr eigenes kümmerliches Taschentuch hatte sie zugunsten der Schneckengehäuse fortgeworfen; sie fand auch keins in den Taschen von Myras Kleid. Dann kam ihr eine wunderbare Idee. In ihrem Leben der Fürsorge und Tätigkeit gab es, mit Ausnahme der Organisation und besseren Einteilung ihrer täglichen Pflichten, wenig, woran sich ihre Intelligenz schärfen konnte; und während des ganzen vergangenen Jahres war sie von einem neuen Vergnügen besessen gewesen – nämlich, Mittel und Wege zu finden, die zwei Zwecken auf einmal dienten. Und dieses neue Vergnügen, zwei Fliegen mit einer Klappe zu schlagen, verband sie mit Mrs. Longmores häufigem Ausdruck »eine wunderbare Idee«. Also zog sie ihren Unterrock aus – es war ein alter Unterrock ihrer Mutter, der für sie kürzer, aber nicht kurz genug gemacht worden war, und in jedem Fall war das Verbinden einer Wunde gewiß so wichtig, daß ihre Mutter ihr verzeihen würde –, trennte den Saum auf und riß diesen in einem langen Streifen ab. Mit dem Streifen verband sie Myras Knöchel. Aber damit war es nicht getan; noch wichtiger war es, Myra zu bewegen, ihrem Beispiel zu folgen und den *eigenen* Unterrock auszuziehen. Auf diese Weise würde es ihr kühler sein, und darüber hinaus würde die Brüsseler Spitze vor Dornen und Stacheln geschützt werden – oh, es *war* eine wunderbare Idee, eine Art von »Aus-drei-mach-eins«-Verfahen!

»Schau«, rief sie und erhob sich in Untertaille und Hosen und wirbelte herum, »schau! Mir ist *kühl*, mir ist kühl!« Und tatsächlich war ihr so kühl, frei und glücklich zumute wie nie zuvor. Myra war entsetzt.

»Ach, das darfst du nicht. Das darfst du nicht. Jemand könnte dich sehen.«

»Es ist ja niemand hier, und wenn, dann würde deine Mutter sagen, wir sollten uns ›frei fühlen‹.« (Der Ausspruch stammte aus einer Verteidigungsrede Mrs. Longmores für Reformkleider, aus einer ihrer Schmähreden gegen die Tyrannei des Korsetts, aber wie sollte ein zwölfjähriges kleines Mädchen die Schicklichkeitsgrenze der *Reformkleidung* kennen?)

Die Freude des anderen Mädchens zog Myra in den Bann und bewog sie, dessen Bewegungsfreiheit nachzuahmen. Bald saßen beide Kinder in Untertaille und Höschen – das kleinere stolze

Besitzerin eines Reform-Leibchens – zwischen den kühlen Blättern einiger Pfeilwurz-Stauden und flickten die Blumenkrone. Als sie damit fertig waren und Myra als Königin anerkannt wurde, empfanden beide Mädchen ein Gefühl der Zufriedenheit und des gegenseitigen Wohlwollens, wie sie es an diesem Nachmittag noch nicht verspürt hatten. Auch Myras anschauliche, dramatische und grausige Version von *Babes in the Wood,* die sie buchstäblich auf den Knien der Mutter gelernt hatte und mit der sie jetzt in angemessener Weise das ältere Mädchen unterhielt, minderte nicht im geringsten ihr Vergnügen an der sonnengefleckten Kühle des dunklen Waldes; nichts darin schien furchteinflößend – weder das plötzliche Taubengegurr in den Wipfeln der Bäume, noch die eilige Flucht der Hasen durch das Unterholz, noch der Schrei einer Eule, die ganz in der Nähe aus dem Schlaf geschreckt worden war. Sie blieben auf dem Pfad, der sich zwischen niedrigem Unterholz im Schutz der hohen Ulmen, Eichen und Buchen dahinwand. Die kleine Tuffield ging voraus, trat Holunder, Knoblauch und Bibernelle nieder und bog die Brombeerzweige, die ihnen den Weg versperrten, beiseite. An Zigeuner dachte sie überhaupt nicht mehr, wußte aber noch, daß der Paddock-Wald angeblich riesig sei, und hoffte nur, er möge noch endlos weitergehen.
Und dann plötzlich wurde das dämmerige Licht vor ihnen heller, bis all ihren Wünschen zum Trotz kein Zweifel mehr daran bestehen konnte, daß die Bäume sich lichteten, Gestrüpp das Unterholz ablöste und der Wald allmählich aufhörte. Bald schritten sie durch junge Haselnußstauden und Schwarzdorn und gelangten zum Schluß an eine Fläche, die mit hohem Gras bewachsen war und in einen Abhang überging, dem gegenüber sich ein zweiter Grashang befand. Dieser jedoch war sorgfältig eingezäunt und gemäht; den Kamm entlang zog sich eine gepflegte Lorbeerhecke, durch deren gelbgefleckte Blätter hindurch sie einen Garten und eine glyzinienumrankte Veranda erspähten. Sekundenlang stand die kleine Tuffield wie angewurzelt, als wäre sie in einen Traum hineingewandert, denn da, wo sich der Paddock-Wald hätte endlos fortsetzen müssen, befand sich ein Ort, den sie zwar nicht täglich, aber mindestens einmal die Woche sah. Da wußte sie es – der unbekannte Wald, durch den sie so bezaubert gekommen waren, war gar nicht der Paddock-Wald,

sondern ein kleines Gehölz, das ihr von der anderen Seite her sehr vertraut war – eben von der Seite, auf der sie sich im Augenblick befanden. Die Veranda und der Garten gehörten zum Pfarrhaus, an dem sie jeden Sonntag auf dem Weg zur Kirche vorbeikam, dem Pfarrhaus, in das sie einmal in Stellung gehen würde, sobald (wenn überhaupt jemals) Rosie alt genug war, um die Geschwister zu betreuen. Und die Schlucht unter ihnen war die Church Lane; von der Rückseite der Farm aus waren sie auf einem ihr unbekannten Weg zu einem Ort gelangt, der sich nur wenige Minuten von ihrem eigenen Haustor befand. Sie wollte gerade in das Gehölz zurückeilen, in das glückliche Reich, in dem ihr Aufenthalt nur so kurz gewesen war, aber Myra hatte auf dem steinigen Hang einen köstlichen Tuff von Skabiosen entdeckt, und die Königin verlangte sie für ihre Krone. In ihrer Hast, ihren Willen durchzusetzen, war sie ausgeglitten und rutschte zufrieden den glatten kalkigen Hang hinunter. Das älteste Tuffield-Kind folgte ihr schicksalergeben. Aber jetzt stieß Myra einen lauten Jammerschrei aus, denn auf dem abschüssigen Hang sauste sie rettungslos an den Skabiosen vorbei und schlug unten auf der staubigen Landstraße schmerzhaft auf. Das Tuffield-Mädchen stemmte verbissen die Fersen in die zahlreichen Kaninchenlöcher, wodurch es ihr gelang, eine ähnliche Rutschpartie zu vermeiden, hielt bei den Blumen an und pflückte eine Handvoll, um Myra über ihren Kummer hinwegzutrösten. Was ihr auch gelang. Die lila Blüten wurden in das Vorderteil der Krone eingeflochten, als wären sie Halbedelsteine. Und nun, da sie auf der Straße gelandet waren und der kürzeste Weg direkt vor ihnen lag, mußten die Königin und ihre Hofdame sich nach Hause begeben. Aber selbst in Myras königliche Phantasie und in die plötzliche Erlauchtheit des Bauernmädchens schlich sich langsam ein Gefühl für ihre Alltagswelt, für Benehmen, Anstand und Sitte. Selbst eine Hoheit muß eine Robe tragen, um durch die Church Lane zu schreiten, mochte die Robe auch noch so beschmutzt und zerfetzt sein – und der verlorene Hut... nun, die Schönheit der Blütenkrone würde Mrs. Longmore gewiß für den Verlust entschädigen (Myra war überzeugt davon), und die kleine Tuffield rechnete mit dem machtvollen Eingreifen Mrs. Longmores, um vor dem eigenen drohenden Schicksal bewahrt zu werden. Aber angezogen *mußten* sie sein, damit Vater und

Mutter sie nicht zufällig erblickten, bevor sie Gelegenheit hatten, Mrs. Longmore die Krone zu schenken.
Wie um sie zu warnen, daß Eile not tat, ertönte das Geräusch eines Wagens, der durch die Church Lane heranrollte. Die kleine Tuffield sortierte geschwind ihre Bündel auseinander – erst Myras Kleidungsstücke, dann die eigenen. Ihre Nervosität teilte sich Myra mit, die nun von einem Bein auf das andere sprang.
»Schnell, schnell«, flehte sie. »Ach, es wäre zu furchtbar, wenn uns jemand so sähe. Einfach zu furchtbar.« Sie ahmte der Mutter Entsetzen über alles, was *mal élevé* war, nach. Sie gab sich bereits als Siebenjährige eine derartige Mühe, sich die erwachsenen Gefühle der Mutter anzueignen, daß die Parodien davon zusammenhanglos und chaotisch herauskamen und ihren Körper, ihre Bewegungen völlig durcheinanderbrachten. Eben jetzt, in der Karikatur von Verzweiflung, riß sie dem Bauernmädchen die Kleidungsstücke so hastig aus der Hand, daß sie sämtlich in den Staub der Straße fielen. »Um Himmels willen«, rief sie, »du liebe Zeit, welch ein Fiasko.« Die unbewußte mimische Leistung war bewundernswert und vermittelte der kleinen Tuffield zum erstenmal eine Ahnung davon, daß Mrs. Longmore womöglich doch ihre übliche Fassung verlieren könnte. Sie hob die Sachen auf und begann sie auszustauben.
»Deine Mutter wäre sicherlich nicht böse«, sagte sie. »Sie hat uns doch erst am Mittwoch gesagt, ihr wär' alles recht, solange man sich nicht unnütz aufregt. Wir dürfen uns nicht unnütz aufregen.«
»Ach, die süße Mami, sie ist immer so gütig«, rief Myra. Sie war jetzt Mrs. Longmore auf einer schauspielerischen Höhe, die die kleine Tuffield noch nie erlebt hatte.
Aber ob Mrs. Longmore nun gütig war oder nicht, jetzt kam Snushalls Wagen daher, der Mist auf sein Feld neben dem Kirchhof fuhr. Zum Glück war Mr. Snushall mit seinen gelegentlichen Groschen-Geschenken nach dem Gottesdienst, obwohl so ganz anders als Mrs. Longmore, die Güte selbst. Das Mädchen erkannte sein heiteres, zerstreutes Lächeln, als er auf dem Karren saß und die Zügel des Pferdes in der Hand hielt, während sein junger Sohn Albert aufrecht im Mist stand und sich mit beiden Armen auf den Griff einer großen Forke stützte. Das Bauernmädchen hielt sich schnell ihr Kleid vor und versuchte, auch

Myra zu decken. Aber die junge Königin steckte jetzt zu tief in einer wilden Pantomime der Verzweiflung. Sie hopste auf der Straße von einem behosten Bein aufs andere.
»Ach, du liebe Zeit, du liebe Zeit. Das ist wirklich schrecklich!«
Albert Snushall sah sie als erster. Er wieherte laut, wurde dann unsicher, errötete flammend und machte ein ernstes Gesicht. Sein Gelächter hatte seinen geistesabwesenden Vater aufgeschreckt. Snushalls runde, erstaunte Augen blickten starr aus seinem clownhaften, seehundähnlichen Gesicht. Anfangs glotzte er nur, dann brach auch er in ein Gelächter aus, in das Albert nun ungehemmt einstimmte.
Myra, die Hoheit, war über diesen Empfang empört. »Ich bin die Königin«, rief sie und deutete auf ihre Krone. Aber sie lachten nur um so mehr. Auch der kleinen Tuffield gefiel diese Reaktion auf eine freie Verhaltensweise, die entweder hätte schockieren oder gefallen müssen, nicht besonders; vernünftigerweise sagte sie sich aber, sie könnten froh sein, daß die erste Reaktion von erwachsener Seite nicht Empörung war. Sie wollte Mr. Snushall ihre Situation gerade näher erläutern, bevor der Karren außer Hörweite war, als plötzlich Derek Longmore, vom Hause kommend, um die Ecke bog und auf seinem Fahrrad von einer Seite der holprigen, ausgefahrenen Straße zur anderen kühne Schlangenlinien fuhr, wodurch der Staub, den schon Mr. Snushalls Mistkarren aufgewühlt hatte, sich noch verdoppelte. Als er die Mädchen erblickte, richtete er sich so hoch in den Pedalen auf, daß die kleine Tuffield dachte, er würde über die Lenkstange hinausschießen. »Myra«, schrie er, »du widerliches Ding«, schwang sein Rad quer über die Straße und sauste mit dem Ruf »Mutter! Mutter!« nach Hause zurück.
Kaum eine Sekunde schien vergangen, bevor Mrs. Longmore in Person um die Ecke bog, noch immer anmutig wandelnd, wie es ihre Absicht gewesen war, als sie sich aufgemacht hatte, um Derek auf seinem Fahrrad zu folgen und einen kleinen Spaziergang vor dem Mittagessen zu machen. Sie traf ein, noch ehe Snushalls Karren sich wieder in Bewegung gesetzt hatte. Bei dem Anblick dieser hohen Dame mit ihrem eleganten Sonnenschirm erstarb Mr. Snushalls Lachen; er drehte sich sogar um, knuffte seinen Sohn und befahl ihm, mit dem blöden ›Gealbere‹ aufzuhören. Mrs. Longmores Reaktion auf den unerwarteten Anblick wurde

indessen durch die Anwesenheit eines Mannes beeinflußt. Sekundenlang jedoch konnte sie die beiden Mädchen infolge des Schattens, den ihr Schirm warf, nicht klar erkennen.
»Was tut ihr beiden da draußen?«
»Aber Mutter«, schrie Derek, »sie benehmen sich widerlich.«
»Ach, schrei doch nicht so, Derek. Was tut ihr da, Myra?«
»Ich bin die Blumenkönigin«, begann Myra. Dann ahnte sie, daß die Reaktion ihrer Mutter durchaus nicht so sanft sein würde, wie sie erwartet hatten. Sie brach sofort in Tränen aus. »Sie hat mich dazu gezwungen, Mami, sie hat mich dazu gezwungen«, sagte sie und wies mit dem Finger auf das Bauernmädchen.
Jetzt konnte Mrs. Longmore die Kinder genau sehen. »Um Himmels willen!« rief sie. »Wie seht ihr aus! Zieht euch augenblicklich an. Was fällt dir ein, Myras Sachen wegzunehmen? Und sie hat sich am Bein verletzt! Zieht euch sofort an, alle beide.«
»Ach bitte, Mrs. Longmore«, fing das älteste Tuffield-Kind an, »Madam, wir fühlten uns nicht frei darin.«
»Fühltet euch nicht frei darin! Fühltet euch nicht frei in euren Kleidern!«
Mrs. Longmore war empört über die Lage, in die man sie gebracht hatte – da stand sie, allein auf einer Dorfstraße, mit zwei kleinen Mädchen in Unterhosen und einem feixenden Landarbeiter als Zuschauer. »Steh nicht herum, Derek«, rief sie. »Du brauchst dir von diesen albernen Dingern deine Radtour nicht verderben zu lassen!« Als Derek die Straße hinuntersauste, war, ganz wie sie gehofft hatte, für Mr. Snushall das Zeichen zum Aufbruch gegeben, der mit seinem Karren davonfuhr, so rasch sein altes Pferd nur traben konnte. Mrs. Longmore fühlte sich nun selbst etwas freier; allmählich fielen ihr manche humorbetonten Richtlinien für Kindererziehung ein, auch dachte sie an die staunende Bewunderung der kleinen Tuffield. Sie beugte sich zu den Kindern hinunter und sprach mit einer sehr weichen Stimme: »Was habt ihr denn bloß angestellt?« Sie wollte ihrem ernsten Ton einen Anflug von Ironie verleihen, auf welchen die kleine Tuffield, wenn sie nur eine Spur von Humor besäße, reagieren würde, aber irgendwie stand ihr im Augenblick keine Ironie zu Gebote, die ihren strengen Tonfall gemildert hätte. Auf diese Strenge ihrer Mutter hin verwandelten sich Myras Tränen in heftiges Schluchzen.

»Sie hat mich dazu gezwungen, Mami. Sie hat mich gezwungen, mich auszuziehen. Sie wollte, daß ich alles ausziehen sollte.«
Nun reagierte die Mutter ihrerseits auf das Theater ihres Töchterchens. Sie zog Myra an sich. »Mein armes, armes Myra-Kind«, rief sie, »vergiß es, du darfst nie mehr daran denken.«
Das Bauernmädchen war über das Benehmen der beiden völlig bestürzt.
»Bitte, Madam«, rief es, »Myra hatte so geschwitzt, und da dachte ich, es wär' am besten« – sie suchte verzweifelt nach den richtigen Worten –, »ihr eine Abwechslung zu bieten. Etwas, was sie noch nie gemacht hat. Wie Sie gesagt haben.«
Mrs. Longmores ungeschickte Bemühungen, Myra möglichst schnell anzuziehen, taten der sonnengereizten Haut des Mädchens weh. Weil sie nicht aufschreien und ihre Mutter noch mehr verärgern wollte, zog sie es vor, noch lauter auf dem Bauernmädchen herumzuhacken. »Sie ist ein gräßliches Mädchen, Mami. Sie ist unanständig.« Die kleine Tuffield wollte Mrs. Longmore helfen, Myra anzukleiden, und sie war in der Tat so geschickt und schnell, daß sie ihr bereits Schuhe, Strümpfe und Unterrock angezogen hatte, ehe Mrs. Longmore sie heftig am Arm riß.
»Rühr Myra nicht an«, rief sie. Von dem Lärm angezogen, erschienen nun Violet und Rosie, Ted und Bertie auf der Bildfläche und standen in einem Knäuel herum. »Sie sind unanständig!« riefen sie. »Sie sind unanständig. Oooh! Sie sind unanständig.«
Die unwissende Lüsternheit, die Myras Klagen und dem Sticheln der kleinen Kinder zugrunde lag, rührte etwas in Mrs. Longmore an. Für sie trat an die Stelle einer bösen alten Welt Hygiene, Frischmilch, Gummihüfthalter und Morgenfrühstücke, wie man sie auf dem Kontinent bekam; der Feind bestand in Unwissenheit, Brutalität, Muffigkeit, derben schwerverdaulichen Speisen, engstirnigen Sonntagsverboten und Schmutz – nicht so sehr regelrechtem Schmutz als dem Schmutz, den sie in Mr. Tuffields Augen zu sehen fürchtete. Sie hatte bereits geargwöhnt, daß sie einen zu hohen Preis für die Landeier und die Frischmilch bezahlte, einen zu hohen Preis an Tuffieldscher Muffigkeit und Unwissenheit, an Tuffieldscher Verkommenheit, trotz Mrs. Tuffields ewigem Reinemachen. Nun wußte sie's. All die vernünftigen, modernen Methoden der Kindererziehung, zu denen sie sich bekannte, basierten vor allem auf einem Bekenntnis zur Schönheit – vor allem

in geistiger Hinsicht. Und nun trat aus dieser Tuffield-Verkommenheit durch das Mitglied, von dem sie es am wenigsten erwartet hatte – aber Korruption ist unvermeidlich wie eine Krankheit –, etwas Häßliches, Widerliches an ihre Kinder heran. Sie nahm Myra in ihre Arme. »Es ist schon gut, mein Herz«, sagte sie. »Mami nimmt dich von hier fort.« Und sie schritt die Dorfstraße hinunter auf die Farm zu.

Nach ein paar Schritten wandte sie sich um. »Ich werde es deiner Mutter sagen müssen, das begreifst du wohl. Was sie daraufhin tun wird, ist natürlich ihre Sache. Aber sie als Mutter hat ein Recht darauf, zu erfahren, was passiert ist.« Als sie das ernste flächige Gesicht vor sich betrachtete, konnte sie sich eigentlich schwer vorstellen, daß irgend etwas Schreckliches passiert sei; aber bei Unwissenheit und Armut (Mr. Tuffield war gewiß ein sehr erfolgloser Landwirt, sonst würde er keine Sommergäste aufnehmen) war ja, was Korruption anbetraf, alles möglich. Wenn das Mädchen doch nur eine einzige kleine Geste machen würde, um für einen Augenblick jene staunende Bewunderung, die es sonst in Mrs. Longmores Gegenwart zu empfinden schien, zu zeigen, dann wäre es vielleicht möglich gewesen, einzulenken (und Mrs. Longmore hätte brennend gern eingelenkt, denn irgendwie fühlte sie, daß sie auf eine übertriebene, lächerliche, sogar für sie unbequeme Stellungnahme zusteuerte), aber die gedrungene kleine Gestalt stand steif und bockig da – wie leicht konnte eine falsche Umgebung selbst Kinder verhärten! Mrs. Longmore wandte sich zornig von solchem Eigensinn ab, von einer so offensichtlichen Weigerung, sich selbst oder sogar auch ihr aus einem Dilemma herauszuhelfen, das ins Absurde auszuarten drohte. Sie setzte mit Myra ihren Weg fort und nahm sich vor, Mrs. Tuffield ihre bevorstehende Abreise anzukündigen: sie würde in das nahe gelegene Felixstowe fahren, wo sie im Grand Hotel bekannt war; es war nicht gerade aufregend, aber die Kinder liebten den Strand, und sie selbst konnte abends gelegentlich etwas Gewagtes tragen, was ganz amüsant sein würde. Aber ehe sie abreiste, würde es ihr eine wahre Genugtuung bereiten, Mrs. Tuffield klarzumachen, wie wenig diese, trotz Hausputz und In-die-Kirche-Laufen, das Gemüt ihrer Kinder rein erhalten habe.

Die kleineren Tuffields liefen Mrs. Longmore in einem zirpenden, schnatternden, grunzenden Quartett voraus; ihre Mutter,

die sie sehr gut verstand, entnahm dem allgemeinen Lärm, daß die Älteste ihre Pflegebefohlenen im Stich gelassen, etwas ›Unanständiges‹ getan und vor allem ›die Dame‹ behelligt habe. Mrs. Tuffield war zur Stelle, noch ehe Mrs. Longmore außer Sichtweite der Verderbtheit um die Ecke gebogen war, sogar noch ehe das verderbte Mädchen sich mehr als den Unterrock hatte anziehen können. Mrs. Tuffield schritt geradewegs an der eleganten, wenn auch nervösen Gestalt von Mrs. Longmore vorbei und schlug ihre kleine Tochter zweimal hart auf den Kopf. Das kleine Mädchen duckte sich in den Straßengraben. »Das hilft dir nichts, dich da 'reinzuverkriechen«, sagte seine Mutter. »Dir blüht noch allerlei, du schlechtes, böses Mädchen. Läßt da einfach Violet und die anderen 'rumspielen und denkst nicht an die Wäsche, wo ich mich doch von morgens bis abends für alle abschufte.«
Mrs. Longmore sagte: »Ich fürchte, das allein ist es nicht, Mrs. Tuffield. *Wenn* es nur das wäre. Schließlich, immer nur arbeiten und gar kein Vergnügen...«, sie überließ es Mrs. Tuffield, das Sprichwort zu vollenden, das sie nur als Mittel der Verständigung mit halben Analphabeten vorgebracht hatte.
»Ich fürchte, für *sie* ist das eben so, Madam. *Nur* Arbeit. Dafür hat der Herrgott sie geschaffen. Das ist dran schuld – wie ich mir gleich gedacht habe. All das Getue und feine Spiele spielen, für Herrenkinder ist das recht, aber für sie ist das nichts.« Sie riß die Tochter aus dem Graben und schlug sie abermals. »Du böses Ding«, sagte sie, »kannst von Glück sagen, wenn dich nicht der Teufel holt.«
»Aber nicht doch!« rief Mrs. Longmore. »Was sie tat, war zwar schlecht. Aber man muß mit ihr reden, nicht sie schlagen.«
»Ach was, reden – sie kriegt schon ihre Ohrfeigen. Und noch mehr. Sie kriegt Dresche. Ihr Vater wird ihr den Hintern versohlen. Das kriegste, mein Kind. Er ist schon sowieso wütend, weil der Weizen so dürr ist und so.«
Zufrieden damit, daß sie Mrs. Longmore widersprochen und ihre Tochter genügend erschreckt hatte, war sie jetzt bereit, zu fragen, was eigentlich passiert sei. »Was hat sie denn gemacht, Madam?«
»Sie hat Myra ausgezogen!«
»Weshalb denn das?«
Angesichts der Frage fühlte sich Mrs. Longmore in ihren über-

spitzten, finsteren Befürchtungen zwar bestärkt, jedoch völlig außerstande, diese in Worte zu kleiden. Von Frau zu Frau hätte das eigentlich ganz einfach sein müssen, aber es gab Dinge, die man nicht über die Lippen brachte... Mrs. Tuffield, der es mit der Erklärung zu lange dauerte, wandte sich an ihre Tochter. »Warum hast du denn das gemacht? Und alles so verdreckt; und wo ist deine Haube?« Myra begann sofort ihren bezaubernden Bändern nachzujammern, aber Mrs. Longmore beschwichtigte ihr wachsendes Schuldgefühl mit einer gewissen eleganten Großzügigkeit in bezug auf Strohhüte.

»Meine liebe Myra! Du bist groß genug, um schon einen Sinn für Proportionen zu haben. Reg dich nie über den Verlust von Besitztümern auf. Das wirkt kleinlich.«

»Du kriegst jedenfalls keine neue Haube«, sagte Mrs. Tuffield zu *ihrer* Tochter. Eine solche Großzügigkeit war ihr fremd. »Die hab' ich ins Wasser geworfen, um ihrem Hut Gesellschaft zu leisten«, erklärte das Mädchen.

»Wasser, was für ein Wasser?«

»Hinten, in Knapps Wiese.«

»Warum bist du dahin gegangen? Warum hast du das alles *getan?*«

»Ich wollte einmal etwas anderes tun.« Das Mädchen blickte voller Hoffnung auf Mrs. Longmore. Aber Mrs. Tuffield war schon in voller Fahrt, noch ehe sich jemand anders einschalten konnte.

»Etwas anderes! Das wirst du sein, wenn dein Vater dich erst einmal vorgenommen hat. Das kannst du mir glauben. Du wirst sein, wie Gott dich geschaffen hat, du nichtsnutziges Ding.«

»Ach, sprechen Sie nicht so mit ihr, Mrs. Tuffield«, rief Mrs. Longmore. »Ich weiß, daß sie unrecht getan hat. Aber sie *kann* sehr lieb sein. Sie kann ein ganz besonderes kleines Wesen sein, wenn sie will.«

»Besonderes! An der ist nichts Besonderes. An keinem von uns. Gott hat sie an diesen Platz gestellt, damit sie für andere arbeitet. Dafür ist sie da. Besonderes!« Mrs. Tuffield geriet in eine solche Wut gegen Mrs. Longmore und ihr törichtes, gottloses Wesen, daß sie sich von ihr abwandte, aus Angst, sich zu vergessen und sie womöglich zu schlagen. Sie konzentrierte sich auf ihre Tochter. »*Du* wolltest anders sein! Nun, du bist nichts. Nichts. Und

das wirst du immer bleiben.« Bei jedem Wort riß sie das Mädchen heftig am Arm.
»Das arme Kind! Sie werden ihr noch die Schulter ausrenken. Lassen Sie sie doch wenigstens ihr Kleid anziehen.«
»Für da, wo die hingeht, braucht sie kein Kleid, die geht jetzt ins Bett. Und an Ihrer Stelle würde ich die da auch ins Bett stecken. Sie ist alt genug, um zu wissen, was sie gemacht hat.«
»Nun, Sie sind *nicht*...«, begann Mrs. Longmore und bemerkte entsetzt, daß ihre Stimme ebenfalls schrill geworden war. Sie fing von neuem in ihrem ruhigsten, vernünftigsten Tone an: »Ich möchte mich nicht mit Ihnen streiten, Mrs. Tuffield. Wie Sie Ihre Kinder erziehen, ist Ihre Sache. Aber es dürfte wohl klar sein, daß ich meine Kinder nicht hierlassen kann, wenn derartige Dinge geschehen. Wir werden morgen abreisen. Ich weiß, daß wir von einem vierwöchigen Aufenthalt gesprochen haben, und selbstverständlich werden Sie den vollen Betrag erhalten.« Wenn Mrs. Longmore sich von ihrem »selbstverständlich« irgendeinen Protest von der Bauernfrau versprochen hatte, so irrte sie sich. Diese gab überhaupt keine Antwort, sondern zerrte das älteste Mädchen am Arm mit sich und scheuchte ihre übrige Brut vor sich her, auf den Hof zu. Das älteste Tuffield-Kind sah sich einmal um; es hatte keine Träne vergossen, es zitterte nur ein wenig; Mrs. Longmore lächelte, ein kleines Lächeln zum Trost, aber etwas in dem Blick des Mädchens ließ das Lächeln erstarren, und statt dessen wandte sie sich Derek zu, der eine tolle Radtour gemacht hatte.
Es war spät – etwa neun Uhr –, als Mrs. Longmore hörte, wie Mr. Tuffield nach Hause kam. Etwas in seinem Schritt vermittelte den Eindruck, daß er, wie Mrs. Tuffield am ersten Abend entschuldigend erklärt hatte, »ein bißchen benebelt« war. Gleichzeitig hatte sie sich damals gefragt, ob es seine ›Benebeltheit‹ war, die Mrs. Tuffield in die Kirche, oder Mrs. Tuffields Grimmigkeit, die ihn in die Dorfkneipe trieb. Aber der Pfarrer und seine Frau, die sie am Nachmittag aufsuchte, um mit dem Grand Hotel in Felixstowe zu telefonieren und ein Taxi zu bestellen, das sie zum Bahnhof von Woodbridge fahren sollte, sagten ihr, daß sich die beiden einander nichts nachgäben. Reizende Leute – der Pfarrer und seine Frau – und überhaupt nicht altmodisch; sie hatte die entzückendste Sammlung von Hokusais, und er interessierte sich außerordentlich für Maeterlinck. Sie waren anscheinend immer schockiert

darüber gewesen, daß Hypathia Clark (die Frau eines anglistischen Pfarrers) sich überhaupt bei den Tuffields einquartiert hatte – im Dorf hatten die Tuffields einen entsetzlichen Ruf. Es war ganz gut, daß sich die Dinge so zugespitzt hatten und daß sie jetzt abreisten. Aber der ganze Vorfall hatte Mrs. Longmore völlig erschöpft – bei dieser Hitze; sie war nur froh, daß sie sich, nachdem sie Myra und Derek ins Bett gebracht hatte, auf dem kleinen Plüschsofa im Wohnzimmer entspannen konnte.

Aber ihre Entspannung nahm ein jähes Ende. Denn zunächst brüllte Mr. Tuffield und schwankte lärmend die Treppe hinauf; und dann ertönten plötzlich Schreie, so laut und so furchtbar, daß Mrs. Longmore dachte, daß alles, was sie sich jemals über Angst eingebildet hatte (jene Empfindung, die ihre Kindheit zerstörte), wohl nur Phantasien eines Kindes gewesen seien und sie erst jetzt wisse, was wahres Grauen bedeute. Sie schritt auf und ab in dem stickigen kleinen Wohnzimmer, von Haß und Abscheu gequält – gegen den bösen Mann, gegen die gemeine Grausamkeit einer unwissenden, schmierigen Welt, gegen sich selbst. Ein-, zweimal ging sie an die Tür, um zu intervenieren, aber jedesmal trieb physische Angst sie auf das Sofa zurück. Schließlich blieb sie dort erstarrt sitzen, die Finger in den Ohren, und fühlte sich angewidert und unendlich lächerlich. Aber sie hörte noch immer die Schreie. Endlich erstarben sie.

Etwa zehn Minuten darauf klopfte es an die Wohnzimmertür. Der Schreck verschlug ihr die Sprache; aber die Tür tat sich dennoch auf, und auf der Schwelle stand Mr. Tuffield. Ja, wäre er nun mehr der Typ des Zigeuners gewesen, etwa eine Heathcliff-Erscheinung, so hätte man seine Gewalttätigkeit vielleicht begreiflich finden können, dachte Mrs. Longmore. Doch seine funkelnden schwarzen Augen steckten in einem kleinen, vertrockneten, schrumpelmäuligen Krötengesicht. Angewidert sah sie von ihm weg.

»Mrs. Tuffield sagt, Sie reisen ab, Madam. Das tut mir sehr leid, wahrhaftig.«

»Der Fall ist erledigt, Mr. Tuffield.«

»Aber nein doch, Madam. Wenn Sie sich über das Mädchen geärgert haben, so wird's das nicht wieder tun. Sie sind nicht die einzige, die sich beklagt hat. Mein Nachbar Snushall hat mich schon ihretwegen ausgelacht. Ich hab' sie ordentlich versohlt.«

»Mr. Tuffield, ich möchte bitte nichts darüber hören. Es ist ganz falsch, ein Kind derartig zu schlagen. Bedauerlicherweise ist es Ihr eigenes Kind, so daß ich nicht befugt bin, mich einzumischen.«

Ihr schien, als grinse er. »Das stimmt, Madam.«

»Aber ich kann Ihnen befehlen – und tue es hiermit –, daß Sie mein Zimmer verlassen.«

In seine Augen trat ein bösartiger Ausdruck, während er die Dame betrachtete. »Ich habe sie bis aufs Blut geschlagen«, sagte er und entfernte sich aus dem Wohnzimmer, die Tür leise hinter sich schließend.

Den ganzen Abend lang überlegte Mrs. Longmore, was sie tun sollte. Sie hörte, wie Mr. und Mrs. Tuffield in ihr Zimmer hinaufgingen. Sie hörte sie schnarchen. Schließlich ging auch sie erschöpft nach oben. Derek, in seiner kleinen Kammer, schlief fest. Myra, die mit ihr das Zimmer teilte, drehte sich unruhig in ihrem Bettchen um. Mrs. Longmore zog sich ihr weißseidenes Nachthemd an, löste ihr langes schwarzes Haar und bürstete es im Sitzen vor dem kleinen, ein wenig blinden Spiegel des Toilettentisches. Dann fiel ihr plötzlich etwas ein. Sie machte den einen Koffer auf, den sie am Nachmittag so sorgfältig gepackt hatte, wühlte darin an einer Seite und zog ein langes Stück zitronengelben Tülls heraus. Sie hatte es nur an einem Abend getragen, zum Staunen des kleinen Tuffield-Mädchens. Jetzt schlich sie sich auf Zehenspitzen über den Gang und betrat das Schlafzimmer der Tuffield-Kinder. Sie hatte irgendwie nicht erwartet, sie alle in einem großen Bett vorzufinden, in dessen Mitte die älteste Tuffield-Tochter auf dem Bauch lag. Sie stöhnte noch immer, aber anscheinend im Schlaf. Mrs. Longmore beugte sich zu ihr nieder und legte den Chiffon-Schal dorthin, wo sie die Füße des kleinen Mädchens vermutete. Dies war weiß Gott herzlich wenig, aber immerhin etwas. Sie war froh, als sie aus dem stickigen, übelriechenden Zimmer wieder heraus war.

1
Abschied

Sylvia Calvert haßte es, Mittelpunkt einer öffentlichen Veranstaltung zu sein. Ihr Gesicht erhitzte sich durch häufiges Erröten, und sie hatte immer das Gefühl, daß sie auf die Toilette müsse. Doch bei einer Gelegenheit wie dieser, da sie jeden kannte, bestand für sie kein Grund zur Schüchternheit. Also beschloß sie, sich einmal im Leben feiern zu lassen. Sie hatte Arthur in seinen Klub geschickt, damit er ihr nicht dadurch, daß er sich selbst in den Mittelpunkt stellte oder sentimental und geschmacklos wurde, die Freude verdarb. Rührseligkeit vor Fremden ist nur Theater. Nicht daß es Sylvia etwas besonders naheging. das Hotel Palmeira zu verlassen oder von seinen Gästen zu scheiden. Sie hatte schon zu viele Hotels verlassen, zu viele Menschen in ihrem Leben gekannt, um sich heute noch über so etwas aufzuregen. Sie war immer mehr zu der Überzeugung gekommen, daß man seine Gefühle für den engsten Familienkreis reservieren müsse. Und selbst dann waren die Calverts nicht besonders sentimental – was Arthur sich neuerdings leistete, war lediglich altersbedingt. Als die Jungen von ihrem Urlaub in den Krieg zurückkehrten, hatte sie sie höchstens ein bißchen aufgezogen. So sagte sie etwa: »Einen schönen Gruß an Hitler, wenn ihr ihn an die Wand stellt.« Das zu Harold, der seinen Krieg am Schreibtisch verbrachte! Oder: »Nimm das nächste Mal ein bißchen Rücksicht auf mein Kopfkissen, Len, mit deiner neumodischen Brillantine.« Len bildete sich viel auf sein Aussehen ein. Harold antwortete darauf: »Ade, ade, ihr lieben Leute«, und Len: »Unkraut verdirbt nicht, Mutter, ich komm' schon wieder.« Nur, daß er nicht wiederkam. Es gab Schlimmeres als den Abschied von einem Arbeitsplatz.

Doch der heutige Anlaß galt ihr allein; das war ihr nicht oft im Leben passiert. Sie trug ihr schwarzes Samtkleid und ihre langen Ohrringe und hatte sich tags zuvor eine Dauerwelle und eine

Blautönung machen lassen. Sie hatte geglaubt, daß sie gemütlich dasitzen und es genießen würde, einen Abend lang Mittelpunkt zu sein. Und nun war ausgerechnet die alte Miss Hutton dazu ausersehen worden, die Abschiedsrede zu halten. Nicht nur, daß Miß Hutton beim Reden spuckte, so daß sich leichte Tröpfchen auf Sylvias Kleid niederschlugen, sondern sie besaß auch einen ausgesprochenen Buckel. Einen Buckel, der Sylvia Wolken von Kampfer entgegenstob, wenn die Alte sich nervös nach vorn beugte, um zu einer neuen Redewendung anzusetzen. Sylvia hatte sich seit Jahren von keinem Menschen berühren lassen, außer bei einem Händedruck – ja, natürlich hatte sie die Kinder und Enkelkinder, als sie noch klein waren, geküßt, aber Judy, ihr jüngstes Enkelkind, war inzwischen schon siebzehn. Doch bei diesen Buckligen wußte man ja nie, ob sich eine Berührung vermeiden lassen würde. Das, und die Spucke. Es war sinnlos, sich darüber zu ärgern. Gerade das hatte ihr der Arzt verordnet – jede Aufregung vermeiden, sich entspannen. Also trank sie einen Schluck Gin-Vermouth, während sie sich dabei überraschte, daß sie ihren eigenen molligen weißen Arm bewunderte, der durch den geschlitzten schwarzen Samtärmel hindurchschimmerte, und entspannte sich mit einem Zug aus ihrer Zigarette. Und der Rat des Arztes wirkte tatsächlich: Denn, indem sie den Rauch langsam ausblies, wurde Miß Hutton durch die Rauchwolke in ihrem Schlußwort so gestört, daß Sylvia über den erschreckten Ausdruck der Alten lächeln mußte. Das Lächeln wandelte sich zu einem unterdrückten Lachen, was wiederum eine Bewegung in ihrem Magen auslöste und ihr das Gefühl der Zufriedenheit und Behaglichkeit vermittelte, als habe sie ein reiches Mahl zu sich genommen.

»Sie werden mir gewiß verzeihen, wenn ich an meinen eigenen Ruhestand zurückdenke. Wir alten Leute werden sehr egozentrisch. Aber früher einmal habe ich zu meinen Mädchen gesagt: ›Die Zeit ist für euch da und nicht umgekehrt: Laßt euch niemals von ihr versklaven.‹ Und mithin, liebe Mrs. Calvert«, schloß Miß Hutton, »falls es Ihnen scheinen sollte, als habe die Zeit *Sie* jetzt eingeholt, weil Sie nun in den Ruhestand gehen, haben wir beschlossen, Ihnen eine elektrische Uhr zu schenken. Sie brauchen in Zukunft nie mehr früh aufzustehen und dürfen sich spät wecken lassen. Wir werden uns dann ausmalen, wie Sie, der Zeit zum Trotz, gemütlich im Bett liegenbleiben, wenn die Uhr sieben schlägt. Wie Sie sich einfach auf die andere Seite legen und wieder einschlafen, weil Sie sich ja nun nicht mehr um all die schwierigen Gäste des Hotels Palmeira kümmern müssen, für die Sie jahrelang treu gesorgt haben. Und wenn die Uhr schlägt, so denken Sie nicht an den täglichen Ärger, den wir Ihnen verursacht haben, sondern daran, daß Sie so manchen Menschen Trost gebracht haben, von denen viele alt und die meisten einsam waren.«

Krumm, grau und abweisend setzte sie sich. Ihre Hände zitterten leicht von der Aufregung, die das lang vergessene Vergnügen einer öffentlichen Ansprache in ihr ausgelöst hatte. Du lieber Gott! dachte Sylvia. Das hatte gerade noch gefehlt. Sie sah, wie Mrs. Streeter und Charlie Webster empört den Kopf hoben; sie waren beide unter sechzig und kamen sich ganz und gar nicht einsam vor. Kapitän Anderson war in trüben Gedanken versunken, so daß es, als er einmal unwillkürlich aufstöhnte, wie er das infolge seiner Arthritis gelegentlich tat, wie ein Protest gegen Miß Huttons Bloßstellung seiner Einsamkeit wirkte; und die kleine Mrs. Tyler, die vielleicht bald in ein Altersheim mußte, weil sie zu pflegebedürftig geworden war, saß zusammengeduckt hinter einem der großen Lederfauteuils, als ob Miß Huttons Worte das gefürchtete Heimpersonal herbeizitieren könnten, um sie abzuführen.

»Ich danke Ihnen sehr«, sagte Sylvia laut. Wenn es nicht nötig gewesen wäre, Miß Huttons Taktlosigkeit zu überspielen, hätte sie kaum mehr als ein Flüstern herausgebracht. In der Öffentlichkeit war sie immer gehemmt; bei ihrem Hochzeitsessen konnte sie nicht einmal »Prost« mit einigermaßen vernehmlicher Stimme sagen. »Ich wußte schon, daß mein eigener Stundenzeiger ein bißchen angeschlagen ist«, fuhr sie, durch die Kraft ihrer Stimme ermutigt, fort, »aber ich dachte nicht, daß man ihn so rasch ersetzen würde.« Da sie sah, daß einige ihren Witz nicht verstanden und andere ihn mißbilligten, verfiel sie in ein Flüstern: »Aber trotzdem danke ich Ihnen herzlich.« Sie vergrub ihre Nase in ihr jetzt leeres Glas.

Miß Hutton begann ihr das Geschenk langatmig zu erklären, als ob elektrische Uhren soeben erst in den Handel gekommen seien. Als ob Harolds Haus nicht mit den allermodernsten Einrichtungen ausgestattet wäre! Aber Sylvia hörte ruhig zu, denn die Alte hatte heutzutage wenig Gelegenheit, sich reden zu hören. Als dann die lieben Alten der Reihe nach zu ihr kamen und ihr dankten, daß sie »immer so aufmerksam« gewesen sei, »sich stets so persönlich eingesetzt« habe, sich »um einen alten Mann gekümmert« und »immer ein fröhliches Wort« gehabt habe, wurde sie immer verlegener und schließlich ungeduldig, sogar ärgerlich. Natürlich war es angenehm zu wissen, daß sie ihren Posten gut ausgefüllt und es ihnen allen behaglich gemacht hatte, aber diese persönliche Note... es klang beinah wie Hohn. Schließlich hatte sie nie mehr als ihre Pflicht getan. Aber das war es eben, die Menschen waren so unaufrichtig und mußten immer übertreiben. Nun, was immer sie empfanden, Sylvia war überzeugt davon, daß sie ihre Gesichter und Namen in wenigen Wochen vergessen haben würde. Das ganze Getue machte sie so verlegen, daß sie auf ihre Fingernägel starrte, als hätte sie sie nicht vor kurzem erst manikürt, oder den Menschen, die zu ihr kamen, über die Schulter sah – nur um ihrem Blick auszuweichen. Alt und einsam – das stimmte freilich, aber das waren fast alle Leute, das eine oder andere oder auch beides. Es tat jedenfalls nicht gut, darüber zu reden. Und auch ihr tat es nicht gut, wenn sie sich jetzt aufregte. Sylvia stand abrupt auf, so abrupt, daß sie Mrs. Dyers in ihrem Dankesschwall schroff unterbrach, murmelte ein paar kaum vernehmliche Worte über die morgen bevorstehende, ermüdende Reise und verließ die Hotelhalle. Vielleicht lag es an ihren Ohrringen aus Simili-Steinen und falschen Smaragden, an der frischen Blautönung ihres Haars und dem schwarzen Samtkleid, aber die Leute waren ihr jetzt alle völlig gleichgültig. Sie war nicht mehr die Hotel-Direktorin.

Oben in ihrem kleinen Wohnzimmer, in Schlafrock und Pantoffeln, war sie gar nicht mehr gleichgültig, sondern nur müde und enttäuscht. Sie hätte selbstverständlich mehr Freude bekunden sollen, aber sie war ungeduldig darauf, ihr neues Leben zu beginnen. Was sein mußte, packte sie immer sofort an. Auch hatte der Abend sie irgendwie enttäuscht. Was hatte sie denn eigentlich erwartet, als man zuerst von »einer Ehrengabe« gesprochen hatte? Ein Bild blitzte vor ihr auf, aus längst vergangenen Tagen – sie wußte nicht genau, wo sie es einordnen sollte. Es waren

schüchterne, komische, wohlbekannte Gesichter, die durch eine offene Tür hereinspähten; und eine der Gestalten trat sehr zaghaft, von den anderen vorangetrieben, näher... das Geschenk – ja, um einer großen, stattlichen Frau, die hoheitsvoll, aber nicht herablassend war, ein Geschenk darzubringen. Natürlich! Es war Marie Dressler... und die anderen, die zaghaft im Türeingang standen, waren eine Schar von Filmkomikern oder vielmehr Chargenspielern – Donal Meek und May Robson und Edna May Oliver und Zasu Pitts. Eine Schar von alten Schauspielern, die in dem Film zu Ehren eines Stars, der sich von der Bühne zurückzieht, mitgewirkt hatten. Und Marie Dressler hatte den Star gespielt. Oh, gewiß, Marie Dressler wäre sie schon gern gewesen, mit *ihrem* Aussehen und der blendenden Figur, dabei ohne Starallüren, nur eine von der sogenannten alten Garde. Aber so hätte es heute abend sein müssen – die alten Leutchen hätten zur Tür hereinspähen müssen, wie wenn sie sich nicht hereingetrauten. Nicht daß sie die Leutselige spielen wollte. Nur wäre es feierlicher gewesen, mehr wie eine echte Ehrengabe. Aber da sieht man's, im Film hat man eben Geld und Zeit genug, um die Dinge echt zu gestalten.
Sylvia sollte übrigens das Hotel Palmeira nicht verlassen, ohne daß einige Leute bei ihr hereingeschaut hätten. Es waren genaugenommen drei. Als erster erschien – sehr schüchtern – Mr. Martineau, der sich vom Baugeschäft zurückgezogen hatte, ein eigenes Wohnzimmer im Hotel besaß, ja sogar ein eigenes großes behagliches Haus bewohnt hätte, wenn seine Frau nicht vor kurzem gestorben wäre, so daß niemand mehr da war, um ihm den Haushalt zu führen. »Ach, entschuldigen Sie, Mrs. Calvert, ich dachte bestimmt, Ihr Mann wäre hier.« Er war ein lieber alter Mensch, aber einsam ohne seine Frau; man mußte ihn sich vom Leibe halten. Und dann kam alles heraus, ziemlich zaghaft, denn Mr. Martineau, der ein ansehnliches kleines Vermögen gespart hatte, wollte nicht raffgierig erscheinen. »Wenn ich nicht dächte, daß Ihr Mann es vergessen hat, und Sie ja morgen früh abreisen...« Sylvia konnte es ihm freilich nicht verargen, daß er sein Geld wiederhaben wollte; als sie aber die Höhe der Summe erfuhr, die Arthur ihm schuldete, machte sie ihm vorläufig noch keine Versprechungen. Neunzig Pfund würden für sie im Ruhestand eine Menge Geld bedeuten.

»Ich spreche mit meinem Mann, sobald wir uns bei meinem Sohn häuslich eingerichtet haben.« Sie sagte nichts von baldiger Rückzahlung, weil ihr falsche Versprechungen, wie Lügen, Greuel waren.

Der alte Mann war kaum verschwunden, als Pat Reynolds hereinschneite. In Pat sah Sylvia oft die Art von Frau – nicht die sie selbst hätte sein wollen, dafür hätte ihr Verstand nie gelangt – aber die Frau, die aus Iris geworden wäre, wenn sie noch lebte. Dieselbe unaufdringliche Hübschheit – dunkles Haar, mattweißer Teint – und dieselbe leichte, lustige Art, die Iris bereits als vierzehnjähriges Schulmädchen bekundet hatte. Pat war bereits Personalchefin bei der Firma, die in Arkley Rundfunkgeräte herstellte, und gewiß nicht viel älter als dreißig. Sylvia hoffte nur, daß sie ihre Heiratschancen nicht allmählich endgültig verpaßte.

»Hallo, liebe Mrs. Calvert. Ich habe mich um die Feierlichkeiten gedrückt. Hutton auf dem Podium war mir einfach zuviel. Ich war sowieso gegen die Uhr. Deshalb bring' ich Ihnen dies. Auf daß Sie wohlriechend seien, wo immer Sie sind.« Sie gab Sylvia eine Flasche Chanel Nummer fünf. »Übrigens machen Sie sich keine Sorgen wegen der zwanzig Pfund. Es eilt gar nicht. Aber Sie hätten mich wirklich selber darum bitten können, statt mir den Hauptmann auf die Bude zu schicken.«

Sylvia versuchte ihr Erstaunen zu verbergen, aber Pats Geschenk hatte sie so weich gestimmt, daß ihr das schwerfiel. »Ach, das ist aber wirklich häßlich von ihm«, rief Pat. »Ich werde ihm, wenn ich ihn sehe, gehörig die Meinung sagen. Ich mag den Alten gern, aber warum hat er mir nicht gesagt, daß er das Geld für sich selbst haben wollte? Regen Sie sich bloß nicht darüber auf, Mrs. Calvert. Entziehen Sie ihm nur mit einem schönen Gruß von mir das Taschengeld.« Sie neigte sich beim Sprechen Sylvia entgegen; und Sylvia wandte automatisch den Kopf ab. Sich wieder aufrichtend sagte Pat: »Nun, alles Gute, Mrs. Calvert«, und war fort.

Daß ihr letztes Gespräch mit dem einzigen Gast, den sie gern hatte, so verdorben werden mußte, brachte Sylvia den Tränen nahe. Und was bewog sie eigentlich dazu, den Kopf abzuwenden? Es hätte ihr nichts geschadet, wenn Pat sie geküßt hätte. Aber auch das war Arthurs Schuld, denn wenn sie Pat nicht plötzlich so leid getan hätte, würde diese sicher nicht daran gedacht haben, sie küssen zu wollen. Pat war alles andere als sentimental.

Die unangenehmen Überraschungen (obwohl sie, da sie Arthur ja kannte, nicht wirklich überrascht war) erreichten den Höhepunkt, als es ein paar Minuten später an ihre Tür klopfte und Mrs. Amherst auf der Schwelle erschien. Zum Glück stand Sylvias Schreibtisch offen, die Platte war mit alten Briefen bedeckt, die sie im Laufe des Abends sortiert hatte, so daß sie sich sofort an den Tisch setzte und nur befürchtete, daß ihr Schlafrock sie verraten könnte. Sie würde niemals ihre Korrespondenz im Schlafrock erledigen, aber das konnte die Frau ja nicht wissen.

»Ja, bitte, Mrs. Amherst? Was wünschen Sie?« In ihrem ganzen Leben war es ihr so gut wie nie passiert, so zu tun, als wäre sie beschäftigt, doch sie ahnte Unheil (Frauen sollen so etwas angeblich spüren). Vor mehr als einem Jahr, nach den ganzen Unannehmlichkeiten mit Arthur, hatte sie ihre Beziehungen zu Mrs. Amherst auf die streng sachliche Beziehung der Hotelleiterin zum Hotelgast abgestellt. Sylvia war damals diejenige, der Unrecht geschehen war, und deshalb hatte sie jede Auseinandersetzung gemieden, denn wem Unrecht geschieht, der wird auch verachtet.

Mrs. Amhersts Worte schwirrten durch den Raum – honigsüß, doch explosiv. Es war, als hätte Mrs. Amherst einen Zuckerhut auf den Boden fallen lassen, dachte Sylvia, der nichts so zuwider war wie Zucker, selbst im Tee oder Kaffee. Sie versuchte die schmächtige Frau mit dem dürren, grimassenschneidenden Gesicht und den albernen Rougeflecken auf den Wangen nicht anzusehen; und als sie begriff, daß die harten zuckersüßen Worte sie weich machen und in eine verlogene Vertraulichkeit einhüllen sollten, versuchte sie entschlossen, nicht hinzuhören. Manche Worte freilich drangen bis zu ihr durch. »... so geschätzt, was Sie getan haben... so beschäftigt, daß wir Sie nie mehr zu sehen bekommen... manchmal gedacht, daß Sie etwas gegen mich haben... begreiflich, daß Sie so denken.«

Sylvia preßte die Hände gegen die Schreibtischplatte, um nicht laut aufzuweinen... an ihrem letzten Tag, an ihrem letzten Tag. Sie hätte ihrem Schöpfer gedankt, daß sie fortging, wenn nur die

Zukunft nicht so ungewiß wäre. Sie verdrängte die Worte der Frau aus ihrem Bewußtsein, aber in das Vakuum strömten andere Bilder, andere Stimmen nach. Arthurs Hand, weiß und dickgeädert, jetzt im Alter voll großer Leberflecken, die sich von Jahr zu Jahr mehr auf der faltigen Haut ausbreiteten, Arthurs Hand, die unter einen engen Rock faßte... Der Brief der Hotelgesellschaft. »Liebe Mrs. Calvert, wir bedauern außerordentlich, daß wir... Selbstverständlich bestätigen wir Ihnen gern, daß unter Ihrer Leitung das Palmeira-Hotel... und in heutiger Zeit, wo das Strandhotelgewerbe nachhaltig zurückgegangen ist...« Arthurs Hand, die in welkes Fleisch faßte... alter Hammel auf Lamm frisiert... »Briefe eines Hotelgasts... leider nur allzusehr durch Nachfragen bei anderen Gästen bestätigt... ständiges Gerede, obszöne Ausdrücke, für einen Gast genügender Anlaß zu kündigen, völlig unmöglich für den Mann der Direktorin...« Sie war nach London gefahren, um mit dem Sekretär der Gesellschaft zu sprechen. »Wir würden keinem anderen die Beschwerdebriefe zeigen, Mrs. Calvert. Und deshalb muß ich um äußerste Diskretion bitten.«... »Ehrlich gesagt, kann ich gewisse Dinge an ihm nur damit entschuldigen, daß er wahrscheinlich senil wird, aber für uns Damen wird die Angelegenheit dadurch nicht angenehmer, Ihre ergebene Lois Amherst.« Und schließlich die Entscheidung der Gesellschaft – »müssen darauf bestehen, daß er den Gesellschaftsräumen fernbleibt...«

»Ich habe mich manchmal gefragt, ob ich Sie in irgendeiner Weise beleidigt habe, Mrs. Calvert. Ich befürchte, daß vielleicht, weil der Hauptmann mir nachgestellt hat – es ist ja wohl lächerlich, es überhaupt zu erwähnen, aber ich frage mich, ob Sie es vielleicht ein bißchen ernster genommen haben, als ich es seinerzeit getan habe. Ich habe ihn rasch zur Raison gebracht, wissen Sie.« Sylvias Beine begannen unter dem Schreibtisch zu zittern, bald würde sie am ganzen Leibe zittern. Ich bin jetzt zu dick, um es zu verbergen, sagte sie sich, die gemeine Person wird es unbedingt merken. Ich muß sie hinauswerfen, niederschlagen, egal was, um das Weib loszuwerden, eh mich mein Körper verrät.

»Sie haben ihm die Beine entgegengespreizt«, sagte sie. »Ich habe es gesehen.« Sie fühlte, wie ihr das Blut in den Kopf stieg; sie

wußte, wenn sie aufstand, würde sie hinfallen. Einer ihrer Schwindelanfälle. Vor solchen Szenen hatte der Arzt sie gewarnt. Ihre Angst verdrängte das Erstaunen über ihre eigenen Worte, aber Mrs. Amhersts entsetzter Ausdruck rief sie ihr wieder ins Gedächtnis zurück.
Mrs. Amherst wollte eine eisige Miene aufsetzen, aber ihre Erregung vereitelte die angestrebte Würde und machte sich wutspeiend Luft.
»Schweinisch! Wie können Sie es wagen? Nennt sich Hauptmann! Ordinärer Cockney! Ich habe immer gesagt, wer Dreck anfaßt, besudelt sich.« Mit einiger Anstrengung faßte sie sich und fügte kokett, wie ein kleines Mädchen auf der Zeugenbank, hinzu: »Er könnte mein Vater sein.«
Das stimmte allerdings, überlegte Sylvia; denn trotz ihres gelben, faltigen Halses war Mrs. Amherst vermutlich nicht älter als fünfzig. Wie konnte er nur eine solche Vogelscheuche anrühren? Sie erinnerte sich an die Zärtlichkeit seiner Hände in den ersten Tagen ihrer Ehe. Und nun juckte es die gleiche Hand nach dieser abgetakelten Person. Die Frau mußte es ebenfalls recht nötig gehabt haben, wenn sie als Fünfzigjährige einen Siebzigjährigen dazu ermutigte. Als sie die Widersprüchlichkeit ihrer Schlußfolgerungen erkannte, lachte Sylvia laut und verächtlich auf.
»Sie brauchen das gar nicht so komisch zu finden, Mrs. Calvert, seinerzeit taten Sie mir leid, aber ich sehe jetzt, daß das ganz überflüssig war. Sie können von Glück sagen, wenn der alte Bock nicht im Gerichtssaal landet. Vermutlich wegen eines jungen Mädchens, und das eben bewog mich zu meiner Beschwerde. Nicht um meinetwillen, aber damit nicht ein junges Mädchen zu Schaden käme.«
Mrs. Amherst hielt inne, da ihr mit Schrecken klarwurde, zu welchem unfreiwilligen Geständnis ihr Zorn sie getrieben hatte; aber Sylvia ließ sich in keiner Weise anmerken, daß sie das begriff. Obwohl sie liebend gern der Frau einen Spiegel ihres gemeinen Benehmens vorgehalten hätte, war die ganze Sache mit zuviel Demütigung für sie und Arthur verquickt; man ließ sie am besten auf sich beruhen. »Ich zweifle keinen Augenblick daran«, sagte Mrs. Amherst, durch Sylvias Schweigen kühn gemacht, »daß das der wahre Grund ist, warum Sie gehen. Der

Hotelgesellschaft ist es schließlich zuviel geworden. Er hat die Gesellschaftsräume wieder betreten. Ich habe es gesehen. Hoher Blutdruck, so ein Schwindel! Es geht Ihnen gut genug, um mir Gemeinheiten an den Kopf zu werfen. Sie sind entlassen worden. Stimmt's?«

Sylvias hitzige Erregung wich einer bleiernen Verzweiflung über die Hoffnungslosigkeit, Arthur jemals im Zaum halten zu können. Sie hatte ihm das feierliche Versprechen abgenommen, zu keinem Menschen über ihre Krankheit zu reden. Kranke werden immer nur verachtet.

»Wer hat Ihnen gesagt, daß mein Blutdruck zu hoch sei?« sagte sie.

»Ihr Göttergatte.«

»Nun, ich fürchte, daß Arthur die Unwahrheit gesagt hat.«

Es gibt Zeiten, da man offen lügen mußte; und Arthur verdiente es, zum Sündenbock gemacht zu werden.

»Das sehe ich. ›Beunruhigen Sie meine Frau nicht damit‹ – so ein Schwindel. Eine sehr geschickte Art, sich seinen Schulden zu entziehen. Nun, ich will meine zwanzig Pfund wiederhaben.«

Es war in Anbetracht der Umzugskosten und allem Drum und Dran viel Geld im Augenblick, aber Sylvia zog ihr Scheckbuch aus einem Fach des Schreibtisches heraus und schrieb den Scheck aus.

»Ich wundere mich nur, daß Sie einem alten Bock überhaupt Geld geliehen haben«, sagte sie, als sie den Scheck überreichte.

»Nun«, Mrs. Amherst stockte, »ich dachte wohl, ich schuldete ihm...« Sie brach mitten im Satz ab. Sylvia sah ihr in die Augen – sie waren prozellanblau, wie die Augen einer blöden Puppe, das Weiße war rot gesprenkelt.

»Hauptmann Calvert ist aus dem Mannschaftsstand aufgestiegen«, sagte sie, »er hat seine Gesundheit für sein Vaterland geopfert. Solchen Männern schulden wir alle etwas...« Sie empfand Stolz, als stünde sie auf einem Podium beim Abspielen der Nationalhymne, und zugleich auch Beschämung, weil man mit dergleichen eigentlich nicht prahlt. »Und jetzt gehen Sie gefälligst«, sagte sie. Und Mrs. Amherst ging.

Sylvia wollte sich nun mit der Lektüre der Briefe, die auf dem Schreibtisch lagen, beruhigen. Der Schreibtisch war Eigentum

der Hotelgesellschaft, und sie wollte unter keinen Umständen irgendwelche persönlichen Briefe, die die neue Leiterin finden könnte, zurücklassen. Nicht etwa, daß sich etwas besonders Intimes darunter befand oder daß sie die neue Leiterin jemals wiedersehen würde; aber wenn man Fremden einen Einblick in persönliche Dinge gestattet, gibt man sich ihnen in die Hand.
Sie konnte sich nicht enthalten, Harolds Brief noch einmal zu lesen, obwohl sie inzwischen so oft zwischen den Zeilen gelesen hatte, und jetzt war sowieso nichts mehr zu machen, sie konnten nicht zurück.

Liebe Mutter,
dieser Brief soll Dich und Papa in der ›Villa Sykomore‹ willkommen heißen. Es wird Euch nach der Enright Avenue sehr anders vorkommen. In gewisser Weise wollten sowohl Beth als ich ursprünglich ungern von dem alten Haus scheiden, weil es akkurat das war, was wir uns gewünscht hatten, als wir nach New Town zogen – eine breite Straße, ein modernes und dennoch behagliches Haus. Selbstverständlich tat es uns auch leid, Craighill zu verlassen. Es war, wie Du weißt, der erste Bezirk von Carshall, der nach der Errichtung des Stadtkerns fertiggestellt wurde. Und der erste, der sein eigenes Einkaufszentrum und sein eigenes Rathaus erhielt. Und wir waren die ersten, die einzogen. Aber die Welt kann nicht von Pionier-Sentimentalitäten leben. Vor allem nicht das England von Mackie Messer (sag bloß Papa nichts von diesen revolutionären Reden!), das ganze Land stirbt anscheinend vor Heimweh nach der guten alten Zeit. Aber Du wirst von mir noch genug über dieses Thema zu hören bekommen, wenn Ihr erst einmal hier wohnt: die Kinder pfeifen neuerdings mit einer Formel ab, die vsjs (Vater soll jetzt schweigen) lautet.
Also – Du weißt, woran Du bist! Jedenfalls glaube ich, daß Dir Melling gefallen wird. Es liegt am Rande von Carshall, abseits von der Autostraße, fast auf dem Land, aber mit Blick auf die Stadt. Die ›Villa Sykomore‹ ist ein schönes, modernes Haus von E. und S. T. Burman White Ltd., der Firma, die die neuen Kioske an der Kurpromenade von Brighton gebaut hat,

welche vor ein paar Monaten in *The Guardian* abgebildet waren – mit hundert Quadratmetern Garten, aber natürlich nicht gänzlich von der Umwelt abgeschlossen; es entspricht durchaus den Carshallprinzipien der guten Nachbarschaft. Beth und ich haben zuerst gezögert, ein freistehendes Haus zu kaufen, ich meine eins, das nicht in einer Straße steht; es war ganz gegen unsere Prinzipien. Beth hätte nie ihre Vereinsarbeit hier gegen das Amt der Hausfrau eintauschen mögen. Aber die Automation hat uns dieses Problems enthoben. Und der Tod hat es vollends für uns gelöst. Aber über Beths Tod kann ich nicht schreiben, vielleicht kann ich mit Dir darüber sprechen, wenn Du hier bist, oder vielleicht auch nicht. Ich wiederhole Dir nur, was ich in meinem letzten Brief aussprach, nämlich daß Beth noch ganz zuletzt die Hoffnung geäußert hat, Ihr möchtet hierherziehen. Von Deinem hohen Blutdruck hatten wir da noch keine Ahnung. Du brauchst Dir also nicht als ›Eindringling‹ vorzukommen (siehe Deinen Brief vom 4. Dezember): Beth wollte es gern.
Ehrlich gesagt, war das Haus von Anfang an ein bißchen zu groß für uns. Ich werde ein viel besseres Gewissen haben, wenn Du und Vater bei uns wohnt. Und Kinder werden schließlich groß und entwachsen dem Kreis der Familie, obwohl Du feststellen wirst, daß wir eine sehr eng verbundene Gruppe von Individuen sind (die beste Form von Gesellschaft, meiner bescheidenen Meinung nach). Ihr werdet Euer eigenes großes Wohn-Schlafzimmer haben und Eure eigenen Möbel. Überhaupt kannst Du (wenn Du willst, aber ich weiß, Du wirst es nicht wollen) die ›Villa Sykomore‹ als ein Hotel betrachten, für das Du nicht verantwortlich bist.
Offen gestanden, ist es eine viel zu üppige Behausung für den Direktor der städtischen Oberschule, wie jeder Schnüffler, der nichts von meinem zusätzlichen Einkommen aus meinen Lehrbüchern weiß, sicherlich denken wird. Du findest das wahrscheinlich komisch und sagst, warum regt er sich überhaupt auf, daß er ein schönes Haus besitzt? Aber New Town und das, was es bedeutet, war der Kernpunkt dessen, woran Beth und ich glaubten, und nun, da sie tot ist, ist es das einzige, was mir geblieben ist.
Das klingt in bezug auf die Kinder etwas hart. Denn selbst-

verständlich haben sie sich glänzend bewährt, und wir verstehen uns großartig – wir sind ein Irrenhaus, darauf mußt Du Dich gefaßt machen. Aber, wie Ray soeben sagte, ›sage Großmama, wenn man sich erst mit den Tatsachen abgefunden hat, geht alles ganz einfach‹. Mark befindet sich in einer Phase jugendlicher Rebellion – Anti-Atomrüstung und so weiter – Gott sei Dank. Judy zeigt in ihren Schulfreundschaften eine Vorliebe für den Landadel, was mich manchmal deprimiert. Die Anwesenheit ihrer Großmutter wird ihr bestimmt sehr guttun.
Zu Papa. Reg Dich nicht auf. Ich wollte nicht kindisch erscheinen. Ich habe mich mit alledem längst abgefunden. Als wir Kinder waren, war das etwas anderes. Beth hat mir dabei geholfen. Sie sagte, wenn Deine Mutter es erträgt, kommt es Dir nicht zu, Dich darüber zu beschweren. Natürlich ist er hier willkommen. Ich habe ihn ja nur für alle Fälle verwarnt. Ich habe hier eine verantwortliche Stellung und kann es mir nicht leisten, daß er sie ausnutzt. Aber, wie Du sagst, ist er im Alter vernünftiger geworden. Sage ihm, daß die Cranstons (sehr nette Menschen, mit denen wir uns in Melling angefreundet haben) ihn gern als Vierten für ihre Bridgeabende wollen – sie haben bloß ein bißchen Angst, daß sie ihm nicht gut genug spielen. Was sie natürlich auch nicht tun werden. Ist dem Alten denn jemals irgendeiner gut genug gewesen? Aber genug davon.

Sylvia legte den Brief zu den anderen Papieren und nahm diese mit ins Schlafzimmer, um sie in ihrer Handtasche zu verstauen. Dann zog sie sich aus und begab sich zu Bett. Harold war so klug. Es war schwer, etwas im voraus zu sagen. Sie hatte Beth und ihm niemals nahegestanden, den Kindern übrigens auch nicht. Und gar Arthur und Harold! Nun, so war das Leben. Aber von den beiden Problemen, die sie beschäftigten, wollte sie im Augenblick lieber Mrs. Amherst den Vorzug geben.
Die Person hatte sich ihrer Tat geschämt, aber es bedurfte eines sehr feinen Gradmessers, um zu wissen, inwieweit ein Sichschämen die niederträchtige Tat aufhob. Einen solchen besaß Sylvia nicht; sie konnte sich nur damit trösten, daß sie die Frau nie mehr zu sehen brauchte. Jemandem etwas nachzutragen hatte keinen

Sinn, dafür war das Leben zu kurz. Immerhin war sie froh, daß der Arzt ihr Pillen verordnet hatte, und steckte sich eine in den Mund, denn Arthurs Benehmen war wirklich dazu angetan, einen Herzanfall herbeizuführen. Nicht nur, daß er der blöden Kuh erzählt hatte, seine Frau sei herzkrank, obwohl er hoch und heilig versprochen hatte... nein, das war gar nicht so gravierend, denn er tat es ja schließlich, um sie zu schonen, was bewies, daß er doch etwas von dem, was der Arzt gesagt, beherzigt hatte und daß er immer noch an ihr hing. Sylvia überlegte; sie hatte schon zuviel Enttäuschungen mit Arthur erlebt, um nicht zu wissen, wie gefährlich es war, wenn man ihm gegenüber weich wurde. Jedenfalls fand sie es widerlich von ihm, eine Frau anzupumpen, die veranlaßt hatte, daß ihm der Zutritt zu den Gesellschaftsräumen verboten wurde. Und dann besann sie sich, daß nicht einmal dieser Vorwurf gerechtfertigt war, denn selbstverständlich hatte sie ihm ja die Klagen über ihn verheimlicht. Nach vierzigjähriger Ehe mag man seinen Mann nicht demütigen lassen. Und so hatte sie ihm lediglich gesagt, daß laut einer neuen Vorschrift das Hotelpersonal die Hotelhallen nicht mehr betreten sollte, und war ihnen ebenfalls ferngeblieben, damit ihre Lüge überzeugender wirke. Da er nie einen Denkzettel erhalten hatte, konnte man ihm den Mangel an Besserung nicht zum Vorwurf machen. Bei dem Gedanken daran, wie kompliziert das Leben war, mußte sie lachen – man tut das Richtige oder bemüht sich wenigstens darum, und alles wird nur schlimmer. »Ich weiß nicht«, sagte sie laut, »ich weiß es wirklich nicht.« Bei dem Zitat der alten Mrs. Harker, ihrer Lieblingsfigur aus ihrer Lieblingsfernsehreihe »Unsere Welt«, fühlte sie sich wie üblich ganz getröstet. Es war irgendwie traurig, wie wenig man in einem arbeitsamen Leben wirklich wissen *konnte,* aber indem sie das Stichwort der Komikerin in deren Jargon wiederholte, schien das ganz in der Ordnung so, wie etwas, was jedermann geläufig war. Man konnte sich daraufhin ausstrecken, sich kratzen, wo es juckte, und einschlafen.

Sie erwachte von seinem unmöglichen Gesang zu einer unmöglichen Stunde. Eine andere hätte wohl sofort gedacht: betrunken; aber das brauchte sie Gott sei Dank nie zu fürchten, denn mit *seiner* Lunge und *seinem* Herzen hatte er seit mehr als dreißig Jahren fast kaum geraucht oder Alkohol getrunken. Nur fünf

Zigaretten am Tag und zwei Halbe Bier oder einen Whisky – das war das Alleräußerste. Diese strenge Abstinenz stimmte sie immer nachsichtig gegen ihn, denn jeder hat ein Recht auf Lebensfreude, wenn er sie kriegen kann. Arthurs Singen hingegen war nicht zu entschuldigen; das war lediglich Ausdruck seines absoluten Mangels an Rücksicht auf andere. Sie tat, als ob sie schliefe. Er sang eines seiner alten Lieblingslieder, und wenn sie auch wütend auf ihn war, wollte sie es doch zu Ende hören, denn es war eines von den Liedern, die einen angingen – der Text war so wahr.

Es wird nicht anders sein,
Es wird genauso sein,
Heute in hundert Jahren.
Wozu sich Kummer machen,
Wozu denn Krach schlagen,
Wir sind doch gut dabei gefahren,
Du bist dann nicht mehr da,
Ich bin dann nicht mehr da,
Wenn die hundert Jahre vorübergehen.
Nur ein anderer hält die Zügel,
Und die Welt wird sich weiter drehen.

Nun, das stimmte einigermaßen, einer hielt immer die Zügel, und so würde es immer sein. Sie sollte Arthur eigentlich sofort zur Rede stellen, ihm nicht wieder alles durchgehen lassen; aber wozu? Heute in hundert Jahren wird es genauso sein. Die gleichen Streitigkeiten, die in die gleichen Sackgassen führen. Der Arzt hatte ihr Aufregungen verboten, und Pat Reynolds hatte gesagt: »Regen Sie sich nicht auf, Mrs. Calvert«, und dann das Lied »Wozu sich Kummer machen?« Sie war so schläfrig, ihr war so schön warm.

Und dann furzte Arthur zweimal sehr laut. Er sagte automatisch: »Pardon!«

»Um Himmelswillen, Arthur, geh ins Bett.«

»Ich habe ›Pardon‹ gesagt, oder etwa nicht?«

»Pardon! Du sagst immer ›Pardon‹ und glaubst dann, daß damit alles in Ordnung ist. Wie ein verzogenes Kind.«

»Du lieber Gott! Was ist denn los?«

»Gar nichts. Mach schon. Geh ins Bett. Wir haben morgen eine anstrengende Reise vor uns.«
»Und eine besonders angenehme, wenn du gedenkst, diesen Märtyrerton beizubehalten. Ich gehe bei dem Scheißregen in den Klub, damit du deine Feier allein genießen kannst, und das ist der Dank dafür. Ich tue weiß Gott, was ich kann, für dich...«
»Du brauchst gar nichts für mich zu tun, Arthur, du sollst mich bloß nicht hintergehen und belügen. Wenn du Geld brauchst, weißt du, daß du dich jederzeit an mich wenden kannst. Du weißt, ich gebe mir alle Mühe, deine Pension zu strecken. Ich spare wahrlich, was nur möglich ist. Aber daß du dich an Fremde wendest und sie anlügst...«
»Wieso anlügst?«
»Du hast Pat Reynolds gesagt, das Geld sei für mich.«
»Ach, hat die blöde Kuh sich bei dir beschwert? Eine feine Art, sein Mitgefühl mit einer Kranken zu äußern...«
»Arthur, ich *will* nicht, daß du anderen erzählst, ich sei krank. Verstanden?«
»Wer hat denn schon wem was erzählt? Wen interessiert es überhaupt? Du bist hier reichlich egozentrisch geworden, liebe Sylvia. In Carshall wird sich kein Mensch darum scheren, ob Mrs. Calverts Blutdruck zu hoch ist. Das solltest du dir rechtzeitig klarmachen.«
Sylvia hielt beim Sprechen die Augen geschlossen. Jetzt ahnte sie, daß sie Arthur damit in Wut brachte, denn er kam näher und stand direkt über ihr.
»Verdammt noch mal, hörst du eigentlich zu?« brüllte er.
»Gewiß, Arthur, und ich könnte mir denken, daß das ganze Hotel dich hören kann.« Aber sie machte die Augen nicht auf. Sie konnte den wohlvertrauten Anblick seines wutverzerrten Gesichts nicht ertragen.
»Das Hotel, na und wenn schon! Wir haben uns dafür halb zu Tode geschuftet. *Dem* schulden wir wahrlich nichts.«
Sylvia lachte schallend. »Du schuldest Pat zwanzig Pfund und dem alten Martineau neunzig und wer weiß was noch alles, wovon ich keine Ahnung habe.«
Er änderte den Ton. »Ich schwöre dir, Sylvia, mehr ist es nicht. Und Martineaus Darlehen war eine Sache von Mann zu Mann.

Ich versteh' nicht, wie der Scheißkerl die Stirn hat...« Es klang gekränkt.
»Ach, Arthur, ich habe doch eben erst Mrs. Amherst zwanzig Pfund zurückgezahlt.«
»Na schön, dann weißt du ja alles. Was geht das dich überhaupt an? Es sind meine Schulden, und ich werde sie selber erledigen. Wie kommst du dazu, die alte Amherst auszuzahlen? Sie hat eine schöne Unterhaltsrente. Sie hätte warten können. Ich habe mir das Geld sowieso nur geliehen, damit du nicht mit lauter kleinen Rechnungen belästigt würdest. Und der Umzug kostet mehr, als du denkst.«
»Arthur, sei nicht kindisch. Du weißt genau, daß du mit dem Umzug überhaupt nichts zu tun gehabt hast. Du hast nicht einmal deine eigenen Sachen gepackt. Geh jetzt schlafen. Ich bin müde.«
»*Du* und müde.« Er sprach jetzt in einem so heftigen Ton, daß sie sich fragte, ob er nicht vielleicht doch einen über den Durst getrunken habe. Sie spürte, wie sich seine Fingernägel in ihren Arm gruben.
»Du blöde Kuh. Ich wünschte bei Gott, ich wäre dir nie begegnet.«
Wie immer schämte er sich offenbar seiner plötzlichen Roheit, denn zwischen den halbgeschlossenen Lidern beobachtete sie in dem gedämpften Licht, wie seine schattenhafte Gestalt davonschlich, auf sein eigenes Couchbett zu, das auf der anderen Seite des großen Zimmers stand. Er erinnerte sie an einen Schakal (oder war's eine Hyäne?) aus einem Reisebericht im Fernsehen. Wie hilflos Arthur doch war, dachte sie, aber anstatt nun den Wunsch zu haben, ihn zu beschützen, fand sie sein feiges Davonschleichen nur einfach widerwärtig. Sie kuschelte sich auf ihrem Lager zurecht, um diese dummen Gedanken zu verjagen. Von der anderen Seite des Zimmers hörte sie das Pfeifen und Stöhnen eines seiner Hustenanfälle. Als ihr Kopf auf das Kissen zurückfiel, wurde die Schwärze vor ihren geschlossenen Augen plötzlich rot und drehte sich zweimal im Kreis. Nachts, bei geschlossenen Augen, ängstigten sie ihre Schwindelanfälle viel mehr als am Tag, denn dann wurde sie wehrlos ins Nichts geschleudert. Am Tag blieben die Dinge, mochten sie noch so stark schwanken und kreisen, doch immerhin bekannt und vertraut.

Wir beiden alten Wracks, dachte sie, da verschwenden wir unser bißchen Kraft in sinnlosen Krächen.

Sie fühlte sich angenehm berührt, als er ein paar Minuten darauf, aus der Dunkelheit heraus, in seiner geschwätzigen Art erzählte: »Wieder ein Unfall an der Rushman-Ecke. In dem Scheißsturm wurde ein junger Kerl auf dem Motorrad über die Hauptstraße hinausgeschleudert. Der Arme hat sich die Hüfte gebrochen.« Sie schnalzte mit der Zunge zum Zeichen ihrer teilnahmsvollen Entrüstung.

»Die Stadtverwaltung sollte sich schämen.« Ihre Stimme traf denselben Plauderton. »Jedes Jahr diese Unfälle.«

»Bevor die ihre kostbaren Gelder ausgeben, kann man sich das Genick brechen. Sie sind alle gleich. ›Schreib doch mal ans Ministerium‹, hat mir Harry Leighton bei unserem vorigen Jahrestreffen gesagt, ›sag ihnen, dein Oberst findet, das Land sollte besser für die Leute sorgen, die dafür gekämpft haben.‹ Schreib mal ans Ministerium! Als ob das was nützen würde. ›Der Herr Minister läßt Ihnen mitteilen...‹ Alles Scheiße.«

»Ich habe neulich gelesen, daß man die Kriegerrenten erhöhen will.«

»Ach, du hast gelesen. Wenn du alles glaubst, was du liest...«, seine Stimme ging in Stöhnen und Pfeifen über.

»Nun, ich denke mir, wenn wir eine neue Regierung bekommen, wird man es wohl tun.«

»Regierungen! Was kümmern die sich um uns? Unsereins gehört nicht zur großen Zukunft des Landes. Wir sind keine Teenager. Wir haben bloß den Feind an der Marne zum Stehen gebracht. Wir sollten längst tot sein.«

»Die Jungen würden kein England haben, wenn es nicht Tommies wie dich gegeben hätte.«

Aber sie wollte schlafen oder zumindest in die warme Geborgenheit versinken und alles vergessen. Normalerweise hätte sie sich vor dem Einschlafen mit den kleinen Widrigkeiten des kommenden Tages gequält: Sie mußte Concepcion anweisen, den Toast nicht eher auf den Tisch zu stellen, als bis er verlangt wurde, mußte die alte Birdie dazu bewegen, im Zimmer der armen Mrs. Tyler Ordnung zu schaffen, mußte den jungen Pablo an das Türschloß des Hintereingangs erinnern, mußte bei Mayhews wegen des zähen Rindfleisches Krach schlagen... heute nacht war nur die Vergangenheit vorhanden, die nicht mehr zu ändern, und eine Zukunft, die undurchsichtig war. Man brauchte alle Wärme, die man kriegen konnte, um einzuschlafen. Vielleicht war es Gedankenübertragung – das gibt es, besonders bei Menschen, die sich nahestehen, und Arthur und sie standen sich nahe, trotz aller Bitternis, allein durch vierzig gemeinsam verbrachte Jahre.

»Reg dich nicht auf, Sylvia. Wenn es bei Harold nicht klappt, können wir immer noch woandershin gehen. Wir sind nicht gebunden.«

Natürlich stimmte das nicht: Sie waren gebunden, sie konnten es sich nicht leisten, Harolds Anerbieten abzulehnen. Aber das war typisch Arthur – aus schwarz wurde weiß, wenn ihm das im Augenblick besser behagte. Er lebte für den Augenblick. Sie spürte, wie ihre Wangen heiß wurden. Ich muß ruhig bleiben und darf nicht bitter werden, warnte sie sich. Ein Mensch, der zeitlebens unter den Folgen einer Gasvergiftung zu leiden hat, lebt notgedrungen nur für den Augenblick. Dennoch mußte sie dafür sorgen, daß er sich bei Harold nicht zu dreist aufführte, und dreiundsiebzig Jahre waren eine lange Zeit, wenn man sie nur für den Augenblick gelebt hatte.

»Höre, Arthur, du weißt genau, daß es dir bei Harold gefallen wird. Dir gefällt die Gegend. Und die Busverbindungen sind bequem. Harold schrieb, daß ein Ehepaar Cranston dich gern als Vierten zum Bridge haben möchte. Sie haben nur Angst, daß sie dir nicht gut genug spielen werden.«

»Wie kommen die Leute bloß immer auf so was? Sie haben jedesmal verdammt recht.« Aber er freute sich. Ein paar Sekunden später: »Ja, wenn wir zu Len hätten ziehen können«, aber noch ehe er den Satz beendet hatte, war er schon schnarchend eingeschlafen.

Zu Len ziehen! Er wußte so gut wie sie, daß Len niemals ein eigenes Heim gehabt hätte. Jedenfalls hatten Len und sein Vater, bevor Len fiel, sich bei jeder Begegnung gestritten. Und dann, nachdem das Telegramm gekommen war, hatte Arthur monatelang damit angegeben: »Mein Jüngster hat sein Leben für sein Vaterland geopfert. ›Wenn das, was Churchill am Radio sagt, stimmt, dann muß ich mich melden‹, hat er erklärt. Und das hat er auch getan.« Bis es ihr die Schamröte ins Gesicht trieb. Erstens hätte Len nie auf Churchill gehört; eher schon auf Bing Time. Ferner hatte er sich gar nicht gemeldet, sondern man hatte ihn geholt; und außerdem war Len gefallen, obwohl er leben wollte, und das genügte doch wohl, man brauchte nicht auch noch mit ihm zu prahlen. »Wenn wir zu Len hätten ziehen können...«

Man konnte mit Arthur nicht gemütlich zusammen sein, ohne daß er die Tatsachen verdrehte; es war, um mit der Bibel zu sprechen, einfach keine Wahrheit in ihm.

Sinnlose Kräche, die zu nichts führten; eine Intimität, die nichts bedeutete. Doch in Romanen liest man von Familienfehden, die so tief gehen, daß sie eine junge Liebe für immer töten, wie auch, daß eine liebevolle Handbewegung genug Zärtlichkeit erwecken kann, um den ärgsten Streit zu begraben. Aber Bücher und Leben waren nicht dasselbe; etwas Derartiges war nicht zu erwarten.

Arthur trug seinen grünlichen Regenmantel über einer sandfarbenen Tweedjacke, seine grauen Flanellhosen waren immer so hoch hinaufgezogen, daß seine Strumpfhalter über den dicken grauen Wollsocken zu sehen waren. Seine hellbraunen ledernen Halbschuhe putzte er noch immer mit großer Sorgfalt. Er trug seinen Eschenstock und seine alte rötlichgelbe Tweedmütze. Sylvia gefiel sich in ihren beigefarbenen Nylonstrümpfen und schwarzen Wildlederschuhen. Sie trug ihr neues Komplet aus maulbeerfarbenem Kunstseidenbouclé, mit einer Schleife am Hals und einem schwarzen Lackgürtel; ihre große schwarze Lacktasche ging immer auf; ihr Hut bestand aus dunkleren weinroten Bandrüschen. Biß sich der Hut mit dem Kleid? Dessen war sie sich von Anfang an nie ganz sicher gewesen. Aber beides waren hübsche warme Farben. Ihr Biberlammantel war jetzt alt, aber immer noch brauchbar.

Als sie aufwachte, glaubte sie ihr übliches überfülltes Tagesprogramm vor sich zu haben und war fünf Minuten lang völlig verwirrt, als sich der Tag allmählich in ein ganzes Tagebuch von leeren Seiten verwandelte – ihr neues Leben. Diese schwindelerregende Leere hatte sie ganz durcheinandergebracht, sonst hätte sie besser darauf geachtet, daß Arthur nicht Gespräche mit fremden Mitreisenden anfing. Es war sogar ihre eigene Dummheit gewesen, wie sie, kaum war es geschehen, einsah; um ihn nämlich von den Rennberichten der Zeitung, die sie ihm

gekauft hatte, abzulenken, schlug sie vor, in den Speisewagen zu gehen.
Selbstverständlich würde er sofort den Kellner wegen des Essens verhöhnen: »Dieses Huhn muß ja verdammt oft über die Landstraße gelaufen sein«, oder: »Das muß der Käse sein, der beim Derby-Rennen 1931 den Favoriten um Kopflänge schlug«, und so weiter. Das höfliche Lachen des Kellners würde immer eisiger werden, je höhnischer und herablassender sich Arthur gebärdete. Aber auf das alles war sie gefaßt. Womit sie nicht gerechnet hatte, waren Mr. und Mrs. Lionel G. Hoppner, die sich ihnen gegenüber an den Tisch setzten. Mr. Hoppner ergriff die Speisekarte und sagte: »Darf ich fragen, was die Herrschaften uns empfehlen würden?« Und Mrs. Hoppner fügte mit einem entwaffnenden Lächeln hinzu: »Wir essen nicht gern Gebratenes.« Bald nannten sich alle vier beim Vornamen. Als Sylvia erfuhr, daß sie Amerikaner waren, stieß sie einen Seufzer der Erleichterung aus. Es gab viele, die Amerikaner nicht mochten; die meisten der Pensionäre, die als Dauermieter in den vielen Hotels wohnten, in denen Sylvia gearbeitet hatte, lehnten Amerikaner ab, aber die armen Leutchen waren eben neidisch, weil sie selbst nicht in der Lage waren, zu reisen und sich jung zu erhalten wie die Gäste aus Amerika. Nein, solange es sich nicht um die Diät ihrer Kinder handelte oder um die Angst, daß man ihnen zu hohe Trinkgelder abverlangte, waren Amerikaner die angenehmsten Gäste. Gewiß, sie redeten manchmal zuviel, wenn man zum Beispiel morgens das Bettenmachen beaufsichtigte oder die Blumen herrichtete. Aber man brauchte ja schließlich nicht zuzuhören; sie waren ganz zufrieden, wenn man ein interessiertes Gesicht machte. Und in diesem Augenblick dankte Sylvia ihrem Schöpfer, daß die Hoppners Amerikaner waren, denn nur Amerikaner würden keine Hemmungen haben, Arthur den Mund zu verbieten. Die Lage schien entscheidend vielversprechend.
»Wir sind wirklich entzückt über die Verbesserung des Service in England. In diesem Land scheint ein neuer Geist zu herrschen, seit wir im Herbst 1958 das letztemal hier waren. Auf jener Reise prägte Mrs. Hoppner den Ausspruch: ›Wenn's *britisch* ist, kann man's gleich abschreiben.‹«
»Aber ich bitte dich, Lionel, fang jetzt nicht mit deinen Witzen

an.« Sie legte ihre Hand auf die seine. »Heb sie für die Bob-Hope-Revue auf, Liebling.« Sie lächelten sich froh und zufrieden an. »Nein, aber Lionel hat wirklich recht. Etwas ist mit Großbritannien passiert. Als wir 1958 hier waren, mußten wir immer, wenn wir im Hotel etwas aufs Zimmer haben wollten...« Und so ging es weiter; jeder von ihnen wollte das Gespräch an sich reißen, doch hatten beide offenbar im Lauf der Zeit gelernt, dem anderen eine Chance zu geben. Sylvia befürchtete nur, daß ein so geräuschvoller Tisch die Aufmerksamkeit des ganzen Speisewagens erregen würde, aber immerhin, solange Arthur sich nicht zum Mittelpunkt machte... Unbekümmert konnte sie die Dinge, die sie interessierten, betrachten... das schlechtgepflegte Besteck, das fleckige Tischtuch, die übergeschwappten Suppenteller.

Mrs. Hoppners Steak war dann die Veranlassung dazu, daß Arthur in Fahrt kam. »Den Dreck da können Sie nicht essen. Sie haben es doch ›rare‹ verlangt, nicht wahr? Keinen solchen verkohlten Mist. Kellner! Kellner! Die Dame wollte ihr Steak nicht durchgebraten haben. Ja, ich weiß, daß sie ›rare‹ gesagt hat, aber das ist zufällig der Ausdruck, den Amerikaner für ›nicht durchgebraten‹ benutzen, und je eher unsere berühmte Britische Eisenbahn sich der modernen Welt ein bißchen anzupassen lernt, um so eher werden wir britischen Steuerzahler aus den Schulden heraus sein.«

Trotz Mrs. Hoppners Protest wurde das Fleisch wieder fortgetragen, und zu Sylvias Erstaunen war sie über Arthurs Einmischung eher erfreut als verärgert.

»Danke vielmals, Sie sind wirklich sehr freundlich.«

»Es war mir ein Vergnügen, meine Liebe, ein Vergnügen.«

Anschließend ging er in Cockney-Jargon über. Das war eins seiner Lieblingsthemen. »Ich bin ein waschechter Cockney, nicht weit von den Bow Bells geboren, das sind die Glocken der St.-Mary-Le-Bow-Kirche in der Londoner City. Nun, ich wette, wenn ich Ihnen sagte, Spinne am Morgen hat Gold im Munde, würden Sie glauben, ich sei plemplem, nicht wahr?« Mr. Hoppner sagte nein, er kenne diese Art von Sprüchen, und übersetzte ihn für seine Frau, die bemerkte:

»Nun, das ist gewiß ein recht sonderbares Sprichwort.«

Also ermutigt, führte Arthur noch eine Menge Cockney-Sprüche an. Sylvias Muskeln spannten sich, ihr Lächeln wurde immer starrer. Sie hatte eine Todesangst, daß irgendein echter Cockney sich in das Gespräch mischen würde, der den Reimslang wirklich beherrschte; und daß daraufhin plötzlich Arthurs Geburtsschein der Gesellschaft unter die Nase gehalten würde: »Arthur Calvert, geboren am 7. Juli 1888. Geburtsort: Southampton.« Und sie stellte sich vor, wie die Bow Bells spöttisch läuten würden, wenn sie sich wie in einem Fernsehstück beschämt davonschlichen.

Aber natürlich machte es eigentlich nichts. Mr. und Mrs. Hoppner lächelten standhaft, als hätten sie Freikarten für eine Kasperlevorstellung. Einige Leute an dem Tisch auf der anderen Seite des Durchgangs wirkten, durch Arthurs Komödiantentum und seine laute Stimme angezogen, als Publikum mit. Sylvia hörte sogar, wie eine Männerstimme den Hoppners vernehmlich zuflüsterte: »Sie wissen es vielleicht nicht, aber durch Ihren Freund hier bekommen Sie einen privaten Einblick in das echte alte England.«

Sylvia brachte es nicht über sich, sich nach der leutseligen Stimme umzusehen, aber wenn es Arthur recht war, wie ein dressierter Seehund behandelt zu werden, brauchte sie sich nicht zu genieren.

Und dann war es ihm plötzlich doch nicht recht. Ob es nun daran lag, daß Mr. Hoppner sagte: »Würden Sie vielleicht bitte eine kurze Pause einlegen, während wir unseren Nachtisch bestellen?«, oder daß Mrs. Hoppner fragte, ob es ihm möglich wäre, wohl etwas leiser zu sprechen, es käme wohl von der Eisenbahnfahrt, aber ihr Kopf... jedenfalls konnte Sylvia aus Arthurs Tonfall schließen, daß er auf einen Krach zusteuerte. »Ich finde, daß das Beste, was Ihr Land, abgesehen von Ihrer besonders hübschen Frau, hervorgebracht hat, der amerikanische Slang ist.« Er lächelte den englischen Fahrgästen auf der anderen Seite des Durchgangs zu. Sylvia tat, als suche sie in ihrer Handtasche nach ihrem Taschentuch. Er gab den Hoppners eine Reihe von Beispielen amerikanischen Slangs, die ihn besonders entzückten, wie »Baby, du bist ganz naß«. Mr. Hoppner bemerkte, daß er solche Ausdrücke seit seiner frühesten Kindheit nicht mehr gehört hätte. Mrs. Hoppner fügte hinzu, sie nähme an, daß sie aus einer Zeit stammten, als sie noch nicht auf der Welt gewesen sei. Arthur zwinkerte den englischen Fahrgästen schräg gegenüber abermals zu und sagte: »Sagen *Sie*!« Mrs. Hoppner war sekundenlang entgeistert. Sylvia lenkte ihre Aufmerksamkeit auf die Landschaft, die an dem Eisenbahnfenster vorbeizog.

»Sieh nur, Arthur, wie der Fluß angeschwollen ist! Nur noch vier Wochen bis Weihnachten, und jetzt holen sie erst die Rüben heraus.« – Darin sah Arthur nur eine neue Möglichkeit, die Hoppners wieder ins Gespräch zu ziehen.

»Meine Alte ist auf dem Land aufgewachsen. An die muß man sich wenden, wenn man's mit dem Gold in der Morgenstunde hat. Mir ist das Londoner Pflaster lieber.« Mrs. Hoppner nahm die Mitteilung mit einem eisigen Lächeln und einer kleinen Verbeugung entgegen, aber Mr. Hoppner, der Sylvia vielleicht schonen wollte, sagte:

»Ich würde gewiß gern etwas mehr von dem englischen Landleben kennenlernen. Mrs. Hoppner und ich machen gewöhnlich in Scarborough, Yorkshire, Station, wo eine Kusine von ihr lebt; ansonsten jedoch genügt uns London. Aus welcher Gegend stammen Sie?«

Sylvia erwiderte, aus Suffolk, fügte aber hinzu, daß sie seit ihrer Mädchenzeit nicht mehr auf dem Land gelebt habe.

»Nein«, knüpfte Arthur an, »wir hatten zuviel damit zu tun, die Hotelindustrie des Landes auf die Beine zu stellen. Unsereins hat England touristenfähig gemacht. Überhaupt, wenn Sie uns an irgendeinem Tag vor dem heutigen getroffen hätten, hätten wir Ihnen Zimmer mit freier Station im Ritz oder Savoy oder wo immer Sie gewollt hätten, bieten können. So aber müssen Sie sich mit dem Hilton begnügen. Nein, Spaß beiseite, für meine Frau ist es heute ein großer Tag. Der erste Tag der Freiheit, nachdem sie einige der besten Strandhotels des Landes so viele Jahre geleitet hat, daß ich in ihrer Gegenwart gar nicht sagen möchte, wie viele. Und verdammt gut geleitet hat. Das kann ich bezeugen, denn sie hat die ganze Zeit die Hauptarbeit geleistet. Ich war dabei höchstens im Weg.«

Die Hoppners protestierten höflich. Sylvia spürte, daß sie wieder auftauten. Mit etwas Glück könnten sie jetzt alle ohne Krach aufbrechen. Sie lockerte ihren Gürtel mit den Daumen, wagte aber noch nicht, wirklich aufzuatmen. Wenn Arthur einmal in

Schwung kam, würde er sie bestimmt in eine peinliche Lügensituation hineinmanövrieren.
»Ich bin nämlich seit vielen Jahren schon nicht ganz taktfest auf der Lunge. Die Hunnen hatten da so ein Giftgas, das sie 1917 an den Mann bringen wollten, und ich habe eine ganze Ladung davon abgekriegt.« Das Murmeln der Hoppners wurde andächtig. »Meine Frau ist von uns die geschäftstüchtigere. Hat die Gefahr rechtzeitig erkannt. Wir haben hier diese Butlin-Leute, wissen Sie, Ferienlager anstatt Hotels. Fürchterliche Dinger, wenn Sie mich fragen. Aber mich fragt ja keiner. Anscheinend sind sie heutzutage sehr beliebt. Jedenfalls ist Mrs. Calvert genau im richtigen Moment aus dem Geschäft ausgestiegen, und zu einem sehr anständigen Preis.«
Sylvia schnitt ihm das Wort ab, um ihn zum Schweigen zu bringen. »Ich war gar nicht die Besitzerin, ich war die Leiterin.« Er versank sofort in muffiges Schweigen, und selbst die Hoppners straften Sylvias Mangel an Feinfühligkeit dadurch, daß sie ihrer Apfelcharlotte erhöhte Aufmerksamkeit zuwandten. Gewiß, sie hätte taktvoller vorgehen können. Aber ein muffiger Arthur war immer noch besser als einer, der sich vor aller Welt lächerlich machte. Er wird es überleben, dachte sie und vertiefte sich in das Lokalblättchen, das sie mitgenommen hatte, um es Harold zu zeigen. Da stand es, eine kleine Notiz über ihren bevorstehenden Abschied von Eastsea.
»Nach fünfzehnjährigem Aufenthalt in unserer Stadt werden Mr. und Mrs. A. Culver noch im Lauf dieser Woche von uns Abschied nehmen. Die Gäste des Palmeira-Hotels, das Mrs. Culver jahrelang geleitet hat, werden ihre liebevolle Betreuung vermissen. Mr. Culver war eine bekannte Erscheinung bei lokalen Sportereignissen. Wir wünschen ihnen für ihren Ruhestand alles Gute.«
Sie wußte, daß Arthur die Notiz noch nicht kannte, und glaubte, daß sie ihn vielleicht aufheitern würde. »Sieh mal her, Arthur.«
Widerwillig setzte er sich die Hornbrille auf.
»Culver? Wer, zum Teufel, soll das sein?«
»Es ist ein Versehen.«
»Das scheint mir auch so, verdammt noch mal. Die sollen aber von mir was zu hören kriegen. Culver – nach so viel Jahren!«

»Ach, hab dich nicht, Arthur. Wir sind doch ganz unwichtige Leute.«

»Du läßt dir wohl jede Beleidigung gefallen.« Er fing an zu schreien.

»Wollen wir nicht lieber in unser Coupé zurückgehen?« Aber natürlich blieben sie sitzen. Er wollte seinen Kaffee, und er wollte beachtet werden. Da er den *Eastsea Advertiser* in seiner Wut zerknüllt hatte, nahm sie jetzt die *Daily Mail* zur Hand. Die Auflösung zu der Denksportaufgabe aus der vorigen Nummer: Man findet die Antwort wahrscheinlich leichter, wenn man diejenigen ausschaltet, die man *nicht* retten würde. Als erste wird man, leider, die Frau des Kapitäns über Bord werfen müssen. Sie ist fünfundfünfzig. Ihre Kinder sind alle erwachsen. Sie ist nicht besonders gescheit, sie verträgt sich nicht einmal sehr gut mit dem Kapitän. Ihre gegenseitigen Beziehungen sind denkbar schlecht. Jedenfalls hat sie ihr Leben genossen. Bei den Männern fällt die Entscheidung weniger leicht. Und die übrigen Frauen sind alle unter dreißig. Wenn die ominöse Radio-Botschaft, die die *Dauntless* kurz vor der Explosion auffing, stimmte, waren diese Frauen vielleicht die einzige Möglichkeit, für den Fortbestand der menschlichen Rasse... Es hat keinen Zweck, die Auflösung zu Denksportaufgaben, die man nicht kennt, nachzulesen; infolgedessen sah Sylvia sich die Frauenseite an. Sie enthielt zwei Artikel; wie man eine Weihnachtsfeier im Büro organisiert, und ›Weihnachten einmal anders‹. Sie wollte, in Ermangelung eines Besseren, gerade anfangen zu lesen, als sie Arthur sagen hörte:

»Ich möchte Ihnen gern eine Geschichte erzählen, die mir im Winter siebzehn/achtzehn bei Poperinghe passierte und die Sie als Amerikaner vielleicht interessieren dürfte. Oder finden Sie, wie die meisten der jüngeren Generation heutzutage, einen Krieg, der vor der Sintflut spielt, maßlos langweilig?«

»Jüngere Generation!« sagte Mrs. Hoppner. »Da kannst du dir aber was einbilden, Lionel.«

»Das weiß ich nicht, Alice, zu Ende des Ersten Weltkriegs ging ich ja noch nicht einmal zur Schule. Aber erzählen Sie doch bitte. Ich schätze und achte die Veteranen jener weit zurückliegenden Feldzüge.«

Er erwartete sichtlich, daß Arthur sein spöttisches Lächeln quittierte, aber Sylvia hätte ihm sagen können, daß Arthur nie den Spott eines anderen bemerkte, sondern immer nur seinen eigenen.

»Ich fungierte damals als Major, und das recht gut für einen, der aus dem Mannschaftsstand aufgestiegen ist. Ich war gerade aus dem Urlaub zurück nach der Gasvergiftung, die ich vorhin erwähnte. Sehen Sie, da ist der Versehrtenausweis, den ich immer noch mit mir herumtragen muß.«

Mr. und Mrs. Hoppner besahen sich das schmuddelige Papier mit dem eingehenden Interesse, das Sylvia schon so viele hundertmal bei Fremden beobachtet hatte. Wenn sie doch nur den Ausweis, wie seine Anzüge, in die Reinigung schicken könnte, dachte sie. Und wieso denn »mit mir herumtragen muß?« Wer verlangte das? Dann schämte sie sich und sagte:

»Captain Calvert dürfte mit seiner Bronchitis, die er immer bekommt, den Winter eigentlich nicht in England verbringen, aber so ist es eben, einen Augenblick lang ist man ein Held und im nächsten ist man vergessen.« Arthur war anscheinend erfreut. Er steckte den Ausweis sorgfältig wieder in die Innentasche seiner Jacke.

»Na ja, man kann von der Öffentlichkeit kein allzu langes Gedächtnis erwarten. Seitdem hat es eine ganze Generation von neuen Helden gegeben. Mrs. Calvert und ich haben tragischerweise im letzten Krieg unseren Jüngsten verloren.« Aber seine kleinen schwarzen Augen funkelten vor Ungeduld, seine Geschichte weiterzuerzählen. »Jedenfalls, damals also lebte ich ausnahmsweise wie ein Gentleman im Brigade-Hauptquartier. Der Oberst ließ mich kommen. Vornehme Type, Eton- und Oxforderziehung, aber ich kam gut mit ihm aus. ›Calvert‹, sagte er, ›Sie sind ganz gewandt. Sie sollen in die amerikanische Offiziersmesse gehen und unsere Brigade bei einem Essen vertreten.‹ Das war für die Amis nicht gerade ein Kompliment. Den feinen Briten wär' es nie eingefallen, einen Kerl wie mich auf ein Essen mit ihren eigenen Spezies zu schicken. Immerhin, ich wollte mir die Gelegenheit zu einem Festschmaus nicht entgehen lassen, und außerdem: ›Befehl ist Befehl.‹ Also ging ich hin.«

Sylvia bemerkte an Mrs. Hoppner eine gewisse verhaltene Unruhe. Wahrscheinlich mußte sie auf die Toilette, ja, das war es. Frauen merken das einander immer an. Sie überlegte, wie sie wohl Arthurs Tempo etwas beschleunigen könnte, ohne ihn zu erzürnen. Aber wenigstens war er schon bei der amerikanischen Messe angelangt. Sie hatte die Geschichte schon hundertmal gehört, aber selbstverständlich erzählte er sie jedesmal anders, so daß sie auch jetzt nicht sicher war, ob sie beleidigend ausfallen würde.

»Ich werde es nie vergessen. Wir bekamen etwas Fürchterliches, das Kürbispastete hieß. Einer der Burschen sagte zu mir: ›Nun, Major, ich könnte mir vorstellen, daß Sie noch nie in Ihrem Leben Kürbispastete gegessen haben.‹« Arthurs Imitation einer amerikanischen Aussprache war nicht berühmt, aber Sylvias Ohren klang es wie das peinlich groteske Echo einer Stimme, die sie soeben vernommen hatte. Dann bemerkte sie, daß Mr. Hoppner ebenso unruhig war wie seine Frau. Aber Arthur war in voller Fahrt. »›Allerdings nicht‹, sagte ich, ›wenn ihr Jungens von diesem Zeug lebt, wird die amerikanische Armee bald vom Winde verweht sein.‹«

»Entschuldigen Sie«, warf Mr. Hoppner ein, »aber dieser Bestseller ist erst um 1936 erschienen.«

Arthur ignorierte die Korrektur. »Er war so was wie ein Brigadekommandeur, und meine Bemerkung gefiel ihm gar nicht. Er sagte: ›Es ist eins der Nationalgerichte der Vereinigten Staaten, Major.‹«

Sylvia mußte lachen, weil Arthur genauso klang wie Mr. Hoppner, wenn er beleidigt war; aber sie bemühte sich, es wiedergutzumachen.

»Ich glaube, Mr. und Mrs. ...«, sie murmelte den Namen, weil es ihr immer peinlich war, den Namen von Fremden in der Öffentlichkeit auszusprechen, es sei denn, im Rahmen ihrer beruflichen Tätigkeit, »möchten aufbrechen, Arthur.«

»Ich glaube, wir sollten uns verziehen, Schatz.«

»Ja, wenn Sie uns bitte entschuldigen wollen.«

Aber das wollte Arthur nicht. »O nein, Freundchen. Sie können ruhig noch einen Moment warten, bis ich meine Geschichte zu Ende erzählt habe.« Sie gipfelte zunächst in einem unappetitlichen Wortspiel, dessen Plattheit nur von der Taktlosigkeit gegenüber den Amerikanern übertroffen wurde. Sylvia stand Qualen aus, doch Arthur war nicht zu bremsen. Indessen gab er seiner Erzählung zum Schluß eine Wendung, in welcher die

Amerikaner ihm mit gleicher Münze heimzahlten und er als der Dumme dastand.
Mr. Hoppner, der bis dahin immer beleidigter ausgesehen hatte, brüllte nun vor Lachen. Selbst Sylvia, die die Geschichte schon so oft gehört hatte, konnte sich dem listigen Charme von Arthurs Blick bei der Schlußpointe nicht verschließen. Mr. Hoppner fühlte sich bemüßigt, zwei Kognaks für die Männer, einen Crème de Menthe und einen Crème de Cacao für die Damen zu bestellen. Und Arthur bestand darauf, sie zu bezahlen.
»O nein, nein. Hier sind wir die Gastgeber. Meine Frau und ich werden Sie schon gehörig an Ihrem Bourbon oder wie das Zeug heißt, schädigen, wenn wir Sie mal drüben wiedersehen sollten.«
Als die Liköre kamen, sagte Mrs. Hoppner: »Entschuldigen Sie mich bitte«, verschwand und kehrte nicht zurück, um ihren Crème de Cacao zu sich zu nehmen. Sylvia wagte nicht, ihn nach dem eigenen übersüßen Crème de Menthe zu trinken. Sie war ganz traurig über die unnütze Ausgabe für Leute, die sie nie wiedersehen würde. Als Arthur und Mr. Hoppner beim Adressenaustausch angelangt waren, brachte sie es nicht fertig, sich daran zu beteiligen. Sie versank in Schweigen.
Arthur sagte: »Wir fahren zu meinem Sohn nach Carshall. Es ist eine von diesen neuen Städten. Sie sollten es sich mal ansehen. *Mich* dürfen Sie nicht nach meiner Ansicht fragen, aber es gilt als eine von Englands Sehenswürdigkeiten. Mein Sohn ist eine große Nummer im Erziehungswesen; schreibt all diese modernen Lehrbücher. Es würde ihm eine Ehre sein, Sie und Ihre Frau bei sich zu empfangen.« Als sie wieder in ihrem Abteil saßen, war Arthur recht barsch mit ihr. »Du bist mir eine feine Reklame für die angloamerikanische Freundschaft.« Jedoch hatte die Begegnung ihn sehr aufgemuntert. Er war noch ganz erfüllt davon, als die Familie sie am alten Bahnhof von Carshall in Harolds neuem Zephyr abholte. Er war nicht imstande, die Familienneuigkeiten anzuhören, trotz aller Winke Sylvias. »Reizende Menschen, mit einem Haufen Geld. Er ist einer von diesen amerikanischen Wirtschaftsmagnaten. Ich hab' sie ein bißchen amüsiert. Alles eine Frage von Gegenseitigkeit.« Schließlich sagte Harold etwas ärgerlich:
»Scheinen ganz faszinierende Leute zu sein.« Doch war er von

Arthurs guter Laune sichtlich beeindruckt. »Der Alte scheint ja bester Dinge«, sagte er, als sie allein waren, »ich freue mich für dich.«

»Ach, er ist unmöglich, ganz unmöglich«, erwiderte Sylvia und bedauerte im gleichen Augenblick ihre Worte. Sie wollte Harold unter keinen Umständen mit ihren Schwierigkeiten mit Arthur belasten; Harold hingegen nahm ihre Antwort mit einem Stirnrunzeln entgegen, das sich anscheinend fast ebensosehr gegen sie wie gegen ihre Mitteilung richtete.

»Nun, wir sorgen schon dafür, daß du dich hier nicht aufregst. Bei uns kannst du ausspannen, Mutter. Obwohl wir dich selbstverständlich ausnutzen werden. Du kannst nicht von einem Tag auf den anderen ein ganzes Leben des Ausgenutztwerdens aufgeben!« Und er lachte, um zu zeigen, daß er sie aufzog.

2
Entlaubte Bäume

Soweit Sylvia es nach ihrem ersten Morgen in der ›Villa Sykomore‹ beurteilen konnte, würde man sie wohl nie wieder ausnützen. Ein leises Klopfen an ihrer Zimmertür weckte sie. Das grelle Gelb des Raums verwirrte sie. Dann sah sie die von Beth signierte, maschinengeschriebene Anweisung: ›An alle Bettenmacher. Bedenkt, daß Ihr darin schlafen müßt.‹ Nun erinnerte sie sich auch an Harolds Bemerkung vom vorigen Abend: »Hoffentlich wird dir das Senfgelb und Weiß, das Beth ausgesucht hat, nicht zuviel werden, Mutter. Es war eigentlich nicht für die Dauer gedacht.« Arthur hatte sich ironisch im Zimmer umgesehen und das grelle Gelb der Vorhänge und des Teppichs betrachtet.
»Ziemlich scharfe Sache, was?«
»Mein lieber Vater, wenn dir etwas nicht gefällt, so wird es selbstverständlich geändert werden. Obwohl, soviel ich mich erinnern kann, es dir ziemlich egal war, wie Mutters Zimmer eingerichtet waren.«
»Ach, Vater wird das Gelb schon gefallen. Einen Kater wird er hier sowieso nie haben.«
»Woher weißt du, was ich haben oder nicht haben werde?« Arthur hatte in den scherzenden Ton eingestimmt, aber Harold schien noch immer nicht ganz glücklich.
»Ich habe nur das Minimum an Möbeln stehenlassen, damit ihr genug Platz habt, wenn eure eigenen kommen.«
Beim Anblick der zylinderförmigen Stühlchen mit gelben Sitzen fragte sich Sylvia, was er wohl unter Minimum verstand. Sie wagte kaum, sie mit ihrem Gewicht zu belasten. »Es ist sehr schön, mein Sohn. Ich weiß gar nicht, wie wir uns dessen würdig erweisen sollen. Nicht wahr, Vater?«
»Ach, das werden wir schon. Deine Mutter ist wirklich ganz entzückt, Harold. Und ich ebenfalls.«
Harold hatte sich hochzufrieden entfernt. Hinterher hatte Ar-

thur während der halben Stunde, die er zum Insbettgehen benötigte, die ganze Zeit geschimpft: »Ein richtiges Nuttenzimmer.«
Jetzt schnarchte er glücklich und zufrieden. Ehe sie auf das Klopfen antwortete, stieg sie aus dem Bett und rüttelte ihn wach. Vor andern war ihr sein Schnarchen peinlich. »Arthur, es ist neun Uhr vorbei.« Dann rief sie: »Herein!«
»Verdammt noch mal...«, schimpfte Arthur gerade los, als Judy mit dem Tablett hereinkam. Wie hübsch und adrett sie ist, dachte Sylvia. Arthur sagte: »Ah! Wie geht's meiner hübschen kleinen Enkelin?«
»Frühstück im Bett!«
»Nun, es ist Sonntag, Großmutter. Und außerdem dachte Vater, daß ihr nach der Reise müde seid.« Sie klappte die Bettischchen auf.
»Dreiminuteneier. Hoffentlich ist es so recht.«
»Genau richtig, Judy. Aber ich hätte aufsein sollen und euch allen das Frühstück machen. Schließlich müßt ihr die ganze Woche arbeiten.«
»Ja, ihr dürft eure Großmutter nicht verwöhnen, wißt ihr. Ich habe das auch nie getan.« Judy lächelte nicht. Harold hatte gesagt, sie arbeite jetzt sehr viel, um später auf die Universität zu gehen. Sylvia hoffte nur, daß sie nicht übertrieb; ihr kleines, gutgeschnittenes Gesicht war sehr blaß.
»Verzeih diese gräßliche, flüssige Orangenmarmelade. Aber das ist Marks fürchterlicher Geschmack. Wenn *ich* das Frühstück mache, gibt es anständige Oxford-Orangenmarmelade.« Sie wirkte sehr damenhaft, fand Sylvia, obwohl sie erst siebzehn war; was immer sie sagte, klang anspruchsvoll, auch wenn es sich nur um Marmelade handelte. *»Bon appétit«*, sagte Judy und entfernte sich, jedoch nicht, bevor Arthur laut gefurzt hatte.
Sylvia beschloß, es zu überhören. Sie wollte an Arthur nicht herumnörgeln, und selbst wenn sie ihn zurechtwies, würde er es vermutlich erst recht tun. Sie konzentrierte sich auf ihr Frühstück; alles war so adrett und geschmackvoll – für sie ein Teegeschirr aus rosa Porzellan und für Arthur ein blaues, der Toast war in eine Papierserviette eingewickelt, und die Eier hatten Häubchen aus rosa und blauem Wildleder. Arthur konnte seins nicht abkriegen, es saß zu fest auf dem Eierbecher.

»Scheißquatsch!« Und nachdem sie aus dem Bett gestiegen war und das Häubchen vom Ei genommen hatte: »Was soll der blöde Krimskrams!« Sein Ei erwies sich als sehr flüssig; das Gelbe rann an dem Becher hinunter. »Ich kann diesen zerlaufenen Dreck nicht essen.«

Aber als sie dann unten waren, hieß es: »Sehr gutes Frühstück, Harold.«

»Ach, das hat Mark gemacht. Der erste Sonntag im Monat, wißt ihr.«

Sie wußten es nicht, aber Sylvia sagte: »Aber Mark, das hättest du nicht tun dürfen. Ein junger Mann, der für mich kocht.«

Mark sah sie unter seinen Stirnfransen hervor nur böse an – der Junge war so merkwürdig, er machte ihr direkt Angst.

»Ja, du hättest deine Großmutter sehen sollen, wie ein Filmstar aus Hollywood saß sie im Bett.«

Harold schien ungeduldig zu sein, aber jetzt hellte sich sein Gesicht auf. »Ich fürchte, deine sozialen Vergleiche sind etwas veraltet, Vater. Hier ist ein recht guter Artikel über den Abstieg des Hollywood-Stars.« Er nahm den *Observer* zur Hand und las ihnen einen langen Artikel vor. Während er las, erhoben sich die drei Enkelkinder und verließen das Wohnzimmer. Bevor er zu Ende war, hatte Arthur den *Sunday Express* ergriffen und las die Sportberichte. Sylvia, nunmehr die einzige Zuhörerin, gab sich redliche Mühe, aufzupassen. Aber zwei Dinge bedrückten sie: erstens war es schon halb elf Uhr, und außerdem hatte sie keine Ahnung von dem, was Harold vorlas. Sie ging heutzutage fast nie ins Kino; sie kannte keinen der Namen; was, wenn Harold ihr eine Frage stellte? Doch das tat er nicht. Als er geendet hatte, sagte er: »Das bestätigt nur, was ich seit längerem behaupte. Der Publikumsgeschmack wird immer gewöhnlicher, eine kulturelle Minderheit distanziert sich immer mehr von ihm. Es ist in der Tat die Polarisierung zweier Kulturen.«

Mark war zurückgekehrt und ölte das Scharnier eines Klapptisches. »Die zwei Kulturen sind etwas völlig anderes, Papa. Sie bedeuten Kunst und Wissenschaft.«

»Dessen bin ich mir durchaus bewußt. Worte sind für den Gebrauch da und nicht, um Dinge als Museumsgegenstände zu klassifizieren. Im übrigen bring bitte keine Ölkannen in das Wohnzimmer.«

Mark wurde rot, fuhr aber in seiner Beschäftigung fort und murmelte: »Goggelmoggel fiel in den Sand.«
»Wie das so häufig geschieht«, sagte Harold, »spiegelt der kleine Mikrokosmos unserer Welt hier in Carshall die Welt des ganzen Landes wider. Wir haben in Carshall kein Kino. Wenn du und Papa Western- oder Gruselfilme sehen wollt, müßt ihr, soviel ich weiß, in das alte Carshall gehen. Hingegen floriert hier das Studio für Filmkunst. Dort zeigt man die klassischen Filme, die wir alle vor dem Krieg gekannt haben – ›Erde‹, ›Panzerkreuzer Potemkin‹, ›Mutter‹ und dergleichen, Mutter...«
»Mutter, Mutter«, murmelte Mark.
»Und Nachkriegsfilme – italienische, schwedische, japanische.«
»Japanische? Die würde ich bestimmt nicht verstehen, Harold.«
»Nun, du mußt einmal mitkommen und es ausprobieren. ›Die Sieben Samurai‹ beispielsweise, fabelhaft blutdürstiges, akademisches Melodram. Du fändest es herrlich, Papa.«
»Vielen Dank, mein Junge. Das Fernsehen genügt mir.« Arthur hörte nur mit halbem Ohr zu.
»Aber Vater«, sagte Sylvia, »du bist doch früher so gern ins Kino gegangen. Maurice Chevalier und Jeanette Macdonald.«
»Ich gehe viel in das Film-Studio«, verkündete Harold.
»Die distanzierte Kultur einer Minderheit«, murmelte Mark.
Harold lachte. »Du scherst dich jetzt mit deiner Ölkanne aus dem Wohnzimmer.«
Mark lachte. »Warum denn?«
Des Vaters Stimmung wechselte. »Weil deine Mutter es verlangt hätte.« Mark wurde dunkelrot, ergriff die Ölkanne und ging türenknallend hinaus.
»So ist es eben«, Harold legte den *Observer* hin, »diese Prominenten haben zwar Einfluß, aber das meiste, was sie sagen, könnte ich besser formulieren. Wie übrigens andere auch.«
Sylvia, die noch immer über Marks stürmischen Abgang bekümmert war, wartete einige Minuten und sagte schließlich: »Ich darf hier nicht so faul herumsitzen, Harold. Wenn du und Judy mir sagt, was zu tun ist, kann ich anfangen.«
»Es gibt für dich nichts zu tun, Mutter. Heute kocht Judy.« Noch ehe Sylvia protestieren konnte, kam Judy ins Zimmer.

»Ist es euch recht, wenn wir um halb zwei essen?«
Harold strich sich mit dem Zeigefinger über den kurzgeschnittenen Schnurrbart und sah seine Tochter ironisch an. »Ich sagte soeben deiner Großmutter, daß du heute für uns kochst. Du hättest dir keinen geeigneteren Anzug wählen können, um sie von deinen diesbezüglichen Fähigkeiten zu überzeugen.«
Judy trug jetzt eine Tweedjacke und Reithosen.
»Caroline Ogilvie hat mir erlaubt, Punch nach dem Lunch zu reiten.«
»Caroline Ogilvie, wer immer sie sein mag, *luncht* vermutlich. Wir niedriger Geborenen essen zu Mittag. Nicht wahr, Mutter?«
Sylvia begriff sekundenlang nicht, was er meinte – als Hotelleiterin hatte sie ihr ganzes Leben lang geluncht – infolgedessen lächelte sie.
Harold erhob sich von seinem Sessel.
»Gestern abend sagte ich, ich würde dich in die Geheimnisse des Haushalts einweihen, aber in Anbetracht des Wetterberichts finde ich, wir sollten lieber den Calvertschen Familiensitz besichtigen.«
Er lächelte über die Absonderlichkeit des Satzes. »Wenn der Wetterbericht stimmt – der ja endlich wissenschaftlich einigermaßen fundiert zu sein scheint –, gibt es morgen starken Frost, der dich eine Weile ans Haus fesseln dürfte.«
»Ich bin nicht krank, mein Sohn.«
»Nein, aber eine Zeitlang werden wir dich trotzdem behandeln, als wärst du es. Heute morgen jedoch könnten wir einen Spaziergang riskieren. Es ist ganz warm, wenn man aus dem Wind heraus ist.«
»Du liebe Zeit. Bin ich schon so alt geworden? Genau das habe ich immer unseren alten Dauermietern gesagt.«
Harold überhörte die Bemerkung. »Sag den Jungens, daß wir ihrer Großmutter das Familienanwesen zeigen wollen, Judy.« Er lachte wieder und wandte sich dann an seinen Vater. »Kommst du mit?« Arthur, der in den Rennbericht vertieft war, hörte ihn gar nicht, so daß Sylvia ihn an die Schulter faßte.
»Harold möchte uns den Garten zeigen.« Sie sah ihn vielsagend an, damit er zustimmen sollte.
»Ach, schon recht. Ich habe nichts dagegen, den Familiensitz zu besichtigen.«

Aus Vaters Munde schien Harold den Scherz nicht mehr komisch zu finden.
Als sie sich dann, in Mäntel gehüllt, auf dem Rasen vor dem Haus versammelten, erklärte Arthur die wesentlichen Züge der Architektur des Hauses. »Die Ashlar-Blöcke betonen die Struktur, verstehst du. Und das weiße Fachwerk wahrt den Lokalstil. Altertümliche Fenster finde ich reizend, du nicht auch, Mutter?«
Sylvia wußte eigentlich nicht, was sie dazu sagen sollte – teilweise sah es ganz hübsch und altmodisch aus, wie ein Bauernhaus, und teilweise luftig und schwebend und modern.
»Es ist sehr originell, nicht wahr, Harold?«
»Es ist im Ranch-Stil gebaut«, sagte er.
»Da hast du es, Sylvia, du mußt vor dem ersten Frühstück ein paar Stiere einfangen. Eure Großmutter ist ein bißchen zu dick für ein Rodeo.« Die Jungen fanden Arthurs Spott sichtlich komisch, denn sie lachten beide, aber als sie sahen, daß Sylvia ernst blieb, schwiegen sie. Sie dachten gewiß, daß sie durch Arthurs Neckerei verletzt sei, wie sollte sie ihnen erklären, daß sie ihm schon seit Jahren nicht mehr zuhörte? Außerdem überlegte sie die ganze Zeit, welche Antwort man wohl von ihr erwarte. Arthur hatte es leicht, der hatte sich bereits als Clown etabliert, aber von ihr erwartete man Kommentare. Zum Glück war Harold zu sehr mit Reden beschäftigt, als daß er eine Antwort erwartete.
»Jawohl, Ranch-Häuser für die Magnaten von Carshall. Man hat sie gebaut, um unsere Wirtschaftsführer zu bewegen, im Ort zu bleiben. Aber selbstverständlich zogen diese es vor, alte Pfarreien und Herrenhäuser aufzukaufen. Immerhin, es gibt genug von uns, um die neuen Häuser zu füllen. Da wir im Vergleich zu den Millionären von Texas und Arizona recht bescheidene Leute sind, leben wir das ganze Jahr hindurch in den unseren. Und auch in räumlicher Hinsicht« – Harold wies spöttisch auf den kleinen Garten – »besteht ein kleiner Unterschied von zehntausend Morgen. Aber wie dem auch sei, wir *sind* die Magnaten des Orts. So magnatenhaft, erfreulicherweise, wie Neu-Carshall es vorgesehen hat. Darunter dein treuliebender Sohn, der Lehrbuch-Magnat.«
»Dürfen wir Ihnen eine Bestellung für echt schweinische Bücher aufgeben, Gnädigste? Sex in der Schule, das ist einer unserer erfolgreichsten Titel, oder: Der Schuldirektor und sein Harem.«

»Calverts Wege zur Verderbtheit. Garantiert auf jeder Seite ein unanständiges Wort.«
Harold schien die Neckerei seiner Söhne gar nicht übelzunehmen. Ja, als Judy ihn verteidigen wollte, war er anscheinend mehr verärgert als erfreut.
»Ihr findet euch mit eurer Kritik an Papas Büchern wohl besonders witzig? Immerhin ist der Lehrerberuf ein Beruf für Gebildete.«
»Ich danke dir, Judy, für dieses ehrenvolle Standeszeugnis. Aber da gehöre ich schon lieber zu der Welt der Hochfrequenzler und Textildesigner, als Zugehörigkeit zu der Herrenschicht von Familien-Anwälten und Schuldirektoren zu prätendieren.«
Judy fuhr ihren Vater an: »Ach, ich behaupte gar nicht, daß Schuldirektor ein richtiger Beruf ist. Nur was heißt hier prätendieren? Wieso nennst du denn Ray einen Textildesigner? Er arbeitet doch bloß in der Konfektion.« Sie tanzte um den Garten und rief: »Ray ist bei der Konfektion! Ray ist bei der Konfektion!« Sylvia freute sich, daß Judy so ein nettes, unaffektiertes Kind sein konnte. Mit ihrem schulterlangen Blondhaar und ihrer schlanken Figur wäre sie so hübsch gewesen, aber ihr Mund verdarb alles, ein unschöner, kleinlicher Mund, wie Beths Mund, wenn das nicht zu schwiegermütterlich gedacht war. Jetzt jagten die Brüder hinter ihr her, mehr wie Kinder als wie Zwanzigjährige. Wie merkwürdig verschieden sie waren, Ray sah so glänzend aus und Mark so unmöglich. Die Strenge, mit der Beth sie, als sie klein waren, erzog, hatte ihrer Lebhaftigkeit sichtlich keinen Abbruch getan, sondern eher das Gegenteil bewirkt. Da sah man wieder, daß man nichts beurteilen sollte, was man nicht verstand. Kluge Leute wie Beth und Harold wußten es eben besser.
Aber Ray und Mark hatten ihre Schwester jetzt erwischt und beutelten sie lustig und ausgelassen, bis Arthur sich einmischte.
»Laßt mir meine kleine Judy zufrieden. Ich werde dich beschützen müssen, das sehe ich schon.« Und er packte sie ebenfalls beim Genick, aber auf eine ganz andere, großväterliche Art.
Sylvia sprach: »Aber Arthur!«
Harold sprach gleichsam in die Luft:
»Die Bezirksoberschule für Mädchen leidet an einer eigentüm-

lich virulenten Form von Bindehautentzündung – in welcher Standessnobismus und gesellschaftlicher Snobismus sich verbinden. Ich fürchte, daß sie manchmal Judys Blick trübt.«

Das Mädchen riß sich von ihrem Großvater los und lief ins Haus.

»Meine kleine Enkelin gefällt mir, Harold.« Sylvia bemerkte, wie die beiden Jungen Arthur wohlwollend zunickten. Sie wünschte, sie hätte das gesagt, selbst wenn sie nicht ganz sicher war, ob sie Judy überhaupt verstand.

»Früher stand auf dieser Seite des Gartens ein hoher Zaun. Dieses Zugeständnis an die englische Mentalität machten die Architekten aus dem Bestreben heraus, die Wirtschaftsführer zu gewinnen. Beth und ich ließen ihn umgehend niederreißen. Selbst wenn die New Towns nichts anderes geleistet haben, so haben sie uns immerhin das einzige wichtige Prinzip, das der amerikanische *Way of Life* zu bieten hat, vermittelt – das Prinzip der guten Nachbarschaft. Jetzt sind wir nicht mehr von unseren Nachbarn abgeschnitten als in der Enright Avenue. Da«, sagte er und wies auf eine Straße von weißen Fachwerkhäusern, jedes mit einer andersfarbigen Haustür, »ist Higgleton Road, und die Straße, die links abgeht, die übrigens zum Einkaufsviertel führt, ist Mardyke Avenue.« In dieser Straße standen die Häuser auf einem grasbewachsenen Hang; ihre Verandadächer waren aus Zement und wurden von schwarzangestrichenen Metallröhren getragen. Für Sylvia hatte das alles eine starke Ähnlichkeit mit dem übrigen Carshall, das sie von früheren Besuchen her kannte; doch der Stolz, mit dem Harold die Straßennamen aussprach, verbot ihr, ihm das zu sagen. Sie überlegte, was sie sonst dazu bemerken könnte. »Es ist sehr still, nicht wahr?« Harold runzelte die Stirn. In diesem Augenblick traten zwei junge Leute in schwarzen Lederjacken und Sturzhelmen aus einem Haus in der Higgleton Road und begannen ihre Motorräder anzulassen. Als der Lärm betäubender wurde, verwandelte sich Harolds Stirnrunzeln in ein freundliches Lächeln. Sobald die Motorradfahrer davongebraust waren und man wieder sein eigenes Wort verstehen konnte, sagte er: »Solche forschen Typen gefallen mir.«

Niemand antwortete ihm. Seine Söhne waren in ein Privatgespräch vertieft. Weder Sylvia noch Arthur wußten dazu etwas zu sagen.

Die Rückfront des Hauses war die Überraschung. Durch ein Gitterwerk von entlaubten Sykomoren konnte man weit in das wellenförmige Land hinaussehen.
»Wir befinden uns hier am äußersten Rand von Carshall. Dies ist das allerletzte Haus von ganz New Town, Mutter. Durch die Senke da führt eine Ausfallstraße, die in die Chaussee mündet, aber von hier sieht man sie nicht. Man sieht nur in das Land hinaus.« Sylvia überzeugte sich von der Richtigkeit seiner Behauptung und sagte dann zustimmend:
»Ja, wirklich, Harold, man sieht überhaupt keine Straße.« Harold runzelte die Stirn.
»Jenseits der Hügel dort«, er streckte den Zeigefinger aus, »liegen die Midlands.«
Sylvia klang das so, als habe er die Midlands eigenhändig dorthin gesetzt. Sie hatte in vielen Teilen Englands gelebt, doch immer am Meer; selbst in ihrer Kindheit auf dem Land war sie nur zwanzig Meilen vom Meer entfernt gewesen. Bei dem Gedanken an die ›Midlands‹ wurde ihr kalt ums Herz; der Anblick der endlosen Felder gab ihr die Vorstellung ein, daß diese sich bis über die Mitte von England ausdehnten. Sie sah sie als eine einzige, riesige, gepflügte Ebene und sich selbst dort auf einer einsamen endlosen Wanderung, etwa wie der einsame Traktor, den sie in der Ferne wahrnahm, dessen einzige Gefährten eine Schar von Dohlen und Möwen war, die sich in den frischen Furchen ihre Nahrung suchten. Die entlaubten Sykomoren hoch über ihr erschienen ihr plötzlich noch dürrer und trauriger als am Abend zuvor, als sie sie durch ihr Schlafzimmerfenster zum erstenmal erblickte. Unter dem Absatz ihrer pelzeingefaßten Überschuhe knirschte verdorrtes Laub und welkender, geflügelter Baumsamen. Sie riß sich zusammen.
»Du hast ein wunderschönes Heim, Harold.«
»*Wir* haben es«, verbesserte er und legte ihr den Arm um die Taille. Die ihr peinliche physische Geste schien etwas in seinen vorhergehenden Worten zu unterstreichen, das ihr bereits Unbehagen verursacht hatte. Sie rückte ihren schweren Körper von ihm fort, wandte den Blick von den schrecklichen Midlands ab und starrte auf das Eingangstor.
»Mir gefällt aber die Vorderansicht des Hauses am besten.«
Harold schien darüber merkwürdig erfreut. »Ich wußte, daß dir

Melling gefallen würde. Zum Einkaufen haben wir es hier viel bequemer als in der Enright Avenue. Und wir haben unsere eigene Kaffee-Bar. Nicht wie im lieben alten Craighill, wo die ›Kaffeeschwestern‹, wie Beth sie immer nannte, bis in das Stadtzentrum fahren mußten, um ihren Durst zu stillen.« Er sah Sylvia zärtlich an. »Das ist meine Haupterinnerung an dich und Beth zusammen, Mutter – wie ihr über die faulen Hausfrauen hergezogen seid, die Zeit für Kaffeeklatsch hatten.« Bei dem Gedanken daran lachte er liebevoll, um nach einem Blick auf Sylvia zu verstummen. Nach einem verlegenen Schweigen fuhr er fort: »Selbstverständlich, wenn du auf eigene Faust ins Stadtzentrum willst, haben wir fabelhafte Busverbindungen. Der Bus hält an der Ecke von der Prindeaux und Higgleton Road. Keine hundert Meter entfernt. Im allgemeinen fahre ich mit dem Zephyr in die Schule, aber Judy kann dir den Bus-Fahrplan sagen. Judy!« Er sah sich um. »Wo ist sie denn hin?«
Sylvia konnte kaum glauben, daß er Judys Entschwinden vergessen hatte, jedoch schien er über ihre Abwesenheit ehrlich erstaunt. Arthur, der vor seinen Enkeln dozierte, schloß den Satz mit: »Selbstverständlich habe ich ihm gehörig die Meinung gesagt.« Dann: »Das Kind ist sehr hübsch geworden.« Harold runzelte die Stirn, aber zu Sylvias Erleichterung fügte Arthur hinzu: »Sie sieht Beth sehr ähnlich, Harold, ja sehr«, und zwinkerte Sylvia fast unmerklich zu. Das mußte sie Arthur lassen: man konnte nie wissen, wann er einen Trumpf ausspielen würde.
»Ich wünschte, sie wäre ihr tatsächlich etwas ähnlicher, Vater. Immerhin bin ich froh, daß du es findest.« Harold lächelte seinen Vater wohlwollend an. Aber Arthur war schon wieder bei seiner Geschichte. »Danach entstand, wie die feinen Leute sagen würden, eine merkliche Kühle zwischen dem Padre und eurem Großvater ...«
»Hoffentlich langweilt Vater die Jungen nicht allzusehr«, sagte Sylvia.
»Mark tut es sehr gut, einmal zuzuhören.« Gleich darauf schrie er über den Rasen: »Gelegentlich läßt du dich doch dazu herab, öffentliche Verkehrsmittel zu benutzen, nicht wahr, Mark? Komm her und sage deiner Großmutter, wie die Busse fahren.«

»›Wenn Sie schon so verdammt erpicht auf Kirchenumzüge sind‹, sagte ich, ...« Bei dem Geschrei seines Sohnes brach Arthur ziemlich ungehalten mitten im Satz ab.
»Verzeih, daß ich dich unterbrochen habe, Vater. Aber Mark soll sich ruhig mal auf den Boden der Wirklichkeit begeben und sich gelegentlich nützlich machen.«
»Busse wofür und wohin?« Marks Stirn unter den Beatles-Fransen war ausschlaggerötet, und seine Wangen waren von einer vergangenen Akne genarbt. Bei seinem verdrossenen Ausdruck und seinem leichten Stottern konnte Sylvia sich kein rechtes Bild von ihm machen. Daß er eine schwierige Phase durchlebte, konnte sie wohl begreifen. Junge Menschen waren heutzutage so empfindlich.
Man brauchte nur an Tom Colman in dem Fernsehspiel zu denken, als Mrs. Harker neulich abends sagte: »Ich weiß nicht, ich weiß es wirklich nicht«; wie jedermann von ihr erwartete, hatte Tom Colman, statt die komische Alte auszulachen, sie angebrüllt: »Das ist es ja gerade, und du wirst es auch nie.« Die arme Alte war so verletzt gewesen, bis dann Miß Dinneford – eine neue Figur, so etwas wie eine Fürsorgebeamtin – ihr erklärte, es komme alles daher, daß die jungen Leute heutzutage »in dieser Beziehung« viel schneller reif würden, und von dem Gedränge im Stoßverkehr redete, und so weiter. Dennoch war es Tom gewesen, der an einem anderen Abend die Sammlung veranstaltet hatte, um das Waldhorn, das dem alten George Lampyson gestohlen worden war, zu ersetzen, obwohl der Junge Waldhörner anscheinend verabscheute und selber Gitarre spielte. Es war tatsächlich ein Fall von »Ich weiß wirklich nicht«.
Harolds zornbebende Stimme brachte sie von »Unsere Welt« in ihre eigene Welt zurück.
»Da schließlich ich für die Herstellung des Carshaller Stadtführers verantwortlich bin, dürfte ich wohl den Unterschied zwischen Tidsbury Avenue und Tidsbury Crescent kennen.«
»Gewiß *dürftest* du das, und ein Blick auf den Plan zeigt, daß du ihn eben nicht kennst.« Mark hatte während der Auseinandersetzung mit seinem Vater das Kinn gesenkt, so daß sich sein Gesicht in der schmutzigen Wildlederjacke fast vergrub. Sylvia war klar, daß Ray befürchtete, es könne womöglich zu einem Familienstreit kommen. Während er noch immer beifällig über Ar-

thurs Geschichte lächelte, wandte er sich in dramatischer Pose an Harold und Mark.

»Wer darf es wagen, den rechtschaffenen Gestalter des Stadtführers anzugreifen? Oh, Mark Calvert, du wirst ein schlechtes Ende nehmen. Das Buch, das wir zu Füßen unserer Mutter lasen...« Er brach mitten im Satz ab, sein hübsches weiches Katergesicht wurde rot vor Verlegenheit.

»Ray hat sich vorbeibenommen.«

»Wenn dem so ist, ist es nicht gerade höflich, darauf hinzuweisen, Mark. Außerdem wäre deine Mutter die letzte, die gewünscht hätte, daß man, weil sie tot ist, ihren Namen aus Ehrfurcht nicht erwähnt. Versuch doch, natürlich zu sein.«

»Da ich das bin, möchte ich jetzt darauf hinweisen, daß du absolut keinen Ortssinn besitzt. Wenn unsere arme Großmutter deinen Angaben folgen würde, würde sie sich total verirren.«

»Ach, macht euch meinetwegen keine Sorgen. Ich kann mich ja selbst nach dem Fahrplan erkundigen, ich habe ja noch einen Mund.«

Aber Harolds erhobene Stimme übertönte die ihre.

»Du willst wohl Computer produzieren, die perfekte und fehlerlose Stadt- und Fahrpläne herstellen?«

»Woher weißt du? Wir sind gerade dabei. *Und* auch dabei, Schuldirektoren zu ersetzen. Überhaupt jede menschliche Arbeitskraft, die nur reine Routinearbeit leistet.«

Sylvia wußte überhaupt nicht, was los war, denn obwohl die beiden die ganze Zeit lachten, als scherzten sie nur, wirkten ihr Blick und ihr Tonfall außerordentlich gereizt.

»Ach, wirklich! Nun, wenn du dabei noch mitmachen willst, solltest du dich lieber auf die Hosen setzen und mit deinem Examen vorankommen, Mark. Sonst könnte es passieren, daß die Elektrowissenschaften dich eliminieren, bevor du noch deine Lehrzeit beendet hast.«

Marks Stimme war jetzt fast ein Schreien.

»Du brauchst dich gar nicht aufzuregen, bis dahin sind wir vermutlich längst allesamt eliminiert.«

»Nein! Nicht schon wieder! Nicht immer dasselbe Lamento! Und ihr nennt euch die kühle Generation. Kannst du denn nicht einmal über Bus-Zeiten sprechen, ohne über die Bombe zu jammern? Hab doch ein bißchen mehr Sinn für Proportionen.«

Noch einmal schaltete sich Ray ein.
»Das hat man auch dem Kunden der Geisha gesagt, Vater. Als er sich über den radioaktiven Fisch beklagte.«
Mark hatte keinen Sinn für die brüderliche Unterstützung.
»Alles sehr komisch. Haha! Verzeih, wenn ich nicht lache.«
»Deine Bemühung in Ehren, Ray, aber du bist nicht auf der Höhe. Deine Bemerkung ist nicht schlüssig, *non sequitur*. Ihr fehlt die Logik, die Grundlage jeden guten Witzes. Verstehst du, auch ein Sinn für Proportionen hätte dem japanischen Herrn, mag er noch so ehrenhaft gewesen sein, nicht helfen können, wenn er den radioaktiven Fisch bereits verzehrt hätte.«
»Mein Gott!« rief Mark, »das ist ja wunderbar! Und er scheint gar nicht zu wissen, was er damit gesagt hat.«
Harold errötete; Sylvia hatte das seit seiner Kindheit nicht mehr bei ihm erlebt.
»Wenn du mit einem billigen Erfolg in einer Diskussion so zufrieden bist, kannst du kaum erwarten, daß ich an deinen Ernst in der Sache glaube. Natürlich wird kein Sinn für Proportionen eine radioaktive Welt retten. Das habe ich nie behauptet. Aber er *wird* uns vor einer Panik bewahren und deshalb...«
Arthur unterbrach ihn.
»Wenn du es mir nicht übelnimmst, Harold, möchte ich lieber hineingehen. Die kalte Luft ist nicht gerade sehr bekömmlich für einen alten Invaliden wie mich.« Er trug das tapfere Lächeln zur Schau, das Sylvia so gut an ihm kannte.
Jetzt konnten sie vielleicht alle ins Haus gehen und den Streit über Politik oder was es sonst war vergessen. Es gab doch sicher etwas Dringenderes zu tun, und wenn nicht, wäre es schön, ein nettes Buch zu lesen. Sie schloß sich Arthurs Vorschlag an.
»Ich glaube, mir ist ebenfalls ein bißchen kalt geworden.«
»Das erstaunt mich nicht. Wenn Mark erst einmal bei seinem Steckenpferd ist, könnten wir alle erfrieren, bevor er es bemerkt. Das ist übrigens auch etwas, Mark. Bei deiner ganzen Angst vor einer totalen Vernichtung durch die Atombombe bedenkst du niemals die vielen *natürlichen* Katastrophen, die drei Viertel der Menschheit vernichten können. Für dich heißt es: alles oder nichts. Deine Ethik besteht anscheinend nur in einer zahlenmäßigen Berechnung der Opfer...«
Ray ging ruhig auf seinen Vater zu und flüsterte ihm vernehmlich

ins Ohr: »›VSJS.‹ Das heißt, falls du es nicht gehört haben solltest, Vater, Großmutter und Großvater frieren sich tot.«
Da Ray es sagte, schien Harold nicht beleidigt. Er lachte. »Nun Mutter, das wär's. Der Calvertsche Familiensitz. Und Blumenbeete haben wir nicht, wie du siehst. Nur die paar Apfelbäume, der Rest ist Rasen und wird elektrisch gemäht. Du hast übrigens Glück, Vater, daß ihr um diese Jahreszeit gekommen seid, sonst wäre der elektrische Rasenmäher zu den vielen infernalischen Maschinen hinzugekommen, deren Gebrauch wir euch lehren werden. Beth und ich waren in puncto Garten sehr unenglisch. Wir hatten viel zuviel zu tun, um uns damit zu belasten. Waren viel zu extrovertiert, würde man wohl sagen.«
»Ich glaube kaum, daß Großmutter das sagen würde«, brummte Mark. Dann spielten Ray und er plötzlich Exerzierplatz.
»Intro-Gewehrbeifuß – Extro-Gewehrbeifuß.«
Arthur war begeistert.
»Prima Jungs«, sagte er, »der Drill sitzt.«
Und so zogen sie alle lachend ins Haus. Sie sind doch eigentlich sehr glücklich miteinander, dachte Sylvia; obwohl sie sie nicht recht verstand. Angeblich war Mark Pazifist, und nun mimte er plötzlich den Soldaten. Pazifisten waren natürlich zu bewundern, aber nur, solange sie den Mut zu ihrer Überzeugung hatten. Hoffentlich brauchte sie sich nicht allzuviel mit so schwierigen Fragen zu beschäftigen. Arthur und sie waren niemals klug oder überhaupt irgend etwas gewesen, obgleich Arthur manchmal so große Töne redete.
Als sie an jenem Morgen vor dem Mittagessen bei Bier oder Sherry zusammensaßen, sagte Harold augenzwinkernd, genau wie sein Vater: »Du hast vielleicht bemerkt, Mutter, daß mich die jüngere Generation für einen Ausbund von Eigensinn und Gefühllosigkeit hält. Unter uns gesagt, befürchte ich stark, daß sie darin nicht ganz unrecht hat. Aber so ist es nun leider einmal. Die Natur läßt sich nicht verleugnen.«
Sylvia wußte nicht, was sie darauf antworten sollte. Beth hätte es selbstverständlich gewußt. Unwillkürlich wünschte sie, daß Beth da wäre, dann brauchte sie selbst nicht hier zu sein. Sie war ganz beschämt über solche undankbaren Gefühle. Sicherlich kamen ihr solche Gedanken nur, weil sie nicht genug zu tun hatte. Harold machte ihr das Leben zu bequem.

»Ich glaube, du würdest alles viel besser begreifen, wenn du versuchen würdest, das Grundprinzip zu erfassen, auf dem die elektrische Küche beruht«, hatte Harold an den beiden vorangegangenen Abenden zu ihr gesagt, und er schien auch noch am dritten Abend geduldig und gelassen, als er es noch einmal sagte. Dennoch vermeinte Sylvia eine gewisse Schärfe in seiner Stimme zu spüren; und wer sollte ihm das verdenken? Sie lernte so furchtbar langsam. Sie gab sich, weiß Gott, alle Mühe. Aber es gab so viele Einzelheiten, und Harold sprach so viel, so schnell und so undeutlich, wegen der ungestopften Pfeife, die ihm im Mundwinkel hing, daß sie sich kaum erinnern konnte, sich jemals so unbehaglich gefühlt zu haben wie an den letzten drei Abenden in dieser geräumigen modernen Küche.

»Ich bin furchtbar dumm, Harold. Aber ich habe noch immer ein sehr gutes Gedächtnis. Ich glaube, wenn du mir nur die verschiedenen Schalter zeigen würdest, könnte ich mit der Tabelle, die du mir gegeben hast, mir alles allein beibringen. Ich habe ein glänzendes Zeitgefühl.«

»Meine liebe Mutter, bei einem automatisch geregelten Herd braucht man kein besonderes Zeitgefühl.« Er lachte, wischte den Speichel von seinem Pfeifenstiel an der Ecke seiner blau-weißen Plastikschürze ab und steckte die Pfeife in die Schürzentasche. Sylvia wünschte, sie könnte sich an solche Schürzen bei Männern gewöhnen. Pablo im Hotel Palmeira hatte, wie vor ihm Giuseppe, die übliche Küchenchef-Schürze aus weißer Baumwolle getragen, aber beide waren nicht nur Berufsköche, sondern auch Ausländer. Hier trug Harold dieses blaue Plastikgebilde, Mark ein grünes und Ray ein gelb-weißes. Und sämtliche Schürzen hatten Rüschen.

»Das Kochen nach Gutdünken überlassen wir heute den unterentwickelten Völkern. Und auch die werden sich nicht lange damit zufriedengeben. Nimm einmal das Essen, das wir heute abend kochen. Gewiß, es ist kein gewöhnliches Abendessen. Ich habe es ausgesucht, um dir daran die ganze Ausstattung des Herdes vor Augen zu führen.« Er strich sich mit einem gewissen Stolz über den Schnurrbart. »Das Gulasch kommt in das obere Rohr. Und nur ausnahmsweise heute abend – ein Beispiel von extremer Verschwendung – kommt ein Apfelstrudel in das untere Rohr. Selbstverständlich ist dieses eigentlich für große Bra-

ten wie Puten und dergleichen bestimmt. Für besondere Feste. In dem Rohr backen wir auch für die kleine Gesellschaft, die wir euch zu Ehren vor Weihnachten geben. Dann, auf der kleinen Platte, Suppe für Vater auf kleiner Hitze und auf den beiden anderen Platten Gemüse, ebenfalls für meine konservativen Eltern.« Er zwinkerte ihr zu. »Und dann noch etwas Besonderes für Vater, dessen echt englischer Gaumen kein Gulasch verträgt – ein halbes Huhn vom Grill. Ehrlich gesagt, ich hätte ihn nicht so verwöhnt, wenn das nicht eine sehr nützliche Art gewesen wäre, den Rotor-Brater vorzuführen.«
Sylvia fand, sie müßte etwas sagen, und wenn auch nur, um Harolds Redefluß einzudämmen, damit sie sich konzentrieren konnte.
»Du weißt ja, wie Vater ist, Harold.«
»Gewiß. Obwohl ich sagen muß, daß er seine schlimmsten Eigenschaften abgelegt zu haben scheint, nicht wahr? Jetzt stellst du hier das obere Rohr und dort das untere ein.« Er drehte an den Knöpfen.
»Ohne Brille erkenne ich die Nummern leider sehr schlecht, Harold. Aber...«
»Wenn du sie nicht erkennst, ist das auch nicht so schlimm. Das habe ich dir doch gerade gestern abend erklärt. Mit der sichtbaren Hitzemarkierung hast du eine doppelte Kontrolle – der Markierungsstab geht dauernd auf und nieder, genau wie bei deiner geliebten Gasflamme...«
»*Ich* hab' doch nicht das Gas gewollt. Vor zehn Jahren schon, als das Hotel Palmeira modernisiert wurde, sagte ich Mr. Hooper vom Londoner Büro, daß ein elektrischer Herd weniger Schmutz mache. Aber ein Gasherd war eben billiger.« Sie mochte Harold nicht sagen, daß sowieso nur zwei Gaskocher im Hotel installiert worden waren, und auch diese nur für die Bereitung des ersten Frühstücks, während das alte System des Kohlenherds beibehalten wurde.
»Modernisiert!« Harolds Stimme klang verächtlich.
»Die Gesellschaftsräume waren die Hauptsache. Die Halle wurde vor zehn Jahren modern eingerichtet. Und der Einbau der Hummer-Bar war furchtbar teuer, obwohl sie nur mit Fischnetzen und Ankern ausgestattet war. Die Küchen waren weniger wichtig. Die Gäste sahen sie sowieso nie. Und es war immer ganz

einfach, spanische und portugiesische Leute zu bekommen. Vorher waren es Ungarn und Italiener. Es gibt immer Leute, die sich in England ausbilden wollen, nicht wahr? Das heißt, abgesehen von den Iren.«

Harold sah sie an. »Du bist das reinste Dornröschen, Mutter... Also, konzentrieren wir uns jetzt auf das Nächstliegende. Wie stellst du die Zeit ein? Denk nach, Sylvia.« Er hatte sie noch niemals beim Vornamen genannt; und obwohl er es offenbar scherzhaft meinte, war es ihr äußerst unangenehm. Aber irgendwie mußte sie auf ihn eingehen. Eine vage, längst vergessene Erinnerung an die Schule tauchte in ihrem Gedächtnis auf: das Wort ›erwischen‹. Sie wollte sich nicht erwischen lassen. Sie sagte:

»Das brauch' ich überhaupt nicht, nicht wahr? Denn wir gehen ja nicht aus.« Sie war sehr zufrieden mit sich und lächelte. Sie hoffte, daß die Strenge auf Harolds Gesicht nur gespielt sei.

»Falsch.«

»Aber du hast mir doch gestern die Uhr erklärt. Man schaltet sie zu Beginn der Kochzeit ein, und wenn man nicht zu Hause ist, stellt sie sich automatisch wieder ab. Ich weiß es genau.« Sie war den Tränen nahe.

»Und ich habe dir außerdem noch etwas anderes erklärt: den Summer, der einen, wenn man zu Hause ist, darauf aufmerksam macht, daß das Essen fertig ist.«

»Ach, natürlich, das hatte ich vergessen. Die kleine Klingel. Die Zeitglocke.«

»Aber nein, Mutter. Das hatte ich ebenfalls erklärt. Weder Beth noch ich wollten eine laute Glocke im Haus, infolgedessen haben wir sowohl beim Telefon wie beim Herd das Glockensignal durch einen Summer auswechseln lassen.«

»Dann weiß ich gar nicht, ob ich es überhaupt hören werde, Harold. Ich bin zwar nicht taub, aber ich höre nicht mehr so gut wie früher. Das macht aber nichts. Ich werde es kaum brauchen. Ich habe ein sehr gutes Zeitgefühl.«

Harold seufzte.

»Wie ich schon sagte, es ist ein Fünfstunden-Summer.«

In diesem Augenblick schlurfte Arthur in die Küche. Als Hausanzug trug er folgende Zusammenstellung: eine Pyjamajacke unter einer Wolljacke, graue, mit einer alten Pyjamakordel befe-

stigte Flanellhosen, deren Hosenboden tief heruntersackte, und Pantoffeln.
»Das Scheißrennen in Wincanton ist abgesagt worden, aber unten in Kemton hat Diokletian im letzten Rennen mit knapper Kopfeslänge gewonnen«, verkündete er. »Dreiunddreißig zu eins beim Wettschluß. So ein Glück für die Buchmacher!« Da er von Sylvia seit Jahren nicht mehr erwartete, daß sie sich für seine allabendlichen Sportberichte interessierte, wunderte er sich auch nicht weiter über Harolds verständnislosen Gesichtsausdruck. Aber nachdem er das Sportgeschehen mitgeteilt hatte, war er durchaus bereit, sich die Haushaltsereignisse des Tages anzuhören.
»Wie bewährt sich deine Mutter mit all dem elektrischen Kram?« fragte er.
»Harold zeigt mir eben, wie man den Fünfstunden-Summer einstellt.«
»Summer!« Arthur wieherte vor Lachen, bis er sich verschluckte und ihm die Tränen in die Augen traten. Er machte auf das Wort einen läppischen Reim, den niemand belachte. Verärgert sagte er: »Fünf Stunden! Ich habe keine Lust, fünf Stunden aufs Essen zu warten.«
»Aber, Arthur! Sei doch nicht dumm. Selbstverständlich braucht man für das Essen keine fünf Stunden. Die Uhr hat nichts mit den fünf Stunden zu tun. Sie heißt nur so, nicht wahr, Harold?« Sie sah ihrem Sohn an, daß sie sich schon wieder geirrt hatte.
Harold, wie um die Begriffsstutzigkeit seiner Mutter noch zu unterstreichen, sagte:
»Für dich gibt es ein halbes Huhn vom Grill, Papa.«
Arthur zeigte sich von dieser Auszeichnung nicht sonderlich beeindruckt.
»Schön. Vergiß die Worcester-Sauce nicht. Aber was ich jetzt gern hätte, wäre eine Flasche Bier. Es ist ein recht beschissener Ersatz für meine übliche Halbe vom Faß, aber wenn ich bei diesem Glatteis ins Wirtshaus gehe, falle ich höchstwahrscheinlich auf den Arsch.«
Er tut gerade so, als ob es sich um eine Weltkatastrophe handelt, dachte Sylvia. Harold riß eifrig die Tür des riesigen Kühlschranks auf.
»Bitte sehr, Vater. Bedien dich nur.«

Nach ausgiebigem Brummen wählte Arthur eine Flasche Whitbread-Bier. »Mich wundert bloß, daß du nicht das ganze Zeug in die Kälte hinausstellst, Harold. Bei der Temperatur in dem Schrank geht sowieso jeder Geschmack verloren.«
»Sollten wir nicht die Teller wärmen, Harold?« Sylvia zog das unterste Fach des Herds heraus. Sie fügte stolz hinzu:
»Sieh mal, Vater, so viel Platz für Teller und Schüsseln.«
»Sehr schön. Wo stehen die Bierseidel, Harold?«
Aber Harold wollte partout mit seiner Belehrung fortfahren.
»Und was tust du jetzt, Mutter?«
Sylvias Stolz war gebrochen. Sie war nicht imstande, nachzudenken.
»Du hast natürlich den Schalter für das Wärmefach vergessen.«
Arthur hatte inzwischen ein Seidel gefunden und goß sich sein Bier ein. »Hat verdammt viel Schaum, das Zeug«, sagte er und verließ die Küche.
Harold biß sich auf die Lippen. »Der Alte redet wirklich manchmal recht wüst, nicht wahr? Wir haben jetzt noch eine Stunde Zeit, bis wir das Huhn grillen. Fühlst du dich imstande, den gesamten Mechanismus noch einmal mit mir durchzugehen?«
Im Augenblick schien es Sylvia, als ob Harold die ganze Sache in demselben Maße genoß, in dem sie ihr unangenehm war, trotz seiner durchaus begreiflichen Ungeduld; aber der Gedanke war ebenso absurd wie... wie Harold in einer rüschenbesetzten Schürze. Beides lag sicher an der Wirkung der Heizung – es war so herrlich warm, fast stickig – auf ihren überhöhten Blutdruck.
»Und nun zeige mir, wie man die Waschmaschine bedient. Da liegt ein Haufen von Judys Sachen, Höschen und so weiter. An denen kannst du dich versuchen. Geschieht der Dame ganz recht, wenn sie sie herumliegen läßt.«
»Aber ich hab' ihr gesagt, ich würde sie waschen. Sie wollte es selbst tun, als sie nach Hause kam, aber sie hat so viel zu arbeiten.«
»Aha, dann ist sie also nicht mit ihren feinen Freunden unterwegs. Sicherlich hat der Frost den Fuchs gerettet.«
Sylvia sah in die Nacht hinaus. »Abends reitet man keine Jagden, lieber Harold.« Einiges wußte sie schließlich auch.

»So«, meinte ihr Sohn verdrossen, »dann kannst du das Zeug ja jetzt waschen.«
Sekundenlang spürte Sylvia, wie sie rot vor Ärger wurde. Er war wirklich so unglaublich rücksichtslos, genau wie sein Vater. Um sieben Uhr abends wusch man keine Wäsche. Jedoch beherrschte sie sich und tat, wie ihr befohlen war. Während die Kleidungsstücke wie verrückt gewordene Fische im Aquarium umherschwammen, wies Harold sie auf die besonderen Qualitäten der Maschine hin. Er sprach noch, als Mark hereinstürzte und eines der zahlreichen Gläser aus dem weißgestrichenen Regal herausriß und eine Packung Kekse an sich nahm.
»Ich bin zum Essen nicht da, Vater.«
»Warum nicht?«
»Abendkurse.«
»Ich dachte, wir hätten ausgemacht, die Essenszeiten deinen Abendkursen anzupassen.«
»Es klappt aber nicht.«
»Sprich gefälligst höflich, Mark. Und lüge nicht. Du willst vor der technischen Hochschule noch auf eine Versammlung gehen, um die Welt vor der Vernichtung zu retten. So ist es doch wohl? Mein lieber Junge, du kannst es mir doch sagen, wir können doch in allem Frieden verschiedener Meinung sein.«
Mark antwortete nicht.
»Wäschst du immer deine Reizwäsche vor dem Abendessen, Großmutter?«
Sylvia wollte lachen, aber Marks Ausdruck war so streng, daß sie innehielt.
»Die gehört zufällig Judy, die Dame hat sie ihrer Großmutter zum Waschen gegeben.«
»Sie hat sehr viel zu arbeiten, Harold.«
»Wenn sie ausnahmsweise einmal auf geselliges Zusammensein mit dem Landadel verzichtet.«
»Wenn ihr die Leute gefallen, so laß sie doch, Vater. Überhaupt, was tust *du* denn hier?«
»Ich unterrichte deine Großmutter in den Grundprinzipien, nach welchen elektrische Geräte funktionieren.«
»Ach, kümmere dich nicht um ihn, Großmutter. Drück einfach auf den Knopf, der dir gerade gefällt, und hoffe das beste. Laß dich nicht auf seine Hobbies ein. Das tun wir auch nie. Der Er-

forscher sozialer Strömungen! Der große Soziologe in Person! Scheiß auf die Prinzipien der Elektrizität. Er versteht sie ja selbst nicht!«

»Bitte, Mark, sprich anständig in Gegenwart deiner Großmutter. Wie ich dir ja bereits sagte, Mutter, der große Vorteil des Einspritzkolbens ist...«

Seine Worte gingen in Marks heiserem Gelächter unter. »Einspritzkolben! Du hast den Nagel auf den Kopf getroffen! Glauben Sie ihm kein Wort, Gnädigste. Tun Sie, was Ihnen paßt und wie es Ihnen paßt.«

Als Mark sich entfernt hatte, sagte Harold: »Ich freue mich immer wieder darüber, daß Mark sich als solcher Rebell entpuppt hat.« Doch Sylvia fand, er sehe deprimiert aus.

»Wie wär's mit einem Sherry?«

»Ach, nicht für mich, Kind.« Wie gern hätte sie ihren üblichen Gin-Vermouth getrunken.

»Nur einen, um deinem Lehrer Gesellschaft zu leisten. Ihm, der zu viel und zu schnell spricht.«

Als sie vor ihren Gläsern saßen, sagte Harold:

»Nun, da siehst du es, Mutter. Das Sicherheitsventil, das Beth in ihrer Weisheit für den Sündenlohn fand, den uns die Lehrbücher eingebracht haben.«

Er deutete auf die dunkelgrünen Wände (er sagte, ›tannengrün‹ sei die korrekte Bezeichnung, aber das machte den Raum nicht weniger düster – eine Küche muß hell sein, cremefarben oder primelgelb) und auf die blitzenden weißen Regale und elektrischen Geräte.

»Alles, von der Tiefkühltruhe bis zum Starmix, hat Beth ausgesucht.«

Und das war, jeden Abend, wie bisher der wirkliche Grund für ihre Niedergeschlagenheit. Wie konnte sie ihm zuhören, wenn sie sich dauernd verzweifelt fragte, ob nun der Augenblick gekommen sei, der Augenblick, der kommen mußte – wie sie von dem Tag an wußte, an dem sie und Arthur Harolds Einladung, bei ihm zu wohnen, angenommen hatten –, der Augenblick der Vertraulichkeit, in dem sie von Beth würden sprechen müssen, von ihrem langen, langen und grausamen Krebsleiden, von seinem Schmerz und dem Verlust, den die Kinder erlitten hatten.

Allabendlich, wenn Harold dozierte, lenkte der Gedanke an

Beth sie von seinen komischen, liebevollen und langweiligen Bemühungen ab; jeden Abend bemühte sie sich, die Schroffheit und Härte ihrer Schwiegertochter zu vergessen und sich nur ihren Mut und ihre Tüchtigkeit zu vergegenwärtigen. Aber diese Eigenschaften gerieten so rasch durcheinander, das Gute und das Schlechte drehten sich unaufhörlich wie die Höschen und Büstenhalter in der Waschmaschine und wie die Teller und Tassen im Geschirrspüler. Wie konnte sie davon sprechen, und was sollte sie sagen? Aber dessen bedurfte es gar nicht, Harold war in vollem Schwung.

»Beth erkannte sofort, daß wir, da wir die Honorare ja ausgeben mußten, am besten daran täten, die täglichen Pflichten, die das Leben nicht wirklich bereichern, zu rationalisieren. Denn weißt du, Mutter, keiner von uns beiden war besonders verschwenderisch oder besonders sparsam. Und wir wollten auch nicht, daß die Kinder es würden. In Wirklichkeit passen weder Beth noch ich in eine Wohlstandsgesellschaft. Vielmehr, Beth paßte nicht.« Er verbesserte sich so beiläufig, daß Sylvia sekundenlang nicht begriff, was er gesagt hatte. Dann aber, obgleich sie sich bemühte, seine Gefühle zu teilen, dachte sie immer nur, wie unangenehm es Beth gewesen wäre, eine peinliche Situation heraufbeschworen zu haben, besonders vor ihrer Schwiegermutter im herkömmlichen Sinn; nein, sie hatten sich ganz gut vertragen, wenn sich die Familie zu Weihnachten im Hotel versammelt hatte – aber fast wie Fremde, wie verwandte Fremde. Wie sollte sie nur, mit so toten Gefühlen über Tote, ihr vertrauliches Gespräch beginnen?

Sie bekam jedoch gar keine Gelegenheit dazu, denn Harold schwärmte unaufhaltsam weiter von Beth. »Du mußt nicht denken, daß Beth zur Sklavin maschineller Haushaltsführung geworden war. Beth hatte immer Geschmack. Eine Mayonnaise wurde bei uns niemals mit dem Starmix gemacht...« Und: »Sie hatte eine unglaubliche Ausdauer, sie schien niemals müde zu werden. Nach einem ganzen Tag am Gericht, mit Fällen, die ihr das Herz zerrissen und ihre Geduld erschöpften, hat sie den Reis noch immer sechsmal blanchiert – in Beths Reis blieb keinerlei Stärke...«

Wie sollte man einen solchen Redefluß unterbrechen? Wie sollte man Harold nur von diesen Alltäglichkeiten auf den großen Verlust hinlenken, damit er ihn sich endlich von der Seele reden könnte, wie man früher sagte? Die schwarze Nacht draußen, die Hitze, die dunkelgrünen Wände, die weißen Maschinen drangen plötzlich auf sie ein. Die Geschirrspülmaschine, der Schnell-Grill, die Tiefkühltruhe, der Kochherd, die Trockenschleuder und all die anderen weißen Ungeheuer standen an den Wänden aufgereiht wie lauter marmorne Grabsteine. Es fehlte nur der Verbrennungsofen. Beths Gedenksteine? Beths Grab? Sie blickte umher, um irgendwo dem beklemmenden Weiß zu entgehen, aber aus der glatten weißen Oberfläche starrte sie nur ein winziges böses rotes Auge an, das sie von dem heiligen Boden, der ihr nicht gehörte, verwies, von der Schwelle einer Toten. Sie spürte, wie sie in ein Nichts zusammenschrumpfte, als Harolds Fanfaren des Lobes durch den Raum hallten.

Sie schüttelte sich sekundenlang, um sich von ihrem Schwindelanfall zu erholen. Es lag an der Zentralheizung. Zum Glück hatte Harold nichts bemerkt. Du darfst nicht trübsinnig werden, sagte sie sich. Wie als Antwort auf diesen Befehl tat sich die Tür auf, und Ray erschien. Ray war immer erfrischend. Mit seinem blonden, gelockten Haar und seinem strahlenden Lächeln sah er aus wie Owen Nares, für den sie früher einmal Schlange gestanden hatte – nur modern, selbstverständlich, mehr wie einer von den Pop-Singers, aber niemals schmuddelig. Und immer so lustig; kam immer als letzter von der Arbeit nach Hause und war doch nie müde, hatte immer was vor.

»Wo gehst du heute hin, Ray?« fragte sie. In den paar Tagen hatte sie bereits gespürt, daß sie mit ihm ganz anders reden konnte als mit den anderen.

»Betriebsfest«, sagte er und schnitt ein Gesicht. »Muß mit unserer Frau Direktor tanzen. Komm mit, Schatz, als die Großmutter eines Twiststars.« Er schnupperte. »Gulasch! Und das muß ich verpassen! Hätt' ich gewußt, daß du Ungarin bist, hätt' ich meinen Csárdás geübt.« Er machte ein paar Schritte und tat, als hielte er ein Tamburin mit Schellen und Schleifen in der Hand.

Als Sylvia aufgehört hatte zu lachen, sagte sie: »*Ich* habe es nicht gekocht. Das war dein Vater. Er zeigt mir, wie man all diese fabelhaften Geräte benutzt. Nur begreife ich so langsam.«

Rays Augen wurden schmal, als er seinen Vater ansah.

»Du hast schon wieder doziert, Vater. Ich sehe es dir an. Er be-

rauscht sich daran. Vater, lieber Vater, steig herunter von deinem Podest. – Die Grundlagen der Elektrizität!«
Sylvia sah Harold von der Seite an, um zu sehen, ob er es auch nicht übelnahm. Doch sie hätte sich nicht zu ängstigen brauchen. Mit Ray konnte niemand böse sein. Er sagte alles mit einem so gewinnenden Lächeln, und selbst seinem Vater warf er übermütige Blicke zu. Er war sicher ein kolossaler Flirt.
»Reg dich nicht auf, Großmutter. Ich kenne die Zauberworte, mit denen man die Ungeheuer bändigt. Morgen abend komme ich mit meinem Zauberstab und bringe dir alle Bannsprüche bei. Diese Ungeheuer werden sowieso in einem Jahr unmodern sein.« Er deutete mit einer frechen Geste auf den Kochherd. »Du bist entlassen«, sagte er zu Harold. »Ab morgen abend fängt Großmutter einen neuen Kurs an, und wir machen alles mit Intuition.«
»Das ist alles recht schön für euch Burschen von der Kunsthochschule«, lachte Harold. »Ihr macht's mit eurem Kauderwelsch. Intuition des Künstlers! Aber deine Großmutter hat nie Kunst studiert.«
»Das hat sie gar nicht nötig. Sie ist selber ein Bild. Nicht wahr, Liebchen?« Ray beugte sich zu Sylvia nieder und küßte sie, und sie kam sich nicht einmal albern dabei vor. »Das wär' also abgemacht«, sagte er. »Um halb sieben in der Küche, und die Losung heißt: Spaghetti Bolognese. Wie seh' ich aus?«
Sylvia betrachtete der Reihe nach seinen gutgebügelten dunklen Anzug, das blitzendweiße Hemd und den kurzen blauen Mantel mit Pelzkragen und umgeschlagenen Manschetten. »Du siehst wirklich elegant aus, Ray.« Und dann, weil sie ihren Enkel zu kennen glaubte: »Ich beneide das Mädchen.« Ray furchte leicht die Stirn und lächelte wieder.
»Ach, du meinst die liebe Frau Direktorin. ›Was höre ich von Ihnen, Calvert, Sie wollen meine Mona entführen?‹ – ›Nichts zu wollen, mein Herr, unter fünfhundert Pfund tue ich es nicht.‹ – ›Danke, mein Junge. Um sie loszuwerden, ist das nicht zu teuer.‹«
Seine Parodien waren so komisch, daß er sie beide zum Lachen brachte, wenn Harold es auch verbarg, indem er an seinem Schnurrbart spielte. Er sah mit strengem Blick auf die Füße seines Sohnes.

»Deine Schuhe mit Gummizug sehen mir mehr nach Kindertanzstunde aus. Die italienische Mode habt ihr Dandies wohl völlig aufgegeben?«
Wieder sah Ray seinen Vater mit zusammengekniffenen Augen an und sagte dann zu Sylvia:
»Da hast du es, Großmutter. Wo gibt's noch so einen Vater? Er ist immer über die neueste Mode im Bilde.«
»*Mir* gefiel die italienische Mode«, verkündete Harold.
Ray klopfte ihm beim Hinausgehen auf die Schulter. »Ich weiß, Vater, du bist immer beinah mitgekommen.«
Sylvia verstand nicht, was er meinte.
»Er ist ein lieber Junge, nicht wahr, Mutter? Jeder andere mit solchem Charme wäre schon seit Jahren verdorben gewesen. Es gibt keine Veranstaltung – Sport, Tanz oder Schauspielerei –, an der er sich nicht beteiligt. Gewiß, er ist von Natur aus locker und unbefangen. Ich beobachte ihn manchmal, wie er einen Raum betritt, und denke dann immer, welche Überwindung es seine Mutter oder mich kostete, auf Gesellschaften zu gehen.«
»Arthur hat das auch«, sagte Sylvia.
Harold runzelte die Stirn. »Ja«, meinte er mit ernster Miene, »all diese Geräte hier. Man kann sie nur danach beurteilen, wie wir sie handhaben«, und er stellte den Hühner-Grill an.
An den folgenden Tagen wurde Sylvia von Ray in die Schule genommen. Aber die Tatsache blieb bestehen, daß sie sich, selbst nachdem sie durch Rays liebevoll-lustigen Unterricht in wenigen Tagen die elektrischen Ungeheuer zu meistern verstand, im Grunde recht unnütz vorkam. Die altmodische englische Küche, die einzige, die sie beherrschte, war sichtlich nicht beliebt, und auch diese war ihr nicht mehr so vertraut, weil sie, außer in personalbedingten Notfällen, seit Jahren nicht mehr gekocht hatte. Aber sie wollte unbedingt lernen, denn sie war immer der Meinung gewesen und würde es auch immer bleiben, daß die Männer in der Familie, die Brotverdiener, das bekommen müßten, was ihnen schmeckt. Das war der einzige Grund, weshalb sie dafür sorgte, daß Arthur manchmal etwas bekam, worauf er Lust hatte, um ihn hin und wieder vergessen zu lassen, daß er schon so viele Jahre lang nicht mehr der eigentliche Verdiener war.
Und ein solcher Versuch, Arthur moralisch zu stützen, war es, der zu dem ganzen Ärger wegen der Zentralheizung führte.

Sie hatte den ganzen Nachmittag Leslie Gericaults neuen Roman gelesen. Aber irgendwie gefiel er ihr nicht so gut wie ihre bisherigen. Er handelte von Miß Clitheroe, der alten Jungfer des Dorfes, die so simpel schien, in Wirklichkeit aber so weise war und den Dorfbewohnern alle Probleme löste. Im allgemeinen gefielen ihr die Miß-Clitheroe-Bücher, weil die Alte so komische Dinge auf so altmodische Weise sagte. Aber dies Buch war anders, nicht so gut wie die anderen, Miß Clitheroe hatte darin so etwas wie einen Herzanfall, und obwohl zum Schluß Dr. Manley, der alte praktische Arzt des Dorfs, erklärte, daß kein ernsthafter Grund zur Besorgnis vorliege, betonte er dann doch, wir müßten alle bedenken, daß wir nicht jünger würden. Sylvia hatte das Buch nur mit Mühe zu Ende gelesen. Auf dem Schutzumschlag hieß es »In ›Miß Clitheroes neue Nachbarn‹ verleiht Leslie Gericault dem Leben in Pensworth-cum-Astbury eine weitere Dimension. Ihren schönen, lebenswahren und humorvollen Bildern des dörflichen Alltags hat sie eine neue Note hinzugefügt – die Note zarter Besinnlichkeit.« Sylvia wünschte, sie hätte das bleibenlassen.
Als Arthur zu ihr hinunter ins Wohnzimmer kam, war sie froh, ihn zu sehen, wie seit langem nicht mehr, obwohl sie sich nicht enthalten konnte zu sagen:
»Also wirklich, Arthur! Es ist halb drei. Der halbe Tag ist vorbei, und du trägst unter dem Hemd noch immer deine Pyjamajacke.«
Zum Glück schien auch ihm daran gelegen, eine freundliche Stimmung zu wahren, denn er beantwortete ihre Kritik nicht mit der üblichen Salve von Flüchen.
»Wie wär's mit einem Tee, Sylvia? Diese verdammte Zentralheizung trocknet mir den Mund aus.«
Sylvia goß ihm einen schönen frischen Tee auf und brachte ihn ihm auf einem Tablett, mit ein paar Ingwerplätzchen dazu. Als sie ihm gegenübersaß, an der Stelle, wo der Kamin hätte brennen sollen, war sie so froh über seine Gesellschaft, daß sie nicht einmal etwas sagte, als er die Plätzchen in den Tee tunkte.
»Na, Harold weiß vermutlich, was er tut. Er ist ja angeblich so gescheit. Aber ich hab' noch nie einen so gottverlassenen Ort wie diesen hier erlebt. Das ganze Gerede von Bridge, ich habe noch keine Karte zu Gesicht gekriegt, geschweige denn einen Bridgespieler.«

»Wir sind doch erst eine Woche hier. Und das Wetter war so schlecht.«
»Eine Woche zuviel, wenn du mich fragst.«
»Aber ich bitte dich, Arthur. Ich fühle mich ebenfalls ein bißchen verloren. Aber es wird schon anders werden, wenn erst unsere Möbel kommen. Wir können uns unser Zimmer gemütlich machen. Du hast dann einen schönen bequemen Sessel und wirst dann nicht mehr den ganzen Tag im Bett liegen wollen.« Sie fügte eilig hinzu: »Da nörgele ich schon wieder an dir herum.« Sie lachte. Aber sie sah, daß Arthur nicht lachte. Er war von seinem Stuhl aufgestanden und starrte zum Fenster hinaus, dann trat er dicht an sie heran. Er zitterte in einem seiner plötzlichen Wutanfälle. »Es hat keinen Sinn, Sylvia. Ich kann hier nicht leben. Du mußt es Harold sagen. Gleich nach Weihnachten gehen wir hier weg.«
Sie mußte ihm energisch entgegentreten: »Aber Arthur, du weißt, daß du mit deiner Pension nicht auskommen kannst. Wir müssen eben das Beste daraus machen. Im Vergleich mit vielen anderen alten Menschen geht es uns sehr gut.«
Sein ihr so vertrauter Zorn hatte Erinnerungen geweckt, und sie fürchtete, daß sie vor schierer Sehnsucht weinen würde. Aber die eigenen Worte beruhigten sie. In ihm entfachten sie das schwache Aufbrausen, das sie erwartet hatte.
»Ich wünschte bei Gott, du würdest mich einschläfern lassen. Es wäre für euch alle viel besser, wenn ich euch nicht mehr zur Last fiele. Man dient dem Vaterland, wird arbeitsunfähig und kriegt nicht mal eine Pension, von der man leben kann. Diese schäbige Wohlfahrt, auf die wir angewiesen sind...«
Sylvia wartete, daß er zum Schluß kam, und das geschah dann auch unvermittelt. Er setzte sich ihr gegenüber und sagte:
»Es wäre alles nicht so schlimm, wenn diese verdammte Zentralheizung nicht wäre. Sie dörrt einen völlig aus.«
»Es heißt, daß sie jede Zugluft verhindert.«
»Zug! Es gibt ja Paravents, oder? Ein altmodisches Kohlenfeuer ist mir zehnmal lieber.«
»Mir ebenfalls. Aber es macht mehr Arbeit.«
»Aber *wir* haben es doch immer gehabt.«
»Ja, aber wir hatten immer Hotelpersonal zur Verfügung. Dafür ist es hier wärmer in den Korridoren.«

»Wärmer in den Korridoren! Wer, zum Kuckuck, will sich denn in Korridoren aufhalten? Das weiß ich wirklich nicht.«
Sylvia lachte. »Ich weiß nicht. Ich weiß es wirklich nicht.« Sie machte Mrs. Harker nach. Dann, weil er so niedergeschlagen aussah: »Ich werde dir die Heizung niedriger stellen. Ray hat mir neulich gezeigt, wie man das macht. Allerdings wird es eine Weile dauern, bis man einen Unterschied merkt.« Als sie die Klappe öffnete, schnalzte sie mit der Zunge. »70 Grad (Fahrenheit). Nein, wirklich! Man könnte meinen, es wäre Sommer. 60 werden völlig genügen, nicht wahr, Arthur?«
»Völlig. Wofür hält Harold uns denn? Für Affen im Dschungel?«
Die bloße Tatsache, daß sie die Temperatur ihren eigenen Wünschen angepaßt hatten, stimmte sie heiterer. Sylvia mußte lächeln, denn schon zehn Minuten später sagte Arthur: »Ah, so ist es viel besser. Ich kann wieder atmen.« Sie wußte, daß die Temperatur sich noch kaum verändert hatte. Aber angeblich beruht ja vieles auf Einbildung, nicht wahr?
Sie saßen froh und zufrieden vor dem Fernseher und riefen nicht wie sonst Judy herein, die immer als erste nach Hause kam, sondern ließen sie unbehelligt zum Arbeiten auf ihr Zimmer gehen. Sie sahen sich einen ganzen Western an, und Sylvia klagte ausnahmsweise nicht über die laute Schießerei, und Arthur erklärte nicht, der Film sei zu kindisch. Sie freuten sich selbstverständlich, als Harold zu ihnen kam, aber Sylvia dachte insgeheim, wie schön es gewesen wäre, wenn die Familie nicht zu Hause wäre – nur Arthur und sie allein vor dem Fernseher und dazu statt Abendessen einen Käsetoast.
Harold jedoch war in sehr guter, geselliger Stimmung. Er hatte von der Druckerei den Bürstenabzug der gemeinsamen Weihnachtskarte erhalten. Die Calverts waren in Carshall und sogar darüber hinaus für ihre Weihnachtskarten berühmt. Harold und Beth hatten sich immer so lustige ausgedacht. Einmal war es eine Zeichnung von Harold gewesen, der Flügel trug und singend in der Badewanne saß, wie er es für gewöhnlich tat – die Unterschrift lautete: »Horch, der Engel Harold singt.« Sie dachten sich immer etwas Originelles und Persönliches aus. Gewiß, sie waren nicht jedermanns Sache. Sylvia erinnerte sich, wie die alte Miß Mitton im Hotel Palmeira beim Anblick einer solchen

Karte, die bei ihnen auf dem Kaminsims stand, erklärte, das sei eine Verhöhnung der Geburt Christi. Sylvia hatte zu erklären versucht, daß sie keine strenggläubige Familie seien, aber die Karte hatte sichtlich Anstoß erregt.
Harold reichte seiner Mutter die Abzüge.
»Da bist du genannt und du ebenfalls, Vater.« Er lächelte listig.
Sylvia und Arthur brauchten geraume Zeit, um die Karte zu lesen, denn der Text war in Versen, und der Anfangsbuchstabe jeder Zeile war auf altmodische Weise geschwungen, koloriert und mit kleinen Zeichnungen verziert. In jeder Zeile wurde ein Familienmitglied erwähnt.
Sylvia ging noch der Western im Kopf herum – sie hatte gleich erraten, daß der Bruder des Mädchens ein schlechter Mensch war, noch ehe sie dem toten Rinderdieb die Maske abgenommen hatten. Sie fand das Gedicht mit seinen rätselhaften Wortspielen so schwer zu verstehen, besonders die Bilder, obwohl es vermutlich einen Schlüssel dafür gab. Es war ihr auch gar nicht angenehm, daß ihr und Arthurs Vornamen in einer Mitteilung an Fremde vertreten waren; es kannte sie ja niemand, wieso denn auch? Es wirkte so aufdringlich.
Harold aber sah sie erwartungsvoll an. »Nun?« fragte er.
»Das Haus ist sehr gut getroffen. Wer hat es gezeichnet?«
»Ich habe ein paar Skizzen gemacht«, sagte er ziemlich ungeduldig, »und Ray und Judy haben sie gemeinsam ausgeführt.«
Stille.
»Nun?«
»Es ist wunderschön, obwohl ich nicht alles verstehe. Wie kommst du darauf, mich und Arthur zu erwähnen? Was werden sich die Leute denken? Wer sind wir Alten denn schon?« Ergänzend sagte sie: »Dein Vater hat im Ersten Weltkrieg seine Pflicht getan, aber das werden sie kaum wissen.«
Harold nahm ihnen die Karte aus der Hand und legte sie auf einen der zahlreichen niedrigen Tische.
»Sie werden, wie ich beabsichtigte, denken, daß wir stolz und glücklich sind, euch in der ›Villa Sykomore‹ bei uns zu haben. Zumindest wird das jeder, auf den es mir ankommt, denken.«
Arthur würdigte die Geste vollauf. »Mein lieber Junge, ich danke dir. Du hast zwei alte Menschen sehr glücklich gemacht.«

Zu Sylvias Erstaunen stand er von seinem Stuhl auf, zog Harolds Kopf mit beiden Händen zu sich herunter und küßte ihn auf den gelichteten Scheitel. In seinen Augen standen Tränen.
Sylvia war froh, ein Strickzeug zu haben, über das sie sich beugen konnte, damit keiner sah, daß sie nicht weinte. Es war wohl falsch von ihr, dachte sie, daß es ihr nicht so naheging; sie freute sich einfach, und zwar genauso sehr wie Arthur. Aber Familiensinn ist nicht nur etwas für Weihnachten, sondern für alle Tage. Und die Calverts waren im allgemeinen nicht besonders rührselig. Die Zuneigung bestand, man brauchte sie nicht zu erwähnen. Was hatte Mrs. Harker neulich zu ihrer albernen Schwester gesagt, die sich immer so hysterisch benahm?
»Nicht Tränen sind not, mein Mädchen. Diese ganzen Jahre ist mehr Wasser die Themse hinuntergeflossen, als Tränen je produzieren können.«
Oder so ähnlich; es war nicht ganz klar. Aber sie fand damals, daß die Alte recht hatte. Und jetzt...
Arthur begann die Weihnachtskarte höchst verständnislos zu kommentieren. Sylvia winkte ihm, er solle schweigen, aber Harold war sogar ganz entzückt. So fühlte auch sie sich ermutigt, einige Fragen über den Inhalt zu stellen, die Harold bereitwillig beantwortete. Aber, wenn sie auch seine Worte verstand, so blieb ihr der Sinn der ironischen Anspielungen auf die einzelnen Familienmitglieder genauso dunkel wie zuvor.
»Deine Karte ist bestimmt sehr witzig«, sagte Arthur, »aber für einen wirklichen Dichter halte ich dich danach eigentlich nicht.«
Harold war abermals entzückt.
»Ich möchte den sehen, der imstande ist, neun so schwache Verse zu schreiben, wenn er zwischendurch den paranoiden Elternteil eines schwachsinnigen Kindes interviewen und einem Inspektor Ihrer Majestät mitteilen muß, wie schlecht sein Bericht über die Ergebnisse des Mathematikunterrichts war.«
Arthur verstand nicht genau, was sein Sohn meinte, der Tonfall indessen war ihm vertraut: »So muß man's der Truppe geben«, sagte er. »Nun, Mutter?« Harold beugte sich zu ihr nieder und küßte sie nochmals auf die Wange. »Ich habe versucht, dir zu sagen, wie froh ich bin, daß ihr hier seid. Hoffentlich seid ihr von dem Haus nicht zu enttäuscht. Es ist armselig genug, aber im-

merhin gehört es mir, das heißt, eigentlich nicht einmal, denn wie ihr wißt, schließt die Idee der New Towns privaten Hausbesitz aus. Aber wer weiß? Was heute Ketzerei ist, wird morgen zum Dogma.«
Sylvia gab sich Mühe, begeistert zu klingen.
»Ich bin sehr glücklich, Kind. Es ist ein wunderschönes Heim.« Dann fühlte sie, wie das Blut in ihren Schläfen klopfte, als plötzlicher Mut in ihr aufstieg. »Aber ich werde noch glücklicher sein, wenn ich mehr tun darf. Ich mag nicht, daß du und die Jungens oder Judy, die so zu arbeiten hat, die Hausarbeit macht und kocht, während ich den ganzen Tag herumsitze. Es ist schlimm genug, daß ich nicht ausgehen kann, um einzukaufen.«
Für Harold war das ein schwerer Kampf. Zunächst versuchte er sich auf den unhaltbaren Vorwand ihres Blutdrucks zu berufen, aber – »Nein, nein, Harold. Der Arzt hat mir ausdrücklich Beschäftigung verordnet. Sorgen – die muß ich meiden. Das und schwere körperliche Arbeit. Nun, die Arbeit hier wäre weiß Gott nicht anstrengend. Ich muß mich nur nachmittags ausruhen. Ich mache mir viel mehr Sorgen, wenn ich untätig herumsitze.«
Arthur kam ihr zu Hilfe. »Ja, es ist besser, du läßt Mutter etwas tun. Sie ist schon sowieso dick genug, ohne daß sie den ganzen Tag auf ihren vier Buchstaben hockt.«
Darauf führte Harold schwerere Geschütze ins Treffen.
»Ich weiß, du wirst es vielleicht töricht finden, Mutter, aber es handelt sich um das Prinzip. Beth hat die Kinder von klein auf zu einem Gemeinschaftsleben erzogen. Wir hatten immer alle einen vollen Arbeitstag *und* haben alle den Haushalt geführt. Jede andere Methode gehört, wie Beth sagte, in die Ära von Sklaven und Herren, Hausfrauen und Besitz und so weiter.«
»Aber ich habe ja keinen vollen Arbeitstag, Harold.«
»Meine liebe Mutter, jeder hat einmal ein Recht auf den Ruhestand, selbst in Utopien. Ehrlich gesagt, ich denke dabei an die Kinder. Gewiß, Ray und Mark sind erwachsen, sie werden selbständig entscheiden – wenn ich auch zu wissen glaube, wie ihre Wahl ausfallen wird. Aber Judy ist noch nicht erwachsen, und sie hat jetzt schon genug falsche Vorstellungen vom Leben.«
Er war so erregt, daß Sylvia nichts anderes zu sagen übrigblieb

als: »Nun gut, Kind.« Aber daß ihre Stimme zitterte, vermochte sie nicht zu verhindern. Als Harold sah, daß sie Tränen in den Augen hatte, stopfte er sich verlegen die Pfeife.
»Aber Mutter, in unserer Familie weint man nicht.« Doch dann verstand er sich plötzlich zu einem Kompromiß; Sylvia sollte wochentags den Haushalt führen, die übrige Familie am Samstag und Sonntag.
»Na, dann ist ja jetzt alles in Ordnung«, sagte Arthur zufrieden.
In der Tat übertrug sich die Zufriedenheit des Vaters auf Harold, denn alle Mißgelauntheit, die dieser an den Tag gelegt hatte, wich bald einer glänzenden Stimmung.
»Das ganze Problem von Ruhestand und Familienbeziehungen ist von den Berufssoziologen übertrieben aufgebauscht worden«, sagte er. »Während die sich herumstritten, haben einige von uns praktischer Denkenden es inzwischen für sie gelöst. Die generelle Antwort darauf ist einfach genug – die Begriffe von Freiheit und Kameradschaft, die wir vertraten und noch vertreten, sind keineswegs unvereinbar mit den Idealen unserer Großeltern von Verantwortlichkeit und Männlichkeit.« Sylvia verstand kein Wort. Seine Großeltern! Ihre Eltern waren kein rühmliches Beispiel, und Arthurs schon seit Ewigkeiten tot. Arthur verstand ebenfalls nichts, und so wechselte er lieber das Thema.
»Deine Mutter und ich haben *dir* heute abend etwas zu zeigen, Harold. Wir haben dafür gesorgt, daß das Haus nicht mehr ganz so sehr an ein Schlangenhaus im Zoo erinnert.«
Nun war es Harold, der nichts verstand. Sylvia hielt den Atem an; sie machte Arthur mit ihren Stricknadeln ein Zeichen, um ihn am Weitersprechen zu hindern. Aber er erzählte die ganze Geschichte. »Du siehst also«, schloß er, »daß deine Mutter durchaus imstande ist, all die blöden Maschinen zu handhaben.«
Harold fuhr sie an. »Wer hat dir gezeigt, wie man den Thermostat einstellt?«
»Ray, aber...«
»Dazu hatte er kein Recht. Die Temperatur des Hauses wie übrigens auch das Barometer sind Sache des Hausherrn. Das war schon immer so.« Er fuhr in gemäßigterem Ton fort. »Jedenfalls

sind diese Meßgeräte außerordentlich empfindlich. Wenn es nicht unbedingt nötig ist, sollten sie nur im Oktober und März neu eingestellt werden.«
»Und deine Mutter und ich sollen also wegen dieses Dreckdings total ausdörren?«
»Wenn das Haus euch zu heiß ist, muß die Temperatur selbstverständlich herabgesetzt werden. Aber es wäre mir lieber, ihr fragtet mich vorher... Wir wollen es jetzt lassen, wie es ist, und hoffen, daß wir uns nicht alle auf den Tod erkälten. Aber wenn euer Zimmer eingerichtet ist, Mutter, gestattest du mir vielleicht, daß ich die Temperatur darin nach eurem Geschmack einstelle, damit wir im übrigen Haus einen gewissen Grad an modernem Komfort wiederherstellen können.« Er lachte. »Ich tue mich lächerlich wichtig. Es ist eine Generationsfrage – ihr lebt in dem herrlichen Zeitalter des Luftzugs, und wir nicht.«
Aber es war zu spät, um Arthur zu besänftigen, obwohl Sylvia ihn warnend ansah. »Sobald unsere verdammten Möbel kommen, Harold, werde ich deinen Salon nicht mehr betreten, das kann ich dir flüstern. Im ganzen Zimmer nicht ein bequemer Sessel.«
Sylvia fand, daß sie Arthur etwas unterstützen müsse. »Wir sind eben den ganzen Tag zu Hause, Harold. Du willst doch sicher, daß wir uns einigermaßen wohlfühlen.«
Als Antwort zog sich Harold hinter eine Wand von Abendzeitung und Pfeifenqualm zurück. Doch war die Fehde noch nicht zu Ende. Später beim Abendessen brach sie vor der gesamten Familie erneut aus. Während Sylvia eine zweite Portion Risotto, die ihr Mark anbot, ablehnte, erklärte Harold mit seiner Ansagerstimme: »Nun, Ray, es scheint, daß deine Großmutter dem Griff deiner Lehrertätigkeit entwachsen ist. Es fragt sich jetzt, wer eurem Großvater die Grundbegriffe der Hauswirtschaft beibringen soll.«
Arthur, der in sein Kotelett vertieft war, blickte erstaunt auf. »Ich passe, mein Junge. Ich würde nur... nun, in Gegenwart meiner hübschen kleinen Enkelin möchte ich nicht sagen, was ich mit den Utensilien anstellen würde. Aber wenn ich mich erst einmal daran versucht hätte, wären sie wohl nicht mehr zu gebrauchen. Das ist alles.«
»Mein lieber Vater. Du hast dir immer ein Leben gewünscht, in

dem man bloß auf den Knopf zu drücken braucht. Jetzt hast du die Gelegenheit.«
»Vielen Dank, Harold. Es sei denn, ich dürfte das Barometer betreuen.« Er zwinkerte den Jungen zu. »Euer Vater verwaltet hier nämlich das Wetter und die Temperatur. Nein, von Knöpfen habe ich als Soldat so genug gekriegt, daß mein Bedarf auf Lebenszeit gedeckt ist. Außer, du kannst mir ›Alfs Knopf‹ liefern.«
Die Enkelkinder hatten davon noch nie etwas gehört, und so erzählte er ihnen die ganze Geschichte in dem Soldatenjargon von Old Bill. Alle lachten, mit Ausnahme von Harold.
»Meinst du nicht auch, Mutter, daß ein bißchen Hausarbeit bei Vater Wunder wirken würde?«
Weniger, weil Sylvia sich auf Arthurs Seite stellen wollte, obwohl auch das hinzukam, als weil sie die Vorstellung zu absurd fand, erwiderte sie:
»Du liebe Zeit, Vater hat sich doch nicht die ganzen Jahre jeder Arbeit entzogen, um jetzt damit anzufangen, Harold.«
Sie sah, daß Judy die Bemerkung über ihren Großvater recht bitter fand, denn Judy wandte sich an ihren Großvater und sagte:
»Ich weiß, was ich täte, Großvater, wenn ich Alfs Wunderknopf hätte. Ich würde uns zwei fabelhafte Pferde wünschen, um auf ihnen davonzureiten.«
Aber Harold war böse. »Gut, Mutter. Ich übernehme keine Verantwortung. Du hast es vorgezogen, ihn sein Leben lang zu verwöhnen. Du mußt die Folgen tragen.« Er nahm sich noch etwas Fleischsoße.
Mark fragte: »Gibt es etwas Neues über die Untersuchungskommission für die Goodchild-Wiese, Vater?«
»Aha, die Machenschaften der NATO-Kriegsmaschine haben dir den Blick für lokale Angelegenheiten doch noch nicht ganz verstellt«, sagte Harold, aber er lächelte.
Sylvia spürte, wie ihr eine jähe Röte den Hals hinaufstieg. Vielleicht kam das nur von der Bemühung, die Tränen zurückzudrängen. Dann fühlte sie eine Hand auf ihrem Arm.
»Wir haben heute einen wunderbaren Stoff hereinbekommen. Genau das Richtige für dich, Großmutter. Etwas für ältere Damen. Ein reines Violett. Würde aber herrlich zu deinem Haar passen.«
Ray sprach zu ihr in einem fast vertraulichen Flüsterton und

hatte sie im Nu beruhigt. Sie war ganz glücklich, als er ihr von den neuen langen Tweedröcken für den Abend erzählte, die heute so modern seien. Oben in ihrem Zimmer sagte Arthur: »Herrn Harold habe ich's aber tüchtig gegeben.« Sylvia, die vor dem Toilettentisch saß und sich das Gesicht eincremte, fand es klüger, nicht zu antworten; der unsichere Ausdruck jedoch, den sie im Spiegel wahrnahm, erweckte in ihr das Gefühl, daß sie ihn bestärken müsse. Sie lächelte. »Ach, Arthur.« Aber ihr Tonfall klang bewundernd.

Er kam zu ihr und küßte sie; er legte seine Hand auf ihren nackten Schenkel, dorthin, wo der Schlafrock auseinandergefallen war. Es schien Jahre her zu sein, daß er eine solche Geste gemacht hatte. Sie mußte an die erste Zeit ihrer Ehe denken, an ihre erste Fremdenpension in Bognor. Das war wohl 1920 gewesen. Gewiß war es auch späterhin noch vorgekommen... Sie erwiderte seinen Kuß und den Druck seiner Hand.

»So«, erklärte er zufrieden, als er ins Bett stieg, »sage nicht, daß ich nie für dich eintrete, Sylvie.«

Beim Frühstück am anderen Morgen erhob sich Harold, als ob er ein Gebet sprechen wollte. »Da die Weihnachtsferien demnächst anfangen, möchte ich die Familie fragen, ob das nicht der geeignete Moment ist, eine vergangene Sitte wieder einzuführen – eine, die Beth besonders am Herzen lag. Ich meine unseren Haushalts-Dienstplan. Ray?«

»Wie du meinst, Vater.«

»Mark?«

Mark machte ein finsteres Gesicht, nickte aber zustimmend.

»In Ordnung, Judy?«

»Ja, gewiß, Vater.«

»Also schön. Das ist jetzt nur ein Entwurf, den ich heute nacht getippt habe. Er bedarf eurer allgemeinen Zustimmung.« Er ließ eine Schreibmaschinenseite bei den drei Kindern herumgehen. Sylvia bemerkte, daß diese davon, was immer es sein mochte, mehr resigniert als entzückt schienen. Aber alle, selbst Mark, lächelten, als sie sich der Reihe nach damit einverstanden erklärten. Sie dachte, daß Harold, bei all seinen Fehlern, doch ein sehr guter Vater sein müsse, um so viel Zuneigung zu erwecken.

Es war Judy, die sagte: »Du hast es wohl gesehen, Großmutter?«

»Nein, Kind. Soll ich es denn sehen?«
Alle drei Enkelkinder schienen gleichzeitig zu erröten, aber es war Mark, der ihr das Blatt hinschob. »Du hättest es als erste sehen sollen«, murmelte er. Die Liste war schwierig zu lesen, oben drüber stand:
Dienstplan für Haushaltspflichten, für Januar, Februar und März. Darunter waren nebeneinander die verschiedensten Pflichten aufgezählt: Frühstückmachen, Geschirrspülen, Hausarbeit, Einkaufen, Mittagessen, Abendessen, Geschirrspülen, Wäschewaschen. Und daneben standen die Tage. In jeder Rubrik befanden sich die Initialen desjenigen, der Dienst hatte.
»Du bist ›G‹, Großmutter«, sagte Judy.
»Das bedeutet ›Großartig‹«, erklärte ihr Ray.
»Im Augenblick bist du vom Einkaufen befreit, Mutter. Andererseits ist das Mittagessen nur am Wochenende eingetragen, weil die Jungens bei der Arbeit sind. Ich dachte, du würdest für dich und den Alten dann selber sorgen. Jetzt, während der Schulferien, können Judy und ich es übernehmen, wenn wir gerade zu Hause sind. Die Wäsche ist jede dritte Woche im Monat deine Aufgabe. Für das Geschirrspülen nach dem Abendessen habe ich zwei Personen eingesetzt. Ich halte das für eine notwendige Konzession an das menschliche Bedürfnis nach Geselligkeit. Wie Beth zu sagen pflegte, sollte Einzelhaft ein Ding der Vergangenheit sein.«
»Aber die Hausarbeit...«, fing Sylvia an.
»Du wirst, glaube ich, sehen, Mutter, daß es so am besten ist. Ach, und bitte achtet alle auf den farbig geschriebenen Zusatz.«
In der Tat stand am Ende der Seite in großen roten Lettern: Temperatur-Kontrolle nur am 1. Januar und am 1. März – Harold; und in kleinerer grüner Type: Wagen- und Motorradwäsche am Ersten jeden Monats R, am Fünfzehnten jeden Monats M; Gartenarbeiten: Januar, Februar: keine. März: Rosen beschneiden – Judy.
»Du verstehst nichts von Rosen, nicht wahr, Mutter? Beths Tante hat uns drei Sträucher geschenkt. Eine schreckliche Schererei. Indessen... Judys Sinn für gepflegte Lebensart...«
Sylvia konnte es einfach nicht fassen. Nach allem, was er ver-

sprochen hatte! Sie hatte nur drei Mahlzeiten in der Woche zu kochen, und zwar inklusive des ersten Frühstücks, und sonst nur noch ihren Anteil am Geschirrwaschen. Sie versuchte sich einzureden, daß es von ihr egoistisch gewesen sei, ihn zu mehr zu bewegen; schließlich war er ja der Hausherr. Aber die Wochen, die Jahre, die vor ihr lagen, dehnten sich in nutzloser Leere. Den ganzen Tag war sie sich fortwährend zu dick vorgekommen; es war ihr, als könne sie sich nur mühsam zwischen den niedrigen Tischchen hindurchzwängen, vom Fensterbrett in der Diele stieß sie ein Tabakgefäß hinunter; ihr Körper schien jeden Raum, den sie betrat, so anzufüllen, daß sie sich selbst zum Ekel wurde – eine überflüssige, dicke alte Frau. Es war zu gemein von ihm!

Während dieses Tages verwarf sie, teils aus Stolz, teils aus Furcht, den Gedanken, sich direkt an ihn zu wenden. Endlich, als es Abend wurde, bat sie Ray um Hilfe. Er war ganz irritiert von ihrer Geschichte. Seine vollen Lippen schürzten sich, und er senkte die langen Wimpern über die großen Augen, eigentlich beinahe wie ein verlegenes schönes Mädchen, nur daß man mit dieser breiten, muskulösen Gestalt und diesem Matrosengang alles andere als mädchenhaft war.

»O weh!« sagte er schließlich mit gespieltem Schrecken, »o weh! Das sind ja schlimme Sachen.« Er betrachtete sie sekundenlang, dann lächelte er sie strahlend an. »Warum willst du denn kochen, mein Schatz? Wenn du erst einmal so viel gekocht hast wie ich... Ich weiß, was los ist. Madame ist blasiert. Sie ist der ewigen Vergnügungen müde und will auch mal was anderes tun – Hausarbeit. Oh, ihr flatterhaften Müßiggänger!«

Sylvia wußte nicht, wie sie das verstehen sollte. »Im Hotel Palmeira bin ich nicht gerade müßig gewesen, lieber Ray. Wenn du gesehen hättest, was ich täglich zu tun hatte...«

Er küßte sie auf die Wange. »Ich weiß, Großmutter. Es war nur ein Scherz. Wie der Verkäufer... Nun, was der Verkäufer sagt, eignet sich vielleicht nicht gerade für Damenohren. Ich will sehen, was sich machen läßt. Du kannst dich auf deinen schönen, blauäugigen Enkel verlassen.«

Aber anscheinend konnte er nicht viel machen, denn schließlich war es Mark, der zu ihr kam. Er sprach so leise und undeutlich, daß sie Mühe hatte, ihn zu verstehen.

»Sieh mal, Großmutter, an deiner Stelle würde ich mich Vaters

Wünschen fügen. Ich meine, es ist… Nun, der Dienstplan bedeutet ihm sehr viel. Ich meine, uns ist er genauso lästig. Aber da Mutter nicht mehr lebt, und so weiter, nun… ich möchte dir etwas zeigen. Darf ich?«

Er führte sie in sein Zimmer hinauf und nahm eine alte Schreibmaschinenseite aus einer Schublade.

»Das war der letzte, an dem Mutter beteiligt war. Sie starb, sogar noch bevor er abgelaufen war. Dann hörte Vater damit auf. Aber du siehst, überall, wo er damals ein ›B‹ eintrug, hat er jetzt ›G‹ hingeschrieben.«

Es blieb ihr also nichts anderes übrig, als den Plan zu akzeptieren. Immerhin konnte sie nicht vergessen, daß Harold versprochen hatte, ihre Wünsche zu berücksichtigen, um dann aus einem kleinlichen Anlaß heraus sein Versprechen rückgängig zu machen. Es *war* gemein von ihm, anders konnte sie es nicht bezeichnen; obwohl sie ihn freilich nie hätte in die Lage bringen dürfen, sich schlecht zu benehmen, indem sie ihn mit ihrem Kummer behelligte. Und wenigstens gab ihr der Dienstplan den Mut, auf ihrer Diät zu bestehen, so daß sie und Arthur zum Abendbrot etwas Gegrilltes aßen, was sie selbst zubereitete. Dieser Unterschied im Essen schien ihren früheren Abstand zur Familie wiederherzustellen.

Es gab Zeiten, da Harold sich bemühte, es wiedergutzumachen. Zu dem wiedereingeführten Pflichtenplan gesellte sich auch ein Blatt, das »Kommentare« betitelt war und mit Cellophanstreifen an die tannengrüne Küchenwand geklebt wurde. Auf diesem Blatt tauschten er und die Kinder Bemerkungen über die gegenseitigen Kochkünste aus. Harolds Tribut an Sylvia war wortreich und persönlich. »Wie dieser Sirupkuchen mich an ›Seaview‹ in Littlehampton erinnert, Mutter. ›Mrs. Calverts köstlicher Sirupkuchen.‹ Wie Len ihn immer hinunterschlang, so daß er drei Portionen bekam und ich nur zwei. Und deine Hand hat kein Jota von ihrer Geschicklichkeit eingebüßt.« Vielleicht lag es an dieser Weitschweifigkeit, aber keines der Enkelkinder sagte etwas dazu, außer »danke, Großmutter, ausgezeichnet«.

Am Montag nahm Harold die »Kommentare« wieder fort. Er sagte kurz: »Es ist absurd, so zu tun, als ob wir ohne Beth zu so etwas in der Lage wären.«

Sylvia verfluchte die neue Leiterin, die vom Hotel Palmeira ge-

schrieben hatte, daß die Spedition ihrer Möbel sich versehentlich verzögert habe. Doch jetzt waren sie unterwegs, und sie wartete sehnlichst auf ihr Eintreffen, damit die Trennung, wenn sie schon sein mußte, vollkommen würde. »Die besten Freunde sind am besten getrennt.« Es klang hart, aber so war das Leben.
Eigentlich fand sie Harolds Benehmen mehr peinlich als verletzend; es erinnerte sie an Mr. Hooper von den Ritson-Hotels, der sämtliche Leiterinnen zu einer Besprechung in das Hauptbüro kommen ließ, um ihnen dann mitzuteilen, daß er beschlossen habe, die Leitung des Verpflegungswesens einem Außenstehenden zu übertragen. Man fühlte sich öffentlich blamiert. Jeder wußte davon.
Selbst Arthur hatte etwas gemerkt. »Sieh nicht so bekümmert aus, ich bitte dich, Sylvia. Bloß weil Herr Harold sich als genauso falsch entpuppt hat, wie er immer war, brauchen wir uns nicht aufzuregen. Du kochst für mich, und ich kann mir nichts Besseres wünschen. Wenn die anderen das fette italienische Zeug lieber mögen, so laß sie doch.« Er klopfte ihr auf den Rücken. Aber im Grunde half ihr das natürlich auch nichts.
An einem Abend in jener Woche aber schien sich doch eine Gelegenheit zu bieten, Harold zu erfreuen.
»Ziehst du dich noch immer gern hübsch an, Mutter?« fragte Harold. »Weil wir dann nämlich die Einladung der Bartleys zum Cocktail akzeptieren könnten. In der Weihnachtszeit ist Carshall sehr gastfreundlich. Überhaupt, wenn ich alle Einladungen annehmen wollte, die ich bekomme... Wie du siehst, bin ich in den zehn Tagen vor Weihnachten sowieso fast jeden Abend aus... Ich habe euch nicht vorgeschlagen mitzukommen, obwohl ich weiß, daß ihr bei allen unseren Freunden willkommen wäret. Aber ich dachte, ihr wolltet euch lieber erst einleben. Und noch dazu das Wetter... Aber die Bartleys wußten zufällig, daß ihr angekommen seid, und haben euch eigens eingeladen. Sie sind wirklich ganz außergewöhnliche Leute. Ein ganz junges Paar. Ihm gehören alle Gemüseläden von Carshall. Nicht besonders gebildet, aber meines Erachtens ungewöhnlich intelligent. Ihr Sohn Derek ist einer meiner begabtesten Schüler. Ich schicke ihn nächstes Jahr ins große College-Examen. Mrs. Bartley sieht aus wie ein Mannequin, aber sie hat sehr viel

Sinn für Gemeindearbeit. Beth bewunderte sie enorm, sie waren in vielen Komitees zusammen. Beth sagte immer, man könne es jedem verzeihen, wie eine Puppe auszusehen, wenn er so viel leistet wie Muriel Bartley. Die Bartleys waren die einzigen Leute, für die Beth sich, wenn sie bei ihnen eingeladen war, feinmachte. Du weißt ja, im allgemeinen haßte sie so etwas. Hast du Lust hinzugehen?«

Arthur lachte. »Ob sie Lust dazu hat? Natürlich hat sie Lust. Hast du je eine richtige Frau gekannt, die die Gelegenheit ausgeschlagen hätte, sich hübsch anzuziehen?«

Harold runzelte die Stirn. »Komm nicht mit, Mutter, wenn du nicht magst. Was das Wetter betrifft, der Frost hält noch an. Aber du brauchst nur das Stückchen bis zum Wagen zu gehen. Ich will nicht verhehlen, daß ich mich freuen würde, wenn du mitkämst. Abgesehen von allem anderen, ist Muriel Bartley meine rechte Hand bei den Schulbehörden. Und übrigens, Vater, die Cranstons werden ebenfalls dort sein. Jack schämt sich sehr, daß er noch kein Bridge für dich arrangiert hat, aber bei dem Wetter und den Weihnachtsvorbereitungen...«

Es konnte zweifellos für alle Beteiligten einen neuen Anfang bedeuten. Als Harold Sylvia beiseite nahm und sagte: »Du siehst doch zu, Mutter, daß der Alte sich für die Bartleys anständig anzieht, nicht wahr?«, versprach sie es ihm und sie tat es auch.

Für sich selbst strengte Sylvia sich wirklich an. Sie überlegte besorgt, ob sie sich ein Taxi nehmen sollte, um sich bei Madame Gretna, dem Frisiersalon, das Haar tönen und legen zu lassen (die Adresse hatte sie unter einem Vorwand von Judy erfahren), aber im Lauf des Vormittags sagte Judy ganz beiläufig: »Ist es nicht ein Glück, daß dein Haar genau richtig für die Bartley-Party ist, Großmama? Caroline Ogilvies Großmutter hat wunderschönes weißes Haar wie du, und sie sagte neulich, daß sie immer Angst davor hat, hier zum Friseur zu gehen. Anscheinend braucht man nur eine Minute einzunicken, und schon kommt man veilchenblau getönt und mit gräßlichen Dauerwellen heraus.« Das war also eine nützliche Warnung.

Sie trug ihr maulbeerfarbenes Twinset und ihren Biberlammantel, aber bei diesem Frost war sie glücklich, gerade den richtigen

Hut zu besitzen – eine hohe Ozelotkappe in russischem Stil. Gewiß, es war kein echter Pelz, sie hatte sich nur Nylonpelz leisten können, aber er sah wirklich ganz gut aus. Als sie sich alle in der Diele versammelten, sagte Ray: »Du siehst fabelhaft aus. Dir fehlt nur noch ein Schlitten.«
»Müßte ein verdammt großer sein«, sagte Arthur lachend. Judy hatte ihm eine rote Nelke für sein Knopfloch geschenkt, und er war bester Stimmung.
»Laß nur«, sagte Ray. »Grün vor Neid, grüner als ihr ganzes Gemüse, wird Muriel bei Großmutters Anblick sein. Es fehlt nur noch eine gewisse Note.« Bevor Sylvia sich wehren konnte, hatte er bereits ein Stück Seide um ihren Halsausschnitt drapiert – silbriges Rosa, bonbongrün gemustert. Zuerst glaubte sie, es würde sich entsetzlich mit der Maulbeerfarbe beißen, aber nach einem zweiten Blick in den Spiegel der Diele sah sie, daß es in Ordnung war. Sie wollte ihm einen Dankeskuß geben, aber er wehrte eilig mit einem Zungenschnalzen ab. »Du verschmierst deinen Lippenstift. Ich muß schon sagen, wir können uns mit euch Mädchen sehen lassen.« Und Judy sah wirklich reizend aus mit ihrem langen blonden Haar, das bis auf die Schultern ihres zinnoberroten Mohairmantels fiel. Selbst die scheußlichen schwarzen Strümpfe, die jetzt wieder Mode waren, wirkten hübsch an ihren gutgewachsenen Beinen.
»Du siehst süß aus, Kind«, sagte Sylvia zu ihr. Und Harold, der solche Dinge kaum je bemerkte, sagte:
»Sehr nett, Judy.«
Judy lächelte. »Ach, es ist nur eine Art Kopie von einem Geschenk, das Caroline Ogilvie von ihrer Tante bekommen hat.«
Harold sagte: »Hm!«
Es war herrlich, wieder an der Luft zu sein, obgleich der Frost einem in die Wangen schnitt. Harold bot Sylvia den Arm, doch sie wich ihm aus, und er ging allein voraus, um den Wagen anzulassen. Sie wollte das Gefühl der Freiheit voll auskosten. Sie tat zwei Schritte vorwärts; es war wirklich eine sehr hübsche Gegend, dachte sie: An vielen der bunten Haustüren in Higgleton Road hingen Stechpalmenkränze, die heute so beliebt waren, und in jedem Fenster waren die farbigen Glaskugeln und der silbrige Schmuck der Christbäume zu sehen. Sie tat zwei

weitere Schritte, und auf dem vereisten Stein schien ihr Absatz unter ihr wegzurutschen. Sie bemühte sich verzweifelt, das Gleichgewicht zu halten. Ray und Mark rannten beide auf sie zu, aber zu spät. Sie war gestürzt, hatte sich dabei die ausgestreckte Hand zerschnitten, das linke Knie aufgeschürft und war schmerzhaft auf das Hinterteil aufgeschlagen.

Der Schmerz und der Schock waren nicht imstande, das scheußliche Bild, das sie von sich selbst hatte, zu verdrängen: eine dicke, nutzlose alte Frau, sinnlos aufgeputzt, eine ungefüge, bepelzte Masse, die ausgestreckt auf dem Weg lag. Sie spürte, daß der billige unechte Pelzhut verwegen verrutscht und das weiße Haar, das ihr in Strähnen ins Gesicht hing, vom Blut ihrer Hand bespritzt war. Rays schönes Geschenk lag zerrissen und blutbesudelt auf dem Kies.

Bei aller Sanftheit, mit der Ray und Mark sie aufhoben und auf dem Weg ins Haus zurück stützten, kam sie sich wie ein riesiger Sack Kohlen vor. Abgesehen von den Schmerzen und dem Gefühl der Beschämung war sie zu erschüttert und schwindlig, um viel von dem wahrzunehmen, was um sie vorging, aber sie konnte sich das lächerliche kleine Gefolge vorstellen: Arthur, der sich in verhaltenen Verwünschungen erging; Judy, die verächtlich den rosa-grünen Schal trug; Harold, dessen Gesichtsausdruck sie sich gar nicht auszudenken wagte, der aber gewiß dabei war, denn der Anlasser des Wagens war verstummt. In der Tat, als sie von dem Wohnzimmer-Sofa aufblickte, wohin man sie gebettet hatte, zeigte es sich, daß sie recht gehabt hatte mit dem Gefolge, denn alle standen vor ihr aufgereiht, doch hatte sie sich in einem getäuscht: In keinem Gesicht lag etwas anderes als Besorgnis um sie. Sie war sehr beschämt.

Mark wusch ihr die Hand und das Bein mit Dettol und verband sie so zart und sachverständig wie eine Krankenschwester. Anscheinend gehörte zu seinem Pazifismus oder Anti-Atom-Feldzug (oder wie das hieß) die Überzeugung, daß jeder sich auf Erste Hilfe verstehen müsse. Er sah so ernst aus, als er sich über sie beugte, und daß er es überhaupt tat, überraschte sie derart, daß sie versuchte, ihm mit einem kleinen Scherz zu danken. Sie lächelte und sagte im Tonfall von Mrs. Harker: »Mark, die Krankenschwester des Hauses. Na, ich weiß nicht. Ich weiß wirklich nicht.« Aber er hatte niemals ›Unsere Welt‹ im Fernsehen gese-

hen, und als sie es ihm erklären wollte, gebot er ihr, still zu sein und zu ruhen.
Sobald feststand, daß nichts gebrochen und kein Arzt nötig war, daß sie lediglich der Ruhe bedurfte, sagte Harold betont laut, als ob sonst seine Worte ein schwindendes Bewußtsein nicht erreichen könnten: »Nun, ich rufe lieber Geoff Bartley an und sage ihm, daß wir nicht kommen können.« Danach war es Sylvias Aufgabe, ihn zu bewegen, doch hinzugehen, und zwar so rasch wie möglich, damit die anderen möglichst wenig von der Party verpaßten. Je klarer es wurde, daß sie hingehen konnten, ja, hingehen würden, um so mehr schien Harold der Überredung zu bedürfen, so daß schließlich Sylvia sich unter ziemlichen Qualen von dem Sofa erhob. »Mir fehlt gar nichts, ich bin durchaus imstande, mitzukommen.« Sie hoffte nur, daß sie das Spiel lange genug fortsetzen könnte, um Harold davon zu überzeugen, daß er sofort aufbrechen müsse, wenn er verhindern wollte, daß sie darauf bestehe, mitzugehen. Wenn sie nur nicht ohnmächtig wurde, damit er nicht noch einmal aufgehalten wurde und dadurch endgültig die Party verpaßte. Aber glücklicherweise war Arthur ein Mensch, der sich nicht »für nichts und wieder nichts feingemacht« hatte.
»Deine Mutter ist hier sehr gut aufgehoben. Selbstverständlich müssen wir hin, Harold. Wir dürfen deine Freunde nicht vor den Kopf stoßen. Außerdem soll meine kleine Judy sich in ihrem Staat zeigen.«
Schließlich erklärte sich Harold damit einverstanden, wenn auch nur, um seine Mutter nicht aufzuregen. »Wir brauchen ja nicht lange zu bleiben.« Auf irgendeinem Opfer jedoch bestand er: Judy müsse zu Hause bleiben und sich um ihre Großmutter kümmern. »Sie ist nicht gerade ein Engel der Barmherzigkeit, aber je eher sie es lernt, um so besser.«
Sylvia lag auf ihrem Bett; Ray und Mark hatten ihr hinaufgeholfen. Sie überlegte sich, was sie Judy sagen sollte, um sie für die Enttäuschung zu entschädigen. »Dein Vater erscheint dir wohl manchmal ein bißchen streng. Aber wahrscheinlich vergißt er, daß er dein Vater ist und nicht dein Schuldirektor. Es ist seine Art, er meint es nicht so. Und er ist nur so streng, weil er dich liebt.« Sie dachte plötzlich an ihren eigenen Vater, der so streng gewesen war, weil er sie eben nicht liebte.

Judy sah ihr sekundenlang fest in die Augen, aber völlig ausdruckslos, als sähe sie gar nichts; dann: »Liegst du angenehm, bloß mit der Steppdecke zugedeckt, oder soll ich dir helfen, ins Bett zu gehen?«
Sylvia erkannte, daß sie sich ganz falsch ausgedrückt hatte. Aber ihr taten die Knochen so weh, und sie fühlte sich so zittrig, daß es ihr schwerfiel, sich zu konzentrieren.
Judy begann ihre Fürsorge damit, daß sie die Steppdecke nach allen Seiten fest einsteckte, so daß Sylvia zu einer schmerzhaften Lage verurteilt wurde, aus der sie sich nicht rühren konnte. »Da! Das ist besser, Großmutter. Ich bin ja nur froh, daß ich nicht zu den gräßlichen Bartleys muß. Mrs. Moore-Duncan – das ist Caroline Ogilvies Großmutter, die mit dem schönen weißen Haar, weißt du –, die sagt, es sei egal, was jemand ist, wenn er nur echt ist und nicht so tut, als wäre er etwas Besseres. Findest du das auch?« Sie wartete keine Antwort ab. »Die Bartleys sind schreckliche Angeber.« Sie nahm Sylvias Haarbürsten und Parfümflaschen zur Hand und untersuchte sie der Reihe nach. »Großvater ist kolossal echt, nicht wahr?« bemerkte sie. »Wie habt ihr euch eigentlich kennengelernt?«
Sylvia erklärte, daß sie in einem großen Landhaus gearbeitet hätte, in dem sich Arthur zur Genesung befand. »Lady Pembroke hatte es als Lazarett zur Verfügung gestellt. Dein Großvater, weißt du, hatte sich eine schwere Gasvergiftung geholt. Er bedurfte einer ständigen Pflege.«
»Ach, du warst Krankenschwester, Großmutter? Papi hat nie etwas davon erzählt. Man sollte meinen, daß er es getan hätte, da Mami und er so gern wollten, daß ich Krankenpflege lernte. Nicht daß ich prinzipiell etwas dagegen hätte. Viele von den Mädchen in meiner Schule wollen Krankenschwester werden. Aber es ist schließlich eine Berufung, nicht wahr?«
Während sie auf dem Bett lag und ihr Zittern zu unterdrücken suchte, erinnerte Sylvia sich plötzlich lebhaft an die Ehrfurcht, mit der sie beim Bodenschrubben zu der gestärkten Tracht der Oberschwester oder einem Ärztemantel aufgeblickt hatte. Sie wollte die kleine Judy nicht belügen, aber beim Anblick dieses eleganten, gepflegten Persönchens brachte sie es nicht über sich, ihr die Wahrheit zu sagen. Sie hätte sich nicht zu sorgen brauchen. Judy stand der Sinn mehr nach reden als nach zuhören.

»Möchtest du vielleicht etwas essen? Ein gekochtes Ei? Oder soll ich dir die Wärmflasche frisch auffüllen? Du hast gewiß große Sehnsucht nach deinen eigenen Möbeln. Mami hatte sicherlich recht, das Haus, wenn man schon in dem gräßlichen Carshall leben muß, so modern einzurichten. Ich freue mich sehr auf die Ankunft deiner Sachen. Ich liebe alte Dinge. Es wird ganz aufregend sein.«

»Ich fürchte, du kennst unseren alten Kram schon allzu gut, Judy. Du hast ihn fast jedes Weihnachten in Eastsea gesehen.«

»Ach, wirklich? Ich dachte, das waren Hotelmöbel.« Judys Gesicht bewölkte sich. »Trotzdem, ich wette, sie sind hübscher als das, was hier ist. Ich meine, sie werden bestimmt Stil haben. Mrs. Ogilvie hat einige prachtvolle alte Stücke, die seit Generationen in der Familie sind. Es war furchtbar, ein Amerikaner oder so was, jedenfalls irgendein schrecklicher Angeber, der einmal zum Tee dorthin mitgebracht wurde, wollte sie kaufen. Caroline sagte, man hätte das Gesicht ihrer Mutter sehen sollen. Selbstverständlich sagte sie ihm sofort, er irre sich wohl, denn es seien keine Ausstellungsstücke oder so, sondern nur Dinge, die immer in der Familie gewesen wären. War das nicht eine herrliche Abfuhr, Großmutter? Ermüde ich dich auch nicht? Wenn ja, mußt du es sagen.«

Sylvia hätte die Frage nur allzugern bejaht, aber sie hatte sonst so wenig Gelegenheit, mit ihrer Enkelin zu sprechen. Und trotz Judys gegenteiliger Versicherung konnte sie nicht umhin zu glauben, daß Harolds Art sie verletzt habe. Ein Wort fiel ihr ein, das sie irgendwo vorigen Sommer gelesen hatte – vielleicht in einem Roman von Denise Robbins. »Die absurden Ausflüchte, mit denen wir versuchen, uns vor den ersten Härten des Lebens zu schützen.« Ja, das war es. Sie dachte damals, wie wahr das heutzutage von vielen jungen Menschen wie Pat Reynolds sei. Sie hatte junge Mädchen sehr gern. Sie hatte Iris immer viel nähergestanden als den Jungens. Sie durfte sich nicht scheu machen lassen, nur weil Judy intelligent war wie ihre Mutter; was man aus Büchern lernt, konnte im Leben eines jungen Mädchens doch nur eine untergeordnete Rolle spielen. Sie mußte es noch einmal versuchen, nur nicht so direkt.

Sie schob ihren massigen Körper, so gut das unter der fest eingesteckten Steppdecke möglich war, in eine für ihre schmerzende Sitzfläche bequemere Lage. Sie sagte: »In welchen Fächern willst du dein Examen machen, Judy?«

»Ach, in Botanik, Geographie, Französisch, Deutsch und in dem gräßlichen Latein.«

»Magst du Latein denn nicht, Kind?«

»Doch, aber Miß Mackie, unsere Lehrerin, ist so furchtbar! Alle finden sie gräßlich. Sie ist so alt.«

»Nun, ich bin auch alt, Kind.«

»Ich weiß, aber das ist etwas anderes. Ich meine, sie ist niemals verheiratet gewesen oder so. Wenn sie einmal aufhört, unregelmäßige Verben zu unterrichten, wird sie einfach seelisch zusammenbrechen oder so was. Ich meine, sie ist nie etwas Besonderes gewesen. Sie hat nur ihr ganzes Leben Latein unterrichtet. Ist das nicht furchtbar?«

Das Thema Miß Mackie brachte Sylvia ihre schmerzenden Glieder nur noch stärker zum Bewußtsein. Sie suchte nach einem anderen Gesprächsstoff. Aber Judy fand ihn für sie.

»Wäre es nicht herrlich, wenn ich, wie Caroline, auf ein Jahr in ein Pensionat in die Schweiz könnte und hinterher einfach auf dem Lande leben und reiten dürfte.«

»Bei deinen Fähigkeiten, finde ich, wäre das schade, Kind. Dein Vater ist so stolz auf dich. Er ist sicher, daß du lauter Einser bekommen wirst.«

»Hat er das wirklich gesagt, Großmutter? Ich wünschte, er würde es mir sagen.«

»Und dann wäre es schön für dich, in die Fußstapfen deiner Mutter zu treten.«

»Ach, Mami hatte keinen richtigen akademischen Grad. Als Vater sie kennenlernte, war sie nur auf einer Art Seminar für Sozialwissenschaften. Trotzdem wäre es sehr schön, auf dem Lande zu leben. Ich weiß, Vater findet, er müßte in dem gräßlichen Carshall bleiben. Aber Chantry Farm, zum Beispiel, Mrs. Moore-Duncans Haus, ist schließlich nur zwölf Kilometer entfernt.«

»Auf dem Lande hättest du nicht denselben Komfort, Kind. Ich weiß es. Ich habe als junges Mädchen auf dem Lande gelebt.«

»Komfort? Ach, du meinst Zentralheizung und so? Aber die meisten Häuser haben doch heutzutage Zentralheizung, nicht?

Chantry Farm jedenfalls. Aber Mrs. Moore-Duncan stellt sie nur im allerletzten Augenblick im Winter an. Bei ihr gibt es das ganze Jahr hindurch die herrlichsten Kaminfeuer. Sie sagt, England hätte keinen wirklichen Sommer. Und wenn wir vom Reiten zurückkommen, scharen wir uns selbstverständlich immer um den offenen Kamin. Hast du, als du jung warst, tatsächlich auf einer Farm gelebt, Großmutter? Habt ihr auch solche wunderbaren großen Kupferkessel für die Wäsche gehabt?«
Sylvia versuchte verzweifelt, die Waschtage ihrer Kindheit unter Jahrzehnten schmutziger Hotelwäsche hervorzuholen. »Ja, ich glaube wohl, Kind.«
»Da siehst du es! Mrs. Cartland, Carolines Großtante, die Schwester von Mrs. Moore-Duncan, läßt in Kupferkesseln waschen und das gesamte Brot im Hause backen. Sie sagt, nur so würde die Kruste wirklich knusperig. Ihr habt eben noch eine Beziehung zu den Dingen und Formen durch eure eigenen Hände gehabt. Es heißt, wir seien heutzutage alle abgestorben. Aber das kann ja gar nicht anders sein, wenn wir alles durch Maschinen machen lassen.«
Sylvia hatte jetzt solche Schmerzen, daß sie unwillkürlich aufschrie, doch gelang es ihr, das als Gähnen zu tarnen.
»Ich würde jetzt gern ein bißchen schlafen, Kind.«
Nachdem Judy sich entfernt hatte, dauerte es lange, bis Sylvia eine Lage fand, die ihr nicht weh tat. Aber endlich schlief sie ein. Sie erwachte, als Harold und Arthur geräuschvoll und angeregt nach Hause kamen. Sie waren anscheinend noch bei den Cranstons gewesen, und Arthur hatte zwölf Shilling im Bridge gewonnen.
»Nun, Mutter, wie geht es dir? Du hast eine sehr schöne Party verpaßt. Vater ist der gesellschaftliche Erfolg von Carshall. Die Leute haben gelacht wie noch nie.«
»Ich habe ihnen nur ein paar alte Witze erzählt, die schon bekannt waren, als Noah sich in seine Arche einschiffte. Aber sie scheinen sie amüsiert zu haben.«
»Ich habe Jack Cranston noch nie so lachen sehen, Vater.«
Sylvia versuchte sich aufzurichten, um ihre Freude über den gelungenen Abend zu zeigen, aber ihre Muskeln schmerzten sie zu sehr. Ihre Bewegungen lenkten Harolds Aufmerksamkeit auf sie.

»Muriel Bartley war außerordentlich enttäuscht, daß du nicht da warst, Mutter.«

Sylvia wußte nicht, was sie darauf antworten sollte, und schloß die Augen.

»Ich glaube, die alte Dame schläft«, flüsterte Harold. »Wie wär's, Vater, wenn wir uns unten einen Schlummertrunk genehmigten?«

3
Eingewöhnung

»Nun, Mutter, wie *fühlst* du dich?« fragte Harold ein paar Tage später. Er brachte das Frühstückstablett herein, denn in der ›Villa Sykomore‹ war ein spätes Frühstück im Bett das Allheilmittel für jegliches Leiden.

Als Antwort lächelte sie nur und fragte sich, ob die Morgenpost ihr wohl irgendeine Nachricht von der Außenwelt gebracht habe.

»Wirklich?« Und noch einmal, in schärferem Ton: »Ist das wirklich wahr, Mutter?«, denn sie hatte noch nichts gesagt. Sie hatte einen Brief entdeckt, der an der Teekanne lehnte, und das nahm sie ganz gefangen. Sein schroffer Ton brachte sie zur Besinnung.

»Ja, wirklich, lieber Harold.« Dann, um ihn zu überzeugen: »Ich will nicht behaupten, daß ich Twist tanzen könnte, aber sonst...«

Er schwieg, denn seine Mutter hatte angefangen, den Brief zu öffnen.

»Ja, Harold, was ist denn?«

»Nein, lies nur erst deinen Brief.«

»Ich glaube, es ist bloß eine Rechnung. Du sagtest...«

»Ich wollte dir das hier zeigen.« Er zog eine Karte aus seiner Tasche. Sylvia warf einen flüchtigen Blick darauf. »Es sieht aus, als ob endlich die Möbel kämen«, und als sie seinen verständnislosen Ausdruck bemerkte: »Was für eine hübsche Karte. Von wem ist sie denn?«

»Von mir, selbstverständlich.«

»Ach!« Sylvia war betroffen. Sie suchte ihre Brille auf dem Beitisch. »›Ein Häppchen und Schlückchen‹«, las sie laut. »Das Bild von dem Brathuhn und der Flasche Wein, oder was es ist, macht einem den Mund ganz wässerig, nicht wahr?«

»Ja, ja, Mutter, lies weiter.«

Die Calvert-Familie ladet Sie ein,
die Bekanntschaft ihrer Altvorderen zu machen.

»Ach!« sagte sie, »ach!«, und dann: »Wie *reizend* von dir, Harold. Ich weiß gar nicht, was ich dazu sagen soll. Ich fürchte, deine Freunde werden sehr enttäuscht sein. Ich werde mein Bestes tun, um sie zu unterhalten. Aber wie machen wir's mit dem kalten Büfett? Gibt es dafür jemand in Carshall? Oder soll ich nach London fahren und sehen, ob Barkers uns helfen können? Mrs. King in der Lebensmittelabteilung kennt mich ja so gut. Die Fahrt würde mir nichts ausmachen.«
Harold lachte. »Stadtküche, Mutter! Du darfst jetzt nicht mehr an deine großartigen Hotelbankette denken. Calvert und Compagnie berechnen diesmal nichts für ihre Dienste. Aber du solltest dir lieber das Datum der Einladung ansehen...«
»Dienstag, den 19. Aber Harold, das ist ja heute abend. Ach, aber...«
»Reg dich nicht auf, Mutter. Es ist alles in bester Ordnung. Es ist sowieso nur eine kleine Party. Die Jungens haben in aller Herrgottsfrühe die Backerei besorgt. Judy und ich sind jetzt an der Arbeit. Wenn du herunterkommst, werden wir deine Hilfe nicht verschmähen...«
Sylvia verstand nicht ganz, warum eine kleine Gesellschaft so viele Vorbereitungen benötigte, aber sie hatte eigentlich wenig Ahnung von privaten Parties. Und außerdem wollte sie so gern wissen, was in ihrem Brief stand. Sie betastete ihn liebevoll.
Harold sagte: »Ich überlasse dich jetzt deiner Post.«
Es klang etwas verletzt. Sie rief ihm nach: »Ich freue mich auf die Party.«
Ihre Stimme klang heiter und glücklich, denn sie wußte, daß die Bahntransportgesellschaft ihr endlich die Ankunft ihrer Möbel mitteilte. Als sie sich die gelben Wände und weißen Vorhänge betrachtete (durch Arthur inzwischen etwas verfleckt und verknüllt), hatte sie sekundenlang Angst, daß ihr bißchen altmodischer Kram zu einer so leuchtenden, exotischen Umgebung schlecht passen würde. Aber die Hauptsache war, daß sie nun endlich ihr eigenes Zimmer bekamen. Ein Stück ihres alten, gewohnten Lebens. Und dann... sie riß vor Entsetzen die Augen

auf: die Möbel sollten heute geliefert werden. Sie wußte nur eins: sie mußte das unbedingt verhindern, damit nicht Harolds Vorbereitungen für seine gutgemeinte Party gestört würden. Zu dem vertrauten Takt von Arthurs Geschnarche zog sie sich ebenso schnell an, wie sie es in der eisigen Zugluft ihres Zimmers im Hotel Palmeira getan hätte; hier, bei der Zentralheizung, war sie langsam und träge wie eine Riesenschildkröte geworden. Die Treppen geräuschlos hinunterzugehen erschien ihr ein Ding der Unmöglichkeit – sie kam sich vor wie ein tanzendes Nilpferd aus einem Disney-Film und hätte fast die Stille mit einem Lachanfall unterbrochen. Aber endlich war es geschafft. Sie stand in Harolds Arbeitszimmer und am Telefon, ohne daß jemand etwas davon ahnte. Als sie die Nummer des Bahnhofs verlangte, kam ihr der panische Gedanke, daß, wenn sie die Möbel für heute abbestellte, man diese vielleicht erst nach Wochen, Monaten oder überhaupt nie mehr liefern würde. Ihre abergläubische Furcht verdrängend, brachte sie ihr Anliegen vor; nur, um nach vielem Hin und Her zu erfahren, daß es zu spät und der Transport bereits unterwegs sei.

Als sie aus dem Arbeitszimmer trat, kam ihr Harold aus der Küche entgegen. Unter dem einen Arm trug er eine Stehleiter, unter dem anderen eine schwarze Mappe. »Ach! Da bist du ja, Mutter.« Gleichzeitig furchte er die Stirn, als er feststellte, woher sie kam. Sie sah, wie er tief Atem holte, um von Fragen Abstand zu nehmen, und sie gab sich einen Ruck, um zu sprechen, bevor er sich erholte.

»Lieber Harold, ich fürchte...« Aber weiter kam sie nicht.

»Du hast, glaube ich, nie diese Karikaturen gesehen, die Beth von der Familie gemacht hat. Sie war viel zu bescheiden mit ihrem Talent. Aber ich möchte sie eigentlich an der Treppenwand aufhängen. Dort können die Gäste sie sehen, wenn sie ihre Mäntel ablegen.« Er stellte die Stehleiter hin und brachte eine Zeichnung von Mark zum Vorschein, mit Fransenfrisur und Blue jeans, in strömendem Regen, von einer gigantischen Säule überragt. »England erwartet...«, lautet die Unterschrift. »Deshalb war Beth so gut für ihn. ›Wenn ihm wirklich etwas daran liegt‹, sagte sie immer, ›wird ein bißchen gesunder Spott seinem Glauben nichts anhaben können.‹«

»Das ist aber wirklich sehr gut. Ich hatte keine Ahnung...

Harold, ich fürchte...« Judys Kopf erschien in der Küchentür.
»Ach, Großmutter. Da bist du ja! Würdest du so gut sein und einen Augenblick auf die Milch für das zweite Frühstück aufpassen? Ich muß die Baisers aus dem Ofen nehmen.«
Harold wandte sich seiner pietätvollen Aufgabe zu. Es blieb anscheinend keine Wahl. Und als sie dann zwischen Efeu- und Polydendronpflanzen vor ihren Keramik-Tassen saßen und Sylvia dazukam, die Nachricht zu verkünden, war es freilich zu spät: es läutete an der Haustür, die Möbel waren angekommen.
Sylvias erster Gedanke war, Arthur aufzuwecken und ihn aus dem Bett zu holen, was ihr gelang, obzwar er mit einer Kanonade von Flüchen, die durch das ganze Haus schallten, reagierte.
»Du mußt ins Bad, Arthur... mußt heute allein fertig werden.«
»Aber ich versteh' nichts von diesen verdammten elektrischen Boilern.«
»Brauchst du auch nicht. Brauchst bloß die Hähne aufzudrehen.«
Unten fand sie Harold bereits in wütender Diskussion mit einem vierschrötigen Menschen mit Boxernase und Rollkragenpullover vor. Ein bleicher, fischgesichtiger Jüngling stand dabei; er schwankte beängstigend, als würde er im nächsten Augenblick einen epileptischen Anfall bekommen.
»Es ist völlig überflüssig, daß Sie telefonieren. Ich habe Ihnen befohlen, die Sachen morgen abzuliefern.«
»Morgen! Das dürfte wohl ausgeschlossen sein, Herr. Bei all den Weihnachtslieferungen!«
»Dann eben übermorgen. Es eilt ja nicht.«
»Ich habe den Auftrag, die Sachen zu liefern. Und wenn der Auftrag nicht telefonisch widerrufen wird, was ich stark bezweifle, liefere ich.«
»Sie bringen mir heute nichts ins Haus.«
»Dann bleiben die Sachen im Garten stehen, wenn Ihnen das lieber ist.«
Sylvia sagte sich, sie dürfe nicht egoistisch sein und sich einschalten; sie mußte Harold gestatten, die Angelegenheit auf seine Weise zu regeln. Der Jüngling sagte ihr im Vertrauen: »Schade,

daß sie sich deswegen krachen, nicht? Es ist ja schließlich gar nicht viel. Bloß ein bißchen alter Kram. Der ist ja im Nu hinaufgetragen.«
»Ich möchte Sie darauf aufmerksam machen, daß Sie von den Möbeln meiner Mutter sprechen. Benehmen Sie sich gefälligst anständig.«
Der Mann mit der Boxernase mischte sich ein: »Und reden Sie anständig mit meinem Kollegen.«
Doch die Blässe des Jünglings übergoß sich mit Schamröte. »Es tut mir furchtbar leid, der Kram ist wirklich sehr hübsch.«
(Im Verlauf der nächsten Stunde, als die Packer die Sachen die Treppen hinaufwuchteten, hörte Sylvia immer wieder die Stimme des Jünglings, der an Polypen zu leiden schien: »Es sind wunderhübsche Stücke, nicht? Sie haben ein paar wunderschöne Stücke, nicht?« Er zischte bei jedem S.)
»Ach, die Sachen gehören Ihnen?« sagte der Boxer. »Was sollen wir also tun?«
»Harold, ich glaube wirklich, da sie nun einmal da sind... Die Herren können sie sicherlich hinauftragen, ohne dich zu stören. Mein Sohn hat zu tun. Wir geben nämlich eine Party.«
»Ach, eine Party ist was Schönes«, sagte der junge Mann.
»Ich kann leider nicht mit anfassen. Ich habe zuviel zu tun.« Harold blieb fest.
»Mit anfassen? Ach, das ist es? Da brauchen Sie sich keine Sorgen zu machen. Bei den paar Sachen brauchen wir keine Hilfe. Sie sind sowieso kein Kraftmensch, was? Ich möchte nicht die Verantwortung dafür übernehmen, daß Sie etwas heben.«
Der Jüngling sagte: »Er ist aber ein netter Herr.«
Harold stierte beide an. »Mach, was du willst, Mutter, aber ohne mich.«
Er fuhr fort, Beths Karikaturen mit Tesa-Film an die Wand zu kleben. Bei jedem Möbelstück, das heraufgetragen wurde, mußten die Männer warten, bis er von der Leiter geklettert war, diese zusammengeklappt hatte und die Treppe wieder hinauf- oder hinuntergestiegen war. Mindestens zweimal wurde er fast zerquetscht, als er hoheitsvoll auf dem Treppenabsatz stand, um die Männer vorbeizulassen. Sylvia hörte auch, wie er hin und wieder Judy gereizte Befehle in die Küche zuschrie.
Oben in dem Durcheinander des Schlafzimmers hatte Sylvia

überhaupt keine Zeit, die schwarzen, zylinderförmigen Stühlchen und den senfgelben Lederhocker fortzuräumen oder zu entscheiden, wie die Möbel gestellt werden sollten. Zudem übermannten sie bei jedem Stück, das hereingetragen wurde, abwechselnd Gefühle von Erinnerung, Zärtlichkeit, Stolz, Zweifel und manchmal auch Scham, als Flecken, Schäden oder Risse in dem starken Sonnenlicht des frostigen Morgens, das durch das Fenster strömte, zutage traten. Die hübschen Sessel mit ihren mattblauen Ripsbezügen wirkten so verblaßt neben dem Senfgelb, und das ausgesessene Sofa in seinem Chintzüberzug machte eher den Eindruck eines Gegenstands, den die Trödler bei jedem Wetter vor dem Laden stehen lassen. Bisher hatte sie nie das abgeschlagene Furnier an dem alten Büfett bemerkt – es war ein französisches Stück und wirkte ganz antik. Oberst Chamberlain von Bay View in Scarborough, der so viel von Möbeln verstand, hatte ihr gesagt, daß, obwohl die Löwenköpfe an den Schubladen herrlich geschnitzt seien, das Stück nicht viel wert wäre. Einer der Klauenfüße war beim Transport auf der Treppe abgebrochen, aber was viel schlimmer war – (tatsächlich?): das Königsblau der Wand war arg zerkratzt worden (sie hatte Harolds zornig erhobene Stimme gehört).

Die ganze Zeit überlegte sie, wie die Sachen gestellt werden sollten, und versuchte Harolds Verärgerung zu vergessen. Aus dem Badezimmer erscholl Arthurs grölende Stimme, der eins seiner Lieblingslieder sang: »Was hat der Oberst zum Adjutanten gesagt? Was hat der Adjutant dem Gefreiten gesagt?«

»Keine Ahnung«, bemerkte der Boxer. Der Jüngling sagte: »Singt er nicht schön, Leslie?« und darauf zu Sylvia: »Wohl einer von den alten Schlagern, was?«

Beim Abstauben der Skizzen von Ilfracombe, die Miß Priest ihr geschenkt hatte, entdeckte sie, daß das Glas auf ihrem Lieblingsbild von der Hauptstraße zerbrochen worden war. Leslie (so hieß anscheinend der Boxer) stellte ihre Nähmaschine mit solcher Wucht auf eines der zylindrischen Stühlchen, daß eins der Metallbeine abbrach und alles auf den Fußboden klirrte. Dann kam ein Stoß Sofakissen – viereckige, runde und Rollen –, alle in schillernden Seidenbezügen, gold und orangefarben, grün, rotblau und violett; sie hatte bunte Kissen immer gern gehabt. Aber die senfgelben Wände hier schlugen alles tot.

»Nur noch ein paar Stücke«, verkündete Leslie, als er und sein Gehilfe Arthurs Spieltisch an die Wand räumten. Es war einmal so ein schöner Nußbaumtisch gewesen, aber das Holz wies tiefe Brandstellen von Zigaretten auf und war stellenweise gequollen und gesprungen. Als Sylvia ihn von der Wand rückte, entdeckte sie, daß der hintere Rand versehentlich mit Teer beschmutzt worden war, der jetzt an der gelben Wand klebte.
»Und der Gefreite sagt's dem Soldaten und der Soldat sagt's seinem Mädchen.«
»Ach, Arthur, hör doch auf!« rief sie.
Aber grölend kam die Antwort: »Und sie suchen nach der Mademoiselle von Armentières.«
Doch jetzt hörte sie wütende Stimmen auf der Treppe. Als sie hinunterblickte, hielt Harold ein Papier hoch, das mit Fußabdrücken bedeckt und zerfetzt war. »Beths Zeichnung von mir als Napoleon, das haben deine verdammten Leute gemacht, Mutter.«
»Ach, Harold, es tut mir schrecklich leid. Sie bringen jetzt das letzte Stück herauf.«
»Das möchte ich dringend hoffen.«
Sie war zu aufgeregt, um mit mehr als einem vagen Lächeln zu antworten. Es war das alte Bauernbüfett von der Farm, der einzige Gegenstand, der noch aus ihrer Mädchenzeit stammte. Es war *wirklich* hübsch. Das war etwas für Judy.
»Judy! Judy!« rief sie. »Sieh dir das alte Büfett an.«
»Später, Mutter. Sie ist jetzt mit den Käsestangen beschäftigt.«
Aber Judy, und sei es auch nur, um zu zeigen, daß sie sich nicht ewig von ihrem Vater herumkommandieren ließ, kam sofort nach oben.
»Ach, wie entzückend, Großmutter! Ein echtes Bauernmöbel! Es wird herrlich aussehen, wenn erst die alten Zinntöpfe und Teller daraufstehen.«
Sylvia vermied es, etwas darauf zu erwidern. Die beiden Packer standen daneben und bewunderten ebenfalls das alte Büfett, während sie den Lieferschein quittierten.
»Was hat der Oberst dem Adjutanten gesagt? Was der Adjutant dem Gefreiten?« Wie als Antwort auf seine eigene Frage schrie Arthur gellend: »Verdammte Scheiße!«

Der Boxer pfiff durch die Zähne und packte mit seinem Gehilfen sein Handwerkszeug ein.
Sylvia rief entrüstet: »Arthur!« Als Antwort stürzte er splitternackt und laut fluchend aus dem Badezimmer.
»Aber, hören Sie«, sagte der Boxer, »es sind Damen anwesend.«
»Ist mir scheißegal, wer anwesend ist. Das heiße Leitungsrohr hat mir einen solchen Schlag versetzt, daß es mein Tod hätte sein können.«
»War es aber nicht«, sagte Sylvia.
Judy drehte sich um und sah zum Fenster hinaus.
»Arthur, du gehst jetzt sofort da hinein!« Sylvia schubste ihn an seinen ausgemergelten alten Hinterbacken in Harolds Schlafzimmer. Sie blickte auf seine ausgestreckte Hand. »Es ist gar nichts zu sehen«, sagte sie, »hab dich nicht so.« Sie ging in das Badezimmer und holte sein Handtuch. »Trockne dich ab, und zieh dir erst etwas an, bevor du herauskommst.«
Als sie wieder in ihrem Zimmer war, brachen die Männer gerade auf.
»Das war nicht sehr angenehm für die junge Dame, nicht wahr?« bemerkte der Jüngling.
»Ach, es wird ihr schon nichts ausmachen, nicht wahr, Judy?«
Doch, es machte ihr etwas aus. Sie stand ganz steif da, ihr Gesicht war schneeweiß. »Großmutter, das war ja schrecklich. Und ich hatte noch Caroline Ogilvie einladen wollen, deine Antiquitäten anzusehen. Sie wäre womöglich dabeigewesen.«
»Nun, Kind, ich glaube nicht, daß sie etwas besonders Schlimmes zu sehen bekommen hätte.«
Und wirklich, fand sie, bei Arthurs Schmerbauch und so, wie sein Johannes im Alter zusammengeschrumpft schien, war tatsächlich nicht viel zu sehen. »Der Unterrock war viel zu kurz, viel kürzer als ein Kinderschurz«... Das war ein alter Spruch der Köchin aus der Zeit, da sie in der Pfarrei gedient hatte, aber wieso er ihr jetzt gerade einfiel oder weshalb sie ihn gar laut aufsagte... Die Wirkung auf Judy war blitzartig; sie stieß einen Jammerton aus und rannte die Treppe hinunter. Der Boxer sah Sylvia empört an.
»Ich muß schon sagen, das sind hier ja feine Zustände.«

Im Gehen drehte sich der Jüngling noch einmal um. »Wie kann man nur«, sagte er.
Etwa eine Viertelstunde später, als Arthur endlich beim Anziehen war, kam Harold in ihr Zimmer.
»Was habt ihr denn mit Judy gemacht?«
Sylvia war entschlossen, die Angelegenheit Arthur zu überlassen. Sie machte sich an den Kissen zu schaffen und versuchte, sie auf den Couchbetten so zu arrangieren, daß sich die Farben nicht allzusehr mit den senfgelben Wänden schlugen. Nach einer kurzen Pause sagte Arthur: »Ich fürchte, sie hat mich im Adamskostüm gesehen, mein Junge.«
»Sei doch bitte künftig in diesen Dingen etwas vorsichtiger, Vater.«
Als Arthur stumm blieb, wurde Harold weicher. »Immerhin braucht unser viktorianisches Fräulein nicht gleich in Ohnmacht zu fallen.«
»Ich bin ausgezogen ein ziemlich schauerlicher Anblick, Harold. Aber schuld war deine verdammte Elektrizität. Ich habe einen fürchterlichen Schlag bekommen.«
»Arthur, übertreibe doch nicht so.«
»Ja, bei dem Ding bekommt man gelegentlich einen leichten Schlag«, sagte Harold sachlich. Er lachte. »Ich habe euch ja gesagt, ihr sollt nicht an den Geräten herumspielen.«
Zu Sylvias Erstaunen steckte Arthur abermals die Zurechtweisung ein. »Deine Mutter war natürlich zu sehr mit den Scheißmöbeln beschäftigt«, brummte er schließlich.
Harold lächelte seinen Vater tröstend an. Dann sah er sich im Zimmer um. »All die alten Sachen, was? Es sind eigentlich zwei Welten. Nicht etwa, daß eure Sachen zu den gelben Wänden nicht passen, Mutter. Das heißt, sie werden schon dazu passen, wenn erst einmal alles richtig gestellt ist. Beth hat immer gesagt, es sei eine von den klaren Farben, die eigentlich für fast alles einen guten Hintergrund abgeben. Nun, ich überlasse euch jetzt eurer Arbeit. Ich muß an die Küchenfront zurück.« Beim Hinausgehen wandte er sich dem Teerfleck zu und fuhr mit dem Finger darüber. »Schade«, sagte er.
Als er fort war, setzte sich Sylvia mit einem so niedergeschlagenen Ausdruck auf das Sofa, daß es sogar Arthur auffiel. »Was ist denn jetzt schon wieder los?«

»Es wird nie etwas werden. Alles sieht so schäbig und schrecklich aus.«
»Ich weiß nicht, was du willst. Mein alter bequemer Sessel gefällt mir sehr gut.«
»Gegen das grelle Gelb sieht alles schrecklich aus.«
»Um Himmels willen, wir können von Harold nicht verlangen, daß er das Zimmer neu streichen läßt. Er sagt ja selbst, daß Beth diese Scheißfarbe ausgesucht hat.«
»Nein. Wir müssen uns von einigen Möbeln trennen. Sieh, wie entsetzlich das alte Büfett aussieht. Es paßt überhaupt nicht in dieses Zimmer.«
»Mäkle nicht an dem Büfett herum. Es ist sehr wertvoll.«
»Ach, Arthur, das hast du schon früher behauptet, und Oberst Chamberlain hat uns gesagt, daß das nicht stimmt.«
»Es ist mir egal, was Oberst Chamberlain oder sonstwer behauptet. Es stammt von meiner alten Tante Lucy Tamberlin, es ist französisch.«
»Blödsinn, Arthur. Ich weiß noch, wie wir es in dem Ausverkauf in Clovelly erstanden haben.«
»Meine liebe Sylvia, ich werde wohl noch wissen, was aus meiner eigenen Familie stammt. Das Büfett kommt aus Charlie Tamberlins Familie. Er war halber Franzose.«
»Du hast ihn bisher noch nie erwähnt.«
»Charlie Tamberlin noch nie erwähnt! Natürlich habe ich das. Er hat sich furchtbar schlecht gegen die arme Tante Lucy benommen. Trat sie immer unter dem Tisch, wenn der Pudding aufgetragen wurde.«
Sylvia fing an zu lachen. »Das erfindest du, Arthur.«
»Was heißt, ich erfinde das? Den alten Charlie Tamberlin! Er fing zwar klein an, verdiente aber einen Haufen Geld damit, daß er Kiebitzeier auf dem Markt von Leadenhall verkaufte. Hatte zum Schluß sein eigenes Geschäft. Hat aber nie Manieren gelernt.«
»Das scheint mir auch so! Tritt die Frau unter dem Tisch, wenn der Pudding aufgetragen wird!« Sylvia lachte Tränen. »Aber es hilft nichts, Arthur. Von einem Gerede wird unser Zimmer nicht besser.«
»Na schön. Dann verkauf den verdammten Kram. Aber rühr mir bloß meinen Sessel nicht an. Mehr will ich nicht.« Er schwieg

einen Augenblick und sagte dann: »Weißt du was, Sylvia? Du mußt dir ein bißchen Spaß am Leben gönnen. Bevor du abkratzt.«

Später an jenem Abend, als Sylvia schließlich angezogen für die Party in ihrer Goldlamébluse und langem schwarzem Abendrock aus ihrem Zimmer trat, hörte sie unten die Stimmen ihrer Enkelsöhne.

»Aber warum hast du uns denn nichts gesagt, daß ihre Möbel angekommen sind, Vater?« Es war Ray. Die Antwort darauf konnte sie nicht verstehen, aber Mark sagte: »Das ist egal. Natürlich müssen wir sie ansehen. Sonst ist Großmutter schrecklich gekränkt.«

Sie versuchte, sie davon abzuhalten. »Es ist noch alles in Unordnung.«

Aber Ray wollte nichts davon hören. »Wozu hast du einen Enkel, der was von Raumgestaltung versteht?«

Als die Jungens sich bei ihr umsahen, merkte sie, daß sie ihre Empfindungen teilten.

»Es ist schrecklich, nicht wahr, Ray?«

»Nein, nicht schrecklich, Großmütterchen. Nur noch ziemlich in Unordnung.«

»Aber Ray, an dem Tischbein fehlt eine Rolle, und das Bein von dem Büfett ist abgebrochen. Und sieh nur all die Furnierschäden und Flecken.«

»Aber es ist nichts so kaputt, als daß ich es nicht in ein paar Tagen reparieren könnte«, sagte Mark.

»Das ist wahr. Geschickt ist er. Aber es liegt an den Farben, Mutters Senfgelb beißt sich mit allem. Aber ehrlich gesagt, Liebchen, ich fürchte, du wirst es ertragen müssen. Vater wäre zu unglücklich, wenn du es nicht tätest.« Ray sah sich düster um; beim Anblick ihres niedergeschlagenen Ausdrucks aber erhellten sich seine Züge. »Ach, mach dir keine Sorgen. Nun sag mal, wieviel liegt dir daran, den Chintz zu behalten? Das heißt, er hat doch wohl schon bessere Tage gesehen?...« Und in wenigen Minuten hatte er ihr eine Kollektion von billigen, aber guten neuen Bezugsstoffen zusammengestellt, die er ihr besorgen wollte, so daß sie zwar schüchtern, aber froher zur Party hinunterging, als sie es seit Wochen gewesen war.

»Die Möbel eurer Großmutter sind sehr hübsch, nicht wahr?«

Die Söhne antworteten nicht. Harold, wie wenn er sich dafür entschuldigen wollte, sagte:
»Wenn du erlaubst, Mutter, zeige ich ein paar alten Freunden euer Wohn-Schlafzimmer. Ich glaube, sie ahnen gar nicht, wie gut sich diese Räume umgestalten lassen.«
»Das erlaubt sie nicht«, sagte Mark.
»Was geht das dich an?«
»VSJS«, sagte Ray. Es hätte vielleicht Krach gegeben, wenn nicht an der Haustür geläutet worden wäre.
Anfangs wußte Sylvia nicht, wie sie es ertragen sollte, so gehemmt war sie. Dieses Herumstehen und mit all den Leuten reden! Sie wußte nichts von ihnen, und sie wußten nichts von ihr. Nachdem sie erklärt hatten, wie sehr sie sich freuten, sie kennenzulernen, sagten zwei oder drei von ihnen: »Sie besitzen gewiß eine große Menschenkenntnis, Mrs. Calvert.« Anfangs wußte sie nicht, was sie eigentlich damit meinten, aber dann merkte sie, daß es wegen der vielen Hotels und Dauergäste war. Sie schienen nicht zu wissen, daß die Leitung eines Hotels ein Beruf wie jeder andere war. Und zum Schluß wurde nur noch erörtert, welcher der Jungens ihr ähnlich sei, oder ob Judy etwas von ihr habe, oder ob sie überhaupt Harold gleiche. Nach einiger Zeit hätte sie am liebsten gelacht. Diese völlig unbekannten Leute! Als ob sie ein Baby im Kinderwagen wäre! Einer nach dem anderen kam zu ihr und sagte: »Sie sind *wirklich* Harolds Mutter. Ich hätte es sofort erraten!« oder: »Sie sind ganz anders als die übrige Familie, nicht wahr?« Sie war selbstverständlich stolz darauf, zur Familie zu gehören, aber sie kam sich ein bißchen wie eine Schwindlerin vor. Sie hörte, wie Arthur am anderen Ende des Zimmers sagte: »Ich weiß nicht, ob es deshalb war, weil man mich los sein wollte, aber auf dem bequemen Posten wurde ich nicht lange belassen. Nein, die Kerle hatten mich für eine sogenannte hochgefährliche und verantwortliche Stellung ausersehen. Die Gefahr störte mich nicht...« Und ob sie dich gestört hat, mein Junge, dachte sie. Aber sie kannten Arthur nicht. Von ihnen aus konnte er ebensogut King Kong persönlich sein. Aber sie... Nun, sie *war* Harolds Mutter, das war nicht zu bestreiten, aber wenn die Leute deshalb erwarteten, daß sie etwas Besonderes sein oder sagen sollte, so hatten sie sich eben »geschnitten«.

Dann tauchte plötzlich Judy auf, das Gesicht über dem weißen Kleid war rosig erhitzt.
»Ach, Großmutter, würdest du mir ein bißchen helfen? Mrs. Burrows, die Aushilfe, ist furchtbar ungewandt, und meine Freundin Caroline Ogilvie kann jeden Moment erscheinen. Bisher hat sie nie kommen können, aber diesmal wollte sie bestimmt kommen. Und es ist *so* wichtig, daß sie sich mit Vater versteht. Papa ist gegen sie voreingenommen. Doch ich weiß, sie werden einander herrlich finden, wenn sie sich auf die richtige Weise kennenlernen. Ganz still für sich. Caroline ist so schüchtern.«
»Du brauchst dir keine Sorgen zu machen. Fort mit dir, und amüsiere dich.«
Von diesem Augenblick an schien die Party in Schwung zu kommen. Gewiß, Mrs. Burrows *war* ziemlich ungewandt – jemanden mit solchen Kaninchenzähnen und dem Froschmund hätte sie nie engagiert –, aber aus solchen Leuten das Beste herauszuholen, gehörte zum Metier. Zum Glück war die Arme sehr willig, und Sylvia hatte es sich zur Regel gemacht, niemals einen Arbeitswilligen abzuweisen. Es war ja nicht nur das Anrichten von Suppe und Risotto zu organisieren, man mußte ja auch für die ganze Bedienung sorgen, denn Harold hatte anscheinend sehr großartige Vorstellungen von einer sogenannten kleinen Party. Infolgedessen holte Sylvia sich soviel junge Leute wie möglich zusammen und hielt sie an, die Gerichte herumzureichen. In kürzester Zeit zirkulierten sie wie gelernte Kellner. Als Judy ein großes, etwas ungelenkes Mädchen in einem grünen Pullover und mit langen, eckigen Armen herbeiführte und atemlos sagte: »Großmutter, das ist meine Freundin Caroline Ogilvie«, antwortete Sylvia nur: »Freut mich. Unterhalten Sie sich gut« und drückte dem Mädchen sofort eine Risotto-Schüssel in die Hand, die sie weiterreichen sollte. »Sorgen Sie für genügenden Nachschub«, fügte sie hinzu.
Judy rief: »Aber Großmutter!« Jedoch merkte man, daß das Mädchen froh war, etwas mit ihren Händen tun zu dürfen. Nach den warmen Gerichten gab es Platten mit kaltem Puter und Schinken, kalten Würsten und Salat. Und selbstverständlich Käsestangen und Zitronen-Baiser-Torten und Fleischpasteten und hausgemachte Mokka-Schichttorte. Und dann noch die Ge-

tränke: Glühwein aus spanischem Wein, und Ananaspunsch, und Bier. »Jeder muß sich selbst bedienen«, hatte Harold erklärt, »sonst kommt ihr zu nichts.« Aber Sylvia wußte, daß man sich trotzdem darum kümmern mußte, sonst bekamen die Gierigen alles, und die Schüchternen gingen leer aus. Sie hatte das immer wieder bei Büfetts beobachtet, wenn niemand da war, der darüber wachte.
Aber selbst wenn Kellner und Organisation klappen, gehört noch etwas dazu: eine wirklich gute Stütze, die sich in der ganzen Gesellschaft auskennt. Und Sylvia hatte Glück, denn zufällig fand sie genau das Richtige. Es war ein komisches Männchen mit einem langen Gesicht und strohgelbem Haar; mit roten Flecken auf den Wangen und langen Händen, die von mangelhaftem Kreislauf blaurot waren. Ray brachte ihn zu ihr. »Das ist Wilf Corney, Großmutter. Gib ihm was zu tun, damit er nichts anstellt.« Aber das war gar nicht nötig, das heißt, es war gar nicht möglich. Er arbeitete wie ein Pferd und wußte im vorhinein, was jeder wollte, wer Zucker nahm und wer besser keinen Drink mehr bekam. Und dazu flüsterte er am laufenden Band derart komische Bemerkungen, daß sie sich vor Lachen bog. Er machte sich über jeden lustig und hatte sehr viel mimisches Talent. Wenn sie die Platten oder Getränke im Zimmer herumreichte, kam er ihr öfter aus einer anderen Richtung entgegen, und man wußte nie, was er dann sagen würde. »Verzeihung, Fürstin, wollen wir diesen Tanz aussetzen?« oder: »Mama, komm schnell, dem gnädigen Herrn ist in der Speisekammer schlecht geworden.« Harold sah sie lachen.
»Unterhältst du dich, Mutter?«
»Dieser Mr. Corney ist herrlich.«
»Ach, Wilf Corney von der Bank. Gar kein so übles Kerlchen. Ein ausgesprochener Clown.« Mr. Corney mußte das gehört haben, denn bei der nächsten Runde bemerkte Sylvia, daß er sich eine Narrenkappe aus Papier gemacht hatte und mit einem Kranz kalter Würstchen über dem Arm herumspazierte. (Weiß Gott, wo er sie her hatte.) »Der Direktor wünscht, daß ich Biologie lerne, aber ich möchte weiter an den Storch glauben«, erklärte er geziert, um dann in ein gespieltes Weinen auszubrechen: »Buu Huu! Buu Huu!«
Er hätte im Fernsehen auftreten können, so komisch war das, in der Billy-Cotton-Band-Show oder so.

Und so zog sie lachend von Gruppe zu Gruppe, denn jeder sieht gern ein heiteres Gesicht. Und schließlich, wenn man gar nichts zu sagen hatte, kann man nichts Besseres sagen als: »Darf ich Ihnen noch etwas holen?« – das hört jeder gern.
Auf diese Weise lernte sie eine ganze Menge Leute kennen; es schienen im großen und ganzen mehr Freunde von Harold als von den Kindern zu sein. Eine nette, lustige Gesellschaft, und gar nicht schullehrerhaft. Doch war sie des öfteren froh um die Ausrede, sich einer anderen Gruppe zuwenden zu müssen. Die Leute erregten sich heute immer so schnell – das liegt am Tempo der Zeit –, und wenn man nicht weiß, worüber sie eigentlich streiten, kommt man sich ziemlich dumm vor.
Gleich zu Anfang hatte Harold sich auf sie gestürzt. »Mutter, das hier ist meine rechte Hand, Chris Milton. Er leitet die Schule. Äußerst bequem für mich.« Er strich sich über den Schnurrbart. Sylvia wollte dem großen, breitschultrigen jungen Mann, der ihre Hand so schmerzhaft drückte und so dröhnend lachte, gerade etwas sagen, als eine dicke, ergrauende Frau mit verschwitztem, rotem Gesicht sich vordrängte. »Sei vorsichtig, Harold, die Sonne bringt es an den Tag. So mancher Spott...« Sylvia dachte, wie dumm von ihr, das Zitat nicht zu können. Aber Harold sagte: »Ach, Verzeihung, Lorna. Und das hier ist die rechte Hand von Chris – Lorna Milton.«
»Freut mich, Mrs. Calvert. Selbstverständlich leite *ich* in Wirklichkeit die Schule...«
»Besonders jetzt, wo Beth...«, fing Chris Milton an und erstickte seine Worte in einem verlegenen Lachen. Seine Frau lachte ebenfalls laut. »Wir müssen uns mal aussprechen, Mrs. Calvert. Diese Männer muß man im Zaum halten.«
Eine hochgewachsene, brünette Frau mit viel Modeschmuck und apfelgrünen Lidschatten mischte sich ein. »Stell mich bitte deinem Ehrengast vor, Harold. Geoff!« rief sie quer durch das Zimmer einem blassen jungen Mann zu, der einen sehr teuren Anzug trug. »Hier ist Harolds Mutter. Sie sehen sich überhaupt nicht ähnlich, nicht wahr?« Der Mann trat zu ihnen und blickte sich vage im Zimmer um. »Wie ein Ei dem anderen, Muriel. Wo ist sie denn?«
Alles lachte.
»Kümmern Sie sich nicht um Geoff, Mrs. Calvert«, sagte die

Frau, die man Muriel nannte. »Er ist Cockney. Er weiß es nicht besser.«
»Wie du schon erraten haben wirst, sind das die Bartleys – Muriel und Geoff.«
»So ist es!« bestätigte Muriel.
Sylvia hatte es durchaus nicht erraten. Beim Anblick der Linien um Muriels Mund dachte sie, alle Männer haben Frauen geheiratet, die ihre Mütter sein könnten. Allerdings, mit dem Älterwerden fand sie häufig, daß andere Frauen alt aussahen.
»Die Bartleys, wie?« sagte Geoff. »Also ist schon über uns geredet worden. Was hat er denn von uns gesagt? Das könnte was einbringen. Ich habe einen guten Anwalt.«
Als abermals alles lachte, wandte sich Muriel Bartley an Mr. Milton. »Was höre ich von Ihnen, Mr. Milton? Sie wollen abtrünnig werden?« Chris Milton lachte zur Antwort so laut, daß etwas aus seinem schwankenden Bierseidel auf Mr. Bartleys Anzug spritzte. Muriel Bartley putzte ihn mit einem Taschentuch ab, das sie ihrem Mann aus der Brusttasche zog. »Jawohl. Und nachdem jetzt das Unglück behoben ist, erwarten wir eine Antwort.«
Lorna Milton ergriff die Partei ihres Mannes. »Sie sollen meinen Mann nicht einschüchtern, Mrs. Bartley. Wir haben es uns genau überlegt und sind durchaus nicht Ihrer Ansicht.«
»Ist das etwa die offizielle Ansicht über das heutige Melling, Harold?« fragte Muriel. Ihre Augen hatten sich zu grünen Lidschattenschlitzen verengt.
»Ganz gewiß nicht. Ich wundere mich allerdings nicht, daß Chris die Sache ganz verkehrt auffaßt. Er hat die Entwicklung von Carshall nicht wie wir miterlebt, Muriel.«
Mrs. Milton wandte sich an ihren Mann. »Da hast du es, Chris, was habe ich gesagt? Sie drücken auf die Tränendrüsen.«
»Der Glaube an ein soziologisches Experiment wie die New Towns – nennen Sie das etwa auf die Tränendrüsen drücken? Mir erscheint es völlig überzeugend.« Sylvia merkte, daß er anfing sich zu ereifern und zog mit der Kanne Ananassaft lieber weiter. Doch als sie fünf Minuten darauf zu der Gruppe zurückkehrte, waren sie noch bei dem gleichen Thema.
»Wir haben Sie vertrieben, Mrs. Calvert«, begrüßte Chris Milton sie. Aber Muriel Bartley war zu aufgebracht, um sich um sie

zu kümmern. »Wir haben zu der Entstehung des Ortes beigetragen, jetzt wollen wir auch dafür sorgen, daß er seinen Lokalstil bewahrt.«
»Hört, hört!« rief Harold.
»Das ist doch wohl Sache des Ministeriums«, sagte Lorna Milton.
»Gewiß«, sagte Muriel, »aber wer bestimmt die Ansicht des Ministeriums? Die öffentliche Meinung. Das ist Demokratie.«
»Einige von uns haben hier viel Geld investiert«, ergänzte ihr Mann.
»Ach so ist das.« Lorna Milton lachte ironisch. »Ich dachte, man will eine *neue* Lebensform ausprobieren.«
Muriel Bartley ignorierte sie und sagte spöttisch zu Chris:
»Aber machen Sie nur keine Propaganda bei den Kindern. Lehrer sind da in einem unberechtigten Vorteil.«
»Soll das eine offizielle Drohung sein?«
Sylvia wußte eigentlich nicht, ob die Frauen vor Lachen oder vor Wut zitterten. Sie fand, sie könne ruhig wieder gehen. Sie sagte:
»Streiten macht durstig. Wer möchte etwas zu trinken haben?«
Aber sie bekam keine Antwort. Zum Glück gesellte sich Ray, der überall zugleich zu sein schien, zu ihnen.
»Wie geht's, Muriel? Sie sehen fabelhaft aus.«
Muriel Bartley ignorierte das. »Wie stehen denn Sie zu der Frage der Goodchild-Wiesen, Ray?« sagte sie.
»Ich weiß nicht mehr, Liebchen. Bei Ihrem Anblick habe ich das ganz vergessen.«
»Ach, taktvoll wie immer. Nun, mich werden Sie nicht beschwatzen, Ray Calvert.« Er tat es aber doch. »Wo haben Sie Ihren Schmuck her? Vom Weihnachtsbaum?« Und Muriel antwortete entzückt: »Haben Sie was dagegen, Mr. Ray Calvert? Eines Tages werde ich mich schon rächen. Warten Sie nur ab, Sie Tyrann.«
Mrs. Milton sagte: »Ray, Chris und ich möchten Ihr Urteil über unsere Vorarbeiten für die Kinderaufführung.« Und Geoff Bartley sagte: »Also abgemacht, Ray, am Heiligen Abend fahren wir in die Alte Mühle...«
Als Sylvia weiterging, kam es ihr vor, als ob Ray ihr zuzwinkerte. Anscheinend verstand er es, sie alle sehr gut zu nehmen.
Arthur dozierte vor einem entzückten Publikum. Sylvia hielt

sich von ihm fern, teils aus Verlegenheit, teils weil Frauen ihre Männer immer hemmen. Aber er rief sie herbei. »Was, zum Kuckuck, ist das für eine Schweinerei in dem Krug? Jack und Renee Cranston – meine Gattin. Wie wäre es, wenn du Mrs. Cranston etwas Anständiges zum Trinken besorgtest, Sylvie? Ich weiß, daß Harold eine Flasche Scotch in seinem Arbeitszimmer versteckt hat.«

»Nein, wirklich, das schmeckt mir hier ausgezeichnet.«

»Das sagen Sie jetzt, warten Sie erst mal den Kater ab, den Sie davon bekommen werden. Aber wie Sie wollen. Mr. und Mrs. Cranston sind die Räuber, die vorigen Donnerstag einen alten Mann bis auf den letzten Pfennig ausgeplündert haben, Sylvie.«

»Sie ausgeplündert! Da müßte ich aber früh aufstehen, um Ihren Mann auszuplündern, Mrs. Calvert!«

Mrs. Cranston war munter wie ein Vögelchen; ihr Mann war dick, rotwangig und jovial. »*Alter* Mann!« sagte er. »Sie und alt! Womit füttern Sie ihn, Mrs. Calvert? Mit Fleisch?«

»Wir werden Ihren Mann in die Mache nehmen«, sagte Mrs. Cranston. Dann schubste sie Sylvia mit dem Ellenbogen beiseite und flüsterte ihr vertraulich zu: »Sie können beruhigt sein, er wird hier schon Freunde finden. Wir finden ihn alle reizend. Er paßt im Alter zu meinem Vater, der bei uns wohnt. Vater kann ihn morgens abholen, und dann können sie zusammen mit dem Bus zu der ›British Legion‹ fahren oder einen in der ›Krone‹ trinken. Mein Vater spielt ebenfalls gern Karten und wettet. So werden die beiden eine Ansprache haben.«

Sylvia wußte nicht genau, wie sie das auffassen sollte, aber Arthur sagte laut:

»Wie ich also gerade sagte, als meine Alte mich unterbrach – das Mädchen in dem Bistro, wie man das nennt, hat mich noch oft gesehen. Ich behaupte zwar nicht, daß ich fließend Französisch parliere, aber ich kann mich notfalls verständigen...« Sylvia merkte, daß er starr von ihr wegsah, und nahm es als einen Wink, sich zu entfernen.

So einfach war das freilich nicht. Sie war gerade auf dem Weg in die Küche, um zu sehen, ob noch Risotto für zwei Nachzügler übrig sei (Nachzügler sind ein ewiges Problem), als sich ihr aus dem Schatten des Eßzimmers eine Frauenhand entgegenstreckte

und sie am Arm packte. Sie fuhr richtig zusammen, denn das Eßzimmer wurde gar nicht benutzt. Eine Stimme sagte eindringlich: »Mrs. Calvert? Sie sind doch Mrs. Calvert, nicht wahr? Sie haben vielleicht von mir gehört? Ich bin Sally Bulmer.«
Sylvia sah in den dämmrigen Raum und erblickte eine dicke, gutaussehende Frau in mittleren Jahren, die auf der niedrigen Bank an der Gitterwand saß. Sie trug ein schwarzes Kleid mit einem großen schwarzen Spitzenschal um die Schultern und eine künstliche Rose im Haar. »Sandemans Portwein« wäre es Sylvia beinahe entfahren, aber sie bremste sich rechtzeitig.
»O ja, Sie sind die Fürsorge-Beamtin von Carshall. Harold hat oft von Ihnen gesprochen.«
Miß Bulmer schnappte nach Luft und riß die großen, runden schwarzen Augen auf. »Das kann ich gar nicht glauben, ein-, zweimal vielleicht. Aber nicht oft. Aber ich will mich bemühen, es zu glauben, weil es mir einen inneren Auftrieb geben wird. Unser Harold leistet nämlich so enorm viel für unsere Gemeinde, daß ich manchmal glaube, wir anderen tun eigentlich gar nichts. Ich weiß, das klingt unlogisch, ist es aber nicht. Halte ich Sie auf?« fragte sie, obwohl Sylvia gar nicht den Versuch gemacht hatte, ihr ihren Arm zu entziehen.
»Ich wollte gerade Risotto für zwei Nachzügler holen. Sie mögen keine Suppe.«
»Nein, meine Suppe eß ich nicht! Wir wissen ja, wie es Kaspar erging. Wer keine Suppe mag, wird immer dünner und dünner, bis er sich in Luft auflöst. Und dann braucht man sich nicht mehr um ihn zu kümmern. Aber, ernsthaft, bleiben Sie doch bitte noch ein bißchen. Ich möchte so dringend mit Ihnen sprechen. Ich habe Sie schon bei den Bartleys vermißt...«
»Ich bin hingefallen«, sagte Sylvia.
»Wie recht Sie hatten! Doch jetzt können wir reden. Sie sind ja seine Mutter. Er überarbeitet sich nämlich. Früher oder später wird Ihnen das bestimmt jemand sagen. Dann kann ich es ja ebensogut. Gewiß, die Kinder geben sich alle Mühe, aber die Jugend ist so egoistisch. Überhaupt, seit sie starb... Beth hatte selbstverständlich auch ihre Fehler, aber immerhin war sie das, worauf Harold sich freute, wenn er abends nach Hause kam. Und jetzt wird er Sie haben. Ach, das finde ich so gut. Wir alle

finden es. Das heißt, die meisten von uns. Ich will Ihnen nicht verhehlen, daß es auch eine Anti-Harold-Clique gibt, aber das sind bloß die Eifersüchtigen. Und überhaupt... ich weiß, ich halte Sie auf, aber Sie werden, glaube ich, finden, daß es der Mühe wert war... Er bekommt nicht die richtige Unterstützung von seiner sogenannten rechten Hand in der Schule. Frauen sollten nie die Hosen anhaben, finden Sie nicht auch? Ach! Ich weiß, dagegen können Sie nichts machen. Aber die Tatsache, daß Sie es wissen, kann Ihnen vielleicht helfen, ihm zu helfen. Denn das eine weiß ich« – Miß Bulmer schob ihr großes Gesicht zu Sylvia hinauf –, »er wird es Ihnen nie, nie selber sagen. Nichts auf der Welt könnte ihn dazu bewegen. Und in Carshall schon gar nichts.«

Sylvia wußte nicht, was sie darauf sagen sollte. »Ich danke Ihnen. Es ist sehr lieb von Ihnen, es mir zu sagen.«

»Im Grunde ist es das gar nicht«, sagte Miß Bulmer und blies ihren Zigarettenrauch aus der geheimnisvollen Dunkelheit herauf, »denn man muß ja auch an die andere Seite denken. Wir wollen nicht, daß die Schule unter Harolds Stimmungen leidet. Und die sind oft schlimm! Das muß ich zugeben. Aber was wird mit der ›Blick zurück im Zorn‹-Geschichte werden? Gewiß wird er es fabelhaft machen. Aber weshalb das noch zu allem übrigen? Die Sache mit den Good-child-Wiesen ist schon schlimm genug! Es ist eine gerechte Sache. Das wissen wir alle. Aber weshalb unser Harold? Sein Steckenpferd ist Soziologie. Soll er sich doch darauf beschränken.«

Miß Bulmer sprach in einem Ton, der Antwort heischte, und Sylvia schämte sich allerdings ihrer Unwissenheit hinsichtlich all dieser Dinge, die Harolds Leben betrafen. Sie sagte unbehaglich: »Wir waren so früh mit der Schule fertig, als ich Kind war.«

Miß Bulmer sah sie an, als ob sie verrückt geworden sei, aber zum Glück für Sylvia erschien Marks Gesicht in der Eßzimmertür und Miß Bulmer stürzte sich auf ihn. »He, Mark!« rief sie, »oder sollte ich Jimmie Porter sagen?« Mark sah sie verächtlich an.

»Ich weiß nie, was Ihre Bemerkungen überhaupt sollen«, erwiderte er. »Sie werden in der Rolle natürlich erstklassig sein. Wenn Sie sich herablassen, etwas deutlich zu sprechen, damit wir Sie

verstehen können. Aber vermutlich werden Sie ablehnen zu spielen. Sicherlich müssen Sie dann gerade auf einen Demonstrationsmarsch oder irgendeine Versammlung.«
Mark beachtete sie nicht. Er ging in die Küche und steckte sich beim Herauskommen ein Wurstbrötchen in den Mund. »Ist ›Blick zurück im Zorn‹ nicht überhaupt etwas bieder, eher ein Stück für Mütter?« Er ging an ihr vorbei. Sie rief ihm nach: »Ich habe gleich zu Harold gesagt, wenn Sie ihn bitten, daß er eine Rolle übernimmt, wird er ablehnen.«
»Das habe ich nicht behauptet.«
»Aber du wirst es. Die Jugend tut nie, was man von ihr verlangt. Es wäre unnatürlich, wenn sie es täte.«
Er sagte wütend: »Warum stellen Sie so viele dumme Fragen, wenn Sie die blöden Antworten darauf schon im vorhinein wissen?«
Sylvia schnalzte mißbilligend mit der Zunge; aber Miß Bulmer brüllte vor Lachen. »Sie haben Ihre Großmutter schockiert. Keine Angst, Mrs. Calvert, Mark und ich haben immer diesen Kampf. Es macht uns Spaß, nicht wahr, Mark? Die Jugend streitet gern. Aber lassen Sie sich nicht durch Ihre Verlegenheit aufhalten. Füttern Sie die Nachzügler mit Reis!«
Sylvia war entlassen.
»Übrigens habe ich im Polytechnikum große Dinge von Ihnen gehört, Mark«, rief Miß Bulmer. »Jimmie Porter will anscheinend hoch hinaus.«
Zu Sylvias schockiertem Erstaunen schob sich Mark an ihr vorbei zum Zimmer hinaus, ohne von Miß Bulmers Bemerkung Notiz zu nehmen.
Als sie zu der Gesellschaft zurückkehrte, bemerkte sie, daß Judy sich mit ihrer Freundin allein in einer Ecke unterhielt. Ach, mein Gott, Mauerblümchen. Man tat etwas entweder ganz oder gar nicht! Sie hatte Judy von der Pflicht, die Gäste zu unterhalten, entlastet, aber sie konnte noch mehr für ihre einzige Enkelin tun. Sie fühlte sich wirklich ganz beschwingt, weil nach ihrer anfänglichen Schüchternheit die Party so glattgegangen war. Schüchtern mit vierundsechzig! Das zeigte nur, wie dumm sie sein konnte! Sie hörte Harolds Stimme in der Bibliothek. Er dozierte vor einer Gruppe von jüngeren Leuten. »Ich habe es ausgesucht, weil ich finde, daß Osborne genau das

Milieu der altmodischen, industrialisierten, unnachbarlichen Dschungelwelt einer Provinzstadt getroffen hat, welche die New Towns ersetzen werden. Gerade die Niedrigkeit des Milieus wird die Einwohner von Carshall vielleicht darauf aufmerksam machen, wie gut es ihnen vergleichsweise geht. Man muß sie daran erinnern...«

Sylvia sah gleich, daß sie ihn entweder unterbrechen oder auf ihre Mission verzichten müsse. Sie berührte seinen Arm.

»Was ist denn, Mutter?«

»Etwas, was du für mich tun kannst. Ich möchte, daß du jemanden kennenlernst.«

Er würde sich geweigert haben, wenn die Gruppe, die sich um ihn gebildet hatte, nicht die Gelegenheit ergriffen hätte, sich zu zerstreuen. Sie führte ihn in das Wohnzimmer; Judy und ihre Freundin waren verschwunden.

»Aber wirklich, Mutter. Was ist denn eigentlich los?«

Muriel Bartley rief ihnen zu. »Kommt, reden wir über Greuel; was haltet ihr eigentlich von dem gräßlichen Mord auf Ibiza? Nach Mallorca gehe ich bestimmt nicht mehr, das kann ich euch sagen. Wenn er bloß die Alte umgebracht hätte statt der Nichte. Ist sicherlich eine höchst selbstsüchtige Person, mit all dem Geld, die da ihre Nichte von einem Hotel ins andere herumgeschleppt hat. Nun, Sie kennen den Typ gewiß besser als unsereins, Mrs. Calvert. Was sagen Sie dazu?«

Sylvia sah sie so verständnislos an, daß Muriel Bartley fortfuhr:

»Ach, Sie sind wahrscheinlich wie Harold. Lesen grundsätzlich nichts über Morde. Aber selbst dann können Sie den Priest-Fall kaum übersehen haben, die erste Seite des *Express* ist heute voll davon.«

Ein schwarzer Schatten legte sich sekundenlang auf Sylvias frohe Stimmung. Lag es an etwas, das Mrs. Bartley gesagt hatte? Oder an ihrer lauten Stimme? Oder an den grünen Lidschatten? In diesem Augenblick hörte sie die Stimme von Judys Freundin in der Halle. Noch einmal ergriff sie Harolds Arm. »Komm mit«, sagte sie.

»Du hast einen Schwips, Mutter.« Er scherzte lieber, als daß er vor Muriel protestiert hätte. In der Halle verabschiedete sich Caroline Ogilvie flüsternd von Judy. »Nein, ehrlich, Judy, ich *habe*

mich amüsiert. Es ist nur, daß Mami es nicht gern sieht, wenn ich zu spät heimkomme. Leider! Und am Sonntag reiten wir Stingo und Punch.«
»Harold, das ist Judys beste Freundin, Caroline. Caroline, das ist Judys Vater.« Judy starrte ihre Großmutter böse an.
Harold sagte: »Du kommst ein bißchen spät damit, Mutter. Immerhin ist sicher etwas an der Theorie von Freundschaft auf den ersten Blick, da sowohl meine Mutter wie Judy so viel Wert darauf legen. Vielleicht kommen Sie einmal zu uns zum Abendbrot, wenn Ihnen ein solches Mahl nicht zu vulgär ist.«
Caroline errötete. Ihre Erwiderung war zu leise gesprochen, als daß man sie hätte verstehen können. Sie sah so ungelenk und verlegen aus, daß es Sylvia in ihrer Hochstimmung vorkam, als ob Harold wieder ein kleiner Junge sei, der ein bißchen geduckt werden müsse.
»Hören Sie nicht auf den Schuldirektor, Caroline. Kommen Sie zu mir zum Essen. Und er kann dann sein dummes Abendbrot allein verzehren.«
Diesmal errötete und stotterte das Mädchen, aber Judy platzte hinein: »Du darfst Simmonds nicht warten lassen. Denke nur, Carolines Mutter hat Caroline mit Simmonds Autos zu Parties fahren lassen, bevor die New Towns überhaupt existierten.«
Als die Mädchen durch die Haustür verschwunden waren, sagte Harold: »Darf ich jetzt wieder hinein, Mutter?« Das Zwinkern in seinem Blick erinnerte sie an Arthur.
»Ja, aber sei ein anderes Mal nicht so ungezogen.« Sie lachte ebenfalls. Er flüchtete, während sie auf Judy wartete. »Du mußt dich nicht ärgern, Judy. Vater war sehr ungezogen. Aber er weiß es.«
Judy stürzte an ihr vorbei. »Bitte, kritisiere Vater nicht«, rief sie von der Treppe aus hinunter.
Nach einiger Zeit gönnte sich Sylvia beim Geschirrspülen eine längere Unterhaltung mit Mrs. Burrows. Immerhin hatte sie sich nach allen Regeln der Kunst um die Gäste gekümmert und hatte ein Recht darauf, sich zu erholen. Mrs. Burrows besaß, wie sich herausstellte, eine Schwägerin, die in der Kantine der Elektrometriko arbeitete, und einiges von dem, das sie erzählte, war für Sylvia wirklich eine Offenbarung. Zum Schluß mußte Sylvia sich entschuldigen, daß sie die Frau bis nach elf Uhr aufgehalten

hatte, aber diese sagte, das mache gar nichts, sie habe den Schwatz sehr genossen. Nachdem sie fort war, blieb Sylvia nur bei dem Licht, das aus dem Eßzimmer drang, allein in der Küche sitzen; das Halbdunkel war recht wohltuend nach dem anstrengenden Abend. Sie rauchte eine Zigarette und ließ ihren müden Körper von der Zufriedenheit, die sie trotz des kleinen Ärgers mit Judy empfand, warm durchfluten.

Sie erwachte aus ihrem Dämmerzustand, als Ray mit Mr. Corney in das Eßzimmer kam. Beide lachten. Dann: »Ach, sieh mal an, was Carmen vergessen hat – die Warnung der Zigeunerin.« Mr. Corney ergriff Miß Bulmers schwarzen Spitzenschal, drapierte ihn auf Rays Schultern und umtänzelte ihn. Dazu sang er einen alten Schlager von einem Wildfang im Spitzenschleier.

Sylvia erinnerte sich noch gut an den Schlager. Sie lachte, und weil sie so vergnügt war, sang sie ahnungslos die zweite Strophe.

Die jungen Männer erstarrten. »Wer ist da?« rief Ray, als wäre er eine Figur in einem Maigret-Film oder so was.

»Nur Großmutter.«

»Ach! Du bist es! Fehlt dir auch nichts?« Seine Stimme klang noch immer verkrampft.

»Natürlich nicht, warum denn? Ich amüsiere mich über eure Späße. Machte denn mein Singen den Eindruck, als wäre mir schlecht?«

Sie schaltete das Licht in der Küche an. Mr. Corney sah sie von der Seite her merkwürdig an. »Ray hat mir erzählt, daß Sie in Eastsea gelebt haben...«, sagte er und sprach sehr schnell, aber mit einer gewissen mondänen Affektiertheit. »Ich kenne es eigentlich recht gut. Das heißt, ich habe vor zwei Jahren drei Wochen dort gewohnt. Möbliert, bei einer Mrs. Crutchley. Haben Sie sie zufällig gekannt?«

Sylvia verneinte, was aber seinen Redefluß keineswegs hemmte.

»Sie war eine prächtige Person und hat mich prima betreut. Wir aßen wie die Scheunendrescher. Du solltest mal hinfahren, Ray.«

»Es klingt fabelhaft, Wilf.«

Sylvia wurde nicht klug aus den beiden. »Ich will das mal lieber Miß Bulmer zurückgeben.« Sie ergriff den Schal. »Die Warnung der Zigeunerin!« Sie kicherte beim Hinausgehen.

Die meisten Gäste waren schon fort oder im Begriff aufzubrechen. Miß Bulmer sprach gerade mit Harold. »Ich habe mir Mark heute vorgeknöpft«, sagte sie. »Er wird den Jimmie Porter spielen, weil ich behauptet habe, er würde es nicht tun. Und jetzt haben wir eine blendende Gelegenheit, Ihrer Mutter den Fragebogen vorzulegen, Harold.«
Er sah etwas erstaunt aus, wandte sich aber an Sylvia: »Wenn es dir recht ist, Mutter. Es könnte ganz interessant sein. Es gehört zu der Untersuchung, die Sally und ich durchführen. Ein Stück Amateur-Soziologie, das die Berufssoziologen in Erstaunen setzen soll. Wir sind nämlich überzeugt...«
»Nein, Harold, Erklärungen gibt es nicht. Und ich weiß auch nicht, ob es richtig ist, daß ein naher Verwandter dabei ist. Mrs. Calvert«, sagte sie zu Sylvia, »wir haben hier einige Fragen, die Ihnen vielleicht Spaß machen. Erstens also, was für eine Vorstellung haben Sie von sich? Denken Sie dabei nicht an Herkunft, Alter oder Beruf – einfach: was für eine Vorstellung haben Sie von sich?«
»Mutters Lage läßt sich nicht so einfach klassifizieren. Infolge des Camping-Unternehmens an der See...«
»Also, Harold, Sie müssen still sein oder sich entfernen. Es ist doch so interessant. Gerade infolge Ihrer engen emotionalen Bindung mit ihr haben Sie alles sofort objektiviert. Das entspricht unserer Voraussage. Es ist ein schlagender Beweis für unser System. Aber die Frage haben Sie dadurch leider verdorben. Vergessen Sie sie, Mrs. Calvert, und beantworten Sie statt dessen diese – was sind Sie?«
Sylvia lachte. »Ich bin sehr dick.«
Aber weder Miß Bulmer noch Harold lächelten. Sie versuchte es noch einmal ernsthafter. »Ich war Hotelleiterin, aber jetzt bin ich nichts.«
»Es ist nicht die richtige Atmosphäre.« Miß Bulmer erinnerte Sylvia an Mrs. Maugham, die Medium in Clovelly gewesen war. »Ihre Mutter ist müde. Es macht ihr keinen Spaß, und das wirkt sich natürlich vernichtend auf die Antworten aus. Es macht Ihnen keinen Spaß, nicht wahr?«
Sylvia fiel nichts Besseres ein, als freundlich zu lachen. Es klang wie ein Kichern.
»*Wir* tun das nämlich nicht bloß zum Spaß, Mutter.«

»Auf Wiedersehen.« Sally Bulmers Gesicht rückte sehr nahe heran.
»Und denken Sie an das, was ich Ihnen gesagt habe.«
»Auf Wiedersehen«, sagte Sylvia, »aber es ist wahr, wissen Sie. Ich bin niemand. Bin auch nie jemand gewesen.«
Als Miß Bulmer gegangen war, war Sylvia mit Harold allein.
»Sie ist ein bißchen merkwürdig, nicht wahr, Kind?«
»Ach, Sally ist ein bißchen schrullig, aber das darf man ihr nicht übelnehmen. Für die meisten Leute gelten ich und Beth als schrullig.« Vielleicht um die Pille hinunterzuspülen, fragte er sie: »Wie wäre es mit einem Schlummertrunk in meinem Arbeitszimmer?«
Sie saßen minutenlang schweigend vor ihren Whiskygläsern.
»Meine Freunde haben dir einen schönen Empfang bereitet, Mutter.«
»Allerdings, und es war eine sehr schöne Party. Ich hoffe nur, daß ich mich genügend nützlich gemacht habe.«
Harold schwieg länger als eine Minute, dann sagte er mit einer Stimme, die weit weg klang: »Ohne Beth sind Parties nicht mehr dasselbe.«
Endlich war der Augenblick gekommen. Sylvia verdrängte alle Müdigkeit und ein leises Gefühl der Enttäuschung. »Das können sie freilich nicht sein, Kind. Ich weiß, wie sehr du sie wohl vermißt. Ich wollte schon immer mit dir darüber sprechen, oder vielmehr, daß du mit mir darüber sprichst.«
Wieder blieb Harold stumm, dann sagte er mit leiser, aber heftiger Stimme: »Ich sehne mich nachts so nach ihr.«
Sylvia war von dieser Mitteilung wie betäubt. Harold erhob sich. »Also, ich gehe jetzt zu Bett. Der Alte war ein großer Erfolg. Er ist jetzt ein richtiger Bürger von Carshall. Gute Nacht, Mutter.«
Die Aussprache hatte stattgefunden, und Sylvia fühlte sich ganz erschöpft. Sie ging in das Schlafzimmer hinauf. Arthur lag im Bett und schnarchte laut. Beim Anblick der Skizzen von Ilfracombe, die an der Wand aufgestapelt standen, gellte Muriel Bartleys Stimme in ihrem Ohr: »Wenn er doch bloß die Alte umgebracht hätte!« Aber das konnte nicht sein – ihre Miß Priest war unabhängig und nicht alt. Ihr war plötzlich, als ob sie ersticken müßte, und sie zog ihr Kleid aus. Dann stand sie am Fenster und

sah hinaus. Über den kahlen Sykomoren stand ein runder Mond. So weit das Auge reichte, erstreckte sich die Landschaft leer und leblos. In der Ferne ratterte ein Lastwagen. Sie lauschte angespannt, bis das anheimelnde Geräusch allmählich erstarb. Obwohl sie vor Kälte zitterte, konnte sie den Blick von der schwarzen Leere der Midland-Fluren nicht abwenden, bis Arthurs Schnarchen in seiner Brust zu pfeifen und rasseln schien. Sofort war sie hellwach. Sie kannte den Laut so gut. Ein schlimmer Bronchialanfall stand ihm bevor. Fast begierig drehte sie sich wieder dem Zimmer zu. Eine Zeit arbeitsreicher, wohlvertrauter Pflege lag vor ihr.

4
Neues Jahr – Neue Stadt – Neues Leben

»Solange die beiden da sind, brauchen wir kein Kabarett«, flüsterte Renee Cranston Sylvia zu. Und allerdings lösten Arthur und Mr. Tucker bei allen, die an der Autobushaltestelle standen, wahre Lachstürme aus. So war es jeden Morgen. Je mehr, zum Vergnügen der Wartenden, ihr Vater von Arthur übertrumpft wurde, desto mehr mußte Renee Cranston lachen. Sylvia genierte sich fast zu Tode. Sie sagte: »Morgen bringe ich dich nicht mehr an den Bus, Arthur. Dir geht es jetzt gut genug, um allein fertig zu werden.«
»Meinetwegen. Laß deinen Alten nur ruhig verrecken.«
»Das ist aber ungerecht, Hauptmann Calvert.« Renee war streng. »Nachdem Ihre Frau Sie die ganzen Wochen gepflegt hat.« Sie sprach zu den Umstehenden. »Lungenentzündung! Im Ersten Weltkrieg gasvergiftet! Um ein Haar wäre er draufgegangen. Wenn sie ihn nicht so gepflegt hätte, hat der Arzt gesagt... Und *sie* ist auch nicht gesund. Bei Ihnen ist es der Blutdruck, nicht wahr?« Die Wartenden schnalzten mit der Zunge. Das ging so jeden Morgen. Sylvia wurde knallrot und beschloß, daß sie nie mehr in Melling einkaufen, sondern lieber täglich in das Town Centre fahren würde.
»Die Körpertemperatur ist 36,7«, sagte der alte Mr. Tucker, »allerdings nur bei Menschen. Fische sind etwas anderes.« Da außer Sylvia niemand eine Miene verzog, klang ihr Lachen laut und hohl.
»Vater weiß alles«, sagte Renee zwinkernd.
»Die Körpertemperatur!« fiel Arthur ein. »Was nützen Ihnen solche Kenntnisse, Sie kümmerlicher Zwerg? Wenn Sie zum Beispiel wüßten, wer das Zwei-Uhr-dreißig-Rennen gewinnen würde, könnte man vielleicht mit Ihnen etwas anfangen.«
Mr. Tucker sah ernst aus. »Das ist kein Wissen. Das ist Voraussage. Freilich kann man selbst bei Rennen bis zu einem gewissen

Grad wissenschaftliche Voraussagen machen. Wenn man nämlich die bisherige Form der Pferde kennt.«
»Wenn man Ihre Form kennt, Stanley, so würden die Wetten zweihundert zu eins dagegen stehen.«
Alles lachte; und, wie üblich, lachte Mr. Tucker gehorsam hinterher, was eine zweite Lachsalve auslöste.
Doch jetzt kam der Autobus, und die beiden Greise wurden hinaufgeschoben.
»Das sind vielleicht zwei Nummern«, begann Renee. Und Sylvia mußte ebenfalls bei dem Anblick der beiden lächeln, die da nebeneinander auf der unteren Plattform standen – zwei weiße Gesichter, die Nasen wie rote Kleckse, die gleichen grauen Wollschals und dunklen Überzieher. Mr. Tucker trug eine grünliche Mütze und Arthur eine sandfarbene. Vielleicht lag es an Arthurs Eschenstock, daß er so viel großartiger wirkte. Allerdings war er ja Offizier und Hotelbesitzer gewesen; während der alte Tucker wegen seiner Füße 1916 zu Hause bleiben durfte und später Bürodiener oder Bote oder so was gewesen war, der in der City herumstand.
»Flott ausgeschritten, Mrs. Calvert!« Und tatsächlich, sobald man sich nicht mehr unter dem Schutzdach der Haltestelle befand, spürte man, daß es schließlich erst Februar war, wenn auch nicht mehr so kalt. Aber flott oder nicht flott, Sylvia merkte, daß Mrs. Cranston ihren Schritt häufig ihretwegen verlangsamen mußte; aber schließlich, wie alt war denn Renee Cranston – fünfunddreißig? – und munter wie eine freche Cockney-Amsel. Wie gern hätte Sylvia vorgeschlagen, daß jede getrennt einkaufe! Mrs. Cranston hatte immer so viel mehr einzukaufen. Sie kaufte für ihre Familie fast alles in dem Mellinger Selbstbedienungsladen – anscheinend aßen alle nur Konserven und Sachen wie Cornflakes usw.; während Sylvia nur wenig Dinge einzukaufen hatte – Eier, Orangen und Speck, alles übrige brachten die Jungens abends aus der Lebensmittelhandlung Kontinental im Town Centre mit. Ferner kannte Renee Cranston alle Kunden und Verkäufer und schwatzte gern mit ihnen, sogar im Selbstbedienungsladen, wo man meinen sollte, daß die starren Gesichter der Verkäuferinnen jedem verrieten, daß sie keine Lust zum Reden hatten.
»Wäscht weißer als weiß, so?« sagte sie heute. »Nun, für uns ist

das zu fein.« Und als die schwarzgeschminkten Augenbrauen in dem kalkweißen Gesicht sich um einen Bruchteil hoben und die beinah weißen Lippen sich teilten, um Gelangweiltheit auszudrücken, fuhr sie trotzdem fort: »Ach, ich weiß, das Zeug macht eure Hände lilienweiß. Ich möchte sehen, was Jack für ein Gesicht machen würde, wenn ich ihm bloß ein paar Lilien um den Hals zu schlingen hätte.« Das weiße Gesicht wandte sich von ihnen ab, und sie bekamen die Rückseite einer hochgebürsteten blonden Bienenkorbfrisur zu sehen. »Fräulein! Bitte schön, Fräulein!« Renee gab sich nicht so leicht geschlagen. Aber das Mädchen kehrte sich nur halb um und zeigte mit einem schillernden Fingernagel auf einen der Drahtkörbe. »Benutzen Sie bitte den Korb«, sagte sie, als ob Renee Cranston im Begriff sei, sich auf den Fußboden zu übergeben.
Im Gemüseladen (einen von Geoff Bartleys Kettenläden) war es das gleiche, oder vielmehr nur in anderer Tonart, denn hier war die Unterhaltung mit dem jungen Verkäufer eine äußerst angeregte. »Mandarine, Mandarine«, sang Renee lustig, »schmeckt so köstlich und so süß, wenn es« – sie breitete die Arme aus wie das Mandarinenpüppchen im Fernsehen – »Man-da-rine ist«, gab der junge Mann lautstark zur Antwort. Beide lachten.
»Ich heiße nämlich Renee, darum paßt es so gut.«
Sylvia kam sich wie eine öde Spielverderberin vor, weil sie den Spaß nicht mitmachte. Aber schließlich kannte ja jeder die Werbeschlager, und wenn alle anfangen wollten, in der Öffentlichkeit zu singen... Bei der ganzen Trödelei taten ihr auch die Fußgelenke so weh; der Arzt hatte ihr ausdrücklich verboten, lange herumzustehen. Es war alles so enttäuschend. Nachdem sie jahrelang alles telefonisch bestellt hatte, hatte sie sich richtig darauf gefreut, sich gemütlich in den Läden umzusehen. Es war deshalb so dumm, weil sie überzeugt war, daß Renee Cranston, die ihre Tochter hätte sein können, sie nur aus Freundlichkeit begleitete. Aber es waren eben Harolds Freunde, und sie waren so nett zu Arthur gewesen.
»Das zweite Frühstück?« Sie traten aus dem Gemüseladen ins Freie. Vor ihnen lagen das dürre braune Gras und die entlaubten Zierkirschbäume, welche die Mellinger Einkaufsgegend im Winter schmückten.
Das war nun schon über eine Woche so gegangen – der tägliche

Kaffeeschwatz bei Renee. Sylvia wußte nicht, wie sie diese Sitzungen noch länger ertragen, neuen Konversationsstoff finden sollte, denn bei sich zu Hause wurde Renee stumm und passiv. Abermals: »Kommen Sie doch heute zu mir in die ›Villa Sykomore‹.«

Aber wie üblich lehnte Renee ab.

»Ich muß nach Hause, um alles fertig zu haben, wenn sie zum Essen kommen. Kinder sollen meiner Ansicht nach kein leeres Haus vorfinden. Darum wollte Jack mich auch nicht wieder ins Büro gehen lassen. Nicht etwa, daß wir das Geld nötig hätten.«

Sylvia dachte daran, wie sehr Harold Renee dafür bewunderte, und schämte sich, daß sie versucht hatte, sie fortzulocken. Verzweifelt fragte sie: »Warum gehen wir nicht einmal in die Kaffee-Bar? Harold empfahl sie mir bei meiner Ankunft. Er sagte, es würde mir den ganzen Weg zum Town Centre sparen.«

»Kaffee-Bar?« Renee kicherte. »Ach, das wäre, glaube ich, nicht ganz das Richtige. Da sind lauter Teenager und Halbstarke und manchmal sogar Fernfahrer. Sehen Sie selbst.« – Sie führte Sylvia an den fliederfarbenen Eingang. Das Café war fast leer. Vor der Musikbox standen drei Halbwüchsige in Jeans, und zwei Männer aßen Spiegeleier und Pommes frites.

»Dube dube duu. Dube dube duuu«, schmetterte es Sylvia aus der Musikbox entgegen. »Dube duu dube duu du duu duu, das ist die Sprache der Liebe.«

»Ach, das ist ein alter Schlager.« Renee summte ihn. »Allerdings ist es hier nur abends und an Samstagen voll.« Auf dem Rückweg zu ihrem Haus in Higgleton Road traf Renee, wie schon beim Einkaufen, unausgesetzt Nachbarn. Sie blieb immer ein paar Minuten stehen und schwatzte. Ein paarmal war sie dabei etwas kurz angebunderer. »Hallo, Liz, wie geht's deiner Mutter?« – »Nun, Diana, bist du schon berufstätig?« – »Kinder«, erläuterte sie. Aber außer daß Liz und Diana Jeans trugen, fand Sylvia zwischen ihnen und den anderen Hausfrauen wenig Unterschied; in Melling schienen alle so jung.

Als sie dann in Renees Wohnzimmer saßen und die Februarsonne durch das Fensterdreieck hereinschien, das die gekreuzten Mullgardinen frei ließen, war Sylvia ganz warm und frei zumute. Wo die Sonne auch hintraf, war kein Staubkörnchen zu erblicken

– weder auf dem Cocktailschränkchen, noch auf der Eßzimmergarnitur, noch auf den österreichischen Puppen, die Renee und Jack von ihrer Hochzeitsreise nach Vorarlberg mitgebracht hatten. In der blitzblanken, gepflegten Umgebung, zu dem vergnügten Geplauder des gelben Wellensittichs in der Küche fühlte Sylvia sich sehr wohl. Wenn sie nur gewußt hätte, was sie sagen sollte, als Renee sich erwartungsvoll vor dem Tablett mit Kaffee und Plätzchen niederließ.
»Ich weiß wirklich nicht, wieso Harold mir die Kaffee-Bar empfohlen hat.«
Für Renee war das kein Problem. »Ach, alles, was mit Melling oder Carshall zu tun hat, findet er herrlich. Aber, da er den ganzen Tag in der Schule ist, weiß er kaum, wie die Dinge in Wirklichkeit aussehen. Es besteht alles mehr in seiner Vorstellung.«
Nach langem Schweigen fragte Sylvia: »Glauben Sie, daß Tom Colman sich ernstlich für Janet Paulman interessiert?«
»Wer ist das?«
»Mrs. Covells Nichte.«
»Ich wußte gar nicht, daß sie eine hat.«
»O doch. Sie wohnt seit etwa einer Woche bei ihnen. Sie ist bei Madame Paula angestellt.«
»Ach. Ich bin seit über einer Woche nicht mehr auf dem laufenden. Ich hatte zuviel zu tun. Und dann häuft sich alles so beim Zubettgehen der Kinder im Winter. Tom Colman mag ich sowieso nicht. Ein eingebildeter Kerl.«
Sylvia bemühte sich, das Gespräch in Gang zu halten. »Sie sind wie Mrs. Harker. Sie weiß nicht, was sie von Tom halten soll.«
»Ich weiß nicht...« Renee konnte Stimmen sehr gut nachmachen.
»Ich weiß es wirklich nicht«, ergänzte Sylvia. Und sie lachten nach Sylvias Ansicht länger, als gerechtfertigt war.
»Harry Worth war gestern abend sehr komisch.«
»So, war er das? Wir sehen uns abends nicht mehr viel an. Jack möchte immer nur Bridge spielen. Deshalb sind wir so froh über Hauptmann Calvert. Es ist hier schwer, einen Vierten zu finden. Jeder spielt Bingo oder Whist. Was ganz natürlich ist. Aber jetzt, da Jack den neuen Job hat, sagte man ihm, er müßte Bridge lernen. Er wird dann mehr in die Bridge-Clique hineinkommen. Mir gefällt es. Man bleibt in Übung.«

»Ich habe Bridge früher sehr gern gespielt. Man muß gut rechnen können. Aber das habe ich durch die Hotelbuchhaltung und so weiter gelernt. Aber jetzt spiele ich nie mehr. Ich falle Arthur bloß auf die Nerven.«
Renee wußte dazu nichts zu sagen, und Sylvia wollte sich gerade verabschieden, als sie einen zweiten Kaffee eingeschenkt bekam. Selbst wenn sie ihn rasch austrank, mußte sie noch irgendeinen Gesprächsstoff finden.
»Ich lese gerade ein Buch über Maria Stuart.«
»So? Ich komme wenig zum Lesen.«
»Natürlich weiß man heute, daß sie nicht ganz unschuldig war. Sie konspirierte fortgesetzt gegen die Königin Elisabeth. Aber es war doch ein tragischer Tod. Als man das Haupt in die Höhe hob, sah jeder, daß sie eine ausgemergelte alte Frau war, trotz Rouge und Schminke.« Sie schauderte. »Und auch die Königin Elisabeth, die da auf dem Fußboden lag und auf den Tod wartete. Sie hatte alle Spiegel zerschlagen. In Greenwich war es.«
Renee hörte nicht wirklich zu. Sie schnalzte mit der Zunge. »Schreckliche Zeiten«, bemerkte sie zerstreut und dann, ohne Sylvia anzusehen: »Sagen Sie es bitte nicht Harold, aber ich glaube, wir werden nächstes oder übernächstes Jahr von hier fortziehen. Wir warten selbstverständlich, bis Sheila und Mick mit der Schule fertig sind. Aber dann werden wir aufs Land ziehen. Die Heizung ist heute kein Problem mehr. Jetzt, da Jack aufgerückt ist, wollen wir nicht mehr zur Miete wohnen. Wir könnten uns hier etwas wie die ›Villa Sykomore‹ kaufen, aber Jack findet, es sei am besten, ganz aufs Land zu ziehen. Aber sagen Sie es Harold nicht, sonst nennt er uns Verräter an Carshall.«

»Ich freue mich, Mutter, daß Renee Cranston dich ins Herz geschlossen hat. Leute wie die Cranstons bilden gleichsam das Rückgrat von Carshall. Jack ist von London hierhergezogen, weil sie dort keine Wohnung fanden. Und jetzt ist er Verkaufsleiter geworden, was bedeutet, daß er zwischen hier und London viel unterwegs ist. Aber das schadet nichts. Das ist der Sinn der New Towns: Siedlungen, die groß genug sind, um sich nicht vor der Konkurrenz einer Hauptstadt fürchten zu müssen. Hat Renee etwas von Umziehen gesagt?«

Sylvia räusperte sich und verließ sich darauf, daß Harolds Beredsamkeit ihr die Antwort ersparen werde.
»Ich frage, weil er jetzt recht gut verdienen muß. Es ist bezeichnend für sie, daß sie sich überhaupt nicht aufspielen. Dennoch hoffe ich, daß er sich nach einem größeren Haus umsehen wird. Vielleicht etwas wie dieses hier, wenn auch nicht ganz so anspruchsvoll«, scherzte er. »Wenn sich die älteren Geschäftsführer zu fein dafür sind, in der Stadt zu wohnen, in der sie arbeiten, müssen wir eben unsere eigenen züchten. Carshall muß seine eigene, formierte Gesellschaft entwickeln – nach dem Status, heißt das, es hat nichts mit Herkunft zu tun – oder absterben.«
Er sprach weiter, doch die gefährliche Klippe war umschifft. Indessen nahm Sylvia sich nun erst recht vor, sich von ihrer täglichen Dosis Renee zu befreien. Sie hatte sich ihrer Familie gegenüber nie verstellen müssen – was bei den Dauergästen und ihren Konfidenzen natürlich nötig gewesen war, doch das gehörte zum Beruf –, und sie gedachte nicht, jetzt damit anzufangen.
»... das ist natürlich die Kernfrage, die das Goodchild-Wiesen-Problem für uns aufwirft.«
Das klang Sylvia wie ein Satz, bei dem eine Unterbrechung angängig war. »Übrigens, Harold, obwohl Melling sehr bequem ist, möchte ich künftig lieber in dem Town Centre einkaufen. Vorläufig jedenfalls. Ich war hier ziemlich eingesperrt, bei dem schlechten Wetter und so ...«
Harold schien sich über den Einwurf zu wundern. »Du sehnst dich nach Betriebsamkeit. Nun gut, wenn du meinst, daß die Busfahrt dir nicht zuviel wird. Unter diesen Umständen können die Jungens zukünftig alle Einkäufe dir überlassen. Eine Weile jedenfalls.«
Daher befand sich Sylvia am folgenden Tag in dem Autobus, der ins Town Centre fuhr und an dem breiten Wiesenstreifen, der sogenannten Goodchild-Wiese, vorbeikam, der quer durch Carshall lief. Zur Zeit sah das Gras verdorrt aus und wies große Pfützen auf, wo schwere Regengüsse sich niedergeschlagen hatten. Schlechte Entwässerung, fand sie und dachte an die Felder ihres Vaters. Vielleicht war das der Grund für den ganzen Streit. Sie mußte Harold fragen, schließlich würde sie bald Bürgerin von Carshall sein, sobald sie sich einmal zurechtgefunden hatte.

Das Einkaufen im Town Centre gefiel ihr schon besser, und sie wanderte gemächlich herum. Nachdem sie mit ihren Einkäufen fertig war, betrachtete sie die metallenen Arme des Brunnens, die ruckartig ihre Wassermengen versprühten; es war ganz originell, aber nicht gerade das, was man sich unter einem Springbrunnen vorstellt. Als sie in das Becken starrte, wunderte sie sich über die mangelhafte Aufsicht, die zuließ, daß so viel Schokoladenpapier und Speiseeisbecher in das Wasser geworfen wurden. Sie betrachtete längere Zeit die gewundene Bronzefigur, die ›der Wachende‹ hieß und die Beth so bewundert hatte. Obgleich sie kompliziert und modern war, konnte man die Art und Weise, in der das Metall so sauber gedreht war, durchaus bewundern. Dann studierte sie das lila und rosa Mosaik mit seinem smaragdgrünen Hintergrund – das gefiel ihr weniger, denn die jungen Mädchen darauf hatten so lange Hälse und Schafsgesichter, und warum stand der Jüngling mit einer Art breitrandigem Veloursshut nackt in dem Blumenbeet und wandte den Kopf von den Mädchen ab? Es besaß nicht die klaren Linien, die man von modernen Dingen erwartete, und dennoch wirkte es unverständlich. Auch hatte jemand die Steine unten angeschlagen, das hätte man reparieren müssen. Danach schlenderte sie an den Auslagen in den Arkaden vorbei und dann an denen in der darüberliegenden Galerie. Sie war enttäuscht davon, wie die Waren in den Schaufenstern aufgeschichtet waren; es waren keine übersichtlichen, modernen Auslagen, wie man sie heutzutage erwarten durfte, sondern eher wie Fensterdekorationen der kleinen Stoffläden in Paignton, wo sie in den zwanziger Jahren gelebt hatte. Sie beschloß, Ray nach dem Grund dafür zu fragen; er würde es wissen. Sie ging auch in die Volksbibliothek und tauschte *Fotheringay Pilgrimage* gegen ein neues Buch um; diesmal wählte sie einen Roman, etwas Leichtes nach dem historischen *A Winter's Holiday* von Martin Home. Die Bibliothek war wirklich ein Gewinn, dachte sie. Es war auch sehr viel angenehmer, sich die Bücher selbst umzutauschen, wenn Mark darin auch sehr nett gewesen war. Gewiß, sie kannte hier niemanden, wie zum Beispiel seinerzeit Miß Dillon bei Boot's in Eastsea, bevor die Leihbibliothek-Abteilung geschlossen wurde. Aber hier brauchte man eigentlich gar keine Hilfe, es war alles so übersichtlich und sauber ausgestellt, und so hell durch die vielen großen Glasfenster. Besonders gefiel ihr die große Schale mit Anemonen auf dem Tisch im Lesezimmer; sie nahm ihm das Offizielle und Nüchterne. Im großen und ganzen war sie mit ihrem Vormittag in Carshall tief zufrieden, obwohl sie, als es halb zwölf wurde, froh gewesen wäre, nach Melling zurückzufahren, statt sich, wie verabredet, um die Mittagszeit mit Arthur im »Falcon« zu treffen. Also verbrachte sie die ihr verbleibende Zeit bei einem Kaffee in der Snack-Bar der Bowling-Halle. Nach zehn Minuten schönster Ruhe kamen leider einige junge Leute zum Bowling herein, und da sie von dem Spiel nichts verstand, wirkte es auf sie durch das fortgesetzte Dröhnen und Krachen eher wie ein störender Lärm, wie Bombenangriffe. Immerhin war die Bowling-Halle hübsch und sauber und hell.

Als sie ankam, saß Arthur bereits in der Bar. Bei ihm befanden sich der alte Mr. Tucker und ein Mann im steifen Hut, etwas jünger als die beiden, aber ihnen sonst gar nicht so unähnlich. Es waren nur Männer anwesend, mit Ausnahme einer maskulin wirkenden Frau in einem Wildlederhut, die an einem Einzeltisch eine Rindfleischpastete aß und Rechnungen zu addieren schien. Sylvia bestellte wie üblich einen Gin-Vermouth, was Arthur jedoch anscheinend ärgerte. »Scheißweibergetränk.« Er brachte ihn ihr mit einem Zungen-Sandwich. »Obwohl ich wirklich nicht weiß, warum ich einer Frau ein Zungenbrot bringen sollte. Als wenn sie nicht seit Adam und Eva genügend lange Zungen hätten.«

Der Mann im steifen Hut sprach wenig. Er und Arthur waren zu eifrig beschäftigt, die Gewinner des Nachmittags auszurechnen.

»Melachrino!« sagte Mr. Benson. »Ich würde eigentlich auf Melachrino für das Drei-Uhr-Rennen tippen, Arthur.«

»Melachrino!« Arthur kniff verächtlich die Augen zusammen. »Auf den lahmen Gaul würde ich keinen Heller setzen, nach dem, was er vorige Woche im Doncaster-Rennen gezeigt hat.«

»Mick Robinson reitet ihn«, sagte Mr. Benson.

»Das nützt ihm auch nichts. Bei dem Handikap. Außerdem ist Mickey Robinson als Jockey fertig. Welches Rennen hat der überhaupt in dieser Saison gewonnen? Das frage ich Sie.«

»Er hat das Drei-Uhr-dreißig-Rennen am zweiten Tag in Aintree gewonnen.«

»Aintree! Ich weiß nicht, warum ich überhaupt in diesem verdammten Hürdenrennen wette.«
»Melachrino«, verkündete Mr. Tucker, »das ist eine türkische Zigarette. Oder war es wenigstens.«
»Türkische Zigarette!« wiederholte Mr. Benson verächtlich.
»Türkische Zigarette!« Arthur platzte beinah vor Gereiztheit über Mr. Tucker. »Ich weiß nicht, warum man Sie frei herumlaufen läßt, Stanley. Sie türkischer Knallkopf, Sie brauchen nur noch einen Schleier und Jaschmak, und Sie können mit Ihrem Schmerbauch einen Bauchtanz aufführen.«
Mr. Tucker lachte asthmatisch, aber herzlich mit.
»Mögen Sie Pferderennen, Mrs. Calvert?« fragte er.
»Ach, ein Spielchen beim Derby und dem Grand National schon. Und Sie?«
»Ach, ich mag es sehr gern. Ja. Ich gewinne nämlich gern.«
»Hoffentlich halte ich Sie nicht davon ab, die Gewinner herauszusuchen.«
»Aber durchaus nicht! Ich würde gern wissen, welches Pferd nach Ihrer Ansicht dieses Rennen gewinnen wird.« Er breitete die Sportausgabe vor ihr aus und deutete auf die Starter des Vier-Uhr-Rennens. Sie las die Liste durch. So ein netter alter Mann, dachte sie. »Also, Traumjunge scheint mir ein gutes Pferd.«
Arthur mischte sich sofort ein. »Traumjunge! So was Blödes kann sich auch nur eine Frau ausdenken. Sieh dir die Form an!« Er stieß mit dem Zeigefinger auf die Nennung. »Im vorigen Monat dreimal gelaufen und war nie unter den ersten drei! So ein Quatsch!«
Sylvia war erleichtert, als die Männer sich in das Wettbüro verfügen mußten und sie den Bus nach Melling besteigen konnte. Drei Tage später fuhr sie wieder in das ihr nun bekannte Town Centre und freute sich richtig darauf. Diesmal bestand keine Verabredung mit Arthur; sie würde lediglich einkaufen, vielleicht eine Tasse Kaffee trinken und dann nach Hause fahren, aber sie brauchte sich nach niemandem zu richten und konnte ihren eigenen Gedanken nachhängen.
Nachdem sie ihre Einkäufe beendet hatte, mußte sie noch eine Viertelstunde auf den Autobus warten und beschloß daher, zu der großen Kirche zu gehen – Erlöserkirche hieß sie wohl; nicht daß sie etwa häufig in Kirchen ging, aber laut Beth war es eine

ganz berühmte, moderne Kirche, und man war schließlich neugierig, wie ein so merkwürdiger Bau von innen aussähe. Jedoch, trotz des sonderbaren metallenen Turms, der eher wie aus einem Meccano-Baukasten aussah, und den komischen Schlitzen in den Seitenmauern war er innen recht einfach – zwar geräumig und hell, aber eher wie ein Vortragssaal, mit unpolierten Holzstühlen und kleinen aufgebundenen Sitzkissen aus smaragdgrünem Kunstleder. Abgesehen von dem langen, dünnen silbernen Kruzifix, das auf den Altarstufen stand, würde man den Raum kaum für eine Kirche gehalten haben, auch nicht etwa für eine Kapelle; es war einfach ein großer Raum, in dem alles sehr schlicht gehalten war, besonders die schmalen Glasfenster, durch welche die Sonne in einem herrlichen, himmelblauen Licht hereinfloß. Sie ergriff eine Karte und las das aufgedruckte Gebet – »Hilf uns vermeiden den billigen Spott, die Mißgelauntheit, das Märtyrerlächeln. Hilf uns, daß wir uns selbst vergessen, indem wir für andere tun, was wir können, und es fröhlich tun...« Es hörte sich alles sehr vernünftig an; viele Menschen fanden in der Religion großen Trost. Aber Sylvia war nicht so sicher, daß es ihr eigentlich um Trost zu tun war.
Sie verließ die Kirche später, als sie beabsichtigt hatte, jedenfalls so spät, daß ihr der Bus nach Melling vor der Nase davonfuhr. Damit sie den nächsten auf keinen Fall verpaßte, wollte sie sich nicht ganz aus dem Town Centre entfernen. Sie schaute wieder in das Brunnenbecken, inzwischen schien sich noch mehr Papier darin angesammelt zu haben, jemand hatte eine ganze Ausgabe des *Daily Express* hineingeworfen, und seine aufgeweichten Seiten hatten sich geteilt und muschelartig um die Speiseeis-Pappbecher gewunden. Sie verfolgte die Bronzewindungen des ›Wachenden‹ genauer – es war wie ein Irrgarten, sobald man die Richtung der Windungen begriffen hatte, konnte man sie mit geschlossenen Augen nachzeichnen. Sie sah sich das Mosaik noch einmal an und suchte nach irgendeiner erläuternden Unterschrift, und siehe da, in der angeschlagenen linken Ecke des smaragdgrünen Mosaiks stand etwas geschrieben. Sie trat dicht heran, um die Schrift zu entziffern. ›E. Oicker‹ lautete sie.
»Ich hatte keine Ahnung, daß Sie sich für Kunst interessieren, Mrs. Calvert.« Die laute Stimme dröhnte wie eine Sirene. Sylvia sah sich betroffen um: Mrs. Milton stand vor ihr. Sie sah erhitz-

ter und verschwitzter denn je aus, und kein Wunder, denn unter der Lederjacke mit Reißverschluß trug sie mindestens noch zwei dicke Wollsachen. Sylvia bemerkte einen dunklen Schnurrbart auf ihrer Lippe, der gar nicht schön war.

»Wie finden Sie das Werk unseres Ernie?« Und auf Sylvias verständnislosen Ausdruck hin: »Es ist ein Dicker. Ländliches Idyll. Chris haßt es. Er nennt es ›Ländlicher Quatsch‹. Es gibt so viele gute junge Künstler, die den Auftrag gebrauchen konnten. Aber es mußte unbedingt ein bekannter Name sein. Anders tat es der Stadtrat nicht. Erzählen Sie das nicht dem Schuldirektor wieder. Ich bin sowieso schon wegen der Goodchild-Wiesen bei ihm abgemeldet. Trinken Sie einen Kaffee mit mir?«

»Vielen Dank, Mrs. Milton, aber ich darf meinen Bus nicht verpassen.«

»Was? Damit der Direktor dann sagt, ich wüßte nicht einmal, wie man sich seiner Mutter gegenüber benimmt? Kommt nicht in Frage. Wo wollen wir hin? In die Bowling-Halle oder die Schwarze Katze?«

Sylvia wählte die Schwarze Katze, weil sie an freien Nachmittagen so gern in Eastsea in die Schwarze Katze gegangen war. Die Schwarze Katze hier war anders – keine Puppen oder handgearbeiteten Schmuck zum Verkauf; es war wie die Kombination einer Kaffeebar und einer altmodischen Konditorei. Zwischen der Bar und der Verkaufsabteilung vorn im Laden hatten nur drei Tische Platz. Das unaufhörliche Stimmengewirr der Kunden, die dieses oder jenes Gebäck verlangten, sowie der Lärm der Espressomaschine regten Lorna Milton nur zu immer größerer Lautstärke an. Es war, als würde man von einer steifen Brise die Strandpromenade entlanggetrieben, dachte Sylvia und lächelte.

Höflichkeit und Neugier halfen ihr diesmal vereint aus der Klemme. »Worum handelt es sich eigentlich bei dieser Goodchild-Wiesen-Kontroverse, Mrs. Milton?«

»O nein! O nein! Darauf falle ich nicht herein. Der Direktor hat mir bereits diesbezüglich die Leviten gelesen. ›Bitte, keine Propaganda, Lorna.‹« Harold kopierend, strich sie sich, zu Sylvias leisem Entsetzen, über den eigenen Schnurrbart. Nachdem sie also ihrer Schweigepflicht offiziell genügt hatte, fuhr sie fort: »Es ist ein Sturm im Wasserglas. Es ist nämlich so: Wenn unser Harold könnte, wie er möchte, würde er am liebsten gegen die ganze Sache opponieren; da man aber diese schicken Häuser bauen will und er so erpicht ist auf eine möglichst vielschichtige Gesellschaft in Carshall, kann er nicht gut den ›Nur-über-meine-Leiche‹-Standpunkt einnehmen. Was aber er und Muriel Bartley und die übrigen Alteingesessenen sich ausgedacht haben, ist eine sentimentale Kampagne um die Wiesen. Sie haben sie ja übrigens wohl gesehen... Nun, ich bitte Sie! Gewiß sind sie im Sommer sehr hübsch mit den weidenden Herden. Und die ursprüngliche Idee war sehr gut. Aber...« Sie unterbrach sich mitten im Satz und bot Sylvia einen Teller mit schwerverdaulichem Gebäck an. Beide bedienten sich, Lorna steckte sich einen Krapfen mit Zitronenkrem in den Mund und sagte: »Das wird mir das Maul stopfen.«

Sylvia war ganz verwirrt. »Aber was kann Harold denn tun?« fragte sie.

Lorna lachte abermals. »Das fragen Sie *mich?* Ach, Mrs. Calvert, ich sollte es eigentlich nicht sagen, aber können Sie ihn nicht bremsen? Er ist ein so fabelhafter Schuldirektor. Nein, das ist er eigentlich gar nicht. Aber ein so fabelhafter Lehrer! Er versteht mehr vom Unterricht zurückgebliebener Kinder als irgendein anderer hierzulande.«

»Seine Lehrbücher waren allerdings ein großer Erfolg.«

»Und mit Recht. Darin ist er ein Genie. Und da verplempert er sich mit diesen äußerlichen Dingen! Oh, ich weiß, von den Toten soll man nicht und so weiter, aber im Grunde ist sie daran schuld. Sie wollte immer alles dirigieren. Und hat nicht geruht, bis sie ihn in diese Rolle hineingedrängt hat. Und die armen Kinder ebenfalls.« Sylvia zerkrümelte nervös ihren Kuchen. »Ich finde, daß Harold und Beth allen Grund haben, darauf stolz zu sein, wie sie die Kinder erzogen haben. Sie sind prachtvoll.«

»Oh, gewiß, es sind nette Kinder. Und sie wären noch netter, wenn man sie nicht zur Schau stellen würde. Denken Sie nur an ›Blick zurück im Zorn‹! Ich bin sehr dafür. Ein bißchen Kultur für Carshall. Warum würden Chris und ich sonst die Kunstausstellungen veranstalten? Wir erwarten keine großen Erfolge; wir freuen uns, wenn sich ein paar Leute dafür interessieren. Aber dieses ganze Calvert-Theater, im wahrsten Sinn des Wortes. Da

wird das Stück von Mr. Harold Calvert inszeniert, mit Miß Judy Calvert und Mr. Mark Calvert in den Hauptrollen. Und Rays holdes Antlitz wird bestimmt auch irgendwo auftauchen, und sei es nur über einem Blumenstrauß.« Sie sah auf ihre Uhr. »Sie müssen zu Ihrem Bus.« Beim Bezahlen sagte sie: »Das war wirklich ein denkwürdiger Tag für mich. Ich bin nach Strich und Faden ins Fettnäpfchen getreten. Chris wird sich nicht gerade darüber freuen.«
»Meinetwegen brauchen Sie sich bestimmt keine Sorgen zu machen. Ich verstehe eigentlich gar nicht...«
»Hören Sie, Mrs. Calvert. Ich bin berühmt dafür, daß ich immer das Falsche sage. Es ist nur... manchmal ärgere ich mich eben. Der gute Chris arbeitet verdammt schwer. Und niemand scheint...«
»Harold hält enorm viel von Mr. Milton. Er hat mir mehr als einmal gesagt, wie wichtig er ihm ist.«
»Und mit Recht«, Lornas Ton war grimmig, aber ihre braunen Augen wirkten wie die eines gestreichelten, aufgeregten Hundes. »Übrigens kaufe ich alles im Town Centre ein. In Craighill kann man höchstens Bohnenkonserven kriegen. Wir müssen uns also bald wieder zu einem Kaffeeklatsch zusammenfinden. Das nächste Mal sprechen wir von Ihnen.« Sie streckte eine pelzbehandschuhte Pfote aus und drückte Sylvia die Hand wie ein freundlicher zahmer Bär.

Harold hob die Augenbrauen, als er von der Begegnung seiner Mutter hörte. »Ich möchte dir keine Vorschriften machen, Mutter, aber sei bitte vorsichtig mit dem, was du zu unserer Lorna sprichst. Ich meine damit nicht, daß sie eine Intrigantin wäre. Aber sie ist ziemlich verbittert. Sie hat sich in den Kopf gesetzt, daß der gute Chris zum Direktor geeignet sei, und das ist er selbstverständlich gar nicht. Er ist ein sehr guter Zweiter, bei sorgfältiger Führung. Aber Lorna wird das nie akzeptieren. Sie läßt dem armen Jungen keine Ruhe. Es ist wirklich jammervoll.«
Die nächsten paar Tage brauchte Sylvia nichts einzukaufen. Sie machte es sich oben in ihrem Zimmer gemütlich. Mark hatte alle Möbelschäden repariert, und Ray hatte ihr einen Stoff für Überzüge besorgt, die sie während Arthurs Krankheit auf der Ma-

schine genäht hatte. Es war eine Art derbes ungebleichtes Leinen mit ockergelben und mattroten Streifen – ein arabisches Muster, sagte Ray. Und anfangs hatte es ihr gar nicht recht gefallen, jedoch paßten die Farben sehr gut zu dem übrigen Weiß und Gelb. Sie hätte sich freilich niemals eine solche Zusammenstellung für ihre Zimmer ausgesucht; ein hübsches Blau, rittersporn- oder kornblumenblau, wäre mehr nach ihrem Geschmack gewesen, vielleicht mit einem Stich ins Lila, ein Glyzinien- oder Fliedermuster – aber schließlich, wenn alle so gut zu einem sind, darf man nicht unbescheiden sein. Sie hatten ja seit dem großen Zusammenbruch und Arthurs vielen Schulden 1929 keine eigene Wohnung mehr besessen, nachdem sie ihre Fremdenpension ›Die Fuchsien‹ mit der hübschen Veranda in Paignton verkaufen mußten. In den vielen verschiedenen Hotels hatten sie auch kein anderes Zuhause gehabt als hier; hier war es sogar noch besser. Arthur war sichtlich sehr zufrieden damit. An den Abenden, wenn er daheim war, begab er sich immer sofort in seinen Sessel.
Sie vertiefte sich in *A Winter's Holiday.* Es handelte von einem rothaarigen Mädchen in einem Büro, das nach einer aufgelösten Verlobung krank geworden war. Jemand hatte der Heldin anonym 250 Pfund geschenkt, damit sie eine Winterreise ins Ausland mache. Anfangs war sie zu apathisch, um davon Gebrauch zu machen. Doch zu ihrem Erstaunen drängte sie ihr Arbeitgeber, der für gewöhnlich ein ziemlich brummiger Mensch war, zu der Reise und empfahl ihr sogar ein Ferienhotel in Sizilien. Der Autor war sichtlich selbst dort gewesen, das merkte man an den Beschreibungen der blühenden Mandelbäume und der griechischen Tempel – ›honigfarben vor einem tiefen blauen See‹. Gerade als sich die Heldin wirklich erholt hatte und die Zeit ihr etwas lang zu werden begann, weil es zu dieser Jahreszeit sehr wenige Touristen auf der Insel gab – obwohl die Eingeborenen anscheinend sehr freundlich und lebhaft waren und sie mit ihrem Geplauder erheiterten –, tauchte ausgerechnet ihr Chef auf! Anscheinend war er derjenige gewesen, der ihr das Geld geschickt hatte. Sylvia wünschte, sie hätte sich nicht einen gar so leichten Roman ausgesucht. Sie zwang sich weiterzulesen. Der Chef hatte ursprünglich überhaupt nicht vorgehabt, ihr nachzureisen; aber er war so unglücklich; seine Frau, die offenbar immer eine schlechte Person gewesen war, steckte in einer Ent-

ziehungsanstalt, und offenbar hatte er sich in Jolande verliebt – so hieß die Heldin. Und ganz ehrfürchtig, ohne ihr seine Liebe aufzudrängen, obwohl sie sie ahnte, unternahm er es, ihr eine herrliche Zeit zu bereiten – Autoausflüge auf den Ätna und herrliche Fischessen auf glyzinienbewachsenen Terrassen. Endlich! ›Das hast du alles für mich getan!‹ flüsterte Jolande. ›Du hast mich zum Leben erweckt nach einem langen dunklen Winterschlaf.‹ – ›Wie ein kleines rotes Eichhörnchen‹, sagte Rodney. Und er lächelte bei dem Gedanken daran, wie gut der Vergleich paßte. Es war ja sein eigenes, kostbares, einzigartiges, rotes Eichhörnchen! Sylvia klappte das Buch zu. Sie durfte sich keine Romane von Martin Home mehr ausleihen. Sie waren zu töricht geworden.

Sie beschäftigte sich damit, die Sofakissen anders zu verteilen, aber es half nichts, sie fühlte sich nicht zu Hause. Sie fühlte sich eingesperrt, und wie Kerkertüren, die ins Schloß fielen, bedrängte sie zuerst der Gedanke an Melling mit seinen Scharen von Kindern auf Zweirädern, Dreirädern und in Wägelchen, seinen Halbstarken und Mädchen in Jeans, seinen ewigen lebhaften, in ihrer Häuslichkeit aufgehenden jungen Ehepaaren, die immer mehr Kinder in die Welt setzten; was hatte eine dicke alte Frau dort zu suchen, mundtot gemacht von den dreisten Behauptungen einer Renee Cranston? Und danach, wie das eiserne Haupttor, Carshall mit seinen Kinderwagen und Arkaden und Schlangen von Teenagern, die vor dem ›Mekka‹ anstanden, und Kirchen wie Säle, und Bowling, von dem sie nichts verstand, und Wandmosaiken, die ihr überhaupt nichts sagten – krachend schlug es jetzt zu, dieses Tor, unter dem Ansturm von Lorna Miltons peitschenden Worten. Es war unerträglich, sich in einer Welt zu bewegen, wo Fremde das eigene Fleisch und Blut kritisierten; besonders wenn diese Fremden die Familie genau kannten, man selber aber nicht. Aber sie *waren* ja nicht etwa Fremde; die Fremde war *sie*. Vielleicht hatte sie alles zu sehr überstürzt. Sie beschloß, sich von New Town eine Weile fernzuhalten. Morgen würde sie in der Altstadt von Carshall einkaufen, das würde ihr bestimmt mehr liegen und zugleich etwas Neues sein. Sie freute sich über ihren Entschluß – man wird nie alt, wenn man sich seine Neugier erhält.

Es war erst vier Uhr. Sie wartete sehnlich darauf, daß einer aus der Familie nach Hause käme. Dabei hatte *sie* ja wirklich keinen Grund, sich zu beklagen. Wenn man zum Beispiel an die arme Miß Priest dachte – denn das Bild im *Daily Express* bewies ihr deutlich, daß es sich um ihre Miß Priest handelte, obwohl sie freilich jetzt eine alte Dame war –, die hatte *wirklich* Sorgen. Sogar die Zeitungen schienen anzudeuten, was Mrs. Bartley offen ausgesprochen hatte. Es war sicherlich bitter für sie, daß die Leute fanden, es wäre besser gewesen, wenn man sie statt ihrer Nichte brutal ermordet hätte, bloß weil sie alt war. Sie war eine so lebendige, empfindsame Frau gewesen. Sylvia nahm sich beinah vor, ihr zu schreiben; aber man konnte doch eigentlich keinem Menschen schreiben, man sei froh, daß nicht er, sondern die Nichte ermordet worden war.

Sie ging nach unten und backte eine Biskuitrolle, um sich die Zeit zu vertreiben, obwohl Rays Biskuitrolle eigentlich immer viel besser wurde als ihre. Und dennoch war es erst kurz nach fünf. Sie sah zum Fenster hinaus in das schwindende Licht, dort hinüber, wo die Felder schattenhaft in dem feuchten Nebel verborgen lagen, der allabendlich aus dem Lehmboden aufstieg. Oberhalb der aufgeweichten gelben Erde würde sich nichts mehr regen, es sei denn, daß ein paar spät heimkehrende Kiebitze oder eine früh aufgescheuchte Eule die feuchtkalte Luft mit ihren melancholischen Rufen erschütterten.

Die Reise in die Carshaller Altstadt am folgenden Morgen war ermüdend, man mußte zweimal umsteigen. Aber Sylvia stieg an einem entzückenden alten Marktplatz aus, vor einer Reihe von altertümlichen Fachwerkhäusern. An der Gemeindewiese stand ein steinernes Kreuz, und ein alter Pranger war ebenfalls erhalten worden, an dem einst die Frauen wegen übler Nachrede bestraft wurden. Leider hatten die Läden heute früher Schluß, daher mußte sie ihre Einkäufe sofort besorgen. Selbst dann gab es nicht die Raviolipackungen, die Mark verlangt hatte, die würde sie auf dem Rückweg in New Town kaufen müssen. Für Februar strahlte die Sonne schon ganz schön, und nachdem sie einen Tee und ein weiches Ei zu sich genommen hatte, beschloß sie, eine halbe Stunde in dem alten Ort herumzuspazieren. Sie ging in die Kirche hinein – jetzt sind es immer Kirchen, dachte sie belustigt –, die wirklich alt war, mit einer wunderschönen, blau-gold

gestrichenen Orgel und echten bunten Glasfenstern, wovon eines sie wegen der darauf abgebildeten Tommies und Krankenpflegerinnen besonders interessierte. Als sie herauskam, goß es in Strömen. Etwas beschämt ging sie mit einer Schar von Kindern zusammen in das Kino. Es wurde nur ein einziger Film gespielt, über König Charles II., noch vor der Zeit von Nell Gwynne und so, als er auf der Flucht vor dem Oliver Cromwell war. Er versteckte sich in dem Keller eines berühmten Schlosses, das ein Oberst der Puritaner-Partei erobert hatte. Die Tochter des Obersten entdeckte ihn dort, verriet ihn aber nicht; statt dessen verhalf sie ihm zur Flucht, indem sie eine Taube mit einer Botschaft oder so was abschickte. Es war ziemlich verworren – einer von den sehr komplizierten Filmen, an denen nichts dran ist –, und immer, wenn einer von der Burgmauer hinunter oder vom Pferd gestoßen wurde, was sehr oft geschah, schrien alle Kinder vor Begeisterung; und wenn zwei sich küßten, was nicht sehr oft vorkam, machten die Kinder ein schmatzendes Geräusch. Sylvia ging vor dem Ende hinaus, aber leise, um den Kindern nicht den Spaß zu verderben.
Sie ging zum Tee in die ›Krone‹. Es war ein wunderschönes altes Trust-House. Während sie vor dem großen brennenden Kamin in der Halle saß und die Balken und das Messingwerk bewunderte, genoß sie ihren Mürbeteig mit sorglosem Vergnügen. Einen Augenblick vergaß sie alles und bildete sich ein, sie habe einen ihrer freien Nachmittage. Die Hotelleiterin – eine von diesen eleganten Frauen mit weißem Haar, aber sehr jungem Gesicht – kam zu ihr und fragte, ob sie auch alles habe, was sie wünsche.
Nachdem Sylvia ihr gesagt hatte, wie gut sie den Tee fand, konnte sie nicht umhin, zu fragen, ob es zu dieser Jahreszeit hier immer so still zugehe.
»Im Winter ist nachmittags kein großer Betrieb. Es ist nicht die Saison für Touristen. Obwohl Sie staunen würden, wie viele unvorhergesehene Gäste bei uns übernachten. Ich meine, abgesehen von den regulären Handelsvertretern.«
Sie sprachen darüber, wie schwierig es sei, auf unvorhergesehene Gäste vorbereitet zu sein. Die Leiterin war so überrascht über Sylvias Verständnis für die Situation, daß diese sich bewogen fühlte, ihr zu erzählen, daß sie gleichfalls zur Branche gehöre,

das heißt, bis vor wenigen Monaten gehört habe. Die Hotelleiterin – sie hieß Mrs. Thwaites, ihr Mann war bei Dünkirchen gefallen – war nicht so sicher, daß ihr das Leben in einem Badehotel gefallen würde, bei all den Kindern im Sommer und den wenigen Dauergästen im Winter. Sylvia bekannte, daß ihr das nie etwas ausgemacht habe; ein Hotel mit Jugend mochte sie gern, es konnte ihr gar nicht lärmend genug sein. Die alten Dauergäste allerdings seien manchmal schwieriger, aber man müsse bedenken, daß die armen alten Leute oft recht einsam seien. Dann klagte Mrs. Thwaites über das Personal, das man heute bekam; sie fand, daß Ausländer nie wirklich begriffen, wie man in England die Dinge handhabte. Aber Sylvia war da ganz anderer Meinung; sie fand, sie lernten äußerst schnell und seien außerordentlich fleißig, was sie – vielleicht sei es altmodisch von ihr – ganz besonders bewundere. Mrs. Thwaites gähnte. »Nun, ich freue mich auf die Zeit der Roboter.« Ein kurzes Schweigen trat ein, aber Sylvia wollte die Unterhaltung nicht einschlafen lassen. »Finden viele Hochzeiten und große Gesellschaften bei Ihnen statt?«
Die Leiterin hatte wohl ein Geräusch in der Halle vernommen.
»Entschuldigen Sie mich, bitte, einen Augenblick.«
Es dauerte etwa eine Viertelstunde, bis sie zurückkam.
»Man muß immer den Empfang beaufsichtigen, aber das brauche ich Ihnen ja nicht zu erzählen. Was sagten Sie gerade?«
Sylvia wiederholte ihre Frage. »O ja, wir organisieren die meisten Parties für die Direktoren und Geschäftsführer von New Town. In dem schrecklichen Ort gibt es ja nichts Entsprechendes.«
Infolgedessen erzählte Sylvia ihr lieber nicht, daß sie bei Harold wohnte, und dann hörte sogar sie Stimmen in der Vorhalle. »Lassen Sie sich bitte nicht von mir aufhalten, ich weiß, wie lästig geschwätzige Gäste sein können.«
Mrs. Thwaites lächelte. »Wie selten trifft man jemanden, der Verständnis hat.« Sylvia sagte ihr, wie sehr sie es genossen habe, sich mit jemandem aus der Branche zu unterhalten. Sie war so lange geblieben, daß die Läden in New Town schon geschlossen hatten und sie ohne Marks Ravioli heimkehren mußte.
Beim Essen sah Harold verdrießlich auf die Spaghetti Bolognese.

»Ich dachte, du gäbst uns heute Ravioli, Mark.«
»Die Soße ist die gleiche.«
»Ja, aber nicht die gleiche Teigmasse. Ich weiß nicht, wie die anderen darüber denken, aber ich beantrage einen Verweis für den Koch wegen irreführender Speisekarte.«
Es stand Sylvia nicht zu, sich zu dem Antrag zu äußern, denn sie und Arthur aßen Leber mit Speck, aber sie fand es doch nötig, zu erklären, daß sie schuld sei, und weshalb.
Harold war auf das äußerste überrascht. »Das alte Carshall! Außer daß ich gelegentlich den Bahnhof benutze, war ich, glaube ich, seit sechs Jahren nicht mehr dort. Irgendein Idiot von der Bezirksverwaltung wollte voriges Jahr, daß ich für eine Gruppe jugoslawischer Schulbeamter in der ›Krone‹ ein Mittagessen veranstalte. Ich habe mich geweigert, ein solches Täuschungsmanöver mitzumachen. Wenn unser Essen gut genug für Schüler und Lehrkörper ist, dann ist es auch gut genug für offizielle Gäste. Es hat mich amüsiert, daß der Mann vom British Council, der die Gruppe begleitete, völlig meiner Meinung war.« Er lächelte jetzt, aber als er ein neues Spaghettibündel auf die Gabel spießte, erklärte er: »Das alte Carshall! Mutter, was um alles in der Welt hast du da getrieben? Wirklich, Mutter, wenn du anfängst, Landausflüge zu machen, sollen lieber die Jungens wieder einkaufen.«
»Warum schmecken Spaghettis eigentlich so viel besser als Ravioli?« fragte Judy.
»Das tut überhaupt nichts zur Sache. Es handelt sich darum, daß, wenn deine Großmutter...«
Aber das Läuten des Telefons rief Harold ab. Als Familienoberhaupt legte er Wert darauf, das Telefon selbst zu beantworten. Es vergingen zehn Minuten, bis er zurückkehrte. Mit hochrotem Gesicht schob er seinen Teller inzwischen kaltgewordener Spaghettis von sich.
»Der Anruf betraf dich, Judy.«
Er sprach so grimmig, daß Sylvia schon dachte, das Mädchen sei womöglich von der Schule geflogen.
»Deine Schuldirektorin ist anscheinend der Meinung, daß deine Chancen für eine Universitätslaufbahn durch dein eventuelles Auftreten in der von deinem Vater inszenierten Aufführung von ›Blick zurück im Zorn‹ schwer gefährdet sind.«
»Aber Papa! Das ist ja völlig irrsinnig! Sie ist tatsächlich irrsin-

nig! Ich meine... viele finden, daß sie nicht ganz zurechnungsfähig ist, es sollen wer weiß wie viele in ihrer Familie total verrückt gewesen sein. Und man sagt...«

»Wer sagt das alles, Judy?«

»Nun, ich meine, Mrs. Ogilvie, Carolines Mutter, sagt, sie sei als Schuldirektorin vollkommen ungeeignet.«

»Dann sollte Mrs. Ogilvie, Carolines Mutter, sich schämen. Es gibt viele Dinge, über die ich mit Miß Castle streite, aber wir Schuldirektoren haben schon Schwierigkeiten genug, ohne daß Eltern, die keine Ahnung haben, unsere Autorität mutwillig untergraben. Miß Castle hat einen ausgezeichneten akademischen Ruf.«

»Ach, ich weiß, sie ist fabelhaft in Biologie und Botanik und so weiter. Aber als Direktorin! Nun, sie ist zum Beispiel gesellschaftlich vollkommen unbewandert, du hättest sie sehen sollen, als Lady Anthea Warren erschien, um die Preise zu verteilen. ›Mädchen‹ – du weißt ja, wie sie spricht, mit ihren vorstehenden Zähnen – ›Lady Warren ist hier um...‹ Lady Warren! Es war einfach schrecklich!«

»Ich weiß nicht genau, über welches Detail gesellschaftlicher Etikette du uns unterrichten willst, Judy, aber jedenfalls hat es nichts mit der augenblicklichen Frage zu tun. Miß Castle ist der Ansicht, daß die Proben für das Stück in deinem jetzigen Lernstadium nicht ratsam seien. Das muß dir genügen. Es ist unbequem, aber nicht irreparabel. Zum Glück haben wir bis jetzt nur die Lesung und eine Probe gehabt.«

»Aber Papa! Du hast mich doch ausdrücklich haben wollen. Du hast gesagt, ich sei hier der einzige Mensch, der die Helena spielen könnte.«

»Ich sagte, daß gewisse Affinitäten zwischen dir und der unerhört dünkelhaften Helena bestünden, die für die Besetzung der Rolle günstig seien. Aber so etwas darf keinesfalls deine Studien beeinträchtigen.«

»Ach, ich will doch sowieso nicht studieren. Und *du* willst es ebenfalls nicht. Bloß, weil ich zufällig gut in Sprachen bin.«

»Das ist nicht wahr, Judy. Ich habe zwar meine eigenen Ansichten über die gegenwärtige Verwässerung der Universitäten, und die sind, glaube ich, berechtigt. Und ebenso habe ich, wenn ich mir einige meiner gescheiteren Schüler betrachte und denke, wieviel mehr sie von einer akademischen Ausbildung profitieren würden als die eingebildeten Kerle von den Seminaren, meine Zweifel an der Unfehlbarkeit des Prüfungssystems. Das bedeutet jedoch nicht, daß ich auch nur einen Augenblick meiner Tochter im Weg stehen würde, wenn ihre Schuldirektorin findet, daß sie das Zeug zum Studieren hat.«

»Aber *Mami* wollte nicht, daß ich studiere.«

Harold schlug auf den Tisch, daß Messer und Gabeln klirrten. »Das wirst du gefälligst nicht noch einmal sagen, Judy. Was immer sie gedacht haben mag, so war doch deine Mutter wohl die großzügigste Frau, die es je gegeben hat.«

»Reg dich nicht auf, Judylein. Du wirst überall immer die Schönste sein.«

Judy sah ihn nicht einmal an. Seit dem Vorfall mit dem Badezimmer hatte sie ihren Großvater gemieden. Er erhob sich von seinem Stuhl. »Nun, wenn wir heute noch drei Rubber spielen wollen, muß ich mich trollen. Entschuldige mich, Harold, mein Junge.«

Harold grinste über den Abgang des Vaters. »Es tut mir leid, Judy, wenn du enttäuscht bist. Gewiß hätte ich dich gern in dem Stück gehabt. Aber solche Enttäuschungen gehören nun einmal zum Leben.«

Judy saß hochrot und verkrampft da.

Sylvia fragte: »Wovon handelt das Stück eigentlich, Harold?«

Harold lachte. »Ehrlich gesagt, für Mütter ist es absolut nichts. Es dreht sich um einen gewissen Jimmie Porter, den liebenswertesten unliebenswerten Jüngling, der jemals die Welt ins Lot bringen wollte, wenn er gewußt hätte, wie. Die Rolle ist Mark auf den Leib geschrieben.«

Mark sah in seine Lederjacke hinein und sagte: »Der übrigens die Rolle doch nicht spielen wird.«

Harold stand auf. »Habe ich richtig gehört?«

»Ich fürchte, ja, Vater.«

Harold saß ein paar Sekunden lang stumm da und nickte nur verneinend mit dem Kopf, als Ray ihm Obst und Käse anbot. Sylvia bemerkte, daß seine Hände zitterten.

»Ach, wie schade, daß ich dich nicht auf der Bühne sehen soll.«

Mark hatte einen Apfel genommen und steckte sich jedesmal,

wenn er sprach, ein säuberlich geschältes Viertel in den Mund. Sylvia hatte Mühe, ihn zu verstehen.
»Das wirst du aber leider nicht, Großmutter. Statt dessen wirst du wohl unseren lieben Ray bewundern können.«
»Oh, keineswegs. Ich habe noch nie zurückgeblickt, und vor allem bin ich nie zornig. Außerdem kommt sehr viel Geschmuse mit unserer Priscilla vor. Und das kann...«
Harold unterbrach mit lauter Stimme, jedes Wort war schneidend vor verhaltener Wut. »Darf ich fragen, aus welchen Gründen du dein gegebenes Wort nicht einhältst?«
Mark sprach weiter mit seinem Bruder. »Ach, die meiste Zeit wird sie von Jimmie Porter verprügelt. Und außerdem spielt Terry Knowles den Freund Cliff. Der ist fast so wichtig wie die Frau. Du solltest es wirklich tun, Ray. Es würde dir Spaß machen.«
Sylvia sah deutlich, wie sehr ihm daran lag, Ray zu der Rolle zu überreden; es war für sie das erste Mal, daß sein übliches mürrisches Gesicht einen so lebhaften, freundlichen Ausdruck annahm.
Zum zweiten Male klirrten Geschirr und Besteck, als Harold mit der Faust auf den Tisch schlug.
»Ich verlange eine Antwort, Mark.« Dann gab er selbst die Antwort: »Du weißt, daß ich mit mir reden lasse. Wenn es die Abendkurse sind, muß ich mich damit abfinden. Aber ich dachte, das hätten wir alles berücksichtigt, als wir die Proben festsetzten.«
»Es sind nicht die Abendkurse. Jedenfalls, wenn Jimmie Porter die geborene Rolle für mich ist, werde ich nicht auch noch in *Room at the Top* mitspielen. Nein, das hiesige Komitee hat mich dazu bestimmt, an der Einigungsdiskussion mit der Gruppe der Hundert teilzunehmen. Die Daten überschneiden sich.«
»Ach, du liebe Zeit, Mark! Ich habe nie etwas dagegen gehabt, daß du dich für eine verlorene Sache einsetzt, aber du hast selbst immer wieder erklärt, daß ihr Leute vom Kampfbund für atomare Abrüstung euch mit der Gruppe der Hundert niemals werdet einigen können.«*

* ›Committee of 100‹, 100 prominente Leute gegen Atombewaffnung, gegründet von Canon Collins von der St.-Pauls-Kathedrale, London. (Anm. d. Übers.)

»Jawohl. Das denke ich auch noch immer, aber ich fürchte, du glaubst nur an unverlorene verlorene Sachen, Vater, ebenso wie du an liebenswert unliebenswerte Jünglinge glaubst. So sagtest du doch, nicht wahr?«
»Ach, das ist zu billig, Junge«, mahnte Ray.
»Weil Mark nicht mitmacht, bricht die Welt zusammen. Aber Helena kann vermutlich jede spielen.« Judy lief aus dem Zimmer.
»Wenn du die Kleine noch mehr aufregst, Vater, wird sie Hungers sterben. Sie setzt sich kaum noch zum Essen hin.«
Harold ignorierte Ray. »Ich warte darauf, deine stichhaltigen Gründe zu hören, weswegen du mich sitzenläßt, Mark.«
»Solche Enttäuschungen gehören zum Leben. So ist es doch, Vater, nicht wahr?«
Sylvia wußte nach dem Abendessen nicht, ob sie bei Harold bleiben oder in ihr Zimmer hinaufgehen sollte; da ihn aber alle verlassen hatten, beschloß sie, unten zu bleiben. Sie hätte sich gern das Fernsehstück angesehen. – »Etwas Heiteres und noch dazu ein bißchen Freches für diejenigen, die sich vom Geschirrspülen erholen wollen«, hatte die *TV Times* darüber gesagt. Aber Harold sah nicht so aus, als sei er in der Stimmung für etwas Heiteres, geschweige denn Freches. Sie hatte kein Leihbibliotheksbuch, daher sah sie sich nach etwas auf Harolds Regalen um. Es waren zumeist wissenschaftliche Bücher, aber sie entdeckte einen Band über Mordprozesse, der genügen würde, ihr die Zeit zu vertreiben, obwohl sie nicht viel für Krimis übrig hatte.
»Das wird dir kaum gefallen, Mutter.« Doch als sie den Band zurückstellen wollte: »Ach, bitte lies, was du willst.«
Der Prozeßteil war schwierig zu lesen – all diese Fragen und Antworten. Aber dann wurde sie gefesselt. Es handelte sich um Sydney Fox. Wie er mit der alten Mutter von einem Hotel ins andere zog und verduftete, ohne die Rechnung zu bezahlen. Gewiß, ihr waren solche Fälle ebenfalls ein paarmal vorgekommen. Aber niemals so schlimme wie hier. Sie wurde ganz böse darüber, daß die Hotelbesitzer und Leiterinnen sie nicht erwischten – zwei solche Verbrecher. Und dann wurde die Geschichte schauerlich spannend. Die beleibte alte Mutter mit dem weißen Haar und den rosigen Wangen und dem Pelzmantel und dem Sohn, der so

sanft und liebevoll schien. Man ahnte schon, was passieren würde, als sich das Netz immer dichter zusammenzog: in die Ecke getrieben, stürzt sich eine Ratte auf die andere. Sie las von der Lebensversicherung der alten Frau und hatte eine solche Angst um sie, daß sie das Buch zuklappen mußte. In Bournemouth war es passiert – sie konnte sich noch an das Hotel erinnern, es war eigentlich mehr eine Fremdenpension. Harold schrieb emsig auf der Rückseite von alten Briefkuverts. Er schien ganz vertieft und ruhiger geworden. Und da brannte das petroleumgetränkte Papier in dem Schlafzimmer; da lag der schwere Körper der alten Frau, nur in ihrer Unterwäsche, nein, ohne Nachthemd, nur in Kleid und Pelzmantel, den einzigen Kleidungsstücken, die sie auf Gottes Erden besaß, und die Bettücher waren alle vollgemacht. Nicht aus noch ein wissend, was sollte der liebende Sohn anderes tun, als die alte Frau bestmöglich zu verkaufen? Die Frage, die Sylvia aus dem Buch heraufbeschwor, stellte sich ihr so unerwartet, so direkt, daß sie schauderte, sich eine Zigarette anzündete und den Rauch tief einatmete. Harold sah auf.

»Also! Ich habe es umbesetzt. Ray statt Mark, und June Mackie spielt die Helena. In diesem Fall sind ihnen die Rollen nicht mehr sozusagen auf den Leib geschrieben, aber das läßt um so mehr Spielraum für eine interpretierende Inszenierung. Ich war eben faul.« Er legte seine Notizen hin. »Weißt du, Mutter, ich muß manchmal daran denken, was der gute Len zu sagen pflegte. ›Harold bräuchte etwas Mißerfolg, um zu zeigen, was er kann.‹ Der gute Len verstand uns weit besser, als wir ahnten.«

Sylvia konnte sich nicht erinnern, daß Len das je gesagt hätte, aber sie antwortete: »Gewiß, Kind.« Sie dachte unwillkürlich, wie sehr doch Len sowohl Arthur wie Harold zustatten kam.

Die Aula der Schule war sehr groß, aber das Premierenpublikum füllte ihn, obwohl die kleinen Metallstühle so eng wie möglich gestellt worden waren. Sylvia spürte, wie sie mit ihrer Körperfülle Judy und Muriel Bartley beengte. Arme und Hüften drückten sich so dicht aneinander wie zur Stoßzeit in der Londoner Untergrundbahn.

»Harold hat sein Publikum schon zusammengekriegt.« Zu Sylvias Mißbehagen zog Muriels Stimme ebenso viel Aufmerksam-

keit auf sich wie ihre Schminke. »Es ist eine Schande, daß man ihm nicht den Gemeindesaal gegeben hat. Ich habe sie schön zusammengestaucht bei der Stadtverwaltung. Aber es lag vor allem an der C. A. D. S. * selbst. Die haben ihn nie richtig unterstützt. Das Stück hatte wohl nicht genügend große Rollen.«
Um sie herum wurde lebhaft geschwatzt. Sylvia hoffte nur, daß nicht während der Vorstellung getuschelt werden würde – für Harold war der Anlaß so wichtig und für Ray selbstverständlich ebenfalls, wenn er auch alles spielend bewältigte, wie er auch die Rolle so kurzfristig übernommen hatte. Für das Publikum hatten solche lokalen Veranstaltungen mehr gesellschaftliche Bedeutung. Judy und Muriel machten sie andauernd auf Leute aufmerksam, die sie noch nie im Leben gesehen hatte. Sie fand es unhöflich, sich umzudrehen und Wildfremde anzustarren, überhaupt war ihr das kaum möglich, ohne daß dadurch gleich drei bis vier Menschen in ihrer Reihe zur Seite gedrängt wurden, weil man derartig eng saß. Trotzdem wollte sie ihren Pelzmantel, der ihre beiden Nachbarinnen zudeckte, lieber nicht ausziehen, denn, obwohl man sich in dem überfüllten Saal nicht rühren konnte, zog es rätselhafterweise von den Türen und den langen metallgerahmten Fenstern her. Und als sie sich tatsächlich umwandte, so schien es ihr, als ob die Leute tuschelten und auf sie deuteten; und zweifellos taten sie das auch, denn Harold gehörte zu der Prominenz des Ortes, und dies war sein großer Tag, und sie war seine Mutter, die zum erstenmal in der Öffentlichkeit auftrat. Das Gefühl, so von hinten beobachtet zu werden, machte es nicht leichter, in der zweiten Reihe zu sitzen und alle Aufmerksamkeit auf das Stück zu konzentrieren, die es bestimmt erforderte. Aber wenn es erst dunkel wurde... Wenn nur niemand sie hinterher fragte, wie sie es gefunden habe; aber sie würde viel zu beschäftigt damit sein, die anschließende kleine Party in Schwung zu bringen, diesmal nämlich hatte sie sie ganz allein organisiert, denn keiner hatte Zeit gehabt, ihr bei den Vorbereitungen zu helfen.
»Unser Harold hat es also geschafft. Chris und ich freuen uns sehr.« Und wie um die Erklärung seiner Frau zu bestätigen, verschanzte sich Chris hinter einem verbindlichen Lachen. »Unsere

* C. A. D. S. = Cambridge Amateur Dramatic Society.

arme kleine Kunstausstellung wurde nur von vierundzwanzig Personen besucht. Aber wir haben ja keine Sensationen zu bieten, nicht wahr, Chris?« Sie sah Sylvia Gott sei Dank nicht an, denn das bewußte Plauderstündchen hatte nie stattgefunden, und Sylvia hatte sich in Carshall ein paarmal vor ihr in den Arkaden versteckt. Sie überlegte sich besorgt, wieweit sie Lorna Milton beleidigt habe, aber Muriel Bartleys lautes Organ hinderte sie am Denken.

»Nein, ich fürchte, da haben Sie recht, Mrs. Milton. Ich habe mich diesmal tatsächlich gefragt, Mr. Milton, ob Sie nicht vielleicht zuviel Einfluß auf die künstlerische Arbeit nehmen. Oh, gewiß, Sie würden es niemals bewußt tun, aber der diesjährigen Ausstellung fehlt die naive Originalität, mit der uns die Kinder sonst meistens verblüffen.«

Sylvia erkannte an den Schweißtröpfchen, die auf Muriels fettglänzenden, lila Lidern und in ihren zyklamenfarbigen Mundwinkeln hervortraten, daß sie dabei war, sich in einen Krach hineinzusteigern. Sie wandte sich lieber Judy zu, die so adrett und artig in ihrem ersten schwarzen Abendkleid neben ihr saß. Judy verdiente weiß Gott einen Preis dafür, daß sie sich mit ihrer Enttäuschung so gut abfand.

»Ist das dort nicht deine Freundin Caroline, Kind? Sie ist so hübsch... vielleicht nicht hübsch, aber gutaussehend. Kirschrot ist entschieden ihre Farbe. Ob es wohl Maroquinseide ist? Ich kann es von hier aus nicht gut erkennen.«

Judy knüllte ihr Taschentuch zusammen. »Ach, ich finde wirklich, daß Mrs. Ogilvie oder sonst jemand sie hätte begleiten können, egal, was sie von dem Stück halten. Schließlich leistet Papa etwas wirklich Wichtiges...«

Auf ihrer anderen Seite schwoll Muriels Stimme an – man hörte jetzt, daß sie Cockney war. »Mit mir hat das gar nichts zu tun! Wenn Sie, nachdem Sie erst sechs Monate hier sind, alles beurteilen wollen, was hier in fünfzehn Jahren geleistet worden ist... Aber Schluß jetzt! Da kommt die Prominenz!« Damit waren Miltons entlassen, und Muriel wandte sich nun zu Sylvia. »Das ist der Geschäftsführer, Colonel Rigby, mit seiner Frau. Der Dünne ist Jock Parsons, der Public-Relations-Beamte. Eine triumphale Beteiligung für Harold.«

Sylvia erspähte gerade noch ein Durcheinander von Glatzen und nelkengeschmückten Abendkorsagen, bevor das Licht im Saal ausging und sich der Vorhang hob, der ein seltsames Muster mit bocksfüßigen, flötenspielenden Jünglingen aufwies – alles hatten die Jungens gezeichnet und gemalt – und ein ganz scheußliches schräges Zimmerchen enthüllte, in dem Ray in alten Jeans dastand und sprach.

Ehrlich gesagt, verstehen konnte sie es nicht genau, obwohl Ray und der andere Junge sehr komisch über die Zeitungen redeten, und wie sie miteinander alberten, wirkte sehr natürlich. Sie wußte nicht recht, was für Leute es eigentlich waren; das Zimmer war so schäbig, und dabei drückten sie sich so gewählt aus – Ray hatte Gott weiß wieviel Text und sprach ihn wunderschön, wenn auch vielleicht ein bißchen laut – wahrscheinlich waren es Studenten. Die Scheinwerfer strahlten eine große Hitze aus, sie wünschte, sie hätte sich den Mantel ausgezogen; und dazu sprach das Mädchen ihren Text recht monoton; und dieses Bügeleisen, das ewig hin und her glitt. Harold hatte es sehr gut inszeniert, das sah man; aber er hätte doch das Mädchen veranlassen müssen, die Rolle mit etwas mehr Schwung zu geben und sich hin und wieder von dem Bügelbrett zu entfernen. Wenn die Jungens miteinander redeten, war alles so lebendig, aber die Unterhaltung zwischen Ray und dem Mädchen wirkte etwas lahm. Wahrscheinlich durfte es sich deshalb nicht vom Fleck rühren, weil Harold wußte, daß das Mädchen sich nicht zu bewegen verstand. Erst neulich abends hatte er über die Schwierigkeiten gesprochen, die man bei Amateuren mit Stellungen und Bewegungen habe. Aber diese Hitze, und gar keine hübschen Kostüme, und Rays ununterbrochenes Geschrei, fast immer im gleichen Ton, und das Bügeleisen, das immerfort auf und ab glitt, auf und ab, auf und ab …

Sie erwachte durch den Druck von Judys Ellenbogen. Ray sprach noch immer. Sie konzentrierte sich mit aller Kraft auf seine Worte. Liebenswert unliebenswert hatte Harold von Jimmie Porter gesagt; aber Ray kannte sie in der Rolle nicht wieder, denn Ray sagte immer nur Freundlichkeiten, und jetzt anscheinend brüllte er jedes Wort und sah so grimmig aus, als wollte er Mark imitieren, außer daß Mark natürlich ganz undeutlich sprach.

»Die gemeine Person wäre besser tot … Ich habe gesagt, daß sie eine gemeine Person ist und besser tot wäre...« Ray sprach von der Mutter des Mädchens, aber nur der junge Cliff sagte irgend etwas, um ihn zum Schweigen zu bringen. Das Mädchen war anscheinend zu sehr in seine Bügelei vertieft, um die Mutter zu verteidigen. Und dann ergossen sich furchtbare Worte aus Rays Mund, als ob die Witze, die Arthur über Würmer und Abführmittel machte, sich mit den brutalen Gemeinheiten vermengt hätten, die er ebenfalls sagte, wenn er wütend war.

»Ich sage, sie wäre besser tot!« brüllte Ray. »Mein Gott, die Würmer werden ein tüchtiges Abführmittel brauchen, wenn sie sich erst einmal durch sie durchgebissen haben! Was euch für ein Bauchweh bevorsteht, meine Würmerchen, Alisons Mutter ist unterwegs!« Das Publikum hielt teils schockiert den Atem an, teils kicherte es nervös; aber so war es den ganzen Abend gewesen. Niemand schien, wie sie, zu empfinden, daß es plötzlich schwarze Nacht geworden war. Sie bemühte sich, die Szene bis zu Ende zu verfolgen, aber in ihr geistiges Blickfeld schob sich eine Reihe von laufenden, stolpernden, stürzenden, nackten Greisinnen, und in ihren Augen stand das verständnislose Grauen von Vieh, das zur Schlachtbank getrieben wird. Im Hintergrund vernahm sie Rays Stimme, die ununterbrochen weiterhöhnte. Sie wußte jetzt, wer sie waren – Jüdinnen auf dem Weg zur Gaskammer. Sie hatte im *Dispatch* darüber gelesen, aber damals war ihr das nur wie ein schrecklicher Zeitungsbericht vorgekommen. Und auf einmal ertönte Rays Stimme so sanft wie die Stimme, mit der er ihr die Geheimnisse der Küche erläuterte. »Es ist Hughs Mutter... Sie hat einen Schlaganfall gehabt... Ich glaube, sie stirbt... Ich kann gar nichts mehr begreifen.«

Sie überstand den Akt und ebenfalls die Pause mit all dem dummen Geschwätz und den unsicheren, kichernden Fragen nach dem Stück, während Kaffee und Eisbecher angeboten wurden; aber sie versuchte die ganze Zeit, die zweierlei Stimmen von Ray in Zusammenhang zu bringen – das heißt natürlich, Jimmie Porters Stimmen –, die brutale und die sanfte. Sie fand keine Antwort. Vielleicht war es das, was Harold mit dem »liebenswert und unliebenswert« meinte; aber mit liebenswert schien das nichts mehr zu tun zu haben. Sie paßte bis zum Ende des Stücks genau auf, und wieder ertönte die Stimme einmal sanft und dann

wieder in brutalem Hohn – konnte es sein, daß dieser Jimmie Porter sich zuweilen liebte und zuweilen haßte? So viele Male schien er nur zu sich statt zu den anderen zu sprechen. Vielleicht war es so, aber sie ging es im Grunde gar nichts an. All das Gerede von Eichkatzen und Bären, die Art, wie Ray, wenn er mit den beiden Mädchen auf der Bühne stand, nie ganz glaubwürdig schien, aber in den anschließenden Gesprächen mit Cliff ganz lebendig wurde – das hatte alles nichts mit ihr zu tun; das waren Dinge, die junge Menschen angingen, ob erfundene Charaktere oder echte Schauspieler. Für sie hatten nur gewisse Worte Bedeutung: »Sie glaubte, Hughs Mutter sei eine vom Schicksal vernachlässigte, törichte alte Frau, die stets die falschen Dinge am falschen Platz sagte, die nicht ernst zu nehmen sei...« oder immer und immer wieder: »Was euch für ein Bauchweh bevorsteht... Alisons Mutter ist unterwegs.«
Endlich war es aus, unter lautem Beifall, obwohl man hier und da starre, ablehnende Gesichter sah und die ostentative Eile, mit der einige den Saal verließen, Harold ein belustigtes Lächeln erlaubte, bevor er zu seiner Dankesrede ansetzte.
Sylvia zwang sich, auf jedes seiner Worte zu achten, obwohl sie durch einen dämpfenden Nebel des Grauens an ihr Ohr drangen. Er sprach äußerst routiniert, mit leisem Humor und kleinen unerwarteten Pausen, die das Publikum in Spannung hielten.
»...Freilich freut mich der Gedanke, daß ein Carshaller Publikum, trotz gegenteiligen Anscheins, die nötige Intelligenz besitzt, um ein Stück dieses Kalibers beurteilen zu können. Indessen sollte der Regisseur nie den Fehler begehen, sein Publikum nach dessen törichtem Gesichtsausdruck zu beurteilen... Ich möchte keinen der Darsteller besonders hervorheben, die heute abend in so edelmütiger Weise die Konflikte ihrer Generation für Sie ausgefochten haben. Jedoch möchte ich eins betonen: falls einige der jüngeren Zuschauer finden sollten, die Auffassung sei etwas hausbacken gewesen, so liegt das am Regisseur, der selbst ziemlich hausbacken ist, und nicht an den Darstellern, die alle supermodern sind. Ach, entschuldigen Sie, Tom, Sie hatte ich vergessen. Ich danke Tom Staddon dafür, durch seine Interpretation der Rolle des Obersten angedeutet zu haben, daß manche der älteren Generation weder so schlecht noch so töricht sind, wie es den Anschein hat. Ich möchte Ihnen jedoch ein Wort dar-

über sagen, weshalb ich gerade dieses Stück für eine hiesige Aufführung ausgesucht habe, denn, wie viele von Ihnen wissen, mußte ich einige Kämpfe ausfechten, um es durchzusetzen. Für mich kreist die ganze Geschichte um Jimmie Porter. Sie mögen ihn hassenswert, Sie mögen ihn liebenswert finden – und nach der Reaktion des Publikums heute abend zu urteilen, scheint Carshall ihn eher abzulehnen –, aber Sie können nicht bestreiten, daß Sie alle mitgegangen sind. Ich möchte nichts über die heutige Darstellung des Jimmie sagen, Sie werden aus dem Programm ersehen haben, daß seine Besetzung ein schändliches Beispiel von Vetternwirtschaft war. Ich möchte nur wie jeder Vater oder jede Mutter auf der Zeugenbank hinzufügen: ›Sie mögen es vielleicht nicht glauben, aber zu Hause ist er ein lieber Junge.‹ So viel über den Darsteller. Doch nun zu der Rolle des Jimmie Porter! Abscheuerregend, sagen Sie; ein geschwätziger Taugenichts, ein brutaler Schuft. Mein Vorschlag als Schuldirektor wäre: Gehen Sie doch bitte nach Hause und denken Sie einmal darüber nach, was für eine Welt wir für Jimmie geschaffen haben. Jawohl, Sie und ich, ehrbare, vernünftige Leute. Eine Welt, die einem solchen großherzigen, intelligenten, warmherzigen jungen Burschen nichts zu bieten hat, eine Welt, die ihn enttäuscht und verbittert hat. Aber tut man denn nicht alles für ihn? werden Sie fragen. Das ist es ja gerade, wie mein zweiter Direktor an der Schule Ihnen sagen kann, das schöne geordnete England, das wir geschaffen haben, läßt keinerlei Mitsprache zu. Es verlangt von Ihnen, daß Sie Ihre Zuteilung aus der Hand der Wohlfahrts-Experten entgegennehmen und darüber dankbar sind. Aber nicht in den New Towns, werden Sie sagen; nicht in Carshall. Hier haben wir eine neue, hoffnungsvolle junge Welt, in der man nicht aufeinandergedrängt ist, in der man froh und zufrieden lebt. Wir haben etwas, wofür es sich zu kämpfen lohnt – etwas, das Jimmie in seiner verkommenen, beengten Umgebung nicht finden konnte. Ja, das haben wir. Aber erinnern wir uns um Gottes willen daran, daß das New-Town-Leben, wie alles, was der Mühe wert ist, durch Wachsamkeit, durch Sorge erkämpft werden will. Wir haben eine ausgezeichnete Verwaltung, aber selbst die beste Verwaltung kann sich irren. Und wenn jemand unter Ihnen mit mir glaubt, daß die Goodchild-Wiese, die unserer Stadt ihr ländliches Gepräge gibt, ein integraler Bestandteil der

Carshaller Lebensart ist, so soll er nicht müßig zuschauen und das Beste hoffen oder beim Bier im Gasthaus darüber schimpfen. Er soll seine Stimme erheben und sagen oder schreiben, was er denkt. Wir haben, wie gesagt, eine prächtige Verwaltung, aber sie braucht Ihre Stimmen und die meine – die Stimmen der Menschen, die hier leben –, um zu gewährleisten, daß das Ideal der New Towns, das Ideal, auf dem Carshall begründet wurde, nicht vergessen und außer acht gelassen werde aus Gründen der Zweckmäßigkeit oder Wirtschaftlichkeit oder sogenannter Vernunft. Carshall ist ein Ort, auf den wir alle vertrauend und hoffnungsvoll blicken. Laßt es uns nicht aus Feigheit oder Trägheit zu einem Orte werden, auf den wir im Zorn zurückblicken müssen. Ich danke Ihnen.«
Muriel Bartley erhob sich von ihrem Sitz und rief: »Bravo, Harold!« Dann beugte sie sich hinab und flüsterte Sylvia zu: »Es ist ihm bestimmt erst hinterher eingefallen, aber jetzt hat er gehörig in ein Wespennest gestochen.« In der Tat blieben viele Zuhörer stumm; und einige hatten während der Rede in Abständen den Saal verlassen. Die Prominenten in der ersten Reihe klatschten, aber gemessen. Und dann, als Sylvia sich in ihren Pelz hüllte und Judy Tasche und Schal zusammensuchte, erhob sich der schwere glatzköpfige Mann, den Muriel Bartley als Jock Parsons bezeichnet hatte, während die Glatzköpfe und Abendkorsagen in seiner Umgebung »Sscht!« und »Rede!« riefen.
»Meine Damen und Herren«, begann Jock Parsons, »es ist, wie ich weiß, im allgemeinen nicht üblich, daß das Publikum auf die Dankesrede des Regisseurs antwortet. Aber dies ist kein ganz gewöhnlicher Anlaß. Deshalb möchte ich als der Public-Relations-Beamte der Stadt für Sie antworten. Wir haben eine ausgezeichnete Darstellung eines bemerkenswerten Stückes erlebt – eines Stücks, das unabhängig davon, was manche unter Ihnen von seinen Figuren und seiner Sprache denken mögen, wie Harold Calvert mit Recht sagt, eine Warnung vor jeder glatten Selbstzufriedenheit ist, die wir eventuell empfinden könnten. Obwohl ich überzeugt bin, daß wir in Carshall nicht selbstzufriedener sind als im übrigen Land...« Sylvia gingen einige seiner Worte verloren, weil Muriel Bartley ihr zuflüsterte: »Wir sind es, natürlich sind wir es. Das weiß er.« – »Für mich als Public-Relations-Beamter – und ich weiß, daß der Geschäftsfüh-

rer meine Meinung teilt – gehören spontane kulturelle Veranstaltungen wie die heutige Aufführung – womit ich freilich nicht sagen will, daß wir jeden Abend zurück im Zorn blicken möchten – zu den Dingen, die unsere Arbeit bei der Stadtverwaltung so dankbar machen. Es gibt Häuser, es gibt Fabriken, es gibt Läden, es gibt Gärten. Aber erst in der Tanzhalle und im Community Centre, in der Bowling-Bahn und im Liebhaber-Theater geben sich die Menschen so, wie sie sind. Und nur durch Ihre Reaktion können wir wissen, daß die ganze Geschichte klappt. Ich sagte, daß eine Aufführung wie die heutige spontan zustande kam. Aber selbstverständlich trifft das nicht zu. In diesem besonderen Fall schulden wir das Vergnügen des Abends ausschließlich der Entschlossenheit und der harten Arbeit von Harold Calvert. Man redet viel über die gespannten Beziehungen zwischen der Bezirksverwaltung und der Stadtverwaltung. Es heißt, daß die New Towns mit einer Menge Amtsvorschriften seitens der Bezirksverwaltung belastet sind. Aber solange man uns Schuldirektoren wie Harold Calvert beschert, dem Carshall und dessen Zukunft wirklich am Herzen liegen, bin ich meinerseits der Bezirksverwaltung dankbar. Da jedoch unser Freund das Thema der Goodchild-Wiese angeschlagen hat, fühle ich mich gezwungen, ihn darob zu korrigieren – denn in dieser Angelegenheit kann ein Angestellter der Bezirksverwaltung, mag er auch ein noch so treuer Carshallanhänger sein, nicht ganz so die Fakten ermessen wie wir von der Stadtverwaltung. Die Entscheidung über die Goodchild-Wiese wird, wenn es soweit ist, in Whitehall getroffen werden. Selbstverständlich hoffen und glauben wir, daß diese Entscheidung sich an die Interessen und Wünsche der Bewohner von Carshall anlehnen und sich nicht von dem Geist entfernen wird, der die Gründung der New Towns ins Leben rief; es ist jedoch eine Entscheidung, die notgedrungen eine Menge rechtlicher, wirtschaftlicher und verwaltungstechnischer Elemente beinhaltet und die nicht in der Aufwallung einer öffentlichen Kontroverse oder Debatte entschieden werden kann oder darf...« Mr. Parsons hielt inne, um Atem zu schöpfen. Auf einen Wink von Harold ertönten fortissimo die ersten Klänge von »God save the Queen« aus dem Tonbandgerät. Sofort entschuldigte er sich mit stummen Gesten für die Unterbrechung und gab ein Zeichen, man solle die Musik abbrechen. Aber sein Zweck war bereits erreicht, viele Zuschauer standen schon, und der Public-Relations-Beamte wies das Anerbieten, in seiner Rede fortzufahren, mit einer verneinenden Kopfbewegung ab. Als man dann in getreuer Verehrung vereint zusammenstand, flüsterte Muriel Bartley: »Bravo, Harold«, und Judy sagte mit kaum hörbarer Stimme: »Ich wußte, daß Papa siegen würde.«

Die beiden Reden hatten eine Sensation hervorgerufen, die selbst die Kontroverse über John Osbornes Stück in den Schatten zu stellen drohte. Muriel Bartley sprach von nichts anderem, als sie Sylvia nach Hause fuhr. Sylvia überlegte schweigend, ob Harold sich geschadet hatte oder nicht, und in die Befürchtungen um ihren Sohn mischte sich dauernd die Berechnung der Anzahl Wurstbrötchen, Kuchen und Sandwiches, die sie für die bevorstehende Party vorbereitet hatte. Aber sowohl die ungewohnte, nur halb begriffene Sorge und die vertraute häusliche blieben wirre Gedankenfolgen, denn dahinter spürte sie fortwährend den schändlichen Fußtritt Jimmie Porters in ihr nacktes Hinterteil, wie er am Ausguß in dem verkommenen Logis die Mutter getreten hatte, und vernahm seine bösen, höhnischen Worte: »Hast du mich verstanden, Mutter?«

Die Party war keine ganz einfache. Die Darsteller saßen zusammen. Man sah ihnen an, daß sie eigentlich mehr erhofft hatten. Gewiß, während der ersten Viertelstunde gingen die Leute hin und gratulierten ihnen. Lorna Milton sagte: »Sie, Ray, will ich nicht loben. Der Abend ist ohnehin schon genügend Calvert-betont. Außerdem fand ich, daß Sie und Terry sich zu sehr in den Vordergrund gespielt haben. Nein, mein Lob gebührt der Weiblichkeit. Ausgezeichnet, Priscilla! Ausgezeichnet, June! Obwohl ich keinen Augenblick glaube, daß sich zwei hübsche Mädchen wie ihr an einen solchen Kerl hängen würden.« Chris Milton stimmte jedoch ausnahmsweise nicht ganz mit seiner Frau überein. »Nein, nein. Jimmie Porter war der einzige, der bemüht war, sich auszudrücken. Nur finde ich, was vielleicht spießig von mir ist, er hätte dafür ein Instrument wählen sollen, das dem Ensemble besser entsprach. Nicht gerade die Trompete.« Muriel war voller Anerkennung für alle – sie hätten tatsächlich in ein Wespennest gestochen. Aber Sally Bulmer war es, die sich am ausführlichsten über die Leistungen äußerte. »Sehr

gut, Ray. Ich hätte es Ihnen nicht zugetraut. Junker Sonnenschein bringt es über sich, den Unbeliebten zu spielen. Und du, Priss, du hast mit deinem Bügeln den Kampf sehr gut dargestellt. Aber was hatte eigentlich dieser gutaussehende Lümmel dauernd in dem Haus zu suchen?« Sie stieß Terry Knowles in die Rippen. »Was für ein Haushalt! Das Stück ist sicher sehr gescheit, aber eine vernünftige Fürsorgerin hätte in anderthalb Tagen die ganze Wirtschaft in Ordnung gebracht.«
Harold erhielt ebenfalls eine Menge Lob, aber das bezog sich sehr bald nicht mehr auf das Stück, sondern auf seinen Kampf mit Mr. Parsons.
Sylvia, die sah, daß die Darsteller ganz allein saßen, war ein bißchen besorgt. Sie zwang sich dazu, sich an kleine Einzelheiten zu erinnern, die der eine oder andere auf der Bühne vollführt hatte, und sparte sich, obwohl es ihr schwerfiel, das Lob für Ray bis zuletzt auf. »Ich fand das sehr gut, Miß White –« Priscilla war im Normalzustand ein hübsches, blondes Mädchen, keineswegs verbittert oder traurig –, »als Sie im letzten Akt hereinkamen. Sie blieben an der Tür stehen, und ich glaube, alle Zuschauer empfanden das Bedeutungsvolle daran.« – »Ach, danke, Mrs. Calvert, danke. Mr. Calvert wird wütend auf mich sein. Ich blieb viel länger stehen, als er mir vorgeschrieben hatte. Aber ich sah nicht ein, warum die Männer die ganze Aufmerksamkeit des Publikums für sich beanspruchen sollten.« – »Haben wir denn das, Ray?« – »Jawohl, nicht wahr, June?« – »Ehrlich gesagt, ja, Terry.« June war im wirklichen Leben genauso geziert wie als Helena auf der Bühne. »Nun, wir können nichts dafür, wenn man uns Beachtung geschenkt hat, nicht wahr, Terry?« – »Bei diesem Chor von Männerschönheiten!« – »Es war unser Spiel. Sie ist doch widerlich, Ray. Du hättest ihr ordentlich eine kleben sollen.« – »Weißt du was, Bubi, wir spielen das ganze Stück noch mal ohne die Mädchen.« – »Ach, so ist das? Komm, June...« – »Wir treffen euch dann, wenn die Vorstellung vorbei ist.« – »Wenn du Glück hast, Terry Knowles.«
Sie machten alle nur Spaß und lachten schallend dazu. Doch etwas Ärger war auch dabei. Aber sie waren ja natürlich übermüdet. Sylvia spürte die Spannung, wenn sie auch die Gründe dafür nicht ganz verstand; aber sie wußte nicht, was sie dagegen tun sollte, außer daß sie alle lobte und die Stimmung der Gäste mit

Essen und Trinken anheizte, damit baldmöglichst der Höhepunkt erreicht wurde, abklang und alles nach Hause ging. Das gelang ihr vorzüglich, denn die letzten hatten sich heiser geschrien und waren eine Viertelstunde nach Mitternacht fort, als Arthur vom Bridge bei den Cranstons heimkam.
»Nun, wie ich höre, habe ich eine verdammt gute Vorstellung verpaßt. Gratuliere, Harold, mein Junge. Und nicht bloß wegen ›Blick zurück im Zorn‹. Wichtiger noch, du hast, wie ich höre, einige Runden mit dem eingebildeten Affen, Jock Parsons, gefochten, und alle glauben, du hast einen Punktsieg errungen.«
»Woher weißt du das alles, Vater?« Harold lächelte.
»Ah! Muriel kam auf einen Sprung vorbei, als wir beim letzten Rubber waren.«
»Man darf nicht alles glauben, was Muriel Bartley erzählt. Sie ist Partei. Aber ich denke, ich habe ihnen zu verstehen gegeben, daß nicht alles unbedingt nach ihrem Kopf gehen wird.«
»Bravo!«
»Ich finde, Vater, es gibt schließlich Zeiten, in denen Takt nur ein anderes Wort für Feigheit ist.«
»Das kann ich nicht beurteilen. Mir ist eins so fremd wie das andere.«
Die Hitze und Rauchluft im Zimmer drohten Sylvias Erschöpfung in einen Schwindelanfall ausarten zu lassen. Sie erhob sich, um ins Bett zu gehen.
»Wie hat dir denn das Ganze gefallen, Sylvia?« Arthur zwinkerte Harold zu. Sylvia wurde klar, daß sie zu Harold noch kein Wort des Lobes über die Inszenierung gesagt hatte; sie empfand das verzweifelte Bedürfnis nach einem Kontakt mit ihm.
»Ich glaube, ich verstehe, was du meinst, was den Jungen betrifft. Nämlich, daß er liebenswert und unliebenswert zugleich ist. Aber es kam ihm eigentlich nicht zu, zu sagen, daß die eine alte Frau nicht hätte sterben dürfen oder daß die andere besser tot wäre. Beide waren Menschen...«
Sie sah ihm an, daß er keine Ahnung hatte, was sie meinte, und daß es ihr völlig mißlungen war, sich ihm verständlich zu machen. Aber jetzt, in der beklemmenden Hitze und dem Rauch, konnte sie nichts mehr dazu tun. Wenn sie nicht flüchtete,

würde sie umfallen. Als sie in der reineren, kühleren Luft der Diele einen Augenblick stehenblieb, um ihr Gleichgewicht wiederzufinden, hörte sie Arthur und Harold miteinander sprechen.
»Die alte Dame wird etwas wunderlich, nicht wahr, Vater?«
»Ich glaube, ihr Kinder habt nie eine Ahnung gehabt, wie schwierig eure Mutter sein kann.«
Sie wartete darauf, was Harold antworten würde, da aber nichts erfolgte, schleppte sie ihren schweren Körper hinauf in ihr Bett.

5
Neues Laub

Zum zweiten Male war Sylvia von Renee Cranston in Melling erwischt worden. Diesmal stießen sie vor dem Selbstbedienungsladen aufeinander. Aber Renee sagte nur: »Sie sieht man ja überhaupt nicht mehr. Geht's gut? Wiedersehen!«, lächelte strahlend und war verschwunden. Sylvia wußte nicht genau, ob der gekränkte Ausdruck, den sie in dem munteren Vogelauge wahrzunehmen glaubte, auf ihrer Einbildung beruhte oder nicht. Wie dem auch sei, sie war viel zu resigniert, um sich darüber aufzuregen. Das Einkaufen hatte sie inzwischen auf einmal in der Woche im Town Centre und drei kurze Gänge in die Läden von Melling beschränkt. Die paar Besorgungen, die sie in Melling in einer Viertelstunde erledigte, waren fast alle gemacht. Bald würde sie wieder zu Hause sein, um Arthur in die British Legion und zu den Buchmachern auf den Weg zu bringen, und dann würde ihr wieder ein langer inhaltsloser Tag in der ›Villa Sykomore‹ bevorstehen. Inhaltslos eigentlich nicht, denn es gab immer das Fernsehen und die Romane, und außerdem hielt sie darauf, sich jeden Nachmittag hinzulegen, wie der Arzt es verordnet hatte. Schließlich hatte sie ihren Beruf ja aufgegeben, weil sie krank war, und es war absurd, sich zu ereifern, bloß weil sie sich schonen mußte.

Der Abend damals nach der Vorstellung hatte sie ziemlich erschreckt. Hoher Blutdruck bewirkte ja diese Depressionen, aber man mußte sich in acht nehmen, denn wenn man sich zu sehr aufregte, stieg der Blutdruck sofort an. Wie dem auch sei, trotz aller Religionen und Philosophien hatte man es in Tausenden von Jahren noch nicht fertiggebracht, diese Probleme zu lösen, warum sollte sich dann eine ungebildete alte Frau wie sie damit befassen? In hundert Jahren würde es genau das gleiche sein, das war alles, was sich dazu sagen ließ. Und daß man seine Pflicht tat – darum hatte sie sich redlich bemüht. Sie hatte ihr Leben lang schwer gearbeitet. Arthur schien das Leben herrlich zu finden; sie hatte ihre Gratifikation von zweihundert Pfund darangegeben, um seine ganzen Schulden zu bezahlen, aber was kümmerte ihn das? Und die Familie – was sollten die, die alle so gebildet waren, mit ihr anfangen? Sie war ihnen dankbar für ihre Güte und bemühte sich, wo sie konnte, ihnen gefällig zu sein; im übrigen hielt sie am besten den Mund. Wie oft hatte sie das gedacht, wenn sie sah, wie manche der alten Dauergäste ihre Tage mit Nörgeln und Ächzen verbrachten, und was dem einen recht ist, ist dem anderen billig.

Aber abgesehen von den Depressionen gab es eine Frage, die ihr in unbeschäftigten Augenblicken zu schaffen machte – wie jetzt, wenn sie vom Einkaufen heimkam, oder zwischen Fernsehprogrammen und Büchern, oder abends, bevor die Familie nach Hause kehrte. Sollte sie an Miß Priest schreiben? Die Adresse wußte sie jetzt, der Name des Hotels war durch die Zeitungsberichte herausgekommen. Eine Reporterin hatte Miß Priest dort interviewt. »Miß Priest, eine hochgewachsene, elegante, weißhaarige Frau, die weit jünger aussieht als ihre Jahre, lächelte über meine Vorstellung, daß viele in ihrer Situation so rasch wie möglich von dem Schauplatz solchen tragischen Geschehens geflohen wären. ›Was andere täten, kann ich nicht sagen‹, meinte sie, ›aber Theodora würde mir nicht weniger fehlen, wenn ich Ibiza verließe. Das einzige, was ich für sie tun kann, ist, hierzubleiben und die Polizei bei ihren Ermittlungen nach Kräften zu unterstützen.‹« Sylvia erkannte darin sofort die Vernunft und den Mut, die ihr vor Jahren so gefallen hatten. Aber die Reporterin hatte noch einen Kommentar angefügt. »Gewiß, das ist ein Standpunkt. Doch als ich auf das Hotel zurückblickte, zu den Balkons, von denen Kaskaden von purpurnen Bougainvilleen im grellen Sonnenlicht herunterfluteten, beneidete ich Miß Priest nicht um die Fortsetzung ihres Aufenthalts in einem noch so romantischen und bequemen Luxushotel.« ›Man soll den Tag nicht vor dem Abend loben –‹ fiel es Sylvia ein aus ihrer Zeit in der Pfarrei, als die Köchin das immer gesagt hatte; sie hätte es am liebsten auf eine Postkarte geschrieben und der Reporterin geschickt. Sie war überzeugt davon, daß Miß Priest niemals herzlos sein könnte. Was sollte sie ihr schreiben? Sollte sie ihr dafür danken, daß Miß Priest einer gewöhnlichen Berufstätigen ihre Freundschaft angeboten hatte? Sich dafür entschuldigen, daß sie

sie abgelehnt hatte? Erklären, daß Schüchternheit und noch etwas anderes, Vorsicht, sie gehemmt hätten? – denn wer sich nicht exponiert, wird nicht verletzt. Als ob Miß Priest, die die ganze Welt bereist hatte und Tausende von Freunden besaß, die törichte Zurückhaltung der Leiterin eines kleinen Hotels etwas ausgemacht hätte; jetzt aber, selbst wenn sie sich nicht einmal an Sylvias Namen erinnerte, war vielleicht jeder freundschaftliche Brief... Sie ging auf ihr Zimmer und nahm ihren Schreibblock heraus. Das Telefon läutete. Fast wollte sie nicht darauf reagieren. Vermutlich würde der Teilnehmer sowieso, bis sie in Harolds Zimmer angekommen war, wieder eingehängt haben. Aber schließlich war es Harolds Haus, und Harold hatte ein Recht darauf, daß man ihm Bestellungen ausrichtete.

»Hallo? Ach, Mrs. Bartley. Nein, Harold ist leider schon fort. So, das wußten Sie? So? Ach, gewiß. Ja, selbstverständlich. Ich tue, was ich kann. Ach so. Ja. Ja. Du liebe Zeit, das weiß ich nicht! Dafür bin ich wohl zu dumm. Ich habe zwar keine Ahnung, worum es sich handelt, aber wenn Sie und Harold beide der Ansicht sind, wird es sicher so sein... Also rechnen kann ich gut. Ach so. Nicht wirklich. Ich habe oft die Speisekarten und solche Sachen getippt, wenn die Sekretärin Ausgang hatte... Nur mit zwei Fingern, wissen Sie. Wenn das genügen würde. Oh, das ist wohl kaum nötig. Nun, darüber können wir später sprechen. Ich möchte es mir erst überlegen. Soll ich zurückrufen? So um sieben. Ja. Selbstverständlich.«

Da war nichts zu machen. Natürlich mußte sie die Arbeit übernehmen, da Harold die Sache mit der Goodchild-Wiese so sehr am Herzen lag. Aber, ehrlich gesagt, hoffte sie, daß sie nicht allzuviel Zeit erfordern würde, denn Muriel Bartleys kluge Reden erschreckten sie etwas, und außerdem war ihre Nachmittagsruhe zu bedenken, und gewisse Sendungen des Kinderfernsehprogramms, die sie inzwischen mit Interesse verfolgte, wollte sie ebenfalls nicht gern verpassen.

Harold war entzückt. »Ich als Schulvorsteher darf mich in dieser öffentlichen Kontroverse nicht allzusehr exponieren, wie Muriel weiß. Die Bezirksverwaltung könnte daran Anstoß nehmen. Aber ich glaube noch immer, daß ich die Sache in Gang gebracht habe. Und das Bewußtsein, daß jemand aus der Familie dabei hilft...«

Sylvia freute sich über seine offensichtliche Befriedigung. »Ich will gern mein Bestes tun, Kind.«
»Ach, du wirst es glänzend machen. Es ist nur eine kleine Routinearbeit. Ich weiß zwar nichts Näheres darüber, aber Muriel wird dich kaum überfordern. Ich bin, wie du weißt, der letzte, Mutter, der verlangte, daß du dich in irgendeiner Weise überanstrengst. Du mußt auf deine Gesundheit Rücksicht nehmen. Aber ich habe mir etwas Sorgen gemacht... Das Leben im Ruhestand ist nicht ganz einfach, und wir wollen nicht, daß du die Gardinenkrankheit bekommst.« Er deutete mit der Hand auf die schweren feuerroten Samtvorhänge, mit denen Beth das Wohnzimmer aufgedonnert hatte. »Es ist allerdings nur eine Anpassungskrankheit, aber...«
Also wurde Sylvia jeden Morgen bei Muriel Bartley abgesetzt, wenn Harold mit dem Zephyr in die Schule fuhr; und sie ging jeden Mittag in der stärkenden Märzsonne zu Fuß zurück, es sei denn, es regnete, in welchem Fall Muriel sie mit dem Vauxhall nach Hause fuhr. Die allgemeine Freundlichkeit war überwältigend.
Muriel Bartleys Haus war zum Arbeiten allerdings eine merkwürdige Umgebung. Als Bau war es zwar identisch mit Harolds Haus und hieß ›Sorbetts‹, nach einer alten Farm, die früher einmal dort gestanden hatte; aber innen sah es ganz anders aus. Muriel, in ihrem Morgenanzug aus langen schwarzen Hosen, gestreifter seidener Hemdbluse und goldenen chinesischen Sandalen, stellte das am ersten Tage klar.
»Ich fürchte, wir sind nicht gerade modern eingerichtet. Ich liebe alte Möbel, oder vielmehr den alten Stil. Und außerdem sammle ich mit Passion. Was ich alles gesammelt habe, seit Geoff und ich die vielen Seereisen in den letzten paar Jahren gemacht haben! Wie finden Sie meine Puppen? Und mein Porzellan? Und mein Glas? Ach, ich weiß nicht, manchmal möchte ich am liebsten alles verkaufen und von vorne anfangen. Schließlich liegt der Spaß ja im Sammeln. Aber für das Haus bleibt mir eigentlich wenig Zeit, wenn ich endlich damit fertig bin, alle herumzukommandieren. Ich bin ein schrecklicher Tyrann, leider. Sie dürfen sich von mir nichts gefallen lassen. Wehren Sie sich. Wie alle Tyrannen gebe ich sehr schnell klein bei.«
Muriel hatte ihr eigenes kleines Arbeitszimmer, das Äquivalent

von Harolds Arbeitszimmer. Die Einrichtung war einfach – alles Gebrauchsmöbel, bis auf eine kleine Cocktailbar, die sie geschickt in einer Ecke untergebracht hatte. »In dem Zimmer, in dem ich arbeite, könnte ich keinen anderen Menschen ertragen. Besonders keine andere Frau. Ihnen geht es wahrscheinlich ebenso. Zwei alte Hennen zusammen?« Sie lachte, und Sylvia lachte ebenfalls erleichtert.

Täglich saß Sylvia auf einem gebrechlichen, hellgestrichenen Holzstühlchen an einem gebrechlichen, hellgestrichenen Holztischchen im Salon, umgeben von den französischen Stilmöbeln – Louis irgendwas, wie Muriel sagte –, die mit mattblauem Seidendamast bezogen waren, mit Ausnahme von zwei geräumigen Sofas in Chintzüberzügen, in welchen man, wie Muriel erklärte, »versank, um nie wieder aufzustehen«. Auf dem Tisch war nur gerade genug Platz für die Schreibmaschine, so daß die Briefumschläge, Adreßbücher und Formulare alle zu ihren Füßen auf dem dicken Bodenbelag aus mattblauem Velours aufgeschichtet lagen. An dem ersten Morgen brauchte sie eine gewisse Zeit, bis sie sich von der ablenkenden Wirkung all der Dinge, die sie umgaben, freigemacht hatte – die ovalen Paneele aus blauer Atlasseide, auf denen, weißgerahmt, die ›Cries of London‹ hingen, die ungezählten Puppen in Nationalkostümen in der Vitrine vor ihr, die Reihen von Schiffen in Flaschen und die venezianischen Glasschwäne und Briefbeschwerer in der Vitrine hinter ihr, und zu ihrer Linken die Porzellanvitrine, in der sich Pudel und Damen in Krinolinen und rosenumrankte Landhäuschen mit weißen Porzellankörben, Maskotteäffchen und eine riesige Cheshire-Katze mit langem Hals und dreist zwinkerndem Auge zusammendrängten. Überall war etwas Interessantes, das sie von den Namen und Adressen, die sie aus den Adreßbüchern auf die Umschläge abschrieb, ablenkte.

Indessen erwies sich, wie Harold gesagt hatte, ihre Aufgabe als eine reine Routinearbeit. Es gab drei verschiedene Formulare – eins für die Einwohner, eins für Geschäftsleute und eins für Klubs und Gesellschaften; Sylvias Aufgabe bestand darin, die Adressen herauszusuchen und sie auf die Umschläge zu tippen. Sie konnte überhaupt nur einen Fehler machen – wenn sie nämlich das falsche Formular in den falschen Umschlag steckte. Sobald sie sich daran gewöhnt hatte, in einer so ausgefallenen Um-

gebung zu arbeiten, und nicht mehr auf Muriels Schritte achtete, merkte sie, daß die Arbeit ihr sehr rasch von der Hand ging. Bald tippte und sortierte sie fast automatisch und dachte dabei an die gestrige Sendung von ›Unsere Welt‹ oder an die neue über Gefängniswärterinnen – wie würde die nette kleine schottische Wärterin der modern denkenden und durch und durch gerechten Gefängnisleiterin beweisen, daß sie keine Zigaretten in die Krankenabteilung geschmuggelt hatte, wenn alle anderen Wärterinnen so gegen sie waren? Das Vergnügen an ihrem gestrigen Fernseh- und Leseprogramm verband sich angenehm mit der Vorfreude auf den heutigen Nachmittag. Sie wußte selbstverständlich schon aus einem anderen Buch, daß die Königin das Getue der Herzogin schließlich satt bekam und sich mit ihr überwarf, aber diesmal war es ein historischer Roman, und bei solchen Romanen wußte man nie genau, was vielleicht passieren würde, außerdem war eine junge Hofdame hin und her gerissen zwischen ihrer Liebe zu der armen, unterdrückten Anne und der heftigen Sarah; es war schwer vorauszusagen, auf welche Seite sie sich im entscheidenden Augenblick stellen würde. Gewöhnlich wurde es Mittag, bevor Sylvia verschnaufen konnte.
Zeit, nach Hause zu gehen – oder beinahe. Denn ganz glatt geht es nirgends. Mittags erschien Muriel, die statt der Hosen jetzt ein Kostüm trug für eine Komiteesitzung am Nachmittag, oder nur, weil sie schnell mal eine der vier Bartley-Filialen auf Trab bringen wollte – sie erledigte die ganze Buchhaltung der Firma in ihrem kleinen Arbeitszimmer daheim.
»Wie wär's mit einem Schlückchen für unser braves Kind? Was! Achtundsiebzig Adressen heute! Dafür verdienen Sie einen Doppelten!« Und so zogen sie zu der kleinen Bar, wo Sylvia sich mit einigen Schwierigkeiten auf einen Drehhocker hinaufschwang. Von dort aus starrte sie auf die Reihe von Krügen, die auf dem hinteren Fach standen. Aus dem ersten Krug lugte der Kopf eines Mädchens, jeder weitere zeigte ein bißchen mehr von ihr, während sie allmählich nackt herauskletterte; schließlich war das Mädchen ganz aus dem Krug heraus, umschlang ihn und zeigte ihr Hinterteil, wobei sie frech über die Schulter blickte. Sylvia trank ihren geliebten Gin-Vermouth und genoß ihn, vielmehr, sie würde ihn genossen haben, wenn sie nicht mit Muriels Konversation hätte Schritt halten müssen.

»Sie waren also nicht im Ausland? Nun ja, ich glaube nicht, daß Sie viel versäumt haben. Die Sonne ist schön, gewiß. Aber jedes Jahr sage ich Geoff: ›Das war das letzte Mal.‹ Bei dem schlechten Essen! Und die Preise sind ja manchmal die reinste Ausbeuterei. Es ist sowieso eigentlich überall dasselbe – die Hauptstädte des Nordens, die griechischen Inseln, wir haben alles gesehen. Aber immerhin, einen guten Poker findet man meistens überall. Und außerdem tanzen Geoff und ich gern. Ja, eigentlich ist es schade, wenn man nicht reist.«
»Ich hatte zuviel im Hotel zu tun, um reisen zu können.«
»Aber gewiß, zuerst kommt das Geschäft. Und besonders, da Ihr Mann mit dem Geld ein bißchen leichtsinnig ist... Oh, ich weiß alles, Harold hat es mir erzählt. ›Leihen Sie meinem Vater kein Geld‹, hat er gesagt, noch ehe Sie ankamen. Nicht daß Geoff und ich geizig wären. Wenn du Geld gibst, gib es für wohltätige Zwecke, heißt unser Motto. Arbeiten Sie für das Rote Kreuz?«
»Ich weiß, ich hätte das tun sollen, aber im Hotelgeschäft...«
»Wenn man nicht sein eigener Herr ist, freilich... Harold hat mir erzählt, wie Sie Pleite machten, als er noch ein Kind war. Eine Schande! Ich glaube, ich ginge auf und davon, wenn Geoff das Geschäft in Mitleidenschaft zöge... Ich weiß nicht, wie es kommt, aber sowohl Geoff wie ich haben Sinn fürs Geldverdienen. Für wohltätige Zwecke geben wir jedoch immer etwas aus. Man kann seinen Zaster verdienen und sich ein schönes Leben damit machen, aber man muß auch an die armen Teufel denken, die nicht das gleiche Glück haben wie wir, das sagen wir immer. Heute nachmittag, zum Beispiel, bin ich auf einer Komiteesitzung für Waisenkinder, die vom hiesigen Frauenverein veranstaltet wird. Arme Bälger, die kein Mensch haben will. Aber Sie haben es ebenfalls schwer gehabt, erzählte mir Harold. Sie wissen schon, was ich meine. Wetten ist doch eigentlich zu dumm, nicht wahr? Mal so eine kleine Wette macht mir auch Spaß, aber wenn es die Existenz vernichtet...«
»Ich weiß nicht, was Ihnen Harold erzählt hat, doch dürfen Sie nicht etwa denken...«
»Ach wo! Wir mögen den Alten ja beide. Natürlich ist er ein alter Hallodri. Aber ein lieber Mensch, das sieht man gleich. O nein, vielmehr Sie taten uns leid. Gleich am ersten Abend unserer Be-

kanntschaft in der ›Villa Sykomore‹ habe ich zu Geoff gesagt: ›Harolds Mutter hat viel durchgemacht.‹ Man erkennt das immer an den Augen.«

Während der ganzen ersten Woche bei Muriel Bartley mußte Sylvia feststellen, daß sie sich, wenn sie sich endlich zu ihrem Mittagsimbiß hinsetzte, sowohl gereizt wie beschämt fühlte. Sie konnte das gar nicht recht verstehen, denn Muriel war ja eine so muntere und herzensgute Person. Niemand tat so viel Gutes – wenn es sich nicht um »die armen Bälger, die keiner haben wollte«, handelte, dann bestimmt um »die armen Teufel, die nicht sehen können« oder »die armen Dinger, die mit einem Dachschaden auf die Welt gekommen sind«; es waren so viele verschiedene wohltätige Zwecke, um die sich zu kümmern Sylvia nie Zeit gefunden hatte. Nicht daß Muriel ihr etwa deshalb Vorwürfe gemacht hätte, sie verstand immer durchaus, warum Sylvia nicht dazu gekommen war – scheußliche Kindheit, Arthurs Wettleidenschaft, der wirtschaftliche Zusammenbruch in Paignton, Iris' Tod – sie schien über alles Bescheid zu wissen, das in Sylvias Leben jemals schiefgegangen war, sogar über manches, was diese bereits vergessen hatte. Sie war voller Anerkennung für die Arbeit, die sie leistete – »Ich habe so was noch nie erlebt. Sie arbeiten ja wie der Blitz. Wenn es nach Ihren Bemühungen nicht gelingt, die Goodchild-Wiese zu retten, dann kann es überhaupt nicht gelingen.« Sie war stets voller Lob. Und dennoch hatte Sylvia jedesmal Magenbeschwerden, wenn sie sich nachmittags hinlegte. Vielleicht lag es an dem Gin-Vermouth, aber den wollte sie ungern ablehnen, weil Muriel sie sonst vielleicht für scheinheilig gehalten hätte.

An dem Mittwoch der zweiten Woche war das letzte Kuvert geschrieben und zugeklebt. Muriel schien unangenehm überrascht. »Was fangen wir jetzt mit Ihnen an?«

Sylvia bekümmerte das sehr. »Aber ich bitte Sie, es ist gar nicht nötig, ich bin durchaus... Es sei denn natürlich, Sie brauchen mich.«

»Ich weiß eigentlich nicht recht, wozu. Immerhin, was man verspricht, muß man halten.«

»Mrs. Bartley, wenn Harold gesagt haben sollte...«

»Keiner hat etwas gesagt. Natürlich nicht. Außerdem darf ein guter Zweck sich gute Arbeitskräfte nicht entgehen lassen.« Und schon hatte sie eine neue Aufgabe parat.

»Sie dürfen mich jetzt nicht im Stich lassen, Mrs. Calvert, ich habe den Mund bereits zu voll genommen. Aber warum sollten Sie es eigentlich nicht können? Sie haben ja die Kuverts derart schnell erledigt. Diese Sache ist freilich schwieriger...« Und sie setzte Sylvia auseinander, daß ›Der Verein zur Rettung der Wiese‹ – so nannten sich jetzt die Beteiligten – dem Stadtrat einen Gegenvorschlag gemacht habe. Alle Beteiligten waren übereingekommen – Harold und die Bartleys an erster Stelle –, daß ein Bau repräsentativer Wohnungen notwendig sei, um Carshall den pluralistischen Anstrich zu geben, den die Pioniere der neuen Stadtsiedlungen anstrebten. Sie schlugen vor, daß man zur Vermeidung einer Bebauung des Wiesengürtels das Ministerium bestimmen solle, eine geringe Erweiterung des Stadtrandes auf das umliegende Land zu genehmigen. Der Pächter der Goodchild-Wiese besitze nämlich, wie Muriel erklärte, ein entsprechendes Bauland direkt an dem Stadtrand, so daß, wenn *er* es dem Stadtrat verkaufte, jeder auf seine Kosten käme.
Sylvia verstand die Zusammenhänge nicht ganz. Doch das war auch nicht nötig. Die hellen Köpfe des Komitees hatten den *Reith Commission Report,* die Jahresberichte des Carshaller Stadtrats und die Berichte der anderweitigen Städtesiedlungen durchgearbeitet. Muriel gab Sylvia eine Liste von Sachbezügen, die sie aus den verschiedenen Akten abzuschreiben hatte. Sie brauchte sie nur unter den entsprechenden Rubriken aufzuführen: landwirtschaftlicher Grüngürtel, Zwangsankauf von Akkerland, beschränkte Verpachtungen, Vielzweck-Wohnungsbau und so weiter.
»Harold spricht dauernd von der Notwendigkeit für Sie, sich hier einzuleben. Wenn Sie dies einmal hinter sich haben, können Sie den Geschäftsführer von Carshall über seine Arbeit belehren.«
Die neue Aufgabe kostete Sylvia eine außerordentliche Mühe. Für das Komitee war die einzelne Rubrizierung sicherlich ganz einfach, ihr aber fiel es oft schwer, zu entscheiden, ob etwas unter ›Zwangsankauf‹ oder unter ›Ausweitung der Stadtperipherie‹ aufzuführen sei. Infolgedessen machte sie sich die zusätzliche Arbeit, die fraglichen Posten doppelt abzuschreiben. Sie gab sich alle Mühe, zu glauben, daß Muriel sich diese Aufgabe nicht eigens für sie ausgedacht habe; doch ihr Verstand sagte ihr, daß es

gewiß viel routiniertere Stenotypistinnen als sie gäbe, und was die Unterteilung in Rubriken anging, so war das Komitee, wenn es die nicht zugleich mit der Sachliste ausgeführt hatte, wohl ganz besonders faul gewesen. Wie man es auch ansah, eine Aufgabe, die darauf angelegt war, Zeit auszufüllen, war reine Zeitverschwendung. Trotz aller Bemühung, sie aus ihrem Bewußtsein zu verdrängen, lief doch der Gedanke an die Bequemlichkeit ihres eigenen Lehnstuhls in ihrem eigenen Wohnzimmer oder an eine schöne, ausgedehnte Lektüre (Deborah Forrester, obwohl nur ein schmächtiges Mädchen, hatte gewagt, die hochmütige Sarah zu warnen, daß sie die Geduld der Königin Anne nahezu erschöpft habe) oder auch nur an das angenehme Gefühl, einfach faul in ihrem Sessel zu sitzen und Elsie Tanners Spalte in der *TV Times* zu lesen (ihre allgemeinen Ratschläge waren immer ganz vorzüglich), kreuz und quer durch das Gewirr von Formulierungen und gerichtlichen Entscheidungen, aus denen ihre Morgenarbeit bestand. Bei Uneinigkeit zwischen dem Stadtrat und der Bezirksverwaltung betreffs Zwangskäufen, wenn die Bezirksverwaltung den Grundbesitzer unterstützte, oder in einem Zwist zwischen dem Stadtrat und der Bezirksverwaltung bestimmte der Minister einen Sachverständigen, der die Einwände eines Beteiligten oder beteiligten Verbandes in einer öffentlichen Sitzung zu begutachten hatte. Aber es interessierte sie einfach nicht. Ihrer Erfahrung nach würden die Leute vom Ministerium die Frage von sich aus entscheiden, ganz gleich, wie sehr es einen betraf, wie sie ja alle Rationierungsfragen in den Nachkriegsjahren entschieden hatten, und diese Fragen hatten sie, als sie das Hotel in Scarborough leitete, ja wohl zur Genüge betroffen. Und daß man sich mit solchen Fragen beschäftigte, wenn man nicht direkt betroffen war, war ja wohl ein Zeichen dafür, daß das Komitee nicht sehr viel zu tun haben konnte. Wenn man zum Beispiel an die Geschichte von der Strandpromenadenerweiterung in Eastsea dachte! Da wäre das Hotel ja schön heruntergekommen, wenn sie sich damit befaßt hätte, das Warum und Wozu zu ergründen. Stadtrat und Verkehrsministerium hatten die Sache sowieso schon gemeinsam beschlossen, bevor noch die Öffentlichkeit einzuschreiten versuchte – Arthur hatte die Wahrheit darüber in seinem Klub erfahren.

Wie dem auch sei, Harold lag sehr viel an dieser Wiesengeschichte; also – abgesehen von Muriel Bartley, und zum Teufel mit Muriel Bartley, die war ja ganz belanglos – sie mußte sich eben bemühen. Wenn sie von den Wiesen- und Ackerlandgürteln las, welche in dieser oder jener neuen Stadtsiedlung erhalten blieben, »damit die Kinder in unmittelbarer Vertrautheit mit dem Wandel der Jahreszeiten aufwachsen können«, zwang sie sich dazu, sich das plastisch vorzustellen, indem sie sich vergegenwärtigte, wie denn die Goodchild-Wiese überhaupt aussah. Aber wenn man auf dem Land aufgewachsen ist, nimmt man Felder, die man nur vom Oberdeck eines fahrenden Busses erblickt, nicht ganz ernst. Sie fand es auf jeden Fall viel schlimmer, sich die Alternative auszumalen, daß sich Carshaller Häuser, wie die von Harold und Muriel, immer tiefer in das weite, öde Land hineinfraßen, in das sie allabendlich von ihrem Fenster hinaussah. Bei solchen Vorstellungen bekam sie Herzklopfen; zum Glück hinderten plötzliches Schwindelgefühl oder Atemnot sie, sich den Kampf weiter auszudenken – die Grabungen in den düsteren Feldern, die Ziegel, der Mörtel und die Arbeiter, die sich mit ihren Gerüsten über den lehmigen Boden ausbreiteten. In solchen Augenblicken bedrängten sie nachtschwarze Gedanken, und sie wünschte dann die abgeschlossene Geborgenheit der ›Villa Sykomore‹ um so sehnlicher herbei. Sie beeilte sich nach Kräften mit der neuen Aufgabe, um diesem neuen System so rasch wie möglich ein Ende zu setzen, denn sie dachte nicht daran, womöglich noch eine dritte Aufgabe zu übernehmen. Doch so leicht wie das Adressenschreiben ließ sich die Arbeit nicht bewältigen.

So geschah es denn, daß ihr eines Mittwochs beim Nachhausekommen bewußt wurde, daß sie in der Eile einen Bericht über einen Zwangskauf in Crawley in das Vielzweck-Wohnbau-Formular gesteckt hatte. Es kam ihr zum Bewußtsein, als sie sich die Schuhe auszog, um sich aufs Bett zu legen, und trotz der zwei Aspirintabletten, die sie jetzt regelmäßig nach ihrem Mittagsimbiß schluckte, konnte sie vor Sorge nicht schlafen. Während des Nachmittags- und Abendprogramms im Fernsehen quälte sie sich damit herum, so daß die Sendung über die alten Yorkshire-Schafglocken sie überhaupt nicht ablenkte, obwohl ihr solche Themen im allgemeinen gefielen, und nicht einmal der alte Harry Worth und die Faxen, die er mit seiner Wärmflasche machte, konnten ihr ein Lächeln entlocken.

Als sie am nächsten Morgen in der Villa ›Sorbetts‹ eintraf, entdeckte sie, daß Muriel die meisten Auszüge in den Sitzungssaal für den Vorsitzenden, Mr. Raven, mitgenommen hatte, der demnächst in der ersten öffentlichen Versammlung darüber sprechen sollte. Sie verbrachte einen elenden Vormittag, der damit ausgefüllt war, daß sie sich einerseits mit peinlicher Genauigkeit auf ihre Arbeit konzentrierte und andrerseits den Mut aufzubringen versuchte, ihren dummen Fehler einzugestehen.

Aber als die Zeit für den Mittagstrunk gekommen war, befand sich Muriel durchaus nicht in der Stimmung, über die Arbeit zu reden. Sie trug ein zinnoberrotes Moiré-Seidenkostüm, um Geoff zu einem seltenen Mittagessen in der Stadt und anschließender Theatervorstellung zu begleiten. Sie war voll von den neuesten Berichten über den Priest-Fall.

»Sie werden ihn wohl hängen«, sagte sie, »oder was man sonst in solchen Fällen in Spanien tut. Eigentlich tut er mir leid. Der arme Teufel hatte wohl seit Tagen gehungert. Ich sagte noch zu Geoff, als wir in Malaga waren, ›die armen Schweine haben sicherlich seit Monaten nichts Richtiges zu essen gehabt‹. Außerdem protzen viele dieser reichen Frauen mit ihrem Schmuck. Es wundert mich, daß nicht mehr abgeknallt werden. Aber Sex hat dabei vermutlich auch eine Rolle gespielt, glauben Sie nicht?«

»Von den Einzelheiten weiß ich eigentlich nichts. Ich habe nämlich Miß Priest, die Tante, vor Jahren gekannt, und irgendwie...«

»Tatsächlich? Ich will ja nicht kritisieren, aber ich finde, daß sie sehr viel Schuld hat. Ich meine, diese Person, die Nichte, hätte verheiratet sein sollen, statt an eine alte Frau gefesselt zu sein. Wie alt war sie? Dreiundvierzig? Eben, da ist es nicht verwunderlich, wenn wirklich mit dem Kellner etwas war. Da bekommen sie Torschlußpanik. Sie glauben gar nicht, was mir der Mann von Cook alles erzählt hat...«

»Miß Priest würde niemals jemanden an sich gefesselt haben. Dazu war sie viel zu unabhängig. Als ich sie noch kannte...«

»Sie müssen das natürlich besser wissen. Aber die Menschen ändern sich, nicht wahr? Besonders wenn sie alt werden, meine ich. Die Alte hatte schließlich den ganzen Zaster. Sie werden notgedrungen egoistisch. Sie brauchen sich nur die Fakten anzusehen. Ich meine, sie hätte der Nichte nur etwas Geld zu geben und ihr zu sagen brauchen, daß sie sich auf eigene Füße stellen sollte. Aber nein, bei solchen alten Wesen ist Geld eine Macht. Niemand will viel von ihnen wissen, also lassen sie ihre Umwelt dafür büßen. Ich will damit nicht behaupten, daß es bei Ihrer alten Dame ebenso war, aber im allgemeinen ist das der Fall.«

Sylvia stellte ihr noch halbvolles Glas Gin-Vermouth auf den Bartisch, rutschte mühsam von ihrem Hocker hinunter und suchte Tasche und Handschuhe zusammen.

»Bei Miß Priest war es ganz bestimmt nicht so, Mrs. Bartley. So etwas dürften Sie überhaupt nicht sagen.«

Muriels vorstehende Augen schienen noch mehr als sonst aus den schweren, grüngeschminkten Lidern zu platzen.

»Ach, wann lerne ich endlich meinen großen Mund zu halten? Ich hatte keine Ahnung, daß Ihnen die Sache so nahegeht, es tut mir *so* leid. Ich habe Sie beleidigt, ich seh's Ihnen an.«

»Nein, gar nicht. Das ist es nicht. Bitte, glauben Sie mir.«

Nur mit Mühe gelang es ihr, Muriels bestürzte Entschuldigungsreden abzuwehren. Erst zu Hause erinnerte sie sich an ihren Fehler in der Rubrizierung. Sie brachte es nicht über sich, Muriel deshalb anzurufen.

Am folgenden Morgen erschien sie nicht zum Frühstück.

Harold rief hinauf: »Es wird schon spät, Mutter. Bist du fertig?«

»Ich fühle mich nicht ganz wohl, mein Kind. Würdest du so gut sein, Mrs. Bartley zu bestellen, daß ich heute nicht komme?«

Im Laufe des Tages läutete ein paarmal das Telefon, aber sie ging nicht heran, aus Angst, daß es Muriel sei. Und richtig, am Abend erklärte Harold: »Ich habe Muriel auf dem Heimweg getroffen. Sie sagte, sie hätte den ganzen Tag versucht, dich telefonisch zu erreichen, Mutter. Anscheinend befürchtet sie, daß sie dich aus irgendeinem Grund beleidigt hat. Es hat irgend etwas mit einem Mord zu tun. Ihr Frauen!«

Sylvia lachte, und zum Glück nahm Harold an, daß damit das Thema erledigt sei.

Als es Montag wurde, sagte sie nach dem Frühstück ganz überlegt: »Ich gehe heute nicht zu Mrs. Bartley, Harold. Warte also nicht auf mich.«

»Fühlst du dich wieder schlecht, Mutter?«

»Nein. Aber es ist sinnlos, daß ich diese Arbeit mache.«

»*Was* sagst du da? Ich höre, du bist eine überragend tüchtige Sekretärin!«

»Ich fürchte, Mrs. Bartley übertreibt. Ich habe sogar einen sehr dummen Fehler gemacht.«

Als Harold das Nähere darüber erfuhr, lachte er. »Du lieber Himmel, Mutter! Warum hast du denn Muriel das nicht gleich gesagt? Aber es macht ja auch nichts. Du scheinst ja sowieso viel zu gewissenhaft zu sein. Und warum hat Muriel dir nichts für diese ganze Arbeit gezahlt?«

»Ich bin sehr froh, daß sie mir nichts gezahlt hat, denn auf diese Weise brauche ich nicht damit fortzufahren.«

»Aber, meine liebe Mutter, das Komitee rechnet doch mit dir.«

»Das glaube ich kaum. Die Arbeit kann jede Stenotypistin machen.«

»Unsinn. Jedenfalls rechne ich mit dir, Mutter.«

»Das ist sehr nett von dir, Harold. Aber du brauchst dir meinetwegen keine Sorgen zu machen. Ich werde mir mein Leben selbst einrichten. In meinem Alter muß ich es ablehnen, daß man kleine Beschäftigungen für mich erfindet.«

»Selbst wenn das zuträfe, was nicht der Fall ist, finde ich es viel dümmer, wenn du bloß herumsitzt und alt wirst.«

»Ich bin alt, mein Kind. Mach dir keine Sorgen, ich werde mit der Zeit schon genug zu tun finden. Es dauert nur ein Weilchen, bis ich mich eingewöhnt habe.« Sie lachte. »Ich bin nicht gewöhnt, nichts zu tun, wie Vater.«

Harold richtete den Stiel seiner Pfeife auf sie. »Mutter, ich werde jetzt etwas sagen, was dir vielleicht unangenehm ist. Vater ist die ganzen Jahre über unmöglich gewesen, das wissen wir alle. Aber du hast dir angewöhnt, an ihm herumzunörgeln. Ich frage mich manchmal, ob du eigentlich weißt, wie er heute ist.«

Sylvia sah ihn erstaunt an. »O ja, Kind, nach all diesen Jahren glaube ich, Arthur sehr gut zu kennen. Aber du darfst wegen dieser Nebensächlichkeiten nicht zu spät in die Schule kommen.«

»Mutter! Ich bin Schuldirektor und kein junger Büroangestellter. Außerdem handelt es sich darum, ob du dem Komitee helfen willst oder nicht. Wenn nicht, könntest du das Muriel wenigstens wissen lassen.«

»Natürlich werde ich das tun, Kind. Ich schreibe ihr heute vor-

mittag. Ich sage einfach, daß die Arbeit mich zu sehr anstrengt. Das ist das dumme an solchen Verwirrungen, daß sie immer zu Notlügen führen.«
Harold klopfte zornig seine Pfeife in dem Aschenbecher aus. »Also gut, ich will jedenfalls nichts mehr damit zu tun haben.« Er knallte beim Hinausgehen mit der Tür.
Im Lauf des Tages schrieb Sylvia sogar wirklich einen kurzen Entschuldigungsbrief an Muriel Bartley. Unmittelbar darauf schrieb sie einen langen Brief an Miß Priest. Sie verbreitete sich nicht darüber, wie schrecklich die ganze Mordsache gewesen sein müsse, statt dessen erinnerte sie sie an manche Ausflüge, die sie gemeinsam in Ilfracombe unternommen hatten, und an gewisse Aussprüche, die Miß Priest getan hatte. »Ich wollte Ihnen nur sagen«, schrieb sie, »welche Freude mir das alles damals gemacht hat.«
Die Enkelkinder waren zum Abendessen alle aus. Wenn Arthurs Geschwätz nicht gewesen wäre, hätte sie offen zugeben müssen, daß Harold sie in Acht und Bann getan habe. Sobald Arthur ausging – anscheinend zum Pokern zu den Bartleys –, ging sie nach oben, obwohl sie sich besonders auf den Maigret-Film gefreut hatte. Sie wollte Harold nicht in Verlegenheit bringen, indem sie ihn zu ostentativem Schweigen zwang. Sie hatte sich noch nicht lange in Mrs. Mashams Intrigen gegen die Herzogin von Marlborough vertieft, als das einschnappende Geräusch der Tür des Arbeitszimmers ihr meldete, daß sich Harold ebenfalls zurückgezogen hatte; aber Maigret war schon zur Hälfte vorbei.
Später wurde sie, wie üblich, durch Arthurs Nachhausekommen geweckt. Aber diesmal durfte sie nicht gleich wieder einschlafen.
»Du lieber Gott! Womit hast du denn Harold derartig verärgert?«
»Meine Arbeit war ganz überflüssig, Arthur. Ganz unsinnig...«
»Was heißt hier unsinnig? Harold wollte doch, daß du sie übernimmst. Ein solcher Egoismus ist mir noch nie vorgekommen. Nach allem, was er für uns getan hat.«
Er fluchte eine Weile und ging dann ins Bett. Sylvia war machtlos gegen den Weinkrampf, der sie gepackt hatte. Sie mußte sich fast mit dem Kissen ersticken, damit Arthur nichts hörte. Endlich

gab sein Schnarchen ihr die Möglichkeit, sich wieder auf den Rücken zu legen. Aber sie lag in leerer Verzweiflung wach, bis sie es fünf Uhr schlagen hörte.

Während der letzten Woche im März wurde das Wetter plötzlich ganz warm. Kleine, listig gepflanzte Zirkel von Osterglocken trugen den Frühling in die meisten der Mellinger Gärten. Rosa und weiße Blüten sprossen hier und da auf den Bäumen, welche Higgleton Road säumten. In Mardyke Road war ein weißes Haus von den feuerroten Blüten japanischer Quitten ganz bedeckt. Mit dem Anbruch der Osterferien beherrschten die Kinder die Straßen – auf Rollschuhen, Fahrrädern, mit Fußball und Sprungseil und sogar winzigen Reifen. Sylvias fast tägliche Gänge in die Läden von Melling wurden nun gefährlicher, angstvoller, anstrengender als die langwierigere wöchentliche Tour in das Town Centre, zur Leihbibliothek, denn die längere Expedition bedeutete nur eine kurze Gehstrecke durch die schreienden fremden Kinder zum Bus. Manchmal, in der Verzweiflung, versuchte sie die Läden auf Nebenstraßen zu erreichen, aber sie wimmelten ebenfalls von diesen fremdartigen, glücklichen, unabhängigen, ganz mit sich beschäftigten jungen Geschöpfen und stellten sich zuweilen, was noch schlimmer war, als mit Fahrrädern vollgestopfte, lärmende Sackgassen heraus. Jedoch, wenn das Spießrutenlaufen vorbei und sie wieder zu Hause war, wo die porzellanblaue Haustür der ›Villa Sykomore‹ den Frühling aussperrte, gab sie sich ihrer eingeschlossenen Geborgenheit hin. Manchmal hockte sie den ganzen Tag über einem Buch oder vor dem Fernseher, wie eine Haselmaus im Käfig. An anderen Tagen wechselte sie zwischen Buch oder Fernsehprogramm hin und her. Mal saß sie in ihrem Zimmer, mal unten, mal machte sie sich ein Sandwich oder kochte sich einen Tee zu den merkwürdigsten Zeiten, wenn die Schulsendung gerade vorbei war oder ein Kapitel ihres Romans Melisa York aus Natchez in das Haus ihres Onkels in Charleston führte, zu ihrer ersten romantischen Begegnung mit dem jungen Offizier aus den Nordstaaten – das waren Sylvias Kanarienvogel- oder Wellensittichtage. Aber ob die Tage apathisch oder zwitschernd waren – sie legte sich regelmäßig nachmittags hin, eine halbe Stunde, die sich ausdehnte und manchmal von zwei bis halb vier oder vier Uhr dauerte. Auch aß sie viel, zum Teil damit sie kein Abendessen brauchte, denn wenn sie nicht mit dem Kochen an der Reihe war, blieb sie häufig auf ihrem Zimmer. Das fiel sogar den Enkelkindern auf.

Judy sagte: »Du mußt essen, Großmutter. Ich weiß, das fällt einem manchmal furchtbar schwer. Mrs. Ogilvie sagt, sie hat Zeiten, in denen ihr das Essen einfach widersteht.«

Mark fragte, ob sie vielleicht vor bestimmten Abendgerichten einen besonderen Widerwillen habe.

»Ich weiß, meine Makkaronis sind ein bißchen penetrant, aber das könnte man mit Leichtigkeit...«

Weil Mark wie immer so undeutlich sprach, erfuhr Sylvia nie, was man mit Leichtigkeit hönnte.

Ray setzte sich hin und sagte: »Die Tischgespräche der Familie sind natürlich sozusagen zum Kotzen, Liebchen. Aber du mußt brav sein und essen.«

Sie bemühte sich, auf ihre gutgemeinte Besorgnis zu reagieren, aber die Familiengespräche beim Abendessen störten sie dermaßen in ihren Gedanken, rissen sie dermaßen aus den vielen Geschichten heraus, die sie mit Eifer verfolgte, daß sie fürchtete, laut loszuschreien und die Sache damit noch zu verschlimmern. Bald hatte man sich mit ihrem Fehlen beim Essen abgefunden.

Ein paarmal wachte sie nachts mit einem wahren Heißhunger auf und mußte sich wohl oder übel in Schlafrock und Pantoffeln in die Küche hinunterschleichen, die in dem stummen Mondlicht noch schauerlicher als sonst einem weißen Friedhof glich. Bei einer solchen Gelegenheit traf sie Harold, als er aus seinem Arbeitszimmer kam, wo er bis spät in der Nacht Berichte verfaßt hatte. Sie gingen stumm aneinander vorbei. Sie wandte sich unwillkürlich nach ihm um, als er nach oben ging, und stellte dabei fest, daß er sich ebenfalls nach ihr umgewandt hatte. Fast eine Minute lang starrte sie ihm in die Augen, die völlig geistesabwesend wirkten. Danach hielt sie sich eine Büchse mit Keksen und etwas Schokolade auf dem Zimmer.

Danke, das genügt mir, Gefängniswärterin Webb. Nein, ich will keine Entschuldigungen hören. Die Vorschriften bezüglich Kosmetika für Häftlinge sind völlig eindeutig. Aber die Wiggin hat geschworen, daß sie nicht im Lagerraum war, als die Kosmetik-Zuteilungen für diesen Monat ausgegeben wurden. Meine liebe Wärterin Webb, wenn Sie alles glauben, was Frauen wie die Wig-

gin Ihnen erzählen! Die sind nicht gerade besonders ehrlich. Deswegen sind sie ja hier. Ja, das sehe ich ein, und ich bin längst nicht mehr so vertrauensvoll, wie ich anfänglich war, Frau Oberwärterin. Aber die Wiggin scheint mir doch etwas anderes als die anderen zu sein; sie ist ein halbes Kind und... Aber ein halbes Kind, das sich einbildete, ein Recht auf anderer Leute Eigentum zu haben, und die sich das so lange einbildete, bis sie im Gefängnis landete. Diese Frauen sind kriminell, Wärterin Webb. Ja, natürlich sind wir hier, um ihnen zu helfen. Wir sind hier, um für Disziplin zu sorgen. Wir Wärterinnen sind gewöhnliche Frauen, die eine bestimmte Arbeit zu leisten haben. Aber wenn es Sie nach solchem hochtrabenden Geschwätz verlangt, Wärterin Webb, dann unterhalten Sie sich mal lieber mit unserer lieben neuen Direktorin über die armen, harmlosen, mißhandelten Sträflinge und über Gefängnisreform oder worüber sie sich sonst noch dauernd verbreitet. Aber kommen Sie mir nicht noch einmal mit solchen Ausreden... Aber, aber, Miß Webb, was ist denn los? Hat die Oberwärterin mal wieder einen ihrer Vorträge losgelassen? Es ist gar nichts, Mr. Varley, glauben Sie mir. Hören Sie, Miß Webb, wenn man, wie ich, seit drei Jahren hier Gefängnisgeistlicher ist, dann weiß man, wenn Menschen unglücklich sind; die alte Xanthippe hat Sie auf dem Strich. Gut, wenn Sie mir lieber nichts davon sagen wollen. Aber, Miß Webb... Janet, haben Sie jemals in einem chinesischen Restaurant gegessen? Hätten Sie Lust? Vogelnestersuppe und all so was! Ich würde Sie liebend gern hinführen, wenn Sie Lust haben.
Es war nichts zu machen, wer immer da läuten mochte, ließ sich nicht beirren, obwohl Sylvia das Geklingel drei Minuten lang geflissentlich überhörte. Sie ging an die Haustür. Sally Bulmer tauchte breit im Türrahmen auf, weniger zigeunerhaft, aber fast noch umfangreicher in ihrem Tagesanzug, lauter Busen und Spitzenbluse und eine riesige, ungeschliffene Amethystbrosche.
Als das Stimmengeräusch aus dem Wohnzimmer hinausdrang, rief sie: »Fernsehen!« im Ton stolzer Entdeckung.
Sylvia ignorierte den Ausruf. »Leider ist niemand zu Hause.«
»Außer Ihnen. Wobei störe ich Sie gerade?«
»›Gefängniswärterin Webb‹.«
»Ah, die neue Sendereihe. Können neue Zuschauer folgen? Erklären Sie mir lieber, worum es sich handelt.«

Sylvia führte sie in das Wohnzimmer. »Die Oberwärterin hat die Wärterin Webb schon wieder getadelt. Und der Gefängnisgeistliche hat sie zum Abendessen eingeladen. Er ist noch ganz jung. Ach ja, und das da ist die Wärterin Appelby. Sie ist mit Jimmie verlobt. Er ist Student. Und voriges Mal hat Mollie Green, eine der Sträflinge, durchblicken lassen, daß sie Jimmie kennt. Infolgedessen...«

»Pst! Pst!« Sally legte mit gespieltem Ernst den Finger an die Lippen. »Wir müssen unser Fernsehen ernster nehmen.« Sie saßen und lauschten ein paar Minuten lang, wie Wärterin Appelby sich mit Mollie Green über Jimmie stritt, bis ein glucksendes Geräusch von seiten Sally Bulmers Sylvias Aufmerksamkeit von dem Bildschirm ablenkte. Sallys Augen blitzten vergnügt, und als Sylvia sie ansah, brach sie in ein schallendes Gelächter aus. »Was für ein himmlischer Kitsch!« rief sie aus.

Sylvia stand auf und drehte ab. »Ich fürchte, mir gefällt es.«

»Das ist aber ganz falsch. Ja, hin und wieder ein Ulk, warum nicht? Aber Abend für Abend! Herrgott, da hätten Sie doch Besseres zu tun.« Sylvia hätte sich gern aus dem Zimmer gestohlen, aber dafür eignete sich ihre Figur leider nicht, und Miß Bulmers ebenso umfangreiche Gestalt schien jeden Fluchtversuch zu versperren. Sie lehnte sich auf ihrem Stuhl zurück, blies einen Zigarettenrauchring und betrachtete Sylvia mit ironisch-belustigtem Blick.

»Sie sind sehr freundlich, Miß Bulmer, ich weiß. Aber ich bin alles andere als gescheit, und was mir gefällt, würde Ihnen nie gefallen, davon bin ich überzeugt.«

»Sie sind doch bestimmt nicht schwachsinnig. Sie haben eine ganze Anzahl von Hotels eine beachtliche Reihe von Jahren geleitet. Dazu gehört Verstand. Gehen Sie unter Menschen und leisten Sie wieder etwas, Mrs. Calvert.«

»Es geht mir gesundheitlich nicht sehr gut, wissen Sie. Durch meinen hohen Blutdruck bin ich eine halbe Kranke.«

»Sie werden kränker werden, wenn Sie so weitermachen. Sie werden reif für die Klapsmühle werden. Televisionitis. Der Fluch unserer Zeit.«

»Es ist sehr freundlich von Ihnen, Miß Bulmer. Ich weiß, es ist Ihr Beruf.«

»Beruf! Ich bin doch nicht etwa als Fürsorgebeamtin herge-

kommen, Sie Gute. Ich bin hier sozusagen, um von Frau zu Frau mit Ihnen zu sprechen.«
»Dann ist es noch freundlicher, daß Sie mir helfen wollen, aber...«
»Nein. Ihretwegen komme ich nicht. Bilden Sie sich bloß das nicht ein. Um Sie ist es mir nicht zu tun. Zumindest nicht in erster Linie. Es handelt sich um unseren Harold. Als Fürsorgebeamtin von Carshall weiß ich, was unser Harold für uns bedeutet. Er hat sich schon viel zuviel aufgebürdet, ohne daß ihm auch noch seine Mutter Sorgen macht.«
»Ach so. Meinen Sie nicht, daß er sich an mich gewöhnen wird? Er ist schließlich mein Sohn, und ich glaube, daß ich ihn nach all den Jahren sehr genau kenne.«
Miß Bulmer warf sich auf die Couch zurück und hing sich den Tuchmantel lose um die Schultern, so daß es fast aussah, als säße sie wieder im Abenddekolleté da. Ihre großen dunklen Augen blickten Sylvia prüfend an. »Kennen Sie ihn wirklich? Kennen Sie ihn wirklich?«
Sylvia sagte: »Ich mache Ihnen einen Tee.« Als sie mit dem Tablett zurückkam, blätterte Miß Bulmer in ›Königin oder Herzogin‹.
»Ich finde es recht gut. Handelt von einem jungen Mädchen, das Hofdame bei Queen Anne wird.«
»Queen Anne!« Miß Bulmer lachte theatralisch. »Queen Anne ist tot, meine Beste! Aber Carshall ist nicht tot! Es ist voller Leben, voller Menschen, voller Aufgaben. Gewiß – auch voller Probleme. Gehen Sie aus sich heraus, lernen Sie uns kennen! Manche von uns können gelegentlich langweilig oder lästig sein, aber Sie werden viel Spaß haben.«
»Ich bin kein junges Mädchen mehr, Miß Bulmer.«
»Das weiß ich. Aber wissen Sie, was Sie sind? Ein bißchen idiotisch.« Miß Bulmer lachte, machte dann ein ernsteres Gesicht. »Warum vertiefen Sie sich fortgesetzt in das Leben anderer Menschen, Mrs. Calvert? Und was für Menschen! Queen Anne, die seit Jahrhunderten tot ist, und der ganze Unsinn im Fernsehen – Menschen, die nicht echt sind, die unechtes Zeug schwatzen! Das wissen Sie. Sie haben Angst vor etwas, Angst vor Gespenstern, Angst vor der Dunkelheit. Aber diese Traumfabrikate werden Ihnen nicht dagegen helfen. Sie müssen etwas tun, Men-

schen sehen, etwas leisten. Das ist das einzig Richtige.« Sie setzte ihre Tasche hin und stand auf. »Nun, das war eine Schockbehandlung. Vielleicht nützt sie, vielleicht auch nicht. Das liegt bei Ihnen. Sie werden es mir möglicherweise übelnehmen, aber einer mußte es ja tun. Auf Wiedersehen. Entschuldigen Sie, daß ich Ihr Fernsehen gestört habe.« Unter schallendem Gelächter verschwand sie ebenso plötzlich, wie sie erschienen war.

Sylvia ging hinauf, um ins Bett zu gehen. Durch das Fenster zeigte sich im Mondlicht das erste zarte Grün auf der endlosen Fläche gepflügter Erde. Die Hecken, die zwischendurch unregelmäßige Muster in die weite Ebene schnitten, waren grün und gelegentlich weiß von Schwarzdornblüten. Sylvia sah, wie sich etwas bewegte. Jemand glitt am Rand einer Hecke entlang, hielt sich dicht an die Hecke, schritt wahrscheinlich auf einem schmalen Furchenrain – aber so langsam, wie sagte man noch? schlendernd, und dabei war die Nacht gewiß bitterlich kalt. Unmöglich zu sagen, was für ein Mensch es war – ein Zigeuner? Bei dem Gedanken an die Seherkraft der Zigeuner wich Sylvia vom Fenster zurück. Landstreicher sah man doch heute kaum mehr, genausowenig übrigens wie Betrunkene. Vom Zimmer aus wirkte die Gestalt wie eine kleine, dünne buckelige Greisin. Sylvia zwang sich, sie zu beobachten – man durfte nicht abergläubisch sein –, und die Gestalt kroch weiter, bog immer von neuem an einer anderen rechtwinklig verlaufenden Hecke in einen anderen Feldweg ab, bis sie nach einer Viertelstunde Sylvias Blicken entschwunden war, weil sie von der schwarzen leeren Weite verschluckt wurde.

Sie beendete das letzte Kapitel von ›Königin oder Herzogin‹ im Bett. Die Herzogin ließ Deborah Forrester rufen und sagte ihr, daß sie bei der Königin bleiben müsse. »Seltsame Bande verbinden uns beide, die Königin und mich. Stärker, als Sie begreifen können, Mrs. Forrester. Meinem hochmütigen Geist wird es eine Wohltat bedeuten, zu wissen, daß meine hübsche kleine Deborah meiner alten Freundin in ihrer ganzen königlichen Einsamkeit in Kensington zu Diensten ist.« Und die Königin und Deborah verbrachten den Rest ihres Lebens geruhsam und glücklich in Kensington, gingen spazieren in der Orangerie oder spielten zusammen Karten. Die Herzogin aber, die traf Deborah, wenn sie sie besuchte, stets wie ein Kind mit einem neuen

Spielzeug beschäftigt an – sie baute Blenheim, inspirierte Dichter, neckte Vanbrugh und erheiterte ihre treu ergebene Familie mit ihren unerschöpflichen Geistreicheleien.

Sylvia klappte das Buch voller Bitterkeit gegen Sally Bulmer zu. Denn natürlich war es noch schlimmer, als was diese aufdringliche Person gesagt hatte. Nicht nur war Queen Anne tot, sondern es war alles ganz anders gewesen. Sie wußte aus anderen Büchern, daß, als die Königin starb, ihre vierzehn Kinder bereits nicht mehr am Leben waren; sie war von Intrigen umgeben, von der Wassersucht aufgeschwollen und von der Reue, daß sie ihren Vater so schlecht behandelt hatte, gebrochen. Und Sarah hatte ihre Tage als verschwenderische, zänkische, verrückte Greisin beschlossen, von ihrer Familie, die ihren Tod sehnlichst herbeiwünschte, gehaßt.

Und jetzt war Karfreitag da mit seinen Karfreitagssemmeln, und die Läden waren alle geschlossen. Es regnete den ganzen Tag, was so schade war, weil keiner ausgehen und sich amüsieren konnte. Ray blieb lange im Bett liegen, Mark war zu einem Demonstrationsmarsch gegangen – bei so einem Wetter, die Ärmsten, sie konnten einem leid tun, auch wenn man ihre Meinung nicht teilte. Judy vergrub sich in ihre Schularbeiten; sie war verärgert, weil sie gern mit Caroline an einem Gottesdienst in einer kleinen Dorfkirche teilgenommen hätte, aber Mrs. Ogilvie war gegen den dreistündigen Gottesdienst für junge Mädchen und hatte es ihrer Tochter nicht erlaubt. Harolds Golf fiel aus – er gönnte sich sowieso viel zu selten eine Erholung im Freien! –, und so verbrachte er den Tag mit Sally Bulmer und besprach mit ihr die Umfrage; sie wollten ein Buch darüber schreiben. Da Geoff Bartley zu Hause war, konnte Arthur den ganzen Tag in der Villa ›Sorbetts‹ zubringen und Poker spielen – zu den Cranstons ging er anscheinend gar nicht mehr. Sylvia hatte ihr Leihbibliotheksbuch beendet, einen Roman über eine Scheidung und Südfrankreich, nichts Besonderes; im Fernsehen gab es auch nichts Besonderes. Aber Karfreitag war immer schon ein trüber Tag gewesen, solange sie denken konnte. Sogar ihre Mutter, deren religiöse Ansichten weiß Gott streng waren, hatte nie viel von Karfreitag gehalten – in der Bethesda Chapel hatte es nie einen Gottesdienst oder sonst was gegeben. An diesem nassen Karfreitag war Sylvia so deprimiert, daß sie fast zum Brotmesser griff, um ein Ende zu machen.

Zum Glück änderte sich das Wetter am Ostersamstag. Aber Ostern war immer etwas Fröhliches – etwas Neues und Buntes! In früheren Zeiten bekamen die Kinder ihre Frühstückseier an Ostersonntagen nach ihren persönlichen Wünschen gefärbt – Harold liebte Rosa, Len Gelb und Iris Violett. An diesem Ostersamstagabend war Harolds Blick so fröhlich, daß Sylvia, gestärkt durch den Umschwung, den ihre eigene Stimmung nach dem Karfreitag genommen hatte, es wagte, das Schweigen zu durchbrechen, welches nach ihrer Weigerung, mit der »kleinen Arbeit« fortzufahren, zwischen ihnen herrschte. Sie erinnerte ihn an die bunten Eier seiner Kindheit, und im Nu lachten und seufzten sie alle gemeinsam über die vergangenen Zeiten, wie sie es kaum je zuvor getan hatten. Und selbst als Harolds Stimme plötzlich ernst klang, war sein Ton warm und herzlich.

»Ich weiß nicht, ob ihr Lust hättet, morgen in die Kirche zu gehen.

Ich weiß, daß wir keine kirchengläubige Familie sind. Aber ich finde immer, Ostern ist ein Tag, an dem wir alle einen Gottesdienst gebrauchen können, gleichviel, wie gering unser Glaube ist, weit mehr eigentlich als an dem konventionellen Weihnachten.«

Sylvia wollte fragen, warum er das denke, mochte ihn aber nicht unterbrechen.

»Ich gehe nicht in die Markuskirche hier in Melling. Der Pfarrer ist nicht ganz nach meinem Geschmack. Aber ich kann euch etwas wirklich Hörenswertes in der Erlöserkirche im Town Centre versprechen. Marchant, der Vikar, ist ein ganz ungewöhnlicher Mensch. Eine recht umstrittene Figur. Von ihm bekommt man nie das dürre theologische Zeug zu hören, das so viele Menschen von den Kirchen ferngehalten hat. Ganz im Gegenteil. Vorige Ostern hielt er eine Predigt über die Aufnahmeprüfungen der Elfjährigen in die höhere Schule. Es war übrigens eine recht gute Darstellung der Situation, obwohl die sogenannten Gebildeten sich darüber erregt haben. Ich gehe jedenfalls hin, und Judy wahrscheinlich auch, also wenn ihr mitkommen wollt –« Die Hornbrille in der Hand haltend, sah er die Eltern auffordernd an.

Arthur erwiderte seinen Blick mit der gleichen Aufrichtigkeit. Er schüttelte den Kopf. »Nein, mein Junge. Natürlich achte ich deine Ansichten. Was ich als Kind an Kirche gehabt habe, langt mir. Ich habe zwar nicht das Leben eines Gipsheiligen geführt, aber Kirchenbesuch hätte daran auch nichts geändert. Das weiß ich genau. Nein, ich weiß nicht, ob ich glaube, daß es noch irgend etwas gibt, wenn wir aus dieser Welt einmal abkratzen, aber sollte es... ›sollte‹, sage ich... kann ich mir nicht vorstellen, daß der Allmächtige nicht ein bißchen fair sein wird. Meine Laster waren ja immerhin männlich. ›Arthur Calvert‹, wird er sagen...«

Harold war, während sein Vater redete, immer ungeduldiger geworden. Jetzt unterbrach er ihn. »Ja. Vielleicht hast du recht, Vater. Und du, Mutter?«

»Ich komme sehr gern mit, Harold.«

Ihr Sohn war wie elektrisiert. »Das freut mich aber sehr. Wir haben uns in der letzten Zeit nicht sehr gut verstanden, aber am Ostersonntag können wir vielleicht einen neuen Anfang machen.« Er strahlte Sylvia an. Als wäre ich eine heimgekehrte verlorene Tochter, dachte sie, und war gleich darauf über die Schärfe eines solchen Gedankens erstaunt und schockiert, da Harold es doch so aufrichtig meinte.

Die Erlöserkirche, voll von Frauen in eleganten Hüten und von Männern in ihren besten Anzügen, wirkte mehr denn je wie ein Versammlungssaal. Die blauen und lila Töne der Glasfenster schienen Sylvia jetzt, als sie hier und da fahles und geisterhaftes Licht auf die Gesichter der Gemeinde warfen, nicht mehr so glücklich gewählt. Alle waren festlich herausgeputzt. Sylvia wünschte fast, es wäre kälter gewesen, damit sie ihren Leopardenhut hätte tragen können, aber ihr Turban aus roten Bandrüschen sah ganz nett aus.

Es fiel ihr schwer, sich zu sammeln oder das Gefühl zu haben, daß sie in einer Kirche sei. Als sie sich mit ihrem schweren Körper auf ein Knie niederließ und die Augen in stummem Gebet mit der Hand bedeckte, kam sie sich ganz albern vor. Doch der erste Vers des Kirchenlieds riß sie hin, obwohl Harold entsetzlich brüllte und Lorna Milton, die zwei Reihen weiter entfernt saß, peinlich falsch sang.

»Allmächtiger, der Du
unsterblich und unsichtbar,

im Lichte entrückt bist,
unseren Blicken verhüllt –
Von all Deinen Gnaden
Herr, schenk uns die eine:
mach sehend unsere Augen,
mach sehend unser Herz.«

Indessen spürte sie bereits, wie die Gemeinde unruhig tuschelte, hörte Judy flüstern: »Das ist nicht unser Pfarrer, Großmutter.«

Und einen Augenblick später sagte Harold zu ihr ein wenig lauter: »Es tut mir leid, Mutter. Ich verstehe nicht, wieso Marchant zu Ostern nicht hier ist.« Sylvia kannte den Vikar nicht, also konnte sie sein Fehlen nicht ehrlich bedauern. Sie fürchtete, daß das enttäuschte Getuschel der Gemeinde den stellvertretenden Pfarrer sehr verletzen würde. Als er auf die Kanzel zuschritt, versuchte sie, ihn teilnahmsvoll anzusehen, um ihn zu unterstützen.

Der Pfarrer war vermutlich nicht der Mensch, den Atmosphäre viel anfocht. Er war ein sehr alter Mann mit einer langen roten Nase und einem schmuddligen Bart, der in seinem Schnitt dem Bart des alten Königs Edward VII. ähnelte. Er sprach mit einer seltsamen, zittrigen Stimme und zog viele Wörter in die Länge durch breite schottische Vokale, als wolle er jeden Augenblick vom Sprechen in Singsang übergehen. Sylvia spürte das Mißfallen, das er bei der Gemeinde erweckte, an der ausbrechenden Unruhe und Husterei. Zwei Reihen vor ihr hatte ein junges Paar, sobald er den Mund auftat, einen Lachanfall bekommen, und sein Kichern konnte sehr leicht ansteckend wirken. Sylvia empfand zu ihrem Erstaunen eine teilnahmsvolle Verbundenheit mit dem skurrilen alten Mann; gleich ihm hatte sie nichts mit dieser aufgeputzten, einigen Gemeinde von Carshaller Bürgern gemein. Als er fortfuhr, wurde sie immer mehr von seinen Worten gefesselt.

»Christus ist auferstanden. Damit uns ein ewiges Leben zuteil wird. Damit wir unsere Seelen lebendig erretten… Für manche von uns ist es furchtbar schwer zu sagen, ob wir überhaupt lebendig sind. Denn bloß ein geschäftiger, emsiger Wichtigtuer zu sein – das heißt noch nicht Leben, oder zumindest kein anderes als das der genügsamen Ameise oder des hopsenden Flohs. Nein, das Leben besteht auch nicht im Aufbau eines Geschäfts oder darin, daß man klatschsüchtig zu den Nachbarn rennt oder stolz auf seine Wohnung oder auf seine Familie ist. Das kann man alles sein und tun, und die Seele kann dennoch eine Handvoll Spreu sein...« Nach etwa fünf Minuten solcher Reden wurde die Gemeinde in Sylvias Nähe entweder lethargisch oder unaufmerksam – Harold machte sich Notizen auf der Rückseite eines Briefumschlags, Sally Bulmer räkelte sich auf ihrem Stuhl und sah sich nach hinten um, als säße sie in einer Theaterloge, Lorna Milton las im Gesangbuch. Dann ließ eine plötzliche komische Stimmveränderung des alten Pfarrers sie wieder aufhorchen; das Gekicher ging abermals los. Ein halbwüchsiges Mädchen, das vergeblich versucht hatte, seinen Lachkrampf zu bekämpfen, erhob sich und verließ mit einem Taschentuch vor dem Mund die Kirche. »Aber was ist mit mir, lieber Gott«, – der Pfarrer imitierte eine schrille Greisinnenstimme, im Ton einer Edinburgher Kasperle-Figur – »ich war mein Leben lang sehr beschäftigt, hab' mich um meine Nachbarn gekümmert und viel Gutes getan. Ja, und wir wissen alle, was mit ihr geschah – der Herrgott blickte hinunter und konnte niemanden sehen außer einem winzigen, winzigen Wesen, das hierhin und dorthin lief, mit einer Seele, die wie eine Handvoll Spreu war, welche rasch von den Flammen verzehrt wurde. Nein! Gute Werke werden eure Seele nicht lebendig erretten... Herr, deine Gnade erbitten wir! Wir bitten, daß uns Gnade zuteil werde, denn wir werden sie nicht erlangen, indem wir schreien oder uns aufregen und unsere Seelen zermürben. Nein, keine Wohltätigkeit, Sozialarbeit, wie es heute heißt, kann eure Seelen lebendig erretten, wenn keine Seele mehr vorhanden ist.« Harold trommelte jetzt auf der Stuhllehne vor sich; auf Sallys Gesicht, das sie der hinteren Reihe zuwandte, lag der Ausdruck geduldiger Ironie; Lorna und Chris Milton tuschelten miteinander. Dann ließen die seltsamen komödiantischen Fähigkeiten des Greises sie abermals verdutzt aufhorchen. »Sagt die eine Bürgersfrau zur anderen: ›Ja, Annie‹, sagt sie, ›ich hab' so viel Gutes getan, daß ich keine Zeit hatte, mich überhaupt hinzusetzen und zu mir zu kommen.‹ Ah! Und sie kann auf ihrem Hintern bis in alle Ewigkeit sitzen, denn der ist das einzige, was von ihr übrigbleiben wird – eine lebendige Seele gibt's da nicht mehr zu retten. Gibt es denn nichts, was uns zu Gottes Gnade verhelfen kann? Aber gewiß. Der Herr bewahre mich davor, daß ich euch Leuten irgendeine calvinistische Strenge predige. Es gibt sehr viel, was ihr könnt. Ihr könnt aufgeschlossen sein. Ihr könnt ausziehen, um Gottes Gnade entgegenzugehen. Ausziehen, um zu euch zu kommen. Nicht ausziehen in die lärmende Geschäftigkeit des Gelderwerbs und Geldausgebens, nicht einmal in die beruhigende Geschäftigkeit guter Werke. Nein, zieht hinaus in die furchtbare Stille, in das schwarze Nichts, vielleicht seid ihr nur eine Handvoll Spreu, aber wenn ihr hinauszieht und euch dem Feuer stellt, hinaus in die Wüste und Nacht, dann kann es schon sein, daß der Herr das Licht seines Antlitzes auf euch wird leuchten lassen, dann kann es schon sein, daß euch jene Gnade trifft, die eure Seelen am Leben erhält. Und jetzt zu Gott, dem Vater...«

Mrs. Marchant, eine unelegante, heitere Person, stand in der Vorhalle zwischen den Naturholztischen und Bücherständern, die mit Broschüren beladen waren und deren Umschläge auf Blickfang ausgerichtet waren. »Es tut mir schrecklich leid«, sagte sie jedem, »Kenneth hatte plötzlich einen Bandscheibenschaden. Und wir mußten nehmen, was uns der Erzdekan in letzter Minute schicken konnte.« Sie wiederholte ihre Entschuldigung wie ein schadhaftes Grammophon, bis jemand sie anstieß und darauf aufmerksam machte, daß der alte Pfarrer wie ein armseliger räudiger Ziegenbock an der Tür stand. »Ach, Mr. Carpenter, Sie waren ja außerordentlich faszinierend. Darf ich Ihnen Miß Bulmer, unsere Fürsorgebeamtin, vorstellen? Und Mr. Calvert, den Direktor unserer Oberschule von Melling. Und...« Aber der alte Mann nickte nur mit dem Kopf und rieb seinen schmuddeligen Bart an seinem Chorhemd, so daß die arme Frau verwirrt aufgab. Während die Grüppchen schwatzten und sich im Ostersonnenschein strahlend zulächelten, verspürte Sylvia einen ihr völlig ungewohnten Drang zum Handeln. Sie schritt auf den alten Mann zu. »Ich danke Ihnen sehr. Was Sie gesagt haben, werde ich nicht vergessen.« Seine wässrigen Augen betrachteten sie sekundenlang ironisch, als wolle er ihr Körpergewicht schätzen. »So! Schön. Es war, fürchte ich, weiter nichts Neues.«

Er schloß die Augen gegen die Sonne und ihre Worte.

Harold nahm auf dem Heimweg kein Blatt vor den Mund. »Es

ist eine Schande. Ich weiß, ihre Gehälter und ihre Pensionen sind lächerlich. Aber immerhin gibt es genügend Altersheime, besonders für die Geistlichkeit, wo solche alten Wesen hinkönnen. Schuld hat der Erzdekan... Dies ist, natürlich, genau der Punkt, in welchem die organisierte Religion versagt hat. Obwohl ich den Katholiken zugestehen muß, daß sie etwas Derartiges einfach nicht zulassen würden. In der Gemeinde befanden sich eine Reihe meiner Schüler, und denen werde ich sagen, was ich darüber denke, auch wenn es den Behörden nicht paßt. Wie sollten sie mich respektieren können, wenn sie glaubten, daß ich mit solchem Unsinn einverstanden bin? Ein verderblicher Unsinn! Ich glaube, daß nur wenige barbarischere Lehren der Menschheit mehr zur Schande gereicht haben als all dieser Blödsinn von der Gnade...«

»Manches, was er sagte, fand ich recht trostreich, Harold...«

»Aber Großmutter! Diese schreckliche Stimme! Und es war so peinlich. Papa, ich wünschte, wir könnten eine der kleinen Dorfkirchen besuchen. Dort herrscht im Gottesdienst ein so echter Sinn für Ordnung und Tradition.« Harold achtete nicht auf Judys Bitte, sondern lächelte Sylvia an. »Du brauchst nicht höflich zu sein, Mutter. Ich habe dabei sogar häufig an dich gedacht. Du, die du mit deiner grauenhaften calvinistischen Erziehung gewiß einen Horror vor jeglicher Religion bekommen hast. Und dann gelangst du Ostern zufällig hier in die Kirche und bekommst so etwas vorgesetzt.«

»Es scheint mir nicht ganz dasselbe, Harold. Bei Mutters Geistlichem war alles immer nur Verdammnis. Aber dieser alte Mann bemühte sich doch, einem zu helfen.«

»Einem zu helfen! ›Eine Handvoll Spreu, die von den Flammen verzehrt wird!« Harolds schottische Aussprache war nicht gut, aber sein wachsender Ärger war unmißverständlich.

»Ich glaube nicht, daß ich viel von dem religiösen Teil verstanden habe, Kind. Was mir gefiel, war eher die Auslegung.« Sie lächelte den Sohn an, und auch er versuchte den inzwischen so oft geflickten Bruch zu heilen.

»Du bist allzu verzeihend, Mutter, das ist das Unglück. Wahrscheinlich stammt vieles von meiner Abneigung gegen solche Dinge von der Art und Weise, wie du als Kind behandelt worden bist. Ich habe meine Großmutter nie gekannt, aber ich kann ihr

nicht verzeihen, daß sie dich nicht mehr sehen wollte, nachdem du Vater geheiratet hast.«
»Wir haben uns allerdings nicht sehr gut vertragen. Aber so ist es nun einmal. Das ist weiter nichts Neues.«
Arthur erwartete sie an der Haustür. »Vorwärts, marsch, die heilige Truppe.«
»Wie üblich, Vater, hast du den bequemeren *und* den klügeren Teil erwählt.«
Ursprünglich wollten sie am Nachmittag mit dem Auto nach einer in der Nähe gelegenen Gastwirtschaft fahren. Anscheinend befand sich dort ein reizender alter Mühlbach und ein kleiner Privatzoo – eigentlich nur ein Vogelhaus und ein paar Affen –, die angeblich äußerst sehenswert waren. Zunächst jedoch fielen sowohl Ray wie Judy aus – wie Harold sagte: »Es gibt heutzutage einen Überfluß an Vergnügungen für die Jugend.« Dann beschloß Arthur, zur Sportwiese hinunterzuschauen und die Mellinger Kricket-Elf in dem Kampf zu unterstützen, mit dem sie die Saison eröffnete – »Die Mellinger Kricket-Elf werden die Carshaller Burschen aufs Kreuz legen.«
»Du darfst nicht zu sehr Partei für unsere Gemeinde sein«, neckte Harold, aber er war entzückt. Zu guter Letzt beschlossen Sylvia und Harold, in Anbetracht der Unfallziffern im Fernsehen und des warmen Wetters, den Feiertag daheim zu begehen. Sie saßen in Liegestühlen auf dem Rasen. Harold korrigierte die Fahnen für sein neues Lesebuch und sprach hin und wieder mit Freunden, die am Haus vorbeigingen. Sylvia schlief über ihrem zweiten Buch ein – sie lieh sich für Feiertage stets zwei Bücher aus, einen Roman und etwas Biographisches, dies war im Augenblick Lady Clanpatricks ›Die große Chance‹, von dem alle Welt sprach… »Keins der beiden Clanpatrick-Häuser war in meinen Augen wirklich schön, im Gegensatz zu dem geliebten Gaydon, wo ich aufgewachsen war. Hinton Polcourt bezeichneten wir immer als groß und häßlich, und Laiorghmile war klein und *laide*. Aber es waren Duncans Häuser, und bald wurde mir klar, daß ich sie lieben lernen müsse. Schließlich sollte ja ich dort Herrin sein…«
Es war nicht leicht, sich hineinzulesen. Als Sylvia durch Harolds Zuruf an einen Freund erwachte, überschlug sie einige Seiten…
»Man nannte meine Generation die goldene, und ich glaube

wahrhaftig, daß wir in das Leben verliebt waren. Selbst als Jahre später der große Bruch mit Duncan erfolgte und wir erkannten, daß wir im Grunde nicht zueinander paßten, rauschten wir durch die Monate der Trennung, genauso wie wir durch tausend Parties gerauscht waren und drei Vermögen durchgebracht hatten. An unserem Scheidungsabend aßen wir *à deux* (es gab Wachteln mit Weintrauben) bei Quaglino, und der gute Quaggie (welche furchtbare Verschwendung menschlichen Lebens – aber genau das ist der Krieg!) fand, wir sähen so glücklich aus, daß er uns fragte, ob wir uns an jenem Tag wiedergeheiratet hätten! Einen Monat später starb Duncans sehr reizender alter Vater. Wieder hatte ich ›die große Chance‹ verpaßt. Diesmal einen Herzoginnentitel. Ich kann nicht behaupten, daß ich mir damals viel Gedanken darüber machte. Es gab so viel Aufregenderes zu tun. Zum Beispiel war ich die erste Frau, die Ribbentrop brüskierte. Es passierte folgendermaßen:...«

Sylvia klappte das Buch zu. Wen interessierte das schon. Sie ging ins Haus und bereitete den Nachmittagstee – Tomatensandwiches und ein paar kleine, selbstgemachte Kuchen. Nur einen schlichten, normalen englischen Nachmittagstee, aber zu ihrem Entzücken betonte Harold wiederholt, wie sehr es ihm schmecke.

»Du hast wohl keine sehr angenehme Begegnung mit unserer Sally gehabt?«

»Mein lieber Harold, wer um alles in der Welt hat dir das gesagt?«

»Sie selbst. Im allgemeinen versteht sie sich prächtig auf Menschen. Aber in jedem hundertsten Fall versagt sie. Und wenn sie versagt, ist sie nicht unbedingt taktvoll.«

Sylvia schwieg.

»Natürlich ist es meine Schuld, Mutter. Wahrscheinlich kam es, weil ich eine solche Angst vor einer New-Town-Neurose habe, daß ich... Aber zweifellos haben wir es mit dir überstürzt angefangen. Schocktherapien sind für die Mehrheit der Menschen ganz gut. Die brauchen gerade einen solchen kleinen Anstoß. Aber es gibt auch eine Minderheit, und ich glaube, zu der gehörst du. Man muß dir Zeit lassen.«

»Ich glaube wohl, Harold. Aber Miß Bulmer meinte es gut. Und sie hat ein paar sehr vernünftige Dinge gesagt. Über das

Fernsehen, zum Beispiel. Es ist häufig eigentlich nur eine Belastung.«

»Ja. An deiner Stelle würde ich soviel wie möglich an die Luft gehen. Du kannst im Garten sitzen, solange das Wetter schön ist. Und du kannst ruhig über den Zaun weg mit den Nachbarn reden, wenn du Lust dazu hast. In dieser Beziehung gibt es hier Gott sei Dank keinen Snobismus. Es ist sogar eher etwas, was ›man tut‹.« Er lachte über die Formulierung. »*Wenn* du ein bißchen unter Menschen gehen willst, liegt der Gorman-Wald ganz nah. Es ist ein sehr angenehmer Spaziergang dahin. Oder du kannst mit dem Bus nach Sugley Park fahren. Das liegt nicht weit von Craighill. Ich glaube kaum, daß wir früher jemals mit dir dort waren, weil Beth nicht gern spazierenging. Und damals wirkte es eher wie ein Privatpark. Aber es hat sich viel verändert – viele der Herrenhäuser von Sugley sind abgerissen worden, es soll, soviel ich weiß, sehr hübsch geworden sein.«

Dienstag war das Wetter womöglich noch schöner als am Ostermontag. Sylvia nahm ›Die große Chance‹ mit in den Garten, aber sie konnte wirklich nichts damit anfangen. Die Hochstimmung der Autorin wirkte so krampfhaft. Natürlich mag das Leben der oberen Zehntausend völlig dornenlos sein, aber alles, was sie im Augenblick bewegte, schien Lady Violet ausgespart zu haben. Sie stand auf und ging im Garten umher, aber abgesehen von den paar Osterglocken unter einer der Sykomoren gab es nichts zu sehen. Sie dachte fast daran, ein paar Blumensamen zu kaufen – nur ein paar gewöhnliche einjährige –, aber für Gartenarbeit war sie zu dick, und außerdem würde Harold es vielleicht nicht wollen. Sie mochte nicht auf die Mardyke- oder Higgleton Road hinausschauen, denn die Passanten waren bemüht, sie nicht anzustarren, und außerdem, nach dem, was Harold gesagt hatte, war sie unsicher, ob sie überhaupt mit Menschen reden sollte – und wenn, was sollte sie ihnen sagen? Sie stand an den Sykomoren und starrte hinaus zu den fernen grünen Feldern. Irgendwo in weiter Ferne lief eine Maschine, zu welchem Zweck wußte sie nicht. Wahrscheinlich wurde heutzutage viel mehr gespritzt – aber war es für Spritzen nicht noch zu früh? Sie hatte so viel vergessen. Wie dem auch sei – wozu sollte eine alte Frau das Spritzen von Feldern betrachten und gar in die leere Ferne starren?

Sie ging ins Haus, um sich ein Buch von Harolds Bücherbord auszusuchen; morgen würde sie in die Leihbibliothek gehen. Auf dem Bord, wo der Sydney-Fox-Mordfall stand, befanden sich noch andere Berichte über Mordprozesse. Zögernd griff sie den Haigh-Prozeß heraus, wohl wissend, daß sie ihre trübe Stimmung damit nur noch nährte. Es war doch in einem Hotel passiert? Sie las ein Stückchen, und sie sah wieder alles so deutlich vor sich – die Eßzimmergespräche von einem Tischchen zum anderen, das Geplauder beim Kaffee in der Halle, die Begegnungen auf dem Vorplatz, sogar das Mieten des Wagens beim Portier. Sie hatte niemals in den South-Kensington-Hotels gearbeitet, und das Onslow-Court-Hotel war offenbar recht großartig, aber der Betrieb war nicht viel anders als in einem Strandhotel. Sie sagte sich, daß sie es eigentlich lieber lassen sollte, nahm aber dennoch das Buch mit in den Garten hinaus und las schon im Gehen wie besessen über Mrs. Durand-Deacon.

»Das ist meine Schwester, Mr. Haigh. Eigentlich meine einzige Angehörige.«

»Er ist ein so reizender Mensch, meine Liebe. Ich glaube, er war bei der Armee und hat sich pensionieren lassen. Aber ganz jung. Er versteht geschäftlich so viel. Er interessiert sich brennend für mein kleines Projekt mit den Fingernägeln aus Plastik, über das du dich immer lustig gemacht hast. Er hält es ganz und gar nicht für undurchführbar.« Und die Gespräche über das Projekt – von den wenigen Worten in dem Buch kam ihr alles wieder in Erinnerung: das Milieu, der Tonfall, alles. »Sie wissen doch, daß ich keinen Kandiszucker mag. Bringen Sie mir bitte gewöhnlichen Würfelzucker. Ich kann es einfach nicht erreichen, daß man mir den richtigen Zucker gibt, Mr. Haigh. Ich kann diese bunten Zuckerstückchen nicht ausstehen. Vielleicht bin ich altmodisch.« – »Nein, Mrs. Durand-Deacon, ich finde, Sie haben völlig recht. Wie so viele moderne Erfindungen ist das eine alberne Zeitverschwendung.« »Ach, ich freue mich so, daß Sie das sagen, Mr. Haigh. Es wird anscheinend alles erfunden, was keiner haben will, und niemand denkt an die einfachen Dinge, nach denen wir uns alle sehnen...« Sylvia sah im Geiste Haighs bewunderndes Schmunzeln. »Ich habe nämlich ein Projekt für die Herstellung von Plastik-Fingernägeln, das keiner ernst nehmen will, aber...« Als Sylvia den Dialog im Prozeßbericht las, erkannte sie, daß sie sich das meiste dazugedacht hatte; aber sie war überzeugt davon, daß es so vor sich gegangen war, die Worte, das Umrühren des Kaffees in den kleinen Tassen, der Whisky-Soda vor dem Schlafengehen, der Austausch von Erinnerungen, die unterhaltungshalber etwas ausgeschmückt wurden. Das war es also, was man unter ihrer ›Menschenkenntnis‹ verstand. Nun, dann wußte sie auch, in welche Abgründe diese Menschenkenntnis führte. Sie konnte sich in die Menschen hineindenken. Nicht bei Haigh; sie ahnte nicht, was hinter dieser fettwangigen, dunkeläugigen, glattzüngigen Verbindlichkeit steckte, was für Schreckgespenster ihn aus dem Kleiderschrank in seinem kleinen Zimmer im obersten Stockwerk ansprangen. Aber Mrs. Durand-Deacon – da konnte sie jeden Schritt verfolgen; wie sie in ihrem langärmeligen, schwarzen Abendkleid nach oben zu Bett ging, jeden kurzatmigen Schritt des großen, dicken Körpers – die stilvolle, persönliche, aber elegante Note in Frisur und Kleidung, die leichte Befangenheit vor dem Anreden neuer Hotelgäste, die muntere, aber stets reserviert-würdevolle Konversation, die darauf folgte, der Charme und die gelegentliche Reizbarkeit im Umgang mit dem Personal, jedoch beides gleich herablassend, die betonte Unabhängigkeit und die körperliche Müdigkeit, die nie verraten wurde. Sylvia wußte, welches Schreckgespenst aus dem Kleiderschrank in Mrs. Durand-Deacons großem Zimmer im ersten Stock heraussprang: Einsamkeit – schwarze, schreiende, würgende Einsamkeit. Sie sah ihren Schatten über der großen, weißhaarigen Frau im Persianermantel, als diese an jenem sonnigen, windigen, schicksalhaften Morgen in den gemieteten Daimler stieg. Sie hatte alle vorausgehenden Gespräche belauscht, ja, hatte sie wie ein Souffleur vor sich hin geflüstert, als die gedruckten Seiten des Prozeßberichts zu Ende waren. »Ich habe die Interessenten gesprochen, Mrs. Durand-Deacon. Es ist alles perfekt. Sie brauchen nur noch die Verträge zu unterzeichnen. Soll ich sie direkt an Ihren Anwalt schikken lassen?« – »Auf keinen Fall. Ich erledige immer alles selbst.« – »Aber Sie werden sich doch schon aus Rücksicht auf mich mit ihnen beraten. Sonst könnte Ihre Schwester, Ihre Familie, mit Recht...« »Mein lieber Mr. Haigh, wenn ich mich mit meiner Familie aufhielte... Nein, ich entscheide alles selbst...« – »Nun, das wäre jedenfalls die finanzielle Seite unseres kleinen

Unternehmens. Ehrlich gesagt, ich werde froh sein, wenn das erledigt ist. Ich freue mich jetzt darauf, Ihnen die kleine Werkstatt zu zeigen, die ich für uns in Haywards Heath gekauft habe. Ich habe das Gefühl, daß Sie, erst wenn Sie die gesehen haben, wirklich erfassen können, was für eine glänzende Sache das Ganze ist.« ...»Scheue die Unbequemlichkeit der Eisenbahn. Habe mich nie wirklich vom Krieg erholt... Lassen Sie mich doch einen Wagen mieten... Harrods... Sussex... reizende Gegend...« Der Hof vor der Werkstatt war wohl recht kahl und leer, als sie unter der plätschernden Stimme von Haigh durch die hölzerne Gittertür Einlaß fand... Klein und eng für ihr großes Unternehmen, das jetzt verwirklicht wurde, mehr wie der außer Betrieb gesetzte Hof eines Trödlers. Die Holzplatten, die rostenden Geräte, ein spinnwebenüberzogenes Wandbrett mit verstaubten Flaschen, ein paar Eimer, in denen Regenwasser stand, eine alte Emailbadewanne auf vier Klauenfüßen... »Ich glaube, Sie würden den technischen Vorgang am besten begreifen, wenn Sie einfach mal in das Bad hier hineinschauen, wo ich gerade Versuche mache...« Sie spürt noch, wie der malmende Schlag ihr den Schädel zerreißt, dann zerbirst ihre ganze unerlöste Einsamkeit in nachtschwarzer, grenzenloser Leere.
Sylvia zitterte, als sie den Bericht über diese Szene gelesen hatte. Danach wirkten das Grauen und die Schmierigkeit des Säurebads nur noch wie eine alberne Fußnote, wie die verächtliche Zersetzung eines überflüssigen Menschen. Und was die anderen Opfer betraf – die lustige Inhaberin einer Puppenklinik mit ihrem geliebten Schäferhund, die Unbekannte in dem Militärschuppen, das alte trübselige Pimlico-Paar und der junge Sohn, der Deserteur – sie erweckten in ihr nur den traurigen Ekel, weshalb sie im allgemeinen keine Mordprozesse las. Sie klappte das Buch zu, schlug es am Anfangsteil wieder auf, zwang sich dann, es abermals zuzuklappen, und stellte es wieder in Harolds Regal.
Aber die Geschichte ließ sie nicht los. Immer wieder, als sie an diesem Nachmittag in ihrem Liegestuhl eindöste, kamen ihr Einzelheiten ins Gedächtnis, und sie konnte Mrs. Durand-Deacons Dämon nur dadurch bannen, daß sie zu den Sykomoren hinunterging und in das Land hinausstarrte, dessen Betrachtung ihre eigenen einsamen Ängste in sich barg.

6
Wanderungen

Am folgenden Tag beschloß sie, Harolds Rat zu befolgen: an die Luft zu gehen, aber nicht aus Carshall hinaus. Sie wollte das ländliche Gebiet innerhalb der Stadt erforschen. Und dort, zwischen Melling und dem Industriegebiet, lag in der Tat der Gorman-Wald, ein waldiges Gelände, das erhalten geblieben war, um das Leben der Menschen, die auf dem Gut wohnten, zu bereichern und zu verschönen. Entgegen Harolds Voraussage befand sie sich keineswegs unter Menschen. Sie traf nur zwei Schulmädchen, die kicherten und sich das Taschentuch vor den Mund hielten, als sie an ihnen vorüberging. Zwar hielt sie sich für dick und alt, aber sonst nicht weiter für auffallend und fragte sich jetzt, ob sie am Ende allmählich wunderlich wirke. Aber etwa zwei Minuten später erschien hinter einer Wegkrümmung eine seltsame, alte bucklige Frau, die ein billiges geblümtes Kattunkleid unter einem blauen Herrenregenmantel trug und laut vor sich hin redete. Zweifellos war die alte Frau der Grund für das Gelächter der Mädchen: Weiß Gott! Mit ihrem Buckel war sie seltsam und unheimlich genug, um einen in kicherndes Unbehagen zu versetzen. Aber was der Buckel ausgelöst hatte, war durch ihre eigene Beleibtheit vielleicht fortgesetzt worden. Der Gedanke war beunruhigend genug, um Sylvias Enttäuschung über den Gorman-Wald zu vervollständigen. Die Bäume waren meistens Tannen, deren immergrüne Düsternis glanzlos und staubig wirkte, da anderswo allerorts Laubbäume in zarter Farbenskala prangten. Das Unterholz bestand aus dichtem Brombeergestrüpp, geknickt und blaurot von des Winters Schäden, zu einer Zeit, da ein Teppich von Anemonen, Primeln und Schöllkraut den Boden hätte bedecken sollen. Aber selbst wenn irgendwo in dem Gorman-Wald ein paar verirrte wilde Blumen wuchsen, konnte Sylvia sie nicht finden, denn der einzige Fußweg war zu beiden Seiten durch Maschendraht von den Bäumen

abgeschnitten. Diesen schmalen, ausgetretenen, ameisenverseuchten Weg als Ersatz für ein freies Umherschweifen in ländlicher Einsamkeit anzubieten, erschien Sylvia als ein solcher Betrug, daß sie, wenn sie jünger und beweglicher gewesen, gegen alle behördlichen Verbote über den Zaun geklettert wäre, um sich einen eigenen Weg durch das Unterholz zu bahnen, und sei es auch nur aus Protest. Andere hatten das bereits getan, wie Papierfetzen, Pappbecher, vereinzelte Flaschen, ein Präservativ und geheimnisvollerweise ein alter zerbrochener Rohrstuhl bekundeten; aber andere waren eben jünger und schlanker. Nachdem sie eine Viertelstunde gegangen war, wurden die Brombeeren von Ampfer und Brennesseln abgelöst, die Tannen von Holunderbüschen, und gleich darauf befand sie sich auf einer Nebenstraße, von der aus sie die breiten Glasbögen der Electro-Metrico-Fabrik erblicken konnte. Es gab keine andere Möglichkeit, als auf demselben verdammten Weg wieder umzukehren. Sie kam äußerst schlecht gelaunt in der ›Villa Sykomore‹ an. Beim Abendbrot sagte sie: »Mich wundert, warum man nicht den Gorman-Wald bebaut statt der Goodchild-Wiese – das wäre für niemanden ein Verlust.«
Harold kniff die Augen zusammen und antwortete ihr gereizt: »Das mag vielleicht deine Ansicht sein, Mutter, aber ich hoffe, du wirst sie nicht überall herumposaunen. Was die Erhaltung der ländlichen Annehmlichkeiten innerhalb New Towns betrifft – darum geht unsere Sache vor allem –, so gehören der Gorman-Wald und die Goodchild-Wiese in ein und dieselbe Sparte. Wenn du deine soeben gemachte Bemerkung in der Öffentlichkeit äußerst, würdest du unserer Sache außerordentlich schaden.«
»Ich wüßte nicht, warum irgend jemand von den lokalpolitischen Ansichten deiner Mutter Notiz nehmen sollte.«
»Eben weil sie meine Mutter ist, Vater.«
Am Donnerstag trug sie ›Königin oder Herzogin‹ und ›Die Große Chance‹ in die Leihbibliothek zurück. Im Town Centre nahm sie einen Bus nach Sugley-Park, Harolds drittem Vorschlag für »Geselligkeit im Freien«. Als sie den Bus verließ und den von Eichen beschatteten Kiesweg beschritt, eine Holzbrücke über einen Bach überquerte, glaubte sie schon, daß dort ein bißchen sanfter und heiterer Frieden zu finden sei. An dem Bachufer standen goldgelbe Ringelblumen, durch das Laub der Eichen

huschte das weiche, graue Fell eines Eichkatzenschweifs. Der Weg bog in den Park, und dort befanden sich allerdings, wie Harold vorausgesagt hatte, Menschen. Ein Teil des alten Parks bei den Rhododendronbüschen war asphaltiert worden, und dort wimmelte es, genau wie in Higgleton Road und Mardyke Avenue, von Kindern, die über Schaukeln und Karussells kletterten, in Sandkuhlen spielten und durch den Tunnel einer betonierten Anhöhe krochen, die den Mittelpunkt des Spielplatzes bildete; sie sausten johlend die Rutschbahn hinunter, hangelten sich kreischend von einem Ring zum anderen. Sie schritt weiter, vorbei an gepflegten, ovalen Blumenbeeten, in denen Setzlinge, die noch nicht blühten, in ihren schlammigen Vertiefungen durch eine Einfassung von Eisendraht geschützt wurden. Dort saßen, um einen kleinen Zierteich geschart, in welchem ein Felsstück als Insel figurierte, die jungen Ehefrauen von Craighill (sie hätten zwar genausogut aus Melling sein können), umgeben von kleinen und Kleinstkindern, entweder lebhaft schwatzend oder stumm nähend, mit dem Rhythmus der Enten wetteifernd, die entweder schnatterten oder unter Wasser nach Futter suchten. Ein Stück weiter stieß sie auf ein Gebüsch von riesigen, verwilderten Rosensträuchern und hohem Bambus, und auf einmal befand sie sich in dem hinteren Hof des alten Herrenhauses.
Es war eigentlich nicht besonders malerisch, nur Backstein und kein Fachwerk, aber immerhin besaßen manche solcher alten Backsteinbauten – sicherlich Queen Anne – angeblich wunderschöne Räume. Infolgedessen beschloß Sylvia, zu der Vorderfront zu gehen und hineinzuschauen. Auf der Seite des Hauses kamen zwei junge Männer in dunklen Anzügen an ihr vorbei und musterten sie neugierig; als sie dann in das erste Zimmer des Parterre hineinspähte, sah sie in die Augen einer jungen Frau, die vor einer Schreibmaschine saß und sie verwundert anstarrte. Sylvia eilte weiter. Rechts und links neben dem Eingang befanden sich eine Reihe von Namensschildern: National Assistance Board, Registratur, Vereinigtes Komitee der Stadt- und Bezirksverwaltung, Mietbüro, Häuser- und Parkverwaltung, I. B. Glamish, Mrs. Thurso dreimal läuten. Ein weißes Schild – Auskunft: Parterre, ohne Anmeldung eintreten – hing ebenfalls dort. Ein dicklicher Mann in mittleren Jahren kam heraus und rülpste leicht; bei dem Anblick von Sylvia hielt er sich die Hand vor den

Mund, stieg in ein kleines Auto und fuhr davon. Sylvia wollte keine Auskunft. Da sie dem Wagen auf dem Fahrweg nicht folgen mochte, wegen der neugierigen Augen, die ihr zweifellos aus dem Haus noch nachblickten, ging sie rasch an den anderen Parterrefenstern vorbei und befand sich vor einem Bauschuppen. Bei dem nächsten staubigen Gebüsch fürchtete sie wirklich, daß sie sich verirrt habe, bis ein unerwartetes Schild auf einen ausgefahrenen Weg wies, der durch Rhododendron zu der Pfarrschule führte – Knaben 6–12, Mädchen 6–18. Direktorin: Miß Hurry. Sylvia schritt den Weg zwischen den Lorbeerhecken entlang. Es war wirklich ein hübsches Haus, mit zwei Bogenfenstern und einem kleinen angebauten Wintergarten, aber solche Häuser waren, wie sie aus Erfahrung wußte, sehr mühsam zu bewirtschaften. Es schien verlassen zu sein, also ging sie herum an die Hintertür, wo die Mülltonnen etwas schimmelig rochen, und spähte durch eines der beiden Fenster. Es war nicht viel anders, als sie erwartet hatte, aber eine seltsame Flut von Erinnerungen schwemmte sie in die Vergangenheit zurück; und als sie dann schließlich wieder die Hauptstraße und den Bus erreicht hatte, fühlte sie sich verwirrter denn je, ihr war, als habe sie sich im Zeitraum von wenigen Minuten gefunden und wieder verloren.

Seit Ostern war sie aus der erdichteten Welt, in der sie sich abgekapselt hatte, zur Familie und dem gemeinsamen Essen zurückgekehrt. Und dennoch, wenn sie schweigend am Abendbrottisch saß, wurde sie durch einen immer dichteren Nebel von Erinnerungen ebenso stark von ihrer Umwelt abgeschnitten wie seinerzeit durch Mrs. Harker, Queen Anne und die Gefängniswärterin Webb.

»Nun, mein Liebchen«, sagte Ray, »schmollst du wieder in dich hinein?« – Solche direkte, liebevolle Neckerei war die einzige Art, mit ihr Kontakt zu bekommen. Sie lächelte abwesend. »Ja, ich bin um eine alte Schule herumgegangen.«

»Schule?« Harold war starr.

»Hast du auswärts Mittag gegessen?« warf Ray rasch ein. Aber Harold wiederholte: »Schule? Was für eine Schule?«

»Die Pfarrschule, Kind.«

Alles schwieg. Dann sagte Ray verzweifelt: »Du machst aber wirklich taktlose Spaziergänge, Großmutter.«

»Man kann kaum von deiner Großmutter verlangen, daß sie weiß, was für ein Skandal es ist, daß es solchen Privatschulen erlaubt wird, aus dem falschen gesellschaftlichen Ehrgeiz einer neuen Stadtsiedlung wie Carshall Kapital zu schlagen. Selbst unter dieser Sorte ist die Schule, wie Judy sagen würde, äußerst minderwertig. Du kannst deiner Großmutter gewiß noch mehr über die Schule erzählen, Judy?«

»Ach, sie ist fürchterlich. Man lernt dort überhaupt nichts. Mrs. Ogilvie sagt, sie kann sich nicht vorstellen, wie jemand auf die Idee kommen könnte, seine Tochter dorthin zu geben. Ich meine, sobald sie sich gegen eins der wirklichen guten Internate entschieden hatte, kam für Caroline nur die Bezirksoberschule in Frage.«

»Hör auf, Judy, sonst wird mir Miß Hurry oder wie sie heißt, womöglich noch leid tun. Also, jetzt weißt du es, Mutter. Sogar der Landadel lehnt die Schule ab.«

Sylvia hoffte, daß sie auf die richtige Weise lachte. »Es war nur, daß sie mich so an die Pfarrei erinnerte...«

»Pfarrei? Was für eine Pfarrei, Großmutter?«

»Lieber Gott, wenn deine Großmutter jetzt anfängt, von ihrer finsteren Vergangenheit zu erzählen...«

»Das ist nicht fair, Großvater. *Du* erzählst immer... Also, was für eine Pfarrei, Großmutter?«

»Die Pfarrei, wo ich in Stellung war.«

»Deine Großmutter war Haushälterin...«

»Nein, Arthur, ich war Dienstmädchen.« Eine Stille trat ein, die Mark als erster unterbrach.

»Es hat dort sicher sehr gezogen...«

»In den Küchenräumen allerdings. Aber die Herrschaft war durch eine Tür, die mit grünem Fries beschlagen war, abgeschützt.«

»Hast du ein hübsches Häubchen getragen, Liebchen?«

»Ja, ein sehr hübsches, Kind. Eins, das hinten lange weiße Bänder hatte.«

»Du brauchst nicht so beschämt auszusehen, weil deine Großmutter in Stellung war, Judy.«

Judy erhob sich von ihrem Stuhl und schlang ihre Arme um Sylvias Hals.

»Ich schäme mich nicht, Großmutter. Bestimmt nicht.«

»Nun, wenn du es tätest, wäre das auch egal. Aber damals war alles ganz anders. Es war zu Anfang des Ersten Weltkriegs.«

»Vielleicht sah Judy beschämt aus, weil du es uns nie erzählt hast, Vater«, sagte Mark gerade laut genug, daß sein Vater ihn hören konnte. Aber Harold fand es einfacher, sich taub zu stellen. Er blickte finster um sich.

Solche kleinlichen, aber traurigen Familienszenen im Anschluß an ihre Ausflüge innerhalb des Stadtbereichs bestärkten Sylvia in dem zunehmenden Gefühl, daß es vergeblich war, ausweichen zu wollen. Jetzt blieb ihr wohl nur noch das schwarze Nichts und die furchtbare Stille, wenn sie bestehen wollte.

Eines Morgens in jener Woche schnitt sie sich zwei Eierbrote und machte sich entschlossen auf, um die Landschaft um Carshall zu erforschen. Jedoch stellte sich heraus, daß die ›Midlands‹, die sich so unheimlich lockend vor ihrem Fenster ausbreiteten, schwer zu finden waren. Carshall war, obwohl es in Felder überging, durch ein System von Wegen und Straßen, die wieder umkehrten und schließlich im Town Centre mündeten, vom Land abgeschnitten, ebenso unausweichlich wie umgekehrt die Pfade eines Irrgartens von dessen Zentrum wegführen. Immer wieder beschritt sie diese Wege, welche an den kühnen Farben der letzten Grundschule und selbst den weißen Pavillons des Sportgeländes vorbei durch Fluren zarten jungen Weizens führten und sich scheinbar weiter durch einen endlosen, welligen Teppich von Feldern ausdehnten, bis plötzlich ein vertrautes grünes Schild auftauchte mit der weißen Inschrift ›Fußweg nach Melling‹ oder ›Fußweg nach Carshall‹ oder ›Fußweg nach Darner's Green‹. Ihre Ängste begrüßten die Umleitung; allerdings wußte sie, daß sie sonst eine andere Ausrede zum Umkehren gefunden haben würde – wahrscheinlich das Klopfen in ihren Schläfen oder ihre Kurzatmigkeit; jedoch wußte sie auch, daß alle diese Hindernisse den Tag nur hinausschoben, an dem sie weiterschreiten mußte in die Ferne. Sie begegnete nur wenigen Menschen auf diesen Spaziergängen – vielleicht einem Hausbesitzer mit seinem Hund, hin und wieder einer jungen Frau, die einen Kinderwagen schob; und zweimal stieß sie auf die irre alte Bucklige, obwohl sie sie gewiß schon häufig im Town Centre gesehen hatte, ohne auf sie in der Menge der Einkaufenden zu achten. Beidemal brabbelte die Alte vor sich hin, und beim zweitenmal

sagte sie etwas zu Sylvia, die jedoch rasch weiterging. Nach vier oder fünf vergeblichen Versuchen, auf das Land zu gelangen, stieß sie eines Nachmittags auf ein Schild, auf dem lediglich ›Fußweg‹ stand, und nach einer von Zweifeln erfüllten Viertelstunde stellte sie fest, daß sie sich endlich von der Stadt entfernte auf einem Pfad, der nur ein schmaler Streifen zwischen zwei angesäten Feldern war. Sie hatte so lange danach begehrt, daß sie von der Entdeckung beinah einen wundersamen Gefühlsumschwung und in ein verzaubertes Reich von Gut oder Böse zu schreiten erwartete, aber das einzige Ergebnis jenes zweistündigen Gangs durch die Felder waren eine Laufmasche im Strumpf und sehr müde Füße, denn der Boden war steinig und uneben durch Maulwurfshügel und leere Kaninchengehege.
Sie hatte nie analysiert, welche Offenbarung von Schrecken oder Hoffnung ihre abergläubische Furcht von der weiten Ebene erwartete; oder wohl nicht einmal klar überlegt, ob sie sich überhaupt eine Offenbarung versprach. Sie spürte nur, daß die vertrauten, flüchtigen Umrisse ihres grauen Daseins plötzlich so verschwommen und zerflossen waren, daß sie sich völlig abhanden gekommen war. Wenn sie sich in der kleinsten Höhlung der engsten Nußschale hätte verbergen können, damit sie allein durch deren Druck, deren Enge, irgendeine, wenn auch noch so schmale Daseinsform fände, würde sie eine solche enge Zelle sofort begehrt haben. Aber die ›Villa Sykomore‹ war, wie sie inzwischen wußte, kein solcher Kerker des Friedens. Und die Flucht war ebenfalls mißlungen – weder Mrs. Harker noch Queen Anne noch Lady Violet oder die Wärterin Webb konnten verdrängen, was von Sylvia Calvert noch bestand. Im Gegenteil, das tröstliche, allesverschlingende Mammutwesen der Traumproduktion schien für Sylvia verendet zu sein, so daß sie durch sein Gerippe hindurch ins Leere blickte; und selbst dieses Gerippe sank allmählich in Staub, aus dem nur noch der süßlich fade Geruch romantischer Verlogenheit zu ihr drang. Warum das flache, prosaische Ackerland sie so in Schrecken versetzte oder, kraft dieses Schreckens, eine vage Hoffnung versprach, wußte sie nicht zu sagen. Da so viele ihrer Gedanken jetzt nur trübsinnige Einbildungen waren, vermutete sie, daß dies jetzt auch nichts anderes sei. Aus dem Nebel, in dem sie sich jetzt bewegte, hatte sie plötzlich über sich selbst nur einen einzigen klaren und

ganz absurden Gedanken: sie erinnerte sich an den ersten Pullover, den Iris mit elf oder zwölf Jahren gestrickt hatte – ein Gebilde, das so schlecht gearbeitet war, so lose und formlos, das zweifarbige Muster so fehlerhaft, daß selbst das Kind es sofort auftrennte, um es von neuem zu stricken. Sylvia schien es klar, daß sie selber dieser Pullover sei. Vielleicht mußte sie, um alle Fäden wieder zusammenzuweben, in die ländliche Welt ihrer Kindheit zurückkehren – doch sogar dieser Gedanke schien eher etwas zu sein, das man ihr einmal gesagt hatte, als eine persönliche Überzeugung.

Jedoch, wenn Sylvia in jener vagen Idee der Rückkehr so etwas wie Verheißung oder Trost oder Freude zu ahnen geglaubt hatte, so wurde sie bald enttäuscht. Lange Wegstrecken hindurch hätte sie nicht sagen können, was für Gegenstände oder Bilder sie wahrgenommen hatte, auch nicht, durch welche Gedankengänge sie von ihrer Umwelt abgelenkt worden war. Was blieb, war nur eine tiefe Depression wie von quälenden, schon verblaßten Träumen. Bei anderen Malen konnte es geschehen, daß sie jeden Gegenstand, an dem sie vorbeikam, mit öder, einförmiger Klarheit zur Kenntnis nahm: Winden und Mohn, noch knospenlos, die zwischen den Weizenreihen aufschossen; rauhe Disteln, die an den Rainen wuchsen, mit einer feuchten Schneckenspur auf den stacheligen Blättern; in die Erde getretene Schneckenhausscherben – jede belanglose Kleinigkeit, die ihr über den Weg kam. Ein plötzlicher Vogelschrei lenkte ihren Blick auf das Bild zweier Elstern, die sich auf einer jungen Lärche im Winde wiegten, ein plötzliches Zischen auf eine winzige Feldmaus, die in ihrer ewigen, unstillbaren Nahrungssuche aufgescheucht worden war. Aber ob das Gesehene banal oder ungewöhnlich war, es berührte sie nicht, es war eine inhaltslose Folge von Bildern, die keinerlei bleibenden Eindruck hinterließ. Am anderen Tag hingegen blieben die Gedanken, die sie von ihrer Umwelt abschnitten, klar haften, aber ebenso sinnlos und unerträglich niederdrückend. Sie erinnerte sich dann nur an Stunden besessener Beschäftigung mit der Gestalt einer alten oder alternden Frau, die endgültig zerstört war: Mrs. Tyler, nicht mehr fähig, in einem Hotel zu wohnen, die schreckliche Zeichnung der Königin von Frankreich auf dem Karren, Maria Stuart auf dem Schafott, Gesichter, hoheitsvoll, stolz und voll Todesangst, Gesichter, an-

sprechend, schwatzend, lächelnd und voll Todesangst, tauchten aus vergangenen Erinnerungen an Hotelgäste auf, und die alte Mrs. Fox und Mrs. Durand-Deacon, und die arme alte Gräfin, die wie ein kreischendes Huhn um den Richtblock lief; diese Bilder, die sie verfolgten, verloren allmählich ihren panischen Schrecken, sie blieben ihr nur tagelang im Sinn, um als tote Gewichte auf ihre Stimmung zu drücken.
Nur einmal in jenem schönen warmen April ihrer ziellosen Wanderungen geschah etwas, das stark genug war, um sie aus ihrer lähmenden Verzweiflung aufzurütteln. Sie ging gerade auf einem schmalen Pfad zwischen einem Feld und einem Tannenwäldchen, das als Windschutz angepflanzt worden war, als an einer unvorhergesehenen Biegung eine große gelbe Hauskatze ihr entgegenkam, die ein junges Kaninchen im Maul trug. Aufgeschreckt aus ihren Gedanken, stieß Sylvia einen Schrei aus. Die verstörte Katze schlich sich verstohlen davon, ließ, als Sylvia ihr folgte, das Kaninchen fallen und sauste ab in den Wald. Dem Kaninchen war das Rückgrat gebrochen; es lag auf dem Weg, die Augen starr vor Angst, auf dem Pelz gerann das Blut; es zuckte krampfhaft. Sylvia beugte sich mit einiger Schwierigkeit nieder, nahm es bei den langen, kalten, sich feucht anfühlenden Ohren auf und brach ihm rasch das Genick. Sie war erstaunt, wie sie das nach all den Jahren noch im Griff hatte. Aber sie verließ das Wäldchen mit einem ausgesprochenen Abscheu vor jeglichem Mitleid, ob für sich oder andere. Und der Abscheu blieb.
Von Miß Priest war noch keine Antwort gekommen. Für Sylvia schien auch das zu dem erwarteten Ablauf der Dinge zu gehören. Wenn schon tägliche Ereignisse sich so zufällig und regellos abspielten, wie konnte man erwarten, daß eine längst abgebrochene freundschaftliche Beziehung zwischen zwei älteren Frauen sich aus der Vergangenheit wieder zusammenfügen würde? Es war schon schwierig genug, die richtigen Worte für die eigenen Angehörigen zu finden. Doch deren Ansprüche an sie blieben.
»Mark«, fragte Judy beim Frühstück, »sind die Punktrichter für das Match gegen die Budgies schon gewählt worden?«
»Punktrichter? Weiß ich nicht. Frag lieber Jim Forrester. Warum?«

»Ach, nur weil du sagtest, ich sei ein guter Punktrichter.«
»*Ich?*«
»Na, Jimmie Forrester hat es gesagt.«
»Wenn dem an einem Mädchen etwas liegt, behauptet er alles. Übrigens bist du es auch.«
»Ich könnte den Punktrichter für die Mellinger machen.«
»Laß sie doch«, bemerkte Ray. »Was Hübscheres wirst du nicht kriegen.«
»Das ist es ja gerade, sie wird Jimmie ablenken...«
Aber als Judy enttäuscht aussah, sagte Mark: »Ach wo. Es wird schon gehen. Ich glaube wenigstens. Ich werde Jimmie fragen.«
Harold, der bis dahin seine Post angesehen hatte, mischte sich in die Unterhaltung. »Du kannst nicht wissen, Mutter, daß unser Atomgegner hiesiger Bowlingmeister war. Punktrichter für die Mellinger! Willst du so tief sinken, Judy?«
»Werde nicht ausfallend, Vater«, sagte Mark.
»Oh, mißversteh mich nicht, ich bin entzückt, daß Judy sich einmal für einen lokalen Anlaß interessiert. Wahrscheinlich ist der Grafschaftsball abgesagt worden...«
Sogar Sylvia fiel es auf, daß Judys mürrischer Ausdruck augenblicklich verschwand, als Harold sie lobte. Sie drehte sich nach Harold um, weil sie sehen wollte, ob er die Freude seiner Tochter bemerkt hätte, und entdeckte dabei, daß ein ungeöffneter, an sie adressierter Brief neben seinem Teller lag. Er trug eine ausländische Marke. Daraufhin war es ihr fast unmöglich, der Unterhaltung zu folgen.
»Harold, ist der Brief dort für mich?«
»...leider finde *ich* nicht, daß du es solltest, Judy...«
»Harold, gehört der Brief vielleicht mir...«
»Aber die Theaterproben waren doch ganz etwas anderes, Papa. Sie dauerten Wochen...«
»Trotzdem...«
»Harold, der Brief da ist glaube ich für mich...«
»Ich hätte gedacht, daß die ganze Sache nur Judy und Mark angeht...«
»Nein, Ray, ich bin vielleicht nicht gerade das, was Judy als einen ›Super‹-Vater bezeichnen würde, aber ich bin...«
Sylvia vermochte ihre Neugier nicht länger zu bezähmen. Der

Brief war bestimmt von Miß Priest. Die Antwort, mit der sie überhaupt nicht mehr rechnete, schien ihr eine magische Lösung zu verheißen. Sie beugte sich vor und nahm ihn auf. Harold sah sie erstaunt an.
»Aus fernen Ländern, scheint es, Mutter. Wie dem auch sei, Judy, das Examen ist jetzt viel näher gerückt, und jede überflüssige Ablenkung...«
»Alles, was wir gemeinsam tun und sich nicht um dich dreht, ist eine überflüssige Ablenkung...«
»Deine psychologischen Erwägungen sind wirklich erstaunlich abwegig, Mark. Jeder andere würde sehen, daß es immer mein Ziel gewesen ist, die Familie zusammen...«
Sylvia widmete ihre Aufmerksamkeit der großen runden Handschrift, die sie vor sich hatte.

Liebe Mrs. Calvert.
Natürlich erinnere ich mich an Sie. Sogar sehr gut. Für diejenigen von uns, die sich für ein Hotelleben entschieden haben, sind Menschen wie Sie, die uns Wohlbehagen und Freundlichkeit schenken, selten, denkwürdig und liebenswert. Ich freue mich sehr, daß Sie gern an unsere Ausflüge und mein Geplauder zurückdenken. Ich weiß, ich fand damals, daß ich mich vielleicht allzusehr bemühte, Sie aus Ihrer Reserve herauszulocken – ich gehöre zu jenen törichten Geschöpfen, die ›von Natur aus freundlich sind‹, was heißt, daß ich gedankenlos und unverantwortlich aufdringlich bin. Ich darf jedoch sagen, daß meine Motive wenigstens zum Teil gute waren: Mir war weit mehr als Ihnen bewußt, welche schwere und aufreibende Arbeit es für Sie bedeutete, Ihr Hotel in Gang zu halten, und ich sah keine andere Möglichkeit, um Ihnen beizustehen. Ich freue mich sehr, daß mir das anscheinend ein wenig gelungen ist. Und, wie Sie wahrscheinlich wissen, gab es in den vergangenen Monaten für mich wenig Anlaß zur Freude. Wenn man so alt wird wie ich, verbringt man sehr viel Zeit damit, sich mit dem Puzzle seines Lebens zu beschäftigen. Es war ein herrliches Leben, aber es ist schwer, einen Sinn darin zu entdecken. Meine religiösen Freunde schlagen mir andere Muster vor, aber die Teilchen wollen nie recht zusammenpassen. Die Traurigkeit des Alters

ist naturbedingt, aber ich hätte mir ganz gewiß niemals ausgesucht, noch obendrein von Hunderten von lauten, ordinären, neugierigen Journalisten mit zudringlichen Fragen verfolgt zu werden. Zuweilen war es fast unerträglich. Selbstverständlich war es erträglich, weil es ertragen werden mußte. Aber jetzt sehne ich mich wie ein altes, krankes Tier nur danach, mich irgendwohin zu verkriechen, meine Wunden zu pflegen und in der Sonne zu dösen.
Freilich kann keine Pflege die Wunde heilen, die mir der furchtbare Tod meiner Nichte schlug. Ihnen kann ich darüber schreiben, weil Sie sie nie gekannt haben und es kein Verrat an ihr ist. Sie war die einzige, die mir von einer ehemals großen und regen Familie geblieben war. Die Tochter meines vielgeliebten Bruders – aber zugleich das bedauernswerte Resultat seiner unklugen Erziehung und einer psychischen Labilität. Ich hoffe nur, daß es nicht allzuviel Menschen auf der Welt gibt, die so unglücklich veranlagt sind, wie Theodora es war. Ich konnte ihr lediglich auf praktischem Gebiet beistehen, ihr ein angenehmes Dach über dem Kopf bieten und den dauernden Wechsel an Menschen und Milieu, den ihr ruheloses Wesen zu verlangen schien. Das, und mich in nichts einmischen. Und wohin hat es geführt? Trotz all meiner guten Absichten haben wir zwei unvorstellbare Todesfälle, den ihren und jetzt den des unseligen Mannes. Wahrscheinlich hat die Welt immer wieder gesagt: ›Wieviel besser wäre es gewesen, wenn statt dessen die Alte gestorben wäre.‹ Wenn die Welt nur wüßte, wie lieb das der Alten gewesen wäre, um auf diese Weise diesem schmutzigen letzten Akt zu entgehen…

Das laute Scharren eines Stuhls lenkte Sylvia ab. So oder so schienen die Worte von Miß Priest keine magische Heilkraft zu besitzen.
Es war nicht Judy, gespannt und den Tränen nah, nicht einmal Mark, krebsrot und wütend, der diesmal das Zimmer verließ, sondern Ray.
»Höre«, sagte er zu Harold und warf die gesamte Kraft seines kleinen, gedrungenen Körpers in eine drohende Armbewegung. »Wir haben es satt. Wir haben es ertragen, als wir Kinder

waren. Wir haben es ertragen, als Mutter krank war. Wir haben es ertragen, nachdem sie starb. Aber wenn du noch länger so weitermachst, kann ich dir jetzt schon verraten, was du mich kannst.«

Sylvia erkannte an Harolds Gesicht, daß ein solcher Ausbruch von Rays Seite ihm außerordentlich naheging, und sie konnte es verstehen, denn im Grunde ihres Herzens hatte sie die Tatsache, daß sie bei der Lösung von Familienproblemen machtlos war, mit dem Gedanken entschuldigt, daß ja auf alle Fälle Ray da war, der sie mit seiner leichten heiteren Art schon klären würde.

Als sie mit Judy später das Geschirr spülte, bemühte sie sich angestrengt, zu der Sache Stellung zu nehmen, aber das Mädchen schwieg verbittert. Schließlich fuhr sie Sylvia an:

»Wenn du vielleicht weniger erpicht darauf gewesen wärst, deinen Brief zu lesen, würdest du etwas mehr Ahnung haben, was eigentlich passiert ist. Aber das dürfte ja wohl zuviel verlangt sein. Schließlich muß dir jede Nachricht, die von außerhalb kommt, furchtbar wichtig sein. Wir wissen alle, wie schrecklich du es findest, bei uns zu wohnen.«

Sylvia fand keine Antwort.

Ray war dann doch bei der Gesellschaft dabei, die von der ›Villa Sykomore‹ zu der Bowlinghalle im Town Centre fuhr, um Mark zuzusehen, wie er in dem Verbandsspiel für die Mellinger gegen das Craighiller Team – die Bowling Budgies – antrat, obwohl Harold gegen den allgemeinen Protest der Familie sein Verbot für Judys Punktrichterfunktion aufrechterhielt.

Der Abend fing schlecht an. Als sich alle vor dem Einsteigen in den Zephyr auf dem Vorplatz versammelten, kam Judy die Treppe herunter, kühl und gelassen und wunderhübsch in einem mandarinenfarbenen Seidenkleid, auf welches sich ihr Haar wie dicke Goldfäden legte, fand Sylvia.

»Oh, Judy, wie entzückend!«

»Blondinnen sind Trumpf.«

Ihre Großeltern waren begeistert. Harold fragte: »Und wo begeben Sie sich jetzt hin, mein Fräulein?«

»Ach, es ist eigentlich etwas furchtbar Langweiliges. Es ist das erste Sommerfest der Jungkonservativen des Bezirks. Die Leute sind meistenteils ziemlich gräßlich – kleine Landwirte und so.

Aber Mrs. Ogilvie sagt, es sei schrecklich wichtig, daß man trotzdem mitmacht.«
»Geh nach oben und arbeite.«
Judy nahm keine Notiz davon und ging an Harold vorbei. Er packte sie am Arm. »Hast du nicht gehört, was ich gesagt habe?«
Sylvia sah plötzlich Harold in der Schülerjacke vor sich, wie er auf seine Schwester Iris losfuhr. Über seinen Kopf hinweg warf sie Arthur einen Blick zu.
»Mach keinen Unsinn, Harold.«
»Ja, komm schon, Harold, wir müssen uns beeilen.« Beide Eltern ergriffen Harold rechts und links beim Arm und führten ihn zum Wagen.
Harold fand sich damit ab, aber sein Gesicht war rot von unterdrücktem Zorn, als er den Motor anließ.
Sie betraten die Falcon-Bar, als wären sie eine viel größere Gesellschaft, lachend und schwatzend, um Harolds Schweigen so lange zu überdecken, bis er sich wieder fing. Zu Sylvias Erleichterung saßen Jack und Renee Cranston und der alte Mr. Tucker an der Bar. Sie lächelte ihnen zu und stieß Arthur an. »Sieh mal, da sind die Cranstons.« Er erwiderte darauf nur mit einer Handbewegung; während Harold, in seiner Mißgestimmtheit, nur mit einem trüben Kopfnicken reagierte. Doch nach einem kurzen Geflüster der Eheleute trat Jack zu ihnen.
»Seid ihr gekommen, um heute abend den Sieg der Budgies über die Mellinger zu erleben?«
Harold geriet sofort in Wallung. »Umgekehrt, Jack. Wir werden zusehen, wie Mark und unsere Burschen die lächerlichen Craighiller aufs Haupt schlagen. Aber Sie wollen mir doch nicht erzählen, daß ein Mellinger Bürger wie Sie auf die Gegenspieler setzt?«
Jack machte ein überlegenes Gesicht. »O doch, ich bin dafür, daß man auf das bessere Team setzt. Alles andere ist sentimentaler Quatsch. Aber ich gebe zu, daß Mark die größte Gefahr ist. Die Budgies werden sich vor seinen Schlägen in acht nehmen müssen. Aber er wird aufpassen müssen, daß er durchhält. Ich kenne unseren Mark, wenn er anfängt, müde zu werden.«
Harold lächelte, aber Arthur sagte: »Der Junge ist glänzend in

Form. Seine Doppel werden die Craighiller Burschen heute fertigmachen...«

»Ach! Sie wollen uns jetzt auch noch erzählen, wie man heute Bowling spielt? Wann waren Sie eigentlich Meister des BTBA-Verbandes? 1921? Oder gab es da noch gar kein Bowling?«

Sylvia überlegte, ob sie am Ende zuviel von Miß Priests Brief erwartet habe, aber die Aggressivität in Jacks Stimme riß sie aus ihren Gedanken. Sie sah auf und erblickte etwas außerordentlich Seltenes: eine verlegene Röte auf Arthurs Wangen.

Ray sagte: »Was wollt ihr trinken? Was möchtest du, Großmutter? Sie, Renee? Mr. Tucker?« Er zog sie alle heran.

Harold sagte gewichtig: »Vater ist ein geborener Sportsmann. Ich kenne keinen, der bei einem neuen Spiel so schnell erfaßt, worauf es ankommt. Ich bin sicher, daß er während seines Hierseins die Kunst des Bowlings bereits gemeistert hat, nicht wahr, Vater?«

»Ich hab's mir ein paarmal angesehen. Schon wegen der hübschen Mädchen.«

»Oh, davon bin ich überzeugt«, sagte Renee.

Arthur beschloß, sich Mr. Tucker zuzuwenden. »Wie geht's, Sie alter Schwerenöter? Wer hat mir erzählt, daß Sie gestorben seien?«

»Lassen Sie Vater in Ruhe, Hauptmann Calvert. Suchen Sie sich einen aus, der Ihnen gewachsen ist.«

Arthur, von Mann zu Mann, ignorierte die Frauen. »Warum lassen Sie sich gar nicht mehr bei den Buchmachern blicken? Hatte neulich einen guten Tip für Sie. ›Krokant‹ ging mit sechzig zu eins durchs Ziel.«

»›Krokant!‹ Ach, das wäre mir zu ›riskant‹ gewesen.« Mr. Tukkers Lachen hallte hohl durch die Bar.

Renee antwortete in einem Ton, den sie für besonders gehoben hielt: »Wir verfügen nicht alle über ein Privatvermögen.« Sie und Jack lachten laut und feindlich. »Ihre Tips sind zu kostspielig, Herr Hauptmann«, sagte Jack.

Ein Blick auf Arthur genügte, um Sylvia zu verraten, was passiert war. Sie nahm sich vor, die Sache mit den Cranstons zu regeln, bevor Harold davon Wind bekam. Sie würde mit Renee unter vier Augen sprechen und ihr versichern, daß ihnen kein Schaden erwachsen würde.

»Hallo, Mrs. Calvert?« sagte Renee. »Ich dachte, wir seien Ihnen nicht mehr fein genug.« Aber ihr Ton war nicht unfreundlich.
Zu ihrem eigenen Erstaunen hörte Sylvia sich sagen: »Ich war in letzter Zeit etwas niedergedrückt. Sie haben vielleicht von dem Mord in Spanien gelesen. Ich kannte nämlich die Tante, Miß Priest. Natürlich habe ich ihr geschrieben. Aber vielleicht hatte ich mir zuviel von ihrer Antwort versprochen...«
Renee sah sie völlig entgeistert an, aber ihre Aufmerksamkeit wurde im gleichen Augenblick durch die erhobenen Stimmen der Männer abgelenkt.
»Nein, nein, nein, Harold. Glauben Sie mir, Sie sind vollkommen im Irrtum. Ich hatte mich bisher nicht damit befaßt, aber...«
»Daß gerade Sie diesen Standpunkt einnehmen, tut mir besonders leid, Jack. Ich habe Sie immer für eine Stütze der New-Town-Idee gehalten...«
»Und mir tut es leid, einem alten Freund nicht zustimmen zu können, aber wenn Sie Carshall unbedingt so erhalten wollen, wie die Kerle, die es ins Leben riefen, beabsichtigten, dann kann ich nicht anders. Lassen Sie die Goodchild-Wiesen schießen. Alles ist besser, als die Stadtgrenze zu erweitern und den Ort topografisch zu vergrößern. Das wäre in der Tat ein Verrat an der ursprünglichen Idee...«
»Oh, gewiß, es ist eine Wahl zwischen zwei Übeln. Das gebe ich zu. Aber die neuen Wohnbauten sind unerläßlich, wenn wir es zu einer formierten Gesellschaft bei uns bringen wollen. Zum Beispiel, um Ihnen und Renee die geeignete Wohnung zu bieten, die Sie bald benötigen werden.« Harold erläuterte die allgemeine Formulierung auf persönliche Weise.
»*Uns* können Sie von vornherein abschreiben! Vielschichtige Stadtgemeinde! Nein, danke sehr. Für Sie ist das richtig, Harold. Ich möchte nicht unhöflich sein, aber Sie sind ja gern – wie sagt man da? – der große Fisch unter den kleinen. Außerdem gehören Sie zur Bezirksverwaltung. Das ist etwas ganz anderes. Aber führende Leute der Industrie wollen nicht unter ihren Angestellten leben, und die Angestellten wollen das ebenfalls nicht. Nein, nein. Renee und ich werden aufs Land ziehen, sobald wir das Richtige gefunden haben.«

Harold nahm einen großen Schluck Bier und wischte sich langsam den Mund mit seinem Taschentuch ab. »Dann werden Sie leider eine prächtige Idee verraten, Jack.«
Arthur rülpste, stützte sich auf den Bartisch und stierte aus triumphierend zusammengekniffenen Augen auf das Unbehagen, das sein kluger Sohn in Cranston ausgelöst hatte. Sylvia sah sich verzweifelt nach Ray um. Sie entdeckte ihn in einer Ecke des jetzt überfüllten Lokals, wo er mit Mr. Corney und zwei ziemlich wüst aussehenden Jünglingen zusammenhockte – der eine trug verschmutzte alte Blue jeans und der andere, ein unrasierter, dunkelhaariger Bursche, wirkte äußerst ungewaschen.
»Mr. Corney!« Er war gerade der Richtige, um sie alle aufzuheitern. Sie dachte an seine Unterstützung bei der Party. »Hallo, Mr. Corney«, hörte sie sich quer durch das volle Lokal rufen. »Kommen Sie zu uns herüber.« Mr. Corney, der bei ihrem Anruf aufblickte, sah erschreckt und besorgt aus. Noch ehe er antworten konnte, hatte Ray ihn und die beiden Freunde aus der Bar hinausgeleitet. Sylvia konnte noch hören, wie der brünette Zigeunertyp sagte: »Weshalb denn die Eile, Goldkopf?«
»Ich bin nur froh, daß Sie nicht zu ahnen scheinen, was für einen Unsinn Sie reden, Jack.«
»Jack ist nicht einer Ihrer Schüler, Harold«, bemerkte Renee.
»Nein, Renee, wenn er das wäre, würde ich ihm etwas Vernunft beibringen.«
»Jetzt hören Sie mal, Harold. Vielleicht beruhigen Sie sich etwas. So wichtig ist die Sache schließlich nicht...«
»Gehen wir, Mutter, Vater?«
»Harold, seien Sie doch nicht kindisch...«
»Ach, reg dich nicht darüber auf, Jack, er wird es schon noch einsehen.«
Die Bowlinghalle, voll, laut und hell erleuchtet, war groß, aber die Verbandsregeln verlangten, daß das Match zwischen den Mellingern und den Bowling Budgies auf den nebeneinanderliegenden Bahnen zehn und elf, im Zentrum der Halle, ausgetragen werde, so daß es nicht leicht sein würde, einen Streit zwischen ihren Gefolgschaften, die einander kaum grüßten, zu vermeiden. Sylvia sah, daß Arthur bereits Unheil witterte, denn nachdem er

Mark und dessen Mannschaftsführer Jimmie Forrester ein paarmal auf den Rücken geklopft und den Mellingern laut und kräftig Ratschläge zugerufen hatte, entfernte er sich. Sylvia beobachtete ihn und dachte, der alte Egoist, er kennt seine Pappenheimer; und dann, als sie sah, daß er seine Aufmerksamkeit dem Damenmatch zuwandte: alter Idiot! Sie machte sich jetzt ernstlich Sorgen um Harold. Er redete so viel und ignorierte zitternd vor Erregung die Cranstons, die in der Nähe standen. Ray, der sich wieder zu ihnen gesellt hatte, schien präokkupiert und bemühte sich nicht, ihn zu besänftigen. Mit großer Anstrengung überwand sie ihre eigene Niedergeschlagenheit so weit, daß sie Harold Fragen über das Spiel stellte. Er zeigte ihr die Schuhe, die Kugeln, eine Zählkarte, erklärte ihr die beleuchteten Nummern, zeigte ihr die Auszeichnungslisten der vergangenen Saison, auf welchen der Name der Mellinger prangte. Sie ahnte, daß ihn das Gespräch im Grunde ebensowenig interessierte wie sie, aber sie ließ nicht locker.
Ein falsch ausgesprochenes Wort von ihr veranlaßte Ray zu einer Korrektur, die sie mißverstand und zu einer abwegigen Antwort bewog. Als sie dann ihren dummen Irrtum begriff, errötete sie und fühlte sich außerstande, noch irgend etwas zu sagen. Sie sah so unglücklich aus, daß Ray sie an einen der Zuschauertische führte und ihr einen Kaffee von der Bar brachte. Er trank eine Coca-Cola und saß ebenso schweigsam und deprimiert da wie sie, während das Dröhnen der Kugeln und das krachende Stürzen der Kegel abermals das Grauen der Bombenangriffe in ihr wachrief.
»Ray«, sagte sie schließlich, »ich habe an Miß Priest geschrieben. Und ihre Antwort erschien mir so nichtssagend. Ich weiß nicht, was ich eigentlich erwartet habe. Wahrscheinlich habe ich mir zuviel davon versprochen. Ich meine, weil sie in einen Mordfall verwickelt war...«
»Ich weiß es auch nicht, Schätzchen. Da bin ich völlig überfragt. Ich habe keine Erfahrung mit Mörderinnen.«
Sie wußte, daß er gar nicht zugehört hatte. Er hatte sich so schnell von seinen Freunden getrennt, daß sie sich vage fragte, ob es einen Streit gegeben habe. Sie blieben sitzen und hörten Harolds erhobene Stimme sich in lauten, sachverständigen Ausrufen ergehen.

»Eine prachtvolle Kugel!... Prima Schuß!... Ran an das Gift, Mark.« Einmal rief er Ray und Sylvia zu: »Ach! Die Bahn hier ist phantastisch.«
Jack Cranston wetteiferte mit lauten Randbemerkungen. Ray sprach nur einmal, und eigentlich mehr zu sich. »Wenn Vater einmal in Volksverbundenheit macht, tut er's gründlich.«
Sylvia fühlte sich völlig isoliert. Die meisten der Anwesenden waren Teenager – alles Mods und Rocker! Na, es war nicht schwer, sie auseinanderzuhalten, aber wenn schon? An den Bahnen standen einige Angehörigengruppen, aber an der Kaffeebar eigentlich nur Jugendliche, die Coca-Cola und Hamburger verzehrten. Sie sah Arthur mit zwei Mädchen sprechen, die kein richtiges Make-up trugen, nur dunkle Lidschatten; sie kicherten und wandten sich dann von ihm ab. Alter Idiot, dachte sie, fürchtete aber aufgrund der Bemerkungen von den Cranstons, daß der alte Ärger wieder losginge – sie wußte nicht, wie sie es diesmal überstehen würde, da sie so niedergedrückt war und keine Schwerarbeit hatte, um sich abzulenken. Mr. Corney erschien im Türrahmen und winkte Ray, er möge hinauskommen. Sie blieb allein sitzen – dieser Jugend kam sie gewiß wie ein vergessenes, verschlafenes, altes Ungetüm vor, dachte sie. Alle paar Minuten hörte sie Harold oder Mr. Cranston dozieren; dann entstand plötzlich ein allgemeines Stimmengewirr bei Bahn zehn, und über das Getöse erhob sich Harolds Stimme: »Ich erhebe Einspruch wegen Verstoßes gegen die Spielgepflogenheiten.«
Sie drehte sich nach ihm um und sah ihn, hochrot im Gesicht, auf die Cranstons deuten, wie jemand auf einer Bühne. »Derart fortgesetzte störende Bemerkungen seitens der Zuschauer sind eine ausgesprochene Formverletzung.«
Renee war ebenfalls hochrot und entrüstet. »Ach, du lieber Gott, Ihr Sohn hat verschlagen, und kein Wunder, wenn Sie ihn dauernd anschreien, aber suchen Sie nicht fortwährend nach Ausreden für ihn.« Sylvia sah, wie Mark seinen Vater wütend anstarrte. Er trat vor, aber sein Mannschaftsführer, ein hochgewachsener blonder Bursche, hielt ihn zurück. Der Mannschaftsführer selbst sprach zu Harold. »Wenn irgendwelche Einsprüche am Platze sind, bin ich wohl derjenige, der sie vorzubringen hat, Mr. Calvert.«

»Dann tun Sie es doch, Jimmie.«
Der junge Mann sah zweifelnd drein. Er stotterte: »Ich… ich bin nicht so sicher…«
»Um Gottes willen, Junge, stottern Sie immer noch?«
Die Frage genügte, um dem sofort abzuhelfen. »Das schlimme ist, Mr. Calvert, daß Ihr Benehmen genauso schlecht war wie…« Jetzt endlich legte Mark mit einer Stimme los, die durch die ganze Halle donnerte. »Reagiere deinen Ärger woanders ab, Vater, aber laß uns gefälligst in Ruhe.« Harold drehte sich um und verließ die Halle. Als er an Sylvia vorbeikam, versuchte sie ihn anzusprechen, doch er nahm keine Notiz von ihr.
Sie ging zu Arthur hinüber. »Harold ist wütend weggegangen.«
»Du liebe Zeit! Er ist doch kein Kind mehr, Sylvia. Was willst du denn tun? Ihm etwa die Windeln wechseln?« Er wandte sich wieder Bahn fünf zu. »Der kleine Rotkopf da schiebt eine prachtvolle Kugel.«
Später, nachdem das Spiel aus war, tauchte Harold recht kleinlaut wieder auf. Als der Sieg der Mellinger verkündet wurde, ging er auf seinen Sohn zu, um ihm zu gratulieren. Aber Mark kehrte ihm den Rücken.
Arthur sagte: »Du hättest das dem Jungen nicht antun dürfen, Harold.«
»Bitte laß, Vater. Du kannst dir doch wohl vorstellen, wie scheußlich mir zumute ist.«
Sie kehrten alle recht niedergeschlagen heim. Sylvia wußte nicht, wie sie dem abhelfen sollte. Miß Priest hatte recht, außer praktischen Dingen kann man nicht viel tun. In der Küche fand sie eine Büchse Ovomaltine und brachte für jeden eine Tasse ins Wohnzimmer. Judy war zurückgekehrt, aber von Mark war nichts zu sehen.
»Großer Gott, was ist denn das?« fragte Arthur.
»Danke, Mutter, nicht für mich.«
»Vielen Dank, Liebchen.« Ray rührte verträumt in seiner Tasse.
»Ach, Großmutter, unmöglich, danke. Nicht nach all dem Punsch.«
»War es nett, wo du warst?«
»Ach, herrlich. Der Mond war gerade richtig für das Fest. Und

dann hatten wir eine Treasure Hunt, die durch die ganze Umgegend führte. Allerdings hatte auch ich großes Glück, ich fuhr im Wagen von den Trenchard-Bournes.«
»Warum war das so ein Glück?«
»Ach, du weißt doch, Papa. Sie haben ein herrliches Haus aus dem siebzehnten Jahrhundert – Rumpert Hall. Aber es sind reizende Leute. Völlig einfach und liebenswürdig.«
»Mein Gott! Daß ausgerechnet ich einen Snob zur Tochter habe.«
Ray schlug mit seinem Löffel an die unberührte Tasse Ovomaltine. »Ich denke, wir gehen jetzt ins Bett.«
Sylvia wärmte Marks Ovomaltine auf und stellte sie mit der Untertasse zugedeckt, damit sie heiß blieb, in sein Zimmer.
Während Arthur sich auszog, sagte sie ihm mit der größten Freundlichkeit, die sie in ihrem Erschöpfungszustand aufzubringen vermochte: »Hast du wieder Schulden gemacht, Arthur? Bitte, sage es mir, wir werden es schon irgendwie abzahlen, ohne daß Harold etwas davon erfährt. Und dann reden wir nicht mehr darüber.« Er saß auf einem der senfgelben Stühle und zog sein Unterhemd aus; das Gesicht, mit dem er zu ihr aufsah, war erbarmungswürdig alt und bekümmert.
»So schlimm kann's doch nicht sein, Arthur.« Er wollte sprechen, aber seine zittrigen Hände verfingen sich in dem Unterhemd über seinem Kopf. Er begann zu fluchen. Sylvia stieg aus dem Bett und half ihm, das Unterhemd auszuziehen.
»Mein Gott, Arthur!«
»Diese verdammten Dinger. Ich wünschte, ich wäre tot.«
»Das würde auch nichts helfen, mein Armer.«
Ihre Bemerkung half ebensowenig. Der Augenblick erstarb in Gereiztheit. Am anderen Morgen, beim Frühstück, als das Telefon läutete, eilte Ray hin und kam Harold zuvor. Als er den Hörer auflegte, sah er ganz erleichtert aus. Er ging sofort nach oben. Zehn Minuten später stand er unten mit einem Handkoffer und Marks Tasse Ovomaltine.
»Ich fürchte, das wird er nicht mehr trinken, Liebchen. Der Anruf kam von ihm. Er wohnt vorläufig bei Jimmie Forrester. Ich bringe ihm den Koffer auf meinem Weg ins Geschäft.«
Harold stützte den Kopf in die Hände. »Was ich auch tue, ist falsch, seit sie nicht mehr da ist. Weiß Gott, ich habe mich be-

müht, auf ihn einzugehen, aber Lehrer zu sein ist ein Fluch. Armer, guter, verwirrter Mark! Er vor allem hätte eine Frau im Haus so verzweifelt nötig gehabt.«
Ray grinste Sylvia liebevoll an und tätschelte ihren Arm. Zu seinem Vater sagte er: »Reg dich nicht auf, Vater. Es ist besser für ihn, wenn er eine Zeitlang bei den Forresters wohnt. Er wollte schon seit langem einmal fort von zu Hause.«

An einem Nachmittag in jenem Mai saß Sylvia im Laufe ihrer Wanderungen auf einer Böschung im Schatten eines Haselnußstrauchs und zupfte sich die Kletten vom Rock. Sie war ganz vertieft darin, denn allmählich genierte sie sich ihres schwermütigen Herumstreifens und bemühte sich, jede Spur davon vor ihrer Familie zu verbergen. Sie schrak zusammen, als eine weibliche Stimme ganz nah an ihr Ohr drang. Da, zu der Böschung, dicht neben Sylvia, kam die alte Bucklige heruntergeklettert. In der Nähe wirkte sie noch älter und häßlicher als sonst, mit ihrer beweglichen, vorstehenden Unterlippe und einer Warze auf dem rechten Nasenflügel. Aber ihre Augen funkelten hell und lebhaft. Zu Sylvias Erstaunen begann die Alte, den kurzen Baumwollrock über die Knie ihrer faltigen Strümpfe hinaufgeschürzt, nach ein paar allgemeinen Bemerkungen über das schöne Wetter und den zunehmenden Staub auf den Feldwegen, ihre Lebensgeschichte zu erzählen. Sylvia kam es vor, als ob das Stunden dauerte. Anfangs fiel ihr das Zuhören schwer, ihr Blick wanderte fortgesetzt zu dem Buckel hin. Doch im Lauf der Erzählung wurde die äußere Erscheinung der Frau gleichsam von ihren Worten völlig aufgeschluckt. Obwohl viele Namen von Orten und Menschen Sylvia völlig unbekannt waren und obwohl es ihr nicht leichtfiel, den singenden, ausländischen Akzent zu verstehen, war sie ganz gebannt; doch mit dem Ende der Geschichte fühlte sie sich nur noch zerrissen und traurig.

Die Geschichte der Alten

»Wissen Sie, daß ich im August sechsundsiebzig werde? Jawohl, ich bin am 11. August 1887 geboren. Es ist kaum zu glauben, daß ich so alt bin. Und nur wenige glauben es. ›Sie können doch noch

nicht sechzig sein, Mrs. Kragnitz‹, sagte mir erst neulich der Gemüsehändler. ›Sie sind doch *so* aktiv.‹ Aber meine Kindheit war eben so froh und gesund, wir hatten ja Geld genug. Und für die Frau ist die Kindheit entscheidend, wie Grillparzer sagt, mögen die späteren Jahre auch noch so schwer sein. O ja, jeder wundert sich darüber, wie jung ich aussehe. Außer der Edna. Sie ist meine Nichte – die Frau meines Neffen –, keine Blutsverwandte. Und manchmal auch Jerzy – wenn er ihr besonders gefallen will. Darum geh' ich so viel spazieren bei jedem Wetter. Um ihr aus dem Wege zu gehen. Wenn Jerzy da ist, kann sie mich nicht angreifen, aber sonst... Ich will nicht behaupten, daß sie mich gerade vergiften will, das wäre zu absurd. Obwohl diese Bauern übrigens so etwas tun, meine Liebe. O ja, ich habe viele solche Fälle in Polen und Pommern und dem Ural gekannt. Sogar in China, wo die Ehrfurcht vor dem Alter ganz erstaunlich ist. Immerhin ist Edna besser als die andere. Also muß ich mein Leben bei ihr beschließen, bei einem Wesen, das nie ein Buch gelesen hat. Aber ich nehme mich in acht – ich sage immer, ich habe die britische Armee, die Gestapo, die GPU und die Japaner überstanden, also habe ich nicht die Absicht, mich von Edna umbringen zu lassen.
Ich wurde in der Nähe von Krakau geboren. Kennen Sie diese Stadt? Eine schöne Stadt! Ganz anders als das übrige Polen. Als ich mit meinem Mann auf unserer Hochzeitsreise nach Italien fuhr, nach Florenz und Siena, da kannte ich das alles schon: einfach ein zweites Krakau. In jener Zeit war nämlich Krakau und das umliegende Land, wo wir wohnten, alles österreichisch. Natürlich nicht in Wirklichkeit; in Wirklichkeit war es und ist es immer Polen gewesen. Und wir waren auch Polen, obwohl wir unter den Habsburgern lebten. Aber Leute wie mein Onkel Ladislaus wollten nichts mit ihnen zu tun haben. Er sprach mit keinem – weder mit einem Österreicher noch mit einem Russen, noch mit einem Preußen. ›Es gibt doch so reizende Österreicher, mein Lieber‹, sagte mein Vater. ›Sollen sie aus Polen herausgehen, dann werde ich sie reizend finden‹, erwiderte mein Onkel. Er liebte nur Polen, und er hatte ganz recht. Heute weiß ich das. Ich sollte auch dort sein. Die Regierungen spielen doch keine Rolle. Konservative, sozialistische, kommunistische, imperialistische, faschistische; ich habe sie alle erlebt. Sie wechseln. Wo

man geboren ist, meine Liebe, darauf kommt es an. Wie der große Graf Tolstoi sagt: dies ist meine Heimat. Aber mein Vater war anders. Ein sehr guter Katholik, aber praktisch denkend. ›Etwas Besseres als die Österreicher bekommen wir nicht‹, sagte er. Also akzeptierte er sie, arbeitete sogar mit ihnen. Er hatte eine Stellung in der Forstkommission in der Nähe vom Morskie-Oko-See – das ist der Schwarze See, ein sehr tiefer See. Und wir verkehrten in der besten österreichischen Gesellschaft. In Zakopane lief ich einmal Schlittschuh mit dem Erzherzog Ferdinand. Damals gab es natürlich keinen Wintersport. O nein!

Und dann mußte ich ausgerechnet einen Preußen heiraten! Ich sehe, Sie lachen jetzt schon. Einen pommerschen Protestanten! Sie können sich das Entsetzen meiner Familie vorstellen – o ja, und auch, wie entsetzt Willibalds Familie war. Anfangs mochte mein Vater Willibald gern – sie gingen zusammen auf die Jagd und sprachen über Bäume und Pirsch. Aber zum Heiraten! Und das, obwohl die von Kragnitz eine sehr gute Familie waren, älter, erlauchter als die Adamowitsch, muß ich schon sagen, eine Junkerfamilie. Mein Vater wollte mich daraufhin nicht mehr sehen, aber ihm war es nicht ernst damit, ich war ja nur der weibliche Sproß. Für Willi war es viel schlimmer – sein Vater enterbte ihn. Zum Glück besaß er einiges Geld von seiner Großmutter. Also fuhren wir auf unserer Hochzeitsreise nach Italien und dann nach Ost-Griqualand, um am Aufbau des neuen Übersee-Deutschland mitzuwirken. Wissen Sie, wo Ost-Griqualand liegt? Bestimmt nicht. Ja, sogar in Hamburg, wo ich das Schiff bestieg, war eine Dame im Hotel, die sagte: ›Sie müssen unbedingt Milos ansehen – das darf man nicht auslassen.‹ Sie dachte, ich spräche von Griechenland. Dabei war sie Deutsche! Willi war ganz schockiert, daß eine Deutsche so wenig Bescheid über ihr eigenes Kaiserreich wußte. Aber die Hamburger sind eben sehr dumm. *Dumm wie ein Hamburger* – dafür waren sie bekannt. Wir fingen mit einer Straußenfarm an. Damals waren, wie Sie sich erinnern werden, Straußenfedern die große Mode. Später änderten dann die Frauen ihren Geschmack; die launischen Frauen, wie Lermontow uns nennt, wollten etwas Neues. Infolgedessen verloren alle Straußenzüchter ihr Geld. Aber inzwischen mußten wir Deutschen sowieso aus Afrika hinaus, also betraf uns das nicht.

Ehrlich gesagt, ich mag keine Strauße. Sie sind verfressen und dumm. Aber wir müssen ja häufig mit solchen Wesen unser Geld verdienen. Und als Hitler kam, hatten die armen Strauße, die den Kopf in den Sand steckten, ja schwer zu leiden. Das Leben war schwer und ziemlich einsam, besonders als der Krieg ausbrach und Willi mich auf der Farm zurücklassen mußte. Aber ich war gut zu unseren Eingeborenen, und sie waren gut zu ›die polsche Frau‹ – *polnische* konnten sie wohl einfach nicht aussprechen! Besonders gern hatten sie es, wenn ich polnische Lieder sang. Wahrscheinlich waren es all die kleinen Zischlaute der polnischen Sprache, wie das Zischen von Schlangen, die ihnen so gefielen.

Die Engländer nahmen uns die Farm, aber sie schickten uns kostenfrei nach Deutschland zurück. Ich hätte bleiben dürfen, aber eine Frau muß natürlich mit dem Mann mitgehen. Ich war nicht besonders dankbar, aber ich wußte noch nicht, wie oft die Engländer noch für mein Fahrgeld aufkommen würden. Willis Vater war tot, aber seine Frau nahm uns auf. Sie war klein und alt, etwas bucklig, ja? Aber sie war sehr herrisch. Es dauerte kein Jahr, bis sie und Willi Streit bekamen. Jeder in Deutschland war arm, und sie versuchte in dem alten Stil zu leben, mit den ganzen Bauern und den großen Festen, wo es Himbeeren gab, wenn die Nachbarn Wildschweine jagten. Willi wurde sehr böse und sagte, auf diese Weise würde Deutschland nicht wieder hochkommen. Er fing an Bücher zu lesen und Dinge, die die alte Dame nicht gern hatte – rote Bücher, die ihm ein Freund von der Königsberger Universität lieh, ein sehr kluger Mensch, Dozent für Handelsgeschichte. Daraufhin stritten sie sich erbittert. ›Ein Haus, in dem die Frau regiert, ist eine Verhöhnung des Gesetzes.‹ Lesen Sie Strindberg? Ich kenne ihn nur aus Übersetzungen. Wir zogen fort. Ich war froh, denn ich lebte nicht gern in den großen kalten Zimmern, ›bei den finsteren Wäldern und düsteren Seen‹, wie unser großer Nationaldichter Mickiewicz sagt.

Also zogen wir nach Königsberg und dann nach Berlin. Jeder war damals so furchtbar arm. Willi hatte nur eine kleine Anstellung in einer Buchhandlung, aber wir hatten ein Zimmer in der Nähe des Tiergartens und waren sehr glücklich. Willi war nämlich Kommunist geworden. Da staunen Sie – ein von Kragnitz,

ehemaliger Kolonialherr, ein Kommunist! Sie werden mir kaum glauben. ›Der Löwe schreit wie der Esel, und der Esel brüllt‹, wie das alte Sprichwort heißt. Unser kleines Zimmer war jetzt den ganzen Tag voller Menschen, die schwatzten und rauchten und auf die Weimarer Republik schimpften. Der Fußboden war voll von Kampfschriften und Spottgedichten. Aber ich war glücklich, Kaffee zu kochen – Eichelkaffee, Sie werden lachen –, und an besonderen Tagen verteilte ich Torten mit Schlagsahne oder etwas Kompott an alle schimpfenden Genossen.
Aber die Wetterwolke ließ nicht lange auf sich warten. Eine braune Wolke! Eine Wolke von Braunhemden! Ich denke jetzt manchmal, daß Willi die Reden Hitlers insgeheim sehr gefielen. Aber sein Weg war bereits vorgezeichnet. Er war Parteimitglied. Und ein ganz wichtiger Mann. Aus der Partei tritt man eben nicht aus. Schon 1933 wurden wir eines Nachts aus Deutschland abberufen. Ich weiß noch, es war eine sehr kalte Nacht, und wir hatten zwei Kinder. Britta zog ich den kleinen Mantel mit dem Pelzkragen an, aber der kleine Dieter hatte keinen Mantel. Den konnte ich nirgends im Zimmer finden. Und so machte er die ganze Reise, stellen Sie sich vor, durch Polen und die Tschechoslowakei und Rumänien und Bulgarien (denn wir mußten eine Geheimroute wählen) tage- und tagelang, bis wir endlich nach Moskau kamen, nur in seinem kleinen Wollsweater. In Moskau lag überall Schnee, obwohl die goldenen Dächer des Kremls funkelten. Aber Dächer können einen sechsjährigen Jungen nicht wärmen, mögen sie noch so golden sein. Doch, wie eine alte russische Fabel sagt, ›der kleine Fuchs ist zu neugierig, um sich zu erkälten‹. In Moskau stieß Willi zu uns. Und dann begann ein langes, neues Leben. Wir zogen in Rußland von Ort zu Ort, während Willi für Wühlarbeit in Deutschland ausgebildet wurde. Ich lernte auch etwas, nämlich Tee auf dem Samowar kochen und Blinis backen. Und 1939 kamen wir bis an die chinesische Grenze. Und waren froh darüber, denn damals war das Leben an den Grenzen weniger gefährlich als in Moskau. ›Wer heute auf dem Throne steht, ist morgen schon hinweggefegt!‹ Ich weiß nicht, woher das stammt. Ist es Puschkin? Und dann mußte Willi nach Moskau und Dieter mit ihm, der nun zwölf war. Ich habe sie nie wiedergesehen. Das war der Preis, den Stalin an Hitler zahlte – die Beseitigung einiger deutscher Genossen. Keine

wichtigen, freilich; Willi war niemals wichtig. Aber sogar wir Frauen, die nutzlosen Frauen, mußten ebenfalls hinweggefegt werden – ›wenn die Blüte stirbt, fällt der Käfer mit‹. Das begriff ich später in China. Vorher hatte ich nie den Sinn verstanden, bis eines Tages, als ich in einem kleinen Dorf in den Bergen bei Peking saß, die Mandelblüten um mich zu Boden sanken und mit den Blüten Hunderte von blaugrünen Käfern auf die Erde fielen. Also steckt in Sprichwörtern wohl doch ein Sinn.
Doch diesmal entkamen die Käferchen. Ein Funktionär, ein sehr anständiger Mensch, half uns über die Grenze. Er wollte sich an Britta schadlos halten, aber er mußte sich mit der alten Mutter zufriedengeben. Die gleiche Situation wie in Schnitzlers Komödie – doch für mich nicht ganz so zum Lachen. Aber wir hatten Glück. In Sachalin trafen wir viele Weißrussen, ehemalige Aristokraten. Ich dachte, sie würden uns vergiften – solche Dinge kommen nämlich vor. Als Überbleibsel eines deutschen Kommunisten. Aber durchaus nicht! Unter ihnen war ein alter General, er hörte unseren Namen – ›Ich habe ja in den Wäldern Ihres Mannes gejagt‹ –, er wußte nichts von Willi, kannte nur seine Familie – ›Ich war dort Ehrengast, als Ihr Mann noch reich war, Sie müssen nun Ehrengäste unserer Armut sein‹. Also lebten wir dort einige Jahre – lauter Samoware, aber keine Blinis. Die ganze Zeit herrschte um uns herum Krieg. Aber sonderbarerweise berührte es uns nicht. ›Ich hörte die Waffen, ich sah das Feuer; ich trank meinen Tee und spielte Würfel‹, wie Ihr Byron sagt. Und dann drangen plötzlich die Japaner ein, und wir mußten fliehen. Hunderte von Kilometern täglich, Hunderte von Kilometern. Die Kranken und Alten starben unterwegs; meine Britta starb an Typhus, ihre Lippen waren faustdick angeschwollen. Dann bin auch ich fast gestorben. Ich wußte nicht, wofür ich noch leben sollte. Wir wurden nach Hongkong gebracht. Kennen Sie hier in Carshall Mrs. Richard? Nein? Sie ist eine Freundin von Edna. Sie fragte mich, wie ich den Zoo in Hongkong gefunden hätte. Ich sagte, ich hätte die ganze Zeit nichts anderes gefunden. Ich war nämlich eingesperrt. Und dann kamen die Engländer. Die Engländer mit ihren Fragebogen und Akten. Wer sind Sie? Wo leben Ihre Angehörigen? Bei Engländern und Franzosen ist es immer dasselbe: wo leben Ihre Angehörigen? Und was bin ich? Ich bin Russin, denn Willi hatte zuletzt einen russischen Paß. Aber ich

will keine Russin sein, und die Russen wollen mich gar nicht. Wie es in dem Stück heißt: ›Vielen Dank, meine Herren, mir genügt es, ich selbst zu sein.‹ Aber keiner weiß, wer das ist. Die Kragnitze sind von den Russen aufgeschluckt, und die Deutschen wollen keine in Polen Gebürtigen, und die Habsburger gibt es nicht mehr. Aber die Engländer finden alles heraus. O nein, so einfach lassen sie sich nicht abspeisen. Ihre Familie ist in Warschau, sagen sie. Und das stimmt auch, mein Bruder Andreij ist in Warschau, nur ist er tot und seine Frau ebenfalls. Aber die Engländer bleiben hartnäckig. Anscheinend hat mein Bruder Söhne, Dzislaw und Jerzy, die in der Schlacht um Britannien kämpften und nicht gefallen sind. ›Der Adler steigt in die Lüfte, stößt nieder auf seine Beute und lebt weiter, um ein anderes Mal hinabzustoßen.‹ Das steht bei einem alten Dichter, den ich in meiner Kindheit las. Und jetzt lebt Dzislaw in Johannesburg. Also muß die alte Frau nach Johannesburg, aber die Engländer zahlen ihr die Reise. Kennen Sie Johannesburg? Eine schreckliche Stadt, überhaupt keine Stadt, kein Fluß – ein Bergwerk. Und Dzislaw ist mit einer Afrikans verheiratet, mit Cornelia. Schon der Name ist zum Lachen. Aber die Frau ist gar nicht zum Lachen, die große, dicke, blonde *mevrouw*. Sie sitzt den ganzen Tag herum, ißt und schimpft mit dem eingeborenen Diener. Keine Bücher im Haus! Vom ersten Tag an hatte ich Streit mit ihr. Ich erinnerte mich an meine Eingeborenen in Ost-Griqualand, und wie ich ihnen polnische Lieder vorsang. Aber in Riverdale, dort wohnten wir nämlich in Johannesburg – oh, ein sehr reicher, aber ordinärer Vorort – gab es nur einen einzigen eingeborenen Diener, der in einem Nebenbau im Garten hinter den Poinsetten wohnte. Und Cornelia will nicht, daß ich *ihm* vorsinge. Und dann sagen sie plötzlich, daß Willi Kommunist war und ich fort müßte. Aber die Engländer sind sehr gerecht. Wenn ich nicht in Johannesburg wohnen darf, dann finden sie mir einen anderen Neffen. Und in New Town spielt es keine Rolle, daß eine alte Frau einmal mit einem Kommunisten verheiratet war. Ich kann hier bei Jerzy wohnen und bei Edna. Das ist also mein Leben.«

Mit dem Fortschreiten der Geschichte war das Englisch der Alten immer schwieriger zu verstehen, so daß Sylvia sich schließ-

lich anstrengen mußte, um einigermaßen zu folgen. Als sie zu Ende war, trat ein langes Schweigen ein. »Ich bin nie aus England herausgekommen. Ausländer kenne ich eigentlich nur von den Hotels, in denen ich gearbeitet habe.«
»Das kann ich mir denken.« Die Alte klang ganz sarkastisch, und ihre Augen wurden scharf und hart.
Sylvia ärgerte sich über die Bemerkung. Wie konnte die Alte wissen, daß sie im Hotelgewerbe gearbeitet hatte, wenn sie ihr gar keine Möglichkeit gegeben hatte, auch nur ein Wort zu sagen?
Nach einigem Gemurmel erhob sich die alte Frau. Sylvia fiel wieder der Buckel auf, aber fast noch schlimmer war die verrückte schmutzige Kleidung, die überall mit Sicherheitsnadeln zusammengesteckt war.
Obwohl Sylvia nur den kleinsten Teil von der Geschichte der Alten begriff, empfand sie doch eine staunende Achtung für jemanden, der so viel durchgemacht hatte. Der Anblick des schmutzigen, zerfetzten Rocks der Frau blieb ihr im Gedächtnis, als einer der mahnenden Schrecken an jene Tage. Aber da war die Frau nun einmal – ein Bild des Schicksals, das Frauen in dieser Welt auferlegt wurde; und da das wenigste, das wir füreinander tun können, darin besteht, einander beizustehen, versuchte es Sylvia ein paarmal, sie wieder anzusprechen. Aber nachdem die Alte ihre Geschichte einmal erzählt hatte, wich sie Sylvia aus. So war's nun eben, und eigentlich auch gut so.
Zu Hause beschrieb sie die Alte, und anscheinend war diese stadtbekannt. Sowohl Ray wie Judy nannten sie wie alle Schulkinder einfach ›die Bucklige‹. Doch Näheres wußte nur Harold über sie. »Sie hat Sally Bulmer schwer zu schaffen gemacht. Anscheinend sind ihre Kinder oder die Leute, bei denen sie wohnt, ein vorbildliches Ehepaar. Die Frau ist eine schwerarbeitende kleine Cockney und er einer von den anständigen Polen. Es ist wirklich bewundernswert, daß sie sie ertragen. Es hat allen möglichen Zwist gegeben. Die alte Dame ist völlig verdreht – behauptet, daß man sie vergiften wollte und Gott weiß was! Sally erbot sich, sie in einem Altersheim unterzubringen, aber sie wollten nichts davon hören. Also kümmert sich Sally um sie, indem sie hingeht und sich die Geschichten der Alten anhört. Sie sagt, sie ergäben ein zweites Tausendundeine Nacht, und sie änderten sich von einer Woche zur anderen. Obwohl, wie sie sagt,

bestimmt etwas Wahres daran ist. Die Herrscher dieser Welt können eben nicht die Höchstgeschwindigkeit überschreiten, ohne daß Opfer auf der Strecke bleiben.«

Der alte Pfarrer hatte gesagt, geh durch die Finsternis, bis du ans Licht kommst. Aber zweifellos hatte er alle Menschen wie diese Alte ausgelassen, die immer weiter durch die Finsternis ging, weiter und weiter durch Finsternis und nirgends herausgekommen war. Oder Menschen wie Miß Priest, die aus einem langen strahlenden Tag unverhofft in nächtliche Finsternis geraten war.

Während Sylvia ihre ziellosen Wanderungen fortsetzte, wurde das Maiwetter besonders warm. Die Menschen begannen auf einen in England seltenen, schönen Sommer zu hoffen, die Sportplätze waren voll; Harold ordnete an, daß alle Klassenfenster offenzustehen hätten; Ray schwamm jeden Abend, bevor er sich am geselligen Leben von Carshall beteiligte; Miß Castle ermahnte Judy und die anderen Schülerinnen, die sich auf die Aufnahmeprüfung für das College vorbereiteten, sich nicht von der Hitze unterkriegen zu lassen; Muriel Bartley trug im Garten einen Bikini; Sally Bulmer zeigte nackte Arme, trug ärmellose Kleider, sogar Lorna Milton packte sich nicht mehr so ein; und die Bauern klagten über die Dürre. Nur Arthur schien die Hitze nicht zu bemerken, obwohl sein Auge mit Wohlgefallen auf dem sommerlichen Aussehen der Mädchen von New Town ruhte; in der Tat, an warmen Abenden waren die Straßen von Melling wie von Carshall ein Schauplatz tändelnder Jugend.

Schwindelanfälle oder plötzliche Atemnot bewogen Sylvia, auf ihren Spaziergängen ein langsameres Tempo einzuschlagen, sich häufiger unter den Hecken auszuruhen und ihre belegten Brote auf zwei oder drei kleine Imbisse an diesem oder jenem schattigen Rain oder in den Wäldern zu verteilen. Sie machte sich früher auf den Weg, weil sie sich sagte, daß sie sich, wenn sie langsamer vordringen wollte, mehr Zeit lassen müsse. Doch wohin wollte sie eigentlich noch vordringen? Gelegentlich stieß sie auf ein ihr unbekanntes Gasthaus, vor dem ein grünes Tischchen und ein Stuhl an einem Tulpen- oder Goldlackbeet standen, oder unerwartet auf einen weidenverhangenen See, auf welchem die Leute in Booten über grünes, schleimiges Unkraut und die ersten Spitzen gelber Seerosen ruderten. Doch selbst bei solchen bestimm-

ten Landmarken wußte sie nicht genau, ob sie schon einmal hier gewesen sei; oder aber, gerade wenn sie überzeugt war, daß das nicht der Fall war, sagte dann die Wirtin: »Das letzte Mal nahmen Sie, glaube ich, ein weiches Ei.« Aber sie sagte sich, daß sie immerhin ›weiter vorgedrungen‹ sei.
Infolgedessen wischte sich Sylvia nicht mehr den Puder von der Jacke, putzte sich nicht die braunen Wildlederschuhe, stopfte nicht den Riß in ihrem Rock und wusch nicht den Eifleck von ihrer Bluse – oder vielmehr, sie tat das häufig nicht. Denn obwohl sie sich bereits als eine Elefantenausgabe der Buckligen ohne Buckel sah, sagte Judy eines Abends: »Caroline Ogilvie hat dich Mittwoch weit draußen in Burpitt gesehen, Großmutter. Sie war zu Pferde. Sie sagte, du seist wie für die Oxford Street angezogen gewesen.« Also das war eigentlich in Ordnung; oder vielmehr, nach Judys Ton zu urteilen, war es das nicht. Und beim Einkaufen war es dasselbe wie bei den kleinen Haushaltspflichten – einmal konnte man sich durchmogeln, zweimal die Familie täuschen, dreimal so tun, als ob, aber am Ende verfiel man zwangsläufig auf Lügen und kleine Heimlichkeiten, auf erfundene Gespräche, die nie in den Läden stattgefunden hatten.
Also schleppte Sylvia ihren schweren Körper und ihre schweren Gedanken weiter durch jenen wunderschönen Mai, der schwer von Fliederduft war und dem mitternächtlichen Schlagen der Nachtigallen, das von dem verachteten Gorman-Wald herübertönte (die Städteplaner kannten wirklich ihre Pappenheimer), durch die frischen grünen Felder, ohne daß man ihr zu Hause oder draußen besondere Aufmerksamkeit schenkte. In den letzten Tagen des Monats wurde die Luft unerträglich drückend durch die schale, lastende Wärme, die sich während der vielen windstillen Wochen in jedem Winkel angesammelt hatte. Sylvia wurde aus ihrem vagen Trübsinn von Zeit zu Zeit durch vereinzeltes Donnergrollen aufgeschreckt. Wie gereizt und müde doch jeder zu sein schien.
Eines Nachmittags, um etwa vier Uhr – Zeit, darüber nachzudenken, wohin sie eigentlich geraten war und wie sie nach Hause finden sollte –, saß Sylvia am Rand eines Wäldchens im Schatten einer hohen, knorrigen Ulme. Die Welt schien völlig bewegungslos; und als sie sich nach den Bäumen hinter sich umsah, kräuselte nicht der leiseste Hauch das weite Meer grünen Laubs,

das, je nachdem, wie das starke Sonnenlicht darauffiel, in kontrastierenden Tönen von beinahe Schwarz bis zum zartesten Jade gefleckt war. Nur die wachsende Schar von Mücken umkreiste sie unaufhörlich in schimmernden Kegeln; und selbst sie gaben nicht den leisesten Laut. Fern am Horizont, über den Feldern jenseits des Waldes, zogen Wolken auf, noch formlos und weißlichgrau. Sie saß da, angstvoll das kommende Unwetter erwartend, jedoch ungewiß, ob sie vor dem Blitz oder dem Regen flüchten sollte. Unter die Bäume oder hinaus auf die Felder? Das erste leise Rauschen der Blätter schwoll an, als der Wind auf sie zuwogte. Mit ihm stellten sich unverzüglich und eindringlich Erinnerungen an andere Unwetter ein – wie sie in der Höhle bei Minehead, in die sie geflüchtet war, vor Schreck das Gesicht an den harten Felsen gepreßt hatte, wie sie in jäher Angst zur Fenstertür in Bognor gestürzt war, um mit den schweren Gardinen den Anblick des furchtbaren Unwetters auszusperren, wie sie voller Beschämung die Stahlmesser auf der Anrichte in Paignton zugedeckt hatte. Sie wußte sofort, daß sie den Blitz noch mehr als die Sintflut fürchtete, mochte die Gefahr auch noch so fern sein. Wie um dieses Wissen zu bekräftigen, schnitt ein züngelnder Blitz quer durch den Himmel über ihr; sie sprang auf, fast ehe sie den anschließenden Donnerschlag hörte. Während sie über die Furchen zarten Weizens stolperte – ein Sakrileg, wie sie als Landkind wußte –, ihre große Handtasche an ihre Hüfte schlug, violett-weiße Haarsträhnen unter dem breitrandigen Strohhut herunterfielen, erblickte sie vor sich ein großes, flaches Feld, das keinen trügerischen Unterschlupf bot. Die Wolken waren inzwischen vom Horizont heraufgezogen und angeschwollen und hatten sich zu ungeheuren, tiefhängenden, schwarzen, nebelgelben und rauchgrauen Formen geballt. Bald würden sie bersten und sie durchweichen, aber wenigstens war sie nun vor den Blitzen geschützt, die unaufhörlich über den Himmel zuckten. Doch das Entsetzen hielt an – ein Entsetzen, das vor allem die Donnerschläge auslösten, mit welchen der Blitz seine Drohungen kundtat. All die mühsam verdrängten, angestauten Angstvorstellungen der letzten Monate entluden sich mit dem Ausbruch des Unwetters; zugleich aber fügten sich alle Fetzen ihrer Alpträume in einem einzigen gewaltigen Blitz und Donnergebrüll jäh zusammen. Das Langgefürchtete, Namenlose hatte sie aufgespürt, aus der Deckung getrieben und würde sie jetzt zerschmettern. Sie rannte, stolperte einmal, fiel hin, zerschnitt sich die Hand an einem Stein, raffte sich mühselig auf und schob sich mit der blutenden Hand das Haar aus der Stirn, lief weiter und hörte sich mit benommenem Staunen »Arthur! Arthur!« rufen.

Erst als der Regen losbrach, die Welt überschwemmend, hörte sie durch die prasselnden Fluten eine Stimme schreien, keine Worte, sondern Schreie blanken Entsetzens. Sie wandte sich um und entdeckte, daß man dort, wo das Feld zu ihrer Rechten abfiel, einen morschen Eichbaum hatte stehenlassen, hoch, blätterlos und geisterfingrig, in seiner einsamen Herrschaft über die Landschaft dem Verfall preisgegeben. Das kleine Mädchen, das sich an seinen Stamm klammerte, das Gesicht an die flechtenbewachsene Rinde gedrückt, hätte der ›Ochs am Berg‹ in dem Kinderspiel sein können, wären nicht die gellenden Schreie gewesen. Sylvia konnte sich gerade noch überlegen, ob das Wesen mit den seltsamen knielangen Shorts und dem kurzgeschnittenen Haar überhaupt ein kleines Mädchen war, bis die Gefahr, in der das Kind schwebte, jeden anderen Gedanken verjagte. Auf die grellen Blitze folgten die Donnerschläge jetzt fast im Abstand von Sekunden. Watschelnd rannte sie über das Feld, ein Schuh blieb im Schlamm stecken, packte das Kind am Arm, um es von dem Baum fortzuzerren. Das Kind schrie in erneutem Entsetzen und klammerte sich noch fester an den Stamm. »Du mußt weg von dem Baum, Kind, da ist es gefährlich.« Endlich fand Sylvia eine beruhigende, mütterlich gelassene Stimme. Erinnerungen an Iris durchfluteten sie und gaben ihr Kraft. Sofort gab das Kind nach und zerrte nun seinerseits die dicke Unbekannte wieder auf das freie Feld. Dort drückte Sylvia das kleine Mädchen an sich, selbst zitternd vom Schock und dem durchdringenden kalten Regen, bis beide zu einer aufgeweichten Masse zu verschmelzen schienen. Und dann, aber zu spät, schlug das Verhängnis zu – indem ein gezackter, blendender Blitz über das Feld zuckte und der morsche Eichbaum aufflammte und in einer langen Rauchfahne zu Boden stürzte.

Durch den Schreck über den Blitzeinschlag in den Baum kamen die beiden wieder zu sich. Die Blitze hörten fast unmittelbar danach auf, der Donner grollte schon Meilen ferner, sogar der Re-

gen ließ vorübergehend etwas nach. Sylvia, die dicht am Boden kauerte, sprach dem Kind beruhigend zu.
»Es ist alles vorbei, Kind. Wir müssen dich jetzt nach Hause bringen. Wo wohnst du denn?«
»Ich heiße Amanda Egan und wohne auf der Murrel-Farm, Clivett Saint Creeting.«
Zu Sylvias Erstaunen sprach das Kind amerikanisch.
»Wo liegt das, Amanda?«
»Aber hier, natürlich. Und übrigens nennt man mich Mandy.«
»Ach, entschuldige.«
»Das macht nichts, Sie kennen mich ja nicht. Da können Sie ja nicht wissen, wie man mich nennt. Ich glaube, wir sollten lieber aufbrechen, bevor es wieder zu gießen anfängt. Das ganze Wasser läuft schon von ihrem Hut auf Ihre Nase herunter.« Amanda war jetzt sehr gesprächig.
»Aber wohin sollen wir gehen?«
»Nach Hause, natürlich, das heißt, zu mir nach Hause.« Sie zeigte in die Ferne, an dem rauchenden Baum vorbei, auf einen Abhang.
»Aber du sagtest doch, du wohnst hier?«
»Nein, gar nicht. Ich sagte, dies ist die Murrel-Farm. Und das stimmt auch. Meinem Vater gehört hier alles. Meilen- und meilenweit.« Ganz plötzlich verstummte sie und begann fast lautlos zu schluchzen. Sylvia fand ihren Schuh wieder und ergriff dann Amanda bei der Hand.
»Komm«, sagte sie.
Das ungleiche Paar machte sich auf den Weg über den Abhang in das Tal. Amanda unterbrach ihr Schluchzen nur einmal und sah zu Sylvia auf.
»Sie hatten Angst.«
»Ja, gewiß, Kind.«
»Das dachte ich mir. Es muß schrecklich sein, so dick zu sein und Angst zu haben.«

7
Ein herrlicher Sommer

»Um Gottes willen! Sie brauchen doch nicht höflich zu sein. Es ist ja eigentlich noch gar nicht richtig eingerichtet. Das alte Himmelbett war meine Idee. Es ist aber bloß eine Kopie. Alles übrige ist Trödel. Timbos Tante, die Gute, hatte nur Sinn für Trödel. Nein, das ganze Haus ist fürchterlich.«

Sylvia glaubte, über ein gewisses Mienenspiel zu verfügen, doch hatte das seine Grenzen; einer Miene konventionellen Widerspruchs war sie nicht fähig. Sie machte gar nicht erst den Versuch dazu. Indessen schien Mrs. Egan der Stimulanz einer Antwort nicht zu bedürfen.

»Aber was *macht* man überhaupt, damit solche alten Häuser mit Deckenbalken stilgerecht aussehen? *Betont* man die Balken oder *spart man sie aus*? Bei Miß Warner, die uns in Innenarchitektur unterrichtete, war dauernd von Betonen oder Aussparen die Rede. Aber von Balken nie. Wahrscheinlich hatte sie keine Ahnung davon. Was *macht* man mit Balken?«

Die Schmerzen in den Beinen, die Sylvia während der langen Wochen ihrer Wanderungen erfolgreich ignoriert hatte, waren im Lauf der Nacht sehr schlimm geworden. Sie wußte nicht, wie sie das Gewicht des kleinen Frühstückstabletts ertragen sollte. Sie sagte: »Das Haus meines Sohnes ist sehr modern.« Ihre Worte, die aus den Winkeln ihres halbgeschlossenen Mundes kamen, klangen eigentümlich gequetscht. Mrs. Egan runzelte die Stirn. »Ist es nicht fürchterlich? Ich kann Sie kaum verstehen. Wir leben seit einem Jahr in diesem Land, und ich kann noch immer nur die Hälfte von dem verstehen, was die Leute sagen. Weiß Gott, nachdem man ein Jahr in Victoria gelebt hat, sollte die englische Sprache leicht sein. Aber wahrscheinlich ist man in Victoria eben so englisch, daß...«

So vieles war Sylvia nicht ganz verständlich. Victoria bedeutete bestimmt nicht den Bahnhof, aber mehr wußte sie auch nicht.

Allerdings war sie kaum imstande, Mrs. Egans Worte die nötige Aufmerksamkeit zu schenken. Die Aufregung des gestrigen Erlebnisses erfüllte sie noch immer; doch äußerlich wirkte sie stumpf und apathisch. Aber wie sollte sie das erklären? Sie konnte es nicht. Man kann nicht einem Wildfremden sagen: heute nacht hatte ich in Ihrem Haus einen ganz leichten Schlaganfall, und obwohl ich wieder sprechen kann, geht es noch nicht ganz richtig. Sie begnügte sich mit einem Lächeln und hoffte, daß die dadurch hervorgerufene Spannung ihrer Wangenmuskeln nicht bedeutete, daß sie eine allzu groteske Grimasse schnitt. Wenn dem so war, schien es Mrs. Egan nicht zu bemerken. Statt dessen setzte sie sich auf einen Stuhl Sylvias Bett gegenüber, als fände sie, nun sei der Augenblick für einen langen, gemütlichen Schwatz gekommen.

»Ich lasse Mandy heute im Bett.«

Sylvia hätte vor sich hingelächelt, wenn ihre widerspenstigen Gesichtsmuskeln das schon wieder zugelassen hätten. Denn abgesehen davon, daß Mrs. Egan ihr Haar in einem kleinen Knoten trug, ihre Stirn zwei tiefe Falten aufwies und sie so lang aufgeschossen war, wirkte sie wie das Ebenbild ihrer kleinen Tochter – beide trugen dieselbe Art Tennishemd und knielange Shorts.

»Es ist sowieso eine so schreckliche Schule: ich benutze jeden Vorwand, um sie zu Hause zu behalten. Hier wird sie zwar nichts lernen, aber was sie *dort* lernt! Es ist fürchterlich! Und Miß Hurry ist so schrecklich! Was, glauben Sie, mußten die armen Kinder vorige Woche lernen? Ein Spiel, das sich ›Puh Stock‹ nannte. Sie mußten alle um einen stinkenden Tümpel sitzen und summen. Eins der Kinder ist beinah ertrunken. Meiner Meinung nach wäre die Volksschule viel besser gewesen. Aber wenn Timbo sich mal was vorgenommen hat...« Trotz allem, trotz Erschöpfung, Schlaganfall, schmerzender Beine, empfand Sylvia ein seltsames Glücksgefühl, als sie so dalag und das fremde schmächtige Mädchen – mehr als ein Mädchen war Mrs. Egan nicht – mit ihr plauderte. Unter dem Redestrom dachte sie immer weniger an das Gewicht des Tabletts oder die schmerzenden Stiche in ihren Schenkeln. Sie hatte nur das Bedürfnis, die Augen zu schließen und Mrs. Egans wohltuende Gegenwart zu spüren, statt sich ihrer klar bewußt zu werden.

Sie wollte nicht schlafen, nur die Augen schließen; aber bei einer Fremden... Und dann kam Amanda in das Zimmer gelaufen.
»Ich will nicht im Bett bleiben, Mami. Ich will zu ihr ins Bett.«
Das Kind, das gestern wie ein Knabe gewirkt hatte, trug ein weiches, feminines, kornblumenblaues, knöchellanges Nachthemd. Die Mutter überlegte sekundenlang, ohne jedoch Sylvia zu fragen.
»Schön, dann tu's.«
»Aber ich kann doch nicht mit dem gräßlichen alten, schweren Tablett.«
»Das ist ungezogen, Mandy, Mrs. Calvert hat noch nicht fertig gefrühstückt.«
»Doch, sie hat.«
»Ja, wirklich.«
Mrs. Egan entfernte das Tablett.
»Warum sprichst du so komisch?«
»Das ist aber wirklich ungezogen, Mandy.«
Doch Sylvia schien das alles nicht zu stören, als das kleine Mädchen zu ihr ins Bett schlüpfte.
»Du hast Mamis Nachthemd an.«
»Aber Amanda, ich bitte dich. Sie rettet dir das Leben, und du beschimpfst sie, weil sie kein Nachthemd mitgebracht hat.«
»Im allgemeinen bringe ich aber mein Nachtzeug mit, wenn ich auf Besuch fahre.«
»Na, das hoffe ich«, amüsierte sich Amanda, aber sie hielt Sylvias Hand fest in der ihren. »Sagt sie nicht komische Sachen, Mami?«
»Ich bleibe nicht oft über Nacht fort.«
»Von jetzt an wirst du es aber. Du wirst oft bei uns wohnen. Weil du mir das Leben gerettet hast.«
Mrs. Egan sagte sehr ernst: »Mandy, wenn du genau nachdenkst, wirst du einsehen, daß du eben etwas sehr Eitles gesagt hast.«
Das kleine Mädchen schien zu überlegen.
»Andere dürfen es aber sagen, auch wenn ich es nicht darf. Überhaupt, du sollst nicht bloß deshalb hier wohnen, weil du mich gerettet hast. Der Donner war entsetzlich, nicht wahr? Was hatten wir für eine Angst! Nein, du mußt hierbleiben, du hast ein sehr sympathisches Gesicht.«
»Also, Mandy, deine Bemerkung ist persönlich und töricht.

Ach, natürlich meine ich nicht ›töricht‹. Wie konnte ich so was sagen! Sie *haben* ein sehr sympathisches Gesicht. Es ist mir nur nicht gleich aufgefallen. Ich fand Sie einfach einen herrlichen Menschen, der Mandy das Leben gerettet hat. Und dann sah ich Sie an und dachte: ›Sie hat auch ein gutes Gesicht.‹ Nicht daß jemand, der Mandy das Leben rettet, ein *schlechtes* Gesicht haben würde. Jetzt reden wir über Mandy, als ob sie nicht wert sei, gerettet zu werden. Was sie doch ist.«

Mrs. Egan trat zu ihrer Tochter und umarmte sie leidenschaftlich; dann küßte sie Sylvia mitten auf den Mund.

»Wir möchten Sie bei uns haben, sooft Sie kommen können. Und bleiben Sie über Nacht, wenn Sie Lust haben.«

»Das ist sehr lieb von Ihnen, aber ich wohne ja so nah. Und außerdem muß ich an meine Familie denken.«

»Die schien sich nicht gerade zu überstürzen...«

Sylvia beeilte sich, Mrs. Egan aus ihrer sichtlichen Verlegenheit zu helfen. »Hauptmann Calvert ist nicht mehr jung, es war zu weit für ihn, mich zu holen. Und mein Sohn Harold war aus. Er ist sehr tätig in dieser Goodchild-Wiese-Angelegenheit.«

»Die Goodchild-Wiese? Ach, du lieber Gott!«

»Wieso? Wissen Sie was davon?«

Mrs. Egan antwortete nicht. Statt dessen sagte sie: »Sie haben sicherlich kommen wollen. Sie wußten eben, daß es viel besser für Sie wäre, wenn Sie die Nacht über hier ausruhten. Und sie hatten ganz recht.«

»Sie kann sich nicht ausruhen, wenn du dauernd mit ihr sprichst, Mami.«

»Ach, du lieber Gott! Ist es nicht schrecklich? Das typische amerikanische Kind. Laß dich nur nicht von Timbo erwischen, wenn du in dieser affigen ›Ich liebe Lucy‹-Manier redest, Mandy.«

»Du siehst aber gar nicht wie Lucy aus, Mami. Du bist viel zu groß, du siehst eher wie der Polizist aus, der in sie verliebt war.«

»Du meine Güte! Früher war sie nie so. Schuld daran ist die gräßliche Schule. Sie ist so englisch. Mandy muß sich aus Selbsterhaltungstrieb so benehmen. Wie dem auch sei, sie hat recht. Ich müßte mich an die Arbeit machen.«

»So, so! Was ist denn heute?«

»Sei nicht frech, Mandy. Im Augenblick jedenfalls muß ich eine

ganze Batterie Brote schmieren. Die Felder werden gespritzt. Und davon bekommt Timbo *wirklich* Hunger. Wissen Sie, daß sie das zu zehn Mann hoch machen? Ist das nicht echt englisch? Man könnte denken, es handelt sich um den ganzen Staat Kansas statt ein paar hundert Morgen oder wieviel es eben ist. Mögen Ihre Männer den Salat französisch gemacht?«
»Ach, geben Sie ihnen doch bitte nichts zu essen.«
»Aber sie haben sich für die Mittagszeit angesagt.«
»Ach, das hätten sie nicht tun dürfen. Es ist nur, weil Harold zu arbeiten hat, daß er mich so spät holt. Aber er hätte ein Taxi schicken können.«
»Was, um seine verletzte Mutter aus einem fremden Haus abzuholen! Wie hätte das ausgesehen! Wie geht es übrigens Ihren Verletzungen?«
»Verletzungen?«
»Sie haben sich doch die Schenkel aufgeschlagen.«
»Ach, das ist weiter nichts. Aber Sie sollten wirklich nicht auch noch für meine Familie kochen, nach all der Mühe, die ich Ihnen gemacht habe.«
»Hören Sie: Für den Mann und den Sohn der Frau, die Mandys Leben gerettet hat, würde ich die ganze Nacht aufbleiben und bis zum Erntedankfest Plätzchen backen.«
Sie stand auf und verließ sie. Mandy drückte Sylvias Hand.
»Jetzt können *wir* zwei wohl mal reden.« Doch im nächsten Augenblick spähte das lange, ernste Gesicht ihrer Mutter durch die Tür.
»Was haben Sie überhaupt da auf dem großen Feld gemacht?«
»Ach, ich gehe viel spazieren. Aber die kleine Mandy...?«
»Oh, Mami und ich gehen stundenlang spazieren, nicht wahr?«
»Wir sind hier wohl sehr viel spazierengegangen, obwohl ich daheim nie weiter als einen Straßenblock ging. Aber ich habe Timbo versprochen...« Sie hielt inne. »Sie müssen ruhen.«
Sylvia hatte gar kein Bedürfnis danach. So viele Dinge waren zu bedenken, daß es leicht genug war, sie samt und sonders zu verdrängen und sich allein dem Wohlgefühl hinzugeben, das darin lag, verhätschelt zu werden. In diesem Haus gab es so vieles, mit dem sie nicht einverstanden war – knielange Jeans, verwöhnte Kinder, Auf-den-Mund-geküßt-werden –, und sie war

von allem beglückt; es schien klüger zu sein, nicht weiter zu denken.

»Brote schmieren! Das ist alles, was sie tut. Und Salat anmachen. Es gibt hier nicht genug für sie zu tun.« Mandy klang erwachsen und voll ernster Kritik.

»Die Frau eines Landwirts hat immer etwas zu tun, Mandy.«

»Woher weißt du das?«

»Ich bin auf einer Farm geboren. Meine Mutter arbeitete von morgens bis abends. Es gab immer etwas zu tun.«

»Was, zum Beispiel?«

»Futter für die Schweine zurechtmachen.«

»Schweine haben wir nicht.«

»Dann mußte man Eier sammeln. Das war ein richtiges Versteckspiel. Und dann mußten sie gewaschen werden...«

»Das möchte ich hoffen. Aber das wird alles maschinell gemacht. Was meinst du übrigens mit ›Versteckspielen‹?«

»Nun, man konnte nie wissen, an welcher Stelle die Hühner legen würden. Ich erinnere mich an eine alte braune Henne, die etwa eine Woche lang fast immer in den Brennesseln legte. Und wenn wir uns gerade daran gewöhnt hatten, legte sie im Hühnerstall, um uns zum Narren zu halten.«

»Liefen sie denn *frei* herum? Durften sie einfach überall herumspazieren?«

»Ja, sie liefen auf der ganzen Farm herum.«

»Ach!« Mandy dachte nach. »Nun, unsere tun das nicht.«

»Und dann mußte man melken, die Milch separieren und die Butterfässer füllen. Und manchmal machten wir Käse...«

»Käse! Ach, vielleicht tun *sie* das hier auch. Ich weiß es nicht. Die ganze Milch wird von der Genossenschaft abgeholt.«

»Manchmal wurden auch Enteneier gesammelt.«

»Enteneier! Aber die darf man doch nicht essen, die sind doch gefährlich. Das weiß jeder. Man bekommt davon Amöbenruhr oder so etwas.«

»Ach, das glaube ich nicht. Sie sind natürlich etwas fett. Aber eine angenehme Abwechslung. Und dann mußte man Obst einmachen und Marmelade kochen.«

»Wir essen keine Marmelade. Einmachen tut Mami schon. Aber das sind ja nur ein paar Tage im Jahr.«

»Und dann mußte man hacken.«

»Was ist das?«
»Das Unkraut auf den Weizen- und anderen Feldern ausjäten.« Mandy dachte abermals nach. »Ich glaube, das wird hier maschinell gemacht. Ja, bestimmt. Aber Mami geht sowieso nicht aufs Feld hinaus. Was noch?«
»Früher las man Ähren. Aber heutzutage vermutlich...«
»Ähren lesen! Das steht in der Bibel. Über Ruth. Hast du Ähren gelesen?«
»O ja. Auf manchen Farmen durften die Dorffrauen sich die Ähren lesen. Aber wir konnten es uns nicht leisten, sie zu verschenken. Wenn es auch noch so heiß war, wir zogen alle aufs Feld. Wir waren fünf Kinder, und Mutter und Tante Betty. Man mußte furchtbar langsam gehen, damit man ja keine Ähre verpaßte. Wie in dem Spiel ›Ochs am Berg‹.«
»Was ist das?«
Sylvia lachte. »Hast du das nie gespielt?«
»Nein, nie.«
»Einer von euch muß sich mit dem Gesicht gegen einen Baum stellen. Und dann schleichen die anderen sich an. Wer am Baum steht, ruft nach einigen Sekunden, wieviel weiß ich nicht mehr genau, ›Ochs am Berg‹ und dreht sich um. Und wenn er dann jemanden ertappt, der sich bewegt, muß dieser von vorn anfangen. Man darf sich überhaupt nicht bewegen. Der Witz dabei waren die komischen Stellungen, in denen man stehenbleiben mußte. Mein Bruder blieb mindestens fünf Minuten lang auf einem Zeh stehen. Ich sehe ihn jetzt noch vor mir. Wie ein Balletttänzer. Dann fiel er in den Dreck.« Das Bett erbebte unter Sylvias Lachen. Mandy betrachtete sie etwas mißtrauisch. »Für ihn kann es kaum sehr komisch gewesen sein.«
»Das war es auch nicht. Für keinen von uns, besonders nicht für mich, wenn du meine Mutter gekannt hättest. Aber meistens hatten wir zuviel zu tun, um uns ernste Unannehmlichkeiten zuzuziehen. Und auf die anderen aufpassen – das war eine Aufgabe...«
»Redet ihr noch immer? Ach, um Himmels willen, Mrs. Calvert, Sie meine ich nicht, sondern Mandy. Es ist gleich Viertel vor zwölf.«
»Du liebe Zeit! Sie werden bald hier sein. Und ich bin nicht angezogen, noch nicht einmal aufgestanden.«

»Na, wenn schon. Die werden ja vielleicht einen Whisky trinken können und warten, wie andere Männer auch. Mandy, du mußt jetzt Mrs. Calvert aufstehen und sich anziehen lassen.«

»Aber Mami, weißt du, was sie alles als kleines Mädchen getan hat?«

»Nein, Kind, das kannst du mir heute abend erzählen.«

»Ach, laß mich doch jetzt nur ein paar Sachen erzählen. Ähren lesen, und Ochs am Berg, und Hühnerrupfen und den Aufpasser spielen...«

»Den Aufpasser spielen! Mrs. Calvert hat das bestimmt nie getan.«

»Einmal, fürchte ich, doch.« Zu ihrem Erstaunen wartete Shirley darauf, daß sie fortfuhr. »Es war bei Lady Pembroke, in dem Lazarett, als Arthur, das heißt Hauptmann Calvert und ich anfingen, miteinander zu gehen. Dort arbeitete noch ein anderes Mädchen – eine Irin, Annie hieß sie. Ein nettes Mädchen, aber etwas beschränkt. Sie ging mit einem Kanadier, der hatte einen Bauchschuß. Er sah gut aus, gab aber ziemlich an. Natürlich stellten sich eine Menge Kanadier als Taugenichtse heraus. Nun, wir sollten alle vier nach Weymouth hinüberfahren. Für damalige Verhältnisse war das ein ganz beachtliches Unternehmen. Dann hatte Arthur einen seiner Anfälle, und ich wollte nicht mitfahren. Aber wir hatten den Ausflug gebucht, und man konnte nicht zwei Fahrkarten einfach verfallen lassen. Natürlich, wenn Arthur nicht gewesen wäre, hätten wir einen anderen mitgenommen. Aber so ging das eben nicht, und ich mußte den Aufpasser spielen. Und der Tagesausflug war keineswegs angenehm, sag' ich Ihnen, so wie dieser Kanadier gebaut war. Er rechnete natürlich mit Annies Naivität. Er hätte mich am liebsten erschlagen, weil ich dabei war. Aber ich wich nicht, wenn auch nur, um dem armen Mädchen beizustehen. Einmal wurde er so böse, daß er anfing, mich zu beschimpfen. Arthur war wütend, als er davon hörte. Ich hatte Angst, daß sie sich prügeln würden, was natürlich ein Kriegsgericht zur Folge gehabt hätte. Obwohl sie ja immerhin Offiziere waren...«

»Shirl! Shirl!« Mr. Egans sonore, sehr vornehme englische Stimme unterbrach Sylvias Erinnerungen an ihre Hochzeitsreise mit Arthur in New Forest. »Arthur glaubt es mir bis auf den heutigen Tag nicht, aber ich weiß, es war dasselbe Pony...«

»Shirl! Shirl!« Die Stimme war laut und hallte durch das ganze Haus.

»Komm doch herauf, Timbo.«

Vor der Tür sagte Mr. Egan: »Es ist zwölf Uhr dreißig, Liebling. Was wird mit dem Mittagessen?«

»Ach, mein Gott! Komm schon herein!«

»Geht das denn, Mrs. Calvert?«

Sylvia sagte, ja, aber ihre Stimme wurde von »Komm herein, Papi«, übertönt. »Natürlich geht es, Timbo. Glaubst du, ich würde dir sagen, du sollst hereinkommen, wenn es nicht ginge?«

Er trat ein – er sah sogar noch besser aus, als Sylvia ihn vom vorigen Abend, da ihr Blick von Schmerzen und Erschöpfung getrübt war, im Gedächtnis hatte –, so groß und blond, mit tiefliegenden blauen Augen und einer Narbe am Kinn.

»Es ist schließlich Mrs. Calverts Schlafzimmer, Shirl.«

»Aber Timbo, gestern abend hast du ihr den Schenkel verbunden. Ich weiß wirklich nicht – die *Phantasie* dieser Engländer!«

»Weil es notwendig war, Liebling.«

Shirley äffte seine Oxford-englische Aussprache so gut nach, daß Mandy lachen mußte.

»Würden Sie ihm nicht sofort anmerken, daß er Schullehrer war? Jawohl, das war er, als ich ihn kennenlernte. Sportlehrer an einem Knabeninternat in Victoria.« Wieder sprach sie mit betont englischem Akzent. »Oh, sehr englisch. Gott sei Dank starb seine Tante und hinterließ ihm die Farm hier. So konnte er seinen Beruf aufgeben. Ich will nicht behaupten, daß ich von England gerade begeistert wäre. Aber Victoria! Ich fand schon Vancouver schlimm genug, als die Maschinenbaufirma Vater dort hinaufschickte. Aber Victoria! Du meine Güte! Nein, wenn wir schon nicht in meiner Heimat leben können, dann lieber auf Murrel Farm.«

»Nachdem wir deine Version gehört haben, Shirley, will ich meine aufsagen. *Ich* war ebenfalls recht froh. Kleine Jungens unterrichten ist ein widerlicher Beruf. Sie riechen so schlecht.«

»Ach, wie kannst du so was sagen, Timbo, du wirst Mandy etwas Gräßliches antun, wie, zum Beispiel, sie gegen Jungen einnehmen...«

»Ich finde nicht, daß kleine Jungen schlecht riechen, Papi. Allerdings, ein Junge in der Schule, Marcus Campkin, riecht ein bißchen. Er riecht wie...«
»Ich glaube kaum, daß wir hören möchten, wie Marcus Campkin riecht, Mandy. Geh jetzt hinunter und kümmere dich um das Mittagessen, Shirl, du liederliches Frauenzimmer. Und du, Mandy, verfügst dich in dein eigenes Bett. Wenn du wohl genug bist, um in ein fremdes Zimmer zu kommen, dann ist es von dir doppelt liederlich, noch im Nachthemd zu sein.«
Mrs. Egan stand auf und hob Mandy von Sylvias Bett herunter. »Fort mit uns.« An der Tür wandte sie sich um und sagte zu ihrem Mann: »Mrs. Calverts Sohn, der sie abholen kommt, unterrichtet übelriechende kleine Jungens, Liebling.«
»Ach Gott, da bin ich wohl ins Fettnäpfchen getreten? Es ist aber sicherlich eine ganz andere Art von Unterricht, nicht wahr, Mrs. Calvert?«
»Oh, machen Sie sich wegen Harold keine Gedanken. Er macht sich oft über sich selber lustig.« Sylvia hoffte, daß das der Wahrheit entspreche.
»Macht sich über sich selbst lustig? Warum denn nur?« Shirley Egan war verwundert. »Ach so, ich verstehe, was Sie meinen. Ja, und Mrs. Calvert findet übrigens, daß die Kanadier nichts taugen.«
»Shirl will unbedingt Zwietracht zwischen uns säen, Mrs. Calvert, aber seien Sie beruhigt, ich bin nicht mehr lange Kanadier. In drei Monaten werde ich wieder Engländer sein.«
»So habe ich es doch gar nicht gemeint. Ich dachte nur an den Ersten Weltkrieg, und es waren sicher bloß die paar Rabauken.«
»Nachdem Sie Mandy das Leben gerettet haben, dürfen Sie alles meinen, was Sie wollen.«
»Herzukommen und Ihnen zur Last fallen und dann so etwas zu sagen... Ich habe nicht gewußt... wie kann man sich als Gast so benehmen.«
»Hören Sie, Mrs. Calvert, seien Sie sich bitte über eins im klaren: Shirley und Mandy haben Sie beide gern. Das ist für mich die Hauptsache. Es ist das einzige, wonach ich hier Gäste beurteile.«
Er lächelte so herzlich, daß sie einen Augenblick lang beinah

dachte, er würde sie ebenfalls küssen. Sie wußte, daß sie das nicht gestört hätte.
»O Gott! Da sind sie.« Shirley wandte sich an ihren Mann: »Wir freuen uns sehr, Mrs. Calverts Angehörige kennenzulernen, Liebling.«
»Ja, natürlich. Es ist nur, daß nichts... Ach, sei still, komm jetzt mit und sprich du mit ihnen.«
Beim Verlassen des Schlafzimmers fragte Shirley: »Was soll ich sagen, wenn die heraufkommen wollen?«
»Sagen Sie ihnen, daß es mir gut geht und daß ich sehr bald hinunterkomme.«
Vom Gang erschallte Tim Egans Stimme: »Wenn die heraufkommen wollen? Wirklich, Liebling, es sind doch ihre Angehörigen und keine Klempner.«
»Na, gestern abend haben sie sich aber so benommen...«
Sylvia bemühte sich, nicht weiter zuzuhören, aber ihr Wohlgefühl war vollkommen, als Shirleys Stimme klar und deutlich die Treppe hinauf an ihr Ohr drang: »Ich werde sie ein bißchen verwöhnen. Jawohl, das werde ich.«
Sie versuchte nicht einmal, sich einzureden, daß Mandy damit gemeint war.
Trotz allem dauerte es eine volle Minute, bis irgend jemand ihre Ankunft in dem großen Salon unten bemerkte; Harold sprach auf Egan ein, und Arthur, mit Mandy, die jetzt in einen dicken blauen Schlafrock gehüllt war, auf den Knien, erzählte Shirley eine seiner Geschichten. Sylvia verspürte einen Stich eifersüchtiger Angst, daß er ihr vielleicht bereits das kleine Mädchen abspenstig gemacht habe. In der nächsten Sekunde kletterte Mandy von ihrem Sitz herunter und stürzte sich auf sie.
»Da ist sie! Da ist sie! Rauch war auch dabei, nicht wahr?«
»Ja, Kind.«
»Nun, als *er*«, sie zeigte auf Arthur, »beinah vom Blitz getroffen wurde, war nur Feuer. Das behauptet *er*.«
Eine Welle der Erleichterung durchflutete Sylvia und zugleich eine zärtliche Wärme für ihren Mann und seine alten Mätzchen. Sie ging zu ihm und küßte ihn auf die Wange. Er ist ehrlich bewegt, dachte sie, als er sie sekundenlang umschlungen hielt. Dann wandte er sich wieder den Egans zu, und in seinen Augen standen Tränen. »Gott sei Dank! Die liebe Sylvia ist wohlauf.«

Seine Stimme zitterte. »Ich habe mich so entsetzlich aufgeregt, eine Nacht wie gestern möchte ich nicht noch einmal erleben.« Er tätschelte Sylvias Arm. »Aber ich erhole mich schon – keine Sorge.« Sylvia wandte den Blick ab. Manchmal waren seine alten Mätzchen ein bißchen zu viel. Zum Glück vertiefte er sich alsbald wieder in die Geschichte, die er Shirley gerade erzählte. »Da sah mich dieser Polizeirichter durch seine Brille an und sagte: ›Sie scheinen ja ein ziemlich zweifelhaftes Subjekt zu sein, aber Sie haben eine große Heldentat vollbracht.‹ Innerlich mußte ich lächeln, aber ich sagte bloß: ›Vielen Dank, Euer Gnaden.‹ Es hat nämlich keinen Zweck, sich mit dem Gesetz anzulegen, vor allem nicht in diesem Land.«
Aber Sylvia wurde von Arthurs Taten durch ihren Sohn abgelenkt, der jetzt das Wort an sie richtete. »Du bist also eine Heldin, Mutter. Ich freue mich sehr darüber. Sehr.«
Er küßte sie auf die Stirn und lächelte Tim Egan vielsagend zu. Tim lächelte nicht zurück.
»Ist es dir klar, Mutter, daß Egan Pächter der Goodchild-Wiese ist? Ich habe soeben versucht, ihm zu erklären, was für ein wichtiger Mann er ist. Seit Monaten bemüht sich das Komitee, mit ihm in Verbindung zu treten. Wir hatten gehofft, ihn einmal zu einer Sitzung zu bekommen, aber diese Landwirte sind ja immer so beschäftigt. Wie dem auch sei, er ist jedenfalls auf unserer Seite ...«
»Richtig.«
»Wir wollen nämlich beim Ministerium vorstellig werden.«
»Ach, *ihr* seid das ...«, rief Shirley.
Tim fiel Shirley ins Wort: »Ich hole Ihnen noch etwas zu trinken, Calvert«, und entfernte sich mit Harolds Glas. Da Tim sich anscheinend seinen Gastgeberpflichten widmen mußte, dozierte Harold vor den übrigen Anwesenden.
»Daß die Einwohner von Carshall schönes, gutbewirtschaftetes Weideland quer durch ihre Stadt laufen haben, ist ein integraler Bestandteil der New-Town-Idee.«
Nach einigem Schweigen sagte Shirley: »Also, wenn Ehrlichkeit Berge hervorbringen kann ...«
»Versetzen«, sagte Tim, »oder besser noch: ebnen.«
Shirley kicherte. Sylvia wurde sich bewußt, daß sie bis zu diesem Augenblick noch keinen der Egans hatte lachen hören.

»Unsere Nachbarn, der Landadel und die Bauern, scheinen weniger erpicht auf ein Neu-Carshall zu sein.«
»Ach, der Landadel! Sind die Leute nicht grauenhaft?«
»Als Klasse schätze ich sie nicht«, antwortete Harold betont zurückhaltend, »doch möchte ich den positiven Aspekt unterstreichen. Die künstliche Trennung von Stadt und Land...«
»Hören Sie, Sie sollen mich richtig verstehen. Wenn ich auf meinem Pachtrecht für die Goodchild-Wiesen bestehen möchte, so tue ich das nur aus Gefühlsgründen. Und nicht einmal aus eigenen, sondern denen meiner Tante. Das Land war seit Jahrhunderten in ihrer Familie, und als die Neue Stadt entstand, brach es ihr fast das Herz. Die Planung sah die Erhaltung dieses Wiesenstreifens vor, und obwohl es nur Pachtland war, war das immerhin etwas. Es mag Ihnen absurd erscheinen, aber ich verstehe ihre Gefühle. Alles übrige, Murrel Farm und Oakhurst, gehörte meinem Onkel – er war sowieso ein reicher Mann. Aber die Wiese hatte meine Tante in die Ehe gebracht. Und darum bin ich bereit, ein Stück gutes Ackerland von hier für die Goodchild-Wiese anzubieten, die übrigens nur mäßiges Weideland ist. Es ist völlig irrsinnig, aber ich tue es, weil es mein Gewissen erleichtert, aus rein persönlichen Gründen. Und sollte mein Antrag nicht durchgehen, habe ich immerhin getan, was ich konnte.«
Auf diese Rede erfolgte ebenfalls Schweigen. Da Shirley Harold zu Hilfe gekommen war, dachte Sylvia, nun müsse sie etwas sagen – eine Frau ist oft imstande, solche Spannungen zu überbrücken.
»Mehr kann man nicht verlangen.«
Aber Harold gab sich damit nicht zufrieden. »Nun, ich gebe die Hoffnung nicht auf, Sie von der Tragweite der Angelegenheit zu überzeugen. Wir werden Ihnen die Unterlagen zuschicken.«
»Er wird uns die Unterlagen schicken, Timbo. Die lesen wir ganz bestimmt, Mr. Calvert.«
Beim Aufbruch sagte Mandy: »Wann kommst du denn morgen?«
»Ach, ihr habt jetzt einstweilen genug von mir.«
»Nein, das haben wir nicht, nicht wahr, Mami?«
»Es wäre sehr schön, wenn Sie wiederkommen könnten. Ich hole Sie mit dem Wagen ab. Mandy soll vorläufig noch nicht zur Schule gehen. Nicht nach diesem Schock. Wenn Sie dann bei ihr

bleiben könnten... Ich habe so viel mit der Farm zu tun. Außerdem fange ich gerade an, jedes Wort von Ihnen zu verstehen, was mir mit Engländern selten passiert.«
»Das kommt daher, weil sie nicht mehr komisch spricht.«
Sylvia errötete vor Freude über die Bestätigung ihrer eigenen Vermutung.
»Also, ich weiß wirklich nicht...«
»Sie sollten sich lieber entschließen, möglichst oft zu kommen, Mrs. Calvert. Sie sind Mandys neuester Schwarm. Außerdem sieht Shirley gern Menschen, das heißt, die richtigen Menschen. Dazu hat sie hier wenig Gelegenheit. Ihre Ansicht über den Adel haben Sie ja gehört.«
Harold sagte schließlich: »Mutter wird es eine Freude sein, nicht wahr, Mutter?«
»Du scheinst ja äußerst beliebt bei ihnen zu sein, Mutter«, sagte er auf der Heimfahrt nach der ›Villa Sykomore‹.
»Das ist außerordentlich wichtig. Bisher war es unmöglich, mit diesen Leuten in Verbindung zu kommen, und selbst jetzt habe ich nicht das Gefühl, daß Egan die Stütze ist, die ich mir wünschte.« Anschließend sagte er: »Wir sind aber sehr froh, dich heil und gesund bei uns zu haben.«
»Hübsches Kind, aber verwöhnt. Warum die Schnitten unbedingt getoastet sein mußten, begreife ich nicht.«
»Amerikaner mögen das so.«
»Sie sind aber eigentlich Kanadier, Mutter.«
»Nun ja, Egan schon, Kind. Aber Mrs. Egan ist, soviel ich weiß, Amerikanerin.«
Doch Harold beharrte auf seiner Meinung. »Du wirst, glaube ich, feststellen, daß sie doch Kanadier sind.«
Egal, was sie waren – in all den warmen, sonnigen Juni- und Julitagen fand Sylvia das Zusammensein mit ihnen ganz wunderbar, und nicht zuletzt deshalb, weil sie Sylvia dazu ausersehen hatten, sie zu unterhalten, sie in Staunen zu versetzen. Und indem sie das tat, staunte sie oft genug über sich selbst.
Offiziell fuhr sie ausschließlich Mandys wegen nach Murrel Farm, oder beinah ausschließlich. Und in den ersten Wochen wurde auch ganze Nachmittage lang diese Fiktion aufrechterhalten. Sie und das kleine Mädchen machten sich zu einem Spaziergang in die Felder auf. Aber sie kamen nie weit. Lange Spazier-

gänge kamen nicht in Frage; weder Shirleys Besorgnis noch die wohlerinnerten Ängste des kleinen Mädchens noch Sylvias physische Kräfte gestatteten ihnen weiter als bis in den Küchengarten oder eine Koppel vorzudringen. Der Schlaganfall, der Sylvia in ihren Tagen der Trostlosigkeit als etwas Unvermeidliches erschienen wäre, als ein wildes Tier, das sich in der traurigen, grauen Flora ihrer trüben Welt verbarg, war ihr in ihrem neuentdeckten Glück zu einem Warnzeichen geworden, einer Herausforderung ihrer Kräfte, sich zu behaupten. Sie ängstigte sich nicht mehr sinnlos wegen ihrer Gesundheit, aber sie nahm sich mehr in acht als je zuvor.

Die langen Spaziergänge fielen aus, und Sylvias Beleibtheit erlaubte ihr und dem Kind sogar eine lustige Ausrede: sie kamen beide überein, daß dicke Menschen, wenn sie zu lange in der Hitze spazierengingen, einfach wie Kerzen dahinschmelzen.

Denn wenn Mandy zwischen den Buchsbaumhecken einherging, eine Amsel aus dem Netz über den Johannisbeersträuchern befreite, beim Spargelstechen half, beim Erdbeerpflücken half, einfach überall half, so bedeutete das für Sylvia eine fortgesetzte Übertragung ihrer Kindheitserinnerungen, die sofort von Mandy mit atemlosem Staunen an ihre Mutter weitergeleitet wurden: »Denke nur, früher bildete sie sich ein, man könnte feststellen, wer Butter mag, wenn man den Leuten Butterblumen unters Kinn hält!« – »Denke nur, sie trug eine Schürze und einen Strohhut, und die Esel trugen ebenfalls Strohhüte!« – »Denke nur, ihre Mutter steckte ihr, wenn sie Ohrenschmerzen hatte, eine geschälte Zwiebel ins Ohr! Ist das nicht fürchterlich!« Denke nur, denke nur! Als Sylvia einmal ins Zimmer kam, wo Mandy gerade von ihr sprach, dachte sie: Ich bin die Riesendame auf dem Jahrmarkt; aber was für eine glückliche Riesendame, wenn man sie dermaßen liebte.

Für Mandy bestand der ganze Reiz im Erzählen und Wiedererzählen. Wirkliche Butterblumen, auf der Koppel gepflückt und unter das Kinn gehalten, wurden bald langweilig; Sylvia, die versuchte, sich an die paar richtigen Namen von Feldblumen zu erinnern, die ihr Mrs. Longmore beigebracht hatte, gab ihre Bemühungen bald auf, denn Mandy wollte nur wissen: »Wie hast du sie denn genannt?« In der Erzählung blieb Ochs am Berg ständig beliebt, war aber als Spiel am Nußbaum ein völliger Mißerfolg, sogar als Shirley sich daran beteiligte, um die Spielerschaft zu vergrößern. Sylvia hatte nicht geahnt, daß sie noch so viel von ihrer Kindheit wußte, und nicht nur von der eigenen, sondern auch von Teds – »Denke nur, ihr Bruder Ted ist zur See gefahren, und keiner weiß, ob er ertrunken ist!« und von Berties – »Denke nur, ihr Bruder Bertie ging nach Australien, und keiner hat ihn vermißt. Ist es nicht schrecklich, wenn einen keiner vermißt?«; und die Erinnerungen an Violets Kindheit: »Sie hat eine Schwester, die Violet heißt, der immer die Nase lief. Ist das nicht greulich? Aber sie ist nicht tot wie die anderen, sie lebt in Leeds«; und an Rosies Kindheit: »Sie hatte eine gräßliche Schwester, die Rosie hieß, die furchtbar gemein war.« Aber sie erinnerte sich immer deutlicher an alles – die Erinnerungen kamen wer weiß woher, Erinnerungen an lange, glückliche Tage auf dem Land, oder vielmehr, sie wurden dazu, als Mandy sie staunend aufgriff, untersuchte und sie ihr im Verlangen nach neuen Einzelheiten und neuem Staunen zurückreichte.

Diese Kindheitstage, die Mandy an Shirley weitergab, wurden dann sogar noch holder und wunderbarer, denn zu Sylvias Überraschung war Shirley eine Mutter, die alles, was das Kind in sich aufnahm, auf das sorgfältigste siebte. »Mrs. Calvert hat sicherlich nicht gemeint, daß ihr Vater der Katze tatsächlich einen Fußtritt gegeben hat, Herz. Obwohl wir weiß Gott alle mal gern ausschlagen möchten«, oder: »Mrs. Calverts Mutter sprach wohl vom Höllenfeuer, wie das damals viele Leute taten. Aber das war nur bildlich gemeint. Vermutlich sagen wir eine Menge Dinge, die in fünfzig Jahren recht merkwürdig klingen.« Sie erläuterte Sylvia ihre Auffassung. »Ich weiß, daß man Kinder nicht verzärteln darf, aber gewisse Dinge kann man, finde ich, für später aufsparen. Und das bedeutet nicht etwa, daß Mandy ›Puh Stok‹ oder ähnliche gräßliche Spiele spielen sollte.«

Ihr eigenes Interesse an Sylvias Erinnerungen war mehr erwachsener Natur. Sie konnte gar nicht genug über das Hotelleben in England hören. »Acht Stubenmädchen schliefen in einem Zimmer? Die alten Dauergäste bekommen ermäßigte Preise, wenn sie im Sommer ihre Zimmer zur Verfügung stellen? Das ist nicht wahr! Ich kann's nicht glauben! Nun, vermutlich gibt es so etwas auch bei uns. Ich habe es nur zufällig nie erlebt. Und dennoch, ich kann es einfach nicht glauben... Arzneiflaschen auf den Eß-

tischen verboten! Um Himmels willen, es war doch kein Sanatorium! Nachttöpfe in allen Zimmern? Die mußten nach unten getragen werden! Brot und Bratenfett zum Abendessen für das Personal – was ist denn das?... es klingt alles so entsetzlich grau in grau und britisch. »Privathotel!« Weshalb müssen sie denn überhaupt privat sein? Ist das nicht typisch? Genau wie in Victoria. Da hatte Mutter doch recht, daß sie nach Vaters Tod beschloß, alles zu verkaufen und nach Kalifornien zu ziehen! Sie schreibt mir: ›Ich kann es gar nicht erwarten, nach Monterey zu kommen und ein bißchen aufzutauen!‹ ...Du lieber Gott, diese Hotels müssen ja schrecklich sein.«
Sylvia fühlte sich zu scherzhafter Selbstverteidigung getrieben. »Sie würden mir als Hotelleiterin kein gutes Zeugnis ausstellen.«
»Ach Sie! Ich weiß, daß Sie großartig waren. Ich kann mir niemanden vorstellen, von dem ich mich lieber leiten ließe. Es sind einfach die Zustände. Obwohl auch Sie mich manchmal in Wut bringen! Sie lassen sich einfach zuviel gefallen.«
Sylvia wehrte sich gegen das überschwengliche Lob. »Ich habe wirklich gar nichts Besonderes getan, nur meine Pflicht«; und: »Sie werden mich ganz eingebildet machen, und das wäre nicht gut.« Aber in Wirklichkeit bedeuteten weder Shirleys Bewunderung noch Mandys Staunen eine Gefahr für sie, denn im Grunde achtete sie gar nicht auf das, was Shirley sagte; sie sonnte sich einfach in der Zuneigung, die ihr zuteil wurde; schließlich war Shirley fast ebenso ein Kind wie Mandy. Vor Tim hatte sie etwas mehr Angst; wenn sie manchmal seinen englischen Blick auffing, war es ihr, als ob sie, ohne es zu wollen, mit ihm in einem Komplott steckte.
Eines Abends verkündete er, daß er Mrs. Calvert nach der ›Villa Sykomore‹ heimfahren wolle. Sie wußte nicht, was sie mit ihm reden sollte; er wirkte so bedrückt.
»Der Hafer da drüben steht sehr gut.«
»Sie werden nicht immer eine Sensation bleiben, wissen Sie. Mandy ist ein Kind. Und... Shirley ein sehr begeisterungsfähiger Mensch.«
»Ach, natürlich werden sie meiner überdrüssig werden. Aber Sie meinen doch nicht, daß ich zu häufig komme?« Ihr Hals schnürte sich zu. Doch jetzt war er der Entsetzte.
»Um Gottes willen! Nein! Mißverstehen Sie mich nicht. Shirley

ist die treueste Person, die man sich vorstellen kann. Wenn man einmal mit ihr befreundet ist, dann gilt das fürs Leben. Ich meinte nur... nun, es wird Ihnen hoffentlich nichts ausmachen, wenn der rote Ehrenteppich eines Tages durch einen gewöhnlichen ersetzt wird.« – Von diesem Augenblick an hatte sie auch vor ihm keine Angst mehr. Weil er sich als ein solches Kind erwies, sie für so naiv zu halten.

»Solange mein Geschwätz Sie amüsiert... Aber wenn das aufhören sollte... nun, Sie ahnen nicht, was Sie alle für mich getan haben.«

»Was Sie für uns getan haben, würde die meisten Menschen mehr beeindrucken.« Sie protestierte nicht. Mit diesen Menschen brauchte man keine Redensarten zu machen. Und überhaupt hatte Sylvia nicht das Gefühl, daß sie sich ihnen übermäßig aufdrängte. Gewiß sprach sie mit ihnen, wie sie es nie zuvor getan hatte, doch das bedeutete nicht, daß sowohl Mandy wie Shirley etwa schweigsam waren. Sie besaßen die Fähigkeit – wieso, wußte sie nicht –, in einem Atemzug zu reden, zuzuhören und Fragen zu stellen. Gewiß, sie waren jung; solche Energien konnte sie schwerlich von sich selbst erwarten. Es genügte ihr, den beiden gewachsen zu sein und sich daran zu freuen.

In der zweiten Juliwoche veränderte sich die Situation, ganz wie Tim vorausgesagt und sie selbst erwartet hatte. Vielleicht lag es daran, daß ein paar Tage lang das schöne warme Wetter einem starken Südwestwind wich, der heftige Regenschauer vor sich hertrieb. Mandy, die nicht hinaus konnte, bewies plötzlich eine leidenschaftliche Schwärmerei für Miß Hurry, die Schule und all die Kinder dort.

»In diesem Semester kannst du aber nicht hin, denn die Schule ist bis zum Herbst geschlossen.«

Daraufhin verlegte Mandy ihre Klagen auf ihre allgemeine Isolierung von anderen Kindern.

»Ich mag kein Einzelkind sein. Es ist schlecht, immer nur mit Erwachsenen zusammen zu sein.«

»Ach, fängst du damit wieder an!«

Aber Mandy hatte sich in der Nadelspur einer alten Platte festgefahren, die Sylvia bisher noch nicht vernommen hatte.

»Du hattest doch viele, viele Geschwister, nicht wahr, Mrs. Calvert? Und eine sehr, sehr glückliche Kindheit.«

»Es gab auch schwere Zeiten...«

Mandy blickte sie herausfordernd an. »Schwere Zeiten sind nicht so schlimm, wenn man jemanden hat, mit dem man sie teilen kann.«

»Um Himmels willen! Sie hat einen Shirley-Temple-Text erwischt!« stöhnte ihre Mutter.

Allerdings behielt sie ihn nicht lange bei. Als Sylvia wieder auf der Farm erschien, war Mandy herzlicher und höflicher als sonst, aber sie spielte den ganzen Nachmittag für sich. Ein-, zweimal hörte man sie zu einer jammernden Blues-Melodie, die sie sich ausgedacht hatte, singen: »Schwere Zeiten sind nicht so schlimm, wenn man jemanden hat, mit dem man sie teilen kann.«

Der Vorfall jedoch bedrückte Sylvias Gewissen. »Ich habe übrigens keine glückliche Kindheit gehabt.« Sie flickte gerade einen von Mandys Kleidersäumen. »Sie war nämlich überhaupt nicht glücklich. Ich verstehe gar nicht, wieso Mandy diesen Eindruck gewinnen konnte. Ich hätte nie gedacht... Wahrscheinlich wollte ich eben, daß ihr die Geschichten, die ich erzählte, gefielen. Aber jetzt fürchte ich, daß sie ein ganz falsches Bild bekommen hat. Wir waren nämlich sehr arm, und Vaters Farm war sehr klein, der Boden sehr schlecht, und außerdem trank er. Sie waren eigentlich beide vom Leben enttäuscht, er und Mutter. Ach, dafür konnte niemand. Aber weil ich die Älteste war, wurde es an mir ausgelassen. Ich hätte Mandy niemals erzählen können, wie meine Kindheit in Wirklichkeit war. Wahrscheinlich hätte ich gar nichts sagen sollen. Aber Sie dürfen nicht denken, daß ich das Kind belügen wollte.« Sylvia sprach weiter in der Hoffnung, daß Shirley etwas sagen würde, aber diese blieb stumm. Sylvia brach ab, und minutenlang sagte keine ein Wort.

»Man behauptet zwar, daß die frühere Lebensweise der Landwirte besser gewesen sein, aber...«

»Wer behauptet das? Müssen schreckliche Leute sein!«

»Nun, wahrscheinlich waren wir landverbundener, aber...«

»Aber es war ziemlich dreckig.« Shirley drückte ihre Zigarette aus. »Für ein siebenjähriges Kind ist das schwer zu verstehen. Wie wäre es, wenn wir gar nichts sagten? Ich glaube nicht, daß Mandy der Mensch ist, der einmal große Untersuchungen über englisches Farmwesen zur Zeit von Queen Victoria anstellen würde.«

»Ganz so alt bin ich noch nicht...«

»Nun, dann eben Queen Mary oder sonst wer.«

Nach einem weiteren Schweigen sagte sie: »Es scheint eigentlich ein bißchen jesuitisch – ich meine, daß man Mandy nicht aufklärt. Das herrliche England, da sieht man es wieder. Doch jetzt sollten wir einmal von Ihnen sprechen. Waren Sie denn als Kind niemals glücklich?«

»Ach, ganz so schlimm war es nicht. Doch, manchmal war es ziemlich schlimm. Ich glaube, ich weiß gar nicht, wie schlimm eigentlich. Mit Ausnahme eines wunderbaren Vormittags...« Sie erzählte Shirley von dem heißen Vormittag im Jahre 1911 und von Mrs. Longmore.

»So eine gemeine Person.«

»Nein, nicht wirklich. Ich glaube nicht, daß sie gewußt hat, was sie anrichtete. Wir waren ja arme Leute.«

»Was hat das damit zu tun?«

»Nun, arme Leute damals...«

Wieder vergingen einige Minuten, bevor Shirley sprach.

»Sie machen mir Angst, Mrs. Calvert, Sie sind so verletzlich.«

»Ach, heute würde mich nichts mehr so verletzen. Ich weiß, wenn man alt ist, ist man kindisch, aber es ist nicht dasselbe, als wäre man ein Kind, nicht wahr? Und ein armes Kind dazu. Man sagt, daß arme Leute robust sind. Und äußerlich sind sie das auch. Aber ich glaube, daß es sehr leicht ist, arme Leute zu verletzen. Obwohl das heute auch nicht mehr so ist. Ich möchte einmal sehen, was passieren würde, wenn die Frau unseres alten Pfarrers mit den Leuten in New Town so zu reden versuchte wie damals mit meiner Mutter. O ja, arm zu sein war damals schlimm. Sehr schlimm. Da war immer die Angst, daß man zwangsverkauft wurde. Da mußten sie ja hart und jähzornig werden, Vater und Mutter, meine ich. Das sehe ich heute. Mutter verzieh einem alles, bloß nicht, daß man fort wollte. Oh, sie war wütend, als ich vom Pfarrhaus fort und zu Lady Pembroke ging – ein Lazarett und so, weit fort, und noch dazu für Offiziere! Natürlich war ich noch immer bloß in Stellung. Aber für sie war eben der ganze Krieg so. Mit Erntehelferinnen auf der Farm. Und als ich Arthur heiratete, war es endgültig aus. Angeblich

weil er soviel fluchte und spielte. Aber das war gar nicht der Grund. Der Grund war, daß ich meine eigene Fremdenpension aufmachte. Arme Mutter.«
»Mein Gott! Ich finde nicht, daß die Menschen das Recht haben, so mißgünstig zu sein. Da würde die Welt sich ja niemals ändern. Sie hatten ein Recht auf Glück, selbst wenn es ihr nicht beschert war. Ich weiß nicht, ob Sie es gefunden haben?«
Sylvia antwortete darauf rasch.
»Oh, ich hatte viel zuviel zu tun, um darüber nachzudenken. Natürlich gab es auch schwere Zeiten. Furchtbare Zeiten. Als die Polizei mir sagte, daß Iris von dem Lastwagen tödlich überfahren worden sei, dachte ich, ich würde schreien, daß das Haus zusammenstürzte, und es wäre mir egal gewesen, wenn die ganze Welt dabei eingestürzt wäre. Sie hatte mir nämlich immer viel nähergestanden. Sie mochte immer gern alles adrett haben, und obwohl sie erst vierzehn war, besorgte sie das Haus, als wenn es ihr eigenes wäre. Sie sagte, sie würde gern Krankenpflegerin werden. Natürlich war sie noch zu jung, um das so genau zu wissen. Aber Sie können sich nicht vorstellen, wieviel wildfremde Leute sich ins Haus drängten. Wahrscheinlich ist das bei Unfällen immer so. Ich konnte keine Haltung bewahren, ich weinte einfach unaufhörlich.«
»Mein Gott! Natürlich weinten Sie. Was sollten Sie denn sonst tun?«
»Nun, niemand läßt sich gern vor Fremden gehen.«
»Ach, Blödsinn! Was scheren einen fremde Leute? Und was meinen Sie eigentlich mit ›sich gehenlassen‹? So war Ihnen doch zumute, nicht wahr? Was wollten Sie denn, daß man von Ihnen dächte, etwa, daß Ihnen der Tod Ihrer Tochter gleichgültig sei?«
»Nein, natürlich nicht. Aber es hat niemals Sinn, Szenen zu machen.«
»Szenen machen? Ich verstehe nicht ganz. Ach, Sie meinen, sich gehenzulassen. Nun, um Himmels willen, warum denn nicht? Wenn Ihnen so zumute war.«
Sylvia versuchte zu erklären:
»Man will sich doch nicht lächerlich machen, nicht wahr? Wie Arthur immer sagte: ›Man muß anderen immer überlegen sein‹, und das kann man nicht, wenn man sich gehenläßt.«

Offensichtlich verstand Shirley aber doch nicht so ganz. Wiewohl sie viele von Sylvias Familienproblemen, wenn diese gesprächsweise auftauchten, durchaus klar beurteilte. Zum Beispiel beruhigte sie Sylvia über Marks Auszug; sie war so überzeugt, daß er recht hatte – »Sehr vernünftig von ihm!«, und sie fand sofort einen Grund für die Spannung zwischen Harold und Judy. »Aber natürlich streitet sie mit ihm. Sie ist in ihn verliebt. Siebzehn? In dem Alter war ich wohl ein für allemal auf Jungens eingestellt, aber um die fünfzehn herum war ich ganz vernarrt in meinen Vater. Sie ist ein bißchen spät dran, aber schließlich sind wir ja in England.«

Im großen und ganzen mied Sylvia auf Murrel Farm das Thema ›Villa Sykomore‹ in der gleichen Weise, wie sie daheim nur wenig über die Egans sprach. Es erleichterte ihr das Leben in der ›Villa Sykomore‹ in ungeahnter Weise. Das Schuldgefühl, das sie wegen ihres Trübsinns empfunden hatte, das Seltsame ihrer langen, verzweifelten Wanderungen standen nicht mehr trennend zwischen ihr und der Familie. Die Einkaufs- und Haushaltspflichten (die sich wegen Marks Abwesenheit und Harolds Inanspruchnahme durch die Goodchild-Wiese außerordentlich vermehrt hatten) belasteten sie nicht; wenn sie abends über einem Buch oder vor dem Fernseher saß, empfand sie keinerlei Schwermut. Die Freude, die von ihren Nachmittagen auf der Farm herrührte, hielt für den Rest des Tages und bis in den nächsten hinein. Natürlich gab es noch immer Spannungen, doch war sie nicht deren Ursache.

Es war nur zu erwarten, daß Judy auf Grund der bevorstehenden Examen in einer Hochspannung sein würde. Harold hatte ebenfalls sehr viel zu tun, aber er schien wirklich unverhältnismäßig reizbar. Doch am meisten Sorgen machte ihr Arthur. Indessen wagte sie nicht, ihr neues Glück aufs Spiel zu setzen, um auf seine wohlvertrauten Beschwerden übermäßig einzugehen. Sie begnügte sich damit, ihm so gut wie möglich beizustehen und Kräfte zu sammeln für die unvermeidlichen Notzeiten.

Von seiten der Egans bestand nicht die geringste Neigung, sich der ›Villa Sykomore‹ aufzudrängen; aber Harold hatte weniger Sinn für Sylvias Doppelleben.

»Hat Egan gesagt, wie er glaubt, daß die Regierungsentscheidung ausfallen wird, Mutter?« fragte er mehrfach, und als sie ihm

antwortete: »Mr. Egan sehe ich kaum, Kind«, und »Mrs. Egan und ich reden nur lauter Frauenkram, weißt du«, bemerkte er: »Hoffentlich nutzen diese Egans dich nicht aus, Mutter.«
Der Unterschied in dem beiderseitigen Verhalten trat klar zutage, als sich die Frage ihres Geburtstages erhob. Ihr wäre nie eingefallen, daß man dieses Ereignis, das Ende Juli eintrat, überhaupt erwähnen würde. Wen interessierte es schon, daß man fünfundsechzig wurde; es war nicht einmal eine runde Zahl. Und dennoch wollte man ihr zwei Feiern bieten.
»Ist dein chinesischer Kimono, oder wie man das nennt, aus der Reinigung zurück, Mutter? Du wirst ihn am Dreiundzwanzigsten brauchen.«
Für Harolds Witze hatte Sylvia, wenn sie sie nicht genau verstand, einen bestimmten Gesichtsausdruck bereit, den sie im Laufe der letzten Monate vervollkommnet hatte.
»Du wunderst dich, was? Nun, es ist auch ein bißchen schwierig. Weil natürlich der Dreiundzwanzigste gar nicht dein Geburtstag ist. Aber er ist den Tagen, an denen die Bartleys frei sind, am nächsten. Muriel wollte nicht, daß wir auf sie Rücksicht nähmen, aber es ist so nett von ihnen, daß sie Vater zum Kartenspielen einladen, seitdem die Cranstons so unmöglich geworden sind. Jedenfalls dachte ich, du würdest gern noch eine Frau dabei haben.«
Seine Stimme sank zu einem Gemurmel ab. »Familienanlässe sind in letzter Zeit wenig glücklich verlaufen. Beth fehlt uns.«
Dann wurde er wieder munterer. »Ah, aber du willst natürlich wissen, warum gerade chinesisch. Nun, ich dachte, wir gehen zu Chen Fu. Zum Kochen sind wir augenblicklich viel zu beschäftigt, außer dir, und es macht keinen Spaß, sein eigenes Geburtstagsessen zu kochen. Außerdem habe ich Ray gebeten, Mark zu sagen, daß er willkommen sei. Vermutlich wird er es nicht ablehnen, seiner Großmutter zu gratulieren. Ich habe nichts dagegen, ihn zu sehen, aber solange ihm die ›Villa Sykomore‹ zum Wohnen nicht gut genug ist, braucht er sie auch nicht als Restaurant zu benutzen. Wie dem auch sei, das Essen bei Chen Fu ist vorzüglich. Man hat sich oft darüber gewundert, daß das einzige Restaurant in New Town chinesisch ist, aber Beth war anderer Meinung. Sie sagte immer, es sei ganz logisch, da chinesische Gerichte die einzig lohnenswerten seien, die man nicht daheim in

einer einigermaßen modernen Küche zubereiten kann. Ich hätte die Sache als völlige Überraschung aufgezogen, aber ich dachte, du würdest vielleicht gern deine Freunde von der Farm dazu einladen. Egan sollte wirklich Muriel kennenlernen. Schließlich ist sie die Frau, die sich bemüht, ihm seine Wiese zu retten.«

Sylvia sagte, sie wolle Shirley einladen, doch bezweifle sie, daß sie Mandy nachts allein lassen würden. »Ich war ein paarmal bei ihnen Babysitter, aber diesmal kann ich nicht aushelfen.«

Harold lachte nicht. »Erzähl mir lieber nichts mehr davon, wie dieses Kind verwöhnt wird, sonst fange ich noch an zu bedauern, daß du es vor den Flammen des Himmels gerettet hast.«

Sie hatte Shirleys Entschuldigung richtig oder fast richtig erraten.

»Ist das nicht reizend von Mrs. Calvert, Timbo? Aber Mandy haßt es einfach, wenn man sie abends mitnimmt, und so werden wir leider absagen müssen. Es wäre sehr dumm, zu Ihrer Geburtstagsfeier ohne sie zu kommen. Wie wäre es denn, wenn wir am folgenden Tag ein Geburtstagspicknick veranstalteten? Das würde Mandy Spaß machen. Du kannst dir den Tag frei nehmen, Timbo, und für Champagner sorgen.«

»Ich weiß nicht, ob... Das wäre Donnerstag, da würden Ray und Mark jedenfalls nicht...«

»Ach, ich dachte nur Sie und uns.« Shirleys Stimme klang entgeistert. Sie schwieg, doch anscheinend, weil sie auf Sylvias Zustimmung wartete, und nicht etwa, weil sie es sich anders überlegt hätte. Sylvia sagte, wenngleich etwas schuldbewußt, bereitwillig zu.

»O fein! Wir fahren zum Dingsda, zu dem alten Gasthaus am Fluß. Mandy liebt das. Es wird herrlich werden!«

Sylvias Entzücken wurde nur durch eine gewisse Beschämung darüber getrübt, daß sie sich so viel mehr auf Shirleys improvisierten Ausflug freute als auf Harolds sorgfältig organisiertes Abendessen.

Bei Chen Fu klappte es zunächst überhaupt nicht mit dem Tisch, so daß man volle fünf Minuten herumstand. Sylvia hatte alle Zeit, sich umzuschauen. Der Raum war ziemlich klein, was jedoch durch die farbenprächtige chinesische Einrichtung wettgemacht wurde. Der Anstrich war feuerrot mit dicken, goldenen,

aufgesetzten chinesischen Krakeln. Die Beleuchtung war gedämpft und intim, mit Ausnahme der großen chinesischen Laterne in der Mitte, smaragdgrün, mit feuerroten Quasten und einem Muster von roten Figuren – Fische oder so etwas –, die sich langsam um das Licht drehten. Bei der dämmerigen Beleuchtung konnte Sylvia nicht alles genau erkennen, aber die beiden Bilder an den Wänden waren sichtlich chinesisch, weil sie lang und schmal und ohne Rahmen waren; auch sie waren leuchtend smaragdgrün mit einigen schwarzen Tupfen, vielleicht ebenfalls Fische, oder vielleicht Vögel. Zwei große Farbfotos einer Stadt, die nach Amerika aussah – lauter Wolkenkratzer –, waren deutlicher zu erkennen, aber Ray sagte, es sei Hongkong oder Shanghai oder Singapore oder sonstwo. Zwei große Farbfotos von Mädchen hingen ebenfalls dort – die eine in einem smaragdgrünen Kleid mit einer violetten Blume und die andere in einem erdbeerrosa Bikini und einer aprikosenfarbenen Nelke hinter dem Ohr. Erst beim zweiten Hinsehen bemerkte man, daß es keine gewöhnlichen Pin-up-Mädchen waren, sondern Chinesinnen. Ohne die gedämpfte Beleuchtung hätte alles vielleicht etwas zu farbenprächtig gewirkt. Selbst so mußte man möglichst unauffällig dafür angezogen sein, was die arme Muriel wohl bald empfand. Sie trug einen enganliegenden violetten Sweater und einen osterglockengelben Tweedrock und hatte ihren dunkelsten lila Lidschatten aufgelegt. In der feuerroten und smaragdgrünen Umgebung fand Sylvia den Anblick kaum zum Aushalten.
Arthur hingegen starrte mit seinen alten Augen unentwegt auf Muriels Brüste, die wie zwei riesige Pflaumen das Lokal zu beherrschen schienen. Ein Glück, dachte Sylvia, daß Muriel großzügig war, denn wenn Arthur in eine dumme Stimmung geriet, hatte er keinerlei Schamgefühl. Aber entweder war Muriel schlechter Laune, oder sie war, wenn es darauf ankam, eben doch nicht so großzügig – sie lockerte ihren Sweater etwas, viel war nicht möglich, und wandte sich an Arthur.
»Mr. Calvert, wir sind hier nicht in der Roten Mühle.«
Ihr Ton war recht scharf. Sie rückte von ihm ab und flüsterte ihrem Mann etwas ins Ohr, während sie darauf wartete, daß Harold die Tischfrage erledigte.
Diese bereitete sichtliche Schwierigkeiten. Die zwölf Tische bei

Chen Fu waren zu je sechs an beiden Seiten des Raums aufgestellt, in intimen, dunklen Nischen. Für zwei oder vier Personen waren sie ideal, nicht aber für die Calvert-Party von acht Personen.

»Nun«, sagte Harold zu seinen wartenden Gästen, »wir müssen uns anscheinend teilen. Ich schlage vor, daß Judy und Mutter sich zu mir setzen und Vater mit Ray und Mark drüben Platz nehmen. Und die Bartleys trennen sich ebenfalls. Geoff, kommen Sie an Mutters Tisch, und Vater kümmert sich um Muriel.«

»Es ist mir lieber, wenn Muriel bei uns sitzt, Harold. Setz dich dorthin, Kind.« Geoff dirigierte seine Frau zu dem Platz, an dem Judy sich gerade niederlassen wollte.

»Nun gut«, Harold wußte nicht, was los war, »dann setz du dich zu deinem Großvater, Judy.«

»Ja, komm her, Judylein. Wir ziehen die Knospe vor. Die Tische hier sind ein bißchen klein für die letzte Rose des Sommers.«

»Bitte, Vater, ich möchte lieber an eurem Tisch sitzen.«

»Was heißt das? Es ist doch kein Platz...«

»Bitte, Vater, bitte.« Judys Stimme klang ganz hysterisch.

»Laß ihr den Willen, Vater. Sie hat gerade eine fürchterliche Examenswoche hinter sich.«

Aber wenn Ray sich um seine Schwester sorgte, so dachte Sylvia ausschließlich an Arthur. Sie erkannte an der Art, wie seine Hand zitterte, während er in die Speisekarte vertieft zu sein schien, daß er sich ausnahmsweise heftig schämte.

»Ich sehe nicht ein, warum ich nicht die Ehre haben soll, neben Arthur zu sitzen, auch wenn er mein Mann ist. Ich lobe ihn selten. Aber in all meinen fünfundsechzig Jahren habe ich keinen besseren Geschichtenerzähler erlebt, und ich kann mir keine bessere Gesellschaft für meinen Geburtstag vorstellen.«

Während sie ihre kleine Rede hielt, ging sie zu ihm hinüber und setzte sich neben ihn. Sie war ganz atemlos vor Empörung. Sie ergriff unter dem Tisch seine Hand.

»Na«, sagte sie, »was soll's sein, Alter?«

»Was soll's sein, Alte?«

Sie steckten die Köpfe zusammen, studierten die Speisekarte und amüsierten sich über die Namen der Gerichte, die Arthur zu einem zweideutigen Witz veranlaßten, über den Sylvia sich ka-

puttlachen wollte. Die anderen blickten so stumm und ernst drein, daß Sylvia der Teufel ritt. Sie kicherte und flüsterte, wie sie das seit der Zeit, da sie mit Arthur ging, fast kaum mehr getan hatte.
»Laßt euch von uns bloß nicht stören. Schade, daß Arthur seine Zöpfe vergessen hat.«
Doch die Gesellschaft schwieg beharrlich, bis Mark sich taktvoll einschaltete.
»Manche von den Namen sind wirklich ziemlich toll, Großmutter. Goo yoo Luk!« Er lachte. Aber selbst dann lächelten die anderen nur dünn. Nach der vorangegangenen Behandlung von Arthur machte das Sylvia ganz rabiat. Wie fein sie alle taten, mit ihren vornehmen ausländischen Restaurants! Na... Wie die ganze Bande, sogar Mark, es für nötig hielt, sie ihre gesellschaftliche Ungewandtheit vergessen zu lassen! Was ging ihn das an? Sie und Arthur waren nicht fein und waren es auch nie gewesen, aber die Tatsache, daß sie alt waren, besagte noch nicht, daß sie keinen Spaß mehr am Leben haben dürften.
Sie sagte laut: »Ach, es sind nicht nur die Namen, Mark, du mußt näher hinschauen.« Und sie wiederholte das Wort, das Arthur vorher zweideutig verdreht hatte, und sagte anzüglich: »Da müssen wir Frauen uns in acht nehmen, nicht wahr, Mrs. Bartley?«
Ray begann zu kichern, tat aber dann, als müsse er husten. Arthur stimmte schallend in ihr Gelächter ein, und dann verkündeten er und Sylvia, daß sie sich etwas aus der Rubrik bestellen wollten, die ›Englische Gerichte‹ betitelt war.
Später, als Sylvia Harolds Gesicht sah, empfand sie etwas Reue, weil er sich ihretwegen all diese Mühe und Ausgaben gemacht hatte. Aber sie fand das feine Getue einfach widerlich! Immerhin bat sie ihn um eine Kostprobe seines süßsauren Fleischgerichts und fand es ausgezeichnet. Auch trank sie reichlich von dem Vin Rosé, den er bestellt hatte, obwohl er so sauer war, daß sich einem der Magen zusammenzog.
»Ich freue mich außerordentlich, daß Sie kommen konnten, Geoff.« Harold hatte die Bestellungen weitergegeben, und seine Stimme war jetzt laut, frisch und formell; Sylvia kam es vor, als eröffne er nun den Abend offiziell und wische alle vorangegangenen ungehörigen Gespräche als Prolog unter den Tisch. »Es ist

nicht leicht, Sie zu bekommen, bei Ihren vielen gesellschaftlichen Verpflichtungen.«

»An mir liegt es nicht, Harold, sondern an der gnädigen Frau. Sie ist diejenige, die uns jeden Abend zu irgendeiner Unternehmung aus dem Haus treibt. Ich sagte ihr neulich: ›Ich möchte wissen, wozu wir eigentlich das Haus mit zwei Salons gekauft haben.‹ Vermutlich, um ihre berühmten Puppen aufzustellen. Hinter der Maske bin ich nämlich ein schlichter, häuslicher Kerl.«

»Und was für eine Maske! Haben Sie jemals solche Augensäcke gesehen, Harold? Er könnte sein Kleingeld darin aufbewahren.«

»Und was ist mit Ihren vielen Pokerabenden, Geoff? Da sind Sie doch zu Hause. Die ›Villa Sorbetts‹ ist in meinen Augen eine Art Heim-Spielkasino.«

»Oh, wir haben seit über einem Monat kein Poker mehr gespielt«, sagte Muriel scharf.

»Aber Vater ist doch...« Harold war bestürzt. Er blickte quer durch den Raum auf Arthur, aber der alte Mann war dabei, seinen Enkeln eine lange Geschichte zu erzählen.

»Ich habe ihn wohl mißverstanden. Aber Ihr Poker wird ihm fehlen, besonders seit die Cranstons so merkwürdig geworden sind.«

»An Ihrer Stelle würde ich Renee und Jack nicht zu sehr kritisieren, Harold. Ich bin überzeugt, daß Hauptmann Calvert es selbst in der Hand hat, den Zustand zu ändern.«

Geoff schaltete sich ein: »Nein, das stimmt nicht, Muriel. Gebranntes Kind scheut das Feuer. Ich werde mit dem Poker nicht wieder anfangen, selbst wenn Hauptmann Calverts berühmte Dividenden einmal zur Ausschüttung kommen sollten. Was ist es denn gleich? Zinnminen in Tooting oder Kupfer in Camberwell? Ich kann es nie behalten.«

Als Sylvia Harolds verdutztes Gesicht sah, konnte sie kaum glauben, daß er nicht sofort wußte, was los war. Aber freilich war es schon Jahre her, daß er Arthurs Praktiken persönlich erlebt hatte. Inzwischen machte sie sich bereit, Arthur zu verteidigen. Was immer er auch getan hatte, sie würde schließlich nicht zulassen, daß man in aller Öffentlichkeit über ihn herfiel. Aber sie hätte sich nicht zu sorgen brauchen, Arthur hatte seine Sache bereits selbst in die Hand genommen. Die Bemerkungen der

Bartleys ignorierend, erhob er die Stimme, um die Aufmerksamkeit der ganzen Gesellschaft auf die Anekdote zu lenken, die er Mark gerade erzählte.
»Nein, der Chinese hat sehr viel Kampfgeist. Wir hatten, weißt du, ein paar Arbeitsabteilungen von Chinesen in Flandern. Sie waren sehr scharf. Anders als unsere braven Verbündeten. Ich hatte damals die Aufsicht über einen Haufen deutscher Gefangener. Mit dem Befehl, sie zu beschützen. Ja, denkste! Nun, ein deutscher Fliegerangriff – es war Ende 17 – hat die armen Gelben fürchterlich zugerichtet. Am nächsten Tag sitze ich in der Offiziersmesse, als der Feldwebel reinkommt und sagt: ›Herr Major, kommen Sie schnell. Die Gelben laufen Amok.‹ Natürlich, als ich rauskam war das deutsche Gefangenenlager nicht mehr vorhanden, in die Luft gejagt. Bloß bißchen Draht und Eingeweide übrig. Die Chinesen erklärten ganz offen: ›Deutsche töten Chinesen, Chinesen Deutsche töten.‹ Sie hatten ein paar lausige Bomben in sie reingeschmissen. Der Oberst war wütend, als es ihm zu Ohren kam: ›Sie müssen ein Exempel statuieren, Calvert‹, sagte er. ›Entschuldigen Sie, Herr Oberst, das werde ich nicht tun. Man kann ihnen keinen Vorwurf machen. Das ist ihre Weltanschauung. Nun, kurz gesagt, wir hatten einen fürchterlichen Krach, aber es gelang mir, die Sache an eine höhere Instanz weiterzuleiten. Zum Schluß – man stelle sich vor – kam die Sache zum 1 A und, weiß Gott, er gab mir recht. ›Calvert hat vollkommen recht, das ist die chinesische Weltanschauung. Es steht alles bei Konfuzius.‹ Das ist ihr Äquivalent von Jesus Christus, wißt ihr.«
»Nein, Alter, das weiß ich leider nicht.« Geoff lächelte den anderen zu. »Wir sind nicht alle so gebildet wie Sie, verstehen Sie.«
»Nun, dann wissen Sie es jetzt, mein Lieber. War ein feiner Kerl, der 1 A. Bin immer sehr gut mit ihm ausgekommen.«
»O ja«, höhnte Geoff, »wir wissen schon. Sie und Lord Kitchener waren dicke Freunde. Habt zusammen im Sandkasten gespielt.«
»Ihre Kenntnisse über den Krieg, der diese Welt für Sie gesichert hat, sind leider etwas dürftig. Kitchener war tot. Er war einer der größten Männer Englands. Aber Lloyd George hat ihn 1916 in den Grund gebohrt.«
»Ach, du meine Güte«, rief Muriel, »das ist ja wie in der Schule! Vergessen Sie nicht, daß Geoff nur ein einfacher Cockney ist.«

»Tot! Das würde doch bei ihm keine Rolle spielen, nicht? So viele Ihrer Kumpels haben das Wichtigste geleistet, als sie tot waren. Der Hauptmann erzählte uns erst vorigen Monat, was er für Bonar Law während des Generalstreiks getan hat. Natürlich war es lange vor unserer Zeit. Als es sich um Feuerwache mit Douglas Haig handelte. Das kam sogar mir verdächtig vor.«
»Ja«, sagte Muriel, »Lord Haig, der Mohnblumen-Mensch, wissen Sie. Er war schon Jahre vor Kriegsausbruch gestorben.«
»Also schlug ich diesen Bonar Law im Lexikon nach«, fuhr Geoff fort. »Nun, wenn der etwas mit dem Generalstreik zu tun hatte, muß er kein schöner Anblick gewesen sein, denn er hatte bereits vier Jahre im Grabe gelegen.«
Sylvia blickte zu Arthur. Es wäre für sie nicht das erste Mal, daß er so etwas mit einem Achselzucken abtäte. Aber neben ihr hockte ein eingefallener Greis, in sich zusammengekauert, wie ein begossener Hahn. Sein trübseliger Ausdruck schien alle verstummen zu lassen; selbst der feindliche Hohn der Bartleys erstarb in der Luft. »Und wie geht es Mark?« fragte Sylvia. Trotz allem, und abgesehen von ihrer Sorge um Arthur, war sie bester Dinge.
Geoff Bartley schien der Gesellschaft gegenüber das Bedürfnis zu empfinden, seine Schärfe wiedergutzumachen.
»Ich habe große Dinge von Ihnen gehört, Mark. Der gute Mackie sieht in Ihnen eine vielversprechende Hoffnung für die Electrometrico.«
»Das wird er nicht mehr lange tun. Ich glaube nicht, daß ich dort bleiben werde. Ich bin beinah entschlossen, dem Hilfswerk für hungernde Völker beizutreten. Vielleicht in einem der nordafrikanischen Länder.«
»Sehr vernünftig von dir!«
Mark sah ebenso erstaunt aus wie die anderen, denn aus Sylvias Mund klang der Ausruf wie eine fast naturgetreue Wiedergabe von Shirleys Tonfall. Sie war selber überrascht, denn sie hatte eigentlich gar keine Ahnung, um was es sich handelte. Sie war nur so begeistert darüber, daß Mark sich nicht die Mühe nahm, sich dieser selbstzufriedenen Bande anzupassen.
»Wie schön, daß du dich darüber freust, Mutter. Du lieber Gott, Mark! Haben etwa deine Freunde, die Forresters, dich dazu angestiftet? Soll doch Jimmie Forrester nach Afrika gehen. Ich

würde ihn dafür bewundern. Er ist zweifellos ein ausgezeichneter Handelsvertreter, doch die sind entbehrlich. Aber wenn Menschen wie du, ausgebildete Techniker, aufgeben, dann werden wir bald keine Überschüsse mehr haben, um das hungernde Afrika zu ernähren. Um Himmels willen, Mann, wo bleibt deine Logik?«
»Ihr Vater hat recht, Mark. Hören Sie, wenn Sie bei der Electrometrico bleiben, haben Sie, nach allem, was mir Mackie gesagt hat, die Chance, dreitausend Pfund im Jahr zu verdienen. Schön! Ernähren Sie dann das hungernde Afrika. So habe ich es gemacht. Weiß Gott, was Muriel und ich alles für die Wohltätigkeit tun. Waisenkinder, Blinde, Krebs, alte Leute, was auch immer, wir haben gespendet. Aber vorher habe ich mein Geld gemacht.«
»Ganz so habe ich es eigentlich nicht gemeint, Geoff«, sagte Harold. »Nein, Geoff, du verstehst nicht. Mark ist Idealist. Aber schließlich artet er darin nur Ihnen nach, Harold. Sie sollten sich nicht so über ihn entrüsten.«
»Ich weiß allerdings nicht, ob gerade Harold das beste Beispiel für den Jungen ist, Muriel. Seien Sie mir nicht böse, Harold. Aber Sie lassen sich ja wirklich zu sehr fortreißen. Im Augenblick, zum Beispiel, benehmen Sie sich, meiner Ansicht nach, entsetzlich unvernünftig.«
»Also, Geoff, du hast mir versprochen, das Thema zu vermeiden. Außerdem ist es streng vertraulich.«
»Ja, schön, Liebes, aber ich glaube, es ist unsere Pflicht, Harold zu warnen. Nun, Sie sehen ja, wie Muriel sich ins Zeug gelegt hat. Aber man kann auch zu weit gehen...«
»Hiermit habe ich nichts zu tun, Harold, ich bin nicht Geoffs Ansicht. Ich bin auf Ihrer Seite. Obwohl es vielleicht nur richtig ist, daß wir Sie warnen.«
»Es ist nämlich so, Harold. Sie wollen nicht, daß Carshall die Wiesen verliert. Und Sie haben recht. Aber Jock Parsons und der ganze Stadtrat ist anderer Ansicht. Und von einem Mann der Bezirksverwaltung werden sie sich erst recht nicht umstimmen lassen. Und die Bezirksverwaltung wird auch nicht erfreut darüber sein, daß einer ihrer Leute sich mit dem Planungsamt entzweit. Sie hat so schon Ärger genug.«
»Unter uns gesagt, Harold, da Geoff nun schon so viel verraten

hat, macht die Schulbehörde sich bereits jetzt große Sorgen. Ich weiß nicht, ob ich es Ihnen erzählen darf, aber da einer der Vorstandsmitglieder...«

»Ist das alles? Da brauchen Sie keine Angst zu haben, das hat man mir schon mitgeteilt. Die Bezirks-Schulbehörde ist anscheinend der Ansicht, daß mein fehlgeleiteter Eifer in puncto Goodchild-Wiese im Begriff ist, viel von dem wertvollen guten Willen zu untergraben, den ich in den fünfzehn Jahren meiner Schuldirektorstätigkeit in Melling entwickelt habe. Die Frechheit daran ist...«

»Es ist eben ihre Ansicht, Harold. Das ist ihr gutes Recht.« In ihrer Erregung spuckte Muriel Bohnenkeime quer über das Tischtuch.

»Es ist ihr gutes Recht, den Mund zu halten. Für mich ist es eine persönliche Gewissensfrage. Wie dem auch sei, anscheinend untergrabe ich nur das Gute, das in erster Linie ich ins Leben rief. Schön, also ist es ausschließlich meine eigene Angelegenheit.«

»Aber Harold, da der Vorstand...«

Geoff jedoch, der beim Sprechen energisch Soja auf seine Scampi goß, ließ seine Frau nicht weiterreden. »Nein, Muriel, es hat nichts mit Recht oder Unrecht zu tun. Es ist lediglich eine Frage Ihrer eigenen Zukunft, Harold. Sie sind ein prima Schuldirektor. Das weiß jeder. Aber niemand ist unentbehrlich. Abgesehen von allem anderen, bedenken Sie doch, was es für ein Verlust für Carshall wäre, wenn man Sie versetzte.«

»Die Goodchild-Wiese ist eine Sache, die Beth außerordentlich am Herzen lag.«

»Mutter hätte nicht gewollt, daß du dafür deinen Posten riskierst.«

»Wie wenig du deine Mutter kennst, Ray. Sie hätte sich niemals gemeiner Erpressung gefügt.«

Plötzlich mahnten sie ihn alle zur Vorsicht. Und dann krachte, mitten in das Stimmengewirr hinein, Harolds Faust auf den Tisch, daß die zahllosen Schüsselchen klapperten und überschwappten.

»Danke bestens, ich brauche keine Ratschläge. Ich glaube noch an Grundsätze, wenn es auch sonst keiner mehr tut.«

Sein Ton war so scharf, daß alle verstummten. Muriel richtete sich kerzengerade auf ihrem Stuhl auf und spießte zierlich eine Wasserkastanie auf die Gabel.

»Nun, Judy, wie ging's mit den Prüfungen?«
In Sylvias Augen schien sich Judy, nach beendetem Examen, über Nacht in eine junge Dame verwandelt zu haben. Sie antwortete Muriel mit souveräner Gelassenheit: »Danke, Mrs. Bartley, recht gut. Nur in der französischen Prüfungsarbeit über Corneille war eine verflixt unangenehme Frage; über die Einheiten und so weiter.«
»Ach, Einheiten, das klingt mir sowieso unerfreulich, egal, was sie sind. Dir nicht auch, Geoff? Was man heutzutage alles in der Schule lernt! Immerhin, jetzt gibt es wohl schöne lange Ferien?«
»Ja, ich habe die Aussicht, nach Frankreich zu fahren. Eine Freundin von mir, Caroline Ogilvie, weiß von einer fabelhaften französischen Familie De Clamouarts in der Nähe von Blois. Sie haben ein altes Familienschloß. Auf den Fotos sieht es ganz himmlisch aus. Angeblich ist es, wenn man an die Loire geht, ganz egal, bei was für Leuten man wohnt. Aber Mrs. Ogilvie sagt, das treffe nur in bezug auf die Aussprache zu. Bekanntlich wird das reinste Französisch in Tours gesprochen. Aber dazu kämen noch die ganzen Sprachnuancen. Die lerne man nur in wirklich guten Familien. Die De Clamouarts sprechen das Französisch von Racine.«
»Das dürfte dir im heutigen Frankreich außerordentlich viel nützen.« Harold hatte ein Ventil gefunden. »Dieser unglaubliche Snobismus...«
Doch die Judy gab sich nicht so leicht geschlagen.
»Du bist einfach nicht auf dem laufenden, Papi. De Gaulles Frankreich steht dem siebzehnten Jahrhundert viel näher...«
»Du brauchst nicht spitzfindig zu werden. Du weißt ganz genau, was ich meine.«
»Es handelt sich nicht um Spitzfindigkeiten. Genau das haben sich bis jetzt die Engländer von de Gaulle eingebildet. Und du siehst, was es uns gekostet hat...«
»Ich spreche nicht von Politik. Ich sage lediglich, daß ich nicht die Absicht habe, mich für meine Tochter in Unkosten zu stürzen, damit sie sich mit französischen Snobs abgibt, die noch nicht einmal begriffen haben, daß es eine Revolution gegeben hat.«
»Aber Papi, wirklich...«

In ihrem Streit waren die beiden einander ebenso nah und von den anderen isoliert, wie es Sylvia und Arthur in ihren Witzen gewesen waren. Sowohl Ray wie Mark stöhnten.
»Und da fragt man noch, warum ich von zu Hause weggegangen bin!«
»Tu etwas, damit sie aufhören, Liebchen, es ist ja dein Geburtstag.«
Zu Rays Erstaunen sagte Sylvia laut: »Was sich liebt, das zankt sich, nicht wahr? Judy ist wahrscheinlich ein bißchen in ihren Vater verliebt. So eine Phase machen viele junge Mädchen durch.«
Die Bemerkung ließ Judy und Harold sekundenlang verstummen, die anderen allerdings auch. Sylvia lachte und fügte hinzu: »Und Harold spielt den Schwierigen?«
»Liebchen!« platzte Ray heraus.
Mark wieherte.
Harold beschloß, die Sache humoristisch zu nehmen. »Fahre zu den De Clamouarts oder de Clamoors, Judy, meinetwegen sollen sie das Französisch Karls des Großen sprechen. Ich will mir nicht noch einmal von meiner ehrwürdigen, angeheiterten Mutter nachsagen lassen, daß ich bei meiner eigenen Tochter den Schwierigen spiele.«
Muriel resümierte: »Im Alter wird sie ja ordentlich unpassend. Aber Geburtstagskinder haben eben ihre Vorrechte.«
Also tranken alle auf Sylvias Wohl. Und Harold zu Gefallen und zum Dank für das Essen war sie sogar bereit, einen Teller Lychees mit Sahne zu verspeisen, obwohl sie das Zeug, als es vor ihr stand, nur mit Mühe herunterbekam; jede Art von Gelee widerstand ihr, und gar noch Gelee mit Kernen!
Was sie ehrlich verdroß, war Judys Kommentar:
»Natürlich freue ich mich, daß Papi eingelenkt hat. Aber ich weiß wirklich nicht, wie du auf solche Ideen kommst, Großmutter. Ich staune, daß ein so vernünftiger Mensch wie du etwas Derartiges glauben kann. Sex ist doch eine so furchtbar billige Erklärung für alles. Voriges Semester, in der Aufsatzklasse, erzählte uns Miß Chapman, daß Freud selber nie psycho-analysiert worden ist. Damit bricht doch seine ganze Theorie zusammen.«
Sex! Als ob sie im entferntesten daran gedacht hätte; und Shirley ganz gewiß auch nicht, davon war sie überzeugt: sie begann sich

zu fragen, was für Gedanken sich wohl hinter dem Anschein jungmädchenhafter Züchtigkeit, den Judy sich gab, verbergen mochten. Kein Wunder, daß sie so ein Geschrei gemacht hatte, als Arthur damals im Adamskostüm auftrat. Das Mädchen sollte baldmöglichst einen Freund haben, wenn es sich fortwährend mit solchen Dingen beschäftigte. Um den Abend abzurunden und ihrerseits zu dem Fest etwas beizusteuern, schlugen Ray und Mark einen Drink im ›Falcon‹ vor. Muriel entschuldigte sich mit elenden Kopfschmerzen, die plötzlich aufgetreten seien; das scheine ihr immer bei Chen Fu zu passieren, es liege höchstwahrscheinlich an dem Küchengeruch. Ein besorgter Geoff geleitete sie zu ihrem Humber, sie machte ihre Dankes-, Abschieds- und nochmaligen Glückwunschsprüche mit dem Kopf auf der karierten Schutzhülle der Sitzlehne und geschlossenen lila Lidern.

»Die waren ja kolossal fein heute abend«, sagte Ray hinter dem entschwindenden großen schwarzen Wagen her.

Abermals zu Sylvias Erstaunen sagte ausgerechnet Mark: »Armer Geoff! Ich heirate nie eine von den Puppen, die sich wie Nutten herrichten. Im entscheidenden Augenblick haben sie nichts zu geben.«

Harold faßte die Bemerkung großzügig auf. »Das ist wohl etwas kraß, Mark, aber es ist etwas dran. Muriel tut, weiß Gott, alles, was in ihren Kräften steht, um ihr Leben auszufüllen, und ich achte sie dafür, aber irgendwo stimmt etwas nicht, daher all diese eingebildeten Wehwehchen.«

»Weder sie noch Geoff Bartley können eine Schlappe vertragen. Sie sind beide völlig unsportlich.« Arthur nahm rasch die Gelegenheit zu dieser Feststellung wahr.

Doch Harold hatte Arthurs wegen schon die Cranstons aufgegeben, und das genügte.

»Du neigst dazu, jeden für unsportlich zu halten, außer dich selbst.«

»Mein lieber Junge, ich habe eine jahrelange Spieltischerfahrung und erkenne meinen Handelsjuden auf den ersten Blick.«

»Die Bartleys sind keine Juden, Vater, und selbst wenn sie es wären ...«

»Mir ist es ganz egal, was sie sind«, sagte Judy, »wenn Muriel nur etwas mehr Farbensinn hätte. Wie sah sie bloß aus!«

Sylvia riß die Geduld. »Ach, hört doch endlich auf. Sie sind zu meinem Geburtstagsfest gekommen, und ich finde sie sehr nett.«
Das entsprach nicht ganz der Wahrheit, aber das ganze Geschimpfe war ihr einfach zuwider.
Im ›Falcon‹ ging alles glatter. Harold traf einen früheren Kollegen mit neuer Ehefrau; Arthur stieß auf Mr. Bolton und redete mit ihm über Pferderennen; Ray und Mark gesellten sich zu einer Gruppe junger Leute, die für einen Drink hereingekommen waren, bevor sie ins Mecca gingen; und Judy schwatzte fröhlich mit einem jüngeren Mädchen des Kreises, das voriges Jahr von der Bezirks-Oberschule abgegangen war. Sylvia saß gemütlich vor einem Glas weißen Portweins und ließ es sich wohl sein bei dem Gedanken an das morgige Picknick.
Sie überlegte gerade, wie nett es sein würde, sich mit Tim zu unterhalten, obwohl sie ihm gegenüber noch immer etwas gehemmt war, als sie Mr. Corney hereinkommen sah. Offenbar suchte er jemanden. Seine kleinen schwarzen Augen schienen jeden Winkel gleichzeitig zu durchforschen. Was für ein nervöses Kerlchen er ist, dachte sie. Sie fing seinen Blick auf, und er kam an den Tisch.
»Nun, Fürstin, und wie kommen Euer Gnaden dazu, sich in dieser bescheidenen Herberge zu befinden?«
»Man feiert meinen Geburtstag, Mr. Corney.«
»Siebzehn und noch immer ungeküßt.«
»Nein, fünfundsechzig. Leider.«
Corney sagte zerstreut einen taktlosen Spruch auf, den er mit einem übertrieben taktvollen ausglich. »Dann geht es erst richtig los.«
»Du liebe Zeit! Nein. Dafür bin ich zu alt. Aber Spaß hab ich noch immer am Leben.«
Er schwieg. Er wirkte ganz geistesabwesend, und sein Blick schweifte noch immer suchend durch das überfüllte Lokal.
»Haben Sie schon Ferien gemacht?«
»Ich? O nein. Wir fahren nach Cannes, oder so hoffe ich wenigstens.«
»Wir?« Sylvia sah ihn neckend an.
»Ray und noch ein anderer Bursche. Hat denn Ray nichts davon gesagt? Komisch? Es ist doch schon das dritte Jahr. In Cannes ist

es äußerst lustig. Genau das Richtige für drei vergnügte Junggesellen.« Er warf Sylvia einen Blick zu, den sie nicht zu deuten wußte. »So ist es eben mit euch jungen Leuten. Ich bin nie aus England herausgekommen.«
Er war immer noch halb abwesend, also ergänzte sie: »Ray und Mark sind da drüben bei der Jugend. Gehen Sie doch zu ihnen.«
»Ich? Ich kenne keinen von Rays schicken Freunden, weder hier noch in London.«
»Natürlich kennen Sie sie. Das ist Priscilla White, die Blondine, die die Ehefrau in ›Blick zurück im Zorn‹ gespielt hat. Und der gutaussehende, brünette Junge ist Terry Knowles. Sind sie nicht ein hübsches Trio? Ein Dunkler und zwei Blonde. Wie die Bierreklame. Er hat den Cliff gespielt, das war Rays Freund in dem Stück. Sie waren zusammen sehr gut.«
»Das habe ich gehört«, sagte er scharf.
»Haben Sie sie denn nicht gesehen?«
»O nein. Viel zu intellektuell für mich. Ich bin Rays ungebildeter Freund.« – Er sah so niedergeschlagen aus, daß Sylvia nicht weiter wußte.
»Dann gehen wir doch beide mal zu ihnen hinüber.«
Ray war mit Mr. Corney etwas kurz angebunden. »Sie kennen Wilf Corney?« fragte er obenhin, stellte aber die anderen nicht vor.
»Nun, ich höre, die Fürstin hat Geburtstag.«
»Stimmt, Wilf«, erwiderte Mark anstelle seines Bruders.
»Wir sind alle ganz aufgetrieben von Chen Fus Reis.«
Corney machte einen zweideutigen Witz im Stil der chinesischen Speisenbezeichnungen und kicherte.
Ray lachte auf, dann verfinsterte sich sein Gesicht. Er kehrte Wilf Corney den Rücken.
»Weißt du, Priss, ich finde noch immer, daß Vater den dritten Akt, wo du wieder hereinkommst, falsch inszeniert hat. Ich stand viel zu weit hinten ...«
»Nein, so was!« Mr. Corney lächelte boshaft. Er wandte sich an Terry Knowles. »Ich höre, daß Sie und Ray das nächste Mal das Stück ohne Miß White aufführen werden.«
Terry Knowles begriff nicht. »Wie bitte?«
»Sie haben es schon diesmal beinah ohne mich gespielt«, stellte

Priscilla White fest. »Wir sollten lieber aufbrechen, Terry, wenn du zur Preisverteilung zurechtkommen willst.«

Mr. Corney beugte sich über Ray und flüsterte ihm etwas zu; als aber Ray ihm schroff auswich, sagte er scharf: »Ich dachte nur, du würdest wissen wollen, daß Pete hier gewesen ist.«

»Bist du fertig, Ray?«

»Ich glaube, ich komme lieber doch nicht mit, Priss. Ich muß mal früh ins Bett gehen.«

»Wie du willst. Wir waren ja gar nicht verabredet. Und du, Mark? Hast du jetzt auch keine Lust mehr?«

Aber Mark hatte Lust. Er blieb bei der Gruppe.

»Warum gehst du denn nicht mit, Judy?« fragte Sylvia.

»Weil sie mich nicht aufgefordert haben, Großmutter«, flüsterte Judy.

Sie sah aus, als wenn sie Sylvia ermorden könnte. Einen Augenblick später, nachdem die Tanzlustigen fort waren, kam Harold herüber.

»Sind alle soweit, um nach Hause zu fahren?«

»Sei nett zu Judy«, raunte Sylvia Harold zu, »sie sind alle zum Tanzen gegangen und haben sie nicht mitgenommen. Das heißt, außer Ray. Er ist müde.«

Als sie sich umwandte, verließ Ray das Lokal mit Wilf Corney. Zu Sylvias angenehmer Überraschung ergriff Harold Judys Arm. »Wäre es dir gräßlich, noch einmal davon anzufangen? Oder hättest du Lust, mir von deinem Examen zu erzählen? Der Lehrer in mir brennt darauf, Näheres zu erfahren.«

Arthur war, als er sich von Mr. Bolton verabschiedete, weniger guter Stimmung. »Sie werden das dann morgen früh für mich arrangieren?«

»Ich weiß nicht genau, Arthur, ich kann es noch nicht sagen. Rechnen Sie nicht damit.«

»Noch so ein Schwein«, sagte Arthur, während man sich zum Wagen begab.

Sylvia versuchte, ihre gemeinsame lustige Stimmung von vorher wieder wachzurufen, als sie nebeneinander hinten im Auto saßen. Ihre Zufriedenheit wurde durch den Anblick von Harold und Judy gesteigert, die sich vorn so heiter unterhielten. Aber Arthur ging nicht darauf ein.

»Du scheinst ja verdammt entzückt von allem zu sein.«

Das reizte Sylvia. »Das bin ich allerdings.«
Arthur ging direkt nach oben. Um eine sofortige Auseinandersetzung mit ihm zu vermeiden, deckte Sylvia zuerst den Frühstückstisch und rauchte eine Zigarette. Als sie das Eßzimmer verließ, tauchte Harolds Kopf aus der Tür seines Arbeitszimmers auf.
»Könnte ich dich wohl einen Augenblick sprechen, Mutter? Es ist wegen Vater.«
Du lieber Gott, dachte sie, jetzt ist es passiert, noch ehe ich alles geregelt habe. Die Bartleys und die Cranstons waren ihr wohl zuvorgekommen. »Er scheint sich jetzt auch mit den Bartleys, wie vorher mit den Cranstons, verkracht zu haben. Doch das ist seine Sache. Ich frage mich nur, was er eigentlich mit seiner Zeit anfängt...«
»Ich fürchte, er sitzt einfach herum, Harold. Du kennst ja Vater. Er hat so seine Stimmungen.«
»Recht kostspieliges Herumsitzen. Erst neulich kam er zu mir und sagte, er brauche...«
»Ach, Harold, das ist zu arg. Nach allem, was du für uns tust...«
»Oh, ich behaupte nicht, daß es sich um viel handelte. Aber immerhin genug, wenn man bedenkt, daß er nichts zu tun hat.«
»Um wieviel *hat* er dich denn angepumpt, Harold?«
»Ich wollte es dir eigentlich nicht sagen. Aber er hat zehn Pfund von mir bekommen.«
»Zehn Pfund!«
»Ja. Ich kann mir nicht erklären, was er damit macht.«
»Das kannst du nicht? Wenn du mir nicht mehr zu sagen hast, Harold, gehe ich wohl lieber ins Bett.«
»Ich wollte nur wissen, was wir tun sollen, Mutter.«
»Tun? Nach all diesen Jahren, Kind, kann man wohl nicht mehr viel tun.«
Sie verließ ihn, bevor er noch etwas sagen konnte.
Arthur lag im Bett. In dem fahlen Schein des abnehmenden Mondes waren die Gegenstände in ihrem überfüllten Zimmer nur undeutlich zu erkennen. Sylvia fand, es sei besser, in diesem Zwielicht zu sprechen.
»Arthur, mein Herz, es tut mir leid, wie diese Bartleys geredet haben. Aber ich bin sicher, daß sich alles in Ordnung bringen läßt.«

Er fing an laut zu schnarchen.
»Arthur, ich weiß, du schläfst nicht. Ich will dir ja nur helfen. Aber ich kann dir nicht helfen, wenn du mir nicht hilfst.«
Das Schnarchen wurde lauter. Sie hätte am liebsten über sein kindisches Benehmen gelacht, fürchtete aber, ihn zu beleidigen, und dann würden sie nicht weiterkommen.
»Wie hoch sind deine Schulden? Bei den Bartleys und den Cranstons, meine ich. Und sonstigen Leuten in Carshall. Sag mir bitte alles. Ich will mich nicht erst bei ihnen erkundigen müssen. Und wir wollen doch nicht, daß sie sich an Harold wenden. Ich habe noch etwas auf der Sparkasse. Du hast meine ganze Gratifikation vom Hotel für deine Schulden in Eastsea bekommen, aber ich habe noch etwas zurückgelegt...«
Er setzte sich auf. »So ist's recht. Reib es mir nur unter die Nase, was du alles für mich getan hast.«
»Ich wollte es nicht erwähnen, es ist mir herausgerutscht. Aber, bitte, laß mich die Sache erledigen. Wir haben nicht mehr so viel Jahre vor uns, daß wir es uns leisten könnten, sie zu vertrauern. Ach, ich weiß, daß ich nicht sehr erheiternd war, seit wir hier sind. Aber wir könnten neu anfangen.«
Am Ende beichtete er. Er schuldete über hundertfünfzig Pfund, und weiß Gott, wenn das alles war, wäre es das erste Mal gewesen, daß er die Wahrheit gesagt hätte. Es würde ein schönes Loch in ihre Ersparnisse reißen, aber früher oder später mußte es ja sein.
»Ich zahle, sobald ich das Geld abheben kann.«
»Was heißt, du zahlst? Das würde schön aussehen, Mrs. Calvert bezahlt gnädig die Schulden ihres Mannes.«
»Niemand wird es so ansehen, Arthur. Jedenfalls, anders geht es leider nicht.«
»Du traust mir also nicht mal mit ein paar Pfund über den Weg?«
»Ach, Arthur! Ich verstehe nicht, wie du jahraus, jahrein immer wieder dasselbe sagen kannst.«
Er murrte und beschimpfte sie sogar, sie gab aber nicht nach. Ein Glück, daß sie so guter Dinge war, sonst hätte sie nicht die Kraft aufgebracht, fest zu bleiben.
»Und Herrn Harold wirst du vermutlich ebenfalls von deinem

fabelhaften Edelmut erzählen. Ihr beiden seid mir ein feines Paar.«

»Ich verspreche dir, Arthur, daß Harold nichts erfahren wird.«

»Das lasse ich mir nämlich nicht gefallen. Daß er auf mich heruntersieht. Der sich nicht mal von zehn Pfund trennen kann, ohne mir eine Scheißpredigt zu halten.«

Sylvia lachte. »Ich weiß, daß er auf manchen Gebieten kolossal knickerig ist. Aber auf anderen ist er großzügig. Nimm's dir nicht zu sehr zu Herzen, Arthur. Ich weiß, daß du letzten Monat Pech gehabt hast. Zu schade, nachdem du dich so redlich bemüht hast, dich anzupassen. Aber wir haben einfach nicht das Geld für Poker und Pferde und so was.«

»Wenn ich nur ein bißchen Kapital gehabt hätte, hätte ich in diesem Monat meine Verluste wieder hereinbringen und darüber hinaus ein kleines Vermögen machen können.«

»Das glaube ich dir gern. Aber wir haben eben kein Kapital. Aber deswegen braucht nicht alles so schlimm zu werden.«

Er legte sich auf die andere Seite. »Das sage ich dir, Sylvie, wenn du nicht wärst, wäre es mir völlig egal, wenn ich morgen stürbe.«

Einen Augenblick später schnarchte er. Diesmal, wußte sie, war das Schnarchen echt. Als sie ins Bett ging, stieß sie sich den Zeh an. Sie hätte Licht machen sollen. Statt dessen war wieder einmal über Arthurs sinnloser Gefühlsduselei alles andere in Vergessenheit geraten. Immerhin war sie dieser Tage so guter Stimmung, daß sie sich vornahm, Arthur mehr Zeit zu widmen – als wenn er sich ausgerechnet danach gesehnt hätte!

Wie es sich herausstellte, waren doch nicht nur die Egans bei dem Picknick, denn Mandy hatte Marcus Campkin dazu eingeladen. Er war ein molliges Kind mit runden, schwarzen Riesenaugen. Zu den Erwachsenen sagte er höchstens ein kaum vernehmliches »Danke vielmals, Mrs. Egan«, oder »Bitte, Mrs. Calvert«; aber während er und Mandy am Flußufer spielten, schien er unaufhörlich zu plappern; je weiter er von den Erwachsenen entfernt war, desto lauter tönten seine Kommandos. In seiner Gegenwart benahm Mandy sich betont abweisend gegen ihre Mutter und Mrs. Calvert, aber immer wieder bemühte sie sich, ihren glanzvollen Vater herauszustreichen.

»Nun, wer hätte das gedacht? Also hat sie sich für Marcus Campkin entschlossen. Für ihn und keinen anderen. In dem Alter spielt der Geruch wohl eine große Rolle. Nicht etwa, daß ich etwas rieche.«

»Aber Shirl! Um Himmels willen, Herz.«

»Ich sagte, ich rieche nichts, Timbo. Das ist nicht unhöflich. Ich nehme manches zurück, was ich von der Schule gesagt habe. Wahrscheinlich glaube ich zuviel von dem, was ich lese. Ich war überzeugt, daß Mandy für eine von diesen gräßlichen Turnlehrerinnen schwärmen würde.«

»Aber Shirl!«

»Nun, das tun sie doch sonst in diesen Mädchenschulen. Aber mit einem siebenjährigen Jungen anzukommen, das ist ganz imponierend. Ich weiß, er wirkt ein bißchen töricht. Aber bei englischen Männern weiß man's ja nie so genau. Sie ahnen nicht, wie Timbo war, Mrs. Calvert, als ich ihn kennenlernte. Er sprach das affektierteste Oxford-Englisch, das Sie sich vorstellen können. Sie hätten meinen Vater sehen sollen!«

»Na, und du, Shirley? ›Shirley ist eine bezaubernde Mohnblume, Mr. Egan.‹« Sylvia mußte lachen.

»Ach, du liebe Zeit. Das war Tante Pearl. Die kann man nicht ernst nehmen.«

Sie hatte einen Klappstuhl aus Stahl und rot-weißem Markisenstoff für Sylvia mitgebracht, so daß sie etwas erhöht saß, den anderen gegenüber, die sich auf einer Decke niederließen – Tim flach ausgestreckt, Shirley auf Kissen gestützt. Beim Sprechen suchte Shirleys Hand Tims Unterarm und knetete ihn ein bißchen; später streichelte Tim ihren Nacken mit seinem Handrükken. Sylvia war glücklich, daß man ihr das Gefühl gab, so völlig dazuzugehören, oder vielmehr, daß man gar keine Rücksicht auf ihre Anwesenheit nahm. Nach einer Viertelstunde schlief Tim in der heißen Sonne ein. Shirley flüsterte: »Fühlen Sie sich wohl, Mrs. Calvert? Möchten Sie gern die Sonntagszeitung anschauen? Ich muß dieses Buch lesen. Mutter hat es mir vor Wochen geschickt. Ich kann ihr nicht immer wieder schreiben, ich sei noch nicht dazugekommen.« Dann vertiefte sie sich mit gefurchter Stirn in das dicke Buch, das sie gegen ihre Knie gelehnt hatte.

Sylvia sah die Zeitung an, aber der Sinn des Gelesenen verflog, ohne auch nur eine Spur in ihrem Kopf zu hinterlassen. Sie atmete den Duft der Krauseminze ein, der vom Ufer herüberwehte, wo die Kinder beim Spielen die Blätter zerdrückt hatten. Sie packte sich ein paar Zeitungsblätter um die Beine, denn es gab Mücken. Sie beobachtete eine Zeitlang eine Schar roter Ameisen, die ruckweise den verdorrten Körper eines größeren Insekts – es sah aus wie eine Heuschrecke – über den holprigen Boden schleppten. Sie überlegte, ob sie und Arthur einmal zu der Gartenwirtschaft in Herley Ford fahren sollten. Sie erinnerte sich plötzlich einer anderen Gartenwirtschaft bei Eastbourne, wo Affen in Käfigen gehalten wurden. Aber all so etwas, wie Dinge aus fernen Ländern auf das Land bringen und eigentlich auch Gartenanlagen und Mini-Golf und so weiter – das störte nur die Harmonie. Sie schlief ein.

Als sie aufwachte, war Tim dabei, den Picknickkorb auszupakken – Huhn und Champagner und frische Pfirsiche. Sie verwöhnten sie wirklich. Und sie schienen so entschlossen dazu, denn alle kamen einzeln zu ihr und umhegten sie mit Gesprächen und Glückwünschen und Fragen nach vergangenen Geburtstagen. Gewiß, als das Mahl beendet, der Champagner getrunken war, wandte Shirley sich wieder ihrem Buche zu. Aber dagegen protestierte Tim.

»Hör jetzt auf damit. Du verstehst sowieso kein Wort davon.«

»Aber doch. Es handelt von einer neuen Lebensweise, die sich auf fernöstliche Weltanschauung gründet, und, ach, allen möglichen Dingen. Man würde es wohl als eklektisch bezeichnen.«

Indessen, nachdem sie noch ein paar Seiten gelesen hatte, klappte sie das Buch zu.

»Also, für mich ist diese Lebensweise wohl kaum etwas.«

Danach zog jeder sein Geschenk hervor: Tim überreichte ihr ein silbernes Zigarettenetui, Shirley eine Riesenflasche Chanel Nr. 5 und Mandy ein ledernes Nadeletui, wofür sie gespart und was sie selbst ausgesucht hatte. Marcus Campkin, durch solches Beispiel angefeuert, holte ein Tütchen Bonbons aus seiner Hosentasche hervor und überreichte es ihr feierlich. Tim legte den Arm um Mandys Beine und zog sie an sich.

»Du würdest nicht hier sein, wenn Mrs. Calvert nicht gewesen wäre.«

Shirley ergänzte: »Allerdings, und niemand wird das je vergessen.«

Das waren wahrlich erhebende Reden zur Feier des Tages, obwohl er schließlich damit endete, daß man Kinderspiele spielte.

Der August brachte dieses Jahr häufige Regenfälle. Sylvia konnte nicht umhin, an die Familien zu denken, die in ihren Hotels und Ferienwohnungen an der See eingesperrt durch das schlechte Wetter saßen. Die Zimmerwirtinnen und Hotelleiterinnen taten ihr leid. Sie war froh, daß sie nichts mehr damit zu tun hatte. Das war natürlich der Grund, warum heutzutage so viele Leute ins Ausland reisten. Ray kam sonnenverbrannt aus Cannes zurück. Mark hielt sich in Jugoslawien auf. Judy schrieb, daß das Château La Miraillière ein Traum sei und die De Clamouarts einfach begeisternd wären. Harold trug sichtlich schwer an den Ferien. Er sagte Sylvia zweimal, daß dies das erste Jahr sei, in welchem er nicht mit Beth verreist wäre – sie hätten immer eine Vortragsreise unternommen oder eine Reise zu den Shakespeare-Festspielen in Stratford. Dieses Jahr könne er jedoch Carshall nicht verlassen, da täglich die Entscheidung des Ministeriums zu erwarten sei, die typischerweise sogar überfällig wäre. Sylvia bemühte sich, ihn zu unterhalten, und sie kochte ihm alle möglichen leckeren Gerichte, aber sie wußte, daß sie nicht viel tun konnte.
Für Arthur konnte sie etwas mehr tun. Zunächst einmal hatte sie ihn von der Last seiner Schulden im Ort befreit. Muriel Bartley und Renee Cranston nahmen ihre jeweiligen Rückzahlungen sehr verschieden auf. Muriel sagte: »Natürlich hätten wir ihm niemals Geld geliehen, nachdem wir es Harold versprochen haben, das wissen Sie. Aber immerhin glaubten wir, daß er seine Spielschulden bezahlen würde. Wer uns leid tut, sind Sie – das Pokerspiel werden wir allerdings nicht wiederaufnehmen. Nun, Sie haben ja gehört, was Geoff gesagt hat. Ich meine, schon des Alten wegen. Ich hätte nie damit angefangen, wenn ich gewußt hätte, was für schlimme Folgen das Spielen für ihn hat.« Sie bot Sylvia einen Drink an, aber diese hatte keine Lust zu bleiben und sich noch mehr anzuhören.
Renee sagte: »Ich hoffte, Sie würden es nie erfahren, aber Jack sagte, Sie hätten es geahnt. Wahrscheinlich hätten wir es ihm nie leihen sollen, aber man kann dem Alten so schwer widerstehen, wenn er Jack auch zuweilen reizt. Ach, ich bin so froh, daß die Sache erledigt ist. Mir ist jede Mißstimmung zuwider. Ich werde ihm sofort schreiben und ihn zum Bridge einladen.« Doch obgleich die Bridgeabende wiederaufgenommen wurden, war es sichtlich nicht mehr dasselbe. Man spielte höchstens zweimal in

der Woche. An manchen anderen Abenden führte Sylvia Arthur per Taxi in das Kino in Alt-Carshall, und hinterher aßen sie in dem Trust-House-Hotel. Es schien die Ausgabe wert zu sein. Beim Essen wurde Arthur immer etwas munterer, aber die Ausflüge waren eher enttäuschend. Die meiste Zeit lungerte er im Town Centre herum und blieb oft tagelang im Bett.

Sie verbrachte noch immer einige Nachmittage auf Murrel Farm, aber wegen des Wetters weit seltener. Sie hatte sowieso sehr viel zu Hause zu tun. Sie hatte sich vorgenommen, der Reihe nach jedes Zimmer in der ›Villa Sykomore‹ gründlich durchzuputzen, solange der lästige Haushaltsplan außer Kraft war. Es war ein Irrtum, sich einzubilden, daß sich in modernen Häusern kein Staub ansammelte. Ferner wollte sie ihre Lektüre nicht vernachlässigen und sah sich gelegentlich abends immer noch gern ein Fernsehspiel an, wenn etwas besonders Gutes auf dem Programm stand. Hin und wieder, wenn ausnahmsweise das Wetter schön war, ging sie allein spazieren, aber nicht zu lange, denn sie hatte Dr. Piggott, den praktischen Arzt des Ortes aufgesucht, und er hatte ihr gesagt, daß sie den leichten Schlaganfall als Warnung vor Übertreibungen auffassen müsse. Indessen fand sie, daß allein schon ein Gang um die Häuser dem Auge stets etwas bot – Kinder auf Schaukeln oder Rutschbahnen, junge Leute, die Tennis spielten. Sie kam allmählich mit einer Reihe von Menschen ins Gespräch, die sich als nächste Nachbarn herausstellten, Renee Cranston fuhr sie einen ganzen Nachmittag spazieren, um sich einige alte Häuser anzusehen, die zum Verkauf standen. Sie erinnerte sich an ein altes Rezept ihrer Mutter für Pflaumenquark und probierte es aus, und das Resultat erwies sich als recht abscheulich. Die Zeit schien im Fluge zu vergehen.

In diese angenehm rege Stille schlug plötzlich die Bombe ein, auf die alle schon so lange gewartet hatten: der Minister empfahl dem Planungsamt, Tim Egans Angebot, ein anderes Bauland zur Verfügung zu stellen, abzulehnen. Die Goodchild-Wiese sollte als Baugrund für Wohnbauten mittlerer Preislage erschlossen werden, sobald Tims Pachtvertrag am Jahresende ablief. Als Harold von dem Beschluß erfuhr, sagte er lediglich: »Ich bin froh, daß Beth das nicht mehr erlebt hat. Es wäre ihr Tod gewesen.«

Sylvia dachte, er würde jeden ermordet haben, der in diesem Augenblick gelacht hätte. Er erholte sich von dem Schlag, indem

er alle seine Kräfte aufbot, um das Komitee davon zu überzeugen, daß eine große Protestversammlung die Sache vielleicht noch retten könnte.
Zunächst wurde Sylvia von ihm zur Vorkämpferin ausersehen; sie sollte die Egans zu einem nochmaligen Vorstoß gegen die engstirnige Bürokratie bewegen. Aber Tim zeigte sich fest entschlossen, den Bogen nicht zu überspannen.
»Tut mir leid, Mrs. Calvert. Für Sie täte ich viel, aber ich habe Mr. Calvert bereits gesagt, was ich in der Wiesenfrage zu tun gedächte. Ich habe Tante Lilians Kampf gekämpft. Wir haben verloren, und, ehrlich gesagt, ich bin froh darüber. Ich wäre ein Narr, gutes Land gegen schlechtes eintauschen zu wollen, wenn es nicht unbedingt sein muß.«
Sie versuchte ihm zu erklären, wie ernst Harold die ganze Sache nähme. Er hörte sie sehr höflich an, wiederholte jedoch, daß er nichts mehr tun könne.
Schließlich mußte Shirley sich einschalten. »Hören Sie, wenn Timbo sagt, er tut's nicht, dann tut er es nicht. Er mag recht oder unrecht haben, aber er tut es nicht. Ich kenne meinen Timbo.«
Als Harold in Murrel Farm anrief, wurde er vermutlich recht schroff abgewiesen, denn für den Rest der Woche war er mit Sylvia sehr unfreundlich.
Als sie Ray einige Hemden, die sie für ihn gewaschen hatte, in sein Zimmer brachte, wollte sie ihn bewegen, ihre Sorgen über Harolds Gemütszustand zu teilen.
»Vater ist eine Kämpfernatur. Nein, tut mir leid, Liebchen, das ist Quatsch. Ich habe Mutter das in meiner Kindheit so oft sagen hören, daß ich es beinah geglaubt hätte. Nein, Vater ist nur zu starrsinnig, um sich geschlagen zu geben. Aber wenn er seine Protestversammlung kriegt und nochmals unterliegt, dann wird er einlenken. Es wird ein bißchen dauern. Wir werden hier etwas darunter zu leiden haben, und die Kinder im nächsten Semester erst recht. Aber selbst Schuldirektoren müssen sich gewissen Notwendigkeiten fügen.«
»Aber Ray, er regt sich so auf darüber. Ich habe Angst, er kriegt einen von diesen Nervenzusammenbrüchen, die heutzutage anscheinend so üblich sind.«
»Hör mal, Liebchen, ich bin bloß ein einfacher Textil-Designer und kein Psychiater. Sieh jetzt nicht so besorgt aus. Soweit ich

ihm bei der Monsterversammlung beistehen kann, werde ich es tun. Also! Bist du nun zufrieden?«
Sie mußte es sein. Aber sie war mit ihrer Angst nicht allein. Eines Abends erschien Muriel Bartley. Einen Drink lehnte sie ab.
»Schön, Harold, Sie haben gewonnen. Ich habe Herbert Raven dazu überredet, der Protestversammlung zuzustimmen. Wir haben das Community Centre bekommen. Wir können also siebenhundert Leute unterbringen.«
Harold strahlte und küßte sie auf die Wange.
»Schon gut, Harold. Aber eigentlich ist es nicht in Ordnung, daß Sie Ihren Willen bekommen. Und ich glaube auch nicht, daß es das geringste bewirken wird... Doch wir werden ja sehen. Ich übernehme den Vorsitz. Und Raven wird für uns stimmen. Aber nun kommt etwas, das Ihnen gar nicht recht sein wird. Sie dürfen nicht reden.«
»Was? Blödsinn! Ich werde sagen, was mir paßt. Es ist eine öffentliche Versammlung.«
»Nun, vom Podium herab werden Sie nicht reden. Und ich werde Sie auch nicht heraufbitten. Die Schulbehörde hat sich schon wieder an mich gewandt. Die Leute sind schon ganz verzweifelt. Und mit gutem Grund. Sie haben sich wegen dieser Sache viele Feinde hier gemacht, Harold. Und Lorna Milton, das Stück, hat dafür gesorgt, daß man sich darüber ereifert. Die Behörde behauptet, daß Sie Ihnen nochmals geschrieben hat.«
»Die Behörde hat sich empörend benommen. Nach all meinen Amtsjahren hat sie sich sogar zu verkappten Drohungen erniedrigt.«
»Aber, lieber Harold...«
»Bitte, misch dich nicht ein, Mutter. Wenn dein geliebter Freund Egan...«
»Benimm dich anständig zu deiner Mutter, Harold. Sie ist wie ich der Ansicht, daß wir nicht zusehen dürfen, wie ein hochbegabter Mensch sich aus purem Eigensinn seine Karriere versaut.«
Arthurs niedergeschlagener Ausdruck, mit dem er in diesem Augenblick hereinkam, war der Situation angemessen. Doch hatte er nichts damit zu tun. Ohne Muriel zu beachten, trat Arthur an das Fenster. Er sah verdrossen hinaus. »Nun, wenn dieser verdammte Regen anhält, wird das Kricketspiel in Old Trafford

abgesagt werden. Und ich habe mit einem Kerl eine Wette laufen, daß die Südafrikaner keine hundert Läufe in der ersten Runde schaffen. Ohne Spiel keine Wette. Mein übliches Pech.«
Harold fuhr seinen Vater an. »Hast du wohl je im Leben einen Gedanken gehabt, der sich nicht auf dein geliebtes Ich bezieht.«
»Sprich nicht so mit mir. Ich bin schon sowieso genug herumgeschubst worden.«
»Ich spreche genau, wie es mir paßt. Ich biete dir ein Dach über dem Kopf, und du kommst her und verkrachst dich mit all meinen Freunden und pumpst mich um Geld an und Gott weiß was noch! Es scheint dir nicht in den Sinn zu kommen, daß andere dafür bezahlen müssen. Kein Mensch nimmt hier noch ein Stück Brot von mir. Ich bin nicht einmal mehr würdig, auf einem öffentlichen Podium zu stehen.«
Zu Sylvias Kummer schimpfte Arthur nicht zurück. Er stand da mit mahlenden Kiefern, gab jedoch keinen Laut von sich.
»Du wirst dich nachher schämen, Harold, so mit Vater gesprochen zu haben...«
»Also, wirklich, Harold, wie können Sie mit dem armen Kerl so reden. Als wenn er irgend etwas mit unseren Sorgen zu tun hätte. Regen Sie sich nicht auf, Hauptmann Calvert, Harold weiß nicht, was er sagt.«
»Würden Sie die Güte haben, sich nicht in meine Familienangelegenheiten zu mischen, Muriel?«
»Ach, stellen Sie sich doch nicht so an! Sie werden mir noch eines Tages dankbar sein, daß ich Ihnen Ihren Job gerettet habe.«
Sylvia lief Muriel durch den Garten nach.
»Ich wollte Ihnen nur noch von Herzen danken.«
»Oh, keine Ursache, Mrs. Calvert. Was habe ich schon genützt. Sie sollten ihn aber bewegen, zum Arzt zu gehen.«
»Wenn ich das nur könnte. Aber ich kann nicht mit ihm reden. Das kann, glaube ich, keiner. Diese Wiesengeschichte hat ihn völlig verrückt gemacht.«
»Ach, Harold – den habe ich nicht gemeint. Ein blöder Hund! Verzeihen Sie meine Ausdrucksweise. Nein, ich meine den Alten. Er sieht furchtbar schlecht aus.«
Sylvia brachte es nicht über sich, mit Harold zu sprechen, infolgedessen ging sie sofort in ihr Zimmer. Arthur saß dort und las

die Zeitung; er sah schlecht aus, verrunzelt und gelb, wie eine alte Schildkröte.
Sie goß jedem von ihnen einen starken Whisky ein aus der Flasche, die sie im Kleiderschrank aufbewahrte.
»Komm, Arthur. Reg dich nicht über ihn auf. Du hättest ihm als Kind mehr Dresche geben sollen. Er hat es immer viel zu gut gehabt.« Sie lachte leise, aber Arthur reagierte nicht darauf, obwohl er beim Lesen ein bißchen mit dem Kopf nickte.
Sie wußte keine andere Möglichkeit, Arthur zu rächen, als Harold zu sagen, daß sie an der Versammlung nicht teilnehmen würde. Er sah sie so wütend an, daß sie glaubte, er werde sie schlagen; doch er stand auf und verließ wortlos das Zimmer.
Es war Arthurs unerwartete Resignation, die ihren Zorn auf Harold lebendig erhielt. Aber es bekümmerte sie, von beiden so abgeschnitten zu sein, da jeder von ihnen so unglücklich schien. Sie suchte sich dadurch zu helfen, daß sie Rays Versprechen, seinem Vater zur Seite zu stehen, besonderen Nachdruck verlieh.
»Es ist gerade so gut, wenn du bei ihm bist, Ray. Nachdem er so mit seinem Vater gesprochen hat, gehe ich nicht hin. Es ist mir gleich, ob er sich darüber ärgert.«
»Wie nett und freundlich ihr doch alle seid, Liebchen! Es ist genau, wie Mutter gesagt hat: ›In diesem Haus gibt es keine Eltern und Kinder, wir sind alle nur Freunde.‹ Mutter hat, wie immer recht.«
Sylvia hatte ihn nie in einem so sarkastischen Ton sprechen hören, aber sie dachte nicht daran, nachzugeben.

Am Ende tat sie es aber doch. Das war Shirleys Werk. Sie hatte Sylvia angerufen, um zu fragen, wo die Versammlung stattfinde, und als sie erfuhr, daß Sylvia nicht hingehen wollte, redete sie so entrüstet auf diese ein, daß Sylvia fast das Trommelfell platzte.
»Aber nein! Sie *müssen* hingehen. Es ist mir gleich, was er gesagt hat. Er setzt sich für etwas ein, woran er glaubt, und Sie müssen dabeisein. Ja, ich weiß, was Timbo gesagt hat. Und es klang sehr vernünftig. Was Timbo sagt, ist immer sehr vernünftig. Aber Mr. Calvert ist nicht auf Vernunft aus, sondern auf Unterstützung. Ja, gewiß ist er gräßlich zu Ihnen allen gewesen. Ihm

liegt an der Sache. Lieber Gott! Hier gibt es nicht viel Leute, die sich überhaupt für etwas einsetzen. Man kann ihn nur loben. Hören Sie, Sie müssen hingehen. Das beste ist, ich begleite Sie, nur um sicher zu sein, daß Sie ihn nicht im Stich lassen.«

Der Saal war überfüllt, bis auf die erste Reihe, die zweifellos für Ehrengäste reserviert war. Sylvia, die mit Shirley am Rand einer der hinteren Reihen saß, dachte, daß sie hinter dieser Ansammlung von Rücken Harold nie entdecken würde.
»Aber der Saal ist ja wunderschön!« sagte Shirley, als sie sich umsah.
»Ich glaube, er ist ganz berühmt. Die Leute kommen aus der ganzen Welt her, um ihn sich anzusehen – Architekten und so etwas, verstehen Sie. Wir nennen ihn ›Die Auster‹.«
»Wir?«
»Die Leute in New Town, meine ich. Ich weiß eigentlich nicht, weshalb.«
»Weil er muschelförmig ist, du lieber Himmel. Aber er ist herrlich. Ich finde die glatten schwarzen Wände und das viele, viele Glas einfach wunderschön. Und die Decke! Rote Zeder. Wir haben in Oregon ganze Wälder davon. Fabelhaft! Darauf können Sie stolz sein.«
»Es gibt eine Menge schöner moderner Bauten in New Town.«
»Das kann ich mir denken. Ich verstehe nicht, warum ich immer noch in dem altertümlichen Alt-Carshall einkaufe. Vermutlich, weil Timbos Tante Lilian New Town so verabscheute.«
Sylvia sah sich um und war richtig stolz auf den Saal.
»Ah, da kommen die Redner«, sagte sie. »Die in der Mitte sitzt, ist Muriel Bartley.«
»Die möchte aber unbedingt gesehen werden, was? Wo, um Himmels willen, hat sie den grün-roten Stoff aufgetrieben? Und das Dekolleté! Hier ist es zwar warm, aber so warm denn doch nicht.«
Doch Muriel sprach bereits.
»Sie werden alle die traurige Nachricht vernommen haben... Glauben Sie aber nur nicht, daß die Bemühungen des Komitees verschwendet waren... Unsere Aufgabe ist es, das Recht auf Ablehnung lebendig zu erhalten... dem Ministerium klarzuma-

chen... unseren Fall nochmals vorzutragen, und sei es nur, damit er offiziell in die Akten kommt... Die Kraft der lokalen Meinung soll dem Bürokratismus zur Warnung dienen... erteile Herbert Raven das Wort.«

Sylvia hörte nur zum Teil zu, denn ihre Augen suchten Harold. Seinen Hinterkopf würde sie vielleicht nicht erkennen – es waren so viele dunkelhaarige Köpfe mit gelichtetem Scheitel vorhanden; aber Rays starken, sonnenverbrannten Hals und sein Haar, das fast goldblond von den Ferien war, würde ihr sicherlich auffallen.

Mr. Raven war keine imponierende Erscheinung; er war groß und dünn, mit borstigem Haarschopf, der nach allen Seiten abstand, und einem großen Adamsapfel, der sich über dem offenen Hemdkragen ruckweise auf und ab bewegte. Seine hohe, bedächtige Cockneystimme klang verschnupft.

»Meine Damen und Herren. Sie mögen diese Versammlung vielleicht für sinnlos halten. Aber Ihr Komitee war der Ansicht, daß wir Ihnen allen, die sich so großzügig für die Sache eingesetzt haben, eine gewisse Rechenschaft darüber schuldig sind, wie Ihr Geld verwendet und was überhaupt, trotz dieses sehr enttäuschenden Ministerbeschlusses, erreicht worden ist...«

Plötzlich, so daß Sylvia der Atem stockte, stand Harold in einem der Gänge und brüllte: »Nichts ist erreicht worden! Es liegt alles noch vor uns.«

Im Publikum wurde geflüstert, gekichert und spärlich geklatscht.

»Ich bin unserem Freund Harold Calvert, der so viel für uns getan hat, für diese vernünftige Bemerkung sehr dankbar. Es liegt alles noch vor uns. Dieses Mal mögen wir verloren haben, doch ein zweites Mal wird das nicht passieren.«

»Eine Schande! Eine Schande!«

Selbst von ihrem Platz aus konnte Sylvia erkennen, daß Harold beim Schreien zitterte.

»Ich fürchte, mein Freund Harold Calvert hat mich nicht ganz verstanden...«

»Ich habe Sie sehr wohl verstanden. Sie haben gekniffen.«

Doch jetzt zitterte Muriels Hand, als sie auf den Tisch klopfte.

»Ruhe, bitte. Mr. Raven wird uns jetzt sagen...«

»Wir wollen uns nicht einen Haufen Lügen anhören. Ich verlange das Recht zu sprechen, Frau Vorsitzende. Die Ziele des Komitees werden total entstellt.«

»Also, mein Lieber, das ist einfach nicht wahr. Jedoch wenn ich in meiner Rede fortfahren darf, wird das vielleicht deutlich werden. Es heißt manchmal: wenn der Berg nicht zum Propheten kommen will, muß der Prophet zum Berg gehen. Aber Ihr Komitee hat den Propheten zu Ihnen gebracht. Jawohl, unser Public-Relations-Beamter, Jock Parsons, ist hier, um uns darüber aufzuklären, warum der Beschluß des Planungsamts so ausgefallen ist. Die Tatsache, daß wir in diesem bürokratischen Zeitalter den Machthabern das Gefühl vermittelt haben, sie seien uns eine Erklärung schuldig, ist meines Erachtens ein großer Erfolg.«

»Dann sind Sie ein Dummkopf.«

»Ich will mich mit Ihnen nicht streiten, mein Lieber. Ich möchte jedoch darauf hinweisen, daß die Verhinderung freier Rede der Sache, die uns beiden am Herzen liegt, kaum dienlich sein dürfte. Jock Parsons ist nun nicht ein Mensch, der sich mit Nörglern und Querulanten aufhält, sondern Realist. Er ist hergekommen, weil er anerkennt, daß Ihr Komitee...«

»Er weiß, daß er Sie jederzeit einwickeln kann. Darum ist er hergekommen...«

Wieder wurde etwas geklatscht, und eine Frau schrie: »Bravo, Mr. Calvert.«

Aber dafür wurde ebenfalls »Mund halten!« und »Hinsetzen!« gerufen.

Das schien Muriel Mut zu machen, denn sie lächelte und zwinkerte dem Publikum beinahe vertraulich zu. »Sie halten jetzt den Mund, Harold, und lassen Herbert sprechen. Sie können sich hinterher äußern. Entschuldigen Sie, meine Damen und Herren, daß ich mich so unprotokollgemäß ausdrücke, aber es ist die einzige Sprache, die unser lieber Freund Harold, wenn er in Wut ist, versteht.«

Sylvia zitterte dermaßen, daß ihre Knie an Shirleys Knie stießen; Shirley faßte sie unter, ergriff ihre Hand und drückte sie fest. Harold setzte sich murrend auf die Gangstufe nieder. Ein junger Saaldiener flüsterte ihm etwas zu, doch Harold kehrte ihm den Rücken. Der Rest von Mr. Ravens Rede verlief ohne Störung. Sylvia war zu aufgeregt, um viel davon zu erfassen, aber anscheinend glaubte er, daß das Planungsamt nie wieder große Ände-

rungen beschließen würde, ohne zuvor die Meinung der Bewohner von Neu-Carshall einzuholen. Er setzte sich unter beträchtlichem Applaus. Bevor Muriel etwas sagen konnte, war Harold aufgesprungen.
»Frau Vorsitzende, meine Damen und Herren, ich möchte ausdrücklich klarstellen, daß unser Komitee nicht nur keinen Sieg errungen, sondern auf der ganzen Linie klein beigegeben hat...«
Aber Muriel knallte mit ihrem Hammer so laut auf den Tisch, daß dort, wo Sylvia saß, Harolds Worte nicht zu verstehen waren.
»Wollen Sie sich bitte setzen.« Muriel sprach wieder in offiziellem Ton. »Ich eröffne nachher die Sitzung. Inzwischen erteile ich Mr. Parsons das Wort.«
Jock Parsons erhob sich in der ersten Reihe – stämmig, jovial, wie ein Landwirt in einen saloppen Tweedanzug gekleidet.
»Frau Vorsitzende, ich freue mich sehr, über die Gelegenheit...«
Doch Harold schrie erneut etwas, das Sylvia nicht hören konnte, denn sofort tönte aus allen Ecken des Saals der Ruf »Hinsetzen!« – »Sie können sich nachher äußern!« Muriel schlug auf den Tisch, Mr. Raven protestierte, Mr. Parsons lächelte ironisch über den allgemeinen Krach. Muriel winkte dem Saaldiener, der Harold daraufhin beim Arm nahm. Harold schüttelte ihn wütend ab. Sekundenlang fürchtete Sylvia, daß er den Menschen schlagen würde. Sie wollte aufstehen, aber Shirley hielt sie zurück.
Sie rief: »Ray! Ray!«, und Shirley sagte: »Allmächtiger Gott.«
Wie als Antwort tauchte von der anderen Seite des Saals Mark auf; hochrot im Gesicht, starrte er jeden wütend an; er nahm seinen Vater beim Arm und führte ihn zu einem der noch freien Sitze am Ende der ersten Reihe.
Jock Parsons begann von neuem. »Wie ich schon sagte, freue ich mich sehr über die Gelegenheit, Ihnen einige der Gründe vorzutragen, die das Planungsamt bewogen haben...«
Aber Sylvia war nicht imstande, aufzupassen, denn ein junger Polizist stand jetzt auf dem Podium und flüsterte mit Muriel. Wenn die Polizei sich Harolds wegen einschaltete, würde sie ganz bestimmt die Nerven verlieren. Muriel schien jedoch über

Harolds Kopf hinweg auf die Stelle im Publikum zu deuten, wo sie mit Shirley saß. Dann verschwand der Polizist. Sie zwang sich, Jock Parsons zuzuhören.

»Das Planungsamt war stets der Überzeugung, daß bei einer Entwicklung und Veränderung des Stadtbildes – denn Entwicklung bedeutet Veränderung – die Grundsätze, nach welchen die Architekten und Städteplaner gearbeitet haben, gewahrt werden sollten, jedoch...«

Abermals protestierte Harold. Sie hörte ihn rufen: »Das ist eine Lüge!«

Aber sehen konnte sie ihn nicht, denn Mark schien ihn auf seinem Sitz festzuhalten. In diesem Augenblick stand der junge Polizist vor ihr, sein knabenhaftes Gesicht war sehr ernst. »Mrs. Calvert?«

Sie nickte, woraufhin er ihr einen zusammengefalteten Zettel reichte. Während sie ihn aufmachte, hörte sie Jock Parsons humorvoll sagen: »Wir waren zwar nicht immer der Ansicht, daß die Beamten der Bezirksverwaltung am geeignetsten seien, uns über unsere Aufgabe zu belehren, doch sind wir durchaus bereit, Vorschläge...«

Beim Lesen des Zettels hörte sie Harold schreien und protestieren. Er war aufgestanden und Mark hatte Mühe zu verhindern, daß er sich auf Jock Parsons stürzte.

»Ich muß gehen.« Sie zeigte Shirley den Zettel.

»Ach, meine arme Mrs. Calvert. Kommen Sie. Ich fahre Sie nach Hause.«

Als Sylvia den Gang entlangstolperte, vorbei an den zwei Sitzreihen hinter ihr, streckte eine Hand sich aus und packte sie am Arm.

»Um Gottes willen, Sie werden Ihren Sohn doch jetzt nicht im Stich lassen!«

Shirley war es, welche die entrüstete Sally Bulmer aufklärte. »Mrs. Calvert muß sofort nach Hause. Ihr Mann ist sehr krank.«

In der Diele der ›Villa Sykomore‹ wartete ein Polizist.

»Einer von unseren Leuten fand den alten Herrn auf der Chaussee herumwandern. Er schien nicht ganz bei sich...«

Doch Sylvia unterbrach ihn. »Wo ist er jetzt?«

»Wir haben ihn in sein Zimmer hinaufgebracht. Zuerst gingen

wir ins falsche Zimmer, aber das merkten wir bald an der Aufgeregtheit des Herrn. Dr. Piggott ist jetzt bei ihm.«
Arthur lag im Bett. Sein Gesicht, bisher schon so lange gelb und eingefallen, war gerötet. Er murmelte vor sich hin und zupfte mit den Fingern der einen Hand fortwährend an einer Falte im Leintuch. Sylvia ging sofort zu ihm und küßte ihn. Seine Augen bewegten sich langsam in ihre Richtung, aber er schien sie nicht zu erkennen, wiewohl sein Gemurmel erregter und überstürzter wurde.
Der knabenhafte Ernst des lockenköpfigen Arztes hatte sie wenig beeindruckt, als sie ihn vor einigen Wochen in eigener Sache konsultierte, doch ihr neuer Lebenswille hatte sie dazu veranlaßt, seine Warnungen gründlicher zu beachten, als das sonst der Fall gewesen wäre. Nun, als er ihr mit sanfter Stimme versicherte, daß Hauptmann Calverts kleiner Gehirnschlag, kleiner Schlaganfall eigentlich, wenn dieser Ausdruck nicht zu altmodisch sei, keinen Grund zur Aufregung biete, kam er ihr vor wie einer von diesen jungen Ärzten in den Sendereihen des Fernsehens; und weil er ihr so vorkam, verbannte sie ihn wie die Sendereihen sofort aus ihren Überlegungen.
»Es war natürlich bedauerlich, daß er den Anfall so auf offener Straße erlitt. Infolge der dadurch bedingten Gemütsverwirrung wanderte er hinaus auf die Chaussee; dann schaltete sich die Polizei ein, und die Sache sieht nun viel gefährlicher aus, als sie ist. Mit Bettruhe und einiger Pflege wird er bald wieder in Ordnung sein. Wenigstens vorläufig.«
Sylvia glaubte kein Wort davon. Freilich, als Arzt mußte er es wissen, aber er kannte ja Arthur nicht, wußte nicht, wie im letzten Jahr sein Leben verlaufen war. Sie kannte ihn und wußte es und wußte auch, daß dies das Ende war und daß er sterben würde.
»Ich danke Ihnen, Herr Doktor. Wenn Sie so lange hierbleiben würden, bis ich den Polizisten verabschiedet habe, komme ich sofort zurück, und wir halten Sie dann nicht länger auf.«
Doch während sie sprach, hörte sie kaum mehr, was sie sagte, sondern horchte auf das Rumoren, das aus der Diele heraufdrang. Weinte da nicht auch jemand? Das hätte doch sie sein müssen, nicht irgendwer – und wer sollte es denn sein? Der Polizist doch wohl kaum.

Die Ahnung, daß Arthur im Sterben lag, löste einen solchen Sturm von widerstreitenden Gedanken, Gefühlen und Erinnerungen in ihr aus, daß sie, in der Diele angekommen, sich nicht mehr erinnerte, was sie hier wollte. Ja, natürlich, den Polizisten sprechen. Aber es war gar kein Polizist mehr da, nur eine Frau, die ihr entgegenkam und sie umarmte.
»Ach, Sie Ärmste.«
Es war Shirley Egan – sie hatte sie ganz vergessen; sie entzog sich ihrer Umarmung.
»Wie geht es ihm, Mrs. Calvert?«
»Ich muß zu ihm. Entschuldigen Sie mich, bitte, ich muß in unser Zimmer zurück.«
Sie wollte sich entfernen.
»Mrs. Calvert, ich muß Ihnen noch etwas sagen. Mr. Calvert ist nach Hause gekommen. Es geht ihm sehr schlecht, glaube ich. Er hat auf der Versammlung einen Nervenzusammenbruch gehabt. Sein Sohn ist bei ihm.«
Sie deutete auf das Arbeitszimmer.
»Ich danke Ihnen, daß Sie es mir gesagt haben. Ich werde den Arzt bitten, nach ihm zu sehen.«

8
Ernte

Als sie Doktor Piggott von Harold berichtete, sagte er: »Ah!«, und dann: »Seit dem Tod seiner Frau habe ich so etwas erwartet. Er schien viel zu leicht damit fertig zu werden. Dann kam er zu mir, weil er seit Monaten nicht schlief. Aber Schlafmittel – die lehnt er ab. O nein, das wäre ja ein Schwächebekenntnis. Ihr seid eine eigensinnige Familie, nicht wahr? Macht er in irgendeiner Weise einen hysterischen Eindruck?« – »Ich bin nicht zu ihm gegangen, Herr Doktor. Mark ist bei ihm, und ich werde hier oben gebraucht.«

Der erstaunt aufgerissene Mund des Arztes erinnerte sie an den Goldfisch bei Renee Cranston. Alle schienen sich über ihre Handlungen zu wundern. Sie selbst war erstaunt, daß sie in einem solchen Augenblick die Reaktionen anderer wahrnahm – aber heutzutage schien sie alles wahrzunehmen. Zum Glück brauchte sie auf die Meinung anderer keine Rücksicht zu nehmen, weil ihr eigenes Gefühl ihr so deutlich sagte, was zu tun sei.

»Nun, ob er will oder nicht, heute nacht bekommt er ein Schlafmittel.« An der Tür wandte er sich um. »Aber übernehmen Sie sich nicht. Sollte der Hauptmann aufgerichtet werden müssen, lassen Sie sich von einem Ihrer Enkelsöhne helfen. Das Weitere wird sich finden. Ich werde sehen, was die Gemeindeschwester tun kann.«

Sie saß dicht bei Arthur und bemühte sich, seine wirren Reden zu verstehen. Von Zeit zu Zeit wischte sie ihm die schweißfeuchte Stirn und den Hals mit in Kölnischwasser getränkten Zellstofftüchern ab oder streichelte ihm das Haar, aber auf Berührung reagierte er anscheinend ebensowenig wie auf Sprechen. Die Erregtheit und die Röte hatten nachgelassen, und sein Gemurmel erstarb in keuchenden, rasselnden Atemzügen. Obwohl ihr dieser Laut vertraut war – Ankündigung so vieler Bronchialanfälle –, hatte sie das sehnsüchtige Verlangen, ihn aufzurütteln, irgendeine Verbindung mit ihm zu erzwingen, bevor er in einen Schlaf versank, von dem sie irgendwie fürchtete, es werde sein letzter sein. Vernunft und Güte siegten über ihre Ängste, und sie sah ihn mit der Befriedigung einer Krankenschwester einschlafen. Während er schlief, nahm sie allmählich die Muster und Linien und Falten wahr, die Hals und Wangen kreuzweise durchzogen. Durch die glitzernden Schweißtropfen traten die Furchen klar zutage und wurden mit der übertriebenen Deutlichkeit betont, die sie an das erinnerte, was häufig genug eintrat, wenn sie am Fernsehapparat an den falschen Knöpfen drehte. »Nicht den Apparat neu einstellen, nicht den Apparat neu einstellen« – aber sie hatte keinen Apparat zum Einstellen.

Als sie erwachte, stand Mark im Türrahmen und sah sie an. »Du hast geschlafen!«

Schon wieder jemand, der schockiert war! Doch ihm gegenüber empfand sie ein gewisses Bedürfnis, sich zu rechtfertigen.

»Ich bin nicht mehr die Jüngste, weißt du, Mark. Außerdem ist es sehr spät. Wieviel Uhr ist es?«

»Kurz nach zwei. Vater schläft jetzt. Wie geht es Großvater?«

»Er schläft auch. Es macht also nichts.«

Sie hätte am liebsten gelacht. Sie beherrschte sich und erkannte am Zucken seiner Mundwinkel, daß ihm ebenso zumute war.

»Wo ist denn Ray, Mark?« Und im gleichen Augenblick wünschte sie, sie hätten zusammen gelacht. Doch es war zu spät: Marks Züge waren bereits in feierlichem Ernst erstarrt.

»Das war's, was Vater am meisten aufgeregt hat. Ich meine, daß Ray nicht zur Versammlung gekommen ist. Ich mußte so tun, als ob er jeden Augenblick eintreffen würde, weil das hier Vater vielleicht zu schwer getroffen hätte.« Er reichte ihr einen Zettel, der mit Rays Schriftzügen bedeckt war. »Ich konnte es noch rechtzeitig unterschlagen.« Sylvia entzifferte mühsam die krause Handschrift.

»Tut mir leid, aber ich bin nach London gefahren. Morgen wirst Du vermutlich wissen, weshalb. Denke nicht zu schlecht von mir. *Soweit ich es beurteilen kann, habe ich nichts zu befürchten.* Aber nach dem, was mit Wilf passiert ist, kann ich nicht mehr in Carshall bleiben. Pech, aber so ist es. Außerdem habe ich Dich,

Vater, betreffs der Versammlung im Stich gelassen. Aber Mark wird dasein, und er ist zehnmal soviel wert wie ich. Auf jeden Fall wünsche ich Dir alles Gute. Und nimm es Dir nicht zu sehr zu Herzen. Die Bande ist es nicht wert.«

Sie legte den Brief auf den Bettisch.

»Ich verstehe nichts, Mark. Was sollte denn Ray zu fürchten haben?«

Mark betrachtete sie sekundenlang so eindringlich, als sei sie ein fremder Gegenstand, den er in einem Laden auf seinen Wert hin prüfe. Doch dann sah er wieder weg.

»Ich weiß es nicht, Großmutter. Aber auf jeden Fall kannst du überzeugt sein, daß Ray im Recht ist.«

»Ja, natürlich, Kind. Ich weiß nur einfach nichts. Was ist denn übrigens mit Mr. Corney passiert?«

Jetzt starrte Mark sie grimmig an. »Ich habe bei Wilf Corney angerufen. Er hat sich heute nacht mit Gas vergiftet. Seine Zimmerwirtin sagte, daß Ray heute früh jemand angerufen hat.«

»Ach, der arme Mensch! Gab es denn niemanden hier, an den er sich hätte wenden können? Er schien immer so voller Leben.«

»Jetzt ist er das nicht mehr.«

»Nein, Kind, aber ich glaube, ich verstehe, wie leicht das passieren kann. Armer Ray! Kein Wunder, daß er bekümmert ist. Sie waren ja so befreundet. Es muß schrecklich für ihn gewesen sein, ihm nicht haben helfen zu können. Aber er hätte uns davon unterrichten sollen...«

»Du darfst ihm keine Vorwürfe machen, was auch geschieht. Ray ist der Beste von uns. Das kann ich dir sagen.«

»Vorwürfe machen! Natürlich würde ich das nie tun. Ray ist doch wunderbar zu mir gewesen. Netter als sonst irgend jemand hier. Ich meine...«

»Macht nichts. Ich bin froh, daß du es weißt. Er hat sich um uns alle gekümmert. Und wir müssen ihm jetzt beistehen, wenn er uns braucht.«

»Aber selbstverständlich, Kind. Ich verstehe zwar nicht, aber... Nur, du hättest deinem Vater den Brief zeigen sollen. Wenn er sich zu allem anderen auch noch Sorgen darüber macht, wo Ray geblieben ist, meine ich.«

»Im Augenblick denkt Vater ausschließlich an sich. Außer an Mutter. Ach, ich kann ihn schon verstehen. Aber wenn er in dieser Weise auf Rays Schwierigkeiten reagierte, glaube ich, daß ich ihn sitzenlassen würde. Und gerade jetzt jedenfalls kann ich hier von Nutzen sein, also möchte ich nicht...«

»Ich verstehe, Kind. Nun, wie gesagt, bin ich nicht mehr die Jüngste, und wir haben eine anstrengende Zeit vor uns. Ich gehe jetzt lieber ins Bett. Ich habe einen leisen Schlaf. Wenn dein Großvater aufwachen sollte, werde ich es hören.«

Sie merkte, daß er ebenso froh war wie sie, die Unterhaltung zu beenden. Es hat doch nie viel Zweck, spät in der Nacht, wenn man müde und überanstrengt ist, Dinge von Wichtigkeit zu besprechen.

Am anderen Morgen schien Arthur ein bißchen dösig. Aber sie konnte jetzt einiges von dem, was er sagte, verstehen, obwohl seine Stimme sehr schwach war. Sie mußte ihm helfen, die Teetasse zum Mund zu führen.

»Wenn ich wie ein verdammtes Kind gefüttert werden muß, kratze ich lieber so schnell wie möglich ab.« Und als ein Tropfen Tee auf seine Pyjamajacke überschwappte, nannte er sie »blöde Kuh«. Doch sie hatte gewußt, daß er reizbar sein würde. Sie wußte ebenfalls, daß Dr. Piggott über seine Voraussage einer Besserung befriedigt sein würde. Und für Fremde wurde Arthur natürlich munterer.

»Ich muß für das letzte Spiel fit sein, Herr Doktor.«

»Was? Spielen Sie für England, Hauptmann Calvert?«

»Diese Kerle könnte ich heute noch in die Tasche stecken. So ein mieses Team wie das diesjährige habe ich noch nie gesehen.«

»Der alte Bursche erholt sich recht gut. Aber *Sie* dürfen sich nicht übernehmen. Ich habe mit der Schwester gesprochen, und sie will vorläufig zweimal am Tag vorbeikommen.«

Mit Harolds Zustand schien er fast ebenso zufrieden.

»Er braucht nur etwas Ruhe. Er regt sich noch immer über die Goodchild-Wiese auf. Aber ich habe dem Knaben Mark gesagt, er soll ihn über das Wochenende ein bißchen zerstreuen. Sobald es dem Hauptmann besser geht, sollte Harold vor Semesteranfang auf Urlaub gehen. Allerdings, wenn er erst wieder im Dreh ist... Jedenfalls glaube ich, daß er Sie sehen möchte. Ich habe ihm ein paar Tage Bettruhe verordnet. Er liest ja ohnehin viel...«

Doch Harold blieb nicht im Bett. Als Mark und Sylvia sich bei einer Tasse Kaffee in der Küche erholten, erschien er fix und fertig angezogen bei ihnen.
»Es tut mir leid wegen Vater. Ich habe zu ihm hineingeschaut, aber er schlief. Dr. Piggott sagt, in ein paar Tagen würde er wieder in Ordnung sein. Ehrlich gesagt, es ist im Grunde genommen ein Segen. So kann er keinen Unfug anstellen. Und wir können uns im Augenblick keine Scherze von ihm leisten. Ich werde genug zu tun haben, dem Komitee das Rückgrat zu stärken.«
Er griff nach einem Ingwerplätzchen und steckte es gierig in den Mund, so daß es den Anschein hatte, als spreche er durch einen Schalldämpfer. »Manche finden vielleicht, daß ich die Sache gestern ganz falsch angepackt habe. Aber ich habe darüber nachgedacht und bin der festen Überzeugung, daß ich das Richtige tat. Sowohl Raven wie Muriel mußte einmal ordentlich Bescheid gesagt werden. Ich gehe heute vormittag in die ›Villa Sorbetts‹ hinüber, wo ich höchstwahrscheinlich eine sehr kleinlaute Muriel vorfinden werde.«
Er starrte grimmig Sohn und Mutter an und fragte dann: »Habt ihr etwas von Ray gehört?«
»Nein, Vater. Aber du kannst sicher sein, daß er bloß ein paar Tage geschäftlich verreist ist.«
»In einem solchen Augenblick auf ein paar Tage verreist? Ohne vorher ein Wort zu sagen? Dann kann er auch wegbleiben. Deine Mutter und ich haben nie etwas von euch Kindern verlangt, was euch nicht von Herzen kam. Und das gilt, was mich anbelangt, für jeden. Wer die Art und Weise, wie sich die Stadtverwaltung im Augenblick benimmt, nicht so schändlich findet, ist durchaus zu seiner Meinung berechtigt. Die Goodchild-Wiese ist nicht der Mittelpunkt der Welt, aber zur Zeit ist sie der Mittelpunkt meiner Welt. Wenn das allerseits klar ist, werden wir uns wohl vertragen.«
Er goß eine Tasse Kaffee hinunter, als wolle er ihnen Zeit zu einer Antwort geben, doch diese blieb aus.
»Es war sehr nett von dir, Mark, daß du gestern abend hierher zurückgekommen bist. Doch bist du keineswegs verpflichtet zu bleiben. Ich nehme sogar an, daß du dich um deine Impfungen kümmern mußt und um das, was du sonst noch für das Ausland benötigst. Welchem der unterentwickelten Länder stellst du

eigentlich deine Dienste zur Verfügung? Ich hätte dich schon früher fragen sollen.«
»Ich gehe nicht aus Carshall weg, Vater. Ich habe mein Diplom. Vorbei mit der T. H. Als es nämlich zum Schriftlichen kam, begriff ich, wie sehr... Ich will damit sagen, daß du recht hattest, Vater, anscheinend findet man, daß ich für diese Dinge besonders qualifiziert bin. Und übrigens, als wir in Mostar und Sarajewo waren, habe ich mich nicht gerade gut mit den Serben verstanden, Priscilla White – sie war mit bei unserer Reisegruppe – erklärte, ein solches Musterbeispiel des klassischen Engländers im Ausland sei ihr noch nie vorgekommen. Gewiß, wenn wir in Zagreb gewesen wären... es heißt ja, die Kroaten seien in jeder Beziehung umgänglicher. Indessen, wie Priss sagt, wenn man sich schon für Entwicklungshilfe zur Verfügung stellt, kann man sich das betreffende Land nicht aussuchen. Jedenfalls kann ich jetzt nicht mehr zurück. Ich bin im Institut aufgenommen. Wenn also das Schicksal es will, Großmutter, wird dein pickliger Enkel in ein paar Jahren ›Eingetragenes Mitglied des Instituts der Elektroingenieure‹ sein.«
Seine Stimme erstarb. Harold war zerstreut.
»Bravo, Junge, ausgezeichnet. Du hast bestimmt das Richtige getan.« Sylvia spürte wie drückend das Schweigen war. Sie küßte Mark auf die pickelige Wange. »Ich freue mich so, Kind, ich bin so froh und so stolz.«
Sie hoffte, daß er nicht bemerken würde, wie fern von ihm auch sie mit ihren Gedanken war.
»Ich danke dir, Großmutter. Jedenfalls bedeutet das, daß ich nun wieder herziehen kann, wenn es dir recht ist, Vater.«
Harold erwiderte nichts, er starrte grimmig ins Leere. Sylvia fand, daß es ihr nicht zukam, für ihn zu antworten.
»Dann fahre ich jetzt schnell zu den Forresters, packe meine Sachen und bin dann rechtzeitig zurück, um mit dem Essen zu helfen. Daß du dich ja nicht rührst, Vater. Du solltest im Bett sein.«
Harold sprach in bitterem Ton, als Mark verschwunden war. »Im Bett! Ich frage mich, ob es einem von ihnen, von dieser Jugend mit ihrem sorgenfreien Auskommen, ihren Berufschancen, ihrer Abzahlungshäuslichkeit und dem ganzen übrigen Drum und Dran in den Sinn kommt, daß einige von uns wachbleiben

müssen, wenn es auch noch so schwerfällt, um aufzupassen, daß der ganze schöne Traum nicht über Nacht verschwindet.«
Sylvia war daran gewöhnt, daß Harolds Reden nicht leicht zu verstehen waren, wenn er den Tabak in den Pfeifenkopf stopfte und zwischen jedem zweiten Wort den Rauch ausblies. Doch im Augenblick erschien er ihr genauso wirr wie Arthur. Er begann im Zimmer auf und ab zu gehen.
»Nicht etwa, daß ich der Jugend alle Schuld gebe. Ganz und gar nicht. Denke an das, was gestern abend passiert ist. Ich kenne Herbert Raven seit langem, er hat nie viel Schneid gehabt, aber ich hätte mir in meinen düstersten Stunden niemals träumen lassen, daß er so tief wie gestern abend sinken würde. Es wird mir eine große Befriedigung sein, seine Vertrauenswürdigkeit als Vorsitzender durch Abstimmung anfechten zu lassen. Das läßt sich machen. Es handelt sich nur darum, die geeignete Gruppe zusammenzubringen. Ich habe mich viel zu sehr durch persönliche Freundschaften irreführen lassen. Ich bin ein komischer Kerl, Mutter. Ich bin unbeschreiblich vertrauensselig, aber wenn mir einmal die Augen aufgehen, dann bin ich unerbittlich. Davon wird sich auch diese Muriel Bartley überzeugen können. Vater hat viele Fehler, aber alles, was recht ist, er hat Muriel sehr schnell durchschaut. Ich weiß natürlich, was passieren wird; sie wird sich auf ihre Freundschaft mit Beth berufen. Aber das verfängt bei mir nicht. Wenn Beth am Leben geblieben wäre, würde Muriel Bartley in der untergeordneten Stellung verblieben sein, die ihr im öffentlichen Leben zukommt. Du lieber Gott! Wenn ich bedenke, was Beth alles für sie getan hat, und wie sie mich gestern behandelt hat...«
Sylvia sah keine Möglichkeit, seinen immer rascher und zorniger anschwellenden Redefluß zu unterbrechen. Aber zum Glück läutete es an der Haustür.
»Das ist wahrscheinlich die Gemeindeschwester. Ich muß sowieso nach Vater schauen. Rühr dich nicht von der Stelle, bevor du zu Mittag gegessen hast.«
Aber weit entfernt davon, sich von der Stelle zu rühren, saß Harold bereits in einem Sessel. »Ich habe niemals Dank verlangt, nur ein bißchen Loyalität.« Da er anscheinend nicht zu ihr sprach, ging sie an die Haustür.
Es war tatsächlich Schwester Hepburn, munter und schottisch,

mit einem flachen Pfannkuchengesicht und fliehendem Kinn. Sylvia hoffte, daß ihre laute, diktatorische Art Arthur nicht so auf die Nerven fallen würde wie bereits ihr. Jedoch, man brauchte ihre Hilfe, und dafür mußte man zahlen.

Sie ging in das Schlafzimmer hinauf, um Arthur auf die Ankunft der Schwester vorzubereiten. Er schlief nicht, weigerte sich aber, die Augen aufzumachen. Dann öffnete er ein Auge zu einem tückischen Blick. Es gelang ihm, keuchend und angestrengt, ein paar Worte hervorzustoßen.

»Wo, zum Teufel, steckst du? Von dir aus hätte ich tot sein können. Und der blöden Kuh von Krankenschwester kannst du sagen, sie soll gefälligst draußen bleiben...«

Durch die Geschwächtheit der Stimme wirkten die heftigen Worte mitleiderregend.

»So, so, wir sind also schlechter Stimmung? Nun, das beweist nur, daß wir uns auf dem Wege zur Besserung befinden. Wir sind überhaupt nicht so krank, wie wir tun...«

Sylvia erwartete einen Ausbruch, doch keiner erfolgte. Arthur schloß wieder die Augen.

»Haben wir uns heute schon gewaschen?«

Schwester Hepburn machte Sylvia ein Zeichen, daß sie sie allein lassen solle. Sylvia hatte ein ganz schlechtes Gewissen, daß sie Arthur so im Stich ließ, denn als die Schwester anfing, Waschbecken, Seife und Talkumpuder zusammenzusuchen, sah sie aus wie jemand von diesen Inquistionsleuten mit ihren Instrumenten. Sylvia ergriff Rays Brief und nahm ihn mit nach unten. Sie besann sich einer weiteren Pflicht.

Da saß Harold, genau wie sie erwartet hatte, noch immer in seinem Sessel. Als sie hereinkam, stand er auf und fing sofort an:

»Ich hoffe, Mutter, du glaubst nicht, daß ich irgend etwas von ihnen verlangt habe. Weder Beth noch ich haben jemals etwas von ihnen verlangt. Es genügte uns, daß sie im Leben eine Erfüllung fänden. Das war uns Lohn genug...«

»Aber, lieber Harold, bedenke doch einmal, was Mark uns erzählt hat. Es ist genau, was du dir gewünscht hast. Bedenke doch, wie gut er sich bewährt hat. Beth wäre so stolz und froh gewesen, das weiß ich bestimmt. Sag dem Jungen doch etwas darüber, wenn er zurückkommt, Harold.«

»Judy, Mark, Ray. Kein einziger von ihnen, der nicht an sich gedacht hätte. Mark ist ganz zufrieden, wieder nach Hause zu kommen, weil es ihm besser paßt. Meinetwegen, wenn er das Haus als Hotel benutzen will. Und Judy ebenfalls, wenn sie nicht gerade bei ihren feinen Freunden zu Besuch ist. Aber Ray, ich muß sagen, ich hätte nie gedacht... Nun, jetzt kann er auch wegbleiben. Ich...«

Sylvia stampfte heftig mit dem Fuß auf. »Ach, hör auf, Harold! Ich, ich, ich. Du verdienst es gar nicht, so gute Kinder zu haben. Ich kenne keinen netteren Jungen als Ray. Er steckt in irgendwelchen Schwierigkeiten, und du redest immer nur von dir. Sie haben dich zu sehr verwöhnt. ›Vater darf sich nicht aufregen.‹ Mark hat dir nicht einmal dies gezeigt.« Sie gab ihm Rays Brief. Beim Lesen brach Harold in Tränen aus, schluchzte stoßweise und fassungslos wie ein kleines Kind. Es erinnerte sie an die Vergangenheit – an das gelegentliche, plötzliche, fassungslose Schluchzen von Harold und Len. Sie hatte ihnen immer gesagt, daß die Calverts sich nicht so anstellten; daß ein derartiges Sichgehenlassen ihnen auch nichts nützen würde; sie müßten sich männlich benehmen – wie Vater. Jetzt schlang sie ihre Arme um Harold und drückte ihn fest an sich. Ein dickes Plumeau zu sein ist ausnahmsweise ganz nützlich, dachte sie; und jetzt ist es zu spät, meine Liebe, das hättest du vor Jahren tun sollen; seine Mutter braucht er jetzt nicht, er braucht... Während Harolds Schluchzen an Heftigkeit nachließ, brach das, was er brauchte, hervor: »Ach Gott! Mutter! Wie sie mir fehlt! Es war nicht bloß eine übliche Ehe – sie bedeutete mir alles. Und ihnen ist es völlig gleichgültig. Allen dreien. Ihnen fehlt sie nicht. Sie sind froh, daß sie tot ist.«

»Aber Harold, sie werden einfach erwachsen, das ist es.«

»Ich dringe nicht zu ihnen durch, Mutter. Es ist alles ein dichter Nebel. Ich hasse sie. Sie hassen mich. Und ich habe ihr doch so versprochen, daß ich die Familie zusammenhalten würde. Sie sind mir alle entglitten. Sie können nicht mit mir sprechen. Mir ist, als wanderte ich durch einen dunklen Tunnel, und ich arbeite so viel, in der Hoffnung, dadurch hinauszugelangen.«

»Das kann man nicht, Harold. Nicht, wenn man einmal drinsteckt.«

»Du lieber Gott. Mutter, ich bin doch kein Feigling.«

»Das habe ich auch nicht gedacht, Kind. Aber das hilft nicht viel. Du mußt hindurch.«

»Und wenn er nun kein Ende nimmt?«

»Dazu gehört ein bißchen Glück, glaube ich. Bei mir jedenfalls war es so. Sonst, wenn man kein Glück hat...«

Sie konnte nichts andres tun, als ihn an sich drücken. Doch war sie nicht erstaunt, als seine Verlassenheit und Panik sich gegen jeden weiteren Trost wehrten. Plötzlich machte er sich aus ihrer Umarmung frei, so daß sie gegen den Stuhl zurückgestoßen wurde. Abermals dachte sie, ein Glück, daß ich ein Plumeau bin. Er schrie: »Um Himmels willen, laß mich zufrieden!«

Abermals dachte sie – du kommst zu spät, meine Liebe, er braucht jemand anderes als dich, Gott sein Dank!

Sie sahen wohl wie ein Bild des Jammers aus, denn als Mark hereinkam, grinste er befangen.

»Ich weiß nicht, warum du das Unglück deines Bruders derartig komisch findest.«

Sylvia erkannte plötzlich, auf welche raffinierten Mittel Menschen, die unglücklich sind, verfallen, um andere zu verletzen. Marks Zorn entlud sich auf sie. »Du blöde Person! Warum um alles in der Welt mischst du dich immer ein?«

»Ich wollte...«

Es war sinnlos zu sagen, was sie gewollt hatte, doch erwiderte sie Mark: »Mark, sowohl dein Vater wie ich möchten wissen, wie wir Ray helfen können.«

Plötzlich wurde aus Marks leichtem Stottern ein qualvoll unverständliches Gestammel. Hochrot im Gesicht, blieb ihm nichts anderes übrig, als sich mit den Fäusten an die Brust zu schlagen, wie um damit die Worte herauszupressen. Und sie stürzten auch tatsächlich hervor.

»Ray hat sich nie etwas aus Mädchen gemacht. Da du das nicht von selbst erkanntest, konnte er es dir auch nicht sagen. Und du darfst ihn nicht verurteilen.«

Trotz des Kopfzerbrechens, das die Situation ihr bereitete, bemerkte Sylvia, wie Harold äußerlich erstarrte, und dennoch spürte sie, daß ihm in dem Käfig seines Jammers innerlich etwas leichter geworden war.

»Du willst sagen, daß er homosexuell ist?« Es klang betont lässig, doch Harolds Erstaunen mußte sich Luft machen. »Ray! Er ist so beliebt, versteht sich so gut mit allen... Nun ja, es ist schließlich kein Weltuntergang. Ich bin nicht gänzlich viktorianisch, mein lieber Mark. Aber ich weiß nicht, ob *du* das alles hören willst, Mutter.«

»Weshalb nicht? Wenn man Ray damit helfen kann... Ach, du meinst, weil er homosexuell ist – ich habe bisher nie gewußt, wie man das Wort ausspricht, aber man liest es doch heutzutage so oft in Zeitungen, Büchern und sonstwo. Ich hatte es bisher nicht mit Menschen, die mir nahestehen, in Zusammenhang gebracht. Aber so ist es eben, jetzt müssen wir es ja in diesem Zusammenhang betrachten. Sieh nicht so besorgt aus, Harold. Ich bin eine alte Frau und kein Kind mehr. Du bist jetzt wie Arthur. Wie schockiert er war, als ich sagte, was es sei – was Männer miteinander tun. Eine der Schwestern erzählte es mir, als ich im Krankenhaus in Stellung war. Sie drückte es sehr kraß aus. Ich glaube, sie tat das absichtlich. Es verstörte mich etwas. Doch dann, als Jahre später die Schwierigkeiten mit dem jungen Victor, dem Hausdiener in Lovestoft, auftraten, mußte ich es anders ansehen, denn er brauchte ja Hilfe. Ihr wußtet natürlich nichts davon – du und Len wart noch Kinder, und ich wollte um keinen Preis, daß ihr es erführt.«

Sie hörte sich das alles erzählen, um ihnen Zeit zu lassen, vor allem, um sich selbst Zeit zu lassen und sich vorzubereiten auf das, was mit Ray passiert war.

Mark zeigte ihnen einen Brief. »Lest das lieber. Er hat es bei den Forresters für mich hinterlassen.«

Sylvia beugte sich über Harolds Schulter und las vor: »Liebes Mopsgesicht...«

»So hat er mich immer genannt. Ich nannte ihn... nun, das ist sowieso egal. Es war ein Geheimnis.«

Sylvia las nicht weiter vor.

»Ich fahre nach London. Für immer. Vorige Woche wurde ein Lastwagenfahrer verhaftet, der zu unserer Clique im Fernfahrer-Café gehörte. Man hat ihn wegen Diebstahls von Transportgut verknackt. Aber die Polizei war im Café und hat alle verhört. Prowse hat mit mir gesprochen, ›nur ein väterliches Wort der Ermahnung‹ – der doppelzüngige Kerl! Ich habe nie etwas mit dem Burschen zu tun gehabt. Meine Freunde quatschen nicht. Ich sorgte mich um Wilf. Du kennst ihn ja. Und jetzt haben sie ihm solche Angst gemacht, daß er seinen dämlichen Kopf in den

Gasofen gesteckt hat, der blöde Hund. Wenn ich hierbleibe, werde ich einen von den Kerlen zusammenschlagen, und damit wäre niemandem geholfen, nicht einmal dem armen Wilf. Jedenfalls sehe ich jetzt alles ganz klar. Hier kann ich nicht leben – der Beste in Carshall, der Junge, den alle gern haben –, und glaube nicht etwa, daß mir das nicht gefällt, nicht nur, der Beste zu sein, sondern auch Carshall, der ganze Betrieb, gefällt mir viel besser als Dir. Das heißt, wenn ich normal wäre, aber das bin ich eben nicht. Geoffrey sagt mir das schon seit Ewigkeiten. Für unsereins kommt nur London in Frage. Jedenfalls ist es so, daß ich jetzt fort muß. Und damit ist es an Dir und Großmutter, Euch um Vater zu kümmern. Das hat er im Augenblick bitter nötig. Wie ich Großmutter schon sagte, von selbst wird er niemals Vernunft annehmen. Also mußt du dich jetzt darum kümmern. Als zukünftiger Generaldirektor brauchst Du schließlich die Last nicht zu scheuen. Herzlichen Glückwunsch übrigens! Wir hätten es feiern sollen. *Und mach Dir um mich keine Sorgen*. Noch habe ich nichts zu befürchten. Und in London, wenn ich Glück habe, auch nicht. Ich bin unter Geoffreys Adresse zu erreichen.«
Die Adresse war Bryanston Square. Sylvia sah Harold an und ahnte, daß ihm vieles in Rays Brief genauso rästelhaft war wie ihr. Mark, der ihr Nichtbegreifen mißverstand, sagte entschuldigend: »Es klingt ein bißchen zu forsch, nicht wahr? Aber die Belastung für ihn ist sehr groß. Sonst würde er nicht all den Unsinn geschrieben haben... Ich meine, das mit dem Generaldirektor und so weiter, er weiß ebensogut wie ich, daß ich nur den ersten Schritt...«
Harold ging darauf nicht ein.
»Natürlich ist die Belastung groß. Er ist keineswegs sicher, daß er nichts zu befürchten hat. Er pfeift sich eins, um sich Mut zu machen. Und sollte er etwas zu befürchten haben, macht es den denkbar schlechtesten Eindruck, davonzulaufen.«
»Armer Ray! Armer Mr. Corney!«
»Ja, Mutter, mir tut das ebenfalls leid. Er war kein so übler Bursche, aber er war doch reichlich sonderbar. Lastwagenfahrer! Diebstahl! Prowse dürfte Ray schon gewarnt haben. In was für eine Welt ist er hineingeraten! Aber das mit der Polizei ist wirklich dumm. Ich werde heute nachmittag Inspektor Prowse auf-

suchen. Wir stehen uns gut, und sollte Ray mit dem Gesetz in Konflikt gekommen sein, werde ich bald Näheres darüber erfahren. Sollte das nicht der Fall sein, muß Ray sofort zurückkommen. Ich weiß nicht, wer dieser Geoffrey ist...«
»Geoffrey Lawshall – er ist ein Londoner Freund von Ray, Vater. Er ist ebenfalls in der Kleiderbranche.«
»Ah!... Nun, er hat ihn schlecht beraten. Wir leben hier weder in einem Londoner Vorort noch in einer puritanischen Kleinstadt. Wenn ein Ort wie Carshall nicht imstande ist, einem anständigen Burschen wie Ray zu einem normaleren Leben zu verhelfen, dann sind wir gescheitert. Wir wollen ihn zurück und in der Familie haben. Ich dulde keine engherzige Kritik in diesem Haus. Ach, dich meine ich nicht, Mutter, du hast dich sehr gut gehalten. Ich werde Überstunden machen müssen, wenn ich so kurz vor Semesterbeginn diese Sache mit Ray in Ordnung bringen und dem Komitee das Rückgrat steifen will.«
Sylvia sah, wie Mark bei dem Wort ›Komitee‹ zusammenzuckte.
»Du wirst dich doch in erster Linie um Ray kümmern, Kind?« Sie sah Mark an, um ihm Mut zu machen. »Ich muß hinauf und Schwester Hepburn ablösen. Falls Vater sie nicht schon erwürgt hat.«
Aber diese Sorge erwies sich als überflüssig. Arthurs Stimme klang noch immer sehr schwach, doch war er in langsamen, stockenden Tönen bereits emsig dabei, die Schwester aufzuziehen, und zwar in schottischem Dialekt.
»Da wird jeden Samstagabend in Sauchiehall Street gefeiert und am nächsten Morgen in die Kirche gegangen. So eine Heuchlerrasse! Wie will denn da je einer in die erste Mannschaft kommen?«
»Von Fußball verstehe ich nichts.«
»Sie hat keine Ahnung...«
Aber der schottische Dialekt war zuviel für ihn, er endete mit einem Hustenanfall.
»Sie sind jetzt still. Das wird Sie lehren, etwas gegen Schottland zu sagen.«
Doch in solchen Augenblicken konnten Arthur nicht einmal Schmerzen zurückhalten.
»Es mag noch so viele Fehler haben, es produziert sehr hübsche

Krankenschwestern. Das muß man dem schottischen Hochland lassen.«
»Sie sind aber ein toller Schmeichler.«
Schwester Hepburn schien bei seinen Liebenswürdigkeiten immer schottischer zu werden.
»Nun, Mrs. Calvert, ich muß jetzt zum Essen gehen. Aber um sechs Uhr bin ich wieder da, um auf Sie aufzupassen, Herr Hauptmann. Und jetzt würde ich gern mit Ihnen ein Wort über die Arznei für den Hauptmann sprechen, Mrs. Calvert.«
Im Gang draußen setzte die Schwester eine Trauermiene auf, aber Sylvia gab ihrem Beispiel nicht nach.
»Er scheint ja guter Dinge zu sein, Schwester.«
»Ja, gewiß. Es ist für sie das beste, wenn sie auf diese Weise dahingehen...«
»Aber Dr. Piggott meint, er würde sich rasch erholen.«
»So? Dann wird er es auch. Der Arzt muß es ja wissen.«
»Sie sollten mir lieber sagen, was *Sie* denken.«
»Ich denke gar nichts, Mrs. Calvert. Ich bin bloß die Schwester. Aber... Nun, nach solchen Schlaganfällen kann man wieder ganz gesund werden. Aber er ist ein alter Mann und sowieso nicht kräftig. Wir können nur hoffen, daß er sich nach dem zweiten nicht zu lange quälen muß. In der Regel sind es ja drei.«
»Ja, das weiß ich.«
Sie kam in das Schlafzimmer zurück voller Zärtlichkeit, die ihr Angst machte. Bis zu Schwester Hepburns Erklärung war ihre Überzeugung, daß er sterben würde, ihr Geheimnis gewesen. Jetzt war er für sie ein Mensch, der vor dem Wissen der Welt bewahrt werden mußte. Er lag mit geschlossenen Augen da. Sie stand an seinem Bett und streichelte seine Wange. Er öffnete die Augen.
»Ja, ja, ich weiß. Mit mir ist es aus. Aber ich weiß nicht, warum du ein so tragisches Gesicht machst. Wenn ich unten bin, bist du doch oben. Und jetzt bin ich endgültig unten.«
Er sagte es so sehr im Ton einer nüchternen Feststellung, daß sie nicht beurteilen konnte, wieviel Bitterkeit darin lag. Sie fuhr fort, ihm einige Sekunden lang mechanisch die Wange zu streicheln, dann zog sie plötzlich ihre Hand fort. Ihre Zärtlichkeit erschien ihr jetzt wie eine Beleidigung. Diesmal meine Liebe,

hast *du* die Sentimentalität übertrieben. Sie setzte sich, um ihre Gedanken zu ordnen.

Obwohl Arthur eingeschlafen war, bat sie Mark, ihr ein weiches Ei auf das Zimmer zu bringen. Sie würde Arthur jetzt nie mehr allein aufwachen lassen.

»Vater ist fort, um mit dem guten Prowse zu sprechen. Ich glaube nicht, daß er Ray damit schaden kann, und vielleicht kann er ihm helfen. Die Sache hat ihn entschieden etwas zur Besinnung gebracht.«

»Ja, Kind. Er möchte euch so gern allen helfen. Das ist ja das Schlimme. Ach, ich weiß, daß es dumm ist. Ihr Jungens seid jetzt erwachsen. Das wird er früher oder später einsehen müssen.«

Sie saßen ein paar Minuten lang schweigend da.

»Jetzt, da Vater fort ist, und wenn du mich nicht brauchst, könnte ich vielleicht selbst etwas fortgehen. Ich bin mit Priss verabredet... und einigen anderen. Es ist ein so schöner Sonnabend. Und wir wollten eigentlich...«

»Mach, daß du fortkommst.«

Doch kaum hatte er sie verlassen, hörte sie die Haustürglocke, und als sie zur Tür ging, seine Stimme.

»Wer ist es, Mark?«

Er kam nach oben und flüsterte: »Die Bulmer. Sie will mit uns reden. Sie ist ganz außer sich wegen Vater.«

»Ach Gott. Ich kann Arthur jetzt nicht verlassen...«

»Es scheint ihr ernst damit. Ich glaube, wir sollten sie empfangen.«

»Schön, Kind. Aber dann muß sie heraufkommen und leise sprechen, damit sie deinen Großvater nicht aufweckt. Du kannst ja ruhig fortgehen, ich kann allein mit ihr reden.«

»Das kommt nicht in Frage. Ich fühle mich für Vater ebenso verantwortlich wie du.«

Während Sylvia zu Arthur zurückkehrte, dachte sie, warum müssen wir uns alle immerfort füreinander verantwortlich fühlen?

Sally Bulmer fühlte sich für Harold ganz entschieden verantwortlich. Sie ehrte Arthurs Krankheit eilig, indem sie auf Zehenspitzen an sein Bett schlich und auf ihn hinunterspähte, als sei er wahrhaftig irgendein seltener Schmetterling, der beim ersten Knacken ihrer schweren Knochen das Weite suchen würde.

Dann lächelte sie, noch immer auf Zehenspitzen, Sylvia zu, als wäre sie die stolze Besitzerin einer Rarität, setzte sich und flüsterte: »Er wird wieder werden.«
Sylvia fragte sich, woher Miß Bulmer das wissen wollte und was es sie überhaupt anging.
»Harold Calvert ist für Carshall zu nützlich und ein zu guter Mensch, um durch einen Haufen Gerede fertiggemacht zu werden. Er hat sich gestern abend idiotisch benommen, aber schlimmer noch sind die, die es zuließen. Ja, Sie brauchen nicht wegzugucken, Mark, ich meine Sie – übrigens höre ich, daß Sie doch noch Karriere machen werden, gratuliere! – und den Rest der Familie. Oh, ich gebe nicht Ihnen allein die Schuld. Wir haben ihn alle im Stich gelassen. Diese Gans, Muriel Bartley, hat mich bereits angerufen. ›Ich hätte ihm erlauben sollen, vom Podium aus zu reden. Ich glaubte, mein Bestes zu tun.‹ Dummes Geschwätz! Der arme alte Bernard Shaw ist wohl heute unmodern, nicht wahr, Mark? Aber für seine Generation war er weise – ›Die Hölle ist mit guten Vorsätzen gepflastert.‹ Nun, ich habe ihr derartig die Meinung gesagt, daß sie davon vielleicht echte grüne Lidschatten bekommen hat. Und Lorna Milton! ›Vermutlich wird unser Harold jetzt um Krankenurlaub zum Arzt laufen und die Leitung der Schule wieder Chris überlassen.‹ ›Ihr Ehemann sollte sie mal fester anpacken, dann benähme er sich ausnahmsweise wie ein Mann‹, sagte ich ihr. Aber es bleibt immer noch viel zu tun, um die bösen Zungen zum Schweigen zu bringen.«
»Wir waren hier sehr in Anspruch genommen.«
»Ach Gott, ich weiß schon, Mark. Eure Privatprobleme. Deswegen bin ich ja hier. Um euch mal ordentlich einzuheizen.«
Sie starrte Sylvia an, aber Sylvia starrte zurück und deutete mit einer Handbewegung an, daß für sie selbstverständlich Arthur Vorrang hätte.
»Ein Unglück kommt nie allein. In Ihrem Alter sollten Sie das wissen, aber es kann Ihnen nicht schaden. Ist für Sie besser als Gefängniswärterin Webb.« Sie lachte laut, legte dann den Finger an die Lippen, wie um Ruhe im Krankenzimmer zu gebieten. Sie ergriff Sylvias Hand.
»Achten Sie nicht auf meinen rauhen Ton. Sie machen Ihre Sache sehr gut. Aber wir müssen die bösen Zungen zum Schweigen bringen. Das ist jetzt am wichtigsten.«

»Wenn Ray nur da wäre. Er kennt alle Leute und trifft so viele Menschen.«
»Hm. Vielleicht ist es geradesogut, daß Ihr Bruder nicht da ist. Wenn Sie ihm schreiben, grüßen Sie ihn von mir, und bestellen Sie ihm, wenn er nicht brav sein kann, soll er wegbleiben. Soweit ich das beurteilen kann, sind wir sowieso schon knapp an einem Skandal vorbeigekommen.«
»Ich weiß nicht, was Sie damit meinen.«
»Ach, hören Sie auf! Als wenn ich nicht beruflich seit eh und je mit Rays Sorte zu tun gehabt hätte. Im großen und ganzen hab ich sie gern. Aber ich habe ihnen immer wieder gesagt: ›Das Gesetz ist dumm, aber es ist nun einmal da. Wenn ihr also nicht brav sein könnt, müßt ihr vorsichtig sein.‹ Natürlich sind sie es nie. O nein, in der großen bösen Stadt ist er viel besser aufgehoben, das können Sie mir glauben.«
»Also, Miß Bulmer, Mark hat keine Ahnung, wovon Sie reden, und ich auch nicht. Sie sprachen von bösen Zungen...«
Sally erhob sich von ihrem Stuhl. Sie stand hoheitsvoll vor ihnen.
»Meine lieben Leute, sofern ihr es nicht wissen solltet – ich bin Fürsorgebeamtin. Wir haben nämlich unsere Berufsethik. Wir achten den Beichtstuhl genauso wie ein Priester oder Arzt und ebenso gewissenhaft. Haben Sie wirklich geglaubt, daß ich außerhalb dieser vier Wände ein Wort sagen würde?«
Als sie fort war, sagte Mark: »Ist sie nicht fürchterlich?«
»Sie war sehr nett, Mark. Weißt du, nicht viele würden...«
»Ja, ich weiß. Aber ich sage, ist sie nicht fürchterlich?«
Sylvia nickte. »Leider, ja. Fürchterlich.«
Dann mußten beide lachen.

Es wurde sogar ein fast fröhlicher Abend. Arthur ging es gut genug, um etwas zu sich nehmen zu können, und selbst Schwester Hepburn drängte Sylvia, ihn zur Essenszeit allein zu lassen. Unten im Eßzimmer verkündete Harold, daß für Ray vom Gesetz nichts zu befürchten sei.
»Prowse erklärte sehr offen, daß Ray in schlechte Gesellschaft geraten sei. Er hat mir, als Rays Vater, eine richtige Standpauke gehalten. Jedoch glaubt er, daß Corney die Quelle des Übels gewesen sei und daß Ray in der richtigen Gesellschaft von jungen Leuten bald über die ganze Sache hinwegkommen werde.«

»Ganz so einfach ist es, glaube ich, nicht, Vater.«
»Nein, nein. Das begreife ich, Mark. Ich bin kein kompletter Narr, aber ich wollte nichts sagen, was Ray der Polizei gegenüber ins Unrecht gesetzt hätte. Nein, ich glaube, er muß sich ernstlich mit dem Gedanken befassen, sich einer vernünftigen, modernen Kur zu unterziehen. Aber zuerst muß er nach Hause kommen. Ich habe heute abend einen Brief aufgesetzt, in welchem ich ihn dringend ersuche, sofort zurückzukehren.«
Die Entzifferung der Bleistiftschrift ging etwas mühsam vonstatten, doch den Sinn des Textes, den er ihnen vorlas, erfaßten sie.

> »Ich habe mit Inspektor Prowse gesprochen, und Du hast nichts zu befürchten, obwohl ich mir ziemlich klar darüber bin, daß Du Dich sehr unklug benommen hast. Ich bin selbst schuld daran, daß Du Dich nie imstande fühltest, Dich mir anzuvertrauen. Wenn Du das getan hättest, so hätte das, was wahrscheinlich eine vorübergehende Phase war, die bei allen Jugendlichen vorkommt – (aus meiner eigenen Schulzeit erinnere ich mich dunkel an einen ›Schwarm‹, wie wir es damals nannten, für einen engelschönen Goldkopf aus dem ersten Semester – heute zweifellos der bärtige Vater von fünf Kindern) –, niemals eine so übertriebene Bedeutung in Deinem Leben angenommen. Sexuelle Entscheidungen spielen für das Leben nur eine untergeordnete, häufig überschätzte Rolle. Die Freuden, Ideale und Erinnerungen, die Dich mit Deiner Familie und Deinen Freunden in Carshall verbinden, sind so unendlich viel wichtiger als dieses eine Hindernis, das Dir jetzt so unüberwindlich vorkommt. Dein Dich liebender Vater.«

Harold lehnte sich zurück. »Ich habe mein Bestes getan. Mehr kann ich nicht tun.«
Statt zu antworten, legte Sylvia mit liebevollem Druck die Hand auf Harolds Schulter. Sie sah Mark an. Er sagte ebenfalls nichts, lächelte jedoch seinem Vater zu.
»Nun, wenn alle einverstanden sind, schreibe ich das jetzt ins reine und schicke es noch heute abend ab.«
Harold ging in sein Arbeitszimmer. Sylvia blieb, um Mark beim Geschirrwaschen zu helfen. Er war viel zu erpicht darauf, seine

eigenen guten Nachrichten mitzuteilen, als auf den Brief des Vaters einzugehen.
»Ich bin vor dem Essen bei Alan Rodger gewesen. Ich gebe zu, daß die gute Sally mir wegen Vater eine ziemliche Angst eingejagt hatte. Aber Alan sagt, es gebe ebenso viele, die Vaters Meinung vertreten, wie solche, die dagegen sind. Und was seinen Wutanfall anbelangt, so betrachtet man Vater einfach als einen erregbaren, gescheiten Menschen. Alan schreibt darüber in *The Mercury*. Er las es mir vor. Darin heißt es lediglich, daß ›Mr. Calvert, wie zu erwarten war, beredsam und energisch gegen einen seiner Meinung nach verfehlten Beschluß protestierte‹. Insofern hat die gute Bulmer sich übertrieben aufgeregt. Es ist also gar nicht so schlimm ...«
Sylvia schmunzelte noch immer, als sie Shirley Egans Anruf beantwortete.
»Ja, es geht ihm etwas besser, vielen Dank, Shirley. Ja, und Harold ebenfalls.«
»Ach, ich freue mich. Timbo und Mandy lassen grüßen.«
»Oh, vielen Dank.«
»Nun, es ist jedenfalls schön, daß Sie so fröhlich klingen. Lassen Sie uns wissen, wenn wir etwas für Sie tun können. Wann sehen wir Sie denn?«
»Ja, gewiß. Vielen Dank.«
Sylvia schmunzelte noch immer, als sie einhängte. Erst nachts kam ihr Shirleys Frage zum Bewußtsein.
Das Leuchtzifferblatt ihrer Uhr zeigte auf halb vier Uhr, als Sylvia aufwachte mit dem dringenden Bedürfnis, zu verschwinden. Die Forderungen ihrer Blase waren neuerdings so unregelmäßig und häufig, aber das gehörte nun einmal zu den Plagen des Alters. Arthur, durch Kissen gestützt, schlief verhältnismäßig tief; sein Atem klang, wie das so häufig seit so vielen Jahren der Fall gewesen war, wie das Keuchen eines Sterbenden. Sie schlich aus dem Zimmer und ließ die Tür auf, dennoch fürchtete sie, ihn aufgeweckt zu haben. Denn von der Toilette her hörte sie, wie er sich im Bett bewegte – ein jetzt ungewohnter Laut, da er meistens so still lag. Als sie dann über den Gang zurückeilte, vernahm sie ein schweres, dumpfes Aufschlagen; beim Hereinkommen sah sie ihn ausgestreckt auf dem Teppich neben seinem Couchbett liegen. Sie wollte ihn aufheben, aber er lag so schwer

und regungslos da, daß sie Mark und Harold rufen mußte. Mit vereinten Kräften hoben sie ihn wieder auf das Bett, doch abgesehen von seinem fortgesetzten schweren Keuchen und einem Zucken der Augen war sein ganzer Körper bewegungslos. Er hatte den letzten, lähmenden Schlaganfall erlitten.
Einige Stunden später, um acht Uhr etwa, in Anwesenheit des Arztes und der Schwester, starb er. Wie Harold mehr als einmal sagte: »Nur ein Unmensch würde dem alten Mann gewünscht haben, unter diesen Umständen am Leben zu bleiben.« Dieser Gedanke indessen kam Sylvia an jenem Tag nicht gerade häufig in den Sinn. Sie hatte genügend Todesfälle erlebt – wer, mit fünfundsechzig, hatte das nicht? –, um die Formalitäten bewältigen zu können: die Verständigung des Bestattungsamts, die Telegramme an Judy und Ray, das Beantworten von Telefonanrufen und so weiter erledigte sie, als habe sie das alles schon einmal im Traum getan. Am Nachmittag verriet ihr nur die körperliche Erschöpfung, welch schwerer Belastung sie ausgesetzt war.
»Ich lege mich jetzt eine halbe Stunde hin, Harold.«
»Natürlich, Mutter. Du solltest vorläufig Rays Zimmer beziehen.« Sie begriff nicht. »Rays Zimmer?... O nein, Kind. Ich habe immer mit Vater das Zimmer geteilt.«
Sie betrachtete Arthurs weißes Antlitz über dem Bettuch. Man hatte irgendwie die meisten seiner Runzeln geglättet. Nachdem Schwester Hepburn ihm die Augen zugedrückt hatte, hatte sie gesagt, er sähe friedlich aus, aber Sylvia erschien er nur tot.
Sie warf die Schuhe ab, machte den Gürtel auf und ließ sich auf ihr Bett fallen. Es würgte sie in der Kehle, sekundenlang dachte sie, sich erbrechen zu müssen, dann quoll würgendes, hemmungsloses Schluchzen in ihr auf und schüttelte ihren dicken Körper hin und her. Sie gab sich alle Mühe, die wenigen, heimlich glücklichen Zeiten heraufzubeschwören, die ihnen zusammen beschieden gewesen waren, und sich an sie zu klammern; doch eine verzweifelte Trauer drang auf sie ein, eine Trauer um all die langen Jahre, die nichts oder schlimmer als nichts gewesen waren; um eine Zärtlichkeit, die versiegt war und sich in Gleichgültigkeit aufgelöst hatte. Über eine Stunde lag sie so da, das Gesicht in die Kissen gedrückt, um das wilde Weinen zu dämpfen, damit niemand es höre, während Welle um Welle sie von neuem niederwarf, zur Strafe für ihre Schüchternheit, Prüderie,

ihre Trägheit und selbstsüchtige Bitterkeit und ihr namenloses Versagen.
In den paar Tagen vor der Beisetzung sprach niemand von Arthur. Harold sagte: »Also, Mutter, du darfst es nicht zu schwernehmen.«
Mark sagte: »So ist es recht, Großmutter.«
Shirley sagte am Telefon: »Sie Ärmste, Sie Ärmste.«
Ray telegrafierte aus Mailand (›Ah, deshalb hat er meinen Brief noch nicht bekommen‹, war Harolds Kommentar dazu): »Kann leider nicht zur Beisetzung kommen, bin in Gedanken die ganze Zeit bei Dir, Liebchen.«
Die De Clamouarts telefonierten besorgt, daß Judy sich auf einer Radtour im Süden befände und nicht zu erreichen sei, und baten, Madame Veuve ihr ergebenstes Beileid zu übermitteln.
Von Sally Bulmer und den Bartleys und den Egans und den Cranstons, von der British Legion und von Arthurs Regiment trafen Kränze ein. Aus Protest dagegen erzählte Sylvia Geschichten von Arthur, wiederholte seine Anekdoten, um verzweifelt seinen Namen am Leben zu erhalten, so daß Harold und Mark und einige von ihren Freunden sie mehrfach verlegen anblickten.
Auf dem Friedhof, nachdem der Sarg in die Erde gesenkt worden war, tauchte Shirley Egan hinter der Gruppe der Leidtragenden auf und nahm Sylvia in die Arme.
»Kümmern Sie sich nicht um die anderen, Liebste. Kümmern Sie sich um keinen. Nehmen Sie sich nicht zusammen.«
Wie sollte Sylvia ihr erklären, daß dafür gar kein Grund mehr bestand, daß alles vorbei war? Shirley war eine so liebe Person, aber Amerikaner *sind* eben anders, sie hätte es gar nicht verstanden. Ein Segen, daß, zu Sylvias Überraschung, Priscilla White ebenfalls anwesend war. Ganz in Schwarz, von Mark nach vorn geschubst, führte sie Sylvia von Shirley fort zu dem wartenden Wagen. Sylvia erkannte an Harolds erstauntem Gesichtsausdruck, daß er Sylvias Verwunderung über das wortlose Eindringen des Mädchens in die Familie teilte.
Nach der Trauerfeier, wieder daheim in der ›Villa Sykomore‹, hielt Sylvia ihr Geplauder über Arthur noch eine Zeitlang aufrecht. Sie hätte Jack Cranston umarmen können, als dieser sagte:

»Ja, einen besseren Sportsmann werde ich wohl kaum mehr erleben.«
Endlich, gegen die Flut der allgemeinen Gespräche ankämpfend, gab sie beschämt ihre Bemühungen auf und ging in ihr leeres Schlafzimmer. Sie legte sich hin und schlief über drei Stunden.
Erst zwei Tage später bemerkte Harold: »So traurig es klingt, Mutter, aber eigentlich hat Vater doch sein Leben vertan. Er war durchaus begabt und auch eine Persönlichkeit, aber er hat doch nie etwas daraus gemacht.«
»Etwas daraus gemacht? Wie kannst du so etwas nur sagen, Harold! Ein Mensch, der als normaler, gesunder Bursche in den Krieg zog und mit kaputten Lungen herauskam.«
»Es sollte nicht so scharf klingen, Mutter. Aber Millionen Menschen haben den Krieg mitgemacht. Nicht nur den Ersten Weltkrieg. Wir haben ebenfalls gekämpft.«
»Ach, *dein* Krieg, Harold! Hinter einem Schreibtisch! Nein, verzeih, dein Krieg hat dich auf eine Lehrerschule geschickt und dir Bildung gegeben. Vaters Krieg gab ihm die Versehrtenrente eines Offiziers und hieß ihn, sich eine herrenmäßige Beschäftigung zu suchen, auch das hätte ich nicht sagen sollen. Du hast dich sehr gut bewährt. Aber wenn er gar kein Herr war. Was für einen Beruf sollte er sich denn suchen? Er kannte sich doch überhaupt nicht aus. Oh, ich habe viel darüber nachgedacht, Harold. Wir haben uns alle über ihn lustig gemacht, über seine Anekdoten und Aufschneiderei. Aber was hätte er denn werden können? Wenigstens war er ein Original.«
»Es ist sehr edel von dir, Mutter, so von ihm zu sprechen, nach allem, was er dir angetan hat.«
»Ach, mißverstehe mich nicht, Harold. Ich mache mir nichts vor. Arthur sagte, wenn er obenauf sei, sei ich unten. Und er hatte recht. Ohne die Sorgen, die ich mit ihm hatte, wird es mir besser gehen. Aber wie schrecklich, das nach so vielen Jahren sagen zu müssen. Und außerdem war vieles davon meine Schuld. Ich habe mich so über unsere Fremdenpension gefreut, aber er wollte eben mehr. Weißt du, ich glaube, er hat nie geahnt, was es für mich bedeutete, ihn zu heiraten – einen Offizier – und dann meine eigene Fremdenpension zu haben, nachdem ich bis dahin immer nur Stufen gewaschen und vier Treppen hoch Heißwasserkannen in die Zimmer getragen hatte. Wir haben auf verschie-

denen Ebenen angefangen, Vater und ich, und ich fürchte, dabei ist es geblieben. Das war unser Leben. Und dann redet man noch von ›der guten alten Zeit‹. Nein, du hast ganz recht, Harold, daß du stolz auf Carshall bist.«
Harold nahm ihre Hände in die seinen. »Meine liebe Mutter, daß gerade du so etwas...« Er verbrachte einige Zeit mit dem Stopfen und Anzünden seiner Pfeife... »Aber ich weiß eigentlich gar nicht, warum mich das erstaunen sollte.«
»Ich staune manchmal über mich selbst, Kind.«
Harold sah sie zärtlich an, aber sein Blick wurde abwesend. »Ich werde froh sein, etwas von Ray zu hören, oder besser noch, ihn zu sehen. Mailand! Beth und ich sind bis zur Brüstung des Doms hinaufgestiegen. Ich kann mir nicht vorstellen, warum *er* hingefahren ist, du etwa?«
In einigen Tagen wußten sie es. Rays Antwort kam aus London. Sie war voller Dankbarkeit für seinen Vater, für seine Liebe und sein Verständnis, ja für alle, besonders für Großmutter, gerade in dieser für sie so schweren Zeit. So viel Liebe und Vertrauen hätte er nie erwartet, obwohl er hätte wissen müssen... Daß er es nicht gewußt, beweise, wie wenig er sich mit ihnen vergleichen könne. Doch danke er ihnen innig und von ganzem Herzen. Heimkehren jedoch könne er keinesfalls. Es würde einfach nicht gehen. Natürlich sei er in Carshall sehr glücklich gewesen. Wäre er nicht so veranlagt, wie er sei... aber er sei es nun einmal. Und es hätte keinen Sinn. Eine Zeitlang würde vielleicht alles glattgehen. Aber es bliebe immer das Gefühl, daß man über ihn redete, und der Zwang zur Verstellung. Und schließlich wozu? Um keinerlei Spaß am Leben zu haben, außer unter großem Risiko. So war es die letzten zwei Jahre mit Wilf gewesen. Es wäre ihm fürchterlich. So aber habe er die berechtigte Hoffnung, gemeinsam mit Geoffrey ein schöneres Leben zu beginnen. Geoffrey wollte schon seit drei Jahren, daß er zu ihm ziehe. Er sei einsam in seiner Wohnung in Bryanston Square und brauche Rays Fachkenntnisse für das Geschäft. Aus diesem Grund seien sie in Mailand gewesen – wegen einer Textilausstellung. Es bestünden große Aussichten und neue Interessen... Mehr sein eigener Herr. Die Wohnung sei sehr elegant. Geoffrey ließe ihnen bestellen, sie seien jederzeit als Logierbesuch willkommen. Er könne jetzt noch nicht fort, denn der Betrieb sei klein, und er

schulde es Geoffrey... Lange gearbeitet... manchmal bis neun oder zehn Uhr abends... Man solle doch bitte, bitte verstehen, wie dankbar er sei, dankbar, jedoch überzeugt...

Sylvia und Mark warteten atemlos auf das Donnerwetter. Und es erfolgte.

Harold nahm Rays Brief in die Hand und zerriß ihn langsam in kleine Fetzen, die er dann in den Papierkorb warf.

»Ich habe nicht die Absicht, mich wie ein viktorianischer Vater zu gebärden. Doch wünsche ich kein Wort mehr über diesen jungen Mann zu hören.«

»Aber Vater, sei doch nicht komisch.«

Er fuhr auf Mark los und brüllte: »Hast du gehört, was ich gesagt habe? Wenn er nach meinem Brief nicht den Schneid hat, sich dem Leben anzupassen, ist er ein für allemal für mich erledigt.«

»Aber Harold, es handelt sich doch um Ray. So kannst du dich doch nicht gegen jemanden benehmen, der dir nahesteht.«

»Jemand, der mir nahestand. Du kannst es vielleicht nicht, Mutter, aber ich kann es. ›Bin euch dankbar, habe Carshall so gern.‹ Es wäre zumindest anständiger gewesen, auf solche Heucheleien zu verzichten.«

»Aber Harold, ich bin überzeugt davon, daß Ray Carshall gern hat. Er paßte so gut hierher, wenn er nicht... Und was das Gerede betrifft, so hat er ganz recht. Einiges ist mir schon zu Ohren gekommen. Bei solchem Geklatsche wäre das Leben für ihn hier wirklich nicht angenehm.«

»Vermutlich teilst du die Ansicht deiner Großmutter?«

»Großmutter hat ganz recht. Sogar Priss hatte leider schon etwas gehört. Und Ray hat ebenfalls recht. Natürlich wünschte ich, es wäre nicht so. Mein eigener Bruder! Aber er weiß selber am besten, ob er sich ändern kann oder nicht. Und wenn er es nicht kann, sollten wir ihm dankbar dafür sein, daß er sich nicht in der Stadt, in der wir leben, gefährdet.«

»Oh, du kannst überzeugt sein, daß er sich nicht gefährden wird. Eine gute Stellung und eine elegante Wohnung in London. Es ist widerlich. Niemand kann von mir behaupten, daß ich altmodisch sei. Ich habe schon immer gesagt, daß das Gesetz überholt ist. Aber aus seiner Abartigkeit Kapital zu schlagen! Mit einem reichen alten Mann zu leben!«

»Das ist Unsinn, Vater. Dieser Bursche Geoffrey Lawshall ist höchstens ein Jahr älter als ich, wenn überhaupt soviel. Es handelt sich um ein in der Familie befindliches Kleidergeschäft, das er geerbt hat.«

»Davon weiß ich nichts. Menschen aus solchen Schichten sind bekanntlich älter als ihre Jahre. Aber daß Ray sich von jemandem aushalten läßt.«

»Aber Harold. Das tut er doch gar nicht. Was hast du dagegen, daß er eine gute Stellung bekommen hat? Ich bin eine Frau, und wenn ich als Frau ihm verzeihen kann, daß er sich nichts aus Frauen macht, hätte ich gedacht, daß du...«

»Ich finde deine Einstellung ziemlich übel, Mutter. Anscheinend ist es dir gleichgültig, daß dein eigener Enkel eine Hure ist. Nun, mir ist das nicht gleichgültig.«

»Hure! Wirklich, Harold, du redest Blödsinn. Wie kann denn ein Mann eine Hure sein? Du bist empörend. Ich habe keine Lust, mir noch mehr anzuhören. Aber eins sage ich dir, wenn es auch sonst keiner tut, ich fahre bestimmt einmal zu Ray. Er ist entzückend zu mir gewesen.«

Judys Brief an die Familie war auch kein Trost. Sie ging ziemlich leicht über Arthurs Tod hinweg – ›Armer alter Großvater. Er war ja wohl noch einer von der alten Schule. Ich habe viel an Dich gedacht, Großmutter, aber wenigstens hat er nicht lange leiden müssen. Bei Mrs. Ogilvies Vater hat es sich vier Jahre lang hingezogen‹ – und noch leichter über den Verlust der Goodchild-Wiese – ›Armer Vater! Du hattest Dir solche Mühe gegeben. Ach, zieh doch bloß irgendwohin, wo man Deinen Fähigkeiten gerecht wird und der Einsatz sich mehr lohnt als in dem greulichen Carshall.‹ Der Rest des Briefes war voll von einem jungen Mann namens Alistair Courtenay, der bei den De Clamouarts zu Besuch war. Er sei unerhört intelligent und geistreich, studiere in Baillol und sei einer von den Devonshire Courtenays. Er spreche fabelhaft französisch und habe eine Parodie über Chateaubriand geschrieben, die sogar Madame De Clamouart, die entsetzlich kritisch sei, hervorragend fände. Und aus Nottingham habe sie erfahren, daß für das kommende Semester dort Platz für sie sei, aber sie wolle noch nicht zusagen, bevor sie eine Antwort aus Somerville habe. Sie hoffe so sehr, daß es mit Somerville etwas würde, denn Alistair Courtenay behaupte, daß vom gesellschaft-

lichen Standpunkt aus in Oxford *nur* Somerville als weibliche Universität in Frage käme.
Indessen blieb das ominöse Wort ›Komitee‹ oder ›Wiese‹, das Sylvia und Mark stets zu hören befürchteten, zur Zeit unausgesprochen. Harold war in seinem verdrossenen Schweigen allerdings kaum wiederzuerkennen. Er stand täglich später auf, trieb sich mißlaunig im Haus herum, saß mit unangezündeter Pfeife da und starrte ins Leere, und ging häufig schon vor dem Abendbrot schlafen. Es war wie bei Arthur, wenn ihn sein Wettglück verlassen hatte. Nicht noch einmal, dachte Sylvia. Sie erinnerte sich an Arthurs Redensart: »Ohne mich!«
Jedoch überlegte sie niedergeschlagen, daß Mrs. Miltons verächtliche Voraussage betreffs Sally Bulmer sich durchaus bewahrheiten könnte. Dann sah sie eines Morgens, als sie im Town Centre einkaufte, wie Muriel Bartley vor ihr plötzlich in einem Hauseingang verschwand. Was immer Muriel bewegen mochte, sie zu meiden, sie würde es ihr nicht durchgehen lassen.
»Ich danke Ihnen sehr für Ihren wunderschönen Kranz.«
»O Mrs. Calvert! Ich habe Sie gar nicht gesehen. Wir sind so... Geoff und ich dachten, vielleicht... aber nach dieser dummen Geschichte...«
»Arthur war hoffnungslos in Gelddingen. Das ist das einzige, was man dazu sagen kann. Aber das war doch wohl nicht der Grund, weshalb Sie mir jetzt ausgewichen sind?«
»Ich bin Ihnen nicht ausgewichen. Ich wollte nur...«
»Aber Mrs. Bartley!«
»Nun gut, Sie haben recht. Aber ich dachte, nach der Art und Weise, wie ich Harolds Sache auf der Versammlung verpfuscht habe, dürfte ich bei den Calverts nicht unbedingt beliebt sein.«
»Ach Gott! Solche Mißverständnisse sind doch wirklich zu dumm. Wir alle haben die Sache verpfuscht, insbesondere Harold. Das Neue Carshall ist wunderschön, aber er will ja leider anscheinend ein Denkmal daraus machen. Himmel, Mrs. Bartley, er kann froh sein, daß er so gute Freunde hat.«
»Nun, ich habe mich bemüht, die Sache wiedergutzumachen. Ich habe all die dummen Gerüchte, sobald ich sie hörte, im Keim erstickt. Ich habe mich schon vorsorglich an das Kuratorium und die Schulbehörde gewandt, falls...«

»Er wird viel zu sehr verwöhnt.«
»Ich glaube, es hat etwas genützt. Alle bewundern ihn so. Sie würden ihm, wenn er es darauf anlegte, morgen schon wieder aus der Hand fressen. Aber jetzt habe ich wegen seines Vortrags in dem Lehrer-Eltern-Verband nächste Woche die Sekretärin der Schule angerufen, und sie sagt mir, daß er nicht ans Telefon geht. Ist er krank?«
»Nein. Er ist nicht krank... Er... Was ist das denn für ein Vortrag? Ich weiß gar nichts davon.«
»Der Vortrag für den Lehrer-Eltern-Verband, für den ich mich ganz besonders interessiere. Harold soll über seine Arbeit mit minderbegabten Kindern sprechen. Darüber wissen Sie natürlich Bescheid.«
»Nur wenig, fürchte ich.«
»Sie sollten es aber. Harold ist ein Genie. Viele dieser Teenager verdanken es ausschließlich ihm, daß sie überhaupt lesen können. Und er packt Aufgaben an, die alle anderen schon längst aufgegeben hatten. Zu diesem Vortrag wollten Eltern kommen, die sonst nicht das geringste Interesse für den Unterricht ihrer Kinder an den Tag legen. Wenn er wüßte, wer sich alles angemeldet hat – die Marleys, die einmal drei Kinder gleichzeitig auf Probe da hatten, und Mrs. Scarfe, die selbst weder lesen noch schreiben kann. ›Mein Leslie würde seine Stellung nie haben, wenn Mr. Calvert nicht gewesen wäre. Und jetzt bringt er unsere Doris auch schon schön voran. Mein Alter sagt immer, wer unsere Doris voranbringen kann...‹ Ich wünschte, er hätte sie gehört. Und wenn er nun nicht erscheint!« Sie sah Mrs. Calvert hoffnungsvoll an.
»Das ist seine Sache, Mrs. Bartley, finden Sie nicht? Sie haben getan, was Sie konnten.«
Sylvia saß in ihrem Zimmer und las *The Blokes at the Back of the Class*. Es schien ihr ein komischer Titel für ein so gebildetes Buch. Sie konnte nicht recht klug daraus werden – Mnemotechnik und Gestalt und gefühlsbedingte Auffassungsschwierigkeiten – aber es war ja für Lehrer geschrieben und nicht für geistig Zurückgebliebene. Es sah Harold so ähnlich, sich gelehrt wie ein Lexikon auszudrücken und dabei ein bißchen Slang einzustreuen, um zu zeigen, daß er es nicht so schlimm meine. Sie legte *The Blokes* beiseite und nahm eines der Lehrbücher zur Hand.

Sie kam sich zuerst absurd vor, mit einem Kinderbuch dazusitzen, das Bilder und Fotos und sinngemäß aufgeteilte Worte enthielt. Aber sie las mit wachsendem Interesse alle vier Lehrbücher hintereinander durch.
Als sie Harolds schmollende, unglückliche Miene nach dem Essen betrachtete, fragte sie sich, wieso er überhaupt so viel von modernen Kindern verstehen könne. Und sie sagte es ihm.
»Ich begreife gar nicht, woher du das alles weißt, Harold, das von den Halbstarken Dick und Bill, und von dem Mädchen, das bei Woolworth arbeitete – ich meine damit von dem, was sie alle in den Cafés und Tanzlokalen und so weiter treiben. Und von dem Mädchen Lolo, die den Mixapparat in der Schokoladenfabrik bediente.«
»Die Lehrbücher sind für Dick, Bill und Lolo und Kinder wie sie gedacht. Deshalb handeln die Geschichten von ihrem Leben. Sie wollen von Dingen lesen, die ihnen vertraut sind.«
»Ja, schon, aber woher weißt denn du etwas davon?«
»Sie sind mein Lebensinhalt, Mutter. Die Menschen, die ich den ganzen Tag sehe. Oder vielmehr werden die Jungen und Mädchen, die ich täglich sehe, einmal so sein. Aber wie bist du denn bloß auf die Lehrbücher gekommen?«
»Ach, ich fand, daß ich eigentlich schon längst hätte wissen sollen, was du geschrieben hast. Die Bilder sind sehr gut, nicht wahr? Wenn ich bedenke, was wir als Kinder für Bücher hatten. ›Pat hat meinen Hut.‹ ›Pat ist fett.‹ ›Das ist Pats Hut.‹ Kein Wunder, daß dein Onkel nie ordentlich schreiben gelernt hat. Die Briefe, die er auf See nach Hause schickte, hat er sich alle von anderen schreiben lassen. Und deine Tante Violet! Es wäre ihr zwar nicht angenehm, daß ich es dir erzähle – aber als ich sie das letztemal sah – sie war wohl mindestens dreißig –, da fuhr sie mit dem Finger unter jeder Zeile ihrer Illustrierten entlang und sprach die Worte laut vor sich hin. Und die beiden waren durchaus keine Vollidioten. Aber manche von den Kindern, die du in den Büchern erwähnst, klingen, als wären sie einfältig...«
»Ja, ein großer Teil von denen, die ich in Kapitel vier behandele, sind geistig unterentwickelt. Mein Hauptinteresse gilt allerdings den Halbwüchsigen, den Teenagern, die nicht lesen und schreiben können – viele haben eine niedrige Intelligenzquote –, aber ihre Schwierigkeiten sind in erster Linie gefühls- oder umweltbe-

dingt.« Während er sprach, wußte sie, daß es zwecklos war, zuzuhören. Er verwandelte alles in seine üblichen hochtrabenden Ausdrücke. Aber sie wußte nun auch, warum er von allen bewundert wurde. Er redete nun wohl schon an die zwanzig Minuten mit steigender Erregung; aber es war alles ganz abstrakt.
»Nächste Woche soll ich vor all den Eltern einen Vortrag halten. Warum kommst du nicht mit?«
»Ich glaube, Kind, ich kenne den Vortrag bereits.«
Er nahm es gar nicht übel. »Wie du willst, Mutter. Du würdest auch gar nicht hinein dürfen – ausschließlich Eltern und Lehrer.«

Der Vortrag sei ein Erfolg gewesen, sagten alle; und er erfüllte seinen Zweck, denn Harold begann das Semester voller Eifer. Muriel Bartley rief Sylvia an, um ihr zu gratulieren.
»Mit Ihnen kennt man sich nicht aus. Ich dachte, Sie wollten in der Sache nichts unternehmen. Jetzt erzählt mir Harold, daß im Grunde Sie ihn dazu veranlaßt haben, den Vortrag zu halten. Für die Leute war es freilich ein bißchen hoch. Aber in der anschließenden Diskussion war er fabelhaft mit ihnen. Es dürfte nicht schwer zu erraten sein, wer ihm künftig das Händchen halten wird.«
Es war zwecklos, mit Muriel zu diskutieren, aber ihr wurde das Herz schwer. Sie hatte ihren Beruf nicht aufgegeben, um sich nun mit Harold zu belasten. Doch ihre Sorge war überflüssig, denn Sally Bulmer war zur Stelle.
»Er unterrichtet wieder und ist glänzend in Form. Aber die Leitung der Schule allein genügt nicht, um seine Energien auszulasten. Ich werde dafür sorgen, daß er sich wieder mit dem Persönlichkeitstest befaßt.«
Und so geschah es.
Bald war sie abends eine vertraute Erscheinung in der ›Villa Sykomore‹. Sie erzählte Sylvia, daß sie und Harold die Technik der Umfrage völlig neu durchdacht hätten. Das schien allerdings der Fall zu sein, fand Sylvia. Denn als sie sich eines Abends zu einem Imbiß von Tee und Keksen vor dem Schlafengehen zu den beiden gesellte, traf sie Sally an, wie diese hingekniet auf dem Teppich des Arbeitszimmers eine Status-Emotions-Tabelle, wie sie es nannte, auf einem riesengroßen Bogen Pappe entwarf. Sylvia

fragte sich, wie es ihr überhaupt möglich sei, den Bleistift zu handhaben, da ihr doch der dicke Busen dabei dauernd im Wege war. Harold, ebenfalls auf allen vieren, half ihr dabei; es wirkte wie irgendein Spiel von kleinen Kindern. Sally hob den Kopf, als Sylvia ins Zimmer trat.

»Ah! Da sind Sie ja, meine Liebe. Wir haben eine Aufgabe für Sie. Wie wäre es, wenn Sie die Umfrage bei den Altchen übernähmen? Ein Besuch im Altersheim? Die Oberschwester wird die Altchen mit ihren Antworten parat haben ...«

»Das fände ich gräßlich, Miß Bulmer. Ich habe die Leitung von Hotels nicht dafür aufgegeben, um die Leitung von Menschen zu übernehmen. Ich will meine Ruhe haben.«

Sally hätte darauf etwas erwidert, aber Harold beanspruchte ihre Aufmerksamkeit. »Hören Sie, Sally, Frage acht ist, meiner Ansicht nach, unmöglich – sie ist viel zu direkt.«

Mit verzücktem Interesse beugte sich Sally hinunter, und ihr gewaltiges Tweedgesäß tauchte vor Sylvias Blick auf.

Für zwei solche Hinterteile ist das Haus zu klein. Sie beobachtete, wie die beiden eifrig die Köpfe zusammensteckten. Wie die kleinen Kinder!

Nun war nur noch eins zu tun. Sie mußte unbedingt eine eigene Wohnung finden. Möglichst in der Nähe vom Town Centre. Das wäre eine gute Operationsbasis. Operation! Wie kann man nur so trübsinnig sein! Sie lachte vor sich hin. Harold sah auf.

»Du bist zur Zeit ja sehr guter Dinge, Mutter.«

»Ja, das bin ich wohl, Kind«, sagte sie.

Bitte umblättern:

Rosamond Lehmann

Band 3771

Rosamond Lehmanns erster Roman handelt vom Ende der Kindheit, dem Verlust der Unschuld. Er spiegelt sowohl die Empfindungen einer jungen Frau auf der Schwelle zum Erwachsensein als auch den Zeitgeist der zwanziger Jahre. »Dunkle Antwort« wurde bei seinem Erscheinen 1927 von Kritikern und Lesern begeistert aufgenommen. Über Nacht wurde der Roman zum Erfolg, ein Kultbuch in Europa.

Band 3767

Dinah und Madeleine, zwei ungleiche Schwestern, impulsiv und leidenschaftlich die eine, besonnen und eher defensiv die andere, voller Rivalität und doch einander verbunden: durch die gemeinsame Kindheit und durch die Liebe zu Rickie, der Madeleines Mann ist und Dinahs Geliebter wird. Lange nach Rickies Tod treffen sich die beiden, noch unversöhnt, wieder. »Der begrabene Tag« – ein Tag der Erinnerungen und auch der Annäherung.

Fischer Taschenbuch Verlag

fi 528/1